BASTEI
LÜBBE
TASCHENBUCH

Titel in der Regel auch als E-Book erhältlich

Timothy Stahl
Manfred Weinland und
Susan Schwartz

MISSION MARS
DIE BRUT

BASTEI
LÜBBE
TASCHENBUCH

BASTEI LÜBBE TASCHENBUCH
Band 20650

1. Auflage: März 2012

Dieser Titel ist auch als E-Book erschienen.

Vollständige Taschenbuchausgabe der im Bastei-Lübbe-Verlag
unter dem Titel »Mission Mars« erschienenen Maddrax-Reihe.
Diese Ausgabe enthält Band 7 bis 12.

Bastei Lübbe Taschenbuch in der Bastei Lübbe GmbH & Co. KG

Titelillustration: © Arndt Drechsler, Rohr i. Nb
Umschlaggestaltung: Guter Punkt, München
Satz: Urban SatzKonzept, Düsseldorf
Gesetzt aus der Baskerville
Druck und Verarbeitung: CPI – Ebner & Spiegel, Ulm
Printed in Germany
ISBN 978-3-404-20650-6

1

DIE BRUT

PROLOG
VON STURM . . .

Eiila Angelis lag mit offenen Augen in der Dunkelheit neben ihrem Mann und lauschte den infernalischen Klängen des Sturms.

Ihre Haut war von kaltem Schweiß bedeckt. Sie hatte den Thermoschutz von sich gestrampelt und fühlte sich seltsam unwirklich – als sei sie irgendwo zwischen Schlaf und Wachsein hängen geblieben. Als habe sie den letzten Schritt aus einem Traum in die Realität zurück noch nicht ganz vollzogen.

Sie ballte die kleinen Hände zu Fäusten, meinte Desinfektionsmittel zu riechen, irgendetwas Strenges, Scharfes, so intensiv und nah, als schwitze sie selbst es aus.

Immer heftiger rüttelten die Unwetterböen an den Mauern des Hauses. Immer bedrohlicher, lauter, wutentbrannter tobte der Atem eines entfesselten Marsungeheuers gegen die Bchausung, die den Gewalten aber trotzen würde.

Oder – vielleicht doch nicht? Denn dieser Sturm war anders, stärker, bedrohlicher als jeder, den Eiila zuvor erlebt hatte, und sie konnte nicht fassen, dass Barton noch immer schlief. Er ließ sich weder vom Lärm noch von den Erschütterungen stören, während seine Frau neben ihm vor Angst fast umkam.

Angst, ja! Das war es! Etwas hatte sich dunkel und schwer wie ein entsetzliches Tier auf Eiilas Brust niedergelassen, saß dort unverrückbar, seit sie selbst aus dem Schlaf geschreckt war, und flüsterte in einer Sprache, die sie noch nie im Leben gehört hatte, aber intuitiv verstand: »*Sterben! Ihr werdet alle sterben! Ich will euch nicht! Ihr gehört nicht hierher! Ich werde nicht eher ruhen, bis ihr –«*

Ein Schrei löste sich erst halb erstickt, dann umso vehementer aus Eiilas Kehle.

Endlich … *endlich* gelang es ihr, das Untier auf ihrer Brust davonzujagen, sich zu ihrem Mann hinüberzubeugen, im Dunkeln nach seinen Schultern zu tasten und ihn zu schütteln. Mit der buchstäblich gleichen Macht, wie der Sturm ihr Zuhause und die ganze Welt schüttelte. Als tobe der Sturm nicht nur draußen, sondern auch *in ihr* – mehr noch, als sei sie selbst dieser Sturm oder wenigstens doch ein Teil davon.

»Barton! Wach auf! Wach endlich auf! Wir müssen nach unserer Tochter schauen. Ich kann nicht aufstehen. Ich kann mich kaum bewegen. Sieh nach ihr. Der Sturm … Wir müssen in die Berge. Uns in Sicherheit bringen. Hier werden wir … alle sterben …«

… alle sterben …

Diese Worte hatte eben noch der furchtbare Alb auf ihrer Brust gesprochen. Jetzt wiederholte Eiila sie, hörte sie im Wüten des Sturmes in ihren Ohren, leise, wie von weit her zu ihr gerufen – mit der Stimme jenes *Dings* …

Ihr Herz fror. Ließ sie am ganzen Leibe schaudern. Und schier rasend werden vor Angst und Verzweiflung. Sie ereiferte sich so, dass sich Schaum auf ihren Lippen bildete. Verhüllt von der Nacht, bis Licht in Eiilas Augen stach. Aber der Sturm lachte weiter, triumphierend.

Barton saß halb aufgerichtet neben ihr, hatte sich auf seine Ellbogen gestützt und die Lampe neben dem Bett angeknipst. »Eiila …«

Sie sah, wie er bei ihrem Anblick regelrecht zurückzuckte, machte sich aber keine Gedanken darüber. Ihre Gedanken drehten sich nur um eines: das Kind! Allein das Kind zählte!

Barton nahm sie in den Arm, sprach beruhigend auf sie ein,

als sei sie selbst noch ein kleines, hilfloses Wesen, und hörte sich geduldig an, was aus ihr hervorsprudelte.

Am Ende sagte er, noch eindringlicher als vorhin: »Beruhige dich. Beruhige dich, mein Liebling. Du hast geträumt und bist immer noch nicht ganz bei dir. Ganz ruhig, es ist alles gut. Da ist kein Sturm. Draußen weht nur ein laues Lüftchen ... Du hast dir das alles nur eingebildet.«

Es dauerte eine kleine Ewigkeit, bis sie es ihm endlich glaubte; glauben *konnte.* Bis der Sturm auch in ihren Ohren und für all ihre Sinne allmählich verebbte und endlich erstarb.

Danach beruhigte sie sich rasch wieder. Gewann die Kontrolle über sich zurück, stand auf und ging zu ihrer kleinen Tochter, die im Nebenraum zu weinen begonnen hatte ... weil Eiila sie erschreckt hatte. Nicht der Sturm. Den gab es nicht in dieser Nacht auf dem Mars.

Er kam erst gegen Mittag des folgenden Tages – mit einer nie da gewesenen, monströsen Gewalt, die die halbe Siedlung in Trümmer legte und viele das Leben kostete.

Ein schwarzer Tag für die Menschen. Aber ein noch schwärzerer für Eiila, die sich von dem Schock, all das *vorausgesehen* zu haben, zeitlebens nicht mehr erholte ...

1.
. . . *ZU STURM*

Nahe der Marssiedlung Vegas
Erdjahr 2246/Marsjahr 118

Bevor Shola Angelis ausstieg, glitten ihre Fingerkuppen kurz über die Zeichnung, die sie an die Innenwand ihres Rovers geheftet hatte, knapp unterhalb der Kanzelverglasung. Es war ein Ritual, das ihr Glück bringen sollte und das sie pflegte, wann immer sie mit dem robusten Geländefahrzeug ins Hinterland vorstieß, Farm und Siedlung den Rücken kehrte.

Das Bild zeigte den höchsten Berg der Welt. Ihre Mutter, die an einer halbjährigen Expedition dorthin teilgenommen hatte, hatte es gezeichnet und Shola geschenkt, nur wenige Tage vor ihrem Tod, und deshalb hütete die Fünfzehnjährige* es wie einen Schatz ... liebkoste es mitunter, als sei es etwas *Lebendiges*; das Gesicht ihrer Mutter etwa, die sie noch heute, Jahre nach ihrem Verschwinden, schmerzlich vermisste.

Sie löste ihre Hand von der leicht verblichenen und mit einem Pflanzensekret imprägnierten Zeichnung und dachte an Darven, den sie liebte und der auch ihren Traum kannte; jenen Traum, den sie träumte, seit sie zwei Jahre alt gewesen war.

Der Berg war der Olympus Mons – unfassbare sechsundzwanzig Kilometer hoch. Kein Vergleich mit dem Elysium Mons, der sich in Sichtweite der Siedlung neun Kilometer über die Elysium-Planitia-Ebene erhob.

---

* auf der Erde wäre sie dreißig; ein Marsjahr entspricht ziemlich genau zwei Erdjahren

Den Olympus Mons zu erklimmen, ein einziges Mal auf dem kreisförmigen Gipfelrand des inaktiven Vulkans zu stehen, musste das erhebendste Gefühl des Universums sein. *Und zugleich das Verrückteste, was man sich zusammenfantasieren kann,* dachte Shola selbstkritisch – aber keineswegs ernüchtert.

Es hatte sogar einen Versuch gegeben, den Titan zu besteigen. Aber dort oben an der Spitze war die Luft selbst nach knapp einhundertzwanzig Jahren Terraforming so dünn, dass sie faktisch nicht mehr existierte. Und selbst Sauerstoffvorräten waren Grenzen gesetzt, logistische Beschränkungen, die wie ein unumstößliches Naturgesetz dafür sorgten, dass der höchste Punkt des Riesen bis heute unberührt (*jungfräulich,* dachte Shola schmunzelnd) geblieben war. Außerdem lag der Olympus Mons fast auf der anderen Seite des Planeten, und auch wenn man heute wesentlich mobiler war als zu Zeiten der Vorfahren, so war die Reise dorthin ein riskantes und langwieriges Unternehmen.

Mit einem Griff hinter sich bekam Shola die Schlaufe ihres Tornisters zu packen und zog ihn zu sich nach vorne, während die andere Hand gegen den Mechanismus klatschte, der die Luke mit einem leisen Fauchen auffahren ließ. Mit Schwung stieg sie aus. Mit sehr viel Schwung, genügend jedenfalls, um sie erst eine ganze Fahrzeugbreite vom Rover entfernt die Füße endlich in den sandigen Boden setzen zu lassen.

Der Mars verfügte im Vergleich zur Erde nur über ein Drittel Schwerkraft; was das anging, erschöpfte man hier lange nicht so schnell wie auf der alten Heimat, die Shola nie gesehen, geschweige denn betreten hatte.

Denn die Erde schwieg. Seit nunmehr einhundertachtzehn marsianischen Jahren …

Zumindest konnten die Siedler seit drei Jahrzehnten auf die lästigen Sauerstoffmasken verzichten; ihr Metabolismus hatte sich an den Luftdruck, der inzwischen auf Bodenniveau bei 600 Hektopascal* lag, angepasst, und während ihre Statur stetig schlanker geworden war, hatte sich das Lungenvolumen vergrößert.

Auch auf die wegen der dünnen Atmosphäre höhere Strahlungsintensität hatte der Körper im Laufe der Generationen reagiert – mit einer verstärkten Pigmentierung, die individuelle Muster auf die Haut eines jeden Bewohners malte.

Über die Kanzel hinweg konnte Shola in der Ferne die grünen Hügel des Mars sehen, eingebettet in die rostroten Dünen der Wüste, zwischen denen die Pipelines vom Planitia-See verliefen, die Siedlung und Farmen mit dem lebensnotwenigen Wasser versorgten. Aus dem Grün ragten die Silhouetten der Häuser auf, von denen Shola jedes einzelne kannte, von außen zumindest. Es war nur eine Siedlung von inzwischen fünfen und nicht einmal die größte. Aber es war *ihre* Siedlung, bei der sie auch einmal begraben werden wollte …

Der Gedanke an die eigene Sterblichkeit irritierte sie – aber nur einen winzigen Augenblick lang, dann schloss sie den Rover von außen und wandte sich dem Hügel zu. Zumindest schien ihr der Berg winzig im Vergleich mit dem Riesen, mit Olympus Mons. Die Einheimischen nannten das Massiv, an dessen Fuß Shola ihr Fahrzeug zum Stehen gebracht hatte, Otmanu. Jemand hatte es so getauft, vor langer, langer Zeit. Der Name entstammte einer der alten Erdsprachen, die in *dieser* Welt und heutzutage niemand mehr auch nur ansatzweise beherrschte, und er bedeutete, wie man sagte, »der Beschützer«.

Vor was oder wem Otmanu angeblich schützte, wusste so genau niemand, und wie es mit Legenden üblich war, hinterfragte es auch kaum jemand ernsthaft. Auch Shola nicht. Sie mochte den Berg aus anderen Gründen, aus denen sie ihn auch mindestens einmal alle dreißig Tage aufsuchte.

---

* entspricht dem Luftdruck in einer Höhe von ca. 4000 m auf der Erde

Er sorgte für sie. Er stattete sie mit all dem aus, was sie brauchte, um anderen eine kleine Freude zu machen; anderen – und auch sich selbst natürlich.

Langsam entfernte sie sich von ihrem Fahrzeug. Die Sonne stand tief, aber es würde noch gut drei Stunden dauern, bis sich Dämmerung und Nacht über die Welt senkten*. Für die Herfahrt hatte Shola nur etwa eine halbe Stunde benötigt, für den Heimweg veranschlagte sie nicht mehr, und das hieß, dass sie Zeit genug hatte, ein paar Schätze zu finden und nach Hause zu transportieren, bevor die Temperaturen weit unter den Gefrierpunkt sanken, auch jetzt, im marsianischen Hochsommer.

Sie war noch nie mit leeren Händen gegangen. Otmanu hatte sich stets als spendabel erwiesen. Aber heute hatte sie eine der sanft ansteigenden Flanken ausgewählt, wo sie noch nie gewesen war. Darven hatte ihr geraten, sich in Acht zu nehmen, als sie ihm von ihrem Vorhaben erzählte. Aber er wusste, dass er sich auf sie verlassen konnte. Sie war eine umsichtige Frau. Eine Frau, die alt genug gewesen wäre, selbst Mutter einer kleinen Tochter zu sein ...

Der Gedanke schmerzte. Sie wischte ihn hinweg, bildete sich aber nicht einmal ein, ihn nachhaltig verbannt zu haben. Er zog sich, wie stets, nur hauchdünn unter die Oberfläche ihres Bewusstseins zurück, wo er jederzeit wieder hervorbrechen und sie daran erinnern konnte, dass ihr Glück mit Darven nicht ganz so ungetrübt war, wie sie es sich die meiste Zeit des Tages einredete.

Vor ihr lief ein von der Natur, nicht von Menschenhand geschaffener Einschnitt in Schlangenlinien zwischen dem schroffen Fels nach oben, dessen Sedimentschichten größtenteils freilagen und, je nach Sonnenstand, in unterschiedlichen Farbschattierungen glänzten.

---

* 1 Marstag = 24,6 Std

Der Otmanu war eine prachtvolle Laune der Natur, wie geschaffen zur Mythenbildung. Abhängig vom Winkel, aus dem man sich ihm näherte, offenbarte er die unterschiedlichsten Gesichter. Manchmal sah er aus wie ein unfertiger menschlicher Embryo, zusammengerollt in einem unsichtbaren Uterus. Ein anderes Mal wirkte er wie ein uraltes, von Wind und Wetter gegerbtes Antlitz. Und dann wieder wie etwas ganz und gar Abstraktes, Namenloses, deshalb aber nicht minder Respekt Einflößendes.

Und Respekt hatte Shola vor Otmanu. So wie sie Respekt vor allem hatte, das *war*, ohne durch das unmittelbare Wirken oder Eingreifen der Menschen geschaffen worden zu sein. Eine Art von Respekt allerdings, die nichts mit etwa dem zu tun hatte, den ein Kind vor seinen Eltern empfand (oder empfinden *sollte*), sondern so, wie man ihn vor dem Alter eines Menschen und seines damit einhergehenden Wissens hatte.

Shola fühlte so, weil sie wusste, dass jeder Stein, jedes *Staubkorn* auf dem Mars Zeuge einer Geschichte war, die nirgends niedergeschrieben stand und in der die Menschen kaum mehr waren als eine Fußnote.

Dieser Gedanke, den sie nicht zum ersten Mal dachte und der ihr doch immer wieder neu, weil für eines Menschen Verstand kaum begreiflich schien, ließ sie frösteln – aus Respekt und Ehrfurcht vor jener unfassbaren Macht, die er in sich barg. Und vor der Shola wie instinktiv zurückschreckte; als fürchte sie, es könne genügen, mit einem bloßen Gedanken an dieser Macht zu rühren, um sie heraufzubeschwören und in ihr unterzugehen …

Federnden Schrittes, so leichtfüßig, dass das teils lose Steingeröll unter ihren Füßen kaum in Bewegung geriet, stieg sie den gewundenen Einschnitt in der Flanke des Otmanu empor, den Tornister auf den Rücken geschnallt, die Arme ausgestreckt und mit den Fingerkuppen über den Fels beiderseits dieses natürlichen Pfades streichend.

Und bei jeder Berührung fand sich unter ihren Fingerspitzen ein Schatz. Sholas Faszination ob der Vielfalt des Schichtgesteins dieses Berges ließ nie nach, so oft sie auch herkam. Jede Farbe des Spektrums schien sich hier ein Stelldichein zu geben. *So,* dachte Shola, *müsste es sein, wenn man durch einen Regenbogen gehen könnte.*

Sie wusste, eigentlich war es unmöglich, dennoch fand sie bei fast jedem Besuch auf diesem Berg etwas Neues. Eine Fels- oder Mineralart, die sie noch nicht kannte und deren Charakteristika irgendetwas in ihr in Gang setzten, in ihrem Kopf und Fühlen eine Kettenreaktion auslösten, an deren Ende sie buchstäblich *sehen* konnte, was für ein Kleinod sich aus gerade diesem Gestein oder Mineral erschaffen ließ.

Und in der Verlängerung dieser selbst für sie nicht wirklich zu begreifenden oder auch nur steuerbaren Folge gedanklicher Eindrücke sah sie stets ein und dasselbe – glückliche Gesichter nämlich. Die strahlenden Mienen und Augen derjenigen, denen sie ihre selbst gefertigten Schmuckstücke schenkte. Und das waren immer nur Kinder; vielleicht, weil sie selbst keines hatte, das sie beschenken konnte …

Shola kappte den Gedankenfaden, ehe er hinunter in Abgründe ihres Innersten weiterführen konnte, die sie gar nicht ausloten wollte. Weil sie wusste, dass dort nur Schmerz lauerte. Und Otmanu half ihr, auf andere Gedanken zu kommen, indem er ihr just in diesem Augenblick ein neues seiner wunderbaren Geheimnisse preisgab.

Shola vergaß für den Moment sogar zu atmen, so in Bann schlug sie der Anblick der bloß liegenden Ader, die vor ihr über den Felsboden verlief. Rot war sie, wie sehr dunkles Blut. Und das Licht der Sonne spielte darauf und erweckte den Eindruck, als fließe dieses Blut sogar, von einer Seite des Einschnitts zur anderen, aus der einen Wand heraus und in die andere hinein.

Shola kniete nieder und streifte noch in der Bewegung den Tornister von den Schultern, um ihn dann neben sich zu stellen, die eine Hand bereits auf seinem Verschluss, als zählte jede Sekunde; als fürchtete sie, die Ader könnte verschwinden, wenn sie ihr nicht schnell genug mit ihrem Werkzeug zu Leibe rückte. Die andere Hand streckte sie schon nach dem seit Urzeiten starren roten Fluss aus und legte sie darauf, wie um ihn festzuhalten.

Das dunkelrote Material fühlte sich ... *anders* an. Anders als alles, was Shola bislang im steinernen Leib des Otmanu entdeckt hatte. Sie wusste nicht, ob es sich um Stein oder Mineral handelte, glaubte aber, dass es weder das eine noch das andere war. Nur, was war es *dann*?

Es war fest und glatt. Warm. Doch das mochte von der Sonnenbestrahlung herrühren. Zugleich fühlte es sich aber auch nachgiebig an; nicht wirklich weich, nur ... formbar.

Womit es erst einmal hervorragend für Sholas Zwecke geeignet war. Und damit begnügte sie sich dann auch, für den Moment wenigstens. Eingehender untersuchen und näher bestimmen konnte sie ihren Fund später noch, wenn sie etwas davon geborgen und nach Hause gebracht hatte.

Sie holte eine handlange Säge mit dünnem Blatt aus ihrem Tornister, dazu ein schmales Stemmeisen und ihren Gesteinshammer, den Darven extra für sie gemacht hatte. Sein erstes Geschenk an sie. Die Erinnerung an jenen Moment ließ sie lächeln.

Dann machte sie sich mit fachmännischem Können an die Arbeit, um Stücke des blutroten Materials aus dem Boden zu lösen. Es brauchte seine Zeit. Mochte sie ihr vorhin auch »formbar« vorgekommen sein, erwies sich die Substanz nun doch als überraschend widerstandsfähig, und bald schon fielen erste Schweißtropfen von Sholas Stirn zu Boden.

Dann stutzte sie plötzlich und hielt in ihrem Tun inne. Denn so sehr schwitzte sie nun auch nicht, dass sich daraus die große Zahl feuchter Flecke auf dem Felsboden um sie herum erklären ließ. Und noch während sie sich darüber wunderte, wurden es noch mehr.

Regen?

Shola hob den Blick, und bevor sie ganz nach oben und aus der Felskluft hinaus himmelwärts schauen konnte, legte sich ein Schatten über sie; nicht ganz dunkel, nicht wie von Unwetterwolken allein, sondern rötlich durchwirkt – die Farbe, die das Sonnenlicht annahm, wenn Marsstaub es filterte.

Ein Sturm zog auf! Was noch milde ausgedrückt war, denn tatsächlich war er schon so nahe, dass Shola seine ersten böigen Vorläufer bereits spüren konnte, ebenso wie den Sand, den er weit draußen in der Wüste aufgewirbelt hatte und nun vor sich herpeitschte.

»Ein paar Minuten noch«, sagte Shola leise zu sich selbst und gegen die Stimme der Vernunft, die ihr zum sofortigen Aufbruch riet. Erst wollte sie noch ein paar Stücke dieses roten Materials aus dem Boden lösen, ehe der Sturm die Ader womöglich zudeckte und unauffindbar machte.

Shola hämmerte und sägte mit einer Verbissenheit, die ihr zartes Gesicht zur Grimasse verzerrte. Fingernagelgroße Splitter platzten von der roten Masse ab, dann ein daumenlanges Stück. Darunter schien das Material nicht mehr ganz so hart zu sein; offenbar war die äußerste Schicht die robusteste.

Ein seltsames Zeug, fand Shola und setzte einen Meißel in die Kuhle, trieb ihn mit einem Hammer tiefer – und erschrak, als der Meißel vor ihr verschwand!

Irgendwo jenseits des fingerdicken Lochs landete er mit vernehmlichem Klappern auf Fels. Unter der Ader im Boden verbarg sich allem Anschein nach ein Hohlraum! Und Sholas erster Gedanke war: *Was mag sich darin finden lassen?*

Ein gehetzter Blick nach oben – noch war der Sturm nicht da. Aber er war näher gekommen.

Hastig setzte sie alles daran, das Loch im Boden zu weiten. Keuchend und schwitzend hämmerte und schabte sie, bis sie eine gut faustgroße Öffnung geschaffen hatte. Rasch holte sie eine Lampe aus ihrem Tornister, schaltete sie ein und platzierte sie so neben dem Loch, dass sie selbst noch hineinschauen konnte.

Der Lampenstrahl verlor sich in Schwärze, wie aufgesaugt. Dort unten waren weder Boden noch Wände oder sonst etwas auszumachen, und ein Ruf in dieses Dunkel hinein wurde zwar in dumpfe Echos aufgesplittert, aber daraus konnte Shola auch keine Rückschlüsse auf Größe und Beschaffenheit des Hohlraums ziehen.

Um sie her wurde es zunehmend dunkler. Als vollziehe sich die Dämmerung im Zeitraffer. Und endlich obsiegte die Vernunft in Shola.

So schnell wie nie zuvor packte sie ihre Sachen und Fundstücke in den Tornister, erhob sich und machte sich auf den Weg zurück zu ihrem Fahrzeug, jedoch nicht ohne sich die Stelle, an der sich die rote Ader und die Höhlung darunter befanden, so genau wie möglich einzuprägen.

Sie musste unbedingt hierher zurückkommen.

Zunächst aber musste sie schnellstens von hier verschwinden!

Mit weiten, leichtfüßigen Sätzen strebte sie ihrem Rover zu, regelrecht gegen den Sturm anrennend, und mit jedem Schritt schien er an Macht noch zuzunehmen, sodass die letzten Meter fast schon einem Kampf gleichkamen.

Schwer atmend stieg Shola in ihr Gefährt, schloss die Luke, verstaute den Tornister und startete den Rover. Das Brüllen des Motors ging bereits in dem des Sturmes unter.

Sie setzte das Fahrzeug in Bewegung. Durch die Kanzelverglasung hindurch sah sie nach dem Sturm, der sich aus Gewitter- und Staubwolken zusammensetzte und von einer jener Mächte angetrieben wurde, die waren, bevor der Mensch war, und die vermochten, wozu kein Mensch in der Lage war.

Shola schauderte, und dieses Schaudern schüttelte ihren Körper einen Moment lang noch heftiger als die rasende Fahrt.

Lebhaft konnte sie sich vorstellen, welcher Aufruhr jetzt in ihrer Siedlung herrschte, wo man angesichts des nahenden Sturmes alle möglichen Vorbereitungen treffen würde. Sie hatte selbst schon Dutzende Male bei solchen Arbeiten mit Hand angelegt. Und ebenso oft hatte sie als Kind in Schutzräumen gehockt und mit anderen darauf gewartet, dass der Sturm draußen sich legte oder vorüberzog.

Eine Wettfahrt allerdings hatte sie sich bisher mit einem Sturm noch nicht geliefert.

Eine Wettfahrt, die sie zunächst noch gewinnen zu können glaubte. Weil der Sturm sich nicht direkt auf ihre Fährte zu heften schien ... bis er, einer Laune der ihn treibenden Macht folgend, mit einem Mal einen Schwenk vollzog. Wie ein körperloses Ungeheuer warf er sich herum und stürzte gleichsam auf sie zu.

Plötzlich, binnen eines Augenblicks, sanken ihre Chancen, diesen Wettlauf zu gewinnen.

Und dann verlor sie ihn.

***

Der verrückte Varga lachte meckernd. Er saß auf einem Plastikschemel in der Ecke und steigerte sich in einen wahren Anfall von irrem Gelächter hinein. Dabei klatschte er sich unentwegt auf die mageren Schenkel, deren Konturen unter der weiten, schlotternden Kleidung immer nur für diesen kurzen Moment sichtbar wurden.

Zum ersten Mal, seit Darven den alten Mann mit dem verwirrten Geist kannte, musste er sich beherrschen, ihm nicht an die Gurgel zu gehen. Seine Nerven lagen blank – noch blanker als Vargas Gliedmaßen, die immerhin noch von einer Schicht ledriger, wettergegerbter Haut umspannt wurden, auf denen die Pigmentflecken, die sie alle aufwiesen, noch deutlicher hervortraten.

»... melde dich«, wiederholte Darven mit vibrierender Stimme immer wieder dieselben Sätze – seit er begriffen hatte, was passierte ... und passieren *würde*, falls nicht noch ein Wunder geschah. »Shola – wo bist du? Wenn du mich hörst, melde dich!«

Statt einer Antwort rauschte es nur im Empfänger der kleinen Funkstation, die in einem Nebengebäude der Farm untergebracht war und deren Antenne Darven regelrecht vor sich sah – wie sie in den beständig noch an Stärke zunehmenden Böen hin und her peitschte und für Sekunden manchmal sogar in die Horizontale ging, ehe sie wie eine plötzlich entspannte Feder wieder zurück in die Senkrechte schnellte.

Sturmwogen walzten über den Agrarkomplex hinweg, brachten Sand und kleine Steinchen mit. Vorboten ... ein *Witz* gegen das, was sich in der Ferne, am Horizont zusammenbraute und wie eine rotbraune, steil in den Himmel aufragende Wand auf die Menschen zukam. Auf die Menschen und alles, was sie, ihre Väter und Vorväter im Schweiße ihres Angesichts an diesem Flecken Mars aus der vormals unwirtlichen Ödnis gestampft hatten.

Darven stand immer noch unter Schock. Nach wie vor hallte die Sirene aus der nahen Siedlung herüber, wurde aber von dem Sturmteppich mehr und mehr erstickt.

»Shola!« Erneut wollte Darven ansetzen, nach seiner Frau zu rufen. Doch dann lichtete sich das Gewebe der Angst, das seinen Verstand lähmte, für einen Augenblick, und er begriff, dass er sinnlos Zeit verschwendete. Wenn Shola noch lebte, *wusste* sie um die rasend schnell heraufgezogene Gefahr. Sie würde längst mit dem Rover unterwegs nach Hause sein …

… oder Schutz in den Bergen gesucht haben, rann jene Möglichkeit durch Darvens Gedanken, die ihm noch mehr Bauchschmerzen bereitete als die Vorstellung eines über die sturmgepeitschte Ebene jagenden Geländewagens. Shola allein in den Bergen …

Er ließ den Schalter des Mikrofons los und schwang mit seinem Drehstuhl herum. So abrupt, dass selbst Varga erschrak und ihm mit stierem Blick entgegenglotzte. Das Lachen, das mittlerweile ohnehin mehr einem Röcheln geglichen hatte, erstarb so jäh in seiner Kehle, als habe sie jemand mit einem schnell härtenden Mörtel ausgegossen. Sein Mund stand offen, die schrundigen Lippen zuckten.

»Hab ich dir nicht gesagt, du sollst in den Keller?«, raunzte Darven ihn an.

Der Alte stierte weiter. Zitternd, ansonsten aber wie von einem Bannstrahl getroffen, sah er zu dem gerade mal ein Viertel so alten Mann mit dem kurz geschnittenen weißen Haar empor, der nur deshalb größer war, weil Varga hockte. Voll aufgerichtet überragte der Alte den Jungen um einen halben Kopf, und das, obwohl er sogar noch einen krummen Rücken hatte. Andererseits hieß das nicht, dass Darven klein war, sondern dass Varga in seiner Blüte eine sehr imposante Erscheinung gewesen sein musste.

Wie er mit Familiennamen hieß, wusste keiner – außer natürlich der Hüterin des Zentralregisters, wo die Blutlinien der fünf Häuser peinlich genau verzeichnet waren und darüber entschieden, welche Vereinigung zulässig war. Aber das spielte bei Varga längst keine Rolle mehr, denn die Zeiten, bei denen man auf den Stammbaum hätte achten müssen, um Inzucht zu vermeiden, waren für ihn längst Vergangenheit.

Es gab keinen verschrobeneren, keinen verrückteren Kerl in der ganzen Siedlung. Aber auch kaum einen tüchtigeren. Trotz der sechsunddreißig Jahre, die er auf dem Buckel hatte. Im Grunde war er eine Seele von Mensch. Nur Unwetter machten ihn stets kirre, als würde etwas in seinem kahlen Schädel noch mehr durcheinandergeraten, als es ohnedies schon der Fall war.

Ich hätte es merken müssen. Er hat sich schon den ganzen Tag so absonderlich benommen.

Aber für Vorwürfe war es zu spät.

Zu spät …

Darven schauderte, während er mit wenigen raumgreifenden Schritten bei dem Alten war, ihn am Schlafittchen packte und vom Schemel hochzog. Varga wehrte sich nicht. Im Gegenteil, er schien wie aus einer geistigen Abwesenheit zurückzukehren. In seine wässrig blauen Augen kehrte ein Hauch lange nicht mehr gesehener Wachheit zurück.

»Was …«

»Komm einfach mit. Ich bring dich dorthin, wo es sicherer ist …«

Darven dirigierte den Arbeiter zur Tür. Sobald dieser in Tritt gekommen war, ging es einfach. Er reagierte völlig ohne eigenen Willen. Oder wie jemand, der vollstes Vertrauen in das Handeln eines anderen hat.

Der Riegel schnappte zurück, und die Tür wurde augenblicklich von einem Windstoß nach innen gedrückt. Papiere wirbelten auf. Leichtere und unbefestigte Möbel kippten um. Darven umfasste den knochigen Arm des Alten fester und zog ihn hinter sich her ins Freie.

Aber er kam nur wenige Schritte weit, dann holte ihn die Explosion ein.

Die Explosion der Eindrücke, die auf ihn niederprasselten. Die Bilder, Szenen, die präapokalyptische Dimensionen hatten, zumindest aber ein Unheil heraufbeschworen, wie Darven es nicht einmal vom Hörensagen kannte.

Wie viele Stürme hatten die Menschen aufgezeichnet, seit sie in der Neuen Welt gestrandet waren und sie sich untertan gemacht hatten?

Untertan …

Er lachte heiser auf, warf einen flüchtigen Blick auf Varga, als fürchte er, sein eigenes Lachen könne den Alten dazu animieren, selbst wieder in irres Gelächter zu verfallen. Aber Varga schien es nicht einmal zu bemerken. Auch er hatte nur Augen für das Geschehen. Auf der Farm und um sie herum, bis weit über die Grenze der nahen Siedlung hinaus, an deren südlicher Peripherie die Farm lag. Die durch lange Pipelines bewässerten Äcker und Felder … die diesen Tag nicht überstehen würden.

Wir vielleicht. Wir können uns in den Schutzkellern verkriechen, aber die Ernte wird es nicht überstehen. Und dann?

Er kannte die Antworten auf dieses *Und dann?*

Wiederaufbau hieß eine davon. Die mühselige Wiederherstellung des jetzigen Standes: intakte Agrarflächen, Treibhäuser mit Jung- oder besonders empfindlichen Pflanzen, wertvolles landwirtschaftliches Gerät, von dem vieles den kommenden Morgen nicht mehr heil erleben würde.

Not leiden war die nächste wahrscheinliche Antwort. Denn ob die angelegten Notvorräte an Lebens- und Betriebsmitteln ausreichten, bis Vegas wieder in der Lage sein würde, sich aus eigener Anstrengung und mit neu erarbeiteten Gütern zu versorgen, war zumindest fraglich.

Und die anderen Siedlungen … nun, deren effektive, nicht nur moralische Unterstützung durfte nicht überschätzt werden. Jede menschliche Niederlassung auf dem Mars hatte ihre eigenen Probleme. Die Kooperation war ein erklärtes Ziel fast aller, die das Sagen hatten. Aber manchmal fragte sich Darven, ob es sich dabei nicht nur um Lippenbekenntnisse handelte. Oder ob es denn wirklich so erstrebenswert war, enger mit anderen urbanen Komplexen verflochten zu sein.

Das Leben so, wie es heute war, hatte seine klaren Vorzüge. Die unangefochtene Selbstbestimmung stand dabei an erster Stelle. Niemand wusste, wie reglementiert ein Leben unter der Oberhoheit einer gemeinsamen Instanz wäre.

Während Darven mit Varga quer über den Hof lief und auf die Stelle zwischen Lagerhaus und Gerätedepot zuhielt, wo sich der Zugang zum Schutzraum befand, wurde sein Blick von der heranrollenden Todeswand regelrecht angezogen.

Ein Supersturm, dachte Darven. *Das, wovor manche Gelehrte schon lange gewarnt haben.*

Das, was sich da auf die Farm und die unmittelbar angrenzende Siedlung zuschob, war eigentlich kein bloßer Sturm aus Gewitterentladungen und Sandbergen mehr, das war ... die Apokalypse!

Darven hatte das Gefühl, den Blick nicht mehr aus eigener Kraft von den brodelnden Massen lösen zu können.

Es war Varga, der ihm dabei half. Wenn auch unfreiwillig.

Der Schrei des Alten hatte wenig Ähnlichkeit mit einem menschlichen Laut. Aber genau damit verschaffte er sich das nötige Gehör.

Darven warf den Kopf herum und schaute dorthin, wo der Alte neben ihm einherstolperte.

Doch statt Vargas von Angst gezeichneten Gesichts musste Darven den Anblick einer blutüberströmten Masse ertragen, in deren unterem Drittel ein ausgefranster Spalt voller zerbrochener Zähne klaffte.

Der alte Mann war getroffen worden. Von irgendetwas, das eine Böe erfasst und mit mörderischer Wucht gegen seinen Kopf geschleudert hatte.

»Varga ...«

Der Alte hustete Blut, das der Wind noch weiter über die Grimasse verteilte, zu der sein Gesicht geworden war. »Schon … gut … *Weiter*!«

Erstaunlicherweise wirkte er nach der Verletzung klarer, als Darven ihn in den vergangenen Monaten und Jahren erlebt hatte.

»Verdammt!« Er überwand seine Erstarrung und lotste Varga weiter auf den Schutzbunker zu, in dem sich bereits die anderen Farmarbeiter verschanzt hatten. Er selbst hatte es ihnen befohlen, bevor er sich in den Funkraum begeben hatte, um nach Shola zu rufen.

Shola … Sie waren zusammen aufgewachsen, hatten miteinander die Schule besucht und ihre ersten romantischen Erfahrungen gesammelt. Und dann hatten sie irgendwann gemerkt, dass es mehr war als Schwärmerei, was sie verband. Mehr als oberflächliches Begehren. Noch heute genoss Darven, der als Mitglied des Hauses Tsuyoshi geboren war, jede Umarmung, jeden Kuss und erst recht jede intimere Berührung mit ihr. Sie war seine Traumfrau, seine Sonne, um die er kreiste, um die sich alles drehte. Sie konnte einen schweren Tag mit einem Lächeln in Glück verwandeln; ebenso wie eine Träne von ihr einem Tag jeden Glanz abzuwaschen vermochte.

Umgekehrt verhielt es sich genauso.

Und jetzt war sie fort. Im schlimmsten aller denkbaren Fälle … für immer.

Darven ließ Varga los und warf sich neben der eisernen Einstiegsluke in den Staub, der ihn umwirbelte wie ein Sandstrahlgebläse. Eine Stunde schutzlos diesen Gewalten ausgesetzt, und die Haut würde bis aufs rohe Fleisch abgeschliffen.

Mit energischen Griffen drehte er das Rad, mit dem die Luke sowohl von außen als auch von innen zu entriegeln war. Immer wieder glitt dabei sein Blick in die Richtung, in die Shola vor gut zwei Stunden aufgebrochen war – als noch nicht das geringste Vorzeichen eines Sturms auszumachen gewesen war. Rasend schnell war die Wetterlage »gekippt«, hatte der Mars einmal mehr bewiesen, dass er im Zweifelsfall *immer* der Sieger über die winzigen Mikroben sein würde, die sich anmaßten, ihn unter ihre Knute zwingen zu wollen.

Und obwohl das Schicksal aller Marsianer auf dem Prüfstand war, konnte Darven auch jetzt nicht verhindern, dass seine Gedanken wie durch ein Brennglas nur auf *seine* Sonne fokussiert waren.

Er stöhnte, schöpfte Atem ... und wuchtete die Luke, die infolge des Windwiderstands um etliches schwerer war als gewöhnlich, nach oben.

Rötliches Licht schimmerte aus der Tiefe, legte sich wie eine Patina über das Gestänge der Leiter.

Und während sich von unten ein erstes Gesicht ins Blickfeld schob, winkte Darven den blutüberströmten Alten herrisch zu sich.

»Helft ihm!«, schrie er dann in das Loch. »Er schafft den Abstieg nicht allein! Ich sichere von oben, ihr übernehmt auf der Leiter!«

Niemand stellte in diesem Moment Fragen. Nicht einmal Varga kehrte den für ihn typischen Starrsinn hervor.

Ohne Mühen verschwand er in der Tiefe. Tritt für Tritt, Stufe um Stufe.

Darven wartete, bis er sicher sein konnte, dass der alte Mann ohne weitere Blessuren unten angekommen war. »Seht zu, dass die Blutungen gestillt und seine Wunden desinfiziert werden!«

Mehrere Augenpaare starrten irritiert zu ihm hoch. Jemand fragte: »Wo ist Shola?«

Er schüttelte nur den Kopf, was *Später!* oder die schlichte Weigerung, darüber jetzt sprechen zu wollen, bedeuten mochte. Dann warf er die Luke wieder zu und nahm den Knall, der an einen Schuss erinnerte, mit, als er sich dem Geräteschuppen zuwandte. Wo nicht nur Erntemaschinen, sondern auch ein zweiter Rover abgestellt waren.

Ihm wurde selbst flau im Magen, als er dorthin blickte, wohin aufzubrechen er wild entschlossen war. Auf diese Wand zu, die nur noch wenige Kilometer von der Farm und damit auch von Vegas – benannt nach einer Stadt auf der Erde, die gleichfalls in einer unwirtlichen Wüste erblüht sein sollte – entfernt war. Die näher raste, immer näher und, wie ihm schien, immer schneller. Oder in Zeit ausgedrückt: die alles von Menschenhand Erschaffene in spätestens einer halben Stunde dem Marsboden gleichmachen würde!

2.
EINS

Es war ein Weltuntergang – jedenfalls der Untergang jenes winzigen Teiles der Welt, in dem Shola wie gefangen war. Rettungslos und ohne Ausweg, buchstäblich, denn es gab nichts, wo sie noch hinkonnte, um diesem Monster von einem Sturm zu entkommen. Sie war seinen Gewalten ausgeliefert, jagte hindurch, ohne ihren Kurs bestimmen oder irgendetwas steuern zu können – und das Ende dieser Tour konnte jede Sekunde kommen ... oder noch qualvoll lange auf sich warten lassen.

Wie lange war es her, dass der Rover abgehoben hatte, in voller Fahrt über eine unsichtbare Schanze ins Nichts gejagt war, ohne seither den Boden wieder zu berühren, als habe ihn der Sturm jeglichen Gewichts beraubt? Fünf, sechs Sekunden – oder nur eine?

Shola hatte alles Gefühl für Zeit verloren. Weil es keine Rolle spielte in diesem Mahlstrom einer Urgewalt. Hier herrschten andere Gesetze; Regeln, die nicht von Menschen aufgestellt waren.

Der Rover wirbelte um eine Vielzahl von Achsen, überschlug sich, kreiselte. Stieg scheinbar höher und höher, flog weiter und weiter, denn Shola spürte keinen Aufprall. Riesenhände zerrten an der Karosserie, trachteten danach, die Verkleidung abzuschälen, und das Fahrzeug kreischte unter diesen Versuchen mit dem Sturmgebrüll um die Wette.

Aber noch hielten die Nieten und Schweißnähte.

Und dann nicht mehr.

Mit einem Mal fuhr der Sturm in den Rover herein, schlug

nach Shola und spie ihr Sand ins Gesicht. Sie schaffte es mit Mühe, das Staubtuch vor ihr Gesicht zu zerren.

Das Fahrzeug kreischte noch einmal auf, durch Mark und Bein gehend schrill und laut, und war plötzlich verschwunden. Als hätte es sich um sie herum aufgelöst. Oder hatte sie sich aus ihm gelöst? War sie hinausgeschleudert worden, nachdem die Sturmhände das Gefährt weit genug aufgerissen hatten?

Wie auch immer – nun wirbelte sie allein und ohne Schutz durch die entfesselte Naturgewalt.

Wie weit über dem Boden bin ich?, fragte sie sich mit einer Nüchternheit, die sich auf ein Nebengleis ihres Denkens beschränkte und ihr erlaubte, sich selbst wie mit fremden Augen zu sehen.

Die Antwort folgte auf dem Fuße. Sie lautete: *Nicht sehr weit.* Und sie war schmerzhafter als alles, was Shola in ihrem Leben je empfunden hatte.

Sie schlug zu Boden. Wäre sie aus größerer Höhe hinabgestürzt – und hätte sich die relativ geringe Schwerkraft des Mars nicht zu ihren Gunsten ausgewirkt –, hätte sie sich jeden Knochen und wahrscheinlich auch den Hals gebrochen.

So aber prallte sie »nur« mit einer Wucht auf, die sie, wie sie glaubte, auf die Hälfte ihrer ursprünglichen Größe zusammenstauchte und noch ein paar Meter weitertrieb, inmitten losgerissener dürrer Wüstensträucher, die den Sturm am Boden begleiteten.

Dann, endlich, blieb sie liegen, wie achtlos hingeworfen, als habe die Macht, die eben noch mit ihr gespielt hatte, das Interesse an ihr verloren – vielleicht, weil sie etwas von *größerem* Interesse entdeckt hatte …

Die Siedlung, dachte Shola schaudernd, und selbst dieser kurze Gedanke kostete sie fast mehr Kraft, als sie noch aufzubringen imstande war.

Wenn der Sturm seine ursprüngliche Richtung beibehalten

hatte, dann hielt er auf Vegas zu – und auf ihre Farm, die quasi den südlichsten Zipfel des Siedlungsgebietes bildete und ...

Darven!

Der Gedanke an ihren geliebten Mann kostete sie zwar Kraft, aber er verlieh ihr zugleich auch neue. Nur gab es keine Möglichkeit, diese frischen Kräfte irgendwie zu nutzen, schon gar nicht zum Wohle von Darven und der anderen auf der Farm und in der Siedlung.

Shola machte sich so flach, wie es nur ging, um dem Sturm möglichst wenig Angriffsfläche zu bieten, und doch wollte er sie immer wieder vom Boden hochreißen und forttragen. Blies ihr unter die Kleider, schmirgelte Sand über ihre Haut, die längst brannte, als würde sie in Flammen stehen. Ihre Handrücken mit den dunklen Pigmentierungen bluteten schon aus feinen Rissen.

Fest drückte Shola ihre kleinen Hände gegen den Boden, bohrte ihre Finger hinein, wie um sich am Leib des Mars selbst festzuklammern, wie um *eins* mit ihm zu werden – derweil der Sturm alles daransetzte, dass sie eins mit *ihm* wurde: Er wollte sie in sich aufnehmen, sie *fressen*, mit Haut und Haaren, sie aus diesem Leben reißen. Sie *löschen*, als habe es sie nie gegeben. So, wie er alles auslöschen wollte, was es erst seit kurzem gab auf dieser Welt ...

Shola schauderte. Nicht vor dem Entsetzen, das diese Gedanken bargen – sondern weil es nicht *ihre* Gedanken waren.

Vielmehr waren sie ... wie ein Flüstern. Ein Flüstern im Brüllen des Sturmes. Das Flüstern einer Stimme, die sich einer Sprache bediente, die Shola – und vielleicht auch kein anderer Mensch – je zuvor gehört hatte, aber doch verstand, auf eine Weise, die mit dem Gehör nichts zu tun hatte. Die Stimme sprach etwas *in ihr* an ...

Ein Etwas, das antwortete. Ohne Sholas Zutun. Sie konnte nur lauschen, Zeuge sein eines Austauschs, für den es in der

Sprache der Menschen noch nicht einmal ein Wort gab. Weil man keines gebraucht hatte für etwas, das kein Mensch je kennengelernt hatte.

Bis jetzt.

Jetzt fand dieser Kontakt statt. Definitiv. Daran hatte Shola in diesem zeitlosen Moment, in dem sie sich vorkam wie in einem Vakuum, wie im Auge des Sturms, keinen Zweifel.

Etwas *geschah* …

Shola hatte den Eindruck, unsichtbar neben sich zu stehen und sich selbst sehen zu können, wie sie etwas Unmögliches tat … nämlich aufzustehen mitten im Sturm, als sei sie plötzlich immun gegen dessen Gewalt.

Und dann hörte Shola sich sprechen; das hieß, erst sprach sie, dann *brüllte* sie gegen den Sturm an!

Oder war das nur ein Bild, in das ihr Geist das Unbeschreibliche zu fassen versuchte?

Sie wusste es nicht. Erinnerte sich auch schon nicht mehr daran, weder an das Bild noch an einen einzigen Gedanken, der ihr eben noch durch den Sinn gegangen war. Der Sturm fegte alles aus ihrem Kopf.

Und nahm auch noch ihr allerletztes Quäntchen Kraft mit.

Wenn er sonst schon nichts kriegen sollte …

* * *

Es kam ihm entgegen wie eine bizarre Riesenfaust … die ihn im letzten Moment verfehlte!

Darven sah das *Ding* als verwaschenen Schemen an seinem Rover vorbeifliegen. Und realisierte erst Sekunden später – während er in den dichter werdenden Wirbel aus Abertonnen rostroter Sandkörnchen vorstieß –, worum es sich bei dem Etwas gehandelt hatte.

Es zu begreifen und auf die Bremse zu steigen, war eins.

Die breiten Räder des Rovers blockierten und wühlten sich in den Marsboden. Sofort schaltete Darven in den Rückwärtsgang, vollführte ein waghalsiges Wendemanöver und jagte Sekunden nach dem Beinahe-Crash hinter dem unförmigen Geschoss her, das ihn fast umgebracht hätte.

Ihm wurde heiß und kalt bei dem Gedanken an Shola und der Erkenntnis, dass er sie tatsächlich gefunden hatte, etwa drei, vier Kilometer von der Farm entfernt. Denn es war ihr Rover gewesen, der ihm gerade entgegengeflogen war!

Es schnürte ihm fast die Kehle zu. Er hatte Mühe, tief durchzuatmen. Immer wieder spürte er Stiche in der Brust, in Herz oder Lunge, als hätte er die Strecke zu Fuß und im Spurt zurückgelegt.

Als vor ihm das Wrack von Sholas Rover innerhalb der wirbelnden Körner auftauchte, wurde Darven endgültig flau in der Magengrube. Umtanzt von infernalischem, *trockenen* Hagel, brachte er das eigene Fahrzeug nur wenige Schritte von dem völlig demolierten anderen Vehikel entfernt zum Halten.

Fast roboterhaft griff er nach dem Mikro seiner Funkanlage, aktivierte es aber gar nicht erst, weil ihm vorher klar wurde, dass *das* mehr als sinnlos gewesen wäre. Alles, was er *vielleicht* noch tun konnte, war, sie zu bergen. Die Zweifel, dass in diesem zusammengestauchten Torso aus Metall, Gummi und Plastik etwas überlebt haben könnte, verfinsterten sein Gemüt, wie er es niemals zuvor erlebt hatte.

Innerlich ahnte er bereits, dass er zu spät gekommen war. Aber sein Körper wollte davon nichts hören, sperrte sich dagegen, bewegte sich und reagierte fast ohne sein Zutun.

Hinaus ins Inferno. Sicht war kaum noch vorhanden. Darven tastete sich auf das Wrack zu. Dann war er bei dem Rover, der nur noch Schrottwert besaß. Die Zustiegsluke war verklemmt, das Kanzeldach zerbrochen. Das Fahrzeug lag falsch herum. Darven musste zu Boden, sich kriechend ins Innere vorarbeiten, die Brust nicht mehr von einzelnen Stichen durchbohrt, sondern ein einziger brennender Schmerz ...

... der schneller, als er gekommen war, einfach verpuffte. Die Entspannung raste wie eine elektrische Entladung durch seinen Körper.

Der Innenraum war leer!

Nirgends eine Spur von Shola!

Aber lange hielt die Erleichterung nicht an. Denn dass sich seine Frau nicht im Wrack befand, bedeutete nicht automatisch, dass sie noch lebte. Oder gar in Sicherheit war.

Sie *konnte* unmöglich in Sicherheit sein. Niemand, der sich während dieses Sturms im Freien aufhielt, war das!

Darven kämpfte sich zurück in seinen Rover.

Zumindest *wollte* er das.

Aber kurz bevor er ihn erreichte, zuckte es gleißend hell vor ihm auf, und ein Blitz raste genau auf die Stelle zu, wo das Fahrzeug stand!

Der Rover wurde wie von einer Aura umhüllt. Die Karosserie leitete die Energie ins Erdreich ab, und durch dieses pflanzte sie sich zielstrebig auch zu Darven fort, den der Schock regelrecht von den Beinen warf.

Für eine unbestimmbare Zeitspanne – Sekunden oder Minuten – war er besinnungslos, und als er wieder zu sich kam, sich mühsam aufrappelte ...

... traute er seinen Sinnen nicht.

In eine Richtung hatte er plötzlich wieder freie Sicht – die Richtung, aus der er gekommen war. Zur Farm und Siedlung hin also. Er erwartete, dass der Sturm beides eingeebnet hatte, niedergewalzt und dem Erdboden gleichgemacht.

Aber dort, wo die Katastrophe unausweichlich geschienen hatte, tobte kein Sturm mehr. Dort war der Himmel fast klar!

Darven kam auf die Beine, drehte sich um die eigene Achse – und hielt inne, als seine suchenden Blicke den Moloch wiederfanden. Dessen Rumoren und Toben immer noch zu hören war, wenn auch ferner und somit gedämpfter.

Der Sturm hatte abgedreht.

Verharrte regelrecht.

Ein absonderliches Bild: Wie in einer Momentaufnahme eingefroren *stand* die Wand aus Sand und winzigen Steinen etwa einen halben Kilometer von Darven entfernt. Und als endlich wieder Bewegung in sie kam – selbst das Getöse, das an seine Ohren drang, hörte sich seltsam gebremst an –, *bog* sich diese haushohe Barriere, dieser mahlende Strom aus Partikeln erst wie in Zeitlupe, Sekunden später dann wie im Zeitraffer … und begann eine Spirale zu formen. Eine Art Tornado, eine Windhose, die mit wachsender Geschwindigkeit um ein Zentrum wirbelte und deren unteres Ende sich immer weiter emporschraubte, jetzt schon gute fünf Meter vom Boden entfernt war – und wie ein Pfeil auf etwas zeigte, das dort unten im sandigen Grund blieb.

Die Entfernung, dieser knappe halbe Kilometer, trübte das Bild. Aber Darven war von klein auf zu Recht stolz auf sein Sehvermögen. Er konnte über große Distanzen hinweg Details ausmachen, die andere nur durch Ferngläser zu erkennen vermochten.

Und er sah …

Shola?!

Noch bevor sein Verstand es realisierte und die Wahrscheinlichkeiten gegeneinander abwog, spürte er – intuitiv –, dass *sie* es war, die dort lag. Ein Bündel Mensch, das *im* Wirbel des Sturms gesteckt haben musste, bevor dieser sich langsam und immer weiter vom Boden zu lösen begann.

Darven rannte los, auf seinen Rover zu. Der immer noch dort stand, wo er ihn verlassen hatte. *Wo der Blitz ihn getroffen hat,* erinnerte er sich im Laufen.

Als er dort ankam und den Kopf durch die offene Luke

streckte, wusste er bereits, dass der Rover nur intakt *wirkte*. Trotzdem stieg er ein, ließ sich in den mäßig bequemen Sitz fallen und legte die zum Start erforderlichen Hebel um.

Das typische Summen blieb aus.

Der Rover war tot, seine komplette Elektronik ausgefallen, und somit hatte er nicht mehr den geringsten Nutzen.

Raus hier, sofort! Darven trieb sich selbst an, ermahnte sich, keine Zeit zu vergeuden. Sein Körper gehorchte wie eine Maschine, wie eine Marionette an der Hand eines ungeübten Spielers. Von Nervosität und Angst verunsichert sprang Darven wieder hinaus ins Freie und begann auf den fernen Punkt – war es wirklich Shola? – zuzurennen. Ein, zwei Mal strauchelte und stolperte er, fiel aber nicht.

Fünfhundert Meter, für die er keine drei Minuten brauchte und in denen er die Frau, die er liebte, als Fixpunkt nahm, um auszumachen, wie weit und wie schnell sich der Sturm entfernte. Wie er in jene Richtung abdriftete, aus der Shola mit ihrem Rover gekommen sein musste.

Endlich kniete er neben ihr. Konnte die Hände auf sie legen, sacht an ihr rütteln, dann die Fingerkuppen gegen ihren schmutzigen Hals legen, nach ihrer Schlagader tasten, zitternd, den Atem anhaltend ... und dann das schwache Pochen unter der Haut spüren, das all die Anspannung in ihm löste.

Er wünschte, er hätte Wasser bei sich gehabt, um ihr damit die Lippen zu beträufeln. Sie zu sich zu bringen.

Aber es ging auch so. Sie schien nur auf die Berührung gewartet zu haben. Plötzlich flatterten ihre Lider, zuckten ihre Lippen. Sie blinzelte, schaute zu ihm empor.

»Darven ...«

Er konnte nicht anders, als sich über sie zu legen, vorsichtig, und seine Wange an ihren Hals zu schmiegen. »Ein Wunder«, flüsterte er. »Ich hätte nicht geglaubt ...«

Seine Stimme versagte.

Plötzlich krallten sich Sholas Fingernägel durch den Stoff der Kleidung in seine Haut. Sie verkrampfte.

Der Schock, dachte Darven. Dann spürte er, wie sie sich von ihm löste, ihn von sich drückte, und als er sich aufrichtete und dem Blick ihrer weit aufgerissenen Augen folgte, begriff er, dass der Sturm es war, der sie wieder in seinen Bann gezogen hatte, obwohl er jetzt schon einige Kilometer weit weg war und wie ein dunkles, gigantisches Gewicht über dem Berg thronte.

Darven wollte beruhigend auf Shola einreden, aber der Blitz, der plötzlich aus dem brodelnden Herzen des Sturms hervorstach und sich in die Bergspitze bohrte, brannte sich so nachhaltig in seine Netzhäute, dass er vergaß, was er hatte sagen wollen.

Und dann schmetterte ihnen auch schon der Donner entgegen. Ein furchtbares, ohrenbetäubendes Krachen wie von einer Explosion.

Dem ersten Blitz folgten weitere, und die Einschläge trafen allesamt den Berg, der binnen weniger Augenblicke in dichten, undurchdringlichen Staub gehüllt war.

Etwas klatschte Darven auf die Stirn. Spritzte auseinander, traf ihn auch ins linke Auge.

Zuerst erschrak er, weil er an einen Splitter glaubte, dann begriff er, dass es nichts anderes als ein fetter Wassertropfen war.

Es begann zu regnen.

Die lichter gewordenen Wolken über ihm mochten ihre Sturmkraft verloren haben, aber dafür entluden sie jetzt Regen. Wolkenbruchartig, aber durch die geringe Schwerkraft verlangsamt, brandete er Darven und Shola entgegen. Es war, als suche die Natur nach einem Ventil, um die angestauten Energien abzubauen.

Shola war immer noch wie betäubt. Sie erkannte Darven – was ihn beruhigte –, aber das ferne Gewitter wirkte wie ein Magnet auf ihren Geist. Sie reagierte nicht auf Darvens Worte, starrte nur zu »ihrem« Berg hin, wo der Regen jetzt den Staubnebel wie einen Vorhang nach unten drückte.

Und dann konnte auch Darven nur noch starren.

Verrückt, dachte er. *Wahnsinn.*

Die komplette obere Hälfte des Berges war einfach verschwunden. Der Otmanu, der »Beschützer«, sah aus wie enthauptet …

* * *

Die Blitze hatten die Bergspitze buchstäblich pulverisiert. Der bloße Versuch, sich vorzustellen, welcher Gewalten es dazu bedurfte, ließ Darven frösteln. Und als er sich dann noch in Erinnerung rief, wie nahe er selbst daran gewesen war, von einem dieser Blitze getroffen zu werden …

Das Herz wollte Darven im Leibe gefrieren.

Dann spürte er die Berührung einer Hand und eine Stimme an seinem Ohr, und beides brachte eine so angenehme wie vertraute Wärme mit sich, die das Zittern, das sich seines Körpers bemächtigen wollte, im Keim erstickte.

»Das Bild …«, flüsterte Shola und schloss ihre Finger um Darvens Unterarm.

»Ich weiß«, konnte er nur sagen, immer noch unfähig, die Augen von dem »geköpften« Otmanu abzuwenden.

»Nein. Ich meine … *mein* Bild.« Sholas Stimme und Worte schienen im Rauschen des Regens mitzuschwingen, zu dem der Sturm abgeklungen war.

Endlich schaffte Darven es, den Blick vom Berg zu lösen und zu senken, sodass er wieder auf Shola fiel. »Entschuldige, mein Liebes«, beeilte er sich zu sagen und zog sie behutsam an sich. »Bist du in Ordnung? Tut dir etwas weh? Meine Güte, ich …« Er drückte sie, ganz kurz nur, weil ihm einfiel, dass sie sich womöglich etwas gebrochen oder innere Verletzungen erlitten hatte.

»Mir … mir geht's gut«, sagte Shola, in einem Tonfall, als wundere sie sich selbst darüber, *wie* gut es ihr ging.

»Du bist nicht verletzt?«, hakte Darven nach.

Shola schüttelte den Kopf. »Nein. Bestimmt nicht.«

Jetzt endlich erlaubte Darven sich, die Liebste so fest an sich zu drücken, wie es sein Herz verlangte. Und Shola erwiderte die Umarmung, schmiegte ihr Gesicht an seine Brust, barg es in seiner vom Staub rot gefärbten Kleidung.

»Was … was ist nur passiert?«, setzte Darven an. »Ich …« Er schüttelte den Kopf und stieß einen Laut aus, der ein hartes, humorloses Auflachen werden sollte, das ihm aber noch im Hals erstickte. »Ich begreife das nicht. So etwas habe ich noch nie gesehen …«

»Weil so etwas noch nie *geschehen* ist.«

Shola hatte die Worte mit einer Überzeugung gesprochen, von der sie wohl selbst nicht wusste, woher sie sie nahm. Und irgendetwas in ihrem Ton ließ Darven von einer Erwiderung absehen; für den Moment jedenfalls …

»Mein Rover«, sagte Shola jetzt; auch sie schien das Thema meiden zu wollen. »Ich muss ihn finden.«

Sie rappelte sich auf und blieb noch etwas wacklig auf den Beinen stehen. Ehe sie sich aber in Bewegung setzen konnte, hielt Darven seine Frau zurück.

»Dein Rover ist nur noch Schrott«, rief er gegen den Regen an. »Und meiner tut's auch nicht mehr. Wir müssen zu Fuß zurück zur Farm, bevor hier draußen alles zu Sumpf wird.«

»Nein! Ich muss zu meinem Wagen«, beharrte Shola. »Ich will mein Bild!«

»Dein Bild?«

Wehmut legte sich über Sholas Züge und machte sie zu denen

eines kleinen Mädchens, dem man keinen Wunsch abschlagen konnte. »Mein Bild vom Riesen.«

Darven seufzte. So richtig verstehen konnte er nicht, welchen Narren Shola an dieser alten Zeichnung des Olympus Mons gefressen hatte. Es war ein Bild eines Berges. Punkt. Eines *sehr* hohen Berges, ja, sicher; aber eben doch nur ein Bild. Mehr nicht ... für ihn zumindest.

Für Shola aber war es sehr viel mehr. Ein Andenken an ihre Mutter, die vor Jahren verschwunden war, so spurlos, dass es tatsächlich nicht den kleinsten Hinweis auf ihren Verbleib gab. Bis heute war dieser Fall ein Mysterium.

Dass diese Zeichnung vom Olympus Mons Shola deshalb so viel wert war, dass sie sich praktisch nie davon trennte, konnte Darven immerhin nachvollziehen, wenn auch, wie gesagt, nicht wirklich verstehen.

Aber darum ging es auch gar nicht. Das Bild lag seiner Frau am Herzen, und er wusste, dass sie seinen Verlust betrauert hätte wie den von etwas Lebendigem. Und das genügte ihm als Grund, alles daranzusetzen, diese Zeichnung zu »retten«.

Ein neuerliches Seufzen verkniff er sich dennoch nicht, als er Shola bei der Hand nahm und mit sich zog, hinein in die graue Wand aus langsam fallendem Regen und hinweg über den immer schlammiger werdenden Sand, der an den Sohlen ihrer robusten Stiefel saugte und sie kaum freigeben wollte.

Es bereitete Darven keine Mühe, das Wrack von Sholas Rover wiederzufinden, obwohl der Regen inzwischen alles unsichtbar machte, was weiter als fünf, sechs Schritte voraus lag. Aber Darven hatte nicht nur scharfe Augen, sondern verfügte auch über einen ausgezeichneten Orientierungssinn.

Wie der Kadaver eines Tieres von einer Welt, auf der nicht göttliche Mächte, sondern Mechaniker und Bastler alle Lebewesen erschufen, lag der Rover da; allenfalls war er ein klein wenig tiefer in den Boden eingesunken, der mit jeder Minute weicher wurde, weil er sich wie ein Schwamm mit Wasser vollsog.

»Warte hier«, wies Darven seine Frau ein paar Schritte von dem Wrack entfernt an. Shola betrachtete den zerstörten Rover, und an ihrem Gesicht konnte Darven ablesen, dass sie sich in Gedanken ausmalte, welchem Schicksal sie entgangen war. Sein Mundwinkel zuckte; vielleicht zog sie ja eine Lehre aus dieser Sache und war in Zukunft vorsichtiger ...

Wie schon vorhin – *vorhin? Es schien ihm ewig her zu sein, dass er Sholas Rover gefunden hatte* – legte sich Darven flach auf den Bauch, um unter das umgestürzte Fahrzeug und von dort in den Fahrerraum zu kriechen. Nur war der Boden eben noch einigermaßen trocken gewesen; jetzt allerdings hatte Darven das Gefühl, sich beinahe schwimmend vorwärtsbewegen zu müssen, und hatte ein kleines bisschen Angst, dass ihn der zähe, schleimige Morast nicht mehr loslassen könnte ... Im Sumpf zu versinken, von nassem Erdreich fest umschlossen elend zu ersticken – das, so stellte Darven sich vor, musste doch der schlimmste Tod sein, der einen Menschen ereilen konnte. Wobei das Wort *»ereilen«* in einem solchen Fall sicher fehl am Platze war ...

Irgendwie schaffte er es. Indem er sich wie ein Schraubenwurm durch den Schlamm schlängelte, schlüpfte er schließlich in den Führerstand des Rovers, in dem alles auf dem Kopf stand und hing. Nur die Zeichnung des Olympus Mons befand sich noch an ihrem angestammten Platz an der Innenwand des Fahrzeugs.

Darven nahm das Bild an sich, schob es unter seine Kleidung, sodass es einigermaßen vor Matsch und Wasser geschützt war, und robbte wieder hinaus in den Regen – durch mittlerweile *noch* tieferen Schlamm.

Shola hatte nicht auf ihn gehört. Sie stand nicht mehr dort, wo er sie zu warten gebeten hatte. Sie war ...

Wo war sie?

»Shola?«

Der Regen nahm an Heftigkeit noch zu, sein Rauschen steigerte sich zum dumpfen Dröhnen, als wolle er Darvens Stimme übertönen.

»Shola!«

Darven lag noch halb auf dem Bauch, war in der Bewegung, mit der er sich in die Höhe hatte stemmen wollen, erstarrt, als er gesehen hatte, dass Shola verschwunden war.

Panik flackerte in ihm auf wie ein Funke, und die Angst um Shola, die Angst, sie jetzt doch noch verloren zu haben, wäre diesem Funken reichlich Nahrung gewesen ...

... hätte nicht in diesem Augenblick eine Hand diesen Funken erstickt mit derselben Bewegung, in der sie nach Darvens Arm fasste und sanft daran zog.

»Ich helfe dir«, sagte Shola neben ihm.

»Da bist du ja!«, stieß er hervor.

»Natürlich bin ich da«, lächelte Shola durch den Regen, der ihr den Schmutz vom Gesicht wusch. »Ich bin doch immer da, wo du bist.«

»Ja«, Darven nickte, »immer.« Er lächelte zurück, und der Regen schien mit einem Male nicht mehr zu existieren. Ihrer beider Lächeln zusammen hatte in seinen Augen die Kraft einer Sonne.

Und als er Shola ihr Bild gab und sie es sekundenlang betrachtete, dabei strahlte wie ein Kind und es schließlich unter ihrer nassen Kleidung am Herzen barg, fasste er nach ihrer Hand und sie gingen Seite an Seite durch die Nachwehen eines der schlimmsten Unwetter seit Marsmenschengedenken – als sei es der schönste Tag, den irgendein Mensch jemals gesehen hatte.

* * *

Nacht hatte sich über die Landschaft gesenkt. Und die Ruhe, die auf der Farm eingekehrt war, täuschte doch sehr darüber hinweg, dass selbige, wäre das Schicksal nur ein klein wenig launiger gewesen, jetzt schon gar nicht mehr existiert hätte.

Und ich auch nicht ...

Shola hielt kurz inne. Die Lichtinsel, in der sie saß, schien kurz von einem Schatten durchwandert zu werden, den es wohl nur in ihrer Einbildung gab, der aber genau das darstellte, was *in* ihr war, seit sie zurückgekehrt waren: Schatten.

Seit Darven und sie die anderen Farmbewohner in die Arme geschlossen und sie sich gegenseitig zum Überleben gratuliert hatten, ging ihr immer wieder durch den Kopf, was heute wirklich passiert war ... wobei sie selbst ahnte, dass es hinter *dieser* Wirklichkeit noch eine andere gab ...

Die offensichtliche jedenfalls war: Der Monstersturm, der beinahe der gesamten Ansiedlung Vegas zum Verhängnis geworden war, mochte noch einmal an ihnen vorbeigegangen sein. Aber er konnte sich jederzeit wiederholen ...

Shola drückte den opalisierenden Stein, den sie zwischen Daumen und Zeigefinger ihrer Linken hielt, so fest, dass es schmerzte. Sofort lockerte sie den Griff und schüttelte den Kopf. Sie war müde, erschöpft, aber dennoch nicht in der Lage, zu Bett zu gehen, einfach einzuschlafen und auf den neuen Morgen zu hoffen, der die Schatten vielleicht vertreiben würde.

... irgendwann würde das Glück weder die Farm noch die angrenzende Siedlung schützen. Irgendwann würden die Menschen aus dem kleinen, bei weitem nicht perfekten, aber hoch ambitionierten Paradies, das sie dem Mars abgetrotzt hatten, vertrieben werden.

Aber wohin?

Für einen quälend langen Moment sah Shola im Geiste einen Flüchtlingsstrom auf eine der anderen Siedlungen zurollen, die dann vielleicht verschont geblieben waren. Bradbury zum Beispiel, die Stadt ihrer Vorväter. Oder Elysium. Oder Hope ...

Ihre Rechte, die den Bohrer hielt, mit dem sie ein Loch von der Größe eines Nadelöhrs in den Schmuckstein gemacht hatte, legte das Werkzeug ab und griff stattdessen nach dem Becher, dessen Inhalt noch schwach dampfte. Sie hatte ihn gerade erst aus dem Thermobehälter eingegossen. Fala-Tee aus eigenem Anbau. Kurz aufgebrüht – nur wenige Sekunden – wirkte er absolut beruhigend; wer es eher anregend mochte, ließ ihn maximal eine Minute ziehen. Danach wurde er fast ungenießbar.

Obwohl sie die optimale Brühzeit wie kaum ein anderer beherrschte, schien der Tee plötzlich gallebitter zu schmecken. Sie setzte den Becher schon nach einem winzigen Schluck wieder ab.

Die Natur, nahmen ihre Gedanken wie von selbst den Faden wieder auf, *hat uns eindrucksvoll demonstriert, was sie davon hält, dass wir ihr andauernd ins Handwerk pfuschen. Und wer im Zweifelsfall der Stärkere ist. Vielleicht war es ein Warnschuss. Vielleicht verzeiht sie uns nicht, was wir dem Mars angetan haben, als wir dachten, ihm endlich Leben schenken zu müssen. Die Atombomben. Die Jahrzehnte währende radioaktive Strahlung. Das Terraforming. Mars war vor uns da. Er hat sich womöglich über Jahrmilliarden damit begnügt, keine zweite Erde zu sein, keine Welt, wie sie uns einst hervorbrachte ...*

Sie wusste, wenn sie jetzt einen weiteren Schluck genommen hätte, hätte der Tee noch bitterer geschmeckt.

Die Erde ...

Nach allem, was sie über die Alte Welt wusste, von der ihre Urahnen vor zweihundertsechsunddreißig Erdjahren gekommen waren, graute ihr schon beim bloßen Gedanken an die Menschen dort, ihre Gesellschaftsformen und »Werte«.

Das irdische Leben war ein Beispiel, dem es nicht nachzueifern lohnte, das allenfalls als Abschreckung dienen konnte. Am besten war man beraten, wenn man gar nicht darüber sprach und nicht daran dachte, und am allerbesten wäre es wohl gewesen, ganz zu vergessen, dass es einen Planeten Erde und Erdmenschen gab.

Das hier war der Mars. Und *sie* waren *Marsianer!*

Oder wären es zumindest gerne geworden. Und zwar in einer Weise, dass ihre Welt sie nicht nur tolerierte, sondern ganz allmählich, von Generation zu Generation mehr akzeptierte und in ihre Natur mit einbezog.

Gedankenversunken fädelte Shola den Schlussstein auf die Kettenschnur und knüpfte die beide losen Enden routiniert zusammen.

Als hätten sie nur auf die Fertigstellung gewartet, näherten sich im nächsten Moment melodische Klänge. Und während Shola noch der Frage nachspürte, ob sie erst jetzt ertönten oder von ihr zuvor nur nicht wahrgenommen worden waren, schob sie das Schmuckstück mit einer wischenden Bewegung ihrer Hand in die Tischschublade, die sie sofort wieder verschloss.

Sekunden später tauchte Darven im Türrahmen auf und hielt einen kleinen, aufziehbaren Musikwürfel in der Hand.

»Weißt du überhaupt, wie spät es ist?«, fragte er, während er die Feder des Spielwerks neu aufdrehte.

Sie lächelte und schüttelte den Kopf, als gäbe es nichts Unwichtigeres. »Ich war mir sicher, dass du mich nicht hier vergessen würdest, wenn du zu Bett gehst.«

»Das ist das Problem.«

Sie furchte die Stirn.

»Dass du dir dessen *zu* sicher bist.« Er grinste. Aber hinter dem lausbübischen Verhalten, das fühlte sie, weil sie ja genau demselben Verhaltensmuster folgte, lauerte immer noch die Sorge und große Verunsicherung.

Sie winkte ihn zu sich. »Komm her. Setz dich.«

»Wohin?« Er sah sich demonstrativ um. Die Kammer, die Shola zu ihrer Werkstatt umfunktioniert hatte, war winzig, und außer dem Arbeitstisch und ein paar Regalen gab es nur den einen Stuhl, auf dem sie hockte.

Sie klatschte sich auf die Schenkel, rückte etwas vom Tisch ab. »Auf meinen Schoß. Oder glaubst du, ich hielte das nicht aus?«

»Nach dem, was du heute ausgehalten hast?« Er schüttelte den Kopf, ließ die Maske fallen, war plötzlich genauso ernst, wie ihm zumute war. »Ich schwöre«, er hob zwei gespreizte Finger ans Herz, »ich werde dich nie wieder unterschätzen. Nie wieder.«

Und dann setzte er sich tatsächlich vorsichtig auf ihren Schoß, obwohl er es auch andersherum gemocht hätte. Sie schlang sofort die Arme um ihn. Und erst jetzt wich die Anspannung aus ihm, die immer noch jeden Nerv, jeden Muskel wie unter prickelnden Strom gesetzt hatte. Er stellte die Spieluhr auf dem Tisch ab, lauschte mit Shola gemeinsam, wie die letzten Töne gespielt wurden, und wandte ihr dann sein Gesicht zu. »Weißt du eigentlich, dass ich dich liebe?«

Sie nickte. Mindestens so ernst, wie er selbst dreinschaute. »Anders hätte ich es nicht geschafft.«

Für einen Moment wirkte er irritiert.

»Meine eigene Liebe zu dir gab mir die Kraft, da ...« Sie streckte vage den Arm aus. »... durchzukommen. Irgendwie. Ich wollte nicht für immer gehen. Und ich wollte dich nicht allein lassen ... Klingt kitschig, was?«

»Klingt, als hätte ich das gerade gesagt.«

Sie küssten einander. Als sich ihre Lippen wieder lösten, sagte Darven: »Es war ein harter Tag. Wollen wir ...?«

Ihre Hand fuhr unter sein Hemd, liebkoste kurz die leichte Einbuchtung seines Solarplexus und wanderte dann weiter zum Nabel, dessen Rundung sie mit der Fingerspitze nachzeichnete.

Es durchrieselte ihn warm und verlangend.

»Wenn du nicht vorhast, gleich einzuschlafen«, sagte sie mit jetzt dunkler, verführerischer Stimme.

Er hob die Hand und strich über ihr Gesicht, schob das Haar zu beiden Seiten hinter ihre Ohren und sah sie sekundenlang nur an. »Es scheint so«, sagte er schließlich, »als folge dem harten Tag eine nicht weniger harte Nacht. Ich glaube nicht, dass ich auch nur ein Auge zutun kann.«

»Du hast Recht. Dafür werde ich schon sorgen.« Sie zwinkerte ihm zu, und dann lachten beide. Ihre gegenseitigen Liebkosungen wurden leidenschaftlicher, aber irgendwann hielt Shola jäh inne.

»Was ist?«, fragte Darven. »Habe ich ...«

Kopfschüttelnd öffnete sie die Schublade und holte die Kette heraus, nahm seine Hand, drehte und öffnete sie und legte ihr Geschenk hinein.

»Für mich?«

»Für wen wohl sonst?«

Er betrachtete die Kette, an der sich Stein an Stein reihte, ein jeder von einer anderen Farbe, ein jeder mit einem anderen Schliff, sodass das Licht der Arbeitslampe sich darin brach.

»Es ist wunderschön. Aber ich habe gar nichts für dich ...«

Sie legte ihm einen Finger auf den Mund. »Du hast mir Mutters Bild wiedergeholt. Ich hätte es nur schwer ertragen, es für immer verloren zu haben.«

»Du hättest es dir selbst geholt.«

In ihren Augen funkelte es belustigt. »Glaubst du allen Ernstes, ich wäre durch diesen Schlamm gerobbt?«

»Na warte!«

»Halt«, stoppte sie ihn. »Bevor wir es auskämpfen: Ich will sie dir anlegen.«

»Die Fesseln?«

»Wenn du die Kette so verstehen willst – gerne.«

Er grinste verlegen, dann hob er das Kinn und sah zu, wie sie das Geschenk wieder aus seiner Hand nahm und es hinter seinem Nacken zusammenband.

Die bunten Steine klimperten melodisch.

»Was ist das für ein Mineral? Ich habe es noch nie gesehen«, sagte er.

»Ich hatte ein paar Splitter in die Taschen meiner Kleidung gesteckt, nicht in den Tornister, der mir unterwegs verloren gegangen ist«, antwortete sie.

»Es stammt von deiner heutigen Ausbeute?«

Sie nickte. »Von einer Stelle, die ich zum ersten Mal untersucht habe ... und vermutlich auch zum letzten Mal.«

Er wusste, was sie meinte. Das Bild des amputierten Berges hatte sich in sein Gedächtnis eingebrannt.

Er stand auf, fasste mit der einen Hand nach der Kette, die sich warm und *gut* anfühlte, und mit der anderen nach Sholas Arm, um sie vom Stuhl hochzuziehen.

In dieser Nacht liebten sie sich wie schon lange nicht mehr.

»Ich wünsche mir so sehr ein Kind von dir«, flüsterte Shola irgendwann atemlos, als sie kurz pausierten.

»Ich weiß«, sagte er.

Mehr nicht. Sie versuchten schon lange, eine *richtige* Familie zu gründen.

Aber selten hatten sie sich so sehr bemüht ...

3.
MARKTTAG

Obgleich seit dem großen Sturm, der auf die Siedlung zugewalzt war, einige Tage vergangen waren, schien es auf dem Marktplatz von Vegas kein anderes Thema zu geben: Wo man auch hinkam und hinhörte, sprach alles davon – und vor allem natürlich davon, dass der Sturm quasi im letzten Moment noch abgedreht hatte.

Aus Gründen, die sich auch heute noch keiner wirklich erklären konnte.

Was allerdings nicht hieß, dass es keine Erklärungen *gab*.

Nein, davon gab es mehr als genug; jeder Zweite schien sie parat zu haben. Und die andere Hälfte begnügte sich damit, als Grund für das abnorme Verhalten jener Sturmwand etwas anzunehmen, das diese Unerklärlichkeit zumindest in ein Wort kleidete: ein Wunder nämlich.

Zu dieser Fraktion zählte sich auch Shola.

Auch sie, die im wahrsten Sinne des Wortes mittendrin gesteckt hatte in diesem Chaos, hatte keine andere Erklärung dafür.

Was auch tatsächlich geschehen sein mochte – der Sturm hatte die Erinnerung daran aus ihrem Kopf gefegt, sie ausgelöscht …

… so wie er den Gipfel des Otmanu ausgelöscht hatte.

Und diesen Vergleich wiederum fand Shola unheimlich; mehr noch, zutiefst beunruhigend. Denn wenn er zutraf, bedeutete dies, dass sie etwas gewusst *hatte*, das sie jetzt *nicht mehr* wusste – dass der Sturm ihr etwas *geraubt* hatte.

Aber was? Und warum?

Etwas, das sie nicht wissen sollte? Etwas, das nicht gemacht und gedacht war für Menschen?

»Unsinn«, flüsterte Shola. Und wünschte, es hätte überzeugend geklungen in ihren eigenen Ohren ...

Aber war es denn nicht Unsinn zu glauben, es könne eine Macht hinter diesem »Wunder« stehen, die einen Sturm zu steuern vermochte und die einem Menschen so etwas wie Erinnerungen stehlen konnte?

Nun ..., überlegte Sholas, *auf den Kern reduziert hieße das doch nur, an eine Macht zu glauben, die größer und stärker, eben mächtiger ist als der Mensch.*

War das Unsinn ...?

Shola wollte sich diese Frage nicht beantworten, auch jetzt nicht, nachdem sie im Laufe der letzten Tage schon mehrfach zu der Erkenntnis gelangt war, dass sich das ganze Rätsel im Grunde genommen auf diese eine Frage zurückführen ließ, beziehungsweise auf die Antwort darauf.

Aber eine Erklärung würde diese Antwort auch nicht liefern.

Vielleicht weil es keine Erklärung gab. Weil es hier auf dem Mars Dinge geben mochte – wie sie es vielleicht auch im restlichen Universum gab –, die sich nicht erklären *ließen*, ganz gleich, wie sehr Menschen oder andere Wesen auch versuchten, sie in erklärliche Form zu zwingen.

Um sich in Gedanken endlich von dieser Frage und aus dem schwindlig machenden Kreis, in den sie immer wieder mündete, zu befreien, hatte Shola den Markttag in Vegas diesmal kaum erwarten können. Gefreut hatte sie sich schon immer darauf, weil Markttag neben dem Tauschhandel mit anderen auch bedeutete, Freunde zu treffen und sich gut zu unterhalten. Aber in den letzten Tagen hatte sie diesen Markt regelrecht herbeigesehnt, denn nie hatte sie Zerstreuung nötiger gehabt als in diesen Tagen nach dem Sturm.

Mit einer fast körperlichen Anstrengung schob Shola endlich die bangen Gedanken und nicht zu klärenden Fragen beiseite, und es war, als hätten sie ihr tatsächlich den Blick verstellt auf das Geschehen auf dem Marktplatz von Vegas. Ihr war, als sehe sie erst jetzt, obwohl sie doch schon seit kurz nach Sonnenaufgang hier war, die Menschen, die von nah und fern hergekommen waren – die einen, um ihre Waren an Ständen und auf Wagen feilzubieten, die anderen, um zu schauen, und alle, um untereinander zu handeln oder Gut gegen Zeit von ihren Lebenszeitkonten zu tauschen.

Nur Shola war nicht zum Tauschen und Handeln hier. Sie *verschenkte*, was die Natur des Mars ihr geschenkt und was sie dann zu kleinen Schmuckstücken weiterverarbeitet hatte, alle klein und zierlich wie diejenigen, für die sie bestimmt waren: die Kinder.

Wie eine gute Fee aus einem Märchen kam Shola sich bisweilen vor, wenn sie so über den Marktplatz schlenderte, die Budenstraßen entlang, umweht von dieser ganz besonderen Atmosphäre aus Stimmen und Düften, die den Markttag ausmachte. Manchmal waren es nur einzelne Jungen und Mädchen, dann wieder scharte sich eine ganze Traube aus Kindern um sie, und Shola hörte ihren Dank und ihre Freude noch lange, nachdem sie bereits weitergegangen war und die Kinder hinter ihr zurückblieben und ihren neuen Schmuck bewunderten und untereinander verglichen, nur um zu dem Ergebnis zu kommen, dass jedes einzelne Stück auf seine Weise wunderschön und etwas ganz Besonderes war.

Wobei der Dank der Kinder und deren Freude gar nicht der eigentliche Grund waren, aus dem Shola sie beschenkte. In erster Linie tat sie es, weil sie im Gegenzug selbst ein Geschenk erhielt, und die Reaktion der Kinder, die Freude und der Dank waren dabei nichts weiter als die Verpackung dieses Geschenks. Der Inhalt selbst ... dafür gab es kein Wort; keines, das ihm wirklich gerecht wurde. Shola konnte – und wollte – es anderen Erwachsenen nicht erklären. Nicht einmal Darven, und er war deswegen nie in sie gedrungen. Solange es sie nur glücklich machte, genügte ihm das.

Darven, dieser Glücksgriff von einem Mann …

Shola lächelte im Dahingehen. Und lachte, als ihr mit einem Mal zwei Gewichte an den Armen hingen!

»Shola!«, riefen zwei helle Stimmen unisono.

»Meine Güte, ihr seid doch schon wieder schwerer geworden, seit wir uns zuletzt gesehen haben!«, sagte sie mit gespieltem Stöhnen, was die beiden Kinder, die ihre feingliedrigen Hände um Sholas Unterarme klammerten, dazu animierte, ihr zu zeigen, wie groß und schwer sie wirklich geworden waren: Beide zogen Beine und Füße hoch und hingen nun tatsächlich mit ihrem ganzen Gewicht an Sholas Armen. Sie geriet ins Taumeln und wäre ums Haar gestürzt, hätten zwei kräftige Hände sie nicht gerade noch aufgefangen und gestützt.

Zugleich verlangte eine strenge Stimme: »Ley! Cari! Lasst den Unfug! Tut man das mit einer Freundin?«

Augenblicklich ließen der dreijährige Junge Ley und seine etwas mehr als halb so alte Schwester Cari von Shola ab und blieben mit zu Boden gesenktem Blick stehen.

»Entschuldigt euch«, forderte ihr Vater sie auf.

Shola hob die Hand und wollte sagen: *Lass gut sein, ist doch nichts passiert,* aber Kord schüttelte nur kurz den Kopf und beharrte auf einer Entschuldigung seiner beiden Kinder.

»Tut uns ehrlich leid, Shola«, sagte Ley schließlich bedröppelt und schaute sie von unten herauf an – mit einem so anrührenden Blick, dass Shola nicht anders konnte, als lächelnd in die Knie zu gehen und Ley und sein Schwesterchen in die Arme zu nehmen und an sich zu ziehen.

»Wir tun's nicht wieder«, gelobte die kleine Cari und besiegelte ihr Versprechen mit einem feuchten Kuss auf Sholas Wange.

»Du untergräbst meine Autorität, weißt du das?«, warf Kord von hinten ein, aber Shola musste ihn nicht einmal ansehen, um zu wissen, dass er ihr nicht wirklich böse war. Kord würde ihr nie böse sein. Sie kannten einander schon so lange, waren Freunde seit ... na, immer schon. Und wäre Darven damals nicht gewesen ... und hätte es Marlee nicht gegeben ...

Weiter erlaubte Shola ihren Gedanken nicht zu gehen. Mehr noch, sie schämte sich schon fast, dass sie auch nur *so* weit gedacht hatte.

Marlee, Kords Frau und die Mutter von Ley und Cari, war tot. Kurz nach Caris Geburt gestorben, an einer seltenen Erkrankung der Atemwege, die unheilbar war. Marlee war ihre Freundin gewesen. Auch nur daran zu denken, was gewesen wäre, wenn ... *Hör endlich auf damit!,* fuhr Shola sich in Gedanken an, und zwar so scharf, dass sie beinahe zusammengezuckt wäre.

Kord war ein großartiger Vater. Das war er schon vor Marlees Tod gewesen, und danach hatte er sich auch noch in respektabler Weise in die Rolle einer Mutter für seine Kinder eingefunden, ohne sie ihnen allerdings ersetzen zu wollen. Ley und Cari sollten Marlee nicht vergessen – nur schmerzlich vermissen sollten sie ihre Mutter nicht ewig müssen ...

Dass er vielleicht ein klein wenig strenger war als manch anderer Vater, musste man ihm aufgrund seiner »Doppelrolle« wohl nachsehen, zumal er es ja nur gut meinte. Außerdem war das sicher der beste Weg, den er nach Marlees Tod hatte einschlagen können: Anstatt sich hängen zu lassen und seine Kinder zu vernachlässigen, hatte er den Tod seiner geliebten Frau nicht als Ende aller Dinge betrachtet und resigniert, sondern als Anstoß zum Neuanfang und eines anderen Lebens verstanden. Und man musste ihm zugestehen, dass seine Kinder dank seiner Striktheit wirklich das waren, was man gemeinhin unter wohlerzogen verstand – ohne dabei aufgehört zu haben, richtige Kinder zu sein ...

Shola hätte ein eigenes Kind nicht sehr viel mehr lieben können als Ley und Cari. *Anders* vielleicht, ja, aber *mehr?* Das war kaum vorstellbar.

»So, ihr beiden«, sagte Kords markante Stimme über ihnen, »nun lasst mir auch noch was übrig von Shola.«

Shola ließ sich von seiner kräftigen Hand beim Aufstehen helfen und dann von ihm in die ebenso kräftigen Arme nehmen. Sie küssten einander auf die Wangen. Dann hielt Kord sie an beiden Schultern von sich, musterte sie unverhohlen von Kopf bis Fuß, grinste und kam zu dem Schluss: »Gut siehst du aus.«

»Danke. Das finde ich auch«, sagte Darven.

* * *

Shola drehte sich um.

»Darv!«

Am liebsten hätte sie sich auf die Zunge gebissen. Darv ... So nannte sie ihn doch nur, wenn sie emotional in Aufruhr war. Wenn sie miteinander stritten, was auch einmal vorkam, oder sie sich in die Enge getrieben oder ... ertappt fühlte.

Ertappt. Das war es.

Shola spürte, wie sie errötete. Zumindest bildete sie es sich ein. Was alles nur noch schlimmer machte. Erst die Kurzform seines Namens, die Darven überhaupt nicht mochte und die ihr auch nur in den allerseltensten Fällen herausrutschte, und nun auch noch die verräterische Röte, die sich auf ihre Wangen stahl.

Bei den Monden!, dachte Shola. *Als hätten Kord und ich tatsächlich was miteinander ...*

Sie fühlte sich zu Unrecht »ertappt«. Sie wusste, dass die Situation völlig harmlos war – aber sie wusste auch, wie Darven auf Kord reagierte. Sie begegneten sich ja nicht zum ersten

Mal. Und stets ging mit ihrem sonst so sanftmütigen, in sich ruhenden Mann eine Wandlung vor, die sie an die Frühgeschichte der Menschheit aus den Lehrbüchern erinnerte.

Neandertaler-Mentalität nannte sie es. Nicht nur für sich. Sie hatte es Darven auch das eine oder andere Mal an den Kopf geworfen, wenn er sie in Rage gebracht hatte mit seinen grundlosen Eifersüchteleien.

Grundlos?

Sie wusste, dass auch das nicht die ganze Wahrheit war. Was ihr letztlich half, Darvens Warte zu verstehen.

Hätte es umgekehrt eine Frau gegeben, mit der sich ihr Mann so sichtlich gut verstand ... nun, sie wusste nicht, wie sie reagiert hätte. Wahrscheinlich weit weniger zurückhaltend.

Darven beherrschte sich meisterhaft. So perfekt, dass nicht einmal Kord und seine Kinder etwas von der Spannung zu merken schienen, die plötzlich in der milden Mittagsluft lag.

»Hi, Onkel Darv!« Eine helle Stimme, gefolgt von einer zweiten, wie ein Echo: »Hi, Onkel Darv ...«

Sie sah, wie Darvens Blick zu Kords Kindern wanderte. *O nein,* dachte sie. *Macht es nicht noch schlimmer, Kinder.* Noch weniger als seine Namensverunglimpfung mochte er es, *Onkel* genannt zu werden.

Was das anging, gab sie ihm Recht. Genauso wenig wollte sie *Tante* genannt werden. *Mutter* hingegen ...

Sie schüttelte den Kopf, merkte es aber erst, als ihr bewusst wurde, dass Darven wieder zu ihr herüberschaute, kurz nur, aber lange genug, um stumm zu fragen: *Was ist? Ist es so schwer zu verstehen, dass ich nicht mag, wie gut ihr beide euch versteht? Zumal er das hat, was du dir so sehr wünschst.*

Kinder nämlich.

Bei den Monden, ja, *Kinder!*

Es wurde allmählich zur fixen Idee.

In der gleichen Sekunde, in der seine Augen zu ihr sprachen, antwortete sie ihm ebenso stumm: *Und hast nicht du, was er sich wünscht, aber niemals bekommen wird? Mich?*

Es war nicht ihr bester Tag, und sie war ganz froh, dass all das Gedachte unausgesprochen blieb.

»Hi, Kinder …« Er ließ es nicht an den Kleinen aus. Schon allein dafür liebte sie ihn.

Laut fragte sie: »Was tust du hier, Liebling?«

»Nach dem Rechten sehen.« Er grinste breit, und es tat ihr gut zu sehen, dass er ihr nicht ernsthaft zutraute, etwas mit Kord zu haben. Es war einfach nur dieser Hauch von Angst, der mitunter, und sei es nur für Augenblicke, alle Vernunft und alles Vertrauen in den Partner ersticken konnte.

»War nur ein Witz«, lachte er jetzt offen. »Ich musste kurzfristig mit Varga in die Siedlung – wir brauchen ein Ersatzteil für eine der Maschinen. Du weißt, dass wir gestern mit der Ernte begonnen haben.«

Vargas Verletzung war glücklicherweise nicht so schlimm gewesen, wie es zuerst ausgesehen hatte; zwar trug er noch einen Kopfverband und hatte einige Zähne eingebüßt, weigerte sich aber beharrlich, kürzerzutreten.

Darven sah zum rötlichen Himmel. »Zum Glück scheint das Wetter stabil zu bleiben. Auch für die kommenden Tage bahnt sich hoffentlich nichts an, was uns die Ernte verhageln könnte.«

»Kein Sturm?« Sie benutzte das Wort wie jemand, der seine Phobie mit genau dem bekämpfte, was sie normalerweise auslöste. In kleinen Dosen. Zur allmählichen Immunisierung …

O ja, sie hatte immer noch mit jenem Tag zu kämpfen, der nun schon Wochen zurücklag.

»Nein, wie es aussieht, nicht.«

Ihm konnte sie nichts vormachen. Sie sah, dass er sie eindringlicher musterte als zuvor. Er wusste, warum sie sich nachts häufig unter unverständlichem Brabbeln im Bett wälzte und oft schweißgebadet hochschreckte. Oder von ihm geweckt werden musste, um endlich aus der Gefangenschaft ihres Albtraums fliehen zu können.

Shola ging vor den beiden Kindern in die Hocke und legte jedem von ihnen eine ganz besonders hübsch geratene Kette um den Hals.

Bevor sie etwas sagen konnten, beugte sich auch Darven zu ihnen herab und meinte süffisant: »Da hat *Sholli* …«, das Grinsen kehrte auf seine Lippen zurück, als er sich bei seiner Frau revanchierte, »… aber wirklich ein paar tolle Ketten gezaubert.« Er berührte die Schmucksteine. »Gefallen sie euch?«

»Meine ist prima!«

»Meine auch!«

Ley und Cari waren sich einig. Shola wünschte, Kord und Darven wären es auch gewesen. Aber das war wohl etwas zu viel verlangt. »Wenn mein heutiger Vorrat verteilt ist«, sagte sie in die Runde, »werde ich wohl etwas pausieren müssen.«

Kord zog erstaunt die Brauen nach oben, während Darven sofort den Grund zu kennen schien.

»Wieso das denn? Das kannst du doch deinen Fans nicht antun, Shola«, sagte Kord. »Du bist der einzige Lichtblick auf diesem Markt, vor allem für die Kinder.«

»Das ist lieb gemeint, Kord, danke. Aber ich habe kein Material mehr, um neuen Schmuck zu basteln. Seit dem … Sturm …«

»Seit dem Sturm meidet Shola den Otmanu, wo sie sonst ihre Vorräte auffüllt«, sprang Darven ihr bei. Er spürte, wie schwer es ihr immer noch fiel, an den Otmanu auch nur zu *denken.*

»Verstehe«, sagte Kord. »Du warst ja mittendrin in dem furchtbaren Wetter, das noch mal an uns vorüberging. Sonst hättest du wohl heute nichts zu ernten, was, Darven?«

Er sagte es ohne jede Schadenfreude – was ohnehin völliger Irrsinn gewesen wäre, da nicht nur die Farm, sondern auch alle

Bewohner von Vegas vom Ernteertrag abhängig waren. Er meinte es ganz ehrlich.

Darven nickte leicht verkniffen.

»Wir müssen dann«, sagte Kord. »Kinder ...?«

»Komm uns doch mal besuchen, Tante Shola!«, krähte Cari zum Abschied.

Shola tauschte einen Blick mit Darven, der sie für alles entschädigte. Er strahlte. Alles war wieder gut.

Tante ...!, dachte sie verdrießlich. *Was für ein Tag ...*

4.
ENDE UND ANFANG

»Du gehst weg? Hast du denn nichts zu tun?«

Kord drehte sich nach der Stimme um und lächelte seiner Mutter zu. Pa Saintdemar war eine – immer noch – stattliche Frau, wohl genau das, was man zu allen Zeiten schon eine natürliche Schönheit genannt hatte. Kord sah viel von seiner Mutter in Cari, seiner Tochter, ganz so, als liege Pa Saintdemars Gesicht unter dem des Mädchens schon verborgen, wie verpuppt.

Jedenfalls hätte die Kleine es schlechter treffen können als mit diesem Erbteil ihrer Großmutter, dachte Kord einigermaßen amüsiert – und weniger amüsiert fügte er hinzu: ... *wenn sie zum Beispiel die beharrliche Neugier und das gluckenhafte Wesen meiner Mutter abbekommen hätte.*

Beides war zwar im Grunde nichts Schlechtes; Kord gefiel nur nicht, dass seine Mutter diese Eigenschaften fast ausschließlich für ihn reserviert hielt. Was sie freilich nur gut meinte, das war unbestritten. Aber Kord bedurfte dieser Überfürsorge nicht, hatte ihrer auch nach Marlees Tod nicht bedurft, der ihm zum Prüfstein des Lebens geworden und an dem er nicht zerbrochen, sondern im Gegenteil gewachsen war.

Was indes nichts war, worauf er stolz gewesen wäre. Er sah das nüchtern, rückblickend wenigstens, und als Notwendigkeit. Er hatte nach Marlees Tod an einer Kreuzung zweier Wege gestanden, von denen einer bergab und der andere bergan führte. Leichter wäre es sicher gewesen, bergab zu gehen und alles mit sich zu nehmen – doch um seiner Kinder willen hatte er sich für den anderen Weg entschieden, heraus aus dem Tal der Trauer.

Sie hatten es geschafft: Die Kinder sahen fast nur noch die Höhen des Lebens und in die Zukunft; nur Kord selbst schaute sich bisweilen noch um und fragte sich im Stillen, was gewesen wäre, wenn und falls …

Aber er sprach es nie aus, ließ es sich nicht einmal anmerken, auch seiner Mutter gegenüber nicht. Vielleicht weil er sie glauben lassen wollte, dass sie ihm ein gutes Beispiel gewesen war. Schließlich war ihr vor langen Jahren ein ähnliches Schicksal widerfahren wie ihm, denn auch sein Vater war gestorben, als er, Kord, noch ein Kind gewesen war. Und auch seine Mutter hatte das Leben nicht aufgegeben, sondern selbst in die Hand genommen.

Sie war keinen zweiten Bund fürs Leben eingegangen. Vielleicht betrachtete sie das heute als einen Fehler – einen, den ihr Sohn nicht begehen sollte. Dafür schien sie stetig Sorge tragen zu wollen.

Zwar hatte sie nie ein Wort in diese Richtung verlauten lassen, hatte das Kind nie beim Namen genannt; aber man konnte manche Dinge sagen, ohne sie auszusprechen. Und darin war Pa Saintdemar eine wahre Meisterin.

Aber wie konnte sie denn glauben, dass er je eine zweite Frau finden konnte, mit der er sein Leben teilen wollte? Es war nicht nur, dass er Marlee geliebt hatte, wie er nie eine andere Frau würde lieben können – nein, er liebte sie immer noch, daran hatte ihr Tod nichts geändert.

Er umging die Frage seiner Mutter – wohl wissend allerdings, dass sie ihn so leicht nicht vom Haken lassen würde. Während er die Tür zu seinem Arbeitsquartier schloss, sagte er nur: »Ich bin rechtzeitig zurück, um die Kinder abzuholen.«

Er wollte schon nach links gehen und um das Haus herum, wo sein Rover parkte, als seine Mutter die Bewegung mitmachte und ihm, symbolisch wenigstens, den Weg vertrat.

»Wohin musst du denn?«, fragte sie.

»Ich *muss* nirgendwohin«, antwortete er. »Ich *will* wohin.« Er blinzelte ihr zu.

»Und das willst du deiner alten Mutter nicht sagen.« Sie nickte, gespielt eingeschnappt. »Verstehe.« Dann hellten sich ihre Züge plötzlich ein kleines bisschen auf und sie sagte noch einmal, nur mit ganz anderer Betonung: »Verstehe.« Und dazu blinzelte sie nun ihrerseits ihm zu.

Kord stutzte kurz, dann lachte er laut und herzhaft. »Nein, nein, Mutter, das verstehst du falsch. Ich bin nicht auf dem Weg zu einem heimlichen Rendezvous.« Und eine Spur ernster und mit leisem Tadel fügte er dann noch hinzu: »Da muss ich dich wieder einmal enttäuschen.«

Dankenswerterweise ließ sie es dabei bewenden. Pa Saintdemar war durchaus eine feinfühlige Frau, die anderer Menschen Privatsphäre respektierte – was ja nicht hieß, dass sie sich nicht wenigstens dafür interessieren durfte. Brennend.

»Und? Nichts zu tun?«, fragte sie noch einmal und zugleich das Thema wechselnd.

Als hätte es nur ihrer Worte zur Erinnerung bedurft, spürte Kord, wie ihm die Augen brannten von der langen Nacht, die er zum größten Teil über Forschungsberichten und Artefakten – oder das, was die Finder dieser Stücke für Artefakte *hielten* – sichtend und begutachtend zugebracht hatte. Etwas Spektakuläres hatte sich nicht darunter befunden.

Der letzte und einzige spektakuläre Fund war im Jahr 41 marsianischer Zeitrechnung die Entdeckung einer Station der Alten gewesen – und der Abstrahlpol der mysteriösen Säule aus wasserartigem Licht inmitten eines unterirdischen Sees, die das Raumschiff der Urahnen, die BRADBURY, zum Absturz gebracht hatte.

Über dreißig Marsjahre hatte es gedauert, die verschüttete Kammer und die Tunnelröhre, die dorthin führte, wieder freizulegen, nachdem die damalige Expedition einen verheerenden Erdrutsch ausgelöst hatte.

Seitdem arbeitete man an der Entschlüsselung der Schriftzeichen der Alten und erforschte die Station, ohne jedoch um einen wesentlichen Schritt weiter zu kommen. Das Rätsel um die Alten ließ sich so wenig erschließen wie die Funktion des Strahls, der nach wie vor durch Hunderte Meter Fels hindurch in den Weltraum zielte und in dessen unmittelbarer Nähe die Zeit rasend schnell ablief. Was eine Untersuchung praktisch unmöglich machte.

Wie gesagt; auch in der vergangenen Nacht hatte Kord unter den Artefakten nichts Spektakuläres entdeckt. Doch das lange Arbeiten hatte ihn trotzdem so aufgedreht, dass, nachdem er auch das letzte Stück beiseitegelegt hatte, an Schlaf nicht zu denken gewesen war. Er hatte ein bisschen gedöst, und dann, als es hell wurde, ein großes Frühstück für sich, seine Kinder und seine Mutter zubereitet.

Nachdem die Kinder aus dem Haus waren, hatte er sich noch für zwei oder drei Stunden in sein Arbeitsquartier zurückgezogen, um die jüngste Lieferung von Artefakten einer zweiten Inspektion zu unterziehen. Doch mit seiner Konzentration war es nicht mehr weit her gewesen. Und so nahm er sich für diesen Tag etwas anderes vor – etwas, das seine eigene Neugier stillen und jemand anderem hoffentlich eine Freude bereiten würde …

»Kann man so nicht sagen«, antwortete er seiner Mutter. »Eigentlich mache ich gerade erst Feierabend, gewissermaßen. Und wie steht's mit dir? Viel zu tun?«

Seine Mutter seufzte. »Nein. Das Interesse an der Erde scheint allmählich einzuschlafen.«

Damit hatte sie nicht ganz Recht, fand Kord. In Wahrheit lag dieses Interesse schon so lange im Tiefschlaf, wie er sich zurückerinnern konnte. Wenn man all die Erwachsenen, die er je in dem von Pa Saintdemar geleiteten *Museum zum Gedenken an die Erde* gesehen hatte, gleichzeitig hineinschickte, hätte man wohl nicht befürchten müssen, dass die Einrichtung aus allen Fugen platzte. Bei Kindern – Schulklassen – sah es etwas anders aus …

Das mehr und mehr erlöschende Interesse konnte Kord auch an sich selbst feststellen. Die Erde und das Treiben ihrer Bewohner interessierte ihn vor allem deshalb nicht mehr, weil er sich kaum noch als ihren Nachkommen betrachtete. Er war Marsianer, stammte von *dieser* Welt, und infolgedessen interessierten ihn eben *diese* Welt und ihre Vergangenheit weit mehr als eine fremde, wie es die Erde für ihn war.

Wobei das Erdmuseum, das er als Kind und Jugendlicher hinreichend kennengelernt hatte und das auf den elektronischen Büchern John Carters und des Bordcomputers der BRADBURY beruhte, sehr wohl den Grundstein für sein Arbeitsleben gelegt haben mochte – weil er dort eben gesehen *hatte,* was er auf dem Mars niemals sehen *wollte* …

Gemeinsam mit seiner Mutter ging er um das Haus herum nach vorne, wo sein Rover stand, den Ley und Cari am Vortag geputzt hatten – wenn auch mit deutlich mehr Hingabe als wirklich sichtbarem Erfolg. Aber die Frontscheibe immerhin war sauber, und das war Kord wichtig; der Rest des Fahrzeugs würde nach seiner Tour hinaus ins Kargland sowieso wieder staubgepudert sein.

»Ich bewundere dich dafür, dass du den Laden trotzdem noch am Laufen hältst«, sagte er zu seiner Mutter.

»Den *Laden!* Wie klingt denn das?«, ereiferte sie sich, wohl tatsächlich etwas gekränkt, obwohl sie wissen musste, dass Kord es nicht böse meinte. Sie schüttelte leise den Kopf. »Aber deine Einstellung ist wohl symptomatisch.« Sie seufzte. »Ja, manchmal frage ich mich auch, warum ich es überhaupt noch tue. Aber«, sie hob die Schultern, »ab und zu kommt eben doch noch jemand, der die alten Geschichten hören will. Und allein den Winzlingen bin ich es einfach schuldig, den Blick ins Vorgestern offen zu halten. Der ›Laden‹ ist wie ein Fenster in die Vergangenheit. Du müsstest ihre Augen, ihre Gesichter sehen, wenn sie hindurchschauen ...«

Kord blinzelte ihr noch einmal zu. »Mich haben die ›alten Geschichten‹ jedenfalls auf den rechten Weg gebracht.«

»Und damit hat sich all die Mühe schon gelohnt«, gab seine Mutter lächelnd zurück. Sie blieb an der Vordertür stehen, neben der ein aus natürlichen Materialien kunstvoll gefertigtes Schild mit dem Hausnamen der Familie hing: *Saintdemar.* Ein Geschenk von Shola, natürlich aus eigener Herstellung. Sie war so ein geschicktes und liebes Ding ...

Der Gedanke an sie war für Kord fast wie ein Ruf, der ihn zur Eile trieb. Schließlich wollte er auch ihretwegen dort hinaus ...

»Ich muss los, Mutter.« Noch ein Kuss, dann ging er zu seinem Rover und öffnete die Haube.

»Kord!«, rief sie ihm nach. »Nun sag doch schon, wo du hinfährst. Es muss doch jemand wissen, wo du steckst, falls dir etwas zustößt.«

»Ich pass schon auf mich auf, keine Sorge«, antwortete er, bereits im Einsteigen begriffen.

»Kord!« Ihre Stimme klang jetzt wirklich streng, so wie früher, als sie ihm Mutter und Vater sein musste.

»Ich fahr raus zu dem geköpften Zwerg«, verriet er ihr endlich.

»Wohin?«, fragte sie verständnislos.

»Zum Otmanu!«

***

Beide Monde standen wie fahle Totengesichter am hellen Himmel. Kord schenkte ihnen kaum Beachtung. Als Kind, erinnerte er sich jedoch, hatte er sich gefürchtet, wenn er sie am nächtlichen Firmament erblickte, wie sie durch die dünne Marsluft zu ihm herabzuglotzen schienen. Durch das winzige Fenster seines Zimmers herein und ab und zu von dahinziehenden Dunstwolken verschleiert. Dann schienen die »Gesichter« zu zerlaufen, Grimassen zu schneiden, als wollten sie ihm sagen: *Irgendwann bist du alt! Irgendwann stirbst du. Und dann holen wir dich, saugen dein schwaches Seelchen in uns ein. Du entkommst uns nicht. Niemand entkommt uns ...*

Er hatte schon immer eine verdammt hartnäckige Fantasie gehabt, und genährt worden war sie in seiner Kindheit von den ewigen Geschichten, die seine Großmutter abends nach dem Essen zum Besten gab. Marsmärchen. Von Marsgeistern.

Je älter er geworden war, desto nüchterner war Kords Welt geworden. Trister und ... ja, grauer. Fast schwarz dann sogar, als Marlee von ihm gegangen war und ihn mit den Kindern allein zurückgelassen hatte. Beinahe allein. Ohne die tatkräftige Hilfe seiner Mutter, da machte er sich nichts vor, hätte er es nie geschafft, aus Ley und Cari zwei so passable Kinder zu machen.

Passabel? Er konnte nur den Kopf über sich selbst schütteln, als ihm bewusst wurde, was für ein idiotisches Wort er gewählt hatte, um seine Sprösslinge zu loben.

»Ich bin und bleibe eben ein Idiot«, murmelte er zu sich selbst. Gleichzeitig beschleunigte er den Rover, um das letzte Stück zu seinem Ziel schneller zurückzulegen.

Sholas Berg.

Niemand außer ihm nannte den Otmanu so – und er hatte auch nicht vor, es jemals vor einem anderen Menschen zu offenbaren, nicht einmal vor *ihr.*

Bei den Monden, er wusste, wie aussichtslos seine Verliebtheit war. Es hätte ihm geholfen, wenn Darven wenigstens ein Ekel von Mann gewesen wäre, aber es war viel schlimmer: Darven war ein Pfundskerl, der es aufrichtig mit Shola meinte und sie aus tiefstem Herzen liebte. Nein, er hasste oder verabscheute Darven nicht. Er *beneidete* ihn einfach nur.

Der Rover kam in einer Staubwolke zum Stehen.

Kord pflückte den leeren Rucksack vom Beifahrersitz und verließ damit den Wagen. Ein paar letzte, von ihm selbst aufgewirbelte Sandschleier wehten ihm entgegen, als er sein Gesicht dem Otmanu zudrehte und schräg nach oben spähte.

Ein verrücktes Bild erwartete ihn.

Die Ränder des von der Urgewalt eines Blitzes zerschmetterten Berges sahen aus wie ein Kratersaum. Als hätte es hier einen *Impact* gegeben – den Einschlag eines Körpers, der mit enormer Geschwindigkeit vom Himmel heruntergekommen war und den Berg punktgenau getroffen hatte. Nach einem Blitztreffer sah das Resultat jedenfalls nicht aus.

Hier waren Kräfte am Werk gewesen, von denen man nur hoffen konnte, dass sie niemals in der Nähe einer menschlichen Siedlung zuschlugen. Die Verluste wären entsetzlich gewesen.

Kord seufzte. Aus nächster Nähe betrachtet verursachte ihm der Otmanu einen Schauder. Ein weniger aus irgendwelchen Ängsten als aus Ehrfurcht geborenes Frösteln.

Ehrfurcht, das war es. In diesem Moment war Kord bereit zu glauben, dass an den alten Geschichten über den »Beschützer« doch etwas Wahres dran sein könnte. Denn beschützt hatte der Otmanu sie ohne Zweifel. Wie ein Magnet hatte er den zerstörerischen Superblitz auf sich gezogen.

Zwei Tage, nachdem der Sturm an Vegas vorbeigegangen war, hatte sich ein Luftschiff erhoben und war zum Otmanu geflogen. Trotz widriger Winde war es gelungen, ein paar Aufnahmen von der Einschlagzone zu machen. Kord hatte einen Blick darauf werfen können. Die Bilder bestätigten den Verdacht, der den Betrachter bereits vom Fuß des Berges aus beschlich: Dort oben war mehr passiert als nur das Wegsprengen des Gipfels. Der Blitz hatte eine Mulde hinterlassen. Auf den Bildern sah es aus, als blicke man in einen Vulkankegel.

Kord setzte sich in Bewegung. Er schulterte den Rucksack und suchte nach einer geeigneten Stelle zum gefahrlosen Aufstieg. Seine Absicht war es, Shola ein wenig von der Freude zurückzugeben, die sie seit Jahr und Tag selbstlos an andere verschenkte. Und obwohl völlig unbeleckt in solchen Dingen, schwor er sich, nicht eher zurück zur Siedlung zu fahren, bis seine Tasche randvoll mit den prächtigsten Steinen war.

Steinen, aus denen die begnadetste Künstlerin von Vegas – zumindest war sie das nach Kords unmaßgeblicher und natürlich völlig unvoreingenommener Meinung – dann noch prachtvollere Ketten, Armbänder und Broschen fertigen konnte.

Ja, er würde ihre geschwundenen Vorräte wieder aufforsten. Ganz gleich, was Darven darüber denken mochte.

Oder seine Mutter ...

***

Er wusste nicht wirklich, wonach er eigentlich suchte. Er kannte nur die Endprodukte, nachdem sie Sholas geschickte Hände durchlaufen hatten. Aber das Ausgangsmaterial, die genaue Art von Mineral oder Erz, die sie bevorzugte ... was das anging, konnte Kord sich nur auf seine Intuition verlassen.

Er erklomm den verstümmelten Berg und beschloss, ihn niemals wieder *Sholas Berg* zu nennen. Dieser Name passte nicht mehr. Die Frau, an die er dabei dachte, war nahezu perfekt, während der Otmanu den erlittenen Makel nie wieder loswurde.

Er schüttelte den Kopf über die eigenen abstrusen Gedanken. Höher und höher kletterte er die gewundenen, oft kaum sichtbaren Pfade hinauf. Etwa auf halber Strecke zum Gipfel machte er Rast und spähte über die Ebene, die sich bis zum Horizont ausdehnte.

Kühle Luft umwehte ihn, blähte seinen dünnen Blazer auf wie ein Segel, das ihn forttragen wollte. In der Ferne war für das geübte Auge die Silhouette der Siedlung auszumachen – obwohl die Bauten dieselbe Farbe wie ihre Umgebung hatten und auch sonst nicht wirklich herausstachen.

Kord überkam ein eigentümliches Gefühl, als er Vegas so aus der Ferne betrachtete. Zum ersten Mal, seit er denken konnte, kam ihm die Siedlung ... seltsam vor. Gar nicht wie von Menschenhand erschaffen, sondern als hätte die Natur des Mars sie selbst über viele Zeitalter hinweg aus dem kargen Fels geschliffen.

Der dahinter zu erkennende Wald bot einen scharfen Kontrast dazu und verschärfte den unwirklichen Eindruck der vielfach verschlungenen und gewundenen, in den Wind hineingebauten Häuser. Die Bäume des Waldes, der aus den Samen entstanden war, den die Transportmodule einst hierher gebracht hatten, überragten jedes Gebäude in Vegas, selbst die Türme, an denen die beiden sandfarbenen Luftschiffe ankerten.

Sandfarben ...

Kord war es früher nie aufgefallen, aber in diesem Moment, der auf ihn wirkte wie ein zu Eis gefrorener Tropfen Zeit, in dem alles kulminierte, was er seit frühester Jugend in sich aufgestaut hatte ... in diesem kurzen Moment verstand er zum ersten Mal, was der *Sand* für die Marsianer bedeutete.

Er begleitete sie ihr ganzes Leben lang. Er war allgegenwärtig, auch wenn sich vieles für menschliche Bedürfnisse zum Besseren hin gewandelt hatte. Die Anpassung – zumindest hatte Kord das stets geglaubt; in diesem Augenblick aber kamen ihm auch diesbezüglich Zweifel – verlief von beiden Seiten: Der Mensch passte sich der Natur an und die Natur dem Menschen ...

Kord sog den Atem ein und fragte sich, ob es auch am traumatischen Ereignis des Sturmes lag, dass er hier und heute gar nicht mehr *so* sicher war, dass die Natur diese Anpassung auch tatsächlich in der Weise vollzog, wie es von ihr ganz selbstverständlich erwartet wurde.

Vielleicht hat sie uns all die Jahrzehnte nur an der Nase herumgeführt, hat uns weisgemacht, sich auf uns zuzubewegen. In Wahrheit hatte sie immer nur gewartet. Auf den Augenblick, da sie uns ihr wahres Gesicht zeigen und vom Antlitz des Planeten fegen wird. Der Monstersturm mag nur ein erster Vorbote gewesen sein ...

Er klatschte in die Hände und lauschte dem Geräusch, das die dünne Marsluft davontrug. Verdammt, seine Überlegungen konnten selbst bei wohlwollendster Wertung allenfalls als *bizarr* bezeichnet werden.

Ich sollte tun, weswegen ich hergekommen bin – und dann schleunigst wieder heimfahren. Die Einsamkeit hier draußen tut mir nicht gut. Ich bin ein Herdenmensch. Ich brauche mehr Nähe als die zu toten Steinen ...

Ein letzter Blick zum rötlichen Himmel, von wo aus ihn Phobos und Deimos spöttisch beäugten, dann löste er den mitgebrachten Gesteinshammer aus der Gürtelschlaufe, umfasste seinen Stiel mit der Rechten, die es gewohnt war, hart zuzupacken, und ließ seinen Blick suchend über den Fels schweifen, auf dem er stand.

Er bewunderte Shola, die offenbar mit traumwandlerischer Sicherheit stets die guten Plätze fand, wo die schönsten Funde auf sie warteten. Bei ihm hingegen ...

Er erstarrte mitten in der Bewegung.

Das Geräusch kam von oben. Doch als er zum Himmel spähte, sah er nichts, was es verursacht haben konnte.

Es hielt an, setzte keinen Moment mehr aus, nachdem es aufgeklungen war, und es erinnerte an ... ja, woran? Er versuchte einen passenden Vergleich aus seinem Gedächtnis hervorzukramen. Bevor es ihm gelang, wurde ihm klar, woher der Ton wirklich kam. Nicht von ganz oben, nicht vom Himmel, sondern ... näher.

Kord legte den Kopf in den Nacken und blickte zu dem zerklüfteten Saum hinauf, wo der Otmanu neuerdings endete.

Aus genau dieser Richtung kam das Geräusch, das allmählich lauter wurde, anschwoll, als hätte jemand ein Fenster oder eine Tür geöffnet, durch die der Lärm nun ins Freie drang.

Nur dass es auf dem Otmanu keine Fenster, geschweige denn Türen gab.

Kord überlegte kurz, ob er umkehren, mit leeren Händen den Weg zurück zum Rover und dann zur Siedlung antreten sollte. Doch dann siegte die Neugier.

Offenbar hatte der Blitzeinschlag nachhaltigere Auswirkungen auf den »Beschützer« gehabt. Das Geräusch erinnerte an unzählige Nägel, die über eine steinerne oder metallische Fläche kratzten. Je lauter es wurde, desto mehr ging es durch Mark und Bein. Wurde höher, ähnelte zunehmend dem Klang eines Feinbohrers oder dem unentwegten Sirren winziger Flügel ...

Flügel?

Kord hatte plötzlich ein Kratzen im Hals, das er kannte. Es trat immer dann auf, wenn eine Situation ihm Unbehagen bis an die Grenze des körperlich Spürbaren bereitete.

Trotzdem kletterte er höher. Teilweise musste er sich auf allen vieren vorankämpfen, so steil wurde es, aber dann hatte er es geschafft. Vor ihm ragte die letzte Klippe auf, eine Art Zinne aus gespaltenem Fels.

Dann war er über den Kamm. Ließ sich schwer atmend nach vorne sinken, bog die Ellbogen durch, als wollte er einen Liegestütz machen ...

... und blickte gleichzeitig vor sich in die Tiefe, ins Innere des Kraters, den schon die Luftaufnahmen gezeigt hatten.

Nur dass er sich seit diesen Aufnahmen verändert hatte.

Nein, korrigierte sich Kord, der nahe dran war zu hyperventilieren; nein, nicht der Krater hatte sich verändert. Er mochte immer noch derselbe sein ... unter der wimmelnden, krabbelnden und wogenden Masse, die ihn wie eine milliardenfach gesplitterte Kruste füllte.

Insekten?, dachte Kord und beugte sich noch weiter vor, bis er mit dem Mund fast den Boden berührte. Schwankend zwischen Ekel und Faszination kniff er die Augenlider zusammen und riss sie wieder auf – um herauszufinden, ob er halluzinierte.

Aber er konnte blinzeln, so oft er wollte: Das Bild blieb.

»Insekten?«, wiederholte er den Gedanken nun halblaut, wie aus einem Reflex heraus, den sein Verstand ohne ihn auslöste.

Egal, was es war, es bewegte sich, als ... *lebte* es.

Aber es war zu weit entfernt, um Details zu erkennen, gut dreißig Meter unter ihm. So tief war der Krater, die Einschlagmulde, die der Blitz hinterlassen oder zumindest freigelegt hatte.

Es konnte alles Mögliche ... schlimmer noch, alles *Un*mögliche sein.

Zum zweiten Mal an diesem Tag fühlte sich Kord in einem Augenblick eingefroren wie in einer halben Ewigkeit. Er war außerstande, sich von der Stelle zu rühren, und das hing nicht mit körperlicher Erschöpfung zusammen.

Die Szene bannte ihn.

Was immer dort unten war, es füllte den Boden des »Kraters« wie eine schwarze zähe Masse, die sich aus einer unzählbaren Menge Einzelkörper zusammenfügte. Kord fühlte sich an die Gestade eines dunklen Meeres versetzt. Die »See« war ruhig, nicht von Sturm aufgerührt. Sie hatte etwas von kinderfaustgroßen Quecksilberkugeln, die immer wieder miteinander kollidierten, sich kurz vereinten, auseinandersprengten und erneut zusammenschmolzen, um sich abermals zu trennen ...

Endlich war Kord bereit, sich zurückzuziehen. Er musste in die Siedlung, um die Bewohner zu alarmieren. Eine Expedition musste ausgerüstet werden, die die Herkunft dieser ... Insektenschwemme, oder was immer es war, ergründete.

Er hatte sich noch nicht ganz aufgerichtet, als etwas geschah, das ihm klarmachte, das Ende jener Stange, auf deren Fahne »Böse Überraschungen« zu lesen stand, für heute noch nicht erreicht zu haben.

Unten bei den Käfern tat sich etwas.

Die Veränderung war so augenfällig, dass sich Kord, der es nur aus den Augenwinkeln bemerkte, noch einmal umdrehte.

Und dann sah er es.

Ein Anblick, der ihm mehr Kraft aus den Muskeln zog als der ganze hinter ihm liegende Aufstieg.

War die Masse aus teerschwarzem Gewusel die ganze Zeit über relativ stabil und »glatt« geblieben wie ein dunkler Sud, so gab es urplötzlich einen »Ausreißer«.

Genau unter Kord, am Fuß des steil abfallenden Hanges, der zum Grund des Kraters hinunterführte, hatte die Masse begonnen, sich wie ein Keil zu formieren und ... nach oben zu krabbeln!

Das Geräusch, das Schaben und Kratzen und Sirren war hier oben fast ohrenbetäubend laut. Und es schien die Tonlage erneut zu ändern, als sich der eben noch kreisrunde »See« so umbildete, dass er wie ein Pfeil genau auf den ungebetenen Besucher aus Vegas zielte.

Und dann, als wäre dieser Pfeil von einer Sehne abgefeuert worden, entwickelte die unheimliche Brut plötzlich eine unfassbare Geschwindigkeit ...

... und schoss Kord wie der verdorbene Inhalt einer uralten, jäh entkorkten Champagnerflasche entgegen.

* * *

Kord *flog* – so gut *wie* jedenfalls. Denn sehr viel anders konnte echtes Fliegen, ganz ohne technische Hilfsmittel, auch nicht sein.

Aber es konnte nicht mehr lange dauern, bis sein Flug mit einer Bruchlandung endete. Und Kord hoffte fast, dass sie ihn umbringen, ihm mit einem Ruck das Genick brechen würde – sollten ihn seine unheimlichen Verfolger nämlich einholen, würde ihn womöglich, nein, wahrscheinlich, ach, ganz *bestimmt* ein weit schlimmeres Schicksal ereilen: Er würde einen quälenden, langsamen Tod sterben – zumindest *das*. Über noch schlimmere Alternativen mochte er und konnte er auch nicht nachdenken. Denn der »Flug« forderte seine ganze Konzentration. Obwohl er den bislang unglücksfreien Verlauf wohl weniger seiner Konzentration als vielmehr purem Glück und reinem Zufall zu verdanken hatte …

Kord setzte in weiten Sprüngen den zerklüfteten Felshang hinunter, den er vorhin noch so mühsam erklommen hatte, und die geringe Anziehungskraft des Planeten machte jeden dieser Sprünge zu einem viele Meter weiten Schwebeflug, den er wie ein ungelenker Vogel mit ausgebreiteten Armen und aufgeblähtem Blazer absolvierte. Weiter und immer weiter, über die Flanke des Otmanu in die Tiefe hinab – gerade so wie die Käfer hinter ihm!

Kord wusste nicht, wie dicht sie ihm auf den Fersen waren. Bisher hatte er es noch nicht gewagt, sich umzudrehen, aus Angst, falsch aufzukommen und zu stürzen. Aber er *hörte*, dass sie ihm sehr, sehr nahe waren.

Das Kratzen ihrer harten Beine auf dem Fels, das millionenfache Sirren ihrer Flügel in der Luft, das Schaben, mit dem sie im Flug aneinanderrieben – all das schwoll an, wurde immer noch lauter, obgleich Kord in jeder Sekunde glaubte, es könne nicht mehr lauter werden.

Wer waren sie? Wo kamen sie her?

Auf keinen Fall stammten sie von der Erde. Diese Käfer waren seinerzeit nicht mit der BRADBURY auf den Mars gelangt. Zwar hatte Kord keines dieser Tiere aus nächster Nähe gesehen, aber der Anblick war zu fremdartig gewesen, als dass daran ein Zweifel bestehen konnte. Und was das Leben und die Lebewesen auf der Erde anging, da wusste er ja – dank seiner Mutter und ihres Museums – recht gut Bescheid.

Aber woher stammten sie dann? Und warum tauchten sie gerade jetzt auf? In solcher Zahl noch dazu?

Kord verscheuchte den Gedanken. Darüber konnte er später nachgrübeln – wenn ihm das Glück hold blieb ...

Wieder berührte sein Fuß einen Felsgrat. Kord gab im Knie ein klein wenig nach, dann stieß er sich erneut ab. Darin hatte er fast schon Übung, nun, da die halbe Strecke des Berghangs hinter ihm lag – und die andere Hälfte noch vor ihm ...

Auf dem Scheitelpunkt dieses neuerlichen Sprunges traute er sich endlich: Er drehte den Kopf ruckartig nach rechts und warf einen Blick über die Schulter zurück.

Sein Blick fiel wie auf den Nachthimmel. Er sah nur Schwärze.

Dann bemerkte er die Bewegung innerhalb dieser Schwärze, das Leben jedes einzelnen Teilchens dieser formlosen Finsternis.

Die Masse, nein, dieses *Kollektiv* von Käfern wirkte auf ihn wie ein riesengroßes Maul, allerdings ohne die zugehörige riesengroße Kreatur. Es klaffte hinter Kord auf – und kam rasend schnell auf ihn zu! –, als habe eine unmögliche Kraft dort die Realität selbst aufgerissen. Und hinter diesem scheinbaren Riss in der Wirklichkeit lag nicht etwa eine andere Welt, sondern das reine Nichts, das Vakuum des Universums.

Nichts außer wogender Schwärze, die bereit war, ihn in sich aufzunehmen, ihn zu zermahlen mit Milliarden Zähnen aus Chitin – oder woraus auch immer diese Viecher bestehen mochten ...

Kord überkam eine Angst, wie er sie sich nie auch nur hatte *vorstellen* können. Er wünschte, nicht nach hinten geschaut zu haben – und die Strafe dafür folgte, sogar im wörtlichen Sinne, auf dem Fuße ...

Denn sein vorgestreckter Fuß trat just in diesem Moment, da Kord wieder nach vorne sah, ins Leere, der andere verhakte sich mit der Spitze an einem vorstehenden Felszacken, und der Schwung seiner eigenen Bewegung ließ ihn der rötlichen Flanke des Otmanu förmlich entgegenschießen.

Wie er es schaffte, nicht mit dem Gesicht aufzuschlagen, wusste Kord hinterher selbst nicht zu sagen. Irgendwie musste es ihm gelungen sein, sich im Sturz reflexartig zu drehen und die Schulter so hochzuziehen, dass er damit und mit seinem Oberarm aufprallte.

Die Felskante schnitt wie ein Sägemesser durch seinen Blazer und ins Fleisch. Blut blieb auf dem Stein zurück, wie Kord sah, als er in einem verunglückten Überschlag weitergeschleudert wurde. Wärme überzog seinen Arm. Dann erst kam der Schmerz. Und endlich schrie Kord auf. Doch im Höllenlärm der Käfer verkam selbst dieser Schrei zum Flüstern.

Wie in Zeitlupe drehte Kord sich in der Luft, und das Glück stellte sich noch einmal auf seine Seite.

Er kam mit den Füßen voran auf, seine Knie gaben nach, aber er gewann im richtigen – und letzten – Moment die Kontrolle über seinen Körper zurück und verwandelte die Landung in einen neuen Sprung, der ihn davontrug, weiter hinunter, dem Fuß des Berges zu. Wo sein Rover stand, der ihm hoffentlich Schutz bieten würde vor diesen kleinen Monstren, von denen die ersten wie steinerner Hagel dort niederprasselten, wo er sich gerade eben noch befunden hatte.

Gleichzeitig glaubte Kord so etwas wie ... ja, wie einen kollektiven Laut zu hören oder vielmehr zu *spüren*, etwas, das Wut und Enttäuschung gleichermaßen ausdrückte, eine Vibration in der Luft, die ihm unter die Haut ging und ebendiese Empfindung vermittelte.

»Bei den Monden!«, keuchte Kord, nun nicht mehr nur von den Käfern, sondern von einem Entsetzen getrieben, das nicht von ihnen ausging, sondern aus ihm selbst kam. Als sei dort etwas geplatzt, das jetzt sein Gift in ihm verströmte.

Ein Gift namens Wahnsinn ...

Er konnte regelrecht spüren, wie sein Körper umschaltete, auf Automatik sozusagen. Sein Selbsterhaltungstrieb übernahm die Regie, blockierte sein bewusstes Tun und Denken. Und Kord kam sich mit einem Mal vor wie ein Zuschauer in sich selbst. Ein unwirkliches Gefühl – aber, im Moment wenigstens, auch ein angenehmes, erleichterndes.

Und der Wahnsinn, in dessen Fängen er sich schon fast gewähnt hatte, zog sich auch zurück. Geradezu nüchtern taxierte Kord die Entfernung bis zum Fuß des Berges. Noch vier, allenfalls fünf weite Sätze, schätzte er, dann musste er ihn erreicht haben.

Er schaffte es in vier, stieß sich aber nach dem letzten gleich noch einmal ab und ließ sich über den unteren Felssaum des Otmanu hinaus und in Richtung seines Rovers tragen.

Er glaubte etwas Vorsprung gewonnen zu haben. Und den würde er auch brauchen. Schließlich stand sein Rover nicht offen da; er musste die Luke erst öffnen und dann einsteigen. Natürlich, das würde nicht länger dauern als zwei oder höchstens drei Sekunden. Aber in dieser Situation konnte jede Sekunde alles entscheidend sein – und ihn das Leben kosten ...

Zwei Sprünge, dann war er am Fahrzeug. Noch in der Bewegung, in der er dort anlangte, griff er nach der Verriegelung und bekam die Luke auch gleich auf. Er ließ sie nicht ganz nach oben schwingen, sondern hielt sie mit einer Hand, während er sich schon ins Fahrzeuginnere warf und dabei den Deckel hinter sich wieder herunterzog.

Er hatte die Hand noch nicht vom Innengriff gelöst, als das Metall auch schon zu vibrieren begann unter dem Ansturm unzähliger harter kleiner Leiber, die von außen dagegenprasselten wie Hagelkörner.

Binnen eines Lidschlags wurde es dunkel in der Kabine des Rovers. Die Masse der Käfer legte sich wie eine Haut um das Gefährt. Ihre Bewegung übertrug sich auf das Fahrzeug, ließ es zittern und in den Schweißnähten knacken.

Doch die Dunkelheit in der Kabine währte auch nur einen Lidschlag lang.

Kord beherrschte das Fahrzeug aus dem Effeff, konnte es mit geschlossenen Augen bedienen. Zielsicher fand seine Hand den Schalter für die Aktivierung der Betriebselektrik, drückte ihn, und schon öffnete sich im Dunkel ein gutes Dutzend bunter Augen und sorgte für etwas Licht.

Das allerdings auch nicht sehr viel länger anhielt.

Die Anzeigenlämpchen der Armaturen erloschen. Dunkelheit senkte sich wieder über die von Lärm erfüllte Fahrerkabine, und diesmal brachte sie etwas Erstickendes mit sich, das auf sonderbare Weise imstande schien, *alles* auszulöschen ...

Einen winzigen Augenblick lang klammerte sich Kord an die Hoffnung, dass der Ausfall nur die Lämpchen selbst betraf, nicht aber die Funktion, für die sie standen.

Eine unsinnige Hoffnung.

Nichts ging mehr.

Trotzdem drückte Kord noch sekundenlang und wie wild auf jeden Knopf, den er im Dunkeln fand.

Die Elektrik war komplett ausgefallen. Der Rover machte keinen Mucks, jedenfalls nicht aus eigener Kraft.

Das Fahrzeug, das Kord vor Sekunden noch als seine Rettung betrachtet hatte, war ihm zur Falle geworden.

Oder, führte er den Gedanken in einem Anflug von Galgenhumor noch ein kleines, aber gravierendes Stück weiter, *zum Sarg – der praktischerweise gleich mit Rädern versehen war ...*

* * *

Der alte Mann war schon wieder den ganzen Tag lang verrückt, und trotz dieser »Gewitter im Bauch«, wie er es selbst nannte, fiel ihm auf, dass Darven ihn seit geraumer Zeit misstrauisch und verstohlen beäugte. Einmal, vor gut einer Stunde, war er sogar zu Varga gekommen und hatte ihn gefragt: »Alles okay bei dir? Oder spürst du wieder was? Nahendes Unheil?«

Mit der Verrücktheit war das so eine Sache – zumindest mit dieser ganz speziellen Form des »Neben-der-Spur-Laufens«, die der alte Varga regelrecht zu zelebrieren pflegte. Er selbst fühlte sich keineswegs irre, wie die anderen es meist nannten. Er war in solchen Phasen nur sehr viel nervöser als sonst und beinahe hyperaktiv. Als empfange er »Schwingungen«, die seinen Körper dazu reizten, kein Sekündchen Ruhe zu geben.

Deshalb wusste er bei Darvens Frage auch sofort, was der Farmer meinte ... oder besser gesagt: fürchtete.

»Du meinst *Sturm*, Söhnchen? Ob wieder ein Sturm auf uns zurollt?«

Er hatte sofort gesehen, dass sein Schuss haargenau ins Schwarze traf. Das Jüngelchen, unter dessen Vater und Mutter er schon gearbeitet hatte, konnte ihm nichts vormachen. Aber da er das Jüngelchen mochte und er ihm sogar sein Leben verdankte, hatte Darven einen Stein bei ihm im Brett.

Nein, der Boss war schon in Ordnung. Und manchmal glaubte Varga ja selbst, so etwas wie ein Seismograf für Unwetter geworden zu sein. Das jüngste Erlebnis hatte auch in ihm tiefe Spuren hinterlassen. Er erinnerte sich noch genau, wie gefangen er sich in seinem immer aufgeregter werdenden Körper gefühlt hatte an jenem Tag – lange bevor der Sturm tatsächlich erkennbar vom Horizont her auf Vegas zugerollt kam.

Varga hatte von Tieren gelesen, die Naturkatastrophen vorausahnten. In den alten Büchern, die mit ihren Vorfahren zum Mars gekommen waren, standen solche Geschichten. Vielleicht waren es ja nur Märchen … andererseits war Varga aber durchaus überzeugt, dass es mehr gab zwischen Himmel und Mars als das, was sich sehen, schmecken, riechen und hören ließ.

Wissenschaft … pah! Wissenschaft war nicht allein selig machend! Deshalb verstand und akzeptierte er Darvens Sorge, der erwidert hatte: »Vielleicht. Spürst du was? Wie vor ein paar Tagen?«

»Ich spür was«, hatte Varga gesagt. »Aber es is anders. Ich spür dieses Kribbeln im Bauch. Meine Beine wolln immer nur laufen. Meine Hände können nicht still halten. Aber ich glaub nich, dass es ein Unwetter gibt.«

Die Antwort hatte Darven nicht beruhigt. Kopfschüttelnd hatte er Varga stehen lassen und war in der Funkbude verschwunden.

Varga war ihm gefolgt, aber draußen vor der Tür stehen geblieben. Er hatte gehört, wie Darven mit jemandem in Vegas gesprochen und ihn gebeten hatte, die Augen offen zu halten. Wahrscheinlich die Wetterstation. Offenbar versprach die Person am anderen Ende, ihn umgehend zu benachrichtigen, wenn das Wetter zu drehen drohte.

Varga hatte seinen Lauschposten verlassen und wanderte seither ziellos über die Farm. An diesem Tag war er zu keiner vernünftigen Arbeit imstande – was keinem mehr zusetzte als ihm selbst.

Irgendwann fand er sich auf einer kleinen Anhöhe wieder, die sich wie eine vom Wind aufgeworfene Dünung hinter dem großen Treibhaus erhob, in dem die Jungpflanzen aufgezogen wurden. Von der höchsten Stelle aus konnte man die komplette Farm überschauen und auch die Siedlung und die nähere Umgebung im Auge behalten.

Wenn Varga sich umdrehte, blickte er genau zu dem Streifen Wald, bei dessen Pflanzung er als junger Mann mit eigenen Händen mit angepackt hatte. Das war ein Vierteljahrhundert* her. Inzwischen waren aus den Schösslingen von damals wahre Riesen geworden. Ihre Stämme erreichten einen Durchmesser von drei Metern und Höhen bis zu hundert.

Auf der Erde hatte es solche Giganten nie gegeben. Aber hier auf der Neuen Welt war vieles anders.

Besser, dachte Varga, während die Nervosität weiter in seiner Brust rumorte. *Zumindest denken das viele* ...

Er selbst war in dieser Hinsicht immer skeptisch gewesen. Das hatte ihm sein Vater beigebracht, der auch zupacken konnte. Donnerwetter, konnte der zupacken!

Varga versank kurz in den Erinnerungen ... und wurde dabei allmählich ruhiger.

Bis ...

Aus den Augenwinkeln fing er eine Bewegung ein. Er drehte den Kopf.

Etwas kam über die weite Ebene, von Norden her, auf die Farm zu. Ein ... Mann. Zu Fuß! In jenen weiten Sprüngen, die der Mars seinen Bewohnern erlaubte, setzte er auf die Farm zu, wie ein zweibeiniger Grashüpfer fast. Aber müde wirkten sie, die Sprünge dieses Mannes. Er musste wohl schon einige Zeit so unterwegs sein.

Und hinter ihm folgte etwas nach: der Schatten einer über den Himmel ziehenden Wolke ...

Irrtum, korrigierte sich Varga nach einer Weile, in der er nur auf den Mann und dessen unmittelbare Umgebung achtete.

---

* in Marsjahren

Keine Wolke. Er brauchte nicht einmal aufzublicken, um sich zu überzeugen, dass am Himmel gar keine Wolke zu sehen war.

Es war etwas ... anderes.

Etwas, das sich an die Fersen der rennenden Gestalt geheftet hatte.

Und dann, der Mann war höchstens noch ein paar hundert Meter von den ersten Gebäuden entfernt, sah Varga, worum es sich handelte.

Sah es, ohne zu begreifen – oder zu reagieren.

Das schaffte er erst viele wertvolle Sekunden später.

»Grundgütiger«, keuchte er. »Was ist das?!«

***

»*Was ist das?!*«

Diese Frage geisterte wie ein Echo über die Farm – umrahmt von Rufen und Schreien der Verwunderung, des Entsetzens und der schieren Angst!

Jeder Einzelne hier schien diese eine Frage zu stellen. Doch niemand vermochte sie zu beantworten. Nicht einmal der Mann, der diese ... diese *Plage* über sie gebracht, diese Brut des Schreckens zu ihnen geführt hatte.

Dennoch fragte Darven ihn noch ein zweites Mal, die Fäuste in den Stoff des Blazers des anderen verdreht und so laut und außer sich, dass ihm Speichel von den Lippen sprühte: »Kord – was *ist* das?!«

Aber diesmal brachte Kord, fast buchstäblich zu Tode erschöpft, nicht einmal mehr die Worte »Keine Ahnung« hervor ...

Darven schaute sich um, gehetzt und fassungslos in einem. Er sah, was geschah, und konnte es doch nicht verstehen – wohl auch, weil alles so furchtbar schnell passiert war, dass zum Begreifen des Geschehens schlicht keine Zeit geblieben war.

Varga hatte geschrien wie am Spieß, und seine Schreie hatten jeden auf der Farm zu ihm eilen lassen.

Sie hatten gesehen, weswegen Varga geschrien hatte, und waren selbst unter dem Eindruck dieses Bildes verstummt.

Eine Wolke.

Ein Schwarm.

Ein *Heer*, wie man es auf dem Mars noch nie gesehen hatte.

Ein Heer, das nur eines wollte – vernichten. Dieser Wille lag auf unbeschreibliche Weise spürbar in der Luft.

Und ein Heer, das von einem Menschen angeführt wurde: von Kord Saintdemar.

So jedenfalls sah es aus. Tatsächlich aber zweifelte Darven nicht daran, dass Kord diese kleinen Biester nicht etwa bewusst hierher gelotst hatte, sondern vor ihnen geflohen war und dabei instinktiv den nächsten Ort angesteuert hatte, an dem er Menschen wusste und mithin auf Schutz und Rettung hoffte.

Eine Hoffnung indes, die sich nicht erfüllte.

Schutz und Rettung vor diesem Getier gab es auf der Farm nicht, zumindest nicht in diesen allerersten Augenblicken nach seinem Eintreffen. Es herrschten einzig Angst und Schrecken und Ratlosigkeit, und all das zusammen drohte Chaos zu gebären – wenn man dem nicht flugs einen Riegel vorschob mit einem Rest von Vernunft und klarem Kopf.

Über beides verfügte Darven – *noch.* Aber je länger er mit fliegenden Blicken zusah, wie sich der monströs sirrende Verbund aus käferartigen Tieren wie schwarzer Hagel über die Farm legte und *verheerte*, was ihm unterkam, desto schwerer fiel es ihm, an seinem Rest von Vernunft festzuhalten und einen klaren Kopf zu bewahren …

… wobei es mit Letzterem schon nicht mehr so weit her sein konnte, wie ihm jetzt bewusst wurde, als er die Augen wieder Kord zuwandte, mit dem er auf dem Boden kniete und den er am Kragen gepackt hielt, als wolle er ihn gleich verprügeln.

»Lass ihn los!«

Shola packte nun ihrerseits ihn am Arm, und Darven nahm seine Hände von Kord, eine kaum hörbare Entschuldigung murmelnd. Er stand auf, winkte Ino Tsuyoshi, eine junge Farmhelferin, herbei und deutete auf Kord, der nun benommen in Sholas Arm lag.

»Bringt ihn ins Haus!«, wies er die beiden Frauen an. Shola und Ino hievten Kord mit vereinten Kräften hoch und schleppten ihn davon, wobei er mehr zwischen ihnen hing und seine Füße durch den Staub schleiften, als dass er selbst ging.

Meine Güte, dachte Darven, *was muss er hinter sich haben?* Aber darüber nachzusinnen, war nun wirklich keine Zeit. Später vielleicht – jetzt aber musste er sich der Bedrohung stellen und mit allen Mitteln und Kräften versuchen, etwas dagegen zu tun.

Ein Kampf, der ihm jetzt schon, da er ihn noch nicht einmal aufgenommen hatte, aussichtslos schien. Wie sollten sie, eine Hand voll Menschen, gegen eine solche Übermacht bestehen, die noch dazu so fremd war, dass er eigentlich gar nicht wusste, wie man ihr Einhalt gebieten sollte.

Nun, mit allen Kräften und Mitteln eben, die ihnen hier zur Verfügung standen. Und das waren die Muskelkraft sämtlicher Arbeiter und alles Gerät, das auf der Farm zu finden war.

Mit lauten, energischen Rufen organisierte Darven den Widerstand. Die Männer und Frauen bewaffneten sich, besetzten Erntemaschinen und rückten gegen das Heer der Schädlinge vor, das längst schon in ihre Felder Einzug gehalten und eine Zerstörung angerichtet hatte, deren bloßer Anblick Darven das Herz im Leibe zu zerreißen drohte.

Sie schlugen sich wacker. Aber nicht gut genug. Ihr Einsatz brachte dem allgegenwärtigen Feind nicht mehr als Nadelstiche bei. Jede Bresche, die sie in das schwarze Wogen und Wimmeln des Gegners schlugen, schloss sich im Nu wieder. Die Zahl dieser Käfer schien unerschöpflich.

Darven selbst beteiligte sich noch nicht an der Schlacht. Da er von vornherein gewusst hatte, dass sie allein auf verlorenem Posten kämpfen würden, wollte er Verstärkung aus Vegas anfordern – und die Siedlung natürlich auch warnen vor der Katastrophe, die über die Farm hereingebrochen war und hier womöglich nicht Halt machen würde ...

Mit einem Knüppel schlug Darven sich den Weg zur Funkbude frei, drosch in die umhersirrenden Käfer hinein, die von seinen Hieben wie kinderfaustgroße Bälle beiseitegeschleudert wurden. Sie fühlten sich ein bisschen nachgiebig an, stellte er dabei fest, keineswegs so hart, wie es ihr Anblick vermuten ließ.

Er erreichte die Funkstation und machte sich an der Tür zu schaffen.

Irgendwo hörte er Varga schreien – ob vor Wut oder weil der Irrsinn ihn nun vielleicht vollends gepackt hatte, ließ sich nicht sagen. Wieder war auf den Alten Verlass gewesen, er hatte Recht behalten: Nein, ein *Unwetter* war nicht über sie gekommen ...

Darven zog die Tür auf, einen Spalt breit nur, damit die fliegende und krabbelnde Brut nicht auch in die Funkbude vordringen konnte. Er schlüpfte hindurch, schloss die Tür und nahm Verbindung mit den Leuten in der Siedlung auf, von denen er sich Hilfe erhoffte gegen etwas, das er ihnen kaum zu erklären vermochte ...

* * *

Als sie das Geräusch hörte, mit dem der Riegel einschnappte, blickte Shola verwirrt auf, schaute hinüber zu Ino, die mit dem Rücken gegen die Tür lehnte, die Beine leicht eingeknickt, die Handflächen gegen das Türholz gepresst, das Gesicht schweißüberströmt. Mit weit aufgerissenen Augen starrte sie in den

Raum. Ohne Shola zu sehen – oder Kord, der vor der niederknienden Shola auf dem Sofa lag, immer noch ohne Besinnung, immer noch vollkommen reglos und schlaff.

Inos fiebriger Blick war auf einen Punkt jenseits des Raumes gerichtet, einen Punkt, den sie durch die Wände des Hauses unmöglich sehen konnte; dennoch zweifelte Shola keine Sekunde daran, dass sie es tat. Sie wusste, was die junge Erntehelferin sah. Sie selbst hatte es ja unauslöschlich vor Augen.

Marskäfer?!

Käfer hatte es auch auf der Erde gegeben; jedes Kind wusste das ... aber jedes Kind wusste auch, dass sie nicht die Reise hierher in die Neue Welt mitgemacht hatten. Denn welchen Nutzen hätten sich die Gründerväter hier oben, Millionen Kilometer weit weg von zu Hause, davon erhoffen sollen?

An Bord der BRADBURY war eine auf Speichermedien gebannte Enzyklopädie mit zum roten Planeten gelangt. Die damalige Bruchlandung hatte einige Dateninhalte irreparabel beschädigt, der größte Teil war aber gerettet und für die Nachwelt erhalten worden. Und da Insekten seit jeher einen ganz eigenen Reiz auf Shola ausübten, war sie nicht müde geworden, sich immer wieder mit deren Artenvielfalt auf der Erde zu beschäftigen.

Dabei hatte ihr Pa Saintdemars Museum geholfen – wie jedem Bewohner der fünf Siedlungen. Es war Tradition, mit Schulklassen zu Pa zu gehen und sich von ihr mit den schrecklichen Verfehlungen einer Gott sei Dank verlorenen Welt vertraut machen zu lassen. Pa wusste alles über die *Bad Earth* – wie viele die Urheimat nannten. Und ein jeder, ob groß oder klein, der ihr liebevoll eingerichtetes Museum im Herzen der Siedlung besuchte, ging mit der Erkenntnis nach Hause, dass er alles dafür tun wollte, *seine* Welt nie zu einem solchen Sündenpfuhl verkommen zu lassen.

Besonders eine Geschichte, von Pa Saintdemar – die eine großartige Malerin war – reich und blutig illustriert, würde Shola nie aus dem Kopf gehen. Die Geschichte eines grausamen Führers, der ein *tausendjähriges* Reich auf der Erde gegründet und mit beispielloser Brutalität verwaltet hatte. Tausend Jahre lang! Die Menschen früher mussten in Ausnahmefällen ungeheuer langlebig gewesen sein; oder jener Führer hatte unglaubliche Leibärzte, die ihn …

Ein Stöhnen kappte Sholas Gedankenkette von den Käfern über Pas Museum bis hin zur versunkenen Erde.

Kord begann sich zu regen. Er schlug blinzelnd die Augen auf, stöhnte noch lauter … und schien dann zu realisieren, wer bei ihm war. Sofort versuchte er sich auf den Ellbogen aufzurichten. »Shola …«

»Bleib liegen, rühr dich nicht. Du bist ohnmächtig geworden. Hattest dich völlig verausgabt auf deiner Flucht …«

»Flucht?« In seinen Augen flackerte es. Dann schien er sich zu erinnern. Sofort wechselte er die Farbe. Die zarte Röte verschwand von seinem Gesicht; er erblasste. »Bei den Monden – *die Käfer!*«

Erst jetzt schien er zu realisieren, in welch desolatem Zustand Shola war. Und auch Ino, die er im Hintergrund bemerkte. Sie waren beide ungewöhnlich schmutzig, und in ihren Gesichtern leuchtete dieselbe Art von Grauen, das sich jetzt auch wieder über seine Züge breitete.

»Wo bist du auf sie gestoßen, Kord? Und warum hast du sie nur hergelockt?!«

Shola wusste, dass es nicht richtig war, ihn mit Vorwürfen zu überhäufen, kaum dass er zu sich gekommen war. Aber sie war so verbittert. Dort draußen ging gerade ihre Welt unter, weil …

Weil?

Er hatte den Kopf schief gelegt, lauschte nun auch nach

draußen. Und schien die Schreie und den Lärm zweckentfremdeter Erntemaschinen auf Anhieb richtig zu deuten.

Falls dies überhaupt noch möglich war, wurde er noch bleicher; seine von Pigmentflecken überzogene Haut wirkte fast durchscheinend, und kombiniert mit dem fiebrigen Glanz seiner Augen wirkte Kord in diesem Moment wie ein *Halvar*-Süchtiger.

»Ich ... das wollte ich nicht! Und ich ... kann auch nichts dafür, Shola, glaub mir das um Himmels willen!«, keuchte er. »Ich war am Otmanu ... ich wollte doch nur ...« Seine Stimme versagte. Dann straffte er sich, und ein sichtbarer Ruck durchlief ihn. Er schöpfte Atem. »Sie waren schon da, als ich kam. Und dann ...«

»Ja?«, fragte sie tonlos, ein Ohr immer am rasenden Puls der Apokalypse, die sich draußen zuspitzte.

»... dann kamen sie auf mich zu. Ein gigantischer Strom. Ich ... ich konnte nur noch fliehen. Ich schaffte es zum Rover, aber der streikte plötzlich. Die Flut der Käfer deckte ihn zu!« Vor Kords Mund bildete sich weißer Schaum. Er ereiferte sich immer mehr. »Ich war lebendig begraben in dem Wagen! Und nach einer Weile ... hielt ich es einfach nicht mehr aus. Es war wie in einem Sarg, verstehst du?! Ich musste da raus, egal was mich erwartete. Ich ... öffnete die Luke und sprang ins Freie, während sie zu Hunderten auf mich fielen. Ich schüttelte sie ab, und dann ... dann rannte ich nur noch ...!«

»Aber sie folgten dir.«

»Ja, sie folgten mir! Ich war so froh, als die Siedlung endlich in Sichtweite kam. Als eure Farm vor mir auftauchte ...« Er verstummte. Wie ein Schatten legte sich etwas über die wächserne Blässe. Er schaute zu Shola hoch, die aufgestanden war, nicht länger neben ihm kniete, die Augen fast auf seiner Höhe. »Was ist? Was hast du?«

»Nichts«, sagte sie. »Aber dir ist klar, was du getan hast? Dass du sie zu uns gebracht hast!« Sie hatte die Hände zu Fäusten geballt, vibrierte förmlich vor kaum zu bezähmender Wut und Verzweiflung.

Und merkte dabei nicht, wie etwas an ihrem Hosenbein hinaufkrabbelte ...

***

Die Schlacht war voll entbrannt.

So absurd es sich auch anhören mochte, es war tatsächlich wie in einem Krieg, und die eingefallenen Horden erwiesen sich als so reich an Zahl, dass es für Farm und Umland zum Desaster wurde. Denn ganz gleich, wie dies hier auch enden mochte, einen Gewinner würde es selbst dann nicht geben, wenn der Käferschwemme letztlich Einhalt geboten werden konnte. Die Schäden, die die kleinen Biester dann bereits angerichtet hatten, würden die Bewohner des Landstrichs bis ins Mark treffen.

Es gab noch vier andere Farmen rund um Vegas verteilt; und sie alle zusammen genommen schafften es gerade mal so eben, eine Versorgung der Bevölkerung zu garantieren. Mit anderen Worten: Der Ausfall einer kompletten Ernte würde für *alle* Bürger bedeuten, den Gürtel ein gutes Stück enger schnallen zu müssen. Darven glaubte nicht, dass Bürgermeister Allan Braxton bereit war, jetzt schon die Notsilos zu öffnen. Die darin lagernden Vorräte waren für weit größere Katastrophen bestimmt – obwohl Darven sich in diesem Augenblick keine größere vorzustellen vermochte.

Ein einziges Mal, bei der großen Dürre vor dreizehn Jahren, waren die im Zentrum von Vegas stehenden Lagerbestände zugänglich gemacht worden. Am Ende waren sie fast leer gewesen, denn an Hilfe aus den anderen Siedlungen war nicht zu denken gewesen; die Dürre hatte ein Gebiet von mehreren hunderttausend Quadratkilometern betroffen. Einen Marssommer lang hatte es schon damals so ausgesehen, als probe die Natur die Beseitigung der fremden Organismen, die sich auf diesem Planeten eingenistet hatten.

Aber der schreckliche Sommer war vorbeigegangen, und in den Folgejahren war es gelungen, wieder neue Vorräte zu bunkern, die seither stets auf dem gleichen Level gehalten wurden. Sie reichten aus, Vegas ein Jahr lang gegen Missernten überleben zu lassen.

Ein Jahr Galgenfrist, schien es in Darvens Hirn zu wispern, während er tat, was alle taten: die kleinen, wie aus dem Nichts gekommenen Schädlinge zu zertreten, zu zerschlagen oder Eimer voll mit aggressivem Kalk – sonst zur Herstellung von Düngemittel bereitstehend – über ihnen auszustreuen und gebannt zuzusehen, wie die Käfer darin wie paniert herumzappelten, wie ihre Beinchen zuckten, ihre feinen Hautflügel weggeätzt wurden und die hochgeklappten Chitindeckel, unter denen sie verborgen werden konnten, gegeneinanderrieben. Allein das *Geräusch,* das die Luft dabei erfüllte, war kaum erträglich.

»Sie kommen!«

Als einige Farmbewohner bereits die Hoffnung verloren, das Blatt überhaupt noch zu ihren Gunsten wenden zu können, ertönte der erlösende Ruf.

Auch Darven wurde aufmerksam – und sah die Kolonne von Fahrzeugen, die sich von der Siedlung her auf sie zubewegte. An der Spitze, auf der Beifahrerseite stehend und über den Rand der Windschutzscheibe hinwegschauend und -winkend sah er Bürgermeister Braxton, der irgendetwas in der Hand hielt und wild damit herumfuchtelte, das bärtige Gesicht grimmig verzerrt.

Schon bald tauchte die Kolonne in die Flut von Insekten ein …

… und verwandelte sich in einen Feuer speienden Drachen.

* * *

Marskäfer stanken widerlich, fand Bürgermeister Allan Braxton, während er mit dem Drachenatem seines Flammenwerfers über die Wolke strich, die ihm und seinem Rover entgegenkam.

Als ihn die Meldung erreicht hatte, was auf dieser Farm vor sich ging, hatte er es sich nicht vorstellen können. Einfach weil so etwas auf dem Mars noch nie geschehen war.

Dass er es sich nicht vorstellen konnte, hieß allerdings nicht, dass er es nicht *glaubte*. Er kannte Darven lange genug; er war kein Mann, der Alarm schlug, wenn es keinen triftigen Grund dafür gab. Und deshalb hatte Braxton auch keine Sekunde gezögert, den Katastrophenschutzzug zu mobilisieren – zum ersten Mal in seiner Amtszeit.

Zu *retten* gab es hier allerdings kaum noch etwas; der K-Zug konnte sich allenfalls noch in Schadensbegrenzung üben. Was hieß, den Schaden auf diese Farm zu begrenzen und zu verhindern versuchen, dass er auf die anderen Farmen rings um die Siedlung oder Vegas selbst übergriff …

Auch das schien angesichts der gewaltigen Masse dieser unheimlichen Schädlinge ein zunächst aussichtsloses Unterfangen. Aber Aufgeben war keine Option. Und Bürgermeister Allan Braxton ging den anderen mit gutem Beispiel voran.

Feuerschwall um Feuerschwall schoss aus der Düse seines tragbaren Flammenwerfers hervor und hinein in die flirrenden Pulks aus Käfern, und das Geräusch, das sie verursachten, veränderte sich: Das Schaben verging, das Knistern blieb und wurde zu einem Knacken, mit dem die verdammten Biester teils schmolzen und teils zu kleinen Feuerbällen wurden, die zu

Boden gingen, dort zerplatzten und wie Lava über ihre krabbelnden Artgenossen spritzten und diese in Brand setzten.

Der K-Zug war nicht nur mit Flammenwerfern ausgerüstet – schließlich versuchte man für alle nur denkbaren Katastrophenfälle gewappnet zu sein –, aber es sprach sich in Windeseile herum, dass Feuer in diesem Fall offenbar das wirksamste Mittel war, und so setzten auch die anderen aus Braxtons Truppe bald ausnahmslos ihre Flammenwerfer ein.

Ein Problem war, dass sich das Feuer natürlich nicht auf die Käfer allein beschränkte. Die Flammen fanden auch Nahrung in den wenigen Pflanzen, welche die gefräßigen Tiere auf den Feldern verschmäht hatten, und drohten auch auf Gebäude der Farm überzugreifen. Darven selbst übernahm die Koordination der Löscharbeiten.

Minuten später klinkte Braxton sich aus dem Einsatz aus, ließ den Rest des K-Zugs allerdings weiter über das Gelände der Farm patrouillieren, um nach Käfern Ausschau zu halten und vor allem einen weiten Ring um das Anwesen zu ziehen, der dafür sorgen sollte, dass keiner der Schädlinge hindurchschlüpfte. Dann ließ er sich von seinem Fahrer zu Darven bringen.

Als er den Farmer an einer Löschschaumkanone entdeckte, sprang er vom Rover, noch ehe der gestoppt hatte, und ging zu ihm. Unter seinen Füßen knirschten und knackten verkohlte Käfer. Ihre klebrigen Überreste wollten die Sohlen seiner Stiefel am Boden festhalten.

Am allerschlimmsten jedoch war der Gestank. Es roch wie ... wie nichts, was Braxton je gerochen hatte. Und wie nichts, was er je wieder riechen wollte.

Dann begegnete sein Blick dem Darvens – und fast schämte er sich dafür, gedacht zu haben, der Gestank hier sei das Allerschlimmste.

Das Allerschlimmste war das, was Allan Braxton in Darvens

Augen sah – die Fokussierung der hier geschehenen Verheerung und das Wissen um deren Konsequenzen. Ein Gefühl von solcher Macht, dass es aus Darven herausstrahlte und ihn wie eine Aura umgab – eine giftige, ansteckende Aura. Sie ließ Allan Braxton tatsächlich kurz im Schritt stocken, weil sie ihn – einen Bär von einem Mann – schaudern ließ.

Wortlos trat er endlich neben den Farmer, legte ihm seine große Hand auf die Schulter und schloss die Finger, wie um ihn in der Aufrechten zu halten.

Aber das war nicht nötig. Bei Kräften war Darven durchaus noch. Er lief nicht Gefahr, zusammenzubrechen – nicht körperlich jedenfalls …

»Wir kriegen das wieder hin«, sagte Braxton schließlich. »Wir packen alle mit an, das weißt du doch, oder?«

Darven nickte nur und richtete den Strahl der Schaumkanone auf ein weiteres Glutnest in der Wand der Scheune vor ihnen.

»Was ist eigentlich genau passiert?«, fragte Braxton, nach einer Weile erst, nachdem er darauf gewartet hatte, dass Darven etwas sagte.

»Später«, meinte Darven nur.

Fetter Qualm zog träge wie schwarzer Nebel über die Farm und beschränkte die Sicht auf ein paar Meter. Trotzdem, ein gutes Zeichen. Denn der Qualm bedeutete, dass mehr und mehr der Feuer gelöscht wurden.

»Darven?!«

Eine körperlose Stimme, wie die eines Geistes, von irgendwo jenseits der schwarzen Schwaden.

»Wo bist du? Darven! Hörst du mich?«

Darven ließ das Löschgerät los, als sei es plötzlich glühend heiß geworden, und der Name, der ihm gellend laut entfuhr, klang, dazu passend, wie ein Schmerzensschrei: »Shola!«

Eine Gestalt wie ein Scherenschnitt löste sich aus dem schwarzen Rauch und rannte herbei, und dann lagen sich zwei Menschen in den Armen, die in diesem Augenblick kaum mehr hatten als sich selbst – und damit alles zu haben schienen, was sie brauchten.

Allan Braxton spürte, wie sich ein kleines Lächeln um seine Lippen legte. Er glaubte zu sehen, wie ein einzelner Sonnenstrahl das Schwarz des Rauches lichtete, und wollte schon an Darven und Shola vorbeigehen, um sie, für den Moment wenigstens, allein zu lassen – als ihm das Lächeln mit einem Schlage verging, er wie angewurzelt stehen blieb und möglichst ruhig, aber sehr, sehr eindringlich sagte:

»Shola – keine Bewegung.«

* * *

Shola erstarrte.

Für eine halbe Sekunde vielleicht – dann drehte sie den Kopf. In Bürgermeister Braxtons Richtung, um ihn zu fragen, was denn los sei. Doch ehe sie die Drehung ganz ausführen konnte, sah sie aus dem Augenwinkel etwas auf sich zurasen: Allan Braxtons gewaltige flache Hand. Und sie zielte genau auf ihren Kopf!

So schien es ihr jedenfalls in diesem Sekundenbruchteil. Zugleich wusste sie, dass ein solcher Hieb von Braxton genügen musste, um ihr den Kopf von den Schultern zu reißen. Allan Braxton behauptete nicht von ungefähr, dass sich unter seine irdischen Vorfahren irgendwann einmal ein paar Grizzlybären gemischt hatten …

Dann spürte Shola auch schon den Treffer. Jedoch nicht in ihrem Gesicht oder an sonst einer Stelle ihres Kopfes.

Nichtsdestotrotz *hatte* Allan Braxtons Hand etwas getroffen. Etwas, das sich eben noch in Sholas Nacken befunden hatte und jetzt davongewirbelt wurde und zu Boden prallte, wo es auf mindestens sechs dünnen Beinen eilends davonzukrabbeln trachtete …

… aber Braxton war schneller.

Shola fand gerade noch Zeit, das Bild des Käfers in sich aufzunehmen, dann senkte sich auch schon Braxtons schwerer Stiefel auf das Tier, mit solcher Wucht, dass Shola zu spüren meinte, wie der Boden unter dem Tritt vibrierte. Der Bürgermeister nahm den Fuß nicht gleich wieder weg, sondern drehte ihn noch drei, vier Mal, um ganz sicherzugehen, dass nichts als eine mit Chitinsplittern durchsetzte breiige Masse von dem Käfer übrig blieb.

Shola überwand den Schrecken. Ein Keuchen entfuhr ihr, und automatisch griff sie mit einer Hand nach ihrem Nacken. Da aber hatte Darven sie bereits an den Schultern gefasst und drehte sie so herum, dass er ihren Nacken betrachten konnte. Fast glaubte Shola zu spüren, wie seine aufmerksamen Blicke über ihre Haut tasteten.

»Alles in Ordnung?«, fragte Allan Braxton, als er wieder zu ihnen trat.

»Ich sehe nichts«, sagte Darven. »Keine Verletzung, keine Einstichstelle oder Bisswunde oder was auch immer.« Behutsam drehte er Shola zu sich um. »Hast du etwas gespürt? Tut dir was weh?«, fragte er, und die Sorge in seinem Blick galt nun nicht mehr der Farm, sondern einzig Sholas Wohlergehen.

Sie konnte zunächst nur wortlos den Kopf schütteln, und nicht einmal das tat sie bewusst. Sie musste erst einmal in sich lauschen, Ordnung in ihre Empfindungen bringen, um festzustellen, ob ihr etwas fehlte. Ob sie … gebissen worden war.

In ihr kehrte etwas wie Stille ein. Senkte sich der imaginäre Staub des Aufruhrs ihrer Gefühle. Sie spürte …

»Nichts«, sagte sie. Schüttelte wieder den Kopf, bestimmter und bewusst diesmal. »Ich glaube, mir fehlt nichts.«

Darven zog sie in seine Arme und dankte dem Schicksal, das ansonsten nur wenig Gutes für ihn getan hatte.

Dann rief jemand nach ihm; irgendwo brauchte man seine Hilfe. Er ließ Shola nur ungern allein, aber sie versicherte ihm mit der Hand auf dem Herzen, dass alles okay sei, und so ging er doch. Bürgermeister Braxton begleitete ihn.

Shola blieb zurück und erlaubte sich erst einmal, tief durchzuatmen – was infolge des allgegenwärtigen Qualmes und Gestanks zu einem Hustenanfall führte. Als sie sich wieder gefangen hatte, wollte sie ein paar Schritte gehen, verhielt aber in der Bewegung, weil sie knapp über ihrer Hüfte etwas Warmes auf der Haut spürte.

Blut, war ihr erster Gedanke. Sie musste sich verletzt haben, vorhin, nachdem sie das Haus verlassen hatte, um sich an der Schlacht um die Farm zu beteiligen.

Sie tastete nach der Stelle, an der sie die feuchte Wärme spürte, und versuchte Kopf und Hüfte so zu drehen, dass sie sie auch sehen konnte.

Schmerz indes verspürte sie nicht. Und es war auch kein Blut, was dort warm und feucht ihre Haut benetzte, sondern – ja, was eigentlich?

Vielleicht ein Rückstand von Löschschaum, der sie im Eifer des Gefechts dort, wo ihre Kleidung zerrissen war, getroffen hatte. Aber sie verwarf diesen Gedanken, kaum dass er ihr gekommen war. Rückstände von Löschschaum waren überall um sie her – und die sahen ganz anders aus.

Es war eine dünne Schicht einer durchscheinenden Substanz, die einen leichten Stich ins Bläuliche aufwies.

Der Käfer kam Shola in den Sinn. Ob das Tier womöglich schon länger auf ihr herumgekrabbelt war und etwas abgesondert hatte, ein ... Sekret, oder wie man es auch nennen mochte? Sie erinnerte sich, so etwas über irdische Käferarten gelesen zu haben.

Shola berührte die Substanz. Sie fühlte sich unter ihren Fingern so warm an, wie sie es auch auf ihrer Haut tat. Trotzdem wollte sie das Zeug nicht dort belassen und wischte es ab.

Oder versuchte es jedenfalls.

Das Sekret verschwand von ihrer Haut – und zwar *darin.*

Mit den Bewegungen ihrer Finger und schließlich der ganzen Hand rieb Shola es hinein, anstatt es fortzuwischen, und ihre Haut nahm es willig auf, wie ein trockener Schwamm das Wasser.

Shola wollte einen angewiderten Laut ausstoßen – und ließ es dann, zu ihrer eigenen Verwunderung, doch bleiben ...

Irgendwann waren auch die letzten Flammen gelöscht und – das hoffte man jedenfalls – die letzten Käfer verbrannt oder erschlagen. Was blieb, waren verbrannter Boden und rauchende Trümmer und Ruinen sowie Worte des Bedauerns und des Trostes, Schulterklopfen und Umarmungen.

Man begutachtete und schätzte den Schaden und ging ans erste Aufräumen.

Shola stand inmitten des Treibens, ließ den Blick über die Verheerung schweifen und empfand Entsetzen, einerseits – während sie sich andererseits seltsam unbeteiligt fühlte. Als sei ihr das Schreckliche der Situation und deren Folgen zwar durchaus bewusst, als ginge es sie persönlich jedoch nichts an.

Als liege hier nicht *ihre* Existenz, sondern die von jemand anderem in Schutt und Asche – das Leben einer *anderen* Shola ...

5.
DER VORSTOSS

Am frühen Morgen ruckelte der Zug auf den Otmanu zu.

Ein Zug von Menschen und Wagen, die den geradesten Weg aus der Siedlung heraus nahmen, um ohne jeden Umweg zum »Verderber« zu gelangen, wie manche den »Beschützer« von einst inzwischen schimpften.

Ihrer aller Ziel war es, die Herkunft der Käfer zu klären, die, Glück im Unglück, letztlich nur *eine* Farm vernichtet hatten, bevor man sie vernichten konnte.

Vom Otmanu waren sie gekommen, wie Kord Saintdemar zu berichten wusste. Kord, der seither von vielen argwöhnisch beäugt wurde, so als laste man ihm die Schuld am Auftreten dieser unerwarteten Plage an. Was völliger Humbug war … falls Kords Geschichte stimmte.

Aber genau dieses *falls* brachte ihn in Verruf. Und deshalb nahm es nicht wunder, dass Kord zu den Ersten gehört hatte, die sich freiwillig meldeten, als entschieden wurde, das Übel bei der Wurzel zu packen, um ein weiteres Desaster bereits im Keim zu ersticken. Die Käferbrut, wo immer sie heranreifte, musste mit Stumpf und Stiel ausgerottet werden. Nachfolgegenerationen durften das Licht der Welt gar nicht erst erblicken.

Die Kolonne stoppte am Fuß des Berges. Dort, wohin Kord sie gelotst hatte.

Bürgermeister Braxton stieg von seinem Wagen, andere folgten; die zu Fuß Gekommenen schlossen sich zu kleinen Gruppen zusammen, redeten, beratschlagten, spekulierten. Fast eine Viertelstunde verging, ehe sich jemand aus dem Einerlei der Stimmen lautstark zu Wort meldete.

»Worauf warten wir noch?«, rief Rondo Gonzales' Reibeisenstimme.

Sie riss auch Darven aus seinen Gedanken. Er stand mit ein paar anderen zusammen, redete aber nicht mit ihnen. Er war seit der Käferplage in sich gekehrt und still geworden. Sein Appetit war kaum mehr vorhanden, der Verlust der Ernte drückte ihn mehr, als er Shola gegenüber zugeben wollte, und außerdem musste er bei jedem Bissen, den er kaute, an ... Käfer denken. Immerzu nur an Käfer.

Er schüttelte sich.

»Was ist mit dir?«, fragte Shola, die darauf bestanden hatte, ebenfalls an der Expedition teilzunehmen.

»Nichts«, sagte er. »Und mit dir?« Er schaute sie an, und noch mehr Sorge schlich sich in seinen Blick. »Du hättest nicht mitkommen sollen. Du siehst krank aus. Zu Hause im Bett wärst du besser ...«

»Gleichfalls«, würgte sie seinen Kommentar ab. »Wann hast du das letzte Mal in einen Spiegel geschaut?«

Er antwortete nicht. Versuchte ein Grinsen. Versuchte eine Schaufel voll von der Unbeschwertheit, die ihn sonst ausgezeichnet hatte, wieder an die Oberfläche zu bringen, aber es gelang ihm nicht.

»Wir brechen auf!«, entschied der Bürgermeister mit fester Stimme. Darven bewunderte die Souveränität, die Allan Braxton ausstrahlte. Dieser Mann hatte sein Amt völlig zu Recht inne. Er war keiner dieser Gaukler, von denen in Pa Saintdemars *Zeitreise*-Museum oder in der Schule oft die Rede war: kein *Politiker*, dem es nur vordergründig um das Wohlergehen derer ging, die ihn einmal gewählt hatten. Nein, Braxton *war* einer von ihnen, er gab dies nicht nur vor, und Darven würde ihm nie vergessen, mit welchem persönlichen Einsatz dieser Mann versucht hatte, die Farm zu retten. Dass sie letztlich alles verloren hatten, war nicht Braxtons Schuld.

Auch nicht die von Kord.

Davon war Darven überzeugt, und er versuchte es Kord zu zeigen – bei allem anderweitigen Vorbehalt, mit dem er diesem *Freund seiner Frau* sonst auch begegnen mochte.

***

Die ewigen Winde des Mars zupften an Sholas schulterlangem, weizenhellen Haar, als sie hinter den anderen die Innenseite der »Kraterwand« hinabstieg. Zuvor hatten sie eine knappe halbe Stunde damit zugebracht, kontrolliert aufzusteigen. Sie hatten sich gegenseitig an Seilen gesichert; niemand wollte riskieren, dass der Erkundungsvorstoß Verletzte forderte.

Bürgermeister Braxton ging dicht hinter Gonzales, der nicht nur ein Wissenschaftler *par excellence* war, sondern auch ein angesehenes Labor für Saatoptimierung leitete. Darüber hinaus war er ein passionierter Bergsteiger, was er jedoch selten ausleben konnte. Die Arbeit ließ ihm kaum genügend Spielraum für zeitaufwändige Hobbys. Aber Shola hatte mehrfach Gelegenheit gehabt, sich mit Rondo Gonzales über ihren eigenen großen Traum zu unterhalten: die Ersteigung des Olympus Mons.

Was sie ihm als großen Pluspunkt verbuchte: Er hatte sie nicht einfach belächelt, wie so viele. Und ihr dann von seinem eigenen, gescheiterten Aufstiegsversuch berichtet. Mit glühenden Ohren hatte sie ihm gelauscht. Seither plauderten sie immer mal wieder, wann und wo immer es sich ergab.

Hier und heute ergab es sich nicht.

Hier und heute lastete auf allen Teilnehmern der schnell zusammengestellten Expedition eine Furcht, die alles andere überstrahlte.

Käfer ... Wer hätte bis gestern geglaubt, jemals mit einer solchen Prüfung konfrontiert zu werden? Wetter, tektonische Erschütterungen, bedrohliche Sonneneruptionen und kritischer Strahlungsanstieg auf der Marsoberfläche, Schraubenwürmer, Bakterienbefall der Nutzpflanzen ... all dies hatten sie – in mehr oder minder starker Ausprägung – bereits hinter sich. Bis vor kurzem hatten sie sich all dem auch gewachsen gefühlt. Aber nun waren, in schneller Folge, erst dieser Monstersturm und dann die Käferplage über sie gekommen.

Zwei Katastrophen binnen weniger Tage. Was würde als Nächstes folgen? Der wahrhaftige Untergang? Und wenn ja, welches Gesicht würde er haben?

Sie erreichten die Sohle jener Senke, von der sich Shola immer noch nicht vorstellen konnte, dass ein Blitz, egal welcher Stärke, sie geschaffen haben sollte.

Rondo Gonzales verteilte die Leute, gab jedem von ihnen eine Aufgabe und ein Gebiet, das er absuchen sollte.

Nirgends war auch nur ein einziges Insekt zu erkennen. Der Kraterboden war schroff und zerklüftet, überall gab es Risse, Spalten, überhängenden Fels und darunter verborgen liegende Hohlräume. Manche dieser Öffnungen mochten auch Zugang zu stollenartigen Schächten ermöglichen, die tief ins Innere des verbliebenen Bergmassivs führten.

Genau das galt es laut Gonzales herauszufinden, der von Bürgermeister Braxton jede Unterstützung erfuhr. Jeder, der sich dem Zug angeschlossen hatte, wusste und respektierte dies.

»Viel Glück«, sagte Darven, als sie die Seilsicherung voneinander lösten und in unterschiedliche Richtungen davongingen.

Shola schwieg, sie war tief in Gedanken, glaubte die Stimme des Berges zu hören, der sie warnte. Der sie aufforderte, sofort von hier zu verschwinden.

Sie strich sich unsicher über den Nacken. Für einen Moment

wurde ihr schwindlig. Die anderen Mitglieder der Expedition und die Umgebung entrückten ihr. Etwas legte sich wie ein kobaltblauer Nebel über ihr Sehen. Sie atmete tief und erschrocken ein. Das Blau trieb wie halbstoffliche Schlieren durch ihre Luftröhre, ihre Lungen, verteilte sich in ihrem Blut und danach im ganzen Körper.

Shola verkrampfte. Der Schwindel wich. Sie stand zitternd da und machte einen Schritt auf den überhängenden Felsen zu, den sie sich zum Ziel erkoren hatte. Ihr Herz schlug spürbar bis in ihren Hals hinauf. Sie schwitzte, obwohl die Temperatur bei gerade mal vierzehn Grad Celsius lag. Hier am Grund der Senke war es beinahe windstill.

Sie überlegte, ob sie Darven von ihrem schlechten Befinden erzählen sollte. Sie verspürte ein Jucken knapp über ihrer Hüfte. Dort, wo der Käfer sein Sekret auf ihrer nackten Haut hinterlassen hatte. Sie kratzte sich durch den Stoff ihrer Kleidung hindurch. Es juckte stärker.

Sie erreichte den Felsen, der sich wie ein Erker über ihr erhob. Aus der Nähe ähnelte er einem riesigen gebogenen Stoßzahn, der seit undenklichen Zeiten aus dem Fels ragen mochte. Sie stellte sich, ohne sich bücken zu müssen, darunter. Von überall her hörte sie Stimmen. Manchmal war sogar ein kurzes Lachen dabei, das sofort wieder abbrach, als würde dem Verursacher jäh bewusst, wie unangebracht sein Heiterkeitsausbruch unter den gegebenen Umständen empfunden werden konnte.

Aber so waren Menschen nun mal. Nicht selten scherzten sie sogar auf Beerdigungen.

Shola rüttelte vorsichtig an einem auffallend ästhetisch geformten, zylindrischen Stein, der fast wie ein Hebel aussah.

Hinter ihr rief jemand nach ihr. Sie drehte sich um, halb zumindest, sah Darven einige Schritte weit entfernt wild gestikulieren …

… und ihn dann mitsamt den anderen vor ihren Augen verschwinden.

***

Was tat Shola da? Darven versuchte sie zu warnen. Rief ihr zu, bloß nichts anzufassen, aber es war bereits zu spät.

Sie alle wussten, dass man mit Artefakten der Alten vorsichtig umgehen sollte, und das, was sie dort entdeckt hatte, sah einem Hebel verdächtig ähnlich … ein Hebel, der sich vor dem Blitzeinschlag im *Inneren* der Bergspitze befunden hatte!

Shola schien ihn zu hören. Sie wandte sich zu ihm um. Aber sie ließ nicht ab von dem … Ding. Hielt es weiter fest umklammert, zog und drückte abwechselnd daran, und dann …

… verschwand sie vor seinen Augen. Sauste abwärts, als hätte sich eine Fallgrube unter ihr aufgetan. Darven war wie paralysiert. Ihr lang gezogener Schrei, mit dem sie fiel, übertönte jeden anderen Laut und brachte die anderen Teilnehmer der Expedition augenblicklich zum Schweigen.

Verwirrt blickten sie in die Richtung, aus der der rasch hohler und dumpfer werdende Schrei kam – bevor er jäh abbrach.

Darven überwand seine Starre. »Schnell!«, rief er den anderen zu. »Es ist Shola! Helft mir! Wir müssen …«

Bürgermeister Braxton war als einer der Ersten bei ihm. Er packte Darven rechts und links der Oberarme und drückte einmal fest zu, brachte sein fleischiges Gesicht ganz nah an seines heran und sagte eindringlich, während Darven immer nur auf das Loch im Boden starren konnte: »Ruhig, Junge! Beruhige dich! Wir kümmern uns darum. Wir holen sie da raus. Sei vernünftig und halte dich zurück, lass andere nach ihr sehen …« Während er sprach, stieß Rondo Gonzales, der Wissenschaftler und Extremsportler in Personalunion, zu ihnen.

»Andere?«, echote Darven begriffsstutzig. Er hatte das Gefühl, neben sich zu stehen, wie in einem Albtraum, aus dem er nicht erwachen konnte.

Gonzales dirigierte ihn und den Bürgermeister beiseite, hatte sich selbst wieder mit einem Seil an einem Begleiter gesichert. Er legte sich wenige Meter von dem überhängenden Felsen entfernt flach auf den Boden und begann auf das Loch zuzurobben.

Nur das Seil folgte ihm, sonst nichts und niemand. Die anderen stellten sich in respektvollem Abstand wie bloße Zuschauer einer Aufführung auf und schienen mit dieser Rolle auch keinerlei Problem zu haben.

Bis auf Darven. Die Worte des Bürgermeisters sickerten allmählich in seinen Verstand. Aber er hatte Mühe, sie zu akzeptieren. *Shola war weg, vielleicht gerade vor seinen Augen zu Tode gestürzt, und er ... Er musste sie doch retten!*

»Allan ...«

»Ich weiß, was du sagen willst, Junge.« Braxton stand jetzt hinter ihm und hielt Darvens Arme weiter umfasst, wie ein Vater, der seinen Sohn davor bewahren will, eine Dummheit zu begehen. Darven meinte seinen warmen Atem im Nacken zu spüren. Erstaunlicherweise beruhigte ihn das ein wenig. Ein klitzekleines bisschen. »Rondo macht das schon«, fuhr der Bürgermeister fort. »Er ist der beste Mann für diesen Job, glaub mir ...« Braxton glaubte selbst an das, was er Darven zuraunte. Und daraus bezogen die Worte ihre Wirkung.

Darven nickte angespannt.

Rondo Gonzales erreichte das nur einen Meter durchmessende, achteckige Loch – erst jetzt wurde Darven bewusst, wie geometrisch exakt der Rand ein Oktagon bildete –, hielt kurz inne, löste dann eine mitgebrachte Stablampe von seinem Gürtel und leuchtete damit in die Tiefe. Gleichzeitig rief er nach Shola.

Keine Reaktion. Keine Antwort.

Schließlich kehrte er zu den Wartenden zurück. »Nichts«, sagte er mit belegter Stimme.

»Nein!«

Darven musste nicht hinsehen, um zu wissen, wer den Schrei ausgestoßen hatte. Es war Kord. Und Darven fühlte sich nicht einmal befremdet davon, dass ein anderer seinen Schmerz so unverhohlen teilte. Es war wie selbstverständlich. Fast tröstlich. Dennoch hatte er das Gefühl, man würde ihm den Boden unter den Füßen wegziehen.

»Hast du etwas sehen können?«, fragte Braxton heiser hinter ihm.

Gonzales nickte mit zusammengebissenen Zähnen, die Lippen so fest aufeinandergepresst, dass sie einen einzigen blutleeren Strich bildeten.

Darven las in diesem Gesicht und wartete nur darauf, dass er sagte: *Ich hab sie gesehen. Ihren zerschmetterten Leichnam am Grunde des Lochs.* In Wirklichkeit aber sagte Gonzales in einem ehrfurchtsvollen, zutiefst ergriffenen Ton: »O ja, das hab ich. Ich habe unglaubliche Dinge da unten gesehen ...«

Bürgermeister Braxtons Finger gruben sich tiefer in Darvens Oberarme, um ihn zurückzuhalten. Doch der junge Mann war am Ende seiner Beherrschung angelangt. Jeden Augenblick würden die Nerven mit ihm durchgehen, würde er sich losreißen und ...

Braxton erkannte, dass er handeln musste. Er drehte Darven zu sich um, murmelte: »Entschuldige, Junge« – und verpasste ihm einen Kinnhaken direkt auf den Punkt.

Darven war beinahe dankbar, als der Schlag sein Bewusstsein ausschaltete und ihn die Dunkelheit verschlang ...

2

INFERNO

1.
IM FREIEN FALL

Es dauerte etwa eine Sekunde, bis Shola Angelis realisierte, dass die Ursache für das Verschwinden der anderen bei ihr selbst lag. Denn genau genommen verschwanden nicht die restlichen Expeditionsteilnehmer, sondern *sie selbst* entglitt deren Sicht.

Weil sie stürzte. Senkrecht in die Tiefe raste! Der Boden hatte sich unter ihr aufgetan, nachdem sie an dem hebelartigen Konstrukt gezogen hatte. *Närrin!,* schalt sie sich dafür. *Hättest du nicht die Finger davon lassen können?* Aber für Reue war es zu spät. Ihr Körper glitt abwärts wie in einem Fahrstuhlschacht: kerzengerade, die Füße voran, als wären ihre Schuhe aus Blei und würden den Fall ausbalancieren.

Es war hell um sie her, obwohl sie Dunkelheit erwartet hätte. Und noch etwas war verrückt: Natürlich hatte sie Angst – aber bei weitem nicht in einem Maße, wie es der Situation angemessen gewesen wäre. Sie stürzte weder in heller Panik noch in einem dumpfen Schockzustand. Es war, als würde sie neben sich stehen und sich selbst nach unten begleiten.

Bis zum Aufprall ...

Mit derselben distanzierten Wahrnehmung blickte Shola sich um. Und wunderte sich erneut. Alles sah ... so neu, so sauber aus. Nicht wie nach Jahrmilliarden, als hier auf dem Mars eine andere, einheimische Zivilisation existiert hatte. Die *Alten,* die auf der Oberfläche nur wenige Spuren – Artefakte – hinterlassen hatten.

War es denkbar, dass auch heute noch in den Tiefen des Planeten versteckt unterirdische Städte von strahlender Schönheit existierten, während die Nachkommen der Menschen, die vor einhundertachtzehn Jahren Marsjahren* hier gestrandet waren, auf der staubigen, von Stürmen gepeitschten Oberfläche lebten?

Die bloße Vorstellung war purer Aberwitz – und doch konnte Shola nicht verhindern, dass ihre Fantasie mit ihr durchging.

Der Gedanke an das Ende ihres Sturzes holte sie jedoch schnell wieder in die Realität zurück. Am Grund dieses Schachtes erwartete sie ein Aufprall, der ihr jeden Knochen im Leib brechen und jede Ader, jedes Organ zerplatzen lassen würde.

Sie war entsetzt über das geringe Maß an Furcht, das sie an sich feststellte. Zugleich hatte sie das Gefühl, dass dies nicht das Einzige war, was sich in ihrem Denken »verschoben« hatte ...

Ganz zu Beginn ihres Absturzes hatte sie an Darven gedacht, ihren geliebten Partner. Seither nicht mehr. Er war der Letzte gewesen, dem sie in die Augen geblickt hatte, der noch versucht hatte, sie zu warnen und von dem Hebel wegzuscheuchen. Doch nun entglitten ihr sein Bild, die Erinnerung an ihn und alles andere »dort oben« mehr und mehr.

Der Aufprall selbst, der jetzt ... *jetzt gleich* ... erfolgen musste, würde sie zu schnell und wohl auch schmerzlos töten, um ihn wirklich fürchten zu müssen.

Viel schlimmer war dieses unerklärliche *Vergessen* davor ...

Shola öffnete den Mund, vergaß aber schon, während sie es tat, dass sie hatte schreien wollen.

Und dann schlug sie auf.

***

---

* entspricht 236 Erdjahren

In der Kratersenke des Otmanu kam er zu sich.

Und wusste sofort, was passiert war. Die Szene, die dazu geführt hatte, dass Bürgermeister Allan Braxton – sonst ein umgänglicher Zeitgenosse – ihm einen Kinnhaken verpasst und ihn so ins Reich der Träume geschickt hatte, stand glasklar vor seinem inneren Auge.

Darven Angelis richtete sich stöhnend auf – halb zumindest, bis seine Ellbogen durchgedrückt waren und er zu den Umstehenden aufblicken konnte – und sagte mit krächzender Stimme: »Habt ihr sie?«

Niemand musste fragen, wen er meinte. Braxton beugte sich zu Darven herab und streckte ihm die riesige Pranke entgegen, von der er behauptete, dass es eine *Hand* sei. »Tut mir leid, Junge, das wollt' ich nicht, das musst du mir glauben. Wusste mir nur nicht mehr anders zu helfen. Du hättest dich sonst einfach hinterhergestürzt ...«

Darven merkte, wie wenig nachtragend er war – aber vielleicht kreisten seine Gedanken auch einfach nur zu konzentriert um das Einzige, was zählte. Er ergriff die behandschuhte Pranke und ließ sich auf die Beine helfen. Wenig später stand er noch leicht benommen zwischen den anderen, etwa fünf Schritte von der Stelle entfernt, wo Shola verschwunden war.

Vor dem achteckigen Loch, das dort klaffte.

Präzise achteckig.

Und was hatte Gonzales gesagt, nachdem er einen Blick in die Tiefe werfen konnte? *»Ich habe unglaubliche Dinge da unten gesehen ...«*

In der Senke war es windstill. Das betretene Schweigen der Männer passte dazu – und war beredt genug.

Sie wissen nichts, dachte Darven. *Nicht das Geringste, was Shola angeht.*

Braxtons nächste Worte bestätigten dies. »Es tut uns allen sehr leid, Darven, aber ... sie ist nicht hier. In der Zeit, als du bewusstlos warst, haben wir uns das Loch angesehen. Es handelt sich um einen senkrechten Schacht, dessen Grund nicht zu erkennen ist. Er scheint mindestens fünfzig Meter tief zu sein, vermutlich mehr.«

Darven hörte Braxtons Worte zwar, aber er begriff sie nicht. »Wollt ihr damit sagen ...«

»Du weißt ebenso wie wir, wie hoch die Wahrscheinlichkeit ist ...«, Allan Braxton räusperte sich, »... nun, einen Absturz aus solcher Höhe zu überleben.«

Darven spürte, wie Schwindel nach ihm griff. Die Konsequenz aus Braxtons Worten lautete: Keine Chance auf ein Überleben. Shola war tot!

Tot.

Etwas in ihm schien erst zu gefrieren, dann abzusterben.

»Lasst mich hin!«, stieß er hervor und wehrte bereits vorsorglich, mit erhobenen Armen, Hände ab, die noch gar nicht nach ihm gegriffen hatten.

Sie waren alle tief betroffen. Insbesondere auch Kord, der sich auffällig im Hintergrund hielt und dennoch kaum verbergen konnte, dass er nicht weniger für Shola empfand als Darven ...

»Ich weiß nicht«, setzte Rondo Gonzales an, der erfahrenste Expeditionsteilnehmer und geübteste Bergsteiger von ihnen, »ob es gut ist, wenn er ...«

Eine brüske Geste des Bürgermeisters brachte ihn zum Verstummen. »Sieh nur zu, dass er gesichert ist, Rondo. Lass es ihn selbst beurteilen, vielleicht kann er es dann besser verarbeiten.«

Gonzales fügte sich achselzuckend und trat nur an Darven heran, um ihn mit dem Seil, das ihnen schon beim Abstieg in die kraterartige Senke behilflich gewesen war, einzuhaken.

»Sei vorsichtig, Darven. Riskier nicht zu viel. Keiner von uns weiß, wie fest der Boden unter unseren Füßen ist.«

Darven Angelis wartete ungeduldig, bis Gonzales den Weg zu dem offen klaffenden Oktagon freigab. Er sah nicht ein einziges Mal zurück, als er darauf zuging, neben der Öffnung niederkniete und nach unten schaute.

Wo es ihn völlig unvorbereitet traf.

Er sah Shola.

Dutzende, Hunderte ... vielleicht Tausende von Sholas ...!

***

Der Schacht hatte exakt denselben Durchmesser – etwa zwei Meter – wie die Öffnung, die an der Oberfläche entstanden war und neben der Darven sprachlos kauerte. Sekunden-, minutenlang. In dieser Zeit konnte er nichts anderes als starren und versuchen zu begreifen, wofür es keine Erklärung gab – keine aus seiner Sicht jedenfalls.

Die Wand des Schachtes schien sich aus meterhohen Stücken zusammenzusetzen. Jedes dieser Segmente war achteckig wie der Zustieg, und auf jedem davon war ... Shola abgebildet.

Die Flächen waren taghell ausgeleuchtet, als befände sich hinter jeder einzelnen eine separate Lichtquelle.

Unzählige Male Shola mit erschrockenem Gesicht, nach oben gerissenen Armen, die Augen weit offen, wie auch den Mund. Von den Wänden offensichtlich im Augenblick ihres Sturzes festgehalten, buchstäblich *fotografiert* ...

Es war unfassbar!

Irgendwann löste sich Darven von dem Bild und schaute über seine Schulter dorthin, wo die anderen zurückgeblieben waren. An Gonzales blieb sein Blick haften.

»Seil mich ab!«, rief er ihm zu. »Ich will da runter!«

Gonzales schüttelte erst den Kopf und sah dann zu Braxton, tauschte einen fragenden Blick mit ihm. »Vergiss es.«

Darvens Hand griff nach dem Seilende, das den Karabinerhaken seines Gürtels durchlief. »Glaubt es oder nicht – aber wenn ihr mich nicht runterlasst, mach ich mich los und springe ohne Seil.« Er sagte es fast ruhig. Und niemand schien daran zu zweifeln, dass er seine Drohung wahr machen könnte.

»Das Problem ist«, ergriff Allan Braxton das Wort, »dass das Seil nicht lang genug ist. Du kommst nicht bis unten, egal was wir anstellen. Darauf waren wir nicht vorbereitet, Darven.«

»Ich will *rein* – nicht *runter*«, erwiderte er. »Ich will es mir ... von *drinnen* anschauen.«

»Okay.« Braxton gab Gonzales den Wink, es zuzulassen.

Und Sekunden später setzte Darven ohne das kleinste Zögern über den Rand des Lochs, ließ sich abwärts ...

... und löschte Shola aus.

* * *

Er hing zwischen zwei Segmenten, als Shola daraus verschwand. Als sich ihr Bild einfach wie in einer zeitlupenhaften Implosion daraus zurückzog ... und Darven dort erschien – an allen Seiten zugleich, insgesamt sechzehn Flächen bedeckend – dieselbe Zahl, von der Shola verschwunden war.

Er überwand seine Verblüffung. »Weiter!«, schrie er nach oben. »Tiefer!«

Gonzales gab Seil. Darven tauchte langsam in den »Erfassungsbereich« der nächsten Segmente und löste auch dort die Kettenreaktion aus, an deren Ende acht weitere an Seilen hängende Darvens zu ihm herstarrten.

Der Schacht, daran gab es jetzt keinen Zweifel mehr, lichtete ihn ab – lichtete jeden ab, der sich in ihm bewegte! Er hatte Sholas Sturz festgehalten, bis zu dem Moment, da ein neues Objekt vor seinen »Linsen« – oder welche Aufnahmetechnik es auch immer war – erschien.

Hatten Darvens Hände sich bislang am nach oben laufenden Seil festgehalten, so ließ die Rechte nun los und tastete über die wölbungsfreie Fläche vor ihm.

Kristalline Struktur, dachte er. *Unglaublich scharfes, verzerrungsfreies Bild ...*

... das sich bereits wieder änderte. Ihn ebenso wie die Flächen hinter und neben ihm plötzlich in genau der Haltung zeigte, die er *jetzt* innehatte, einen Arm ausgestreckt, tastend ...

Er verharrte und betrachtete seine Umgebung noch eine ganze Weile, ehe er sich wieder nach oben ziehen ließ.

***

Ich – atme?

Es gab wenige Momente in Sholas Leben, die es mit diesem hier aufnehmen konnten. Ihr Geist jedenfalls, so schien es im Nachhinein, hatte sich im Moment des Aufschlags reflexartig aus ihr zurückgezogen.

Da war kaum Schmerz. Der Aufprall konnte nicht annähernd so unsanft vonstattengegangen sein, wie Shola es hatte befürchten müssen. Sie war offenbar mit völlig heilen Knochen davongekommen, wie sie allmählich begriff.

Es akzeptierte – obwohl es einem Wunder gleichkam.

Noch während sie an Wunder dachte, schüttelte sie vorsichtig den Kopf. Danach erst wagte sie die Augen zu öffnen.

Und sah den Ort, an dem sie gelandet war.

Da waren überall Spiegel. Spiegel mit ihren Abbildern. Alle Wände des Raumes, in den der Schacht mündete, waren damit gekachelt ...

Aber waren es überhaupt Spiegel? Shola bewegte sich und wartete darauf, dass ihre Reflexionen diese Bewegung nachvollzogen.

Sie taten es – aber erst mit einiger Verzögerung, und auch

dann hielten sie immer wieder inne, wie eine Kamera, die eine endlose Fotoserie schoss: leicht veränderte Motive in kurzen Zeittakten, keine *fließenden* Livebilder …

Shola kniff die Augen zusammen. Sie sah immer noch seltsam verschoben. Als wäre es nicht nur Luft, was sie umgab, sondern irgendein lichtbrechendes Medium. Auch ihr eigener Körper fühlte sich taub wie infolge partieller Lähmungen an.

Lag es am Sturz? Hatte sie sich doch Verletzungen – womöglich innere – zugezogen, die über kurz oder lang sogar tödlich sein konnten?

Ruhe. Du musst Ruhe bewahren.

Wer dachte das? Sie? Für einen Moment war ihr gewesen, als spräche jemand/etwas zu ihr, ganz nah an ihrem Ohr. Sie glaubte sogar den Atem zu spüren, der die Stimme begleitete …

… und wirbelte herum.

Da war niemand/nichts. Nur die Wände und die Spiegel, die keine waren.

»Ist … da jemand?«, rann es unsicher über Sholas Lippen. Sie machte einen Schritt, und der Boden federte, sie sank bis zu den Knöcheln ein in … ja, in was? Es schien ihre Schuhe schmatzend festzuhalten, und ein Schritt kostete so viel Kraft, als zöge plötzlich das X-fache an Schwerkraft an ihr.

Eine Welle von Übelkeit jagte durch Sholas Körper. Sie verlor vollkommen die Orientierung und fand sich wenig später auf allen vieren wieder. Nun versanken auch die Hände bis zu den Gelenken im Boden. Ihre Finger griffen wie durch trockene, aneinander mahlende winzige Steine.

Für einen Moment war ihr, als würde etwas an ihrer pigmentierten Haut nagen, mit spitzen Zähnchen daran knabbern, beißen, sich eingraben … sich dann aber unverrichteter Dinge wieder zurückziehen.

Ich bin wohl nicht nach seinem Geschmack.

Was für ein absonderlicher Gedanke.

Aber, bei den Monden, er war nicht das einzig Absonderliche hier ...

Nicht nur, dass die Zeit anderen Regeln zu folgen schien; je länger Shola hier war und sich umsah, desto stärker wurde das Gefühl, die ihr bekannten Dimensionen würden sich ... *auflösen*; als verlören Höhe, Länge und Breite an Bedeutung – oder als verlöre *sie* ihr Wahrnehmungsvermögen für diese Dimensionen, als seien ihre menschlichen Sinne mit einem Mal nicht mehr fähig, Abmessungen und Ausdehnungen als solche zu erkennen.

So, dachte Shola, musste es sein, wenn man wahnsinnig wurde.

Nur, so war es nicht ... Sie hatte ganz und gar nicht das Gefühl, wahnsinnig zu werden. Im Gegenteil, auf eine sonderbare Weise, die sie nicht einmal sich selbst gegenüber in erklärende Worte fassen konnte, fühlte sie sich so klar und nüchtern wie noch nie in ihrem Leben!

Ja, klar, nüchtern und ... *anders* fühlte sie sich. *Ganz* anders. Doch ihr Geist war nicht dafür geschaffen, solcherlei Gedankengängen zu folgen. Sie glaubte ganz deutlich zu spüren, wie sich in ihrem Kopf etwas zu einem komplizierten Knoten zu verschlingen drohte, wusste im selben Moment aber auch, dass auch dieser Eindruck, dieser bildhafte Vergleich nur ein Versuch ihres gewohnten Denkens war, ihr verständlich zu machen, was da tatsächlich in ihr vorging ...

Shola wandte zeitlupenhaft den Kopf, und die Sholas ringsum vollzogen die Bewegung stockend nach. Was den Eindruck erweckte, als schauten sie sich nicht *um*, sondern *ihr nach*. Wie um sie im Auge zu behalten.

Einen Moment lang gesellte sich diesem Eindruck noch ein weiterer, unterstreichender Aspekt hinzu – denn für diesen einen Augenblick schaute Shola nicht zu diesen Momentaufnahmen ihrer selbst *hin*, sondern aus ihnen *heraus* und sich selbst *an!*

Wieder so eine die Sinne narrende Unmöglichkeit – für den *menschlichen* Geist und sein Vermögen jedenfalls ...

Dennoch, der Eindruck war unleugbar da gewesen, auch wenn er gleich wieder verging. Und, auch das war fraglos sonderbar, Shola ließ es dabei bewenden, nahm es hin, dachte nicht weiter darüber nach – wunderte sich nicht einmal darüber, dass ihr dies so ohne weiteres gelang.

Endlich setzte sie einen Fuß vor den anderen, ging ein Stück. Ohne indes zu wissen, wohin.

Das Empfinden, die Dimensionen verliefen hier unten anders als oben, machte es schwer zu bestimmen, wo sie eigentlich war. Der ... *Raum*, wo sie nach ihrem Sturz gelandet war, entzog sich ihren Blicken zumindest so weit, dass Shola weder sagen konnte, wie groß er war, noch welche Form er hatte.

Also ging sie einfach nur, folgte dabei sich selbst durch die Abbilder auf den Spiegelsegmenten der Wände.

Schließlich hatte sie den Eindruck, ihre Umgebung verändere sich. Rückblickend kam sie zu dem Schluss, zuvor in einem größeren Raum gewesen zu sein und sich jetzt in einem kleineren zu befinden, einem Gang vielleicht nur. Zwar ließ sich weder der Raum vorhin noch der vermeintliche Gang optisch definieren, aber ein anderer Sinn, den Shola – und auch das *wusste* sie mit einem Mal einfach – zwar immer schon besessen, aber noch nie gebraucht hatte, verriet ihr das mit einer anderen, größeren Gewissheit, als es bloße Blicke je vermocht hätten.

Ein Gang also – oder zumindest etwas, das dem menschlichen Verständnis eines Gangs sehr nahe kam –, und auch hier fanden sich diese foto-optischen Kristallfelder. Und hier, vermutlich infolge der anderen räumlichen Beschaffenheit, wurde Shola gewahr, dass ihre Reflexionen nicht nur auf diesen

Achtecken erschienen – nein, sie löschten auch etwas aus, das sich *vor* ihr darauf befunden hatte und jetzt ihrem Bild wich.

Etwas, das sich vielleicht vor Jahrmilliarden hier befunden und hierher *gehört* hatte? Das Abbild eines *Urmarsianers?*

Es gelang ihr nicht, eine Antwort auf diese Frage zu finden. Weil es ihr nicht gelang, wirklich zu sehen und vor allem zu erkennen, was die kristallenen Oktogone zeigten, bevor ihr eigenes Abbild auf den Flächen erschien. Es war fast so, als wollten sie Shola zum Narren halten: Wann immer sie einen Blick auf das ursprüngliche Bild zu erhaschen meinte, entwand es sich sozusagen dem Zugriff ihres Auges und machte ihrer eigenen Spiegelung Platz, ganz gleich, in welche Richtung sie auch schaute ...

... und dann kehrte das Gefühl, selbst angestarrt zu werden, zurück, so unvermittelt, dass sie darunter erschrak und zusammenfuhr. Shola hatte das Gefühl, man würde buchstäblich durch sie *hindurchsehen*, sie regelrecht durchleuchten, jede Faser ihres Seins taxieren und analysieren. Sie fühlte sich nackt auf eine Weise, die nichts mit dem Fehlen von Kleidung zu tun hatte.

Nackt und ... frei.

Und plötzlich, wie mit dieser Erkenntnis einhergehend, wich das Unangenehme aus diesem Gefühl, ein bisschen jedenfalls.

Einen zeitlosen Moment lang geschah nichts.

Dann – Bewegung. Etwas wich zur Seite. Oder öffnete sich. Es war nicht näher zu bestimmen, weil es nicht zu sehen war, denn im gleichen Augenblick erlosch alles Licht. Shola fand sich inmitten einer derart vollkommenen Dunkelheit wieder, wie selbst die finsterste Nacht sie auf der Marsoberfläche nicht zu erzeugen vermochte.

Und dann sah sie die Augen.

Zyklopen!, war ihr erster Gedanke, indes nicht annähernd so erschrocken, wie es angemessen gewesen wäre. Trotzdem, angenehm war ihr der Anblick keineswegs.

Die Zyklopen selbst waren nicht zu sehen, nur ihre Augen: groß wie Menschenschädel, im selben Abstand zueinander und in fast doppelter Mannshöhe aufgereiht, sauber ausgerichtet wie Soldaten.

Shola unternahm gar nicht erst den Versuch, diese unheimlichen, monströs wirkenden Augen zu zählen oder ihre Zahl auch nur schätzen zu wollen.

Es waren *viele.*

Jedem einzelnen davon wohnte Leben inne.

Und alle starrten sie an.

* * *

»Was mag dahinterstecken?«

»Ich weiß es nicht.«

»All diese Bilder ... Es ist verrückt. Wie sie entstanden sind, ist verrückt. Wie sie durch neue ersetzt werden, ist verrückt. In den oberen Segmenten bist jetzt du zu sehen, in den unteren deine Frau. Worauf sind wir da nur gestoßen?« Bürgermeister Braxtons Blick suchte Gonzales. »Rondo, was meinst du? Es muss ein neues Artefakt sein – aber was hat es zu bedeuten? Und könnte es in irgendeinem Zusammenhang mit der Plage stehen, die wir erlebt haben?«

»Die Käfer?«, fragte Gonzales.

Allan Braxton nickte ungeduldig.

»Um diese Frage zu beantworten, brauche ich mehr Fakten. Und um an mehr Fakten zu kommen, gibt es nur einen Weg.« Er nickte zu dem achteckigen Schlund hin, der Shola verschlungen hatte.

Meine Shola. Bei den Monden, lass sie überlebt haben. Lass sie mich dort unten am Grund des Schachtes lebendig *finden!*

Darven fiel kaum auf, dass er nicht den geringsten Zweifel daran hegte, dass er dort hinuntersteigen würde. Bis ganz nach unten. Aber dazu benötigten sie vor allem ein Seil in ausreichender Länge.

Darven packte den Bürgermeister an den Schultern und rüttelte ihn erregt. »Ich will da runter, Allan! Mir ist egal, wer sich sonst noch freiwillig meldet, aber ich *muss* da auf jeden Fall runter.«

»Darven, das ...«

Er ließ Braxton nicht zu Wort kommen. »Einer von uns muss zur Farm fahren. Dort gibt es Hunderte Meter Seil! Damit lasst ihr mich hinab!«

»Beruhige dich, Junge. Wir alle verstehen, was du durchmachst, aber wir müssen einen klaren Kopf behalten.«

Eine Gestalt löste sich aus dem Hintergrund. »Der Bürgermeister hat Recht.«

Darven fuhr herum, als er realisierte, wer gesprochen hatte.

Kord. Ausgerechnet!

»Eine zweimalige Fahrt, hin und wieder zurück, würde viel zu lange dauern«, fuhr der Witwer und Vater zweier Kinder fort. »Besser wäre es, über Funk Nachschub an Seil anzufordern. Ich denke dabei aber weniger an irgendwelche Wagen, die es herkarren ...« Er machte eine Pause und sah angespannt in die Runde.

»Sondern?«, fragte Braxton.

Kord sagte es ihm, ihnen allen.

Und Darven wusste im selben Augenblick, dass Kord gerade die einzige reelle Chance formuliert hatte, die Shola noch hatte. Er pflückte das nächstbeste Funkgerät aus der Hand eines der Umstehenden und klatschte es in Bürgermeister Braxtons Hand.

»Tu es! Um Himmels willen – bitte tu, was er vorgeschlagen hat! Es klingt nicht nur machbar, es ist ... ihre *einzige* Chance!«

2.
ESKALATION

Aus der Luft betrachtet erinnerten Vegas und das Umland an das Patchworkmuster von Raban Tsuyoshis Kleidung, die von ihm persönlich aus ungezählten Flicken zusammengenäht worden war. Von klein auf hatte er den Umgang mit Stoffen geliebt. Vielleicht, weil seine Mutter, die ihn allein großgezogen hatte – sein Vater hatte, noch während sie mit Raban schwanger war, bei einem Testflug sein Leben verloren –, Stoffe herstellte. Er war oft bei ihr in der engen Stube gewesen, in der sie auch heute noch viele Stunden des Tages am Webstuhl saß. Den Apparat, mit dem sie die Baumwolle verarbeitete, hatte sein Vater gebaut – und wenn Tela ihren Sohn nicht anflunkerte, hatte er in all den Jahren nicht den kleinsten Defekt gehabt.

Raban hatte andere Konstruktionen seines Vaters gesehen; die alte Werkstatt, seit seinem Tod fast unverändert, beherbergte viele davon. Als Pilot war er ein geachteter Mann gewesen, und niemand, der ihn kannte, hatte ihn je vergessen. Und schon gar nicht das, was er zur Eroberung der Lüfte beigetragen hatte.

Ohne ihn wäre ich heute nicht hier, dachte Raban und zog den Blick aus der Tiefe zurück, betrachtete stattdessen den Höhenmesser, der vor ihm in der Gondel, gleich hinter den beiden Steuerhebeln, befestigt war.

Zweihundertvierzehn Meter ...

Normalerweise flog er sehr viel näher am Boden, aber manchmal juckte es ihn einfach, und dann –

Im Funkgerät knackte es, und die vertraute Stimme des Towers sagte: »Raban, melde dich. Verdammt, was machst du wieder für eigenmächtige Ausflüge? Melde dich. Sofort!«

Raban grinste, während er das Mikrofon von dem Haken fischte, an dem es baumelte. »Immer langsam mit den jungen Marskäfern ... Wo brennt's, Mikael? Gibt's einen Eilauftrag? Soll ich eine der Farmen anfliegen und ...«

»Marskäfer!« Selbst durch die Störgeräusche im Äther hindurch konnte Raban hören, wie sein Bruder empört die Luft einzog. »Darüber kannst auch nur du deine Späßchen machen ... Verdammt, du Idiot, irgendjemand sollte dir endlich mal den Ernst des Jobs klar machen, den wir hier erledigen. Für dich ist immer alles nur Spielerei. Du ...«

»Ich *fliege*, Mika. Du wirst es nie begreifen, weil du aus unerfindlichen Gründen nicht mal einsteigen willst. Von hier oben hast du einen ganz anderen Horizont. Du siehst das Ganze, nicht nur immer einen winzigen Ausschnitt ... Dieses Gefühl ist unbeschreiblich! Aber das können wir ein andermal bequatschen. Was liegt an, großer Bruder?«

»Der Chef ›liegt an‹, wie du es zu nennen beliebst«, knirschte es aus dem Lautsprecher.

»Der Chef?« Raban hob eine seiner Brauen, die linke.

»Bürgermeister Braxton ... Ich hab ihn auf der anderen Leitung. Und er will dich sprechen. Sofort!«

»Allan Braxton?« Unwillkürlich schweifte Rabans Blick wieder aus dem Gondelfenster zum Rathaus. »Ich dachte, der wäre mit ein paar Jungs zum Otmanu aufgebrochen, um ...«

»Genau darum geht es!«, unterbrach ihn Mikael. »Ich stelle durch ...«

Es knackte ein paar Mal, dann erklang das unverkennbare Organ des »Chefs« von Vegas.

»Endlich! Warum dauert das denn so lange? Raban, hör zu, wir brauchen deine Hilfe. Sofort! Dies ist ein Notfall, es geht um Leben und Tod ...«

Raban verspannte sich. Erst jetzt verschwand das Dauergrinsen von seinem jungenhaften Gesicht.

Bürgermeister Braxton schilderte, was passiert war – und was er von ihm erwartete.

»Hast du das alles verstanden?«, schloss er seinen Redeschwall.

Raban bestätigte zitternd.

Dann wendete er das Luftschiff und steuerte den Hafen an, um das zu holen, was Braxton ihm aufgetragen hatte.

* * *

Darven sah den *Himmelsstürmer* – wie die erste Generation ausgereifter Luftschiffe, über die Vegas verfügte, im Volksmund genannt wurde – fast im selben Augenblick, als ein fetter Wassertropfen auf seiner Stirn zerplatzte und jemand rief: »Es fängt an zu regnen – verdammt, auch das noch!«

Darven registrierte es kaum. Er sah nur das lang gezogene Vehikel von knapp fünfundzwanzig Metern Länge und einem Durchmesser von nicht mehr als drei, an dessen Unterseite die Kabine montiert war, die Gondel, die sowohl dem Piloten als auch einiger Fracht Platz bot.

Mehr als ausreichend für ihre Zwecke.

Darven trat zu Bürgermeister Braxton, der nur wenige Schritte entfernt stand und die Männer anwies, die an der Expedition teilnahmen.

Expedition!

Was für ein hochtrabendes Wort. Den Ursprung der Käferflut wollten sie erforschen, die Darvens und Sholas Farm ruiniert hatte. Gefunden hatten sie keinen einzigen dieser sonderbaren Krabbler, von denen einige überlebende Exemplare zwischenzeitlich in der Siedlung untersucht wurden. Mit bislang bescheidenen Resultaten. Bestätigt hatte sich nur, was sich ohnehin jeder dachte, der diese schauerlichen, kinderfaustgroßen Insekten zu Gesicht bekam: Sie waren kein verspätet aufgetretenes Mitbringsel von der Erde, waren weder von der im Erdorbit zusammengebauten BRADBURY noch von einem der Versorgungsmodule eingeschleppt worden.

Nein, vieles sprach dafür, hatte Darven sich von Leuten sagen lassen, die es eigentlich wissen mussten, dass es eine einheimische Spezies war. Die Folgen des Terraforming mussten sie aus irgendwelchen dunklen Klüften an die Oberfläche getrieben haben. Wie und warum – darauf galt es noch Antworten zu finden.

Sie waren nun zum Otmanu gekommen, weil Kord die Käferbrut *hier* entdeckt und auf seiner Flucht vor dem Schwarm unabsichtlich zur nächsten Ansiedlung gelockt hatte: zu Sholas und Darvens Farm, nur wenige Kilometer von der Siedlung Vegas entfernt gelegen.

Aber jetzt war das Thema Käfer so gut wie hinfällig geworden – für Darven zumindest. Jetzt drehte sich alles vorrangig darum, Shola von da unten wieder heraufzubringen. Und sei es nur, um sie würdig zu bestatten. Denn die Wahrscheinlichkeit, dass sie den Sturz überlebt hatte, war so gering, dass ...

Das Stakkato der Tropfen, die sich binnen Sekunden mehrten und zu einem wolkenbruchartigen Niederschlag wurden, riss Darven aus seinen Gedanken.

Ungläubig legte er den Kopf in den Nacken. Und traute seinen Augen nicht.

Direkt über ihnen, direkt über dem von einem Blitzschlag geköpften Berg, hatte sich etwas zusammengeballt, das entfernt an eine menschliche Faust erinnerte.

Unwillkürlich öffnete Darven die eigenen Hände. Unwillkürlich zog er den Kopf zwischen die Schultern.

»Das ist ...« ... *unmöglich*, hatte er den Satz vollenden wollen. Aber er schaffte es nicht. Aus dem schwarzen Gebräu über ihnen zuckte ein weiterer Blitz – und fast ohne zeitliche Verzögerung folgte das ohrenbetäubende Krachen, das den Fels ringsum bis tief in den Berg hinein erbeben ließ. *So* nah war die Entladung.

»Bei den Monden ...«

Darvens Blick irrte dorthin zurück, wo sich eben noch der *Himmelsstürmer* befunden hatte, der von Allan Braxton herbefohlen worden war – mit sämtlichen Stricken, die der Pilot auf die Schnelle hatte besorgen können. Die Idee war, sich damit in den Achteckschacht abzuseilen, Shola zu bergen und sie, falls noch am Leben, medizinisch zu versorgen. Deshalb hatte sich der *Himmelsstürmer* im Anflug befunden. *Hatte!*

Der Otmanu war diesmal vom Blitz verschont worden. Getroffen hatte die Entladung dennoch etwas.

Das Luftschiff!

Auch das *Wusch!*, mit dem es in Flammen aufgegangen war, hatte der Donnerschlag übertönt. Alles, was Darven jetzt noch sah, war die Gondel, die mit ungebremster Wucht senkrecht nach unten raste, die Reste der brennenden Hülle hinter sich herziehend wie einen zerfledderten, nutzlos gewordenen Fallschirm.

Darven kannte den Piloten, hatte gehört, wie Braxton über Funk mit Raban Tsuyoshi gesprochen hatte, um ihn zu instruieren. Das Herz wurde ihm deshalb umso enger, als die Gondel hinter dem Kraterrand wegtauchte und damit seinem Blick entschwand. Aber schon wenige Momente später hörte er den katastrophalen Aufschlag und wusste, dass sie dort unten in der Ebene am Fuß des Otmanu zerschellt war, in unmittelbarer Nähe der abgestellten Expeditionsfahrzeuge.

Den Regen spürte er nicht mehr. In ihm war alles leer und tot und taub. Für einen Moment entrückte ihm selbst Shola.

Raban war gerade vor seinen Augen gestorben – vollkommen sinnlos.

Wie ein Tier, das die ganze Zeit sprungbereit im Hinterhalt gelauert und nur den schrecklichsten Moment abgepasst hatte, war da plötzlich eine kalte, eisige Überzeugung in ihm, dass Braxton mit seiner Schwarzmalerei von vorhin Recht hatte und Shola längst tot *war* und nichts sie mehr retten konnte.

Das machte Rabans Tod fast unerträglich.

Darven blickte hinauf zum Himmel – als just in diesem Moment warnungslos ein zweiter Blitz genau auf ihn zuzuckte!

Aus!, dachte er noch, *vorbei! Wir werden alle sterben!*

Dann hörte er ein furchtbares Krachen und spürte das Aufbäumen des Bodens unter seinen Füßen ... ein Bocken, als würde der ganze Berg die Menschen, die ihn erstiegen hatten, in den Untergang begleiten wollen.

Dann wurde es finster.

Und unendlich still.

***

Irrtum ..., dachte Shola.

Keine Zyklopen.

Und es waren auch keine Augen.

Das wurde ihr auf den zweiten Blick bewusst, als sie näher herantrat und damit offenbar einen Mechanismus auslöste, der die Objekte sacht aufleuchten ließ.

Es waren, schlicht ausgedrückt, kugelförmige Gebilde, möglicherweise aus einer Art Kristall bestehend. Die »Glut« in ihrem Innern schien zu leben. Zumindest bewegte sie sich, was den Eindruck erweckte, als bewege sich das ganze Gebilde, wie ein Auge eben, dessen Blick hierhin und dorthin wanderte.

Obwohl all diese Feststellungen noch lange nicht erklärten, um *was* es sich bei diesen »Kugeln« nun wirklich handelte, war Shola doch froh, dass sie wenigstens nicht Teil eines oder mehrerer Lebewesen waren.

Was schon in der nächsten Sekunde wieder in Frage gestellt wurde, als ein tiefes Grollen erklang.

Doch es entsprang, wie Shola schnell merkte, keiner organischen Kehle. Nein, der Otmanu selbst grollte!

Der Berg, in dessen Innerstem sie sich befand, schien zu

schaudern, der Fels jenseits der Grenzen dieses Raumes zu knirschen – und die »Augen« vor Shola bewegten sich nun tatsächlich in den krallenartigen Halterungen, in denen sie wie in vielfingrigen, übergroßen Händen lagen ... deren Griff sich nun verstärkte, damit die Kugeln ihnen nicht entglitten.

Der Otmanu beruhigte sich wieder, und mit ihm der Raum, die kopfgroßen Kugeln und die »Hände«, die sie festhielten – das hieß, alle Kugeln bis auf eine!

Diese eine löste sich aus ihrer Halterung, rollte über deren »Fingerspitzen« hinaus und fiel.

Und Shola sprang.

Warf sich förmlich durch die Luft, mit vorgestreckten Armen und offenen Händen. Flog auf die fallende Kugel zu. War für einen entsetzlich langen Augenblick überzeugt davon, dass sie ins Leere greifen würde ...

... und dann spürte sie, wie ihre Finger reflexartig zupackten. Wie sie selbst, demselben Reflex gehorchend, die Arme anzog, das Gebilde vor Brust und Bauch barg und sich zusammenrollte, eine halbe Drehung vollführte und mit dem Rücken voran auf den Boden prallte, darauf wartend, dass der Schmerz sich durch ihren Körper fortpflanzte.

Aber er kam nicht.

So wie sie nach ihrem Sturz durch den Schacht fast sanft gelandet war, so nahm auch hier und jetzt etwas dem Aufprall die Wucht und vermittelte ihr stattdessen das Gefühl ... nein, kein Gefühl. Weder spürte Shola etwas noch kam ihr ein Vergleich in den Sinn – sie lag am Boden, und es hatte nicht wehgetan. Mehr war da nicht.

Das ... *Ding*, das sie in Händen hielt, während sie nun aufstand, fühlte sich warm an, angenehm. Seltsamerweise hart und weich in einem. Es war schwerer, als man es aufgrund seiner Größe und seines Aussehens vermutet hätte. Und es bewegte sich – oder etwas *darin* bewegte sich. Sholas Eindruck vorhin hatte sie also nicht getrogen.

Nur ließ sich die Art dieser Bewegung schlecht benennen: Ein bisschen fühlte es sich in ihren Händen an, als poche in dem Kugelgebilde etwas wie ein Herz. Oder als rege sich im Bauch einer werdenden Mutter das Ungeborene ...

Als sei der Otmanu auch mit diesen Gedanken und der Richtung, in die sie gingen, nicht einverstanden, protestierte er von neuem! Heftiger diesmal als zuvor, brutal geradezu.

Irgendetwas drosch nicht nur wie der Hammer eines Titanen *auf* den Berg ein und ließ ihn erbeben, sondern auch *in* ihn hinein, eine Urkraft, die etwas wie ein Aderwerk innerhalb des Berges erfüllte und aufglühen ließ.

Shola erschrak, fuhr zusammen, als hätte der Hieb nicht nur den Berg, sondern auch sie selbst getroffen. Sie duckte sich, ihre Hände zuckten wie unter einem Stromschlag, öffneten sich – und das Kugelgebilde fiel zum zweiten Mal binnen einer Minute, nachdem es sich vielleicht Jahrmilliarden lang nicht geregt hatte und nicht angerührt worden war.

Shola packte zu. Doch diesmal war sie nicht schnell genug. Das Ding fiel zu Boden.

Und – platzte auf, öffnete sich oder ...

... unmöglich zu sagen. Sholas Augen schienen wie blind für das, was sich zu ihren Füßen tatsächlich zutrug, sie *sahen* jetzt nicht mehr, sondern *begriffen* nur noch, dass das Geheimnis, das dieses Kugelgebilde Jahrmilliarden geborgen hatte, sich jetzt – und ihr – offenbarte.

Dass es so *lebendig* wurde wie Shola selbst ...

***

Das Licht kehrte so selbstverständlich zurück, als wäre die erstickende Dunkelheit, die dem Blitzeinschlag gefolgt war, mit

Darvens Atem in ihn geströmt … und hätte ihn nun auf umgekehrtem Wege auch wieder verlassen.

Benommen blickte er sich um. Der Regen ergoss sich mit unverminderter Wucht in die Kratersenke. Hier und da hatten sich tiefe Pfützen gebildet. Und überall um ihn her lagen Männer, die sich in diesem Moment ebenfalls regten und wieder berappelten.

Was war passiert?

Wie hatten sie den Einschlag der wütenden Energie überstehen können?

Jemand beugte sich über ihn. Er sah auf und direkt in Allan Braxtons breites Gesicht. Der hünenhafte Bürgermeister streckte ihm die Hand entgegen, und Darven ergriff sie ohne Zögern. Kurz darauf stand er auf wackligen Beinen neben Braxton, der das Szenario mit sorgenvoller Miene überblickte.

»Wir müssten tot sein, stimmt's?«, fragte Darven gepresst.

»Vollkommen richtig, mein Junge.«

»Und warum sind wir es dann nicht?« Er war überrascht über das Bedauern, das er in seiner eigenen Frage mitschwingen hörte. Andererseits machte es ihm klar, dass er nicht eher vom Otmanu verschwinden würde, bis er Shola auf seinen Armen nach Hause tragen konnte. Er würde sie nicht hierlassen, unter keinen Umständen.

Sein Blick glitt immer noch durch die Senke. Verharrte mal hier, mal da, prüfte, ob auch tatsächlich alle wieder auf die Beine kamen oder ob jemand regungslos liegen blieb.

Nachdem er einmal alle durchgegangen war, stockte er kurz … und prüfte ein zweites Mal. Mit demselben Ergebnis.

»Einer fehlt«, wandte er sich an Braxton.

Die Mimik des Bürgermeisters schien zu versteinern, und Darven konnte die Gedanken förmlich in den Augen des erfahrenen Mannes lesen: *Noch ein Opfer?*

»Wer?«

Darven nagte an seiner Unterlippe, ehe er antwortete: »Kord.«

***

Kord Saintdemar wusste nicht, warum er »es« als Einziger der ganzen Gruppe überstand, hellwach und bei Sinnen sogar, während alle anderen um ihn her im Moment des Einschlags zusammenbrachen und wie tot liegen blieben.

Darüber hinaus sah er, wo der Blitz einschlug.

Wo in dem etwa zwanzig Meter hohen Kraterwall etwas zuvor Verborgenes getroffen wurde – eine mannshohe Schicht im felsigen Grund, die sich bis dahin weder farblich noch in anderer Weise von ihrer Umgebung abgegrenzt hatte, die nun aber unter dem Einschlag *aufleuchtete.*

Über das ganze Rund der Kraterwand hinweg erstrahlte für Sekunden ein Ring, der die Blitzenergie nicht nur zu absorbieren, sondern irgendwie zu verwerten schien. Denn als sich sein Leuchten wieder abschwächte, kurz bevor es vollständig erlosch, öffneten sich über den Kreis verteilt Türen. Fast ein Dutzend.

Kord, der all dies mit weit aufgerissenen Augen und offen stehendem Mund beobachtete, hätte geschworen, dass die Abstände von Tür zu Tür bis auf den Millimeter gleich waren. Und auch die entstandenen Oktagone – diesmal nicht wie eine Falltür in den Boden gebettet, sondern lotrecht in die Kraterwand des Otmanu mündend – hatten allesamt die gleichen Dimensionen: geschätzte zweieinhalb bis drei Meter hoch und fast anderthalb Meter breit.

Dahinter lockte matte, schwach bläuliche Helligkeit.

Von jeder dieser achteckigen Türen ging eine fast schon gespenstische Anziehungskraft aus. Die Öffnung, die Kord am nächsten lag, übertraf alle anderen jedoch noch an sirenenhaftem Reiz.

Während er bereits darauf zustolperte – ohne sich um seine Kameraden zu kümmern, die zwar wie tot dalagen, aber keineswegs auch tatsächlich tot sein mussten –, wurde ihm bewusst, was er tat. Aber er war nicht in der Lage zu stoppen.

Er dachte an Shola, und für einen Moment war ihm, als hätten seine Gedanken sie berührt ... als hätte er ein Signal empfangen, das ihm mitteilte, dass sie noch am Leben war. Doch er konnte das Gefühl nicht festhalten und misstraute ihm. Gleichzeitig sagte ein anderes Gefühl, dass die Tür, auf die er zuschritt, die Verbindung zu der Verschollenen herstellte.

Wie, das wusste er nicht. Sein Verstand brannte in diesen Momenten ohnedies auf Sparflamme. Seine Vernunft wurde von Instinkten überlagert, die völlig neu auf ihn wirkten.

Tat er das wirklich? Er, der stets vorsichtige Kord, der seinen Kindern versuchte ein Vorbild zu sein?

Zweifel an der eigenen Zurechnungsfähigkeit geisterten kurz durch sein Hirn. Sein Blick aber war nur auf eine der Türen fixiert.

Er erreichte sie und trat in den Bereich, der dahinter seit Jahrmilliarden geschlummert und auf einen Besucher gewartet hatte. Er trat ein in etwas so Fremdartiges, dass ein Menschenleben nicht ausreichte, es in seiner vollen Bedeutung verstehen zu lernen.

Es sei denn, man war dazu *auserwählt* ...

* * *

»Hierher! Kommt schnell! Ihr müsst euch das ansehen! Schnell, beeilt euch!«

Die Rufe lenkten alle Blicke auf den Mann, der eben noch für vermisst erklärt worden war.

Darven beobachtete, wie Kord zwei, drei Schritte auf sie zulief, vom westlichen Kraterrand her, dann aber abrupt stehen blieb und über die Schulter blickte, als läge dort etwas, von dem er sich nicht zu weit entfernen wollte.

Gleichzeitig fragte Darven sich, wie das *offene* Oktagon bis zu diesem Moment von ihnen unbemerkt hatte bleiben können. Der Einzige, der es entdeckt hatte, war Kord, und sein vorübergehendes Verschwinden legte den Schluss nahe, dass er es betreten hatte!

Wir waren wohl zu sehr mit uns selbst beschäftigt, als dass wir wache Augen für unsere Umgebung gehabt hätten, dachte Darven. Sein Blick schweifte an Kord vorbei, suchte unwillkürlich nach weiteren Veränderungen in ihrer Umgebung ... und wurde fündig.

Weitere Oktagone, weitere Tore wurden sichtbar, gleichmäßig über den Kraterhang verteilt.

Darven stieß Allan Braxton an und streckte den Arm aus. Der Bürgermeister folgte den Hinweisen und begriff.

»Grundgütiger ...«, rann es über seine Lippen.

Dann eilte er auch schon – gemeinsam mit Darven und allen anderen Teilnehmern der Expedition – Kord Saintdemar entgegen.

Das war der Moment, in dem der zweite Blitz in ihrer Nähe einschlug. Und diesmal sahen es alle, wohin er gelenkt, regelrecht *gezogen* wurde.

Abermals leuchtete der Ring auf, der oberhalb der offen stehenden Portale rund um die Senke verlief.

Entweder war dieser zweite Einschlag schwächer als der erste, oder der Ring – jetzt von keinerlei Schicht mehr verdeckt – absorbierte ihn gründlicher. Jedenfalls spürte Darven nur ein leichtes Prickeln in seiner völlig durchnässten Kleidung.

Das regenbogenfarbene Leuchten verschwand nach wenigen Sekunden wieder, der Ring verschmolz erneut chamäleonartig mit seiner Umgebung, war wohl nur noch aus nächster Nähe mit bloßem Auge erkennbar.

»Was, bei den Winden, war das?«, keuchte Braxton.

Ich wünschte, ich wüsste es, dachte Darven.

Sie erreichten Kord, der sie mit den magischen Worten empfing: »Kümmert euch nicht weiter um die Blitze – ich habe Shola gefunden, und sie *lebt!*«

* * *

Nach Kords Behauptung wollte Darven das Oktagon-Portal regelrecht stürmen. Aber Rondo Gonzales reagierte noch schneller und verstellte ihm den Weg. Der drahtige Mann mit dem asketischen Gesicht und einer Haut, die an gegerbtes Leder erinnerte und beinahe die Farbe der staubigen Ebenen hatte, schnappte: »So geht das nicht! Was immer Kord gesehen hat, wir werden es uns *gemeinsam* anschauen. Wenn du blindwütig da reinrennst, kann weiß Gott was passieren.«

Für einen Augenblick starrte Darven den Mann, der sich breitbeinig vor ihm aufbaute und die Fäuste in die Hüften stemmte, an wie einen Feind. »Geh mir aus dem Weg!«

»Erst wenn du wieder Vernunft angenommen hast.« Gonzales drehte das Gesicht in Braxtons Richtung. »Bürgermeister? Rede *du* mit ihm. Vielleicht hat er einfach nur mit mir ein Problem ...«

»Ich habe mit niemandem ein Problem.« Das war glatt gelogen, und er wusste es.

»Darven«, sagte Allan Braxton aus dem Hintergrund. Nur dieses eine Wort.

Er entspannte sich widerwillig, blickte zu Kord. »Zeig uns, wo sie ist. Mach schon! Ist sie verletzt? Braucht sie ...«

»Es ist sehr viel komplizierter«, schnitt ihm Kord Saintdemar das Wort ab. Dann winkte er den anderen zu und ging auf das Oktagon zu, in dem er auch als Erster verschwand.

Die anderen – Gonzales, Darven, Braxton und wie sie alle

hießen – folgten. Irgendetwas stimmte nicht mit Kords Aussage, Shola gefunden zu haben, das spürten alle.

Und dann … sahen sie mit eigenen Augen, dass Kord zwar nicht gelogen, aber auch nicht die ganze Wahrheit gesagt hatte.

3.
IN DES KÄFERS KELLER

Hinter dem achteckigen Tor wartete ein Raum, der vollkommen anders beschaffen war als der Schacht, in dem Shola verschwunden war ... und der nachhaltiger als alles bislang Gesehene unterstrich, womit sie es hier zu tun hatten. Was der Otmanu all die Zeit verhüllt hatte ...

Die Expeditionsteilnehmer ließen den strömenden Regen und das Gewitter hinter sich. Kaum hatten sie die Schwelle übertreten, blieben die Schlechtwettergeräusche zurück, als habe sich übergangslos eine schalldichte Glocke über sie gestülpt.

Von irgendwoher strömte diffuses Licht. Darven ließ seinen Blick über die unübersehbaren Spuren des Zerfalls gleiten. Hier warteten keine Wabenwände auf sie, die mit fotografischen Kacheln bestückt waren. Der Bereich, in den sie traten, wirkte fast wie natürlich gewachsen. Als hätte jemand die Stellen, die auf intelligente Baumeister hinwiesen, erst *nachträglich* hinzugefügt.

Doch das musste täuschen. Allein schon die Oktaederform des Raumes besagte das Gegenteil. Und als Darven sich genauer umsah, begriff er, dass der Stein die Zeiten schlichtweg besser überstanden hatte als die Legierungen, die hier verbaut worden waren.

»Wo, Kord?«, brach Darven das Schweigen, das die gebannte Faszination unterstrich, die von der Kaverne ausströmte. »Du sagtest, du hättest Shola gefunden. Wo also steckt sie?«

Kord kam zu ihm und fasste ihn am Arm. Darven wollte die Berührung zuerst abstreifen, aber dann entschied er sich, sie hinzunehmen. Kord führte ihn quer durch den geschätzte zwanzig Meter breiten Raum auf ein weiteres Oktagon zu, das in der gegenüberliegenden Wand klaffte.

Darven hörte, dass sich ihnen auch andere anschlossen. Sie gelangten in einen Nebenraum, höchstens ein Drittel so groß wie die Vorkammer. Hier gab es wieder die kristallartigen Wandsegmente, die an den Schacht erinnerten. Darven wartete darauf, dass ihr Eintreten das darin festgehaltene Motiv verändern und stattdessen sie zeigen würde, und erst als dies nicht geschah, sah er genauer hin. Er erkannte, dass sich auf dem guten Dutzend Kristallwaben ebenso viele *verschiedene* Bilder fanden.

Und auf einem der meterhohen und -breiten Felder entdeckte er Shola.

Ein erstickter Schrei brach aus seiner Kehle.

***

»... wie ein Überwachungsraum ...«

»... verschiedene Bereiche ...«

»... Anlage muss riesig sein ...«

»... zu ihr finden? Unmöglich ...«

Stimmen.

Sie umschwirrten ihn wie wütende Insekten (Marskäfer!). Darven machte, ohne es zu merken, abwehrende Handbewegungen, als könne er das Gesumme dadurch aus seinen Ohren vertreiben.

Er hatte nur Augen für Shola, die dort in einem der Wabensegmente zu sehen war, wie sie an einem unbekannten Ort stand. Wie eine lebende Statue!

Jemand trat neben ihn. Rondo. In seiner Begleitung waren Allan und Kord.

»Wir werden sie finden«, versprach Gonzales.

»*Ich* werde sie finden!«, keuchte Darven. Er trat noch dichter an das Segment heran, um mehr Einzelheiten von Sholas Umgebung zu erkennen. Er wollte herausfinden, was sie lähmte und für den geistesabwesenden Ausdruck auf ihrem Gesicht verantwortlich war. Und bevor ihn jemand hindern konnte, hatte er bereits beide Handflächen gegen den kühlen Kristall gepresst.

Der unter dem Druck nachgab. Sich mit leisem Fauchen auflöste. Dahinter gähnte ein Loch, bis ein erneutes Zischen Gonzales veranlasste, Darven am Kragen zu packen und zur Seite zu zerren.

Keine Sekunde zu spät.

Aus dem Achteck schoss ein passgenauer Zylinder heraus, wie der gut geölte Kolben einer Maschine. Er war drei Meter lang, die Oberseite offen. Seine Zusammensetzung schien auch eher kristallin denn metallisch zu sein. Es gab keine erkennbaren Unebenheiten auf der Oberfläche, die in sattem Bernsteinton glänzte.

Darven wartete nicht ab, was als Nächstes geschah. Während die anderen noch erschrocken starrten, trat er neben den waagrechten Zylinder, schwang sich über die in Nabelhöhe liegende Kante hinweg und landete in dem Behältnis wie in seinem eigenen Sarg.

»Nein! Darven, nicht!«, rief Braxton. Zu spät.

Abermals erklang das Fauchen.

Das Letzte, was Darven Angelis von draußen hörte, waren überraschte, erschrockene Rufe – und dann hatte er das Gefühl, sich innerhalb der Hülse eines gerade abgefeuerten Projektils zu befinden.

Der Andruck war so gewaltig, dass ihm schwarz vor Augen wurde und er erst wieder zu sich kam, als der Schlitten sein Ziel erreicht hatte.

***

Er richtete sich auf, blickte über den Rand des sonderbaren Transportmittels hinweg ... und sah Shola keine fünf Schritte von sich entfernt so dastehen, wie er sie in der Kristallfacette erblickt hatte. Reglos, wie versteinert, die Hände halb erhoben, als wollte sie nach etwas greifen, den Blick zum Boden gerichtet.

Wie er jetzt erst erkannte: Zu Sholas Füßen lagen Scherben ... Splitter, die aber bei weitem nicht so starr und unbeweglich waren wie seine Frau. Im Gegenteil, sie schienen quecksilbrig hin und her zu huschen, jeder zufällige Zusammenprall mit einer anderen Scherbe setzte neue kinetische Energie frei und ließ die kollidierten Fragmente wild durcheinanderspringen.

Am unheimlichsten aber waren die Teilchen, die über Shola hinweghuschten. Über ihre Kleidung, ihre Haut mit den Pigmentstreifen, die alle Marsgeborenen aufwiesen. Im ersten Moment fühlte sich Darven an die Käfer erinnert, die seine Farm ruiniert hatten. Doch es war die gleiche unbekannte Substanz, die über den Boden tanzte.

Darven hielt es nicht länger in seinem absonderlichen Schlitten. Er stemmte sich heraus und eilte zu Shola, die ihn immer noch nicht bemerkte, nur dastand vor kugelartigen Gegenständen, die vor ihr aufgereiht waren.

Erst jetzt bemerkte Darven, dass die Reihe unterbrochen war, dass die Abstände zwischen den Kugeln an einer Stelle zu groß waren, als wäre von dort eine entfernt worden ... *und am Boden zerschellt.*

Er nickte. Genau das mochte passiert sein.

»Shola! Liebes ...«

Sie reagierte nicht. Selbst wenn er sie fest ins Auge fasste, vermochte er keinen Hinweis darauf zu finden, dass sie tatsächlich noch lebte. Erneut überflutete ihn eine Angst, die ihn fast in den Irrsinn trieb. Er konnte sich nicht länger beherrschen, ignorierte die Kriechsubstanz, die gefährlich sein mochte – vielleicht sogar für Sholas Zustand verantwortlich war –, und streckte beide Hände aus, um seine Frau zu berühren. Anzufassen. Sacht zu schütteln.

»Shola!«

Der Moment der Berührung bremste das Gewusel, das seine Frau umlief und sich über sie verteilt hatte, abrupt ab. Und schon im nächsten Moment regnete es wie dunkle Schlacke zu Boden, wo es in Kontakt mit den dortigen Teilchen geriet und auch sie in einer aberwitzig schnellen Kettenreaktion zum Erstarren brachte.

Einen Moment später blinzelte Shola und flüsterte verstört: »Darven? Was ... ist passiert? Wo bin ich?«

Er wollte antworten, was sie aber verhinderte, indem sie vor ihm zusammenbrach. Instinktiv sprang er vor und fing sie auf. Sie hatte das Bewusstsein verloren.

Ohne lange zu überlegen, schleppte er Shola zu dem immer noch wartenden Zylinder zurück, hievte sie ins Innere und folgte dann rasch nach, um zu verhindern, dass sich das merkwürdige Vehikel ohne ihn in Bewegung setzte.

Zunächst sah es aus, als wollte der Schlitten sich überhaupt nicht mehr von der Stelle rühren, dann aber erklang wieder das schon vertraute Fauchen ...

... und dann raubte der mörderische Andruck auch Darven das Bewusstsein. Als er wieder zu sich kam, blickte er in Bürgermeister Braxtons Gesicht.

Shola war nicht mehr bei ihm.

Nur geträumt?, dachte er erschrocken.

Braxton beruhigte ihn: »Um deine Frau kümmern wir uns bereits. Raus mit dir aus diesem Ding. Es wird Zeit, dass wir von hier verschwinden ...«

* * *

Das Verlassen der Kratersenke, der Abstieg über Pfade, die der allmählich abschwächende Regen teilweise rutschig wie Schmierseife gemacht hatte, forderte wie durch ein Wunder keine Opfer. Shola musste in einer Tragekonstruktion abgeseilt werden – wie ein hilfloses Baby in seiner Stofftrage. Sie schien wieder bei Bewusstsein zu sein, aber es war, als läge eine hauchdünne, aber effektive Isolationsschicht zwischen ihr und ihrer Umwelt. Weder Darven noch ein anderer kam an sie heran.

Mehr als zwei Stunden später, am Fuß des Otmanu, wartete dann die erste rundum positive Überraschung auf die Gruppe.

Gegen den Reifen eines ihrer Fahrzeuge gelehnt wartete jemand auf sie, den sie nicht lebend wiederzusehen erwartet hatten. Sie alle hatten den freien Fall des *Himmelsstürmer*-Piloten beobachtet.

»Raban!«, dröhnte Braxtons mächtiges Organ. Eben noch hatte er übermüdet und um Jahre gealtert ausgesehen. Der Anblick des vermeintlich Toten wirkte wie eine belebende Spritze auf ihn.

Raban Tsuyoshi zwinkerte ihnen zu. Sein schulterlanges, dichtes Haar klebte vor triefender Nässe wie eine Kappe an seinem Kopf. »Unkraut vergeht nicht, was?« Er grinste schief. »Aber ihr habt euch ganz schön Zeit gelassen. Ich dachte schon, ihr hättet ein trockenes Plätzchen gefunden und wolltet dort oben überwintern ...«

Da erst entdeckte er Shola – und sein Grinsen wurde nicht nur noch breiter, sondern auch sehr viel wärmer. »Dem Allmächtigen sei Dank, ihr habt sie!«

Ja, dachte Darven, dessen Blick von Raban wieder zurück zu seiner Frau fand, *wir haben sie.*

Warum wartete er also immer noch darauf, befreit durchatmen zu können?

4.
FREMDE

Shola schläft«, log Darven.

Und Kord wusste, dass es eine Lüge war.

Er ließ es sich nicht anmerken, als er ihm hier vor der Tür zum Wohnhaus der Farm gegenüberstand, mit keiner Geste, keiner Regung in seinem Gesicht und mit keinem Wort. Nein, Darven *spürte* einfach, dass Kord ihm – völlig zu Recht – nicht glaubte.

Ihm war nicht wohl dabei, Kord anzulügen; mehr noch, er wusste ja nicht einmal, *warum* er es eigentlich tat!

Zu Kord Saintdemar hatte Darven ein so sonderbares Verhältnis, dass es nicht zu erklären war – weil es zutiefst *irrational* war. Einerseits mochte er Kord, weil er ein netter Kerl war, ein fleißiger Mann, ein guter Vater – und andererseits wäre es Darven durchaus recht gewesen, hätte er Kord nie mehr sehen müssen, weil er ... ja, was eigentlich? Seiner Frau, Shola, schöne Augen machte? Das stimmte ja gar nicht – jedenfalls hatte Darven es noch nie selbst bezeugen können.

Aber was war es dann, das wie eine Wand zwischen ihm und Kord stand? Wobei diese Wand nur von seiner, Darvens Seite aus existierte; Kord hingegen wurde nie müde, auf ihn zuzugehen – ganz gleich, wie oft er ihn vor den Kopf stieß ...

Nun, vielleicht war es *das* – diese Hartnäckigkeit –, die ihm an Kord nicht passte. Diese Penetranz, ihm die Hand immer wieder in der Hoffnung auf Freundschaft zu reichen ...

»Wie geht es ihr?«, unterbrach Kord seine fruchtlosen Gedanken. Er schien nicht willens, sich mit ein paar Worten abwimmeln zu lassen. Darven wollte glauben, dass er das ihm zum

Trotz tat, wusste aber im Innersten natürlich, dass er sich schlicht um Shola sorgte – genauso sehr wie er selbst ...

Darven bemühte sich um einen freundlichen Ton, als er antwortete: »Unverändert. Leider ... Ich versuche ihr so viel Ruhe wie möglich zu geben.«

Kord wiegte den Kopf. »Vielleicht braucht sie das Gegenteil von Ruhe – damit sie ... nun, wieder wach wird?«

»Ich tue für sie, was ich kann.« Darven versuchte ruhig zu klingen, sachlich.

»Natürlich. Daran zweifle ich nicht.« Kord streckte die Hand aus und gab Darven einen kameradschaftlichen Klaps auf die Schulter. Dass dieser unter seiner Berührung versteifte, bemerkte er entweder nicht, oder er ignorierte es.

»Wenn wir – meine Mutter und die Kinder, Cari und Ley – etwas für dich oder euch tun können ...«, begann Kord, hielt dann aber inne. Eine Bewegung, nur aus dem Augenwinkel wahrnehmbar, ließ ihn den Kopf drehen.

Auch Darven war darauf aufmerksam geworden, und auch er sah dort hinauf, wo er die Bewegung ausgemacht hatte.

Aber was immer sich da oben gezeigt hatte, es hatte sich wieder zurückgezogen, war verschwunden wie ein Geist ...

... wie *der* Geist, zu dem Shola geworden war, nachdem sie aus dem Reich des Todes, in dem alle sie schon gewähnt hatten, zurückgekommen war.

***

Darven sah sie nicht, aber er konnte sich deutlich vorstellen, wie Shola dort in den Schatten hinter der offenen Luke unter dem Scheunenfirst hockte und Kord hinterherschaute.

Auch er warf noch einen Blick in Richtung der Staubfahne, die Kords davonfahrender Rover hinter sich herzog, und drehte sich dann um, wobei sein Blick über die Verheerung schweifte, die das zerstörerische Käferheer auf der Farm angerichtet hatte vor …

Darven musste tatsächlich kurz innehalten und überlegen, wie lange das nun her war. Es kam ihm ewig vor, in Wirklichkeit aber waren seit jenem verhängnisvollen Tag noch keine zwei Wochen vergangen.

Verhängnisvoll … Das Wort klang in seinen Gedanken nach. War es jener Tag gewesen, der das Verhängnis gebracht hatte – oder hatte es nicht schon früher begonnen? Mit jenem Sturm vielleicht, der den Gipfel des Otmanu vernichtet hatte – und dem Shola wie durch ein Wunder lebend entkommen war?

Das mochte durchaus sein. Aber es war müßig, darüber nachzugrübeln, wann diese Kette unseliger Ereignisse nun exakt ihren Anfang genommen hatte. Denn weder brachte es ihnen ihre Ernte wieder, buchstäblich die Früchte monatelanger Arbeit, noch behob es die Schäden, die der Farm durch die Aktion des K-Zuges gegen die Käferplage entstanden waren.

Und es half Shola nicht. Machte sie nicht wieder gesund.

Obwohl, *krank* in dem Sinne war sie ja nicht. Zumindest hatte kein Arzt Anzeichen einer Krankheit feststellen können.

Shola war für die Ärzte ein Rätsel. Und für Darven war sie vor allem eine Fremde …

Seine Frau auch nur im Geiste so zu nennen tat ihm in der Seele weh. Dennoch, ihm fiel kein anderes Wort für ihren … *Zustand* ein. Schlimmer allerdings schmerzte noch die Tatsache, dass keine Besserung eintrat, im Gegenteil: Shola blieb ihm fremd – und wurde ihm zunehmend fremder …

Wieder sah er zu der Luke unter dem Scheunendach hinauf, durch die sie Erntegut auf den Lagerboden verfrachteten – wenn sie denn Erntegut *hatten* … In dieser Saison würde der Stauraum leer bleiben. Zwar waren sie, Darven und seine Leute, schon wieder dabei, die Saatflächen neu zu bestellen, trotzdem würde es heuer keine nennenswerte Ernte geben auf der Angelis-Farm. Die Marsjahre mochten zwar lang sein, aber leider standen die Witterung und sonstige Verhältnisse auf dem roten Planeten nicht gerade auf Seiten derjenigen, die seinem Boden Nahrung abringen wollten, auch nach zweieinhalb Jahrhunderten Terraforming nicht.

Und als er so darüber nachdachte, schauderte Darven ein bisschen, als sei ihm eine besonders kalte Marsböe unter den Overall gefahren: War es denn nicht eigentlich vermessen, hierherzukommen und zu erwarten, dass ein fremder Planet, der nicht für Menschen gemacht war, mit ihnen kooperierte? Ihnen schenkte, was sie brauchten für ihr Leben, das sie dieser Fremde aufzwangen und -bürdeten?

»Sie ist da oben.«

»Was?« Darven fuhr herum, erschrocken einerseits und andererseits doch auch froh und erleichtert, von den unguten Gedanken erlöst worden zu sein.

»Da oben.« Der alte Varga, der schon unter Darvens Eltern auf dieser Farm gearbeitet hatte und immer noch ein Baum von einem Mann war, machte eine nickende Bewegung in Richtung der offenen Luke in der Scheunenwand. »Da is' sie.«

»Shola?«, fragte Darven.

Varga nickte wieder, bejahend diesmal.

»Hast du sie gesehen?«, wollte Darven wissen und richtete den Blick wieder zur Luke. Ohne dort auch jetzt etwas zu sehen außer reglosem Dunkel.

»Nee«, sagte Varga. Mehr nicht. Und auch sein runzliges Gesicht zeigte keinerlei Regung, als er sich umdrehte und davonging, um sich wieder an die Arbeit zu machen.

Darven schauderte noch einmal. Vieles schien *anders* geworden zu sein. Und er konnte sich nichts davon erklären – jedenfalls nicht mit dem, was er für gesunden Menschenverstand hielt …

Das war nicht das erste Mal gewesen während der vergangenen paar Tage, dass der alte Varga gewusst hatte, wo Shola sich gerade befand – oder verkrochen hatte. Er schien sie plötzlich *wittern* zu können – so wie er aufziehende Unwetter wittern konnte.

Einen Moment lang war Darven versucht, nach Shola zu rufen. Dann ließ er es sein – weil ihn die Erfahrung der letzten Tage gelehrt hatte, dass sie ihm ohnehin nicht antworten würde, auch wenn sie ihn hörte – und betrat stattdessen die Scheune.

In der es dunkel blieb.

Eigentlich hätten die Sensoren sein Eintreten registrieren und das Licht einschalten sollen. Darven ging davon aus, dass auch diese Automatik in der Schlacht gegen die Marskäfer beschädigt worden war. Eine andere »Erklärung«, die ihm in den Sinn kommen wollte, verwarf er, ohne auch nur richtig daran gedacht zu haben …

Das Innere der Scheune war ihm vertraut genug und durch das halb offene Tor hinter ihm fiel zumindest etwas Licht von draußen herein, sodass er sich auch ohne Deckenbeleuchtung zurechtfand und die nach oben führende Treppe erreichte. Das obere Geschoss wurde zur Gänze von verschiedenen Halden vereinnahmt, die für das Erntegut bestimmt waren und mittels ausgeklügelter Vorrichtungen belüftet und temperiert werden konnten. Beiläufig machte sich Darven eine gedankliche Notiz, die Funktionstüchtigkeit der Lüfter zu überprüfen; nachdem drunten das Licht nicht ging, mochte es sein, dass auch hier oben Reparaturbedarf bestand.

Shola hatte für solche Dinge ein Händchen – oder zumindest hatte sie ein Händchen dafür *gehabt.* Aber seit den Ereignissen im Otmanu hatte sie nirgends mehr Hand angelegt auf der Farm. Als ginge sie das alles nichts an, mehr noch, als sei ihr hier alles … nun, *fremd* eben.

Ein Gedanke, der Darven einen neuerlichen Stich versetzte

und, nicht zum ersten Mal, die Frage in ihm weckte, ob Shola ihrerseits dasselbe Gefühl hatte wie er. Ob diese Situation für sie so unerklärlich und unerträglich war wie für ihn?

»Shola?«, rief er halblaut, während er zwischen den Halden auf das helle Rechteck der offenen Luke am anderen Ende des Bodens zuging. Die Helligkeit schnitt von dort aus eine Schneise ins Dunkel, links und rechts davon aber schienen sich die Schatten dafür um so dichter zu drängen. Und deshalb erahnte Darven die Bewegung dort auch mehr, als dass er sie wirklich wahrnahm. Erst als er noch näher kam und sein Blickwinkel ein anderer wurde, konnte er die am Boden hockende Gestalt erkennen.

»Shola.« Er ging neben ihr in die Knie, vorsichtig, um sie nicht zu berühren; als hätte er *Angst*, sie zu berühren.

Seine Bewegung löste ein leises Klimpern aus. Die Steine an seiner Halskette stießen gegeneinander.

Shola drehte den Kopf, streckte die Hand aus, berührte die Steine mit den Fingerspitzen, bis ihr Klimpern verstummte.

Eine Reaktion, die Darven zwar nicht zu deuten wusste, die ihm aber doch etwas wie Hoffnung gab – denn immerhin *war* es eine Reaktion.

»Erinnerst du dich?«, fragte er, so leise und vorsichtig, wie er sich gerade eben bewegt hatte. Auch er berührte jetzt die Kette. Seine Hand streifte dabei Sholas Finger, und sie ließ es geschehen, nahm sie nicht fort.

Sie entgegnete nichts, aber sah ihn an, wie auffordernd, als wollte sie sagen: *Ja? An was denn?*

Und er antwortete auf ihre stumme Frage: »Du hast diese Kette für mich gemacht. Aus Steinen, die du ...« Er sprach nicht weiter. *Aus Steinen, die du vom Otmanu mitgebracht hast,* hatte er sagen wollen. Aber er schreckte davor zurück, Shola gegenüber auch nur den Namen jenes schicksalhaften Berges auszusprechen, in dessen steinernem Leib etwas mit ihr geschehen war, über das sie entweder nicht sprechen konnte oder nicht sprechen wollte – oder an das sie sich nicht mehr erinnerte; auch diese Möglichkeit war nicht auszuschließen.

Aber was es auch war, Darven wusste nicht, was in dieser Situation richtig und falsch war. Er konnte nur auf das hören, was ihm sein Herz riet, das schließlich allein für Shola schlug. Mehr als seine Liebe konnte er nun mal nicht in die Waagschale werfen.

»Ich weiß«, sagte Shola. Und Darven musste sich zusammenreißen, um nicht zu zucken vor Schrecken und Freude zugleich.

Es war nun nicht so, dass Shola seit ihrer Bergung aus dem Otmanu *nichts mehr* gesagt hatte; aber die Worte, die sie gesprochen hatte, ließen sich fast an den Fingern zweier Hände abzählen.

Sie hob die auf die Kette gefädelten Steine ein wenig an, sodass das Licht von der Luke her sie traf und in verschiedenen Farben funkeln und schimmern ließ. Das Spiel des Lichts wiederum spiegelte sich in ihren Augen und ließ sie so lebendig wirken wie selten in letzter Zeit.

Dann ließ sie die Steine los, das Funkeln erlosch, und der Widerschein in ihren Augen hielt sich nur so lange, bis er unter ihren zufallenden Lidern verschwand – und verschwunden blieb.

Weil Sholas Lider sich nicht mehr hoben.

* * *

Als Shola die Augen öffnete, sah sie im ersten Moment nichts, nur Finsternis, und glaubte sich diesen kurzen Augenblick lang schon blind. Dann zersetzte sich die Dunkelheit ein wenig, Konturen brachen sie auf. Ein Raum mit Möbeln darin war um Shola her, und sie selbst lag auf etwas Weichem – in ihrem Bett, in ihrem Schlafzimmer.

Aber das, was diese Erkenntnis eigentlich auslösen sollte, die Behaglichkeit, das Gefühl relativer Geborgenheit – all das wollte sich nicht einstellen. Es blieb einzig der Eindruck, dies alles gehöre nicht ihr, sei ihr fremd ...

... und dann vergingen diese Gedanken, verwehten, wie aus ihrem Kopf geblasen von einem angenehmen, warmen Wind.

Und mit ihnen verging auch ihre Umgebung. Das Zimmer um sie her schien sich aufzulösen, alles wurde durchscheinend.

Mit einem Mal sah Shola *zwei* Bilder, die sich überlappten: zum einen das Schlafzimmer, vom Licht der Monde in milchig trüben Dämmer getaucht, und zum anderen ... etwas, das ihr durchaus vertraut war, das sie aber *so* nicht kannte, nicht aus dieser Perspektive und nicht in der Art und Weise, wie sie es jetzt sah.

Der Effekt war unangenehm. Mehr noch, das Gefühl wurde schlimmer, und wenn sie nichts dagegen unternahm, würde es sie in den Wahnsinn treiben.

Shola stand auf. Glitt aus dem Bett, ganz lautlos.

Darven lag neben ihr, noch angekleidet. Er musste über sie gewacht haben, bis auch er eingeschlafen war. Einen Moment lang empfand Shola eine wunderbare Wärme bei seinem Anblick, wie er so dalag.

Dann schlich sie aus dem Zimmer. Darvens Atemzüge verklangen hinter ihr, sie erreichte die Haustür, öffnete sie und schlüpfte hinaus in die Nacht wie in einen kühlen, seidigen Mantel, der die Düfte einer ganzen Welt barg, für die ihre Nase so sensibilisiert worden war: Sie roch den Sand, den Fels ... und sie roch, was einmal *gewesen* war, vor *ur*langer Zeit.

Nach wie vor sah sie nicht nur, was unmittelbar um sie herum war, sondern auch das, was der *andere Blick* ihr zeigte.

Sie wusste, wo die Stelle zu finden war. Es war nicht weit, eine

Ecke der Farm, wo kaum einmal jemand hinkam. Ein perfektes Versteck, zumal für so kleine Augen …

Die Orientierung fiel Shola schwer ob der verwirrenden »Doppelsicht«. Aber sie riss sich zusammen, ging zwischen den Farmgebäuden hindurch, an den Silos vorbei, auf einen Schuppen zu.

Sie musste dorthin, wo die anderen Augen waren. Dann würde sich das Bild mit jenem decken, das die ihren sahen, und alles würde gut sein.

Fast schien es ihr symbolhaft – denn das war es, was sie wollte, was sie brauchte:

Einheit.

Einigkeit.

Harmonie.

Nicht mit den Menschen und auch nicht nur mit ihresgleichen – sondern mit dieser ganzen *Welt.* Mit ihr wollte, *musste* sie *eins* werden.

Sie war auf dem Weg dorthin – nicht auf dem *besten* Weg vielleicht, aber definitiv und unwiderruflich auf dem *Weg* …

* * *

Etwas fehlte ihm – ihr Geruch, ihre Wärme …

»Shola!«

Darven schrak hoch. Fand das Bett neben sich leer. Und fürchtete einen nicht enden wollenden Moment lang, dass er nur geträumt hatte und Shola in Wahrheit doch gestorben war, einfach so, als ihre Augen sich geschlossen hatten und sich nicht mehr öffnen wollten.

Seine Hände fuhren hastig über ihre Seite des Bettes, wo er sie niedergelegt hatte – in Wirklichkeit oder nur im Traum? Seine Hände fanden die Antwort, erspürten die Wärme, die Shola dort hinterlassen hatte.

Kein Traum also. Shola war offenbar wach geworden und aufgestanden – und wo hingegangen, jetzt, mitten in der Nacht?

Darven lauschte mit angehaltenem Atem. Im ganzen Haus rührte sich nichts, war kein Ton zu hören.

Seine Beunruhigung wuchs sich zur Sorge aus, als die kühle Brise ihn traf. Der Luftzug, mit dem die Kälte der Marsnacht ins Haus einfuhr – durch die offene Eingangstür! Shola musste sie geöffnet haben, aber war sie auch hinausgegangen?

Darven sprang aus dem Bett, hetzte durchs Haus, schaute in jeden Raum, ließ auch den Keller nicht aus. Nichts. Shola war nicht mehr hier.

Als er schon auf dem Weg zur Haustür war, um draußen weiterzusuchen, fiel ihm etwas ins Auge.

Sholas Zeichnung.

Oder eigentlich die Zeichnung, die Sholas Mutter damals gefertigt hatte, nur ein paar Tage vor ihrem Tod ... oder ihrem spurlosen Verschwinden wenigstens.

Es handelte sich um eine fast fotorealistische Darstellung des höchsten Berges dieser Welt, des Olympus Mons. Und diese Zeichnung des »Riesen«, wie sie ihn nannte, war für Shola etwas ganz Besonderes, ein wahrer Schatz. Darven erinnerte sich, wie er das Bild vor kurzem erst aus ihrem im Sturm verunglückten Rover hatte bergen müssen, weil sie es um nichts in der Welt zurückgelassen hätte. Jetzt allerdings schien auch *das* anders geworden zu sein.

Darven überlegte kurz, die Zeichnung mitzunehmen, ließ sie dann aber doch liegen und rannte endlich in die Nacht hinaus.

Und jetzt?, fragte er sich. *Wo soll ich sie suchen, wie soll ich sie finden?*

Verzweiflung wollte ihn schon ergreifen, als er tatenlos dastand und nichts anderes zu tun wusste, als in alle Richtungen zu blicken, in die Fahrwege zwischen den Farmgebäuden und über die im Silberlicht des Firmaments liegenden, zerstörten Felder – und dann sah er die Antwort.

Das Quartierhaus der Landarbeiter.

»Varga!«, entfuhr es Darven, und schon rannte er los.

Der alte Varga konnte und musste ihm helfen, Shola aufzuspüren – wenn es denn wirklich so war, dass er sie »wittern« konnte.

Die Tür ins Quartierhaus war nicht abgeschlossen; wozu auch? Im Halbdunkel des Flurs dahinter suchte und fand Darven die Tür zu Vargas Unterkunft. Er klopfte, drehte schon ungeduldig den Griff, und die Tür ging auf.

Varga saß auf der Kante seines Bettes und schaute ihm entgegen – diesen Eindruck hatte Darven zumindest im Moment seines Eintretens. Dann erst sah er, dass der sonderbare, hoch aufgeschossene alte Bursche im Sitzen schlief …

… und im nächsten Augenblick nicht einfach nur *auf*wachte, sondern von einem Moment auf den anderen hellwach war – und dazu kein bisschen überrascht, seinen Brotherrn mitten in der Nacht hier in seinem Zimmer zu sehen.

Und noch merkwürdiger war, dass Varga einfach nur nickte und sagte: »Komm.« Womit er auch schon aufstand und eilends seine Unterkunft verließ.

Darven hatte zunächst Mühe, zu Varga aufzuschließen. Und dann wurde ihm klar, dass der alte Mann nicht etwa einfach nur seiner Nase folgte – nein, er *tat* irgendetwas. Nur *was* genau, das verschloss sich Darven.

Zwar schnüffelte der Alte hier und da tatsächlich einmal in die Luft, in der Hauptsache aber schien er einer Spur zu folgen, die er – und nur er – richtiggehend sehen konnte.

Ab und zu hielt Varga inne, ging in die Knie, hockte dann wie ein riesenhafter Frosch mit knöchernen Beinen da, fuhr mit den Händen über den Staub und den Sand des Bodens und schien etwas zu ertasten, obwohl Darven ganz deutlich sehen konnte, dass dort *nichts* war. Dann sprang der alte Mann wieder hoch und hetzte weiter, über die Peripherie des Kernareals der Farm hinaus und auf die Felder, in Richtung einer Hütte, die den Arbeitern als Schutz vor plötzlich auftretenden Stürmen dienen sollte. *Sollte* – denn inzwischen war das Ding so windschief, dass es wohl keinen Schutz mehr bot, sondern im Gegenteil selbst eine Gefahr darstellte.

Davor blieb Varga wie erstarrt stehen.

Darven wollte ihn fragen, ob Shola dort drinnen zu finden sei, sah dann aber ein, wie überflüssig diese Frage im Grunde war. Er trat an dem alten Mann vorbei zur Tür, die schief in den Angeln hing und halb offen stand, weit genug, um sich durch den Spalt schieben zu können.

Durch die breiten Lücken in den Wänden sickerte Mond- und Sternenlicht herein und bildete regelrechte Zellen aus Helligkeit, scharf abgegrenzt gegen die dazwischen nistende Schwärze.

In einer dieser Zellen fand er sie. Erst erblickte er nur Sholas Beine, die im Schneidersitz übereinandergefaltet waren, und ihre darauf ruhenden Unterarme, die Hände aneinandergelegt, die Handflächen nach oben weisend. Aber obwohl er weder ihren Oberkörper noch ihr Gesicht sehen konnte, wusste Darven sofort, dass es Shola war. Und sie war nicht allein. In der Wölbung ihrer beiden Hände lag etwas, kinderfaustgroß. Es bewegte sich zaghaft.

Und Shola streichelte mit den Daumen sanft über die quecksilbrig schimmernden Deckflügel dieses widerlichen, unglückseligen Dings!

***

Endlich Ruhe.

Bis Darven kam …

Als Shola den baufälligen Unterstand erreicht hatte, war es ein bisschen gewesen, als sei sie – endlich – nach Hause gekommen. Das Gefühl, hier fremd zu sein, das sie mit sich herumtrug, seit sie aus dem Leib des Otmanu gekommen war, war von ihr abgefallen wie eine alte, zu weit gewordene Haut.

Und als sie dann *ihn* gefunden hatte, durch dessen Augen sie gesehen hatte, fühlte sie sich *ganz.*

»Marskäfer« nannten ihn die anderen. So hatte auch sie selbst seine Art genannt, bevor sie in den Berg geraten war und dort …

Nein, sie wusste es nicht. Sosehr sie auch überlegte, in ihren Gedanken förmlich wühlte, es fiel ihr nicht ein, *was* dort im Detail geschehen war. Nur *dass* etwas geschehen war, wusste sie. Dass sie nicht mehr dieselbe war.

Dass … etwas *in* ihr war, mit dem sie seither auf eine Weise zu kämpfen hatte, die keinen Sieger hervorbringen würde.

Wie ein leeres Gefäß war sie in den Berg hineingegangen – und gefüllt wieder herausgekommen. Präziser vermochte Shola es nicht auszudrücken.

Nur hin und wieder, willkürlich manchmal, und dann wieder ausgelöst durch irgendetwas, kamen ihr winzige Details in den Sinn. So wie jetzt etwa, als sie plötzlich wusste, dass »Marskäfer« nicht die wirkliche Bezeichnung für ihren kleinen Freund war, sondern dass seine Spezies einen anderen, eigenen Namen besaß, auch wenn der noch irgendwo in jenem undurchdringlichen Geflecht, zu dem sich ihr Denken verheddert hatte, verborgen lag. So lange, bis sie dieses Durcheinander entwirrt hatte und klar sah.

Und der »Käfer« half ihr dabei. Er … beruhigte sie. Wenn ihr Inneres bis vorhin noch ein wogendes Meer gewesen war, so war seine Präsenz eine besänftigende, göttliche Hand, die die

Wellen glättete und alles Treibgut, was auf ihnen tanzte, zur Ruhe brachte.

Und nun war Darven hier, viel zu früh, und das Meer des Wissens in ihr geriet wieder in Bewegung, und Dunkelheit stieg von neuem in ihr auf.

»Shola! Was ...«, begann Darven. Aus großen Augen starrte er sie an. Nein, nicht sie, sondern *ihn* – der für Darven nichts weiter war als ein »Marskäfer«. Und etwas in seinem Blick, ein Flackern oder dergleichen, signalisierte Shola Gefahr!

Noch immer sah sie ihre Umwelt nicht nur mit den eigenen Augen, sondern zugleich mit denen des »Käfers«. Für ihn wirkte Darven wie ein Riese, bedrohlich, und seine Instinkte registrierten noch vor Shola, wie das Erschrecken des Menschen umschlug in Wut. Wie er auf einer so urtümlichen, primitiven Ebene angesichts des »Käfers« um sein Leben fürchtete, dass Shola sich dem Sog dieser buchstäblich kreatürlichen Angst nicht entziehen konnte. Er riss sie mit, und sie reagierte so, wie diese Angst es ihr befahl.

Darven ließ sich vor ihr auf die Knie fallen, schrie etwas, das Shola nicht verstand, als hätte sie die Sprache nie zuvor gehört. Noch in der Bewegung holte er mit der rechten Hand aus und schlug zu.

Shola warf sich zur Seite, doch sie konnte ihm nur so weit ausweichen, dass er nicht das Wesen in ihren Händen traf, sondern nur ihre Handgelenke ...

... so hart, dass ihr der Schlag das Tier aus den Händen prellte.

Der »Käfer« prallte auf den fest gestampften Boden und rollte davon, aus dem Licht ins Dunkel. Darven wollte hinterher, zuckte aber erschrocken zurück, als etwas aus dem Dunkel hervortrat. *Jemand ...*

Varga.

Und nun hielt er das »Ding« in der Hand, hob es vors Gesicht, beäugte es mit undeutbarem Blick.

Darven sprang auf und trat einen Schritt auf den alten Farmhelfer zu. »Gib mir das!«

Varga sah ihn kommen.

Der »Käfer« sah ihn kommen.

Und Varga öffnete den Mund, steckte sich das Tier zwischen die Lippen, schloss sie, kaute.

Und schluckte.

Darvens Kehle entrang sich ein Schrei, in dem sich Abscheu und Entsetzen mischten. Er glaubte eine kalte, würgende Hand am Hals zu spüren, als er mit ansah, wie sich Varga den Käfer in den Mund steckte und hinunterschluckte. Er glaubte zu sehen, wie das Ding in Vargas magerem Hals nach unten glitt – aber das war wohl (hoffentlich!) nur die Bewegung seines auf und ab hüpfenden Adamsapfels ...

Mehr Zeit, Ekel zu empfinden, blieb Darven dann auch schon nicht mehr – denn jetzt wurde Varga *völlig* verrückt!

Erst lachte er. Irrsinniger als Darven je einen Menschen hatte lachen hören. Als würde er von tausend Fingern gekitzelt, überall zugleich. Dann zuckte er dazu, was diesen Vergleich noch unterstrich. Und schließlich wurde ein regelrechter Veitstanz daraus, der Varga nicht mehr lachen, sondern aus Leibeskräften schreien ließ.

Und dann rannte der Alte davon.

Wobei er nicht im herkömmlichen Sinne rannte, sondern ... es gab kein Wort für die Art, auf die er sich bewegte: Es war ein Tanzen und Hüpfen; Varga gebärdete sich wie eine Marionette in den Händen eines übergeschnappten Puppenspielers, was in Anbetracht seiner knochigen, langen Gliedmaßen noch bizarrer aussah, als es ohnedies schon war.

Darven wollte ihm nach – aber Shola war jetzt wichtiger. Sie kauerte am Boden und wirkte verlorener und fremder denn je.

Wie ein Findelkind, das nicht weiß, wo es ist und hinsoll, dachte Darven, während er vor ihr in die Knie ging und seine Frau in die Arme nahm.

Sie ließ es geschehen, wandte dann den Blick aus der Richtung, in die Varga verschwunden war, ihm zu, und Darven konnte regelrecht sehen, wie ihr Blick von anderswoher zurückkehrte und ihn fand.

Er wollte ihr Fragen stellen, zu Dutzenden drängten sie sich auf seiner Zunge, aber ehe er auch nur die erste aussprechen konnte, sagte Shola: »Ich muss gehen ...« Und nach einer winzigen Pause noch: »... Darven.«

»Du ... du musst gehen?«, wiederholte er verständnislos.

»Ja.«

»Komm«, sagte er und wollte sie mit sich hochziehen, »ich bring dich nach Hause.«

»Nein, Darven. Ich muss ... gehen«, sagte sie noch einmal.

Er sah sie an. »Wohin musst du gehen, Shola?« Er fühlte sich den Tränen nahe. Wenn er doch nur endlich begriffen hätte, was mit ihr los war – oder wenn es doch endlich vorbei wäre! Alles hätte er dafür gegeben, wirklich alles.

»Wohin, Shola?«, fragte er noch einmal, als sie nur schwieg.

Und nach einem langen Augenblick und in einem Ton, der ihm verriet, dass sie selbst nicht wirklich verstand, sagte sie nicht, sondern *fragte* sie: »Heim ...?«, so unsicher und leise und mit einem Ausdruck in Blick und Miene, als hoffte sie, *er* wüsste es.

Aber Darven wusste nur, dass er *noch* weniger verstand als Shola.

5.
BESESSEN

Er stolperte durch den Sand. Der Himmel über ihm war voller Sterne. Sie blinkten, als wollten sie ihn verhöhnen ... oder trösten?

Er stolperte durch den Sand.

Die Nacht hatte Kälte mit sich gebracht, die sich auch jetzt, im marsianischen Hochsommer, dem Gefrierpunkt näherte. Aber dieser frostige Hauch war nichts gegen das Eis, das in seinem Schädel knisterte.

Varga stolperte durch den Sand.

Die Sterne tanzten. Er hatte das Gefühl, die Masse des gesamten Alls, das jeden seiner Schritte verfolgte, auf seinen Schultern zu spüren. Trotzdem gelang es ihm, einen Fuß vor den anderen zu setzen. Sich immer weiter von dort zu entfernen, wo das lag, was er bislang *Heimat* genannt hatte.

Denn etwas Neues drängte in ihm und trieb ihn voran. Sämtliche ihm bekannten Bedürfnisse, denen sein ausgezehrter, dürrer Körper in der Vergangenheit jemals gefolgt war – Hunger, Durst, Sexualität, Schlaf –, waren ausgeschaltet.

Dafür war ein neuer Drang in ihm entstanden und erwacht. Ein Trieb, der das Eis in seinem Kopf wuchern ließ.

Er konnte an nichts anderes mehr denken, nichts anderes mehr fühlen als die unbedingte Sehnsucht, der Stimme in seiner Seele zu folgen.

Ihr zu gehorchen.

Und zu dienen.

Was immer sie von ihm verlangte ...

Es wurde Tag – und er stolperte noch immer durch die Ödnis

der Wüste, entfernte sich weiter und weiter von seinem alten Leben, näherte sich der Quelle, die ihn rief.

* * *

»Ich mache mir Sorgen«, sagte Allan Braxton. »Große Sorgen um die Zukunft, Rondo. Danke, dass du so spät noch gekommen bist. Wir müssen reden. Ich gebe viel auf deine Meinung.«

Die Nacht war hell, beide Monde standen am Himmel; ihr Licht fiel durch das Fenster herein. Vor dem Bürgermeister stand auf dem Tisch seiner kleinen Geschäftsstube ein handspannengroßes Stück Metall, das für sich allein wenig spektakulär aussah – so unscheinbar, dass man sich unwillkürlich fragte, warum es in eine kunstvoll mit verschiedenfarbigen Edelsteinen verzierte Halterung eingelassen war.

Rondo Gonzales erkannte auf Anhieb Shola Angelis' Handschrift am Rahmen, über den Braxtons Zeigefinger gedankenverloren strich. Der Gegenstand war ihm bei keinem seiner vorherigen Besuche im Amtsraum des Bürgermeisters aufgefallen; entweder er war neu, oder Braxton hatte ihn bislang irgendwo anders aufbewahrt.

»Das geht uns allen so«, nickte Gonzales. Er überlegte, wie alt Allan Braxton eigentlich war. Nur ein paar Jahre älter als er selbst wahrscheinlich, höchstens sieben, um die dreißig also. Aber das Amt hatte ihn verschlissen. In den ruhigen Momenten kam das viel deutlicher zum Ausdruck als während Braxtons engagierten Einsätzen, bei der Käferbekämpfung etwa oder zuletzt bei der Ersteigung des Otmanu. Die Stunden seit ihrer Rückkehr – war das wirklich erst vorgestern gewesen? – waren relativ ereignislos verlaufen. Man hatte die Reste von Raban Tsuyoshis Luftschiff geborgen und zur Siedlung zurückgebracht. Mehr um die Landschaft sauber zu halten, als in der

Hoffnung, noch irgendetwas davon retten zu können. Selbst die Fracht war – ironischerweise bis auf die nicht wirklich wertvollen Seile – unbrauchbar geworden.

Allan Braxtons Zeigefinger wechselte von der Halterung zu dem verbogenen Stück Metall, das nicht sauber bearbeitet war, sondern den Eindruck erweckte, als wäre es mit Brachialgewalt von einem größeren Teil abgerissen worden. »Du weißt, was das ist?«

»Nein«, sagte Gonzales. »Ich müsste raten.«

»Versuch es.«

Die Legierung, das hatte Gonzales sofort erkannt, war nicht gebräuchlich. »Ein Überbleibsel von damals?«, fragte er. »Von dem Schiff unserer Vorfahren?«

Braxton nickte, als hätte er nichts anderes als einen Volltreffer erwartet. »Ein winziges Stück der BRADBURY«, sagte er. »Es befindet sich seit langem in unserem Familienbesitz. Eines Tages – vor ein paar Jahren – fragte ich Shola, ob sie wohl so freundlich wäre ...« Seine Stimme brach einfach ab.

Gonzales nickte. »Verstehe. Das hat sie hübsch hingekriegt.« Er machte eine kurze Pause, schürzte die Lippen und fügte hinzu: »Wir machen uns alle Sorgen um sie. Dort im Berg muss etwas mit ihr passiert sein, wovon sie sich noch nicht wieder erholt hat. Sie hat einen Knacks abbekommen, nichts Körperliches ... Darven hat mein volles Mitgefühl. Der arme Junge ...«

»Das arme Mädchen ...« Allan Braxton nickte. Sie waren so ein hübsches Paar. »Ich habe sie oft auf dem Markt getroffen, wenn sie ...« Wieder verstummte er, ohne seinen Satz zu Ende gesprochen zu haben. »Aber ich habe dieses Ding da«, er wies auf das Wrackteil, »nicht nur wegen Shola hervorgekramt.«

»Sondern?«

»Weil es mir wie ein Sinnbild unserer Lage vorkommt.« Braxton schnaubte.

»Ich höre.«

»Mir scheint es, als wären wir an einem Scheideweg angelangt, der dringende Entscheidungen von uns verlangt – von mir.« Endlich streckte der Bürgermeister einen Arm aus und bot Gonzales einen Sitzplatz an. Gonzales schüttelte den Kopf, blieb mit verschränkten Armen vor dem Tisch stehen, sah auf Braxton herab und dachte dabei: *Alter Mann, du solltest deinen Stuhl räumen. Ich mag dich. Du hast viel für uns getan – für uns alle. Aber vielleicht hat uns der Wind einer neuen Zeit wirklich eingeholt. Und für den bist du einfach* zu *friedfertig,* zu *weich ...*

»Ein Scheideweg«, wiederholte Allan Braxton, der nichts von Gonzales' Gedanken ahnte, an seiner absoluten Loyalität offenbar nicht den geringsten Zweifel hatte, »von dem wir bis vor kurzem nicht einmal etwas ahnten. Wir waren fast ausschließlich auf einen großen Widersacher fixiert: die Natur. Aber es scheint, als sei das nur eine Facette. Der Ursprung der Käfer ist immer noch nicht wirklich geklärt – ebenso wenig, warum sie gerade jetzt auftauchten.«

»Könnte es mit dem Sturm zu tun haben?«, warf Gonzales ein. »Mit den Zerstörungen am Otmanu?«

Braxton nickte. »Das denke ich auch. Aber wir brauchen Gewissheit. Und wir müssen mehr über den Sinn und Zweck dieser Anlage im Otmanu herausfinden. Möglicherweise hängt davon die Zukunft ab. Nicht nur die unserer Siedlung, sondern die aller Menschen auf dem Mars!«

»Dann sollten wir die anderen informieren. Mit ihnen konferieren.«

»Das wird geschehen.«

»Warum *ist* es nicht schon geschehen?«

Braxton zuckte fast resigniert die Achseln. *Ich weiß es nicht,* hieß das. *Ich weiß nicht, ob dies der richtige Moment ist. Ob wir nicht erst mehr über das Otmanu-Artefakt in Erfahrung bringen sollten, bevor wir die anderen Siedlungen einbinden.*

Zu weich, sah sich Gonzales in seiner Meinung bestätigt. Die Entscheidungsschwäche des Bürgermeisters war unübersehbar – und wahrscheinlich trug auch die Scham über das eigene Zaudern zu dieser Lähmung bei.

Vor zehn Jahren hätte Allan Braxton anders gehandelt. Zielgerichtet. Sicher auch kompromissloser.

Schweigen legte sich über die Amtsstube. Bis der Bürgermeister sagte: »Die Meldungen über auffällige Hautreizungen und -veränderungen bei Menschen, die körperlichen Kontakt zu den Käfern hatten, häufen sich. Außerdem klagen die Betroffenen über Phasen der Desorientierung.«

»Ich habe davon gehört, bin aber selbst nicht betroffen, wenn es darauf hinausläuft.« Gonzales machte ein grimmiges Gesicht. »Und wie steht es mit dir, Bürgermeister?«

Braxton verneinte so vehement, dass Gonzales' Verdacht Nahrung erhielt, das Gegenteil könnte der Fall sein.

»Warum sollte ich kommen, Allan?«

»Warum? Weil ich große Stücke auf dich halte. Ich habe dich auf dem Otmanu erlebt. So wie du war ich auch einmal. Ich erkenne mich in vielem wieder, was du ausstrahlst und wie du handelst. Deshalb könnte die Wahl auf keinen Besseren fallen.«

»Die Wahl?«

»Wir müssen ein permanentes Team am Otmanu haben, das die Anlage untersucht und ihr sämtliche Geheimnisse entreißt. Der Sinn dieser seltsamen fotografischen Kacheln ... dieses Transportsystem, mit dem Darven seine Frau rettete ... Wir sind erst auf einen Bruchteil dessen gestoßen, was dort draußen auf uns wartet.«

»Ich stimme dir zu.«

»Und würdest du auch die Leitung dieser Forschungsgruppe übernehmen? Sie anführen und mir täglichen Bericht über die Fortschritte erstatten?« Braxtons Finger glitten noch einmal über das Bruchstück der BRADBURY, während er Gonzales' Blick zu fassen versuchte. »Ich könnte mir niemand anderen für den Job vorstellen.«

Ich wünschte, ich könnte dieses Kompliment zurückgeben, dachte Gonzales. Laut aber sagte er: »Ich bin dein Mann.«

Erleichterung glitt über Allan Braxtons Gesicht. Er stand auf und streckte Gonzales über den Tisch hinweg die Hand entgegen. »Das ist ein Wort! Zur besseren Absicherung dort in der Anlage dachte ich daran, die neue Expedition in einem entscheidenden Punkt besser auszurüsten.«

Gonzales ergriff die Hand und schüttelte sie. »Mehr Seil?«, fragte er zwinkernd.

Der Bürgermeister lachte rau auf. »Das auch, das auch ...« Er umrundete den Tisch, fasste Gonzales am Ellbogen und führte ihn mit verschwörerischer Miene zu einem Schrank neben der Tür. Das Möbel wirkte klobig und massiv, und im Gegensatz zu den meisten Schränken, die Gonzales kannte, war es mit einem auffällig robust wirkenden Schloss versehen.

Braxton knöpfte sein Hemd auf, unter dem eine buschige Behaarung zum Vorschein kam – und eine dicke Kordel, an der ein messingfarbener Schlüssel hing. Braxton streifte die Kette über den Kopf und schob den Schlüssel in das Schrankschloss. Er tat es langsam, als wollte er selbst würdigen, was er tat. Er zelebrierte den Akt des Aufsperrens regelrecht.

Endlich schwangen beide Türflügel auf, und Gonzales erkannte staunend, worum es sich bei dem Möbel handelte.

Um einen Waffenschrank voll mit den unterschiedlichsten Dingen: Armbrüste, Speere, Pfeile und Bogen, Messer in unterschiedlichster Ausführung, mit glatten oder gezahnten, an Sägeblätter erinnernden Klingen ... All dies rückte aber in den Hintergrund angesichts eines Gegenstands, der mittig aufgehängt war und von den anderen umrahmt wurde ...

Gonzales überlegte, ob er sein insgeheimes Urteil über Braxton revidieren musste. »Woher ... stammt das?«

Braxton schürzte die Lippen. »Wie du weißt, sind wir nicht die Ersten, die auf eine Station der Urmarsianer stießen.«

Gonzales nickte. »Die Ereignisse bei der Bradbury-Siedlung im Jahr 82*. Die Entdeckung der Anlage, von der aus dieser unerklärliche *Strahl* in den Weltraum hinaufsticht und in dessen Dunstkreis alles extrem schnell altert ...«

»Exakt«, sagte Braxton. »Was nur wenige wissen: Man entdeckte in dieser Station aber auch Dinge, die unschwer als Waffen zu identifizieren waren. Gleich nach ihrem Fund wurde von verantwortungsvollen Männern und Frauen entschieden, dass sie dem Gemeinwohl dienen sollten – in einem hypothetischen Fall, dessen Eintreten sich niemand wünschte.«

»Hypothetischer Fall? Vegas besitzt ein solches Ding, und es hängt hier nutzlos im Schrank? Was kann es? Warum haben wir es nicht gegen die Käfer eingesetzt?«

Braxton griff mit beiden Händen in den Schrank und löste das armlange, etwa fünf Zentimeter durchmessende Rohr aus seiner Halterung. Ohne Zögern überreichte er es Gonzales, der fast reflexartig zugriff ... und sich über die *Leichtigkeit* des Objektes wunderte. Es wog kaum mehr als die Luft, die ihn umgab, und fühlte sich dennoch massiv und überaus handfest an.

»Metall?«, fragte er.

»Wahrscheinlich. Aber bislang gelang es niemandem, es eindeutig zu klassifizieren. Der *Strahl* ist nicht das einzige bislang ungelöste Rätsel der Alten.« Um Braxtons Lippen legte sich ein schwaches Lächeln, als würde er sich in Gonzales' Reaktion wiedererkennen – in dem Moment, da er dieses Ding selbst zum ersten Mal in Händen gehalten hatte. »Aber um zu deiner

---

* Erdjahr 2092

Frage zurückzukommen: Es hätte uns gegen die Käfer wenig genützt ... weil es mehr zerstört als geholfen hätte.«

»Was kann es?«, wiederholte Gonzales stur. Der Gegenstand – die Waffe – übte eine solche Faszination auf ihn aus, dass es ihm selbst nicht geheuer war.

Für einen Moment lastete Braxtons Blick in einer Weise auf Gonzales, dass dieser sich fragte, ob seine Gedanken so unverhohlen auf seinem Gesicht zu lesen waren.

»Wie gesagt: zerstören«, sagte der Bürgermeister. »Sie hat ein Vernichtungspotenzial, das mit keiner anderen Waffe und keinem Werkzeug vergleichbar ist.«

»Das hätte ich gern etwas genauer. Vor allem: Wie löst man sie aus? Könnte ich nicht versehentlich ...?«

Allan Braxton schüttelte den Kopf. »Ich habe vor, noch etwas länger ein Dach über dem Kopf zu genießen. Nein, ihre Erbauer waren ... umsichtig. Es gibt eine Sicherung. Dementsprechend lange dauerte es, bis man herausfand, wie sie funktioniert und was sie zu leisten vermag.«

»Länger als dein Versuch, es mir zu erklären?«

»Beträchtlich.« Braxton streckte die Hand aus, um den zylindrischen Gegenstand aus einem dunklen, das Umgebungslicht fast *absorbierenden* Material zurückzufordern. Der dünne Zylinder war nicht glatt und von durchgängig gleicher Struktur, er sah aus wie ... gewachsen.

Verrückt, dachte Gonzales.

Braxton sagte: »Gib her, ich erkläre es dir. Du sollst das Ding mitnehmen, wenn ihr erneut zum Otmanu aufbrecht – für den Fall, dass ...« Er stockte.

»Dass?«

»... ihr auf etwas stoßt, das nur *damit* auszuschalten wäre.«

Gonzales begriff die Bedeutung hinter den Worten des Bürgermeisters. »Du hältst es tatsächlich für möglich, dass wir in der Anlage noch irgendwo auf ...«

... *die Erbauer stoßen?*, wollte er seinen Satz vollenden.

Doch dazu kam es nicht.

Die Tür zu Braxtons Stube flog auf – und ein Paradiesvogel flatterte herein. Atemlos, verschwitzt und die wasserhellen Augen weit aufgerissen.

»Wir müssen etwas unternehmen!«, rief Raban Tsuyoshi, ohne sich auch nur ansatzweise für den exotischen Gegenstand zu interessieren, mit dem die beiden Männer beschäftigt waren. »Sofort! Wer weiß, was dieser Irre sonst noch alles anstellt ...!«

* * *

»Beruhige dich, Raban! Setz dich erst mal hin und hol Luft.« Braxton kehrte Gonzales, der immer noch den Stab hielt, den Rücken und wies auf einen Schemel an der Besucherseite des Schreibtischs. »Wen meinst du mit ›dieser Irre‹? Und was stellt er an?«

»Varga! Der alte Varga!« Raban ließ sich nur widerstrebend zu der Sitzgelegenheit dirigieren.

»Varga?«, mischte sich Gonzales ein.

Der junge Pilot setzte sich – oder genauer gesagt: Braxtons Pranken drückten ihn nach unten.

»Ja. Ich ... verdammt, wo fang ich an?« Er warf den Kopf nach hinten, und sein schulterlanges Haar vollzog die Bewegung mit. Selten – eigentlich noch nie – hatte Gonzales den allgemein als »Luftikus« bekannten Raban so aufgelöst gesehen.

Dann sprudelte es auch schon aus ihm hervor: »Ich war wieder mit einem *Himmelsstürmer* unterwegs. Mein Bruder schimpfte mich deshalb einen Wahnsinnigen, aber verdammt, die Nacht ist hell wie selten, die Luft ruhig und klar ... ideales Flugwetter. Und überhaupt hat Mikael keine Ahnung, wenn's ums Fliegen geht ... Okay, ich geb's zu: Ich wollte mir selbst was beweisen. Dass ich nach dem Absturz noch immer der Alte bin. Jeder Tag, den ich gezaudert hätte, hätte es schwieriger gemacht, das versteht ihr doch, oder?«

Es war das erste Mal, dass er überhaupt erkennbar Atem schöpfte.

»Komm zur Sache, Junge«, sagte Allan Braxton. »Bislang verstehe ich kaum die Hälfte. Was hast du getan? Und was hat das Ganze mit dem alten Varga zu tun?«

Raban schluckte. »Was ich getan habe? Davon red ich doch die ganze Zeit: Ich hab mir den nächstbesten *Himmelsstürmer* geschnappt und bin losgeflogen, Richtung Otmanu ...«

Gonzales horchte ebenso auf wie der Bürgermeister.

»... und da sah ich Varga. Der schrille Typ ist ja unverkennbar. Erst recht dort, wo sonst keiner rumlatscht.«

Dass Raban, der in seiner farbenfrohen Flickenkleidung selbst überall auffiel, einen anderen als »schrill« bezeichnete, hatte schon einen gewissen Aberwitz.

»Varga lebt doch bei den Angelis auf der Farm«, sagte Gonzales. »Wo trieb er sich denn herum?«

»Sagte ich doch. Am Otmanu! Ich entdeckte ihn, als er fast schon oben war.«

»Er ist den Berg hinaufgestiegen?«, fragte Braxton ungläubig. »In seinem Alter?«

»Ich hab's doch gesagt: Der Typ hat nicht mehr alle Latten am Zaun! Wenig später hatte er den Gipfel erreicht und ...«

»Und?« Gonzales' Kehle war plötzlich so rau und trocken, dass seine Stimme heiser klang.

»... und verschwand. Ich flog noch etwas näher, bis ich die Senke sehen konnte ... aber auch da war nichts von ihm zu entdecken. Daraufhin hab ich mich von meinem Bruder mit der Angelis-Farm verbinden lassen. Wollte hören, was Darven dazu meint. Aber er war nicht da. Auch Shola nicht ... Nach der Landung dachte ich, es sei am besten, wenn ich den Bürgermeister informiere. Wenn ihr den Alten gesehen hättet ... wie der sich *bewegte*. So was habt ihr noch nicht gesehen. Ich sag euch, da stimmt was nicht. Da ist der Schraubenwurm drin ...«

***

Er wusste nicht, wie er hierhergekommen war. Um ihn herum tanzten keine Sterne mehr, nur noch Schatten. Das Eis hatte jetzt jeden Winkel seines Körpers erreicht. Aber es war weich, nicht hart und starr. Es war flüssig, wo es sich durch Adern bewegte, und fest, wo es diese Adern selbst ummantelte, jedes Gramm seiner Knochen und seines Fleisches. Die Kälte der Nacht konnte ihm nichts anhaben.

Er war Eis.

Er war ein Schatten, der in die Schatten einging. Die Stimme leitete ihn. Die Stimme hatte erst in seinem Magen, dann in seinem Eisblut zu flüstern begonnen. Und jetzt war sie in jedem seiner Gedanken.

Er selbst existierte gar nicht mehr. Er war nur noch das Gefäß, das sie füllte. Die Hülle, die sie bewegte.

Tiefer und tiefer stieß er in den Berg vor, und mit jedem Schritt, mit jedem Fahrzeug, das er benutzte, stieß er eine neue Tür ins Gestern, in die Vergangenheit auf.

Da waren Räume, Orte, die er kannte, obwohl er sie nie zuvor gesehen hatte. Kammern, in denen Totes darauf wartete zu erwachen. Zu schlüpfen.

In einer solchen Kammer blieb er stehen, nachdem er über knirschenden Untergrund geschritten war. Jeder Schritt wie über rollende Kiesel. Aber da waren keine Steine, da war ...

Er bückte sich.

Weiß. Daumennagelgroß.

Seine Hand grub sich in die schlafende Masse. Er schloss die Finger und richtete sich auf. Ein Dutzend kleiner Kugeln, jede etwas anders geformt, ruhte in seiner Faust. Alles, was ihnen fehlte, war ... Feuchtigkeit.

Er führte die Faust zum Mund und schaufelte die Kugeln hinein. Zwei, drei verfehlten das Ziel, prasselten zu Boden, wo sie zum Liegen kamen, wie schon seit Jahrmilliarden.

Die anderen füllten die Mundhöhle.

Er schloss die Lippen. Sein Speichel umströmte die Kugeln und wurde von ihnen aufgesogen. Mit der Zunge schob er sie hin und her, verteilte das Nass, damit es überall hinfand, während er erhobenen Hauptes und geschlossenen Mundes weiterging.

Dorthin, wo der *Ruf* am lautesten war.

Je mehr er Schatten wurde, desto klarer verständlich wurde die Stimme.

Er erschrak nicht, als er hörte, was sie von ihm erwartete.

Er bedauerte nicht, dass das, was in ihm gerade schlüpfte, keine Zukunft haben sollte.

Er war nur noch Werkzeug.

Vollstrecker.

* * *

»Was ist mit dem Rückstoß?«

»Allan zufolge gibt es keinen Rückstoß.«

»Und wenn doch?«

»Dann lernst du deinen *Himmelsstürmer* von einer ganz neuen Seite kennen. Vielleicht wird er sogar unverhofft *schnell* ...«

»Ja, aber du sitzt auch mit drin, vergiss das nicht.«

Rondo Gonzales sparte sich einen weiteren Kommentar. Er peilte im Licht der Monde das Ziel über den »Lauf« des Artefakts hinweg an – einen etwa hausgroßen, von Wind und Wetter geschmirgelten Fels, der dort unten in der staubigen Ebene ruhte –, löste mit einer Hand die Sperre, die Braxton ihm gezeigt hatte, und übte an einer bestimmten Stelle des Stabes Druck aus ...

Die Waffe schien unter Gonzales' Griff aufzustöhnen.

Es gab keinen Ruck, keinen Rückstoß – aber das Ding wimmerte wie etwas Lebendiges, während es die Spitze öffnete wie einen Rachen und zu einem lautlosen *Schrei* ansetzte ...

... der den Felsen in der Tiefe zermalmte, als wäre er innen hohl. Eine Staubwolke erhob sich dort, wo er sich gerade noch erhoben hatte – von einem Moment auf den anderen.

Raban schnappte nach Luft. »Kann man ...«, keuchte er, »... kann man das auch ... regulieren? Etwas schwächer stellen?«

»Man kann es regulieren, ja«, sagte Gonzales, der den Stab durch die Luke zurückzog und neben sich auf einem Tisch in der Steuerkanzel ablegte. »Aber das war bereits die schwächste Einstellung – es geht nur noch stärker.«

»Wie stark?«

»Allan behauptet, das selbst noch nicht ausprobiert zu haben. Und er rät mir, es ebenfalls nicht anzutesten. Ich denke«, er rieb sich das Kinn, »ich werde es beherzigen. Und ich werde dieses Ding nach Möglichkeit nicht mehr einsetzen, nachdem wir die Anlage betreten haben.«

»Warum nehmen wir es dann überhaupt mit?«

»Um Allan zu zitieren: für den Fall der Fälle.«

»Und der wäre?«

Gonzales zuckte die Achseln. »Ich weiß es nicht. Wirklich nicht. Wir werden es schon erkennen, wenn wir darauf treffen. Und jetzt leg einen Zahn zu. Wer weiß, wo sich Varga gerade herumtreibt und was er in diesem Moment anstellt.« Er schwieg einen Moment, dann fuhr er fort: »Eins muss ich noch klären, Junge.«

Raban sah ihn fragend an.

»Wenn wir gelandet sind und in den Berg eindringen, ist eines wichtig: Kannst du *gehorchen?* Dich mir ohne Widerworte unterordnen? Wenn nicht, wirst du oben warten, bis ich mit dem Verrückten zurück bin! Bei einer solchen Aktion kann nur einer das Sagen haben, sonst endet es im Chaos.«

Falls Raban überlegen musste, tat er dies blitzschnell. »Ich kann und ich werde. Und, bei den Monden, ich brenne darauf, dieses Überbleibsel einer versunkenen Kultur endlich mit meinen eigenen Augen zu sehen!«

»Erwarte nicht zu viel. Konzentrier dich auf unsere Aufgabe. Ich stelle einen Trupp für die spätere sorgfältige Erkundung zusammen, und wenn du dich heute bewährst, bist du dabei. Aber hier und heute zählt nur zu verhindern, dass der Alte Mist baut.«

»Danke«, sagte Raban.

Gonzales grunzte. Es blieb seine einzige Antwort.

Wenig später landete der *Himmelsstürmer* in der Kratersenke, in deren weitem Rund sieben offene Portale sieben Möglichkeiten darstellten, wo Varga abgetaucht sein konnte.

Aber hinter jedem Oktagon warteten, das wusste Gonzales, noch eine Vielzahl weiterer Wege. Ihre Chancen, den verrückten Varga in der riesigen Anlage zu finden, bevor er irgendeine Dummheit begehen konnte, hätten bei null gelegen – wenn es nicht einen Trick gegeben hätte, die Suche zu verkürzen.

»Komm mit«, rief Gonzales seinem unbewaffneten Begleiter zu, nachdem sie der Gondel entstiegen waren und ihre tragbaren Lampen eingeschaltet hatten, deren Lichtfinger über den schroffen Boden tasteten. »Ich zeige dir, wie wir vorgehen.«

Sie eilten auf den nächstgelegenen Eingang zu …

… während irgendwo in der Tiefe Varga weiter seinem Ziel

entgegenging, beharrlich wie eine Maschine, die blindlings ihrem Programm folgt …

* * *

Schatten fraß Eis.

Eis verzehrte Schatten.

Wo bin ich?, dachte der Mann. *Was tue ich hier?*

Es war ein kurzer lichter Moment. Vergänglicher als ein Tropfen Öl, der eine Flamme nährt.

Der Ort: ein Raum, dreimal so groß wie sein Quartier auf der Angelis-Farm. Dunkel bis auf das matte Glimmen, das von den Kugeln ausging, die auf stielartigen Auswüchsen ruhten und aussahen wie geometrisch exakt gepflanzte Reihen von Blumen aus Kristall.

Nein, das war kein Kristall, es sah nur so aus.

Die Schatten kehrten zurück.

Eis brachte sich in Erinnerung, wucherte aufs Neue, ummantelte jeden Gedanken, brachte ihn zum Erstarren, bis nur noch die Stimmen blieben, die aus der Quelle zu ihm drangen. Aus dem Kern der Anlage, in die er hinabgestiegen war.

Uralte Stimmen, die seit einer Ewigkeit flüsterten, aber nie ein Echo, nie Gehör gefunden hatten.

Bis heute.

* * *

Es war der vierte Raum von insgesamt acht, den sie betraten und im Schein ihrer Lampen überprüften. Der vierte Raum, der hinter einem Oktagon-Portal lag. Überall waren Spuren des Zerfalls, aber die Kristallsegmente, die Bilder aus unbekannten Regionen der Otmanu-Anlage übertrugen, waren sämtlich unversehrt.

Raban entdeckte den alten Varga noch vor Gonzales in der Observationsfläche. »Da!«, rief der bunt gekleidete Pilot, dessen Luftschiff in der Senke Anker geworfen hatte und vertäut war. »Das ist er doch, oder?«

Gonzales trat neben ihn; er hatte andere Segmente erforscht, um auf einem von ihnen den Gesuchten zu entdecken. In seiner Armbeuge lag die Waffe, die ihm Allan Braxton überlassen hatte und von der er hoffte, sie nie einsetzen zu müssen. Erst recht nicht innerhalb des kaum überschaubaren Komplexes.

Wie festgewachsen stand der dürre Varga irgendwo in den Tiefen der Anlage vor seltsamen, stielartigen Gebilden, auf denen Kugeln ruhten – das Gesamtbild war zu klein, um Details zu erfassen. Aber das war auch nicht nötig.

»Darf *ich* es probieren?«

Raban blickte Rondo Gonzales aus großen Augen an, und diese Augen verrieten mehr als alles andere, dass er im Herzen immer noch ein Kind war, das staunend vor einem Wunder stand und dies bis in die letzte Faser seines Seins *genoss.*

Für ihn war die Verfolgung Vargas ein Abenteuer. Bei jeder anderen Gelegenheit hätte Gonzales ihm deshalb verwehrt, ihn zu begleiten. Aber das hier war eine Ausnahmesituation, und er war froh, den Piloten bei sich zu haben. Die Fremdheit der Umgebung, die absonderlichen Hinterlassenschaften einer versunkenen Kultur machten ihm mehr zu schaffen, als er es anderen gegenüber eingestanden hätte.

Ein Ruck ging durch seinen Körper. »Von mir aus – aber tu es gleich. Sofort. Wir haben keine Zeit zu vergeuden!«

Er hatte Raban vom ersten Besuch hier oben erzählt, alle Details, an die er sich selbst noch erinnerte. Das Transportsystem, über das Darven Shola gerettet hatte, hatte es Raban offensichtlich angetan.

Ohne zu zögern, trat der Pilot jetzt vor und presste beide

Handflächen gegen das Bild, das Varga zeigte. Dann trat er erwartungsvoll zurück.

Wie schon einmal, wurde Gonzales' Geduld auf die Probe gestellt. Aber dann passierte es. Der Schlitten fuhr mit einer Selbstverständlichkeit heraus, als lägen zwischen dem Heute und seiner letztmaligen Nutzung nicht vielleicht Jahrmilliarden.

»Einsteigen!«, befahl Gonzales schroffer als gewollt. Er ließ dem Jüngeren den Vortritt, folgte aber augenblicklich. Gemeinsam legten sie sich rücklings nieder, warteten ... zweifelten ... und erlebten dann, was vor ihnen Darven erlebt haben musste.

Der Schlitten setzte sich in Bewegung.

Geschossartig raste er los.

Bremste ab.

Und seine Insassen schüttelten ihre Benommenheit ab, entstiegen dem Vehikel, dessen gewaltige Beschleunigung und jähes Anhalten ihnen kurzzeitig die Besinnung geraubt hatte ...

... und suchten vergeblich nach dem unberechenbaren Alten, der hier nicht mehr war.

***

»Die Lampen streiken – verdammt! Ob es an diesem Ort liegt?« Raban stand wie versteinert neben dem Schlitten. Der Raum, in dem sie angekommen waren, schien ihn – abgesehen vom Ausfall der Lampen – weit mehr zu beeindrucken als die Kammern, in denen sie bisher nach Varga gesucht hatten. Hier war alles um einiges besser erhalten, und die Atmosphäre brachte selbst feinste Nackenhärchen dazu, sich aufzustellen.

Auch Gonzales war von der Ausstrahlung des Zielortes beeindruckt. Auch ihn überlief ein Schauder wie von ... Ehrfurcht.

»Er ist nicht da«, sagte er mit kratziger Stimme, während seine Augen das Dämmerlicht zu nutzen versuchten, das weit weniger hell wirkte, als das Observationsfeld es wiedergegeben hatte.

Alles sah aus wie von dort aus beobachtet.

Nur Varga fehlte.

Gonzales überwand seine Starre. Er trat vom Schlitten zurück und machte ein paar vorsichtige Schritte auf die Kugeln zu, die ringsum auf Stielen ruhten und das wenige Licht reflektierten, dessen Quelle sich nicht bestimmen ließ.

Die Kugeln waren kopfgroß und glasklar. Beinahe jedenfalls. Bei genauerem Hinsehen entdeckte Gonzales eine durchgängige schwache Eintrübung, als wären die Objekte mit einer Flüssigkeit gefüllt. Und innerhalb dieses milchigen Tons schwammen noch einmal winzige Partikel wie Flusen oder …

Er zwang sich dazu, den Kugeln nicht weiterhin so viel Beachtung zu schenken. Etwas anderes hatte Priorität.

»Was ist, wenn das Ding verschwindet, sobald wir uns davon entfernen?« Raban zögerte, vom Schlitten wegzutreten.

Gonzales drehte sich zu ihm um. Der junge Pilot war ebenso wie das Vehikel, das stalaktitenartig aus der Wand des hiesigen Raumes herauszuwachsen schien, nur vage erkennbar. »Du könntest Recht haben, Junge«, sagte er. »Deshalb bleibst du am besten daneben stehen und hältst es notfalls fest, wenn es sich davonmachen will.« Er grinste, was Raban so wenig sehen konnte, wie er selbst Einzelheiten von dessen Mienenspiel erkannte.

»Wohin willst du?«

»Varga ist offenbar weitergegangen.« Er hob die Hand, die den Stab hielt, und deutete damit auf eine Türöffnung, nicht weit entfernt. Es war – abgesehen von dem Transportmittel, das sie selbst gerade benutzt hatten – die einzige Möglichkeit, sich von hier zu entfernen.

»Ich gehe ihm nach. Er muss noch ganz in der Nähe sein. Rühr nichts an, solange ich weg bin.«

»V-verstanden.«

Das Stottern verriet Raban. Verriet, dass er sich selbst überschätzt hatte. Abenteuerlust war eine Sache – der Gedanke vielleicht für immer hier unten verloren zu gehen, falls der Schlitten tatsächlich abfuhr und nicht mehr wiederkam, eine ganz andere.

»Ich beeil mich.«

»Ja«, keuchte Raban. »Ja, tu das *bitte.*«

Gonzales warf ihm einen letzten sorgenvollen Blick zu, dann marschierte er auf das offene Türachteck zu, hinter dem etwas mehr Helligkeit lockte.

Und wo eine neue Tür auf ihn wartete ...

* * *

Er war nicht der Erste, der die Stimmen hörte – spürte! –, aber er war derjenige, der sie zum Verstummen bringen konnte.

Musste.

Die Stimmen bettelten förmlich um Erlösung. Um den Schlaf, den *niemand nie mehr* brechen konnte.

Varga tat den letzten Schritt hin zu ihnen – zu der Stelle, wo er ihr Flehen erhören und damit verhindern konnte, dass dieser Ort weiter entweiht wurde.

Sein Lohn würde Licht sein, gleißendes Licht. Und Hitze, unvorstellbare Hitze.

Und eine Freiheit, die ihm niemand jemals streitig machen konnte.

Varga atmete tief aus – und tauchte in die Masse ein, die sich ringsum wie eine Geschwulst erstreckte.

»Halt!«, klang es von irgendwoher. »Bleib stehen! Keine Bewegung, du Narr! Oder willst du unbedingt sterben ...?!«

* * *

Der nächste Raum nach den Kugeln war leer gewesen ... bis auf den Boden, der aussah, als wäre er mit losen Steinchen aufgeschüttet. Bei jedem Schritt knirschte es. Gonzales hatte das Gefühl, dass die Objekte unter seinem Gewicht zerbrachen, als wären sie hohl.

Aber er achtete nicht darauf. Sein Blick hatte längst die gegenüberliegende Tür erfasst, aus der wabernder Lichtschein drang. Unruhig flackernd, als sei die Lampe, die ihn erzeugte, defekt.

Er überlegte kurz, ob er rufen sollte, aber dann entschied er sich, einfach schneller zu gehen, um zu erfahren, ob Varga vielleicht dort war.

Im Achteckrahmen blieb er stehen. Und die Waffe, die seine Hand umklammerte, schaffte es nicht einmal ansatzweise, ihm ein Gefühl von Sicherheit zu vermitteln.

Er sah ... und brachte nur noch ein Krächzen zustande, was ihm in diesem Augenblick selbst kaum bewusst wurde ...

Varga, halb versunken in der Masse, die sich hier wand und rankte, drehte sich zu ihm um, starrte, ohne zu sehen, und sagte mit undeutlicher Stimme: »Geh! Solange du noch kannst ...«

* * *

Solange du noch kannst.

Kreatürliche Furcht schnürte Gonzales die Kehle zu. *Was für ein Bild,* dachte er. *Welch ein Grauen!*

Der Raum wurde von einem Gewächs beherrscht – oder was immer es war –, das an Monstrosität kaum zu überbieten war. Von irgendwoher drangen Geräusche aus dem Dunkel, als würde etwas Zähes herabtropfen. Als gäbe es irgendwo hinter dem monströsen Körper ein Loch, aus dem beständig etwas von der sirupartigen Masse nachquoll.

Varga stand ganz nah bei dem geschwulstartigen Riesengebilde … und im selben Moment, als Gonzales ihn entdeckte, trat er noch einen weiteren Schritt vor und tauchte in die wogende, zitternde Masse ein, die wie gelber Eiter leuchtete.

Gonzales' heiseres Krächzen stoppte Varga, noch ehe er vollständig in dem schleimigen Etwas verschwand. Teile seines Körpers und seiner Kleidung waren wie von einem breiigen Teig überzogen. Es blubberte und gluckste, verätzte sichtbar die Hautteile, die davon berührt wurden, und kroch selbst in Ohren, Nase und Mund, ohne dass der Alte sich dagegen wehrte.

»Varga – bei den Monden!«

Der Farmhelfer machte den Schritt, der ihn gerade *in* die Masse geführt hatte, wieder rückgängig … und zog Fäden wie geschmolzenen Kunststoff hinter sich her.

Dann spie er etwas aus, das sich in seinem Mund befunden hatte. Es kullerte wie Steinchen vor Gonzales' Füße. Und als er genauer hinsah, erkannte er, dass es dieselben Objekte waren, die den Boden des Nachbarraums bedeckten. Nur dass diese hier … verändert waren. Vollgesogen mit Speichel, und das eine oder andere »Steinchen« hatte begonnen, sich zu öffnen. Winzige dünne Beinchen schoben sich daraus hervor. Käferbeinchen …

»Ron-do …«

Er hat mich erkannt, dachte Gonzales, ohne erleichtert zu sein. Er löste den Blick von den Steinchen, die vielmehr … *Eier* waren?

Instinktiv hob er die Stabwaffe aus dem Arsenal des Bürgermeisters, das Relikt aus grauer Vergangenheit, sodass die Mündung auf den Alten zeigte. »Komm her, Varga … aber halt Abstand zu mir. Komm mir mit dem Zeug, das an dir klebt, nicht zu nahe. Wir müssen …«

»Ron-*do.*«

Diesmal schwang dem Namen ein Kichern nach, als wollte Varga seine allseits bekannte Verrücktheit in Erinnerung rufen.

»Bleib stehen!«

Zu seiner eigenen Überraschung gehorchte Varga, und von weit hinter Gonzales klang Rabans dünnes Stimmchen: »Alles okay bei dir?«

Nichts ist okay, dachte Gonzales, presste kurz die Lippen zusammen und sagte dann an Vargas Adresse: »Was willst du hier? Und ... hast du eine Ahnung, was das für Dinger auf dem Boden sind?«

Obwohl Varga sachte wankte, wirkte er im Vergleich zu der hinter ihm zitternden und wogenden Masse wie eingefroren.

Gonzales schauderte. *Weg hier,* dachte er. Und als Nächstes: *Verdammt, wie krieg ich den Alten mit der Schmiere am Leib überhaupt hier raus? Zusammen mit Raban und mir im Schlitten jedenfalls nicht ... nicht um alles in der Welt!*

Varga bäumte sich plötzlich auf und riss die Kiefer so weit auseinander, als wollte er etwas Großes, das in ihm steckte, erbrechen. Doch außer ein paar trockenen Lauten verließ nichts seine Kehle.

Gonzales hatte das Gefühl, dass es heller um ihn herum geworden war, seit er diesen Raum betreten und Varga gefunden hatte. Es mochte aber ebenso gut daran liegen, dass sich seine Augen allmählich an die herrschenden Lichtverhältnisse gewöhnten.

Varga rülpste.

Gleich kotzt er sich die Seele aus dem Leib. Oder ... Gonzales krampfte die Hände fester um die Artefakt-Waffe ... *etwas ganz anderes, das in ihm geschlüpft ist.*

Gonzales wurde übel.

Plötzlich spie der Alte wahrhaftig etwas aus. Es ähnelte einem Schleimpfropfen, war eitrig gelb wie das Ding, in das er fast eingetaucht wäre und das Ausleger nach allen Richtungen bildete, aber offenbar selbst nicht mobil war. Varga hatte zu ihm kommen müssen – nicht umgekehrt.

Wenn es anders wäre, hätte das Ding mich doch längst angefallen, dachte Gonzales.

»Ron-do-hilf-mir!«, gurgelte Varga.

»Ich versuch's – aber sag mir erst, was du hier wolltest. Warum du hergekommen bist.«

»Braucht-mich«, röchelte der Alte. »Rief-mich.«

»Was denn – dieses *Ding?!*« Gonzales schüttelte ungläubig den Kopf. »Du willst mir doch nicht weismachen, dieser Brei könne reden?«

»Bin-nur-noch-Schatten«, krächzte Varga. »Bin-nur-noch-Eis.« Er schüttelte sich. Batzen von Schleim flogen nach allen Seiten. Gonzales wich zwei Schritte zurück, brachte mehr Distanz zwischen sich und den Verrückten. »Muss-helfen. So-alt. Will-sterben. Will-Erlösung.« Er wankte Gonzales entgegen.

»Ich sag's dir zum letzten Mal: Bleib stehen!«

»Hat-mich-gerufen ... Warum-hörst-du-es-nicht?«

Gonzales erreichte die Achtecktür, durch die er gekommen war. Hinter der der Boden aus winzigen Eiern – oder was auch immer – bestand. Dahinter lag der Raum mit dem Schlitten. Mit Raban. Der immer ungeduldiger rief: »Gonzales, antworte mir! Ich ... mir reicht's! Du solltest bald kommen, sonst ...«

Varga torkelte, schwankte Gonzales weiter unbeirrbar hinterher.

Und Gonzales konnte sich nichts Schrecklicheres vorstellen, als von dem Alten berührt zu werden. In Kontakt mit der Masse zu geraten, die über die Gestalt des Alten zu kriechen schien. In seinen Mund lief, in seine Ohren ... in jede verfluchte Öffnung seines Körpers.

Nur die Langsamkeit des Dürren hatte ihn bislang vom Äußersten abgehalten.

Doch das änderte sich abrupt.

Plötzlich wurde Varga schnell. Machte einen regelrechten Satz nach vorne und …

Irgendjemand hatte einmal gesagt: Wer eine Waffe besitzt, benutzt sie auch, irgendwann; ganz gleich, um was für eine Waffe, um welches Zerstörungspotenzial es sich auch handelt.

Gonzales hatte einen solchen Spruch nie gehört oder gelesen. Er folgte der darin festgeschriebenen Logik rein instinktiv. Löste die Artefakt-Waffe aus, deren Mündung auf Varga zeigte …

… und damit auch das Inferno.

6.
HEIMWÄRTS

Shola war auf dem Weg nach Hause.

Die Farm war längst hinter ihr zurückgeblieben.

Dieser Ort, an dem sie ihr Leben mit Darven verbracht und gearbeitet hatte, war nicht mehr ihr Zuhause. Sie fühlte sich dort nicht mehr daheim.

Ihre neue Heimat lag zwar noch nicht im tatsächlichen Sinne vor ihr, sie war nicht unmittelbar unterwegs dorthin, aber sie näherte sich ihr. Diese neue Heimat reifte heran, und ebenso reiften diejenigen heran, die dort daheim sein würden.

Sonderbare Gedanken waren das, wie Shola auch selbst fand. Aber sie verstand sie. Und bald schon würden alle sie verstehen ...

Es war eisig kalt, doch sie spürte die Kälte nicht. Nacht lag über Vegas. Monde und Sterne spendeten reichlich Licht, um Shola den Weg zu weisen, den sie aber wohl auch blind gefunden hätte, weil sie ihn schon viele Male gegangen war in diesem Leben, das sie bald aufgeben würde, um ein neues zu beginnen.

Shola sah himmelwärts, während sie durch die nachtschlafende Siedlung schlich, als könnte sie die Erde am Firmament ausmachen – den Planeten ihrer Ahnen, deren angestammte Heimat. Dort gehörte die Menschheit hin – und nur dorthin. Hier aber waren sie Fremde. Sie wussten es nur nicht – nicht *mehr* oder noch nicht *wieder.*

Das würde sich ändern.

Und dann würde vielleicht auch endlich dieses Jucken auf der Haut über ihrer Hüfte aufhören, ein für alle Mal.

Sie war fast am Ziel.

Bislang hatte Shola sich in den Schatten gehalten, die neben den hellen Stellen, wo Phobos und Deimos ihr Licht verströmten, wie tiefe schwarze Löcher im Nichts wirkten. Das letzte Stück des Weges aber gab es keinen solchen Schutz mehr, keine Schatten, die sie vor zufälligen Blicken bewahren konnten. Denn noch war sie nicht so weit, dass sie sich den anderen offen zeigen durfte.

Und so hielt Shola am äußersten Rand des letzten schützenden Schattens kurz inne, schaute sich rasch um und lauschte in die Nacht, ohne etwas zu sehen und zu hören, und dann huschte sie, wie selbst zum Schatten geworden, über den lichten Platz inmitten der Siedlung hinweg, auf dessen anderer Seite sie schon erwartet wurde. Im Schatten jenes Gebäudes, das die Erinnerungen an die Wiege der Menschen, an ihre alte Welt beherbergte: des Museums.

Ironie des Schicksals, fand Shola, *dass gerade dort die Saat für die neue Heimat gedeiht.*

Dann war sie da, schlüpfte ins Dunkel des Schattens, den das Gebäude warf, und wurde von starken Armen willkommen geheißen.

* * *

»Das darf doch nicht wahr sein«, entfuhr es Darven – hoffentlich so leise, dass man ihn nicht hörte. Er erstarrte, lauschte, beobachtete ...

... nein, sie waren nicht auf ihn aufmerksam geworden.

Trotzdem zog er sich vorsichtshalber ein klein wenig tiefer in die Deckung eines Gebäudes zurück.

Er war Shola bis hierher gefolgt, nachdem er sie erst nach Hause gebracht und ins Bett verfrachtet hatte, in der Gewissheit, dass es sie nicht lange dort halten würde.

Und so war es auch gekommen. Eine knappe halbe Stunde später war Shola aus ihrem Zimmer geschlichen und nach draußen verschwunden. Und er war ihr gefolgt, um zu sehen, wohin es sie zog. Nur so konnte er das Rätsel lösen, in das sich seine Frau verwandelt hatte.

Seine Frau.

Shola in Gedanken so zu nenne, tat ihm in Herz und Seele weh. Natürlich sah er sie noch immer als seine Frau – nur fiel es ihm zunehmend schwerer, das zugehörige Gefühl damit zu verbinden. Weil sie ihm immer weniger vorkam wie seine Frau – als übernehme etwas ihren Körper, als sei ihr Äußeres nur noch die Puppe für etwas anderes. Und ihr Äußeres allein genügte Darven nicht. Natürlich liebte er Shola auch, weil sie schön war, und er konnte sich auch nach all den langen Jahren ihrer Ehe nicht sattsehen an ihrem Gesicht, ihrem Körper; aber er liebte eben auch – und vor allem – was darunter war: den Menschen.

Und dieser Mensch schien sich mehr und mehr zu verflüchtigen – von ihm, aus diesem Leben, vielleicht sogar von dieser Welt.

Shola kam ihm nicht mehr nur fremd vor, nein, sie hatte die letzten Tage auch »fremde Dinge« getan. Nichts derart Irrsinniges wie der alte Varga, als der den Marskäfer verschluckt hatte und danach spurlos verschwunden war, nein, Shola tat lediglich Dinge, die sie früher nie getan hätte.

Wie etwa mitten in der Nacht davonzulaufen.

Zu Fuß war sie von der Farm nach Vegas und durch die Siedlung gelaufen, eine beträchtliche Wegstrecke, deren Bewältigung Shola weit weniger ausmachte als Darven; er rang gehörig um Atem und musste aufpassen, dass er sich damit in der Stille der Nacht nicht verriet.

Weit härter aber als die Anstrengung und die Kälte war das, was er nun am Ende von Sholas Weg gesehen hatte ... der

Grund, warum sie sich weggeschlichen hatte. Darven biss vor Enttäuschung und Wut die Zähne zusammen.

Dort drüben, im Schutze von Pa Saintdemars *Museum zum Gedenken an die Erde*, hatte Kord Saintdemar auf Shola gewartet.

Ein Rendezvous, ohne Zweifel, so wie die beiden sich begrüßt hatten und jetzt auch hineingingen, Arm in Arm und so leise tuschelnd, dass Darven es nicht verstand.

Was beileibe nicht das Einzige war, das er nicht verstand, nicht verstehen *konnte* und auch nicht verstehen *wollte*.

Der Laut, mit dem sich die Tür hinter den beiden schloss, hatte auf Darven Symbol- und Signalwirkung zugleich: Zum einen schien sich für ihn mehr zu schließen als nur diese Tür. Und zum anderen war es für Darven der Startschuss, sich in Bewegung zu setzen, Shola und Kord zu folgen – um *etwas* zu tun. Er wusste nicht, *was* er tun würde – wohl aber, was er tun *wollte:* Zum ersten Mal im Leben wollte Darven jemandem wirklich wehtun, ja vielleicht sogar jemanden umbringen.

Und er hatte das eindringliche Gefühl, dazu auch imstande zu sein.

Darven ballte die von der Farmarbeit kräftigen und schwieligen Hände zu Fäusten, so fest, dass es schmerzte. Aber die Vorstellung, Kords Hals könnte sich dazwischen befinden, linderte den Schmerz nicht nur, sondern machte ihn zu einer beinahe angenehmen Empfindung.

Er öffnete die Tür, trat hindurch und schloss sie hinter sich, alles so leise wie möglich.

Die Ausstellung begann unmittelbar hinter der Eingangstür. Und von diesem ersten Raum aus führte ein wahres Labyrinth aus Gängen und kleinen Räumen in das Gebäude hinein; man hatte den zur Verfügung stehenden Platz optimal genutzt, indem man so viele Wände wie nur möglich eingezogen hatte, die ihrerseits wiederum Platz boten für möglichst viele Exponate.

Für die hatte Darven allerdings keinen Blick, nachdem er erst einmal lauschend stehen geblieben war und dann den Geräuschen folgte.

Bei den Bildern, Zeichnungen und Gegenständen beiderseits seines Weges handelte es sich nicht um Originale – wie hätten die auch hierher gelangen sollen? Die Besatzung der BRADBURY war seinerzeit schließlich nicht gekommen, um den Mars zu besiedeln; ihre Aufgabe hatte darin bestanden, einige Ausgrabungen vorzunehmen und das Terraforming in Gang zu bringen. Dass dann alles anders gekommen war, stand auf einem anderen Blatt.

Die ersten (notgedrungenen) Siedler hatten dann versucht, ihren Heimatplaneten und ihre dortigen Kulturen nicht in Vergessenheit geraten zu lassen, und ihren unmittelbaren Nachkommen quasi ihre Erinnerungen hinterlassen, indem sie ihr Wissen mündlich und schriftlich weitergaben. Den Großteil hatten die Lexika und Aufzeichnungen John Carters beigetragen, die er als Journalist mitgeführt und bis zu seinem frühen, heldenhaften Tod verfasst hatte. Im Laufe der Zeit hatte man viele dieser Überlieferungen auch plastisch darzustellen versucht; so waren aufgrund jener Beschreibungen etwa Dioramen von Erdstädten und Landschaften entstanden und dergleichen mehr.

Natürlich hatte man längst auch Fernrohre und Funkempfänger auf die Erde gerichtet, um festzustellen, warum nie eine zweite Expedition den roten Planeten erreicht hatte, um nach Überlebenden zu fahnden oder den terraformten Mars für die Menschheit zu nutzen.

Aber die Erde schwieg. Ihre Atmosphäre war permanent von Wolken verhüllt – vermutlich eine Folge fortschreitender Umweltverschmutzung –, und die Empfänger schienen nicht geeignet, um die fernen, fremden Signale aufzufangen.

Warum das Raumfahrtprogramm nicht weitergeführt worden war, darüber spekulierten die Gelehrten seit Jahrhunderten, ohne zu einem Ergebnis zu kommen.

Darven wischte die unnützen Gedanken beiseite und schlich im dämmrigen Licht der Notbeleuchtung weiter. Er war heute ganz bestimmt nicht hier, um das Museum zu besuchen, sondern um ...

Er stoppte auch diese Gedanken. Vielleicht aus plötzlicher Angst vor der eigenen Courage, vielleicht, weil er nicht über die möglichen Konsequenzen seines Handelns nachdenken wollte.

Noch nie war in Vegas ein Mensch von einem anderen getötet worden.

Links, rechts, wieder links – es konnte einem fast schwindlig werden, wenn man in einem solchen Tempo durch das verwinkelte Museum hetzte. Aber Darven wollte die Spur nicht verlieren; die Schritte von Shola und Kord und ihre leisen Stimmen führten ihn.

Sie näherten sich dem hinteren Teil des Museums, wo die Ausstellung endete und in einen Lagerbereich überging, der durch einen Vorhang aus Schmuckglasfäden abgetrennt war; Shola hatte diesen Vorhang gefertigt und Pa Saintdemar geschenkt.

Darven hörte, wie der Vorhang leise klirrte, als Shola und Kord hindurchgingen und die Fäden einander berührten. Er beeilte sich aufzuschließen, damit auch er den Vorhang hinter sich lassen konnte, ehe die Fäden wieder zur Ruhe kamen und neuerliche Stille eintrat.

Vorsichtig schlüpfte Darven durch die schillernde Wand, dann horchte er, wartete, bis das Klimpern des Vorhangs verklang, hielt den Atem an, schaute sich um – sie hatten ihn nicht bemerkt.

Waren es zuvor Wände gewesen, die ihm den Blick auf Shola und Kord verstellt hatten, so waren es hier deckenhohe Regale, die mit allerlei Gerümpel dermaßen angefüllt waren, dass sie selbst wie Mauern wirkten, zwischen denen schmale Gänge entlangführten.

Darven folgte ihnen, wurde langsamer, als die Stimmen vor ihm lauter wurden – und blieb dann stehen, als ihm bewusst wurde, dass er mehr als nur zwei Stimmen hörte ... und dass diese zwei Stimmen nicht die von Shola und Kord waren!

»Was ...?«, rann es ihm leise, tonlos von den Lippen. Er ging weiter, bis zum Ende des Regals rechter Hand, hielt an der Ecke dort inne, ließ sich in die Hocke nieder und schob den Kopf langsam vor, bis er um die Regalkante spähen konnte.

Dahinter befand sich ein freigeräumter Raum, ein etliche Meter durchmessender Platz, der das Ziel von Shola und Kord war.

Wohin sie sich allerdings nicht zurückzogen, um ungestört und allein zu sein.

Denn der Raum wimmelte von Menschen ...!

* * *

Als Gonzales begriff, was die Artefakt-Waffe anrichtete, war es bereits zu spät.

Zuerst schien sich nur die Luft vor ihm zu kräuseln. Dann glommen die darin schwebenden Photonen in einer Weise auf, dass es Gonzales sämtliche Magennerven zusammenzog – das Licht wirkte irgendwie *krank* auf ihn –, und schließlich raste eine Schockwelle auf Varga zu, der seine Arme wie tastend von sich gestreckt hatte.

Die Entladung traf den Alten und blies ihm wie in einem jäh aufkommenden Sturm sämtlichen Schleim vom Körper. Wäre es dabei geblieben, hätte Gonzales den Schrecken über die eigene Tat überwinden können. Doch die Substanz löste sich nur den Bruchteil eines Augenblicks von Varga, bevor der Alte selbst davongeschleudert wurde. Nach hinten, mitten in die Monstrosität hinein – die ebenfalls zerrissen wurde, noch bevor sie seinen Aufprall abfedern konnte.

Aber auch das war nur eine Momentaufnahme, nur der Auftakt zu weiterer Vernichtung.

Was habe ich getan?

Zu mehr als diesem Gedanken war Gonzales nicht fähig, weil seine Augen wie hypnotisiert an dem hingen, was unter dem pulverisierten Monstrum zum Vorschein gekommen war.

Metall. Armaturen. Maschinen.

Urmarsianische ... Technik?

Was immer es war, es verging in der nächsten Sekunde, wurde von dem ungeheuerlichen Energieausstoß aus Gonzales' Waffe regelrecht verdampft.

Mit derselben Wucht, die Varga in ein blutiges, wie enthäutet in unmöglicher Verrenkung daliegendes Bündel verwandelte.

Und nur einen Moment später bebte der Boden unter Gonzales' Füßen, erzitterten die Wände und alles Gestein oder Metall, das ihn umgab.

»GON-ZA-LES!«

Rabans Stimme war lauter denn je – und voller Hysterie.

Der nächste Erdstoß. Die nächste Erschütterung, die etwas Glutrotes aus einem Riss im Boden hervorspritzen ließ. Etwas, das von gelben Schlieren durchzogen war.

Gonzales benötigte keine Sekunde, bis er erkannte, worum es sich handelte. Er machte auf dem Absatz kehrt. Ließ die Waffe, die all dies verursacht hatte, nicht fallen, aber *vergaß* buchstäblich, dass er sie noch immer in seiner Rechten hielt.

So schnell wie nie zuvor in seinem Leben rannte er durch den angrenzenden Raum dorthin zurück, wo Raban – vielleicht – noch auf ihn wartete.

Der junge Pilot saß bereits aufgerichtet in dem Schlitten, als

Gonzales in den düsteren Raum stürmte, in dem das Vehikel nur als schwacher Schemen erkennbar war. Hinter ihm rumorte und krachte es immer lauter. Unter ihm schwankte der Boden stärker.

Und dennoch ...

Er wusste selbst nicht, welcher Teil von ihm es war, der ihn dazu trieb, aber er pflückte im Vorbeihasten eine der Kugeln von ihrem stielartigen Auswuchs, bevor er sich regelrecht zu Raban in den offenen Schlitten warf.

»Was ist passiert?«, empfing ihn sein Begleiter. Angst weitete seine Augen.

»Hinlegen!«, schnarrte Gonzales, weil Raban immer noch aufgerichtet neben ihm hockte, obwohl der Mechanismus des Schlittens nur anspringen würde, wenn die Insassen sich flach auf den Innenboden legten.

Raban gehorchte so ruckartig und schnell, als würde ihm sein Fehler erst in diesem Moment bewusst.

Aber der Schlitten ruhte – und schaukelte unter dem nächsten Erdstoß.

Düsteres Glühen strömte in den Raum, begleitet von Hitze.

Vorbei, dachte Gonzales. *Bei den Monden, ich ... ich habe alles zerstört ...*

Im selben Moment startete der Schlitten wie von einem Katapult abgeschossen. Gonzales' Bewusstsein schwand ...

... und kehrte zurück, als das Fahrzeug gestoppt hatte. In dem Kontrollraum, der ihnen Vargas Aufenthaltsort gezeigt hatte.

Gonzales schüttelte Raban, bis auch er wieder zu sich gekommen war. »Schnell! Wir müssen sofort raus hier!«

Etwas schüttelte den Otmanu. So heftig, dass der Schlitten samt seiner Insassen aus seiner Führung gerissen wurde und umkippte.

Die beiden Männer hatten Glück, nicht davon erschlagen,

sondern lediglich herausgeschleudert zu werden. Wacklig kamen sie auf die Beine. Vor Gonzales schimmerte etwas im schwachen Licht der Kristallwaben.

Die Kugel, die er mitgenommen hatte.

Nicht weit davon lag die Stabwaffe.

»Nimm du das!«, forderte Gonzales Raban auf und zeigte auf die Waffe. Er selbst griff nach der Kugel.

Raban gehorchte, und gemeinsam stürmten sie aus der Kammer hinaus ins Freie. Stolperten, als der Berg sich erneut unter ihnen schüttelte. Sahen zur Mitte der Kratersenke, wo der *Himmelsstürmer* von ihnen vertäut worden war.

Bei den Göttern des Mars, er war noch da!

Sie erreichten ihn taumelnd, stürzten in die Gondel und kappten die Taue mittels einer Notvorrichtung. Gleichzeitig startete Raban die Motoren der Propeller, die den *Himmelsstürmer* antrieben.

Gonzales selbst lag sekundenlang, während Raban die Kontrolle übernahm, nur völlig platt am Boden der Gondel. Er wagte es kaum, aufzustehen und durch eines der Fenster in die Tiefe zu blicken.

Irgendwann aber tat er es doch.

Und sah nicht nur den Otmanu sterben ...

***

Darven kannte alle, die hier versammelt waren. Die meisten persönlich und mit Namen, die anderen zumindest vom Sehen.

Was hatte das zu bedeuten? Warum waren all diese Leute – Männer und Frauen, junge wie auch ältere – in Pa Saintdemars Museum zusammengekommen?

Darven widerstand dem Impuls, aus seinem Versteck zu kommen, um selbst die Fragen zu stellen, die ihm auf der Zunge brannten. Vielleicht würde er die Antworten darauf ja auch erfahren, wenn er einfach hier hocken blieb und weiterbeobachtete.

Während die bereits Anwesenden Shola begrüßten und zwei oder drei andere sich mit Fragen, die Darven nicht verstand, an Kord wandten, zählte er die Versammelten schnell durch und kam auf knapp fünfzig Personen.

Was verband diese Menschen?

Darven versuchte es von ihren Gesichtern abzulesen, suchte nach einer offenkundigen Gemeinsamkeit, fand aber keine – abgesehen davon, dass so gut wie alle, die er hier sah, dabei gewesen waren, als die verdammten Marskäfer seine Farm angegriffen hatten. Sie alle hatten geholfen, der Brut Herr zu werden.

Diese Erkenntnis brachte allerdings kein Licht ins Dunkel, sondern machte sie im Gegenteil allenfalls noch rätselhafter.

Als Gemurmel in der Runde anhob, bat Kord in ihrer Mitte stehend um Ruhe. War er der Anführer dieser ... Clique?

»Kord, du warst der Erste«, sagte da jemand, ein Mann mit blasser Haut, farblosem Haar und rötlichen Augen; ein Albino, wie sie oft geboren wurden auf dem Mars. Darven kannte den Namen des Mannes: Maury hieß er. Sehr viel mehr wusste er aber nicht über ihn.

Als Kord sich ihm zugewandt hatte, fuhr Maury fort: »Sag du uns, wann es endlich so weit ist. Dieses Verstecken, diese ewige Unruhe, dieses Gefühl, nicht mehr zu Hause zu sein, das alles muss aufhören. Zwei von uns sind daran schon zugrunde gegangen, und wenn es nicht bald ein Ende hat und wir unseren neuen Anfang machen, dann werden die beiden keine Einzelfälle bleiben.«

Darven verstand jedes Wort – und doch nichts von dem, was Maury sagte. Er spürte, dass diese Worte alles bargen, was es über das heimliche Treffen hier zu wissen gab, nur war er nicht imstande, es zu entschlüsseln. Ihm fehlte das Wissen um das Fundament, auf dem alles basierte.

Kord hob bedauernd die Schultern, und die Trauer in seiner Miene und seinem Tonfall war echt, als er sagte: »Ich weiß es nicht, Leute. Dass ich der Erste war, bedeutet nicht, dass ich mehr weiß als ihr. Aber ich bin sicher, dass wir es *spüren* werden, wenn der Augenblick gekommen ist. Wir *können* den Moment gar nicht verpassen.«

»Sind wir denn vollzählig inzwischen?«, fragte jemand anders, eine Frau diesmal. Darven sah sich hinter dem Regal hervor nach ihr um – und musste dann an sich halten, ihren Namen nicht laut auszusprechen.

Ino?, wunderte er sich. Sie hatte bis zum Angriff der Käfer bei ihm und Shola als Helferin gearbeitet und sich danach einen anderen Job gesucht, weil es auf der Angelis-Farm zunächst einmal nicht mehr genug zu tun gegeben hatte für die Erntekräfte. Zum Aufräumen und Wiederaufbau hatten sie eher kräftige Männer gebraucht als junge Frauen.

»Gibt es denn eine Vollzähligkeit?«, warf Shola ein.

»Auch das weiß ich nicht«, sagte Kord. »Aber ich bin sicher, dass alle, die den Samen empfangen haben und für den Ruf empfänglich sind, inzwischen zu uns gefunden haben, um eins zu sein mit uns und sich und unserer Welt.«

Verdammt, was redet der Kerl für einen Unsinn?, dachte Darven. Abermals ließ er den Blick schweifen. Diesmal war er auf irgendwelche Anzeichen aus, die darauf hindeuteten, dass diese Leute nicht Herr ihres eigenen Willens waren – aber auch in dieser Hinsicht fand er nichts: Die Menschen hier machten im Gegenteil sogar einen sehr ausgeglichenen, ja glücklichen Eindruck. Als sei ihnen etwas zum Greifen nahe, auf das sie schon lange gewartet hatten.

Und noch etwas fiel Darven auf: Jeder der hier Versammelten kratzte sich ab und an; nicht ständig, nicht heftig – dennoch fiel es auf, weil es eben jeder tat. Auch Shola – sie rieb sich an einer Stelle über ihrer Hüfte, die unter ihrer Kleidung verborgen war. Bei anderen allerdings, die sich an den Armen oder am Hals kratzten, konnte Darven die Rötung der Haut sehen.

Aber auch das war nur ein einzelnes Mosaiksteinchen in einem zweifellos größeren Bild, das er noch immer nicht zu erkennen imstande war ...

»Ich möchte drei neue Glieder in unsere Gruppe aufnehmen«, ergriff Kord wieder das Wort. »Sie sind mir das Wichtigste auf dieser Welt, in meinem Leben – und ich werde nicht ohne sie aufbrechen.«

Ein Raunen ging durch den Raum.

Kord hob die Hand, um aufkommende Fragen und Einwände zu unterdrücken, und rief: »Mutter? Bitte, kommt zu uns.«

Die Blicke der Anwesenden richteten sich dorthin, wo Kord hinschaute – auf eine dunkle Lücke zwischen zwei Regalen, aus der sich drei Schatten lösten; ein großer, schlanker, flankiert von zwei kleinen. Noch ein Schritt und Pa Saintdemar trat ins Licht, an den Händen ihre Enkel Ley und Cari, Kords Sohn und Tochter. Sie gingen auf Kord zu, Pa furchtlos und lächelnd, die beiden Kinder ein bisschen zögerlich und unsicher um sich blickend.

Etwas veränderte sich. Darven spürte es ganz deutlich. Mit einem Mal lag eine sonderbare Spannung in der Luft.

Und auch Kord schien das zu registrieren. Rasch griff er in einen Beutel, den er am Gürtel trug, und zog etwas daraus hervor, das gerade so groß war, dass sich seine Finger nicht ganz darum schließen konnten.

Jeder in der Runde schien bereits zu wissen, worum es sich handelte, und als Kord die Finger öffnete, erkannte auch Darven, was da auf der flachen Hand kauerte – ein Marskäfer!

Shola trat auf Kord zu oder wollte es jedenfalls tun, ließ sich aber durch eine Geste von Kords freier Hand zurückhalten. Ihren Einwand allerdings brachte sie trotzdem vor.

»Kord, was tust du da? So funktioniert das nicht – sie suchen sich selbst aus, wem sie ihren Samen schenken. Du kannst nicht einfach ...«

»Ich kann und ich muss«, fiel Kord ihr ins Wort. »Meine Mutter und meine Kinder kommen mit uns!«

»Wir lassen alle etwas zurück«, widersprach Shola. »So ist es bestimmt. Jeder von uns bringt Opfer, gibt jemanden auf. Du weißt nicht, was geschieht, wenn du ihren Samen jemandem aufzwingst ...«

»Das Risiko gehe ich ein«, meldete sich nun Pa Saintdemar zu Wort, eine immer noch schöne Frau. »Kord wird dieses ... Wesen zuerst mir ansetzen. Dann werden wir sehen, was geschieht.«

»Aber ...«, wollte Shola einwenden.

»Das, meine Liebe, ist *mein* Opfer«, sagte Pa Saintdemar in einem Ton, der jede Widerrede im Keim erstickte.

Und ehe doch noch jemand versuchen konnte, ihn von seinem Vorhaben abzubringen, trat Kord Saintdemar auf seine Mutter zu, ergriff ihren vorgestreckten Arm und drückte ihr den kinderfaustgroßen Marskäfer auf die bloße Haut ...

... und etwas *geschah.*

***

Warum habe ich ihn nicht aufgehalten?, schrie es in Shola. *Warum habe ich nicht verhindert, dass er seiner Mutter das antut?*

Sie wünschte, die Antwort wäre gewesen: *Weil ich nicht wusste, was geschehen würde ...*

Aber das stimmte nicht. Sie *hatte* gewusst, was geschehen würde – nur war ihr dieses Wissen zu spät *bewusst* geworden.

Weil sie erst noch zu begreifen *lernte.*

Wie alle hier Versammelten. Wie all diese Splitter eines größeren Bewusstseins, eines Borns des Wissens, das sich ihnen erst allmählich eröffnete, wenn sie sich räumlich nahe waren, wenn sie dieses Kollektiv bildeten.

Allein, jeder für sich, waren sie nichts. Oder nicht viel. Nur nutzlose Fragmente von Wissen und Bewusstsein, mit denen sie nichts anfangen konnten.

Zusammen aber waren sie ... ja, was?

Das hatte sich Shola noch nicht in vollem Umfang erschlossen. Sie wusste, dass es etwas mit Heimkehr zu tun hatte, mit einem Neubeginn, der zugleich auch ein Zurück war ... nur, ein Zurück wohin?

Sie würde es wissen. Sie alle würden es wissen, wenn es an der Zeit war, wenn sich ihnen auch dieser letzte Teil des Mysteriums, das sie alle miteinander waren, offenbarte.

Offenbarung ...

Das Wort hallte in Shola nach. Warum?

Ein Exponat des Museums fiel ihr ein, aus der Abteilung, die der biblischen Christengeschichte auf der Erde gewidmet war. Dort war auch von einer Offenbarung die Rede, der Offenbarung des Johannes, von einer Apokalypse ...

Warum dachte sie gerade jetzt daran?

Und dann verging dieser Gedanke. Wie so viele in ihr vergangen und durch andere, neue ersetzt worden waren, die ihr einen winzigen Moment lang fremd schienen und dann auch schon vertraut waren.

So wie jener Gedanke eben, der das Wissen mit sich brachte, was jetzt mit Pa Saintdemar geschah und was nicht mehr aufzuhalten oder rückgängig zu machen war ...

Das käferartige Tier hatte sie mit seinem Sekret benetzt, so wie andere Tiere seiner Art es mit ihnen allen getan hatten.

Doch es gab einen Unterschied: Pa Saintdemar war nicht

von ihnen ausgesucht, sondern von ihrem Sohn Kord bestimmt worden; dass sie keine Einwände dagegen erhoben hatte, tat nichts zur Sache.

Es war einfach nicht *richtig* – oder …?

Ein leiser Zweifel blieb in Shola. Als fehlte ihr noch das entscheidende Fünkchen Wissen, um diese Frage wirklich beantworten zu können.

Was indes nichts daran änderte, dass Pa Saintdemar starb. Nicht friedlich dahinschied oder einfach tot umfiel – nein, sie verlor ihr Leben, und sie führte einen aussichtslosen Kampf darum.

Die Hautrötung, die das bläuliche Sekret bei Shola und den anderen »Auserwählten« hinterlassen hatte, war bei Pa nicht zu sehen – bei ihr sah die betreffende Stelle an ihrem Arm aus, als sei Säure daraufgeträufelt worden. Rohes Fleisch zeigte sich. Und der anfangs kaum handtellergroße Fleck breitete sich aus, rasend schnell und doch nicht schnell genug, um Pa ein rasches Ende zu bescheren …

Alle schauten entsetzt zu, jeder wollte helfen, aber keiner wusste, was er tun sollte – weil es nichts gab, was sie tun *konnten.*

Atemlose Stille herrschte.

Dann weinten Kinder. Cari und Ley, die das grauenhafte Sterben ihrer Großmutter mit angesehen hatten.

Kord hatte je einen Arm um seine Tochter und seinen Sohn gelegt, wie um sie zu trösten. Tatsächlich aber, so erkannte Shola auf den zweiten Blick, wollte Kord sich nicht von seinem Vorhaben abbringen lassen, auch nach dem nicht, was mit seiner Mutter passiert war. Er hielt seine Kinder nicht im Arm, nein, er hielt sie *fest.*

Und in jeder Hand hielt er je ein weiteres der Tiere.

Aus großen, in Tränen schwimmenden Augen blickten Cari und Ley die Tiere an, die ihnen wie monströse schwarze Käfer vorkommen mussten. Die Lippen des Jungen formten stumme Worte. Cari, seine kleine Schwester, konnte nur schluchzen und wimmern.

»Kord ...«, setzte Shola an.

Er schüttelte den Kopf. »Sag nichts. Ich werde es tun. Ich muss – verstehst du das nicht? Sie sind meine Kinder! Ich will und werde nicht ohne sie ...«

»Du wirst sie umbringen!«, fuhr Shola auf, voller Wut und Schmerz in einem.

»Und ich kann nicht leben ohne sie. Ich habe schon zu viel verloren ...«

»Willst du jetzt auch noch das Letzte verlieren, was dir geblieben ist?«

Kord schwieg. Die Lippen verkniffen näherte er die Hände mit den Tieren darauf den Gesichtern seiner Kinder.

»Kord!«

Er hielt tatsächlich inne. Und wie alle anderen Anwesenden wandte er den Kopf in die Richtung, aus der jemand seinen Namen geschrien hatte.

Auch Shola sah dorthin, und auch sie rief einen Namen. »Darven?!«

Ihr Mann rannte hinter einem Regal hervor und auf Kord zu, schon im Laufen zum Sprung gespannt. Dann stieß er sich ab, flog mit vorgereckten Armen auf Kord zu und prallte gegen ihn.

Und noch während die beiden zu Boden stürzten, ging, wie von derselben Wucht getroffen, um sie alle herum die Welt unter!

7.
DAS JÜNGSTE GERICHT

Darven dachte kaum, er handelte einfach. Er hatte gesehen, was mit Pa Saintdemar geschehen war. Und trotzdem wollte Kord jetzt offenbar dasselbe Experiment an seinen Kindern vornehmen.

Was dahintersteckte, interessierte Darven nicht. Alles, was er wollte, war, den Kindern das furchtbare Schicksal ihrer Großmutter zu ersparen.

Er brüllte Kords Namen und stürmte auf ihn zu, warf sich auf ihn, befreite im Aufprall Ley und Cari aus dem Griff ihres Vaters und riss Kord mit sich zu Boden – der unter ihnen erzitterte, als würde er nicht von ihnen beiden, sondern von niederstürzenden Tonnengewichten erschüttert!

Aber der Boden war nicht alles, was wackelte und bebte – nein, *alles* wackelte und bebte! Das ganze Gebäude schien in Bewegung geraten zu sein – und mit ihm alle, die sich darin befanden.

Darven wurde von Kord heruntergeworfen. Nur durch Zufall kam er so auf, dass er sich nicht verletzte – und als er sich umdrehte und aufrappeln wollte, um sich für einen eventuellen Angriff Kords zu wappnen, sah er, wie viel Glück ihm gerade zuteilgeworden war: Wo eben noch er auf Kord gelegen hatte, stürzte ein metallener Eisenträger von der Decke herunter!

Kord sah das Verhängnis kommen, versuchte sich zur Seite zu rollen, aber er war zu langsam. Einen Sekundenbruchteil lang sah Darven noch das Entsetzen in seinem Gesicht – dann verschwand es unter dem Eisenträger …

Längst erfüllten Schreie den Raum. Einer davon war Darvens eigener.

»Shola!«

Seit er sich auf Kord geworfen hatte, waren kaum zehn Sekunden vergangen. Doch in dieser an sich lächerlich geringen Zeitspanne war alles um ihn herum anders geworden.

Das Chaos war über sie gekommen! Das Museum wankte in seinen Fundamenten, drohte sie alle unter sich zu begraben. Den Grund dafür kannte niemand. Und im Augenblick wenigstens war es auch egal. Wichtig war nur, dass sie hier herauskamen, und das versuchten sie alle – alle zugleich und die meisten, von Panik gesteuert, nur auf sich bedacht.

»Shola!«

Da!

Darven rannte zu ihr – oder wollte es tun. Aber immer wieder geriet ihm jemand in die Quere, stieß ihn beiseite. Er sah, wie Shola in einem Gang zwischen zwei Regalen verschwand, Cari und Ley an den Händen mit sich ziehend.

Die Regale wankten. Ein großer Teil ihres Inhalts fiel heraus und zu Boden, wo wiederum ein Teil davon zerbrach und Stolperfallen bildete.

Darven hatte das Gefühl, hinter Shola herschwimmen zu müssen durch einen Strom aus Menschenleibern. Die Enge der Gänge ließ ihre Zahl größer scheinen, als sie es tatsächlich war.

Endlich stürzte Darven durch den Schmuckglasvorhang, der sich, kaum dass er hindurch war, aus seiner Halterung löste und klirrend zu Boden sackte.

Irgendwo inmitten der labyrinthischen Museumsgänge holte er Shola und die Kinder schließlich ein.

Der Weg wurde immer beschwerlicher. Die Metallwände waren teils schon umgekippt, hatten sich zu einem Gewirr aus Tunneln verkantet, durch die sie nur kriechend gelangen konnten.

Ein lautes Krachen hinter ihnen. Ein schrecklicher Schrei, der abrupt verstummte. Ein weiteres Opfer …

Sie erreichten die Tür, vor der sich schon ein gutes Dutzend der anderen drängte, jedoch wie von einer gläsernen Wand aufgehalten. Niemand schien sich von dem Museumsbau, der jeden Augenblick vollends einstürzen konnte, entfernen und in Sicherheit bringen zu wollen.

Und dann sahen auch sie, warum sich keiner von hier fortwagte, wurden des Anblicks gewahr, der sie alle lähmte und nun auf Darven und Shola genau dieselbe Wirkung hatte.

»Inferno …«, wehte es von Darvens Lippen wie der fliehende Atem eines Sterbenden.

Und Shola erinnerte sich der Worte, die ihr vorhin in den Sinn gekommen waren – *Offenbarung* und …

»… Apokalypse.«

***

Ein monströser, riesiger Glutwurm fraß die Main Street von Vegas. Dieser Vergleich drängte sich Shola auf den ersten Blick auf.

Und tatsächlich verschwand die Hauptstraße der Siedlung, wenn auch nicht im Maul eines gefräßigen Untiers, sondern in einem Lavastrom, der sich vorwärtswälzte, langsam nur, wie es schien – und doch zu schnell.

Die nicht enden wollende, zähe Woge aus flüssiger Glut trieb Menschen vor sich her. Ihr Schreien ging fast unter im Dröhnen und Beben der Siedlung.

Seitenarme des Flusses aus geschmolzenem Stein verästelten sich von der Main Street weiter in den Ort hinein; was sie dort anrichteten, war von hier aus nicht zu sehen. Wofür Shola einen Anflug von Dankbarkeit empfand …

… selbst im Angesicht des eigenen Todes.

Denn für sie und alle anderen hier gab es keine Flucht mehr. Das Museum war von mit Lava gefüllten Gräben umschlossen. Sie konnten nur zusehen, wie die anderen flohen, und ihnen die Daumen drücken, dass sie es schafften, dem alles verschlingenden Moloch zu entgehen.

Dennoch, die Angst verschonte auch Shola nicht. Zwar fing sie weder an zu schreien noch zu weinen, und das Zittern ihres Körpers mochte allein vom Beben des Bodens unter ihren Füßen herrühren. Angst aber hatte sie – Angst um Cari und Ley, die sie noch immer an den Händen hielt, Angst vor dem Sterben und dem Tod, davor, dass alles vorbei sein könnte, ehe es richtig und neu begonnen hatte …

Wenn es doch nur in ihrer Macht stünde, diese Katastrophe zu stoppen, den Untergang der Siedlung abzuwenden, so wie sie es schon einmal getan hatte …

Schon einmal?, echote es in ihr. Wann? Und wie …?

Und dann, mit einem Mal, *wusste* Shola, wusste sie *alles*. Es war, als hätte sich auch in ihr etwas geöffnet, so wie der Marsboden um sie her, um etwas freizugeben – die letzten Steinchen eines Mosaiks, die an ihren Platz fielen, und endlich sah und begriff Shola.

Ja, schon einmal hatte sie den Untergang der Siedlung abgewendet: den Monstersturm, der vor Wochen auf Vegas zugerast und dann doch noch abgedreht war – nicht aber infolge einer Laune der Natur, sondern weil er vor Shola gleichsam abgeprallt und zurückgelenkt worden war, dorthin, wo er den ihm bestimmten Zweck zu erfüllen hatte: zum Otmanu, um zu befreien, was darin verborgen lag.

Der Lava stand Shola jedoch machtlos gegenüber, sie konnte und brauchte sie nicht zu steuern – weil sie bereits tat, was zu tun ihre Aufgabe war: Sie läuterte und bereitete den Boden für …

»Wir müssen wieder rein! Das ist unsere einzige Chance!«

Darven hatte sie gepackt und aus einer anderen Wirklichkeit gerissen, zu der sie endlich die Tür aufgestoßen und in die sie den Fuß gesetzt hatte.

Shola ließ sich von Darven davonzerren, wehrte sich nicht, weil sie wusste, dass jene Tür, die sie geöffnet hatte, sich nicht mehr schließen würde.

Und es wurde in der Tat Zeit, den kleinen Fleck vor dem Museum, auf dem sich alle drängten, aufzugeben und in das Museum zurückzukehren. Der Gluthauch der Lavaflüsse war fast schon unerträglich geworden, versengte ihnen die Haut und Haare, und wenigstens dagegen mochten die bebenden Wände des Museums ihnen Schutz bieten – solange das Gebäude nicht vollends über ihnen einstürzte …

***

Lyra und die Kinder drängten sich um Allan Braxton, während sich das Haus wie trunken schüttelte und die Panik auch den Verstand des Bürgermeisters zu umnebeln begann.

»Rauf!«, schrie er seiner Frau entgegen. »Wir müssen rauf, aufs Dach! Du hast gesehen, was aus den Straßen geworden ist!«

Statt Straßen waren draußen nur noch Flüsse. Ströme dunkler Glut.

Selbst hier im Inneren war die Hitze kaum zu ertragen. Die Wände schützten kaum, luden sich im Gegenteil immer stärker mit Wärme auf … Drinnen war es wie in einem Backofen, draußen wie auf einem Grillrost.

Auch Allan Braxton hatte keinen erkennbaren Plan, der ihnen Rettung verhieß. Er wusste nicht einmal, was hier passierte.

Eine Naturkatastrophe solchen Ausmaßes …

»Rauf! Schnell! Wir müssen aufs Dach, und dann …«

Und dann?

Seine Frau brauchte ihn nur anzusehen, um zu wissen, dass er keinen blassen Schimmer hatte, was ihnen blühte. Ob es noch Rettung für sie und die zweitausend anderen Bewohner der Siedlung gab. Aber sie folgten seinen Worten.

Folgten ihm nach oben, von wo aus sie Zeugen dessen wurde, was ihren Traum verschlang.

Die dritte Katastrophe in Folge – nach Sturm und Käferplage – würde Vegas nun endgültig und unabwendbar zum Verhängnis werden. Daran gab es für alle, die es mit ansehen mussten, nicht den geringsten Zweifel.

* * *

Sie wussten nicht, ob das Gebäude vollends über ihnen einstürzte oder nicht – es klang zwar so, als sie alle in dem bunkerartigen Keller unter dem Museum hockten, aber keiner wagte es, wieder nach oben zu gehen, um nachzusehen; aus Angst um das eigene Leben ebenso wie aus Angst vor der Wahrheit ...

Darven saß allein, etwas abseits – und hatte das Gefühl, es könnte ihn ebenso gut eine ganze Welt von den anderen trennen. Er gehörte nicht zu ihnen, das spürte er ganz deutlich.

Dass nicht einmal Shola sich zu ihm gesellte, traf ihn noch härter. Auch wenn er sich immerhin einreden konnte, dass sie es nur deshalb nicht tat, weil sie sich um Kords Kinder kümmerte, mit ihnen redete, sie tröstete.

Darven verzog die Lippen zu einem traurigen Lächeln. Verdammt, er hätte etwas Trost auch gut brauchen können ...

So aber tat er nichts anderes, als den anderen zuzuhören, wie sie ums Überleben beteten und einander schworen, eine neue Art von Leben anzufangen, wenn sie diese Katastrophe unbeschadet überstanden.

Immer wieder war auch von einem »Zeichen« die Rede, und dass dies – der Untergang von Vegas – wohl der »Moment« sei, der nicht misszuverstehen war und auf den sie alle gewartet hatten.

Darven erinnerte sich, auch Kord schon davon reden gehört zu haben. Und dass die anderen dieses ominöse »Zeichen« nun erkannten, machte ihm nur umso mehr klar, keiner von ihnen zu sein, denn er verstand weder das »Zeichen« noch wusste er, worum es eigentlich ging …

Dafür verstand er ein anderes Zeichen – später, als es vorbei war, als Ruhe einkehrte und sie sich wieder nach oben und hinauswagten aus dem Keller und dem in Trümmern liegenden Museum …

… da fand er etwas, das ein Zeichen für *ihn* sein mochte; er trat fast darauf, konnte den Fuß aber im letzten Augenblick noch danebensetzen, bückte sich kurz, überwand seine Abscheu und nahm es mit.

Dann folgte er den anderen, hinaus in die drückende Stille des Todes.

***

»Nein …«, rann es von Rabans Lippen. »O ihr Sterne, nein! Mikael, melde dich. Mikael …!«

Seine Rufe über Funk blieben unbeantwortet.

Aber es wäre auch einem Wunder gleichgekommen, wenn sein Bruder geantwortet hätte. Denn dort, wo er sein musste, war nicht mehr das Vegas, das Raban kannte. Ein gigantischer Riss ging, vom Otmanu kommend, mitten durch die Siedlung. Aus ihm hervor quoll flüssiger Stein aus dem Innern des Mars. Magma, die hier oben zu Lava wurde und sich in trägem Strom durch die ehemaligen Straßen wälzte.

Nicht nur der Otmanu war dem Untergang geweiht.

»Was haben wir getan?«, stammelte Raban, an Gonzales gewandt, der mit ihm auf das Inferno hinabstarrte.

Gonzales biss die Zähne zusammen, schwieg. Was hätte er auch sagen können? Auch wenn Raban fragte: »Was haben *wir* getan?«, meinte er doch zweifellos: »Was hast *du* getan?«

Hatte jemals zuvor ein einzelner Mensch Tausende umgebracht?

Vielleicht auf der alten Erde – aber nicht hier.

Nicht hier.

Sie flogen über die Grenze der Siedlung, Richtung Zentrum.

Menschen hatten die Dächer ihrer Häuser bestiegen, weil sie sich dort Schutz – ihre letzte Chance – erhofften.

Und Raban wusste, dass es unmöglich war, ihnen zu helfen. Die Hitze dort unten war so gewaltig, dass sie den *Himmelsstürmer* sofort in Brand gesetzt und den Wasserstoff im Inneren zur Explosion gebracht hätte.

»Allan Braxton!«

Es war der erste Ton seit langem, der über Gonzales' Lippen kam. »Da unten ...«

Auch Raban sah jetzt den Bürgermeister, der sich mit seiner Familie aufs Dach begeben hatte. Und der den *Himmelsstürmer* jetzt in der fahlen Morgendämmerung entdeckte. Verzweifelt winkte ... sie zu sich rief!

Plötzlich aber ...

»Was ...«

Raban sah, wie Allan Braxton sich an die Brust griff. Wie seine Frau es bemerkte, zu ihm trat, die Hände nach ihm ausstreckte ... ihn aber nicht mehr zu fassen bekam. Er stolperte und kippte über die Brüstung des Flachdaches hinunter in die glosende Tiefe.

Noch im Fall fing seine Kleidung Feuer.

Die Münder seiner Frau und der Kinder, die alles mit ansahen, waren weit geöffnet, zu Schreien, die nicht bis zum *Himmelsstürmer* vordrangen.

Braxton verschwand in der Glut. Wurde scheinbar von ihr eingesogen.

Und dann war er fort.

Gonzales, der dem Bürgermeister mit Blicken folgte, konnte noch nicht erfassen, was dieses Bild in ihm bewirkte. Und was es für seine eigene Zukunft bedeuten sollte.

Er verfiel wieder in brütendes Schweigen, während Raban nicht anders konnte, als immer wieder in das Mikrofon seiner Funkanlage zu rufen: »Mikael! Melde dich! Mikael ...«

***

Totenstille empfing sie – und eine neue Welt ...

Shola ließ den Blick schweifen.

Trümmer und Ruinen. Dazwischen Klüfte im Boden wie hineingeschlagene Wunden, wie von gerinnendem Blut mit erkaltender Lava gefüllt. Immer noch lag widernatürliche Wärme über der Siedlung, oder dem eben, was davon übrig geblieben war.

Nie hatte der rote Planet seinem Namen mehr Ehre gemacht – der Widerschein des glühenden Gesteins tauchte alles in ein nie gesehenes, waberndes rotes Licht, das wie etwas Lebendiges um die zerstörten Häuser der Siedlung strich.

Shola bedeutete den beiden Kindern, die sie an den Händen führte, hier stehen zu bleiben. Sie selbst trat näher an den Rand des Lavagrabens heran. Sie spürte die Hitze und wie sie sich gleichsam in ihr spiegelte.

Als sei dies ein ritueller Akt gewesen, dieses Empfinden und Aufnehmen der Glut aus dem Leib des Mars in den eigenen, neigte Shola den Kopf. Dann ging sie die paar Schritte zu den anderen zurück und schaute in die Runde, die sich wie selbstverständlich um sie herum bildete und sich zum Kreis schloss.

In den Augen der anderen sah Shola, was sie in sich selbst spürte, ein Gefühl, wie sie es ganz ähnlich bereits empfunden hatte, als die Käfer über ihre Farm hergefallen und die Ernte vernichtet hatten: Der Anblick hatte Bedauern in ihr geweckt, Traurigkeit und Trauer, ja – so aber, als trauere sie wegen etwas, das einem *anderen* widerfahren war. Die Gefühle blieben auf kaum zu fassende Weise unpersönlich, fremd.

Genauso war es nun hier.

Und genauso empfanden die Menschen rings um sie her. Die Zerstörung der Siedlung rührte sie zwar, aber nicht so, als sei es *ihre* Siedlung.

Dieser Ort, dieses Fleckchen Mars war schon nicht mehr ihre Heimat. Was sie alle damit verbunden hatte, die unsichtbaren Bande und materiellen Dinge, sie waren gekappt und vergangen.

»Lasst uns gehen«, sagte Shola und deutete ein Stück die ehemalige Hauptstraße hinunter, wo die Trümmer eines turmartigen Gebäudes so umgekippt waren, dass sie eine begehbare Brücke über den zähen Lavafluss bildeten.

»Wohin?«, fragte jemand.

Und Shola antwortete: »Nach Hause. Nein ... *heim.*« Und dieses Wort allein, es auszusprechen und zu hören, fühlte sich gut an.

»Shola?«

Sie drehte sich um und sah Darven an, ohne etwas zu sagen.

»Was ... was soll das werden? Wo wollen wir denn hin?«, fragte er, und das Flackern in seinen Augen rührte nicht nur vom unsteten Licht der Lava her.

Sie schüttelte den Kopf. »Du nicht, Darven – nur *wir.* Es ...«

... *tut mir leid,* hatte sie sagen wollen. Aber sie wollte ihn nicht anlügen. Es tat ihr nicht leid – es tat ihr *weh,* ihn so zu sehen, ihn verlassen zu müssen, den Mann, der ihr Leben gewesen war … ihr *bisheriges* Leben. Aber es tat ihr nicht leid, nicht in dem Sinn, dass sie es bedauerte.

Etwas endete. Und etwas nahm seinen Anfang. Es war so unumgänglich und unaufhaltsam, wie es simpel war, einfach und *natürlich.*

Und ebenso schmerzhaft war es, auch die Kinder hierzulassen, die sie liebte, als seien es ihre eigenen. Kord hatte es nicht fertig gebracht; er war nicht stark genug gewesen, diesen ersten Schritt in ein neues, anderes Leben in einer anderen, *älteren* Welt zu tun.

Das Schicksal hatte ihm die Entscheidung abgenommen. Oder vielleicht war es nie anders bestimmt gewesen. Und vielleicht war dies ihre, Sholas, letzte und entscheidende Prüfung.

»Gib du gut Acht auf Ley und Cari«, sagte sie zu ihrem Mann. »Das soll deine Aufgabe sein, Darven.«

»Shola, was redest du denn da? Was hast du vor?« Seine Stimme zitterte.

»Ich muss gehen«, sagte Shola. »*Wir* müssen gehen.«

»Du willst mich zurücklassen? Warum!?«

»Weil es dir nicht gegeben ist.«

»Gegeben? Was denn gegeben?«, fragte Darven, gleichermaßen verzweifelt wie wütend. »Meinst du … meinst du, weil ich nicht von einem dieser Scheißdinger gebissen oder angepisst wurde – oder weiß der Himmel, was diese Viecher mit euch angestellt haben!«

»So kannst *du* es nennen«, erwiderte sie betont und ohne ihm seine Worte zu verübeln. Sie verstand ihn ja.

Darven sah sie an, und in seinem Blick veränderte sich etwas. Jetzt stammte die Unruhe darin eindeutig nur noch vom Flackern des Widerscheins aus den glutgefüllten Klüften. Er selbst aber war plötzlich ganz ruhig, unheimlich ruhig geradezu.

»Shola«, sagte er, und die Ruhe lag nun auch in seiner Stimme, »ich kann und will ohne dich nicht leben. Was immer mit dir geschehen ist und dich mir entfremdet hat – mich hat es nicht befallen, an meinen Gefühlen für dich hat es nichts geändert. Ich bin immer noch bereit, jedes Opfer für dich zu bringen, jede Chance zu nutzen, mein Leben weiterhin mit dir zu teilen – auch wenn ich es dafür in die Waagschale werfen muss.«

Er hob eine Hand, in der etwas schimmerte und sich bewegen wollte, gegen die Kraft von Darvens Fingern aber nicht ankam.

»Wer weiß?«, meinte er und ohne zu wissen, dass Shola vor wenigen Augenblicken erst ein ganz ähnlicher Gedanke gekommen war. »Vielleicht will mich die Macht des Schicksals ja auf die Probe stellen – um zu sehen, wie weit ich zu gehen bereit bin.« Seine Mundwinkel zuckten, ohne das Lächeln, das sie formen wollten, ganz zustande zu bringen. »Nun«, fuhr er dann fort, »ich bin bereit, bis zum Äußersten zu gehen. Für dich, Shola – für *unser* Leben ...«

Er riss sich mit der freien Hand die Kleidung vor der Brust auseinander.

Und dann setzte er sich den Marskäfer, den er auf dem Weg aus dem Museum heraus gefunden hatte, dorthin, wo unter der Haut sein Herz schlug. Er ließ dem Wesen seinen Willen – und dem Schicksal seinen Lauf ...

* * *

Als die Hilfe aus Elysium eintraf, der nächstgelegenen Siedlung ungefähr dreihundertzwanzig Kilometer nördlich von Vegas, gab es keinen unter ihnen, der nicht erschüttert gewesen wäre über das Bild, das sich ihm bot.

Überall waren hungernde, durstende, frierende Überlebende,

die sich in Erdkuhlen oder an Ruinenwände gekauert hatten, sich gegenseitig Wärme spendeten. Die pure Verzweiflung, das nackte Grauen hatte sich in sämtliche Gesichter gegraben.

Manche der Überlebenden schienen in ganz eigenen Welten gefangen zu sein und die Realität kaum zu begreifen.

Auch Raban war wie benommen, als er zwischen den Bekannten und Freunden herumwanderte und nach seinem Bruder suchte.

Eine Frau aus Elysium kam ihm schließlich entgegen, verstellte ihm den Weg. »Du musst dich hinsetzen. Wie ist dein Name?«

Er setzte sich, das *Ding* in seinem Schoß wie ein Kind, das er nicht hatte.

»Raban.«

»Ich bin da, um dir zu helfen, Raban. Ich gebe dir jetzt etwas zu trinken. Danach decke ich dich mit einer Thermofolie zu, und du versuchst zu schlafen. Ich bin Ärztin. Ich werde dir etwas geben, damit du den Schock leichter überwindest ... Was ist das?« Sie zeigte auf das Ding.

Sein Blick folgte ihrer Hand, apathisch. »Weiß nicht.«

»Es sieht aus wie ein ... Artefakt.«

»Weiß nicht.«

»Woher hast du das?«

Er schüttelte nur den Kopf.

»Darf ich ...?«

Widerstandslos ließ er sich die Kugel aus dem Schoß nehmen.

Danach war Stille. Schweigen. Ihm fielen die Augen zu; er merkte erst jetzt, wie erschöpft er war.

Das Letzte, was er hörte, war die Stimme der Ärztin aus Elysium. »Junge, woher *hast* du das? Das ist ... das ist doch *unmöglich ...!*«

3

BRUDERKRIEG

PROLOG

Die Hand der alten Frau zitterte, als sie, mit untergeschlagenen Beinen auf dem Boden sitzend, die Finger nach dem roten Sand ausstreckte. Das Mädchen wollte helfend nach der Hand der Alten, der *Wenona*, greifen, doch sie verwehrte es ihm mit einer kleinen, kraftsparenden, aber keineswegs schwachen Geste.

Dann berührten die Finger der Wenona den Sand, und für einen Augenblick übertrug sich das Zittern auf den Boden, ganz sacht nur, gerade genug, um die einzelnen Körner unmittelbar darum her tanzen zu lassen wie aufgescheuchtes kleines Getier. Der Augenblick verging, und mit ihm das Zittern der Hand – nicht aber das des Bodens.

Es war nichts Bedrohliches an diesem Vorgang, auch nichts Außergewöhnliches – das Mädchen hatte ihn schon oft bezeugt, wenn auch noch nicht aus solcher Nähe, und sich schon einige Male selbst daran versucht. Die alte Frau hatte ihn bereits unzählige Male praktiziert.

Den Sand lesen, so nannten sie es.

Wer dem Sandlesen zum ersten Mal beiwohnte, mochte den Eindruck haben, die Wenona schriebe und malte mit ihren dürren Fingern, die wie Zweige aussahen, Worte und Bilder in den Sand – aber das war nicht der Fall. Eher war es so – wenn auch nicht *genauso*–, als wischte sie den Sand mit kompliziert anmutenden und windschnellen Bewegungen beiseite, um offenzulegen, was im Boden darunter längst aufgezeichnet war – die Jahrmilliarden alte Historie dieser Welt ...

... deren jüngste Kapitel die sterbende Wenona der neuen Welt heute aus dem Sande las.

»Schau«, sagte die greise Frau, »wie unsere Geschichte ihren Anfang nahm – nachdem alles zu Ende schien ...«

Und da berührte auch das Mädchen den Sand und *las* wie in einem Buch, das ihr die Wenona aufgeschlagen hatte, und *sah*, was der Boden der Welt gesehen hatte.

1.
LICHTE MOMENTE (1)

Er öffnete die Augen und sah sich um.

Er war allein. Der Raum wurde vom spärlichen Schein einer Kerze erhellt, die Schatten an die Wände malte, zitternde, schemenhafte Bewegung, nichts Greifbares, erst recht nichts Lebendiges.

Der Mann richtete sich in seinem Bett auf, überwand den Schwindel und stützte sich auf die Ellbogen. Er wartete, bis Blick und Geist wieder klarer waren, und sah dann an sich hinab. Eine Decke, die verrutscht war, entblößte seine Nacktheit bis zu den Lenden. Ein schlanker, fast magerer Körper, die Muskulatur wenig ausgeprägt, regelrecht schlaff. Die Haut hell, ihre streifenförmige Pigmentierung anders als er es für ... richtig hielt.

Dies und andere Details an ihm selbst muteten ihn *falsch* an. Und auch der Raum, in dem er wach geworden war, strahlte etwas aus, das er nicht in Worte zu kleiden vermochte.

Er kannte ihn nicht. Er gehörte hier nicht her.

Er versuchte sich zu erinnern. Einen der vielen Gedanken zu fassen, die sich in ihm formen wollten, aber immer wieder zerstoben, als würden die bunten Glasscherben in einem Kaleidoskop ständig neue Muster bilden, noch bevor das Auge in der Lage war, auch nur eines davon in seiner ganzen Komplexität zu betrachten.

Er versuchte sich an seinen Namen zu erinnern.

Auch das scheiterte.

Er schwang vorsichtig die Beine über die Bettkante, stellte die Füße auf den Boden – Holz? Waren das hölzerne Planken? – und stützte sich mit den Handballen auf die Matratze, unter deren Stoffbezug es knisterte, als wäre sie mit Stroh ausgestopft.

Er stemmte sich hoch, spürte die Schwäche, spürte, wie seine Beine einknickten, noch bevor er richtig stand … und verhinderte einen Sturz, indem er seinen Schwerpunkt rechtzeitig nach hinten verlagerte und so auf seinem Gesäß landete.

Sein Herz trommelte. Die Anstrengung badete ihn in Schweiß. Auch das war völlig übertrieben, falsch, hätte so nicht sein dürfen.

Er versuchte sich zu konzentrieren, die Gedankenfetzen, die durch seinen Geist trieben, so zusammenzufügen, dass sie ein sinnvolles Ganzes ergaben. Gleichzeitig lauschte er angestrengt in die Dunkelheit, bemühte sich etwas zu erfassen, was jenseits der Wände lag.

Der Raum war klein, bot wenig mehr als dem Bett und einem Schrank Platz. Ein einziges Fenster, gegen dessen Scheibe die Schwärze der Nacht drückte, mochte tagsüber Licht und Frischluft spenden. Jetzt war es geschlossen. Ein simpler Riegel sorgte dafür, dass kein Wind es aufstoßen konnte.

Der Mann horchte eine Zeit lang, bis sich sein Puls wieder beruhigt hatte. Aber von draußen drang kein Geräusch herein. Alles war still, niemand ging hörbar auf und ab, niemand sprach.

Die Versuchung, sich wieder hinzulegen, die Augen zu schließen und noch einmal einzuschlafen, war groß. Vielleicht träumte er das alles nur: den fremden Raum, sein eigenes, befremdliches Aussehen … Beim nächsten Erwachen würde alles so sein, wie es sein sollte. Richtig, nicht länger falsch. Er würde wieder wissen, wer und wo er war.

Und warum es ihm so schlecht ging. Warum er sich so unbeschreiblich einsam fühlte. Und verloren. Im Stich gelassen.

Er schloss kurz die Augen und sammelte alle seine Kräfte,

konzentrierte sich auf das eine Ziel: sich zu erheben und zu gehen. Die Schwäche, die an ihm zerrte, in die Schranken zu weisen.

Als er die Augen wieder öffnete, stand er auf seinen Füßen. Er schwankte, aber die Beine trugen ihn, und er wahrte sein Gleichgewicht. Dem ersten zögernden Schritt folgten weitere. Die Beengtheit des Raumes erwies sich jetzt als Vorteil. Bald schon fanden seine ausgestreckten Hände eine Wand, an der er sich abstützen konnte. Unmittelbar neben dem Fenster, gegen das er wenig später das Gesicht drückte, um vielleicht mehr von dem zu erkennen, was sich dahinter in der Nacht befand.

Aber alles, was er sah, waren verstreute Lichter, manche stärker, manche nur schwach.

Er seufzte. Der Ton rollte aus seiner Brust über die Lippen, und für einen Moment glaubte er sich daran klammern und eine Erinnerung heraufbeschwören zu können.

Aber der Seufzer verwehte und auch das unscharfe Bild, das es nicht schaffte, sich klarer zu formen.

Er überlegte, ob er rufen sollte, entschied sich aber dagegen. Stattdessen wankte er zu dem Schrank, öffnete ihn und fand – er war ja immer noch nackt – Kleidung darin. Kleidung, die ihm etwas zu groß vorkam, aber leidlich passen mochte.

Die nächste Zeit verbrachte er damit, sich mit einem Arm voll Textilien und Schuhen zum Bett zurückzuschleppen und anzuziehen. Erstaunlicherweise kostete ihn das nicht auch noch seine letzten Kräfte, sondern schien ihm verlorene Vitalität *zuzuführen.* Wie ein Gespenst wandelte er dann lange vor Morgengrauen durch das Haus, das ihm nirgends vertraut, sondern weiterhin in jeder Hinsicht fremd vorkam.

Er mied andere Zimmer – wusste selbst nicht warum; die Begegnung mit anderen Bewohnern hätte vieles erleichtern können – und steuerte stattdessen die Tür an, die am Ende eines Gangs hinaus ins Freie führte.

Sanfte Böen zerzausten sein Haar, als er hinaustrat in die ihm fremde Siedlung, die nur aus wenigen Häusern bestand. Am Himmel standen die beiden Monde, und wenigstens sie schürten ein Gefühl von Wahrheit und Realität in ihm, obwohl das Absurde, *Falsche* immer noch überwog.

Er schlenderte eine kaum erkennbare Straße entlang. Die Luft war schneidend kalt; bei jedem Ausatmen verließ weißer Nebel seinen Mund. Es sah aus, als verabschiede sich seine Seele stückchenweise aus ihm, als wollte sie nicht länger in einer Hülle wohnen, in der sie sich nicht heimisch fühlte.

Verrückt, dachte der Mann ... und fragte sich im nächsten Moment, ob das vielleicht die Erklärung sein mochte: War er schlicht und einfach ... geisteskrank?

Aber wäre ein wahrhaftig Verrückter in der Lage gewesen, sich das zu fragen?

Er wankte weiter.

Gebäude, die jung und wenig stilvoll wirkten, zogen an ihm vorbei. Wohin er auch blickte, nachdem seine Augen sich an das nächtliche Sternengefunkel und das fahle Licht der beiden Monde gewöhnt hatten, erweckte vieles den Anschein eines Provisoriums.

Er schüttelte den Kopf, blieb kurz stehen und presste sich die Finger gegen die Schläfen. Die Luft, die seine breiten Nasenflügel einsogen, stieß er durch den Mund wieder aus. Hier und da fiel aus einem Fenster Licht nach draußen, aber es gelang ihm nicht, seinen ihm selbst unerklärlichen Widerwillen zu bezähmen und ins Innere eines Hauses zu blicken.

Erneut setzte er sich in Bewegung, wankte weiter, zählte die Häuser, deren düstere Silhouetten aus dem Dunkel aufragten, hörte aber bald schon auf, wollte die genaue Zahl gar nicht wissen ...

Irgendwann merkte er, dass er die letzten Häuser hinter sich gelassen hatte. Der Boden unter seinen Schuhen war hart und steinig. Rings um ihn schien die Landschaft von der Nacht absorbiert zu werden, sich einfach aufzulösen wie die Gedanken und Erinnerungsfetzen, die unablässig durch sein Hirn spukten.

Er selbst kam sich auch wie ein Spuk vor, ein Geist.

Unendlich langsam ging er weiter. Die Kälte biss in seine Haut, die Kleidung war vollkommen ungeeignet für solche Temperaturen, aber das schien er nicht zu bemerken. Oder nicht für wichtig zu erachten. Er fror nicht – obwohl er Gefahr lief zu erfrieren.

Am Horizont hatte sich ein Silberstreif gebildet. Die Nacht lag im Sterben, schon bald würde ein neuer Tag geboren werden. Der ewige Kreislauf.

Wo bin ich?, dachte der Mann.

In der Ferne schälten sich Hänge aus dem Dunkel. Wenn er den Kopf drehte, konnte er sehen, dass der Boden abseits der Häuser allmählich anstieg, als hätte jemand einen Erdwall aufgeschüttet. Zum Schutz vor den Winden? Vor den Stürmen, die hier hausten …?

Nur einen Steinwurf entfernt sprang ihm etwas ins Auge, das seine Aufmerksamkeit erregte. Und während der Frost weiter seinen Körper auskühlte, stakste er darauf zu, langsam und ungelenk wie eine Marionette in der Hand eines ungeübten Spielers.

Bei den ersten Gedenkstätten blieb er stehen.

Die Inschriften der sorgsam bearbeiteten Steine – manche sahen aus wie Wolken, andere wie kleine Bäume mit ausladender Krone oder wie Arme, die sich zum Himmel reckten – kündeten von Menschen, deren Namen er nie gehört hatte … oder an die er sich, wie an fast alles andere, nicht mehr erinnerte.

Die Male sahen gepflegt und noch nicht sehr alt aus. Insgesamt waren es nur ein halbes Dutzend. Doch als der Besucher sich im dämmernden Morgen umschaute, sah er in einiger Entfernung einen Bereich, wo sich eine Vielzahl von *hölzernen* Stelen erhob.

Ohne Zögern bewegte er sich darauf zu.

Plötzlich wurde ihm warm; er wusste selbst nicht, wie ihm geschah. Hitze wogte durch seine Brust, entflammte sein Gesicht.

Stele um Stele nahm er in Augenschein. Name um Name, Todesdatum um Todesdatum las er sich selbst laut vor, als bedürfe es des Klangs der eigenen Stimme, um sicher zu wissen, dass er manche dieser Namen kannte.

Vor allem an einem Mal blieb er lange stehen.

ALLAN BRAXTON, stand auf der schlichten Stele zu lesen. Der Boden um die Gedenkstätte war mit Grün bepflanzt und machte einen überaus gepflegten Eindruck. Irgendwie tröstete es den Besucher zu wissen, dass der Mann, der hier lag, offenbar nicht vergessen war.

Er war jetzt sicher, ihn zu kennen, gekannt zu haben, und forschte mit Nachdruck in seinem Gedächtnis nach einer Bestätigung, nach gespeicherten Bildern und Szenen …

»Allan Braxton«, las er laut, wie er es schon bei den anderen getan hatte. »Letzter Bürgermeister von Vegas. Geboren im Jahr 87, gestorben bei der Großen Zerstörung im Jahr 118.«

Die Große Zerstörung – zum ersten Mal hob sich der erstickende Vorhang um sein Erinnern, wenn auch nur um einen winzigen Spalt. Einen zeitlosen Moment lang überrollten ihn Bilder, die er lieber *nicht* noch einmal gesehen hätte – nicht einmal vor seinem geistigen Auge.

Dann schloss sich der Spalt wieder.

Der Besucher fand sich vor Allan Braxtons Todesstele wieder und merkte, wie sich sein Blick am Sterbedatum des Mannes festgebrannt hatte.

118.

Die Große Zerstörung hatte demnach in diesem Jahr stattgefunden.

Er stutzte, blickte hinter sich. Zu den Steinmalen, die er zuerst passiert hatte. Und zu denen es ihn jetzt wieder hinzog.

Er ging sie noch einmal ab, langsam, einer nach dem anderen.

123.

121.

119.

122.

119.

123.

Der jüngste Gedenkstein stammte aus dem Jahr 123, der älteste aus dem ersten Jahr *nach* der Großen Zerstörung.

Die Holzstelen hingegen trugen ausnahmslos die 118 als Sterbedatum.

Was war geschehen? Was war *genau* geschehen?

Und wo bin ich hier? WER bin ich?

Der Mann suchte sich einen Stein aus und ließ sich darauf nieder. Dumpf brütend hockte er da, während die Kälte in jede Pore seines Körpers drang und der Blick seiner starrenden Augen immer trüber wurde.

Irgendwann knirschten Schritte über den kiesigen Boden. Eine Frauenstimme rief: »Da vorne ist er!« Und ein wenig später: »Gütige Winde, bist du wirklich aus eigener Kraft bis hierher gekommen? Bist du nur endlich aufgewacht, um dich selbst umzubringen, Darven? Bei den Monden, beeilt euch! Er ist völlig steif gefroren! Wir müssen ihn sofort wieder ins Haus bringen ... Hoffentlich überlebt er das ...!«

Er kannte die Stimme nicht, dachte nur: *Darven? Ist das mein Name? Darven?*

Und dann schlief er ein, so müde und erschöpft, als hätte er seit Jahren kein Auge zugetan.

Aber die, die ihn gesucht und gefunden hatten, wussten, dass es sich genau anders herum verhielt: dass er nach all den Jahren zum ersten Mal die Augen *aufgetan* hatte …

2.
RIDER ON THE STORM

Erdjahr 2260/Marsjahr 125

Nosh wartete auf den Wind. Und derweil übte er, spielte er sich warm, und vielleicht ließ sich der Wind damit ja auch locken.

Ganz sacht nur berührten Noshs Lippen die Knochenflöte, und er blies nicht hinein, sondern atmete nur aus. So entstanden die schönsten Töne, die selbst wie zu Windhauchen wurden und in die Nacht wehten – und in Noshs Ohren ein bisschen so klangen wie letzte Grüße derjenigen, aus deren Gebeinen er seine Instrumente fertigte.

Rondo Gonzales hätte sich wahrscheinlich eine Kette aus Noshs Gebeinen geschnitzt, hätte er davon gewusst. Ganz bestimmt aber hätte er ihn nicht mehr zum Wachdienst auf den Zinnen eingeteilt, zu dem Nosh sich – im Gegensatz zu den meisten anderen – auch bereitwillig meldete, weil er hier oben auf dem Kraterrand seine Ruhe hatte. Und dem Wind am nächsten war, näher jedenfalls als drunten im geschützten Krater, in Phoenix, der Siedlung, die sie dort binnen kurzer Zeit aus dem Boden gestampft hatten nach dem Inferno – und die ihnen wohl nie so sehr Heimat sein würde, wie Vegas es gewesen war.

Irgendetwas fehlte Phoenix.

Vielleicht der Wind …, dachte Nosh. Und spielte ihm ein neues Lied, auf dass er endlich käme und mit ihm sänge.

Nosh stand in einem der kleinen Felsennester, die hier und da zwischen den steinernen Zähnen des Kraterrands lagen und von denen aus der Blick bis zum Horizont hin reichte, auch jetzt bei Nacht, da die beiden Monde die tagsüber rote Wüstenei silbern malten und die Schatten wie tiefe schwarze Löcher in der Wirklichkeit klafften. Wer immer sich Phoenix näherte, war von hier oben aus schon von weitem zu sehen.

Nosh aber hatte in all den Jahren, die er nun schon Wache schob, noch nie jemanden gesehen, der versucht hatte, sich nächtens nach Phoenix zu schleichen. Und wer hätte es denn auch probieren sollen?

Na gut, es gab da die ... »Spinner«, wie sie mitunter genannt wurden, und sei es auch nur in Ermangelung eines richtigen Namens. Aber warum sollten die hierherkommen? Die waren doch froh, wenn man sie in Ruhe ließ. Das war jedenfalls Noshs Eindruck, der allerdings auf bloßem Hörensagen beruhte, denn selber *gesehen* hatte er noch keinen von denen – oder keinen *mehr,* seit *damals* ...

Wie auch immer, nach Noshs Dafürhalten – und nicht nur nach seinem – gab es keinen anderen Grund, des Nachts Wachtposten aufzustellen, als Rondos latente Paranoia ...

... aber Nosh war wohl der Einzige, dem das durchaus zupasskam. Gegen die brusthohe Felsbalustrade seines Ausgucks gelehnt, der in der Kälte der Nacht wie aus Eis schien, ließ er den Blick über die silbrige Weite wandern, nicht Ausschau haltend nach böswilligen Invasoren, sondern nach einem Zeichen des Windes, einer Regung im Sand oder dem kargen Gesträuch, das sich vereinzelt darin festkrallte. Und dabei hauchte er weiter seinen Atem in die Knochenflöte, führte seine Finger über die hineingeschnitzten Löcher und entlockte dem makaberen Instrument buchstäblich geisterhafte Laute, die sich doch zu einem Chor vereinten und melodisch wurden, kaum dass sie in die Nacht gestiegen waren und der Wind sie auffing und mit sich trug ...

Nosh seufzte voller Wehmut.

Und dann, endlich – eine Bewegung, weit draußen, fast am Horizont. Aber sie kam rasch näher. Eine Windhose aus Wüstenstaub! Noshs Herz schien ihm in der Brust zu hüpfen. Fast hätte er die Flöte abgesetzt vor Erregung, riss sich aber im letzten Moment zusammen und spielte weiter. Er wusste nicht, ob er den Wind wirklich zu locken vermochte – aber warum ein Risiko eingehen? Sicher war sicher. Und so spielte er, und der Wind stimmte mit ein. Erst nur leise, dann, ganz allmählich, mit kräftigerer Stimme, die höher und höher wurde, je näher die Sandhose kam.

Ja, in der Tat – ein Sturm, der Staub aufgewühlt hatte und nun mit sich trug, raste da heran. Und sang mit Nosh im Duett.

Wunderbar. Danke, danke, danke . . .

Nun waren Wirbelstürme, zumal so harmlose wie dieser, keine Seltenheit auf dem Mars. Aber es kam nicht allzu oft vor, dass Nosh in ihren Genuss kam, schließlich versah er nicht jede Nacht den Wachdienst hier oben. Insofern war dieses Erlebnis durchaus etwas Besonderes für ihn. Und er kostete es aus bis zur Neige.

Als die Sandhose fast heran war, die äußere Kraterwand beinahe erreicht hatte, schien sie zu verharren, auf der Stelle zu tänzeln, und ihr Heulen steigerte sich in Höhen, die Nosh mit seiner Flöte nur unter größten Mühen erreichte, die ihn wortwörtlich den letzten Atem kosteten, und dann, wie ein Liebespaar, das gemeinsam zum Höhepunkt kommt, langten sie beide, er und der Sturm, am allerhöchsten Gipfel an – und es war mit einem Schlag vorbei.

Der Sturm raste draußen gegen die Wand und zerstob.

Was Nosh schon nicht mehr mitbekam.

Atemlos und entkräftet sackte er in der Felskuhle zusammen, schloss die Augen und blieb so liegen, erschöpft, aber glücklich.

Und so sah er nicht, was weiter geschah . . .

* * *

Sie ritt den Sand!

Sie surfte im Auge des von ihr erzeugten Wirbels und fegte darin über die nächtliche Ebene. Und wie jedes Mal, wenn sie die Kraft der Welt bändigte, die kleinen Dinge zu etwas ganz Großem formte und ordnete und ihrem Willen untertan machte, kribbelte es wie tausend winzige Flügel in ihrem Bauch.

Aaaaaaahhhhhhh!

Manchmal glaubte sie, nur für solche Momente absoluten Glücks – und Nervenkitzels – zu leben. Und auch wenn ihre Bestimmung weit über das bloße Vergnügen hinausging, sah sie keinen vernünftigen Grund, sich gegen die tiefe Befriedigung, die das Sturmreiten ihr bereitete, zu sperren.

Dann war es abrupt zu Ende – wie immer viel zu schnell –, und sie fand sich an der Böschung des Kraters wieder, an dem ihr »Vehikel« planmäßig zerschellt war.

Über ihr glitzerte das Himmelszelt, all die unzähligen Lichter, und während sie sich sortierte, streckte sie versuchsweise ihre Fühler dort hinauf – so hoch, wie sie es eben vermochte; als könnte sie wirklich selbst mit den Sternen in Kontakt treten. Aber das war ein Traum, der wohl ewig unerfüllt bleiben würde. Zu sehr war sie offenbar mit der Natur ihrer Welt verwoben, in ihr verwurzelt und verankert.

Vorsichtig besann sie sich auf die Fortbewegungsart, die all jene pflegten, denen Nureenis Talent nicht gegeben war.

Also alle – zumindest alle, denen sie jemals begegnet war.

Ob es in anderen Gegenden weitere wie sie gab, hatte nicht einmal das *Waldherz* beantworten können ... oder wollen. Nureeni bezweifelte es jedoch.

Als sie den Kamm erreichte, hielt sie kurz inne und spähte in die Tiefe. Ihre Augen sahen fast wie bei Tag, und so bereitete es ihr keine Mühe, Phoenix mit ihren Blicken zu taxieren.

Alles war so, wie sie es erwartete. Die Siedlung, die nach dem Untergang von Vegas gegründet worden war – damals war

Nureeni noch nicht geboren gewesen –, lag in der nächtlichen Kälte wie erstarrt da. Als schliefe alles und jeder dort unten. Was aber keineswegs der Fall war, wenn die Informationen der jungen Frau stimmten.

Und davon ging sie aus. Wann hatte sich das Waldherz jemals geirrt?

Es befremdete sie selbst, so von ihrer Mutter zu denken – wie von einer abstrakten Institution und nicht von einem liebevollen, Anteil nehmenden Geschöpf, das sie zeitlebens behütet hatte. Jedenfalls so lange, wie Nureeni es zugelassen hatte, dass über sie gewacht und über ihren Kopf hinweg entschieden wurde.

Damit war es schon eine ganze Weile vorbei, und langsam – viel zu langsam für ihren Geschmack – schien auch das Waldherz dies zu akzeptieren.

Ja, ich kann schon ein kleiner Dickkopf sein, dachte Nureeni schmunzelnd.

Ein letztes Mal überflog sie die Szenerie mit Blicken: Phoenix, aus wenig mehr als fünfzig Häusern und den verbindenden Straßen bestehend – die kleine Siedlung hatte von oben betrachtet die Form einer Mondsichel. Entlang der Rundung wuchsen Bäume, wie sie auch in Nureenis Wald zu finden waren, und die Innenseite der Sichel zeigte zu dem Bassin hin, das die Siedler aus dem Wasser des großen Sees speisten, der schon Vegas Leben gespendet hatte. Eine über die Jahre immer ausgefeiltere Pipeline sorgte für steten Zulauf und bewässerte auch die einzige Farm, die an einer der Sichelspitzen samt der bewirtschafteten Äcker und Felder drei Mal so viel Fläche bedeckte wie Phoenix selbst. An der anderen Sichelspitze lag die Stätte, wo die Siedler ihrer Toten gedachten, und vielleicht war dieses Brauchtum das, weswegen Nureeni die Bewohner des Kraters am meisten bedauerte. Gerade ihr Umgang mit den Toten verriet, wie wenig sie über das Leben und Sterben und die Art, wie man *richtig* trauerte, wussten.

Sei nicht so ätzend selbstherrlich!, tadelte eine kritische Stimme in ihr. *Woher nimmst du die Arroganz, euren Weg als den einzig wahren zu betrachten? Sei tolerant! Hat dich das Waldherz nicht genau das von klein auf gelehrt?*

Sie kam sich ertappt vor, aber auch missverstanden von ihrem eigenen Ich. Deshalb beendete sie die Gedankenspielerei und machte sich an den Abstieg.

Die Wachtposten, die rund um den Krater platziert waren, interessierten sie kaum – auch hier schrammte ihr Selbstbewusstsein wohl haarscharf an Überheblichkeit vorbei. Aber was war falsch daran, von seinen Fähigkeiten, seinem Können überzeugt zu sein?

Sie erreichte die Grenze der Ortschaft und blieb stehen. Dass sie wenig mehr als den Gürtel am Leibe trug, aus dem sie jetzt das Rindenstück nahm, in das eine präzise Karte des Kraterinneren eingeritzt war, wurde ihr überhaupt nicht bewusst. Sie war unter Freidenkern aufgewachsen; Schamgefühle waren ihr fremd. Im Gegenteil, es amüsierte sie, dass die anderen nicht begreifen wollten, wie normal und natürlich es war, so durch die Welt zu gehen, wie man sie betreten hatte.

Nureeni jedenfalls konnte sich nicht erinnern, dass irgendein Kind schon einmal *bekleidet* geboren worden war.

Andererseits – es gab Zwänge und Notwendigkeiten, die sich nicht allein von Scham ableiten ließen. Selbst das Waldherz musste großer Kälte – etwa zur Winter- und Nachtzeit – noch dahingehend Tribut zollen, dass es sich in wärmende Decken oder anderweitigen Schutz hüllte. Einschränkungen, die Nureenis Generation nicht mehr kannte.

Das fast elfenhaft schlanke Mädchen studierte kurz die Markierungen auf der Karte, verglich sie dann mit der Realität, schob sie zurück in den Gürtel und setzte seinen Weg fort.

Je näher sie dem bestimmten Haus fast in der Mitte der Sichel kam, desto behutsamer pirschte sie sich heran. Und dann, endlich, hatte sie das Ziel ihrer Mission erreicht. Das wuchtigste Gebäude der ganzen Siedlung – und das einzige, vor dem, wie auf der Kraterzinne, Wachen postiert waren.

Der Mann, der hier lebte und wirkte, vertrat seine Philosophie konsequent. Wie wenig bereit er war, Andersdenkende zu tolerieren und sie ein Leben führen zu lassen, das sich von seinen eigenen Vorstellungen unterschied, hatte er mehr als einmal bewiesen.

Zu sagen, dass Nureeni ihn nicht sonderlich mochte, wäre die Untertreibung schlechthin gewesen. Sie *fürchtete* ihn – wie man eine unheilbare Krankheit fürchtet.

Weil die Baummutter dem Waldherz offenbart hatte, was einmal aus ihm werden würde …

* * *

»Vier schickten wir los …«, Rondo Gonzales hielt inne, gerade so lange, bis die Stille etwas Bedrückendes gewann, »… nur zwei kehrten zurück.«

Er ließ den Blick nicht über die Versammelten schweifen, sondern auf jedem Gesicht für einen kurzen Moment verweilen, und in den meisten Mienen fand er, was er suchte und darin erwartete: wenigstens Beunruhigung, in manchen Angst. Und zu beidem hatten sie, verdammt noch mal, auch allen Grund.

Rondo wusste, dass man ihm einen – zumindest latenten – Hang zur Paranoia nachsagte. Offen ins Gesicht hatte ihm das freilich noch keiner zu sagen gewagt. Es gäbe keinen Grund, so hieß es, Wachen aufzustellen auf dem Rand des Kraters, in dem unter seiner Leitung Phoenix gebaut worden war. Phoenix, die Ortschaft, deren Baumaterial größtenteils aus den Trümmern von Vegas gewonnen worden war, nachdem die Siedlung dem Inferno zum Opfer gefallen war, das aus dem Inneren des Otmanu über sie gekommen war.

Die Katastrophe hatte gedroht, ihre kleine Gesellschaft zu zerreißen. Rondo Gonzales hatte sie zusammengehalten, bisweilen mit durchaus eiserner Hand – vor allem aber mit Erfolg: Es war wieder Ordnung eingekehrt, mehr vielleicht als zuvor, es herrschten Ruhe und Frieden. Und Gonzales wollte, dass es so blieb.

Zu diesem Zweck erachtete er es als wichtig, potenzielle Störfaktoren zu erkennen und dagegen vorzugehen, ehe sie zu tatsächlichen werden konnten – nötigenfalls mit allen Mitteln. Und in diesem Fall, der ihm ein Dorn im Auge war, seit sie hier im Krater die erste Wand aufgestellt hatten, schien der Griff zu allen Mitteln nötig zu sein.

Davon war Rondo Gonzales überzeugt. Der letzte, der entscheidende und endlich greifbare Beweis war ihm heute, fast im wörtlichen Sinne, ins Haus geflogen.

Und diese Versammlung hier hatte er einberufen, um auch die anderen von dem zu überzeugen, was er ja eigentlich längst gewusst hatte: dass *sie* eine Gefahr darstellten mit dem, was sie dort draußen trieben – und mit dem sie womöglich nicht immer dort draußen *bleiben* würden …

Aus jedem Haus einer, so hatte die Aufforderung zur Versammlung gelautet. Damit meinte Gonzales als Bürgermeister nicht, dass er jeweils einen Vertreter jener fünf Häuser erwartete, die sich für den Nabel der Welt hielten, in Wahrheit aber nur dumme Schwätzer waren, sondern buchstäblich einen aus jedem Haus in Phoenix.

So saßen also zweiundfünfzig Frauen und Männer auf den schlichten hölzernen Bänken, die sich vor dem Podium bis fast zum Eingang des kleinen Saals reihten. Gonzales seinerseits stand auf dem Podest, die Hände hinter dem Rücken verschränkt, wodurch seine Brust noch breiter und kräftiger wirkte, als sie es sowieso schon war.

Er hatte seinem Publikum noch einmal in Erinnerung gerufen, dass vor vier Tagen auf seine Anordnung hin ein Luftschiff mit vierköpfiger Besatzung aufgebrochen war, eine neuerliche Expedition in das Waldgebiet jenseits der Ruinen von Vegas. Und diese Exkursion nun war die erste, die man als Erfolg bezeichnen konnte: Denn zum ersten Mal war einer der Teilnehmer zurückgekehrt! Wenn auch in einem Zustand, der ...

Aber so weit ging Gonzales in seinen Ausführungen gar nicht. Stattdessen rief er den Piloten der Expedition zu sich aufs Podium, der den Zuhörern aus erster Hand erzählen konnte und sollte, was sich dort draußen abgespielt hatte.

»Raban Tsuyoshi, bitte.« Gonzales machte eine einladende Handbewegung, und von der ersten Bank erhob sich ein immer noch jung wirkender Mann, dem das Inferno damals nicht nur den Bruder und die Mutter genommen hatte, sondern auch das Leichtfüßige, das Paradiesvogelhafte, das ihn bis dahin auszeichnete. Geblieben war ihm die Angewohnheit, sich seine Kleidung selbst zu nähen; doch heute unterstrichen die bunten Flickengewänder nicht mehr seinen frohen Charakter, sondern standen in krassem Gegensatz zu dem ernsten und in sich gekehrten, fast schon farblos zu nennenden Wesen, das ihm seither eigen war. Wie ein äußeres Symbol dafür wirkte sein Haar, das in den Jahren nach dem Inferno schneeweiß geworden war.

Eines hatte sich allerdings nicht geändert: Raban, Sohn eines Flugpioniers, war damals wie heute ein ausgezeichneter und zuverlässiger *Himmelsstürmer*-Pilot – nur nicht mehr so leidenschaftlich und jugendlich begeistert wie früher, was ihn in Gonzales' Augen aber eher zu einem noch *besseren* Flieger machte.

Der jungenhafte Mann mit dem weißen Haar und der bunten Kleidung stieg aufs Podium. Irgendwo im Raum klatschten zwei oder drei der Versammelten in die Hände, ließen es aber bleiben, als zum einen niemand sonst mit einfiel und zum anderen Rabans kalt wirkender Blick über die Köpfe hinweg-ging, als spähte er nach Opfern aus.

»Raban, wärst du bitte so freundlich, uns zu berichten ...«

Raban nickte, und Gonzales verstummte.

Dann wandte sich der junge Mann ans Publikum, und sein Blick strich abermals über die Köpfe der Anwesenden hinweg und weiter, zurück in die jüngste Vergangenheit und dorthin, wo sich all das zugetragen hatte, wovon er Zeuge geworden war. Dabei hatte Raban am eigentlichen Erkundungsvorstoß gar nicht teilgenommen. Er war »nur« der Pilot der dreiköpfigen Gruppe gewesen, hatte sie ein Stück vom Wald entfernt abgesetzt und dort auf ihre Rückkehr gewartet.

Ganz zum Wald hin oder gar über die Wipfel hinweg konnte er den *Himmelsstürmer* nicht fliegen – weil es nicht *möglich* war. Etwas trieb sein Luftschiff fort von dem weitläufigen Stück Dschungel inmitten der roten Wüste, wie ein Sturm, der sich auf diesen Flecken Mars konzentrierte und nie verebbte, auch wenn es spür- und messbar völlig windstill war ...

Eines der Phänomene, die zu erkunden sie ausgezogen waren – und eines der Phänomene, die nach wie vor ungelöste Rätsel darstellten.

Wie auch zum Beispiel das spurlose Verschwinden sämtlicher Teilnehmer aller bisherigen Expeditionen in den Wald ...

»Wald ... es klingt so harmlos, dieses Wort. Und deshalb kann es nicht das richtige sein für das da draußen, dieses ... *Ding.*« Verachtung klang mit, als Raban dieses letzte Wort gleichsam ausspuckte, wie den Zuhörern vor die Füße, damit sie es sich selbst ansehen und entsetzlich finden konnten.

Anschaulich schilderte Raban Tsuyoshi also den Flug zum Wald, die Verabschiedung und den Aufbruch des Teams, das die übrige Wegstrecke zu Fuß zurückgelegt hatte – und dann das Warten, nachdem er durchs Fernglas zugesehen hatte, wie die drei den Wald betreten hatten. Darin *verschwunden* waren …

Sie hatten Proviant für drei Tage mitgenommen, und so lange hatte Raban zugesichert, vor Ort zu bleiben und auf sie zu warten.

Zwei Tage und der größte Teil des dritten verstrichen in relativer Ereignislosigkeit – relativ deswegen, weil nichts Offensichtliches geschah. Was aber nicht bedeutete, dass *gar* nichts geschah. *Irgendetwas* schien *immer* zu geschehen, wenn man diesen Wald beobachtete – dieses Heer aus verwachsenen, aus dem Boden aufragenden Titanen, deren Anblick selbst das kälteste Herz noch frieren ließ. Drei, vier und fünf Meter durchmaßen ihre hölzernen Leiber, und ihre grünen Häupter erhoben sich teils hundert und mehr Meter hoch in die Luft. Jeder von ihnen schien jeden zu berühren, ihre knorrigen Arme verschränkten sich ineinander wie zu einer Phalanx, die sich nicht nur jedem Eindringling, sondern selbst Blicken aus der Ferne wehrhaft und spürbar feindselig entgegenstellte.

Es war unmöglich, so sagte Raban, in diesen Wald hineinzuschauen; der Blick ging einfach nicht zwischen den am Rande stehenden Bäumen hindurch. Gerade so, als fehlte dem Auge die Kraft dazu. Was nicht bedeutete, dass von *drinnen* nichts *heraus*schauen konnte. Es bestand kein Zweifel daran, dass man aus dem Wald beobachtet wurde.

»… und ich sage euch, es sind nicht diejenigen, die dort leben. Fragt mich nicht, was es sein könnte, das einen von dort anstarrt. Ich möchte es für meinen Teil auch gar nicht wissen.« Rabans Blick ging ins Leere, dann schüttelte er sich wie unter der Berührung einer eiskalten Hand.

Absolute Stille senkte sich über den Saal, in dem ein halbes Hundert Leute saßen, reg- und atemlos ob der Bilder und Eindrücke, die Raban in ihnen heraufbeschwor.

Raban selbst war es, der das Schweigen schließlich brach und seinen eigentlichen Bericht über die Expedition fortsetzte.

Die Frist von drei Tagen war also beinahe vorüber. Er spielte kurz mit dem Gedanken, selbst zu Fuß näher zum Wald hinzugehen. Weniger in der Hoffnung, damit irgendetwas zu erreichen oder sich Gewissheit irgendeiner Art verschaffen zu können, sondern nur, um überhaupt etwas zu tun.

Eine halbe Stunde vor Ablauf der Zeit war dann endlich jemand aus dem Wald gekommen – wobei das so gar nicht stimmte. Vielmehr hätte es ausgesehen, als sei dieser Jemand vom Wald *ausgespien* worden!

Tatsächlich sei Cari Saintdemar nicht aus dem Wald herausgelaufen, berichtete Raban, sondern regelrecht *geflogen*, gute zwei oder drei Meter weit, bis sie unsanft aufgeprallt war, sich aber glücklicherweise nichts gebrochen hatte. Raban wusste das deshalb so genau, weil er den Waldrand zu diesem Zeitpunkt bereits seit gut einer Stunde fast pausenlos durch das Fernglas im Auge behalten hatte.

»Aber Cari war die Einzige, die der Wald wieder freigab«, kam Raban allmählich zum Ende seiner Ausführungen. »Ich lief zu ihr und trug sie zurück zum Schiff.« Die Stimme drohte ihm zu versagen. Er schluckte, ehe er fortfahren konnte. »Bleich war sie und brachte kein Wort hervor. Wie tot kam sie mir vor, nur ihr Körper schien noch nicht sterben zu wollen.«

Er hielt inne, wartete, bis das Grauen, mit dem die Erinnerung seine Zunge lähmte, ihn wenigstens so weit wieder entließ, dass er auch den letzten Rest der Erlebnisse in Worte fassen konnte.

»Ich wartete noch ein paar Minuten länger als vereinbart. Einerseits wollte ich Cari so schnell wie möglich nach Phoenix bringen, andererseits hatte ich die Hoffnung, dass die anderen beiden auch noch zum Vorschein kommen könnten. Aber dann wurde dieser ... *unsichtbare* Sturm, der den *Himmelsstür-*

mer nicht an den Wald heranlässt, mit einem Mal so stark, dass es mir das Schiff zu zerfetzen drohte. Ich selber spürte nichts davon, nicht das leiseste Lüftchen, aber an meinem Schiff schienen sich Riesenhände zu schaffen zu machen! Also sah ich zu, dass ich in die Luft kam.«

Anstatt abschließender Worte fügte Raban seinem Bericht ein hilfloses Achselzucken hinzu.

Wieder machte sich Stille breit. Diesmal war es Rondo Gonzales, der sie brach. Er trat neben Raban und legte ihm eine Hand auf die Schulter, während er sich an die Versammlung wandte. »Ihr fragt euch sicher, wie es Cari Saintdemar geht, ob sie etwas gesagt hat.«

Vereinzeltes Nicken in den Reihen, ansonsten nur starre Mienen und Blicke.

»Tja, was mit ihr ist, wissen wir noch nicht. Es geht ihr ... den Umständen entsprechend, und was sie sagt«, er setzte eine seiner bedeutungsvollen Pausen, »nun, ich möchte, dass ihr das selbst hört.« Gonzales gab einen Wink zur Seite hin, wo sich ein kleiner, vom Saal aus nicht einzusehender Raum befand.

Hier und da wanderte im Publikum eine Augenbraue in die Höhe, wurde eine Stirn gerunzelt. Raunen ging durch die Reihen. Nach allem, was Raban Tsuyoshi gerade über den Zustand der kleinen Saintdemar gesagt hatte, hielt man es für gewagt, die junge Frau aufs Podium zu holen. Andererseits legte diese scheinbare Unverantwortlichkeit den Schluss nahe, dass Cari Saintdemars Aussage so wichtig war, dass man sie unbedingt aus ihrem eigenen Munde hören musste.

Cari kam. Sie wurde gleich von zwei Helferinnen gestützt, und sie wirkte noch zerbrechlicher, als sie es von Natur aus war. Sie ging schleppend, mit den kraftlosen Schritten einer uralten Greisin.

»Das arme Kind ...«, flüsterte jemand.

Tatsächlich war Cari noch ein Kind, dem Alter nach jedenfalls. Eine Tatsache war aber auch, dass in Phoenix, wo jede Hand, die mit zupacken konnte, gebraucht wurde, niemand lange Kind blieb. Und Cari Saintdemar war ganz besonders schnell erwachsen geworden – in erster Linie wohl deshalb, weil sie schon als knapp Zweijährige zur Waisen geworden war und ihr kaum älterer Bruder Ley sich um sie hatte kümmern müssen.

Dennoch hatte Gonzales gezögert, die beiden zu der Expedition in den Wald aufbrechen zu lassen – aber es war eine Chance gewesen, endlich in Erfahrung zu bringen, was es mit diesem Wald auf sich hatte.

Denn mehr als ihm selbst lag nur Cari Saintdemar und ihrem Bruder daran, es herauszufinden. Die Geschwister waren beinahe schon besessen von diesem Wald; immer schon gewesen, von klein auf, seit ... das geschehen war, von dem es als Zeugen nur noch diese beiden gab.

Was man auf ihre Aussage im Detail geben konnte, mochte dahingestellt sein; schließlich waren sie damals noch *wirkliche* Kinder gewesen, Ley etwa drei Jahre und Cari eben kaum zwei.* Aber Rondo war immer davon überzeugt gewesen, dass etwas Wahres dran war an dem, was die beiden Saintdemars über die Vorkommnisse während des Infernos im alten erdgeschichtlichen Museum von Vegas erzählt hatten. Später dann, als sie älter geworden waren, schwiegen sie sich darüber aus, entwickelten im selben Zuge jedoch ihr Faible für den Wald und seine Mysterien.

Das Wenige jedoch, was Rondo von ihnen erfahren hatte, reichte ihm, um zu dem Schluss zu kommen, dass es zwischen den damaligen Geschehnissen im Museum und den heutigen Umtrieben im Wald einen Zusammenhang gab.

---

* Marsjahre; auf der Erde wären sie sechs und vier gewesen

»Cari«, sagte er und ging ihr einen Schritt entgegen. Eine der Frauen, die sie führten und stützten, trat beiseite und ließ den Bürgermeister nach dem Arm des Mädchens greifen. Er geleitete es zwischen sich und Raban und sprach Cari noch einmal mit ihrem Namen an, ohne eine Reaktion zu erhalten.

Ihr Blick war wie gebannt von etwas, das nur sie sehen konnte, ihre Gesichtsmuskeln zuckten, ihr Mund formte Laute und Worte, die weder zu hören noch von ihren Lippen abzulesen waren; das hatte Gonzales schon probiert. Alles, was Cari Saintdemar tatsächlich zu sagen hatte – bislang jedenfalls –, schien sie bereits gesagt zu haben. Es war nur ein Satz, den sie immerfort wiederholte. Und Gonzales hoffte, dass sie das auch jetzt und hier tun würde, auf dem Podium vor der Ortsversammlung.

»Cari«, begann er behutsam und in väterlichem Ton, »was ist im Wald passiert? Was ist mit deinem Bruder Ley und eurer Freundin Nive geschehen?«

Cari wiederholte die Namen, leise und stockend, und dann sagte sie, immer noch leise: »Gefressen ...«

»Was, Cari? Was meinst du damit?«, hakte der Bürgermeister nach, den Kopf geneigt, als lausche er angestrengt.

»Gefressen ...«, sagte Cari Saintdemar noch einmal, und dann laut, bis in die hinterste Ecke des Saales hörbar: »Sie haben sie alle gefressen!«

* * *

Was redet sie da?, fragte sich Nureeni und musste an sich halten, um nicht von den metallenen Deckenplatten des Versammlungssaals, wo sie kauerte, zu dem Mädchen hinunterzuspringen und ihm diese Frage laut zu stellen.

Es war Unsinn. Für Nureeni jedenfalls.

Sie haben sie alle gefressen!

Das stimmte nicht, so war es nicht …

Aber musste sie denn nicht wenigstens tolerieren, dass es für andere als sie, für dieses Mädchen zum Beispiel, so aussehen konnte, als sei genau *das* geschehen?

Jetzt denke ich schon so, wie das Waldherz redet, ging es ihr durch den Sinn. Und eine andere, vertraute Stimme sagte dazu: *Gut so.* Und es war fast, als könnte Nureeni das mütterliche Lächeln in ihrem Kopf spüren.

Mütterlich, das schien ihr wie ein Stichwort. Sie hatte genug gesehen und gehört, um die Mission, zu der das Waldherz sie hierher geschickt hatte, als erfüllt zu betrachten. Sie hatte herausfinden sollen, wie man in Phoenix auf die Rückkehr des Mädchens und darauf, was es möglicherweise zu berichten hatte, reagierte – denn natürlich war *ihnen* dieser neuerliche Besuch der Siedler im Wald nicht verborgen geblieben, ebenso wenig wie das, was mit ihnen geschehen war.

Nun, man war offenkundig aufgebracht in Phoenix. Und man hatte Angst. Das konnte Nureeni spüren, und dazu bedurfte es noch nicht einmal der ihr eigenen besonderen Sinne. Diese Angst waberte wie ein übler Geruch zu ihr empor – und war gleichsam Munition für den kräftigen Mann dort vorne auf dem Podium, für Rondo Gonzales, den Nureeni ihrerseits fürchtete.

Wie ein Schatten glitt sie aus ihrem Versteck, auf Wegen, die sie nur dank ihrer Gelenkigkeit zu nutzen vermochte, und wenig später war sie wieder draußen in der Nacht und ließ sich von ihr und der Weite, die sie vermittelte, umschmeicheln und vitalisieren; ein Labsal nach der kantigen Enge des Gebäudes.

Ihr Kopf wandte sich dem Kraterrand zu, der Rest ihres Körpers aber machte die Drehung nicht mit, wollte noch nicht gehen.

»Na gut«, sagte ihr Mund. »Warum nicht – wo ich schon hier bin …«

Und damit huschte sie davon, von Schatten zu Schatten hüpfend, weiter in die Siedlung hinein und auf ein ganz bestimmtes der Häuser zu, das sie auch blind gefunden hätte – weil ihr Herz sie leitete.

* * *

Der Raum war klein, bot wenig mehr als einem Schrank und dem Bett Platz.

In dem Bett lag er. Und er sah ... nicht gut aus.

Schlechter als beim vorigen Mal. Älter geworden, schwächer in einem Maße, als habe er das bisschen Kraft, das noch in ihm gewesen war, auf einen Schlag verbraucht. Aber wie konnte er das, wo er doch seit Jahren schlief?

Nureeni berührte mit zarten Fingern die geschlossenen Lider des Mannes, ganz sacht nur. Wie fast gewichtslose, eigenständige Wesen ließen sich ihre Fingerkuppen darauf nieder. Und dann wusste sie Bescheid.

Er war wach gewesen, vor kurzem erst. Und dieses Erwachen aus jahrelangem Schlaf war kein Segen, kein Schritt nach vorne gewesen, sondern sein Verderben.

Er würde sterben. Nicht jetzt, nicht heute Nacht, vielleicht auch nicht morgen. Aber bald. Weil es hier nichts gab, das seinen Tod noch abwenden konnte. Weil man das, was ihm den Todeskeim eingeimpft hatte, hier nicht kannte und demnach auch nicht dagegen vorgehen konnte.

Zwei Tränen, aus jedem Auge eine, rollten Nureeni über die Wangen, warm wie der Atem des Waldherzes, wenn es sie früher in den Armen gehalten und an sich gedrückt hatte. Sie beugte sich über den Todgeweihten. Die Tränen lösten sich und fielen auf sein vom siechenden Sterben eingefallenes Gesicht, und irgendetwas an diesem Anblick ließ Nureeni einen Entschluss fassen.

Konnte es klappen? War es überhaupt möglich?

Ihr Blick fiel durch das kleine Fenster nach draußen, ging über die Häuser bis hin zum Kraterwall, der steil aufstieg wie die Mauer einer archaischen Riesenfestung. Dieses kürzeste Stück des Weges, das war ihr klar, würde das schwerste sein ...

Wenig später fing sie an, Sand und Wind zu rufen.

* * *

»Das ist ja seltsam«, befand Nosh.

Unten im Krater, am Rande der Siedlung, sammelten sich Sand und Staub, im Licht der Nacht glitzernd und flimmernd, wie von riesigen Besen zu einem Häufchen zusammengefegt.

Dann spürte und sah Nosh auch den Wind, der von der steil aufragenden Rundung des inneren Kraterrands hinunterstrich und die unsichtbaren Riesenbesen noch unterstützte.

So etwas hatte Nosh, der schon alles zu sehen geglaubt hatte, was mit Sand und Wind zu tun hatte, noch nicht gesehen. Schon gar nicht im geschützten Kraterinneren; der Wall ringsum hielt die Winde und Stürme draußen.

Merkwürdig war auch, wie Nosh jetzt auffiel, dass sich außerhalb des Kraters kein Lüftchen regte ... Der Wind, der über die Innenseite nach unten fuhr und half, den Sand dorthin zu wehen, schien aus dem Nichts zu kommen – als atmete der Fels des Kraterwalls ihn aus.

Ein leises Säuseln begleitete all dies, melodischer als jedes Lied des Windes, das Nosh bislang gehört hatte, so schön, dass er es fast nicht wagte, selbst mit seiner Knochenflöte einzusetzen.

Aber eben nur *fast* ...

War es Zufall, oder bewirkte dies sein Flötenspiel? – Nosh wusste es nicht, aber kaum hatte sein Atem dem weißen glatt geschliffenen Instrument die ersten Töne entlockt, da begann sich die Staubwolke dort unten um sich selbst zu drehen, als beginne sie zu tanzen. Langsam erst, dann immer schneller, dass einem vom bloßen Zusehen schwindlig werden konnte.

Nosh *wurde* schwindlig. Aber er konnte und wollte den Blick nicht abwenden. Denn jetzt setzte sich diese so sonderbar entstandene Sandhose in Bewegung und hielt auf die Kraterwand zu. Schwerfällig näherte sich der Wirbel, immer noch größer werdend, immer mehr Sand an sich reißend.

Etwa hundertfünfzig oder zweihundert Meter von Nosh entfernt musste er auf den Wall treffen und zerschellen, und der Sand würde im Licht von Monden und Sternen funkeln und gleißen wie ein Feuerwerk.

Aber das tat er nicht.

Die Sandhose zerstob nicht am Fels, sondern … *stieg daran empor!*

Ein Anblick, den Nosh sein Lebtag nicht vergessen würde: Der kleine Wirbelsturm aus Sand und Staub und Wind kletterte an der Kraterwand hinauf, wie ein Mensch, der schwer zu schleppen hatte, und das Zerren des Windes erfasste nun auch Nosh, als suchte er nicht nur am Fels, sondern auch an ihm Halt.

Wirbelnder Sand traf ihn wie feiner Hagel, biss sich in sein Gesicht und die Hände, die die Flöte hielten. Aber er ließ nicht nach in seinem Spiel, so wenig wie der Wirbelsturm nachließ in seinem Bemühen, bis zum Kraterrand hinaufzuklettern.

Und dann, endlich, war er da, und seine Gewalt traf Nosh nun mit solcher Wucht, dass sie ihn aus seinem Felsennest zu schleudern drohte. Er duckte sich, ohne den Blick abzuwenden. Die Augen zu Schlitzen verengt beobachtete er die Sandhose.

Sie wogte zwei, drei Sekunden lang hin und her auf dem Kraterrand, und über dem Heulen und Rauschen glaubte Nosh noch etwas anderes zu hören: eine Stimme.

Eine Stimme, die erleichtert aufjubelte.

Dann warf sich die sandgefüllte Windhose wie mit einem Satz nach draußen und stürmte an der Außenseite des Kraters hinab.

Und wieder meinte Nosh etwas zu hören: etwas wie das begeisterte Jauchzen eines Kindes, das gerade entdeckt, welchen Spaß eine Rutsche bereiten kann.

Verrückt, dachte er. Und schöpfte zum ersten Mal Verdacht. Er tauschte die Flöte gegen ein Fernrohr und folgte dem davoneilenden Wirbel, bis dieser sich in weiter Ferne auflöste.

Und dabei etwas preisgab, was Nosh in der hellen Nacht die Nackenhärchen aufstellte … und an seinem Verstand zweifeln ließ.

3.
DNA

Lyvia Braxton hatte der Versammlung beigewohnt – aber dann, nach Cari Saintdemars Auftritt, war der Drang nach Zerstreuung übermächtig in ihr geworden. Und wo anders als in der Arbeit hätte sie ausreichend Ablenkung finden können? Sie hatte keinen Mann, sie hatte keine Kinder, nicht einmal ein richtiges Zuhause. Manchmal glaubte sie, dass dies ein angemessener Preis für den Ruhm war, der auf sie wartete. An den sie felsenfest glaubte.

Aber es gab auch Zeiten, in denen sie die selbst gewählte Einsamkeit des Genies kaum ertrug. Heute zum Beispiel.

Während Rabans und Caris Bericht die anwesenden Bewohner spürbar enger hatte zusammenrücken lassen, war sie, wie stets, außen vor geblieben. Da gab es keine gewachsene Verbindung mit den Männern und Frauen, die schon in Vegas gelebt und dort ihr entbehrungsreiches Dasein gefristet hatten. Sie war weder in Vegas noch in Phoenix wirklich zu Hause, hatte nie richtigen Anschluss gefunden. Selbst mit Rondo Gonzales, dem Mann, der sie zu all dem überredet hatte, verband sie wenig mehr als eine Geschäftsbeziehung.

Aber mehr hätte sie, speziell was ihn betraf, auch gar nicht gewollt.

Sie hatte ihn vor dem Inferno nicht gekannt – aber es gab Leute, die behaupteten, an den Mann, der er davor gewesen war, würde jetzt nur noch wenig erinnern. Bis zum heutigen Tag schien niemand so recht zu wissen, was seinerzeit im Otmanu passiert war; was die Lavaklüfte geöffnet hatte, in denen weite Bereiche von Vegas einfach versunken waren. Die Ruinen würden noch in tausend Jahren von jenen Tagen künden, da offenbar am Erbe einer uralten, einst auf dem Mars ansässigen Macht gerüttelt worden war. Gerüttelt – ja, anders konnte man es wohl kaum sagen, denn dort, wo Fingerspitzengefühl und äußerste Vorsicht angeraten gewesen wären, war man offenbar vorgeprescht, um der Otmanu-Station ihre Geheimnisse zu entreißen …

Die Einzigen, die *wirklich* wussten, was im Berg passiert war, waren Bürgermeister Gonzales und der Luftschiffer Raban Tsuyoshi. Aber während der eine seine Version der Ereignisse amtlich gemacht hatte, der Lyvia bis heute misstraute, schwieg der andere beharrlich zu dem Thema.

Lyvia konnte sich an den Tag des Infernos und an ihre Begegnung mit Raban erinnern, als wäre es gestern gewesen. Sie hatte ihn wie einen Schlafwandler durch die Reihen der Überlebenden stolpern sehen, auf der Suche nach seinem vermissten Bruder Mikael, von dem inzwischen sicher war, dass er in den Glutströmen umgekommen war.

Sie hatte einem eilends zusammengestellten Hilfstrupp aus der Nachbarsiedlung Elysium angehört, der mit Lebensmitteln und Medikamenten angerückt war, um Ersthilfe für die obdachlos Gewordenen zu leisten.

Lyvia war praktizierende Ärztin in Elysium gewesen, und was als zeitlich befristeter Abstecher ins Katastrophengebiet begann, hatte sich zu einem inzwischen mehrjährigen Aufenthalt ausgeweitet.

Schuld daran war das, was sie in Raban Tsuyoshis Händen gefunden hatte. Das, was die beiden Männer aus den Tiefen des Otmanu geborgen und vor der sicheren Zerstörung bewahrt hatten. Die Zukunft des Mars – möglicherweise.

Zumindest dann, dachte Lyvia, *wenn ich wirklich das Genie bin, das andere in mir sehen wollen.*

Den Beweis dafür war sie noch schuldig.

Sie beschleunigte ihre Schritte, entfernte sich immer weiter vom Ort der Versammlung und erreichte wenig später das Labor, das ihr Rondo Gonzales zur Verfügung gestellt hatte. Weil er ihre Vision teilte, und natürlich auch, weil er sich etwas davon *versprach* …

***

Die Kugel war kopfgroß – und ein Erbe von unabsehbarer Tragweite, das ihnen buchstäblich in den Schoß gefallen war. Näher spezifizieren ließen sich Alter und Herkunft bislang nicht. Einst hatte es den Erbauern der Anlage im Otmanu gehört. Sie hatten es erschaffen – und mochte man nach all den Jahrmilliarden über den ursprünglichen Zweck auch nur spekulieren können, so gab es doch klare Hinweise darauf, *wofür* die Kugel dereinst geformt worden war.

In alten Erdlexika hatte Lyvia von Baumharzen gelesen, die Insekten oder Pflanzen über die Zeiten hinweg nahezu perfekt zu konservierten vermochten – *in Bernstein eingeschlossen* waren Fossilien entstanden, die sogar noch verwertbare DNA längst vergangener Zeiten enthalten hatten.

An solchen Bernstein erinnerte die Kugel aus dem Otmanu, auch wenn sie wasserhell und aus einem vollkommen unbekannten Material war, das sich auch heute noch jeder Analyse entzog. Jedes Instrument, das Lyvia über die Jahre zur näheren Bestimmung herangezogen hatte, war kläglich gescheitert …

… und doch wusste sie längst, wofür die Kugel gemacht worden war. Hatte es vom ersten Augenblick an *erahnt* – und im Späteren bestätigt gefunden.

Dieses Artefakt war die Grundlage ihres Paktes mit Rondo Gonzales. Zuerst hatte der Mann, der den toten Allan Braxton im Amt abgelöst hatte, ihr kein Wort geglaubt. Aber sie war Ärztin, sie hatte alles über das Erbgut von Mensch, Tier und Pflanze studiert, was ihr unter die Finger gekommen war. Und so hatte sie ihm beweisen können, dass die Einschlüsse in der Kugel, die auf den ersten Blick wie bloße Eintrübungen aussehen mochten, in Wahrheit ein Schatz waren. Ein Schatz von unermesslichem Wert. Einer Hochtechnologie entstammend, die die Kultur der *neuen* Marsianer vielleicht erst in Jahrhunderten erreichen würde – falls überhaupt jemals. Falls der Mars sie nicht vorher von seinem Antlitz tilgte, im ewigen Vergessen versinken ließ.

Von uns werden keine Relikte Jahrmilliarden überdauern, dachte Lyvia selbstkritisch. *Von uns wird nur Staub zurückbleiben, von den Winden über den Planeten getragen.*

Sie waren hier immer noch nicht so verwurzelt, dass die Zukunft ihrer Spezies über eine auch historisch betrachtet längere Spanne gesichert war. Sie kämpften immer noch tagtäglich ums nackte Überleben.

Aber vielleicht konnte Lyvias Forschung dazu beitragen, ihrer Zivilisation mehr Stabilität zu verleihen. Die simple Rechnung der Wissenschaftlerin lautete: mehr Artenvielfalt, höhere Überlebenschancen.

Insgeheim aber wusste sie genau, dass damit auch Gefahren verbunden waren. Schon das Klonen von zum Mars gelangten Zellen irdischer Herkunft barg enorme Risiken – das jedoch, womit sie arbeitete, war ganz unbestritten ein Vabanquespiel.

Der Tanz auf einem schlummernden Vulkan.

Und das wirklich Beklemmende dabei war: ob es sich zum Segen oder Fluch auswuchs, darüber bestimmte nicht allein ihr Können, sondern im gleichen Maße der Zufall.

Es könnte auch eine Büchse der Pandora sein, dachte Lyvia schaudernd, während sich ihr Blick an der Kugel festsaugte.

Sie stand auf einem speziell dafür gebauten Ständer, einem Metallreif, der wesentlich kleiner als der Radius der Kugel war, sodass er sie ungefähr ab dem unteren Viertel trug.

Das Ganze erinnerte an eine Wahrsagerkugel – auch etwas, das Lyvia nur aus dem Studium alter Texte kannte, die an Bord der legendären BRADBURY den Weg auf den roten Planeten gefunden hatten.

Und ein klein wenig mit Magie, nicht nur mit Technik, schien der Gegenstand wahrhaftig zu tun zu haben; zumindest funktionierte er nach Prinzipien, die Lyvia auch nach Jahren noch nicht zu durchschauen vermochte. Was sie nicht hinderte, auf die Kugel und ihren Inhalt zuzugreifen.

Zugreifen – auch das umschrieb den Vorgang nur höchst unzureichend.

Über die Kompliziertheit der eigenen Gedanken den Kopf schüttelnd nahm Lyvia auf dem Stuhl vor dem Tisch Platz, auf dem die Kugel umgeben von technischem Gerät stand. Nachdem sie sich zurechtgesetzt hatte, beugte sie sich vor, umfasste das Gebilde auf dem Ring und drehte es, bis sie eine viel versprechende Stelle gefunden hatte.

Irgendwie glich die Kugel auch einem Globus, aber einem dreidimensionalen, und mittlerweile kannte sie die winzigen Markierungen auf der Oberfläche des nur scheinbar makellos glatten Materials auswendig.

Sie wusste, wie sie die Hand zu einem Durchguck formen, gegen das Gebilde pressen und das Auge wie vor das Okular eines Mikroskops bringen musste.

Bis heute war nicht ganz klar, ob die Berührung ihrer Haut etwas initiierte – oder ob die Markierung den Blick auffing und einen unbekannten Prozess in Gang setzte.

Bekannt war nur das Resultat.

Aus leidvoller Erfahrung hielt sich Lyvia mit der freien Hand an der Tischkante fest – in der Anfangszeit hatte sie sich mehrere Male desorientiert am Boden wiedergefunden, und nicht selten hatte sie Beulen und blaue Flecken davongetragen.

Ein Auge geschlossen, das andere auf das hakenförmige,

blasse Symbol fixiert, hinter dem irgendwo verschwommen ein Schemen in den Tiefen der Kugel eingeschlossen war, wartete sie und zählte in Gedanken bis zehn.

Sie kam nur bis neun – was daran liegen mochte, dass sie, wie eigentlich immer, etwas übermüdet war. Die Versammlung hatte an ihren Kräften und Nerven gezehrt.

Jedenfalls war sie bei neun, als es geschah.

Als sie wieder einmal Äonen weit zurück in die Vergangenheit reiste, wenn auch nur im Geiste …

* * *

Er sah aus wie ein Kolibri.

Sein Gefieder schimmerte silbrig. Er »stand« in der Luft, die Flügel schlugen so schnell, dass sie vor dem Auge verschwammen. Der Schnabel war kurz und lief nadelspitz zu. Ab und zu klappte er einen Spalt weit auseinander, und Lyvia glaubte ein melodisches Zwitschern zu hören, das mitten in ihrem Gehirn zu schwingen schien. Der Gesang glich nichts, was sie jemals zuvor gehört hatte; sie glaubte auch nicht, dass irdische Vögel jemals so gesungen hatten. Es klang einerseits traurig, andererseits so berührend, dass sie, ohne es in diesem Moment zu merken, Tränen vergoss.

Sie verschmolz fast mit dem Geschöpf, das vor Urzeiten auf dieser Welt gelebt hatte – das in ihrer Vorstellung über sonnendurchfluteten Waldlichtungen von Blütenkelch zu Blütenkelch wechselte oder über saftigen Wiesen nach Insekten jagte. Erst eine Hand, die sich auf ihre Schulter legte und daran rüttelte, brachte sie aus ihrer Trance zurück in die raue Wirklichkeit.

Wie erhofft, war ihr Gesicht tränenüberströmt – sie hatte dieses Ventil gebraucht nach allem, was sie im Versammlungsraum verdauen musste –, aber die Scham trieb ihr die Röte ins blasse Gesicht, weil *er* es auch sehen konnte.

Sie hatte nicht damit gerechnet, dass er ihr folgen würde.

Während sie sich mit beiden Ärmeln über das Gesicht wischte, fragte sie: »Ist die Vorführung schon zu Ende? Sind die Leute alle nach Hause gegangen?«

»Schon vor einer Stunde«, sagte Rondo Gonzales, ohne preiszugeben, wie ihre Tränen auf ihn wirkten.

So lange war ich ... weg?, dachte Lyvia erstaunt. Sie nickte, presste die Lippen zusammen, wusste, was als Nächstes kommen würde. Rondo mochte Tugenden besitzen, übermäßige Geduld zählte aber mit Sicherheit nicht dazu.

»Gibt es Fortschritte?«, fragte er sanft. »Ich meine«, sein Ton gewann eine Nuance an Schärfe, »echte Fortschritte? Oder beschränkt sich deine Arbeit darauf, immer mal wieder einen Blick in die Kristallkugel zu werfen? Und wenn ja: Was verspricht sie mir für die Zukunft?«

Einen Tritt in den überheblichen Arsch, dachte Lyvia hoffnungsvoll. Laut sagte sie: »Du weißt, dass das kein Orakel ist. Alles, was es zeigt, ist das, was an potenziellem Altleben darin schlummert.«

Altleben.

Auch so ein Wort, das – sogar wenn sie es selbst aussprach – ihre Magennerven dazu brachte, sich schmerzhaft zusammenzuziehen. Rondo hatte den Begriff geprägt. Aber er hatte nie einen Zweifel daran gelassen, dass er von ihr erwartete, dieses Leben aus dem Dornröschenschlaf zu erwecken.

Der Mars war öde, die Möglichkeiten durch von Menschen eingeführte Gattungen stark limitiert. Dies hier, dieser Schatz, sollte das ändern. Sollte eine Vielfalt kreieren, die spätestens der Nachfolgegeneration völlig neue Perspektiven und Lebensbedingungen eröffnete.

Rondo Gonzales hatte nie einen Zweifel an seinen Ambitionen gelassen – und daran, dass Lyvia Braxton nur eine Erfüllungsgehilfin für ihn war.

Er wollte sich für alle Zeiten ein Denkmal setzen, indem er neues Leben zur Aussaat brachte. Leben, wie es noch kein Mensch zuvor, wohl aber diese uralte Welt schon einmal gesehen hatte. Damals, als auf der fernen Erde an Menschen noch nicht zu denken war. So weit reichte die Zivilisation, deren Artefakte man hier und da gefunden hatte, allen bisherigen Forschungen zufolge zurück.

Und jene Zivilisation von einst war in ein Ökosystem eingebettet, von dem Splitter in der Artefakt-Kugel überdauert hatten.

Inzwischen wussten sie eines mit großer Sicherheit: was die Kugel darstellte. Welchem Zweck sie vor unvorstellbar langer Zeit gedient hatte.

»Ich verstehe deine Ungeduld«, setzte Lyvia an, als Rondo Gonzales ihre Erklärung unkommentiert ließ.

»Ach?«, unterbrach er sie grob. »Dann verstehst du auch, dass ich mir das nicht mehr lange ansehen werde.« Er machte eine ausholende Geste. »Die Möglichkeiten, die ich dir schenkte, die Bedingungen, unter denen du hier forschen *kannst* ... erinnerst du dich noch dunkel daran, dass sie an ein Versprechen geknüpft sind?«

»Ja«, sagte sie. »Ja, natürlich erinnere ich mich, aber ...«

»Du hast es mir garantiert. Du sagtest, ich könnte keine Bessere finden, niemanden, der auch nur annähernd mit deinem Fachwissen und Engagement aufzuwarten vermag ... Aber weißt du was?«

Sie blickte zu ihm auf.

Stumm.

»Ich bin enttäuscht. Maßlos enttäuscht. Seit Jahren versprichst du mir, dass wir sie lebendig machen werden, all die Wesen, die hier drinnen ...«, er beugte sich vor und tippte energisch mit dem Knöchel seines Zeigefingers gegen die Kugel, »nur darauf warten, wieder ins Leben zurückgebracht zu werden. Und was ist bis heute das Resultat all dieser Versprechungen geblieben?« Er hieb mit der Faust auf den Tisch, so fest, dass die Kugel in ihrer Halterung kurz nach oben sprang. In seinem Zorn schien es Rondo nicht einmal zu interessieren, ob er sie vielleicht beschädigte.

Lyvia schwankte zwischen Wut und der berechtigten Sorge, von Gonzales aus dem Geheimprojekt ausgeschlossen zu werden.

Als lese er ihre Gedanken, grollte er: »Ich weiß nicht einmal, ob ich dir eine letzte Frist setzen oder dich gleich feuern soll. Es gibt sicherlich andere, die den Job übernehmen können.«

Lyvia erhob sich. Stehend war sie genauso groß wie Gonzales, aber sich auf Augenhöhe mit ihm zu befinden erleichterte die Konfrontation nicht wirklich.

»In Ordnung«, sagte sie. »Ich wollte es dir eigentlich nicht zeigen, bevor es kein sicherer Erfolg ist. Aber da du mir die Pistole auf die Brust setzt ...«

»Was?«, schnappte er. »Wovon sprichst du?«

»Davon«, sagte sie – und führte ihn zu einem Behälter, über den ein lichtundurchlässiges Tuch gebreitet war, das sie nun an einem Zipfel ergriff und ruckartig herunterzog.

Rondo Gonzales' Mimik veränderte sich binnen einer Zehntelsekunde.

Aber alles, was er zunächst herausbrachte, war ein völlig konsterniertes Keuchen.

Das Wesen, das vor seinen Augen in einem Aquarium schwamm, sah nicht einfach nur wie das Gegenteil von normal aus ... nein, die Kategorisierung *abnorm* erlangte bei ihm eine völlig neue Qualität.

Gonzales hatte nie etwas Fremderes gesehen. Lyvia Braxton wusste es, weil es ihr nicht anders erging.

Der Marsfisch war armlang und rundum übersät mit Augen, sodass er nach allen Richtungen gleichzeitig starren konnte.

Jede einzelne bläuliche Schuppe schien sich wie ein Lid öffnen und wieder schließen zu können, und dahinter warteten Augen, in denen mehr glitzerte als nur bösartige Schläue.

Er weiß es, dachte Lyvia schaudernd. Unwillkürlich griff sie sich an den Hals. *Er weiß, dass er sterben muss.*

Sie ertrug es nicht länger. Sie warf das Tuch wieder darüber, und Gonzales sagte: »Warum hast du mir das nicht früher gezeigt? Stammt es ... stammt es wirklich aus der Kugel?«

»Ja«, bestätigte sie. »Wie du weißt, konserviert sie verschiedene DNA-Proben, die jemand einst darin hinterlegt hat – wie in einer Genbank. Der Clou bei der Kugel ist, dass man sich auch ein Bild davon machen kann, wie das jeweilige Lebewesen einmal ausgesehen hat.«

»Wie – hast du es geschafft? Ich meine ... ich verstehe genug vom Klonen, um zu wissen, wie kompliziert es sein muss, von Lebewesen, die nur noch als DNA existieren ...«

»Es ist mehr als kompliziert«, unterbrach ihn Lyvia. »Ich habe die Vermutung, dass man die Proben in ein Tachyonenfeld eingehüllt hat, damit sie die Jahrmilliarden überstehen. Leider fehlen mir die Mittel, um das zu beweisen ... Aber ich will dich nicht mit trockener Theorie langweilen. Und ich will aufrichtig sein: Dieser Fisch stellt nicht den Erfolg dar, den ich mir erhoffte. Er wird ...« Sie räusperte sich. »Er wird jämmerlich zugrunde gehen. Seit ein paar Tagen beobachte ich eindeutige Anzeichen dafür, dass er krank ist. Er war einmal kobaltblau, aber er verliert täglich mehr an Glanz. Und immer mehr seiner Augen bleiben geschlossen. Ich habe ihn mit einer Greifvorrichtung fixiert und mit einer Pinzette vorsichtig mehrere der Lider, die sich nicht mehr öffnen, nach oben gehoben. Darunter ...«

»Ja?«

»... ist Fäulnis. Die Augen werden von etwas weggefressen, einer Krankheit, einem Krebs ...«

»Ich will alles darüber wissen!«, schnappte Gonzales und trat Lyvia einen Schritt entgegen. »Wurde die komplette DNA-Menge des … Augenfischs für dieses Experiment aufgebraucht? Oder gibt es noch mehr davon?«

»Es gibt noch …«

»Gut! Ich hatte schon befürchtet … Dann ist alles halb so schlimm. Du lernst aus jedem Fehlschlag. Beobachte weiter. Zeichne exakt auf, wie er stirbt. Und dann seziere ihn. Eine Vivisektion kann uns verraten … Ach, das weißt du doch alles selbst.« Er hob die Arme und legte beide Hände auf Lyvias Schultern. »Ich entschuldige mich. Ich bin oft zu impulsiv, vielleicht auch zu ungeduldig, aber … Du machst das großartig. Du bekommst alle Unterstützung, die du brauchst, Lyvia. Die Kugel – sie wird das Gesicht der Welt verändern! Wir beide, du und ich, werden es verändern!«

Er wandte sich abrupt ab und stakste davon, Richtung Aufzug.

Lyvia wartete, bis sie das Geräusch hörte, mit dem sich die Kabine in Bewegung setzte. Dann trat sie wieder vor das Aquarium, gab sich einen Ruck und zog das Tuch beiseite.

Die Augen des sterbenden Fischs glitzerten kalt.

Lyvia holte sich einen Stuhl und tat, wozu Gonzales sie aufgefordert hatte. Sie beobachtete den Fisch über Stunden und Tage – fast ohne Unterbrechung.

Und als sich keines seiner Augen mehr öffnete, wusste sie, dass der Moment gekommen war, die Klinge anzusetzen und ihm seine letzten Geheimnisse auf weniger subtile Weise zu entlocken.

* * *

Das Waldherz erwartete Nureeni am Fuß des Hauses, und es war unübersehbar, wie aufgebracht es war.

»Wie konntest du …?«

»Es musste sein, Mutter!«

»Du hast den Verstand verloren!«

»Vielleicht – aber nicht mein Gefühl. Ich konnte nicht anders handeln. Sieh ihn dir an! Willst du, dass er stirbt?« Sie nickte angriffslustig. »O ja, das willst du, ganz offensichtlich. Denn hätte ich ihn dort gelassen, würde er sterben! Sein Leben hängt jetzt schon an einem seidenen Faden. Es stimmt nicht, dass sie ihm helfen könnten. Sie verstehen überhaupt nicht, was mit ihm passiert … O Mutter, ich sehe, was in ihm vorgeht, ich kann in ihm *lesen.* Und ich werde ihm helfen, mit deinem Einverständnis oder gegen deinen Willen!«

Sie machte keinen Hehl aus ihrer Bestürzung. »So weit würdest du gehen?«

»Ich würde alles für meinen Vater riskieren.«

Das Waldherz schwieg. Lange regte sich nichts in ihrem Gesicht, selbst die Augen schienen steinern. Dann, endlich, löste sich die Anspannung und sie sagte: »Und wenn er dir unter den Händen stirbt? Könntest du das ertragen?«

»Das wird nicht geschehen«, versprach Nureeni im Brustton der Überzeugung.

Und das Waldherz lächelte, trat vor und half ihr, die Last zu tragen. »Nein. Das wird nicht geschehen. Auch ich werde alles tun, das zu verhindern.«

* * *

Als Rondo Gonzales ins Freie trat, kam ihm eine aufgeregte Frau entgegen. Er erkannte sie. Sie hieß Lavina und kümmerte sich um …

»Darven! Er ist weg, Bürgermeister! Weg! Wir müssen sofort etwas unternehmen. Wir müssen ihn zurückholen!«

»Zurückholen?«, echote er. »Darven ist also wieder ausgebüchst? Nun gut, ich lasse sofort nach ihm suchen. Vielleicht ist er …«

Sie packte ihn am Arm. »Du hast nicht verstanden. Dieses Mal ist es anders. Er ist nicht aufgewacht und irrt jetzt irgendwo herum.«

»Sondern?«

Sie erklärte es ihm.

»Entführt?«, fragte Rondo am Ende ungläubig. »Und Nosh will es gesehen haben?« Er verstummte. Fasste nun seinerseits die zierliche Frau an den Schultern. Und während er spürte, wie er von Erregung gepackt wurde, fragte er eindringlich: »Wo ist Nosh jetzt? Ich muss mit ihm sprechen, sofort. Auch wenn wir ihn nicht als Lügner kennen, mag ihm doch seine Einbildung einen Streich gespielt haben. Du organisierst inzwischen die Suche nach Darven innerhalb der Kratergrenzen …«

Sie nickte und sagte ihm, wo er Nosh finden konnte.

Die Suche nach Darven, die bis zum Mittag des folgenden Tages dauerte, blieb ergebnislos.

Rondos Gespräch mit Nosh nicht. Rabans und Caris Schilderungen erlangten plötzlich eine völlig neue Qualität.

Und ihr habt mich schon wegen der Kraterwachen für paranoid gehalten, dachte der Bürgermeister von Phoenix, als er nur Stunden später seine engsten Vertrauten um sich versammelte und mit ihnen die Lage neu überdachte.

Leys und Nives Verschwinden, davon war er nun überzeugt, musste in einem ganz neuen Licht betrachtet werden.

»Es war unser Fehler«, sagte er, und die Männer und Frauen hingen ihm förmlich an den Lippen, »den Wald so lange zu meiden. Es war *mein* Fehler, die Spaltung damals zuzulassen … Nun geschehen Dinge, für die der gesunde Menschenverstand allein keine zufrieden stellende Erklärung mehr bietet. Dinge, die Grund zu großer Besorgnis geben. Das, was im Wald vorgeht, bedarf einer dringenden Klärung. Mit dringend meine ich jedoch nicht überstürzt – wir müssen planvoll vorgehen. Auch Darven ist nicht damit gedient, wenn zu rasches Handeln weitere Opfer kostet. Ich schlage vor, ihr hört euch jetzt an, was Nosh gesehen hat. Vor allem, *wen* er gesehen hat – und unter welchen Umständen. Nosh ...?«

Der Angesprochene trat aus dem Hintergrund neben Rondo. Er hielt krampfhaft seine Flöte in der Linken, als könne er sich daran festhalten, und schilderte zum wiederholten Male, was sich zugetragen hatte.

»Was ich sah«, sagte er mit leiser, gepresster Stimme, »war nichts Menschliches. Ich werde dieses Wesen, das sich Darven schnappte, nie wieder vergessen können ...«

4.
LICHTE MOMENTE (2)

Mochte ihm auch vieles abhandengekommen sein, während er dem Nichts entgegenschlief und träumte, so hatten ihn ein Teil seiner Sinne, sein Instinkt, sein Unterbewusstsein doch nicht verlassen. Und sie führten ihm vor – wenn auch nicht vor *Augen* –, was mit ihm geschah in dieser Zeit ...

Eine Reise lag hinter ihm. Wie weit und wohin, das wusste er nicht, nur dass sie einmalig gewesen war in ihrer Art – denn sie steckte ihm, buchstäblich, noch in den Knochen. Es war gewesen, als hätte ihn ein Sturm gepackt und mitgenommen, und dann wieder abgelegt. Aber wo?

Unmöglich zu sagen, denn sein Augenlicht gehörte zu jenem anderen Teil seiner Sinne, zu denen, *die* ihn verlassen hatten.

Er spürte, wie sein Körper, der schwach und siech gewesen war, erstarkte. Nicht aus sich heraus, sondern durch Kraft, die ihm zugeführt wurde. Kraft, die in seinen Körper hineinwuchs wie ... Wurzeln? Dünne Fasern und zweigartige Gebilde, die von außen durch seine Haut und in sein Fleisch hereinsprossen. Und die ihm etwas injizierten.

Zwei Fragen waren allgegenwärtig in Darven. Die erste lautete: Wollte er wirklich wissen, was mit ihm vorging? Konnte es ihm nicht einfach nur genügen, *dass* es geschah *und* ihm offenbar half?

Und die zweite, wichtigere Frage war: *Wer ist sie?*

Sie, dieser gute Geist, der ihm bisweilen Gesellschaft leistete in der Finsternis seines eigenen Körpers. Jenes Mädchen, das einer Gärtnerin gleich den Spross in seinem Fleisch pflegte –

und das er bisweilen, in lichten Momenten, tatsächlich zu sehen meinte, als sei es nicht nur wie ein Gespenst in ihm, sondern als säße es immer wieder auch neben ihm, um mit ihm zu reden oder einfach nur bei ihm zu sein.

Und in diesen lichten Momenten, da er das Mädchen wirklich zu sehen glaubte, kam es ihm so bekannt und vertraut vor ... obwohl es doch so fremd und *anders* aussah.

Dann aber blieb es auf einmal fort. Kam nicht mehr zu ihm, weder im Traum noch in lichten Momenten.

Er wartete lange auf die Rückkehr des Mädchens. Es hatte keinen Rhythmus gegeben, dem seine Besuche gefolgt waren, darum gab er die Hoffnung, dass es doch noch wiederkommen würde, lange Zeit nicht auf.

Die Triebe in seinem Fleisch wuchsen derweil weiter, und sie taten, was zu tun ihr Zweck war, bis sie allmählich vertrockneten, verholzten, abstarben. Und im gleichen Zuge erlosch in ihm auch die Hoffnung darauf, dass das Mädchen wieder zu ihm kommen würde.

So beschloss er, es selbst zu suchen, zu ihm zu gehen.

Von diesem Entschluss beseelt öffnete er die Augen – und wunderte sich, dass es ihm gelang und wie leicht es ihm fiel.

Das plötzliche Hochgefühl aber verließ ihn rasch, wich panischem Schrecken und daraus entstehender Angst.

Er sah sich um – und fürchtete ersticken zu müssen, so eng war der Raum, in dem er sich wiederfand. Die Wände dieser Kammer, nein, dieses *Loches* schmiegten sich um ihn wie eine hölzerne Haut. Ja, es *war* Holz, in das er eingewachsen schien wie in einen Kokon.

Er schrie auf – oder schrie er nur in seinem Kopf? –, wälzte sich hin und her, so weit es die Enge zuließ, spürte, wie sich Dinge aus seiner Haut lösten, und dann rutschte er, haltlos geworden, aus seinem Gefängnis hinaus, so wie ein Mutterschoß ein Neugeborenes in die Welt entlässt.

Doch anders als ein Neugeborenes wurde er nicht von helfenden Händen aufgefangen, sondern fiel ins Leere, durch die Luft. Grün und Braun wehten ringsum an ihm vorbei, konturlos in seinem rasenden Sturz. Nur eines sah er klar und deutlich: den Boden, der ihm entgegenjagte ... und der ihn zerschmettern würde, mochte er auch moosbewachsen und weich aussehen. Die bloße Höhe, aus der er hinabstürzte, würde ihm eine solche Wucht verleihen, dass es ihn womöglich in den Boden hineingetrieben hätte ...

... hätte da nicht ein Instinkt angesprochen – oder wäre ihm nicht der Zufall zu Hilfe gekommen.

Irgendwie fand er Halt, erwischten seine Hände etwas horizontal Hängendes und schlangen sich darum, und irgendwie kam er darauf zu liegen und zur Ruhe und schließlich auch wieder zu Atem.

Dann konnte er sich umsehen.

Er befand sich in einem Wald, der ihm so riesig vorkam, als sei er selbst nur ein winziges Tierchen darin. Die Bäume mussten hundert Meter und höher sein. Ihre Wipfel waren ineinander verflochten, sodass der Himmel darüber nicht zu sehen war. Das Licht war ein Flirren aus Grüntönen. Und die Düfte ringsum waren ... berauschend und drohten ihm die Sinne zu verwirren.

Von wo aus war er gestürzt? Und wie tief?

Er schaute nach oben, ohne die Antwort zu finden. Laub, Geäst und das flimmernde Halblicht verwehrten ihm die Sicht.

Was nun? Er lag auf einem Ast, wusste weder, wie er hierhergekommen, noch wo er genau war und warum ...

Er musste sich weiter umsehen. Mühsam kletterte er den Baum hinunter, wobei sich den kleinen Wunden auf seiner Haut, die wie winzige Stich- und Bissverletzungen aussahen, blutende und brennende Abschürfungen hinzugesellten, wenn er ungeschickt über die raue Rinde rutschte und abglitt.

Aber irgendwann langte er unten an, zwischen den mannshohen Wurzeln des Baumes, und er ging los, in eine Richtung, die ihm so gut wie jede andere schien.

Während des Gehens versuchte er die Bildfragmente, die ihm durch den Kopf trieben, zu einem Ganzen zusammenzusetzen. Es gelang ihm nur leidlich. Er entsann sich eines kleinen Raumes mit Bett und Schrank, an Häuser, an Stelen mit Namen und Zahlen darauf ... Aber er spürte, dass all das weit weg war, und zwar auf eine Weise, die nicht allein mit räumlicher Entfernung zu tun hatte.

Darven ...

Was war das? Ein Name? *Sein* Name?

Er erinnerte sich, ihn gehört zu haben. Jemand hatte diesen Namen gerufen.

»Darven.«

Er sprach das Wort aus. Ja, das klang wie ein Name, und er klang vertraut, so, als hätte er ihn schon aus vielen Mündern gehört.

Er mochte also Darven sein.

Nur – wer war Darven?

Er forschte in sich, lauschte. Vergebens. Da war nichts. Nie gewesen – oder nicht mehr?

Ihm wurde schwindlig, und er blieb stehen, streckte die Hand aus, stützte sich gegen einen Baum. Schloss die Augen.

Etwas huschte über seine Haut, mit kleinen stechenden Bewegungen.

Er schlug die Augen auf, meinte noch eine Bewegung um den Baumstamm herum verschwinden zu sehen.

Er folgte ihr. Sein Blick wanderte an der Rinde empor, dorthin, wo das sich bewegende Etwas jetzt zur Ruhe kam, gerade so, als wollte es ihm Gelegenheit bieten, es eingehend zu betrachten.

Der Anblick rührte an etwas, das selbst wie in einen Kokon

eingewoben tief in seinem Innersten ruhte und jetzt geweckt wurde aus jahrelangem Schlaf.

Und es brachte im Erwachen Kälte und Entsetzen mit sich und rückte ihn in seiner Erinnerung wieder in die Nähe des Todes.

Das dort oben, eine Armeslänge über ihm, war ein kinderfaustgroßes Insekt. Eines von der Sorte, die sie damals, in einem anderen Leben, *Marskäfer* genannt hatten.

Und dieser eine Käfer war nicht der einzige.

Er war einer von … Hunderten, Tausenden. Nur waren die anderen viel größer …

Der Anblick überfiel ihn schlagartig. So, als sei das Bild die ganze Zeit über schon da gewesen, als hätte es jedoch des Anblicks des einzelnen Käfers bedurft, um die Masse der anderen erkennen zu können …

… sie und das, was sie taten.

Dort oben, das musste eine Art von Siedlung sein, fremdartig zwar und bizarr, weit über dem Boden gelegen, im kräftigen Geäst und den Wipfeln der Bäume verankert, aber es wohnten Lebewesen darin – er konnte sie ja sehen, wie sie sich dort oben bewegten inmitten der wimmelnden Käfern. Dieser *Monstren,* die die Siedlung überrannten, über die Behausungen krochen und alles in feuchte Gespinste einwoben, die teils so flüssig waren, dass es heruntertropfte und zu eiszapfenartigen Gebilden erstarrte.

Nasses Schmatzen und horniges Schaben lagen in der Luft, saugten und sägten sich in seine Ohren. Aber warum schrien die Menschen da oben nicht, die von den ins Monströse vergrößerten Marskäfern überfallen wurden?

Er jedenfalls schrie.

Darven spürte, wie seine Beine nachgaben, wie er fiel, wie seine Hand über die Rinde des Baumstamms rutschte, wie er mit den Fingernägeln Halt darin suchte und nicht fand.

Dann verschwand der Anblick des einfallenden Käferheers über ihm. Ein Gesicht trat an seine Stelle.

Er lächelte.

Denn er war erwacht und aufgebrochen, den guten Geist zu suchen. Und nun hatte er ihn gefunden, wie durch ein Wunder – und im letzten Augenblick.

Das Gesicht des Mädchens war das Letzte, was er sah, bevor Schlaf und Traum ihn wieder in die Arme schlossen.

5.
WIDER DIE NATUR

Erdjahr 2262/Marsjahr 126

Im Morgengrauen schien das gemäldeartige Idyll noch perfekt. Der künstliche See lag von leichten Nebelschwaden umkränzt im ersten Licht, die Sonne hatte die Kraterwand noch nicht überstiegen. Alles kam Lyvia seltsam verlangsamt vor – sogar ihre eigenen Gedanken. Als läge ein unsichtbarer Bann über allem, als wäre das Blut in ihrem Körper und in den verborgenen Adern der Welt noch nicht richtig in Fluss gekommen, müsste sich erst von der Nachtstarre erholen.

Aber es war gerade dieser Übergang, diese Stille und Langsamkeit, die sie zu genießen gelernt hatte.

Eben erst war sie nach einer Schicht im Labor an die Oberfläche zurückgekehrt und hatte sich entschlossen, den Balkon im zweiten Stock des Hauses, das über dem unterirdischen Komplex thronte, aufzusuchen. Von hier konnte man fast die komplette Siedlung überblicken, die in den Jahren gewachsen war, einschließlich des Sees.

Die meisten der mehr als vierhundert Bewohner schliefen noch. Die meisten – aber nicht alle. Eine Tür öffnete sich in unmittelbarer Nähe, und das Idyll zerstob. Von einem Moment zum anderen war alles anders, löste sich die Glocke, die über Siedlung und Kraterlandschaft gestülpt schien, in nichts auf. Eine befehlsgewohnte Stimme übertönte das Gewirr lauter Stimmen mit der Souveränität eines geborenen Machtmenschen.

»Besteigt die Maschine! Wir brechen auf wie besprochen – Raban übernimmt das Steuer!«

Nun ist es so weit, dachte Lyvia. *Sie machen Ernst.* Ihr stockte der Atem angesichts der Lawine, die damit möglicherweise losgetreten wurde.

Bürgermeister Gonzales stapfte, umgeben von einem Dutzend Männer und Frauen, aus seinem Haus und strebte dem kleinen Flugfeld entgegen, wo der Slider wartete.

Er und seine Begleiter trugen nicht nur Kampfoveralls, an deren Entwicklung Lyvia mitgearbeitet hatte, sondern auch unverblümt Feuerwaffen, die noch vor nicht allzu langer Zeit verpönt gewesen waren. Aber die Zeiten hatten sich gewandelt.

Rondos Propaganda hat gefruchtet, dachte die Frau auf dem Balkon bitter. *Stete Winde schleifen den Stein ...* Es machte sie traurig, obwohl auch sie nicht wusste, was dort im Wald vorging. Aber sie hielt es zumindest für denkbar, dass es einfach nur missverstanden wurde. Dass sich nur endlich jemand hätte die Mühe machen müssen, es verstehen zu *wollen* – auf friedliche Weise.

Doch dafür schien es nun, da Gonzales zur großen Jagd geblasen hatte, ein für alle Mal zu spät.

* * *

Sie lauschte dem Sand, den Botschaften, die er überbrachte, Nachrichten von dort, woher der Wind ihn trug. Für die meisten, die Nureeni kannte, wären die winzigen Partikel, die zwischen den mächtigen Stämmen des Waldes, seinem Dickicht und seinen Gräsern flirrten, kaum wahrnehmbar gewesen, mit dem bloßen Auge allenfalls schwach zu erkennen. Aber ganz gewiss hätte niemand außer ihr zu deuten gewusst, was ihnen *anhaftete.*

Sie ragte so weit aus dem Rest der Gemeinschaft hervor, dass man es auf der fernen Erde mit einem Eisberg verglichen hätte, der nur ein Zehntel über die Oberfläche ragte, während seine wahre Größe im Verborgenen lag. Genauso verhielt es sich bei Nureeni: Der *sichtbaren* jungen Frau haftete schon Charisma an, aber niemand hätte vermutet, welche Talente und Fähigkeiten ihr tatsächlich zu eigen waren, über welche *Macht* sie gebot.

Was ihr selbst aber nur in ganz besonderen Momenten bewusst wurde. Meist wandte sie ihre Fähigkeiten an, wie andere Leute atmeten. Es war nichts, worüber sie nachdenken, wozu sie sich großartig konzentrieren und anstrengen musste. So wie sie einen Fuß vor den anderen setzte, um von der Stelle zu kommen, vermochte sie auch einfach ihren guten Freund Wind zu rufen, um sich von ihm tragen oder Bilder bringen zu lassen. Bilder, die sie dann aus den Strömungen der Luft herausfilterte. So wurden winzige Sandkörner zu den Steinen eines Mosaiks, das sich vor Nureenis »innerem Blick« zusammenfügte, und zwar so schnell, als liefe ein Geschehen in Echtzeit vor ihr ab.

Sie schauderte. Weil die Bilder, die sie empfing, die Bestätigung dessen waren, was das Waldherz prophezeit hatte.

Die Verblendeten machten Ernst.

Sie kamen!

Nein, musste sich Nureeni wenige Atemzüge später korrigieren, während sich immer mehr Sandwirbel in ihrem rötlich braunen Haar verfingen, an ihrer Haut rieben und ihr Geheimnisse zuflüsterten, sie waren schon *da* …

* * *

Rondo beugte sich in seinem Sitz vor, um über Rabans Schulter auf die Anzeige des Windmessers zu blicken. Dessen hätte es nicht wirklich bedurft, denn sie alle *fühlten*, was da draußen vorging – was am Prototyp der neuen Generation von Fluggerät rüttelte, den Raban selbst konstruiert hatte.

Der Slider war über sieben Meter lang und knappe drei Meter breit, bei einer maximalen Höhe von zwei Metern. Er hatte nicht mehr die plumpe Form der frühen Luftschiffe, sondern war wie ein Keil konstruiert, wobei das Heck den dicksten Bereich markierte; in ihm waren der neuartige Impulsantrieb untergebracht, dessen Arbeitsprinzip ausgerechnet auf der *Waffe* beruhte, die das Verderben über Vegas gebracht hatte – dem Artefakt, das Rondo seinerzeit von seinem Amtsvorgänger Braxton erhalten und bei der Suche nach Varga mit in den Otmanu genommen hatte.

Bis heute wusste außer ihm selbst niemand, was dort unten in der Anlage der Alten wirklich passiert war. Und so sollte es auch bleiben.

Ich habe meine Strafe, dachte Rondo bitter; aber niemand, der bei ihm war, hätte an seinem Gesicht oder sonstigen Verhalten etwas von den schweren Selbstvorwürfen bemerkt, die ihn quälten. Er wirkte gewohnt souverän.

Seine Strafe aber ... nun, beinahe jede Nacht wachte er schweißgebadet aus einem Albtraum auf, an dessen genauen Inhalt er sich kaum mehr erinnern konnte. Nur dass er den Untergang von Vegas immer wieder durchlebte – und das, was ihn ausgelöst hatte: seine Konfrontation mit jenem Monstrum in der Otmanu-Anlage. Der gallertartigen Masse, von der Varga *besessen* gewesen war, dessen Verhalten Gonzales letztlich dazu verleitet hatte, die Artefakt-Waffe zu aktivieren ... Von all dem träumte er Nacht für Nacht, aber selten blieb mehr zurück als Schweiß und ein übler Nachgeschmack. Die Traumbilder rückten sofort nach dem Erwachen in diffuse Ferne.

Rondo seufzte unhörbar. Es gab noch einen anderen Traum. Noch nebulöser – und auf seine Art vielleicht sogar noch furchtbarer. Auch davon blieb nach dem Aufwachen wenig mehr als ein *Gefühl* zurück, aber es war schrecklich, und Rondo lag dann noch minutenlang ruhig da, die offenen Augen ins

Dunkel der Nacht oder ins bleierne Grau eines neuen Morgens gerichtet, und alles, was er in diesem Zustand denken konnte, war: *Ich bin sterblich! Ich bin eigentlich schon … tot!*

Es war, als hätte sich ein Ungeheuer namens Zeit in sein Gehirn gebissen und hauche ihm immer wieder die Erkenntnis ein, dass so, wie er bisweilen auf Allan Braxton zurückblickte, in einigen Jahren jemand da sein würde, der auf *Rondo Gonzales* zurückschauen würde.

Obwohl dies eine an sich banale Einsicht war – dass nämlich die Zeit unerbittlich voranschritt und vor niemandem Halt machte –, schauderte ihn nach einem solchen Traum jedes Mal aufs Neue. In jenen Träumen alterte er rasend schnell und starb dann so unvorbereitet, dass er … dass er …

»Es ist wie damals!«, hörte er in diesem Moment den Piloten keuchen, und seine Gedanken zerstoben. Raban fuchtelte mit der freien Hand und zeigte auf die Instrumente des Sliders. »Die Winde – seht ihr? Ich habe nicht übertrieben. Sie zerren an uns, obwohl sich dort unten kaum etwas regt!« Der Mann mit dem jungenhaften Gesicht zeigte in die Tiefe, wo sich das Grün wie ein Teppich ausbreitete. Erst bei genauerem Hinsehen ließen sich Details unterscheiden, Blätter erkennen, die sich kaum an den Zweigen regten. »Das ist doch nicht normal!«

Tatsächlich wurden die Erschütterungen immer heftiger.

»Such einen Platz zum Landen!«, befahl Rondo. »Eine Lücke im Blätterdach … eine Lichtung!«

Rabans Gestik ließ keinen anderen Schluss zu, als dass er genau das schon die ganze Zeit über tat, nur noch nicht fündig geworden war.

Der Wald war Niemandsland. Nicht in den Anfängen seines Entstehens, aber bereits lange bevor Vegas zerstört und sich ein Teil der Bewohner geweigert hatte, mit in die neu errichtete Siedlung Phoenix umzuziehen, hatten sich Legenden um ihn gerankt.

Menschen, die ihn betraten, waren nicht mehr zurückgekehrt. Besonders ein Fall hatte damals die Gemüter bewegt, und im Nachhinein mutete es mehr als seltsam an, dass sich ausgerechnet die Spur *dieser* Frau im Wald verlor …

»Da! Das sieht gut aus!« Raban lenkte den Slider so tief, dass er fast die Baumkronen streifte. In der Richtung, in die sich die Maschine bewegte, erspähte Rondo eine Lücke im Blätterdach. Eine der karg gesäten Lichtungen!

Auch während des Landevorgangs musste Raban gegen Strömungen ankämpfen, die ausschließlich auf den Slider zu zielen schienen. Er meisterte auch diese Herausforderung; wenig später setzte die Maschine holprig auf. Die Besatzung entstieg der Kabine, Rondo setzte sich an die Spitze.

Vorsichtig nahmen sie neben dem Slider Aufstellung.

Sie wussten nicht, dass sie beobachtet wurden.

Von einem Mädchen, einer blutjungen Frau, die fast nackt auf einem Ast kauerte, mit der Borke regelrecht verschmolz und ihre Sinne wie Fühler ausgestreckt hatte – wie Antennen, die mehr auffingen als nur Geräusche, Stimmen oder den Geruch, den der Wind ihr zutrug. Ein Geschöpf, das all das verkörperte, wovor Rondo Angst hatte, ohne dass er es in Worte hätte kleiden können.

Es hätte ihm Genugtuung bereitet, zu wissen, dass die auf dem Baum sitzende Gestalt auch ihn fürchtete. Als wüsste sie mehr über ihn als er selbst – und somit auch, wie weit er im Extremfall *wirklich* zu gehen bereit war, um seine größte Angst zu besiegen. Die, dereinst in Vergessenheit zu geraten.

Und aus seiner Sicht gab es nur ein Mittel, dies zu verhindern: unsterblich werden …

Ein gellender Schrei rief ihm ins Bewusstsein, *warum* sie in diesen Wald gekommen waren, der trotz Sonnenschein so bedrohlich auf sie wirkte, als hätten sie den Planeten verlassen.

Gonzales sah gerade noch ein silbriges Flirren – und dann fielen die Kinder der Pandora auch schon über ihn und seine armselige kleine Armee her.

***

Sie mussten sich zwischen den Blättern versteckt gehalten haben. Als das Brausen aufkam, als es wie durch einen kilometerlangen engen Schacht heranrollte und dabei lauter wurde, schien es bereits zu spät, irgendeine Gegenmaßnahme zu ergreifen.

Im nächsten Moment schon waren die Phoenizier von einer wirbelnden Wolke aus Körpern umgeben. Und noch während Rondo reflexartig die Arme vor das Gesicht hob, um es zu schützen, klangen ringsum Schreie auf. Schreie, in denen nicht allein Überraschung und Panik mitschwangen, sondern ganz sicher auch *Schmerz*.

Und dann hackten auch schon die ersten Zähne in Rondos Fleisch. Einer der etwa handspannengroßen Vögel hatte die Deckung durchbrochen, kratzte mit seinen Krallen über Rondos Hals und trieb seinen harmlos abgerundet aussehenden Schnabel gegen die linke Wange des Bürgermeisters. Wieder und wieder. Und jedes Mal zerrte das, was unter dem klaffenden Schnabel zum Vorschein kam – zwei Reihen tückisch spitzer Zähne –, Haut und Gewebe aus seinem Gesicht.

Rondo Gonzales spürte, wie ihm das Blut in die Winkel des schmerzverzerrten Mundes lief ... und daran vorbei in den Kragen des Einsatzoveralls.

Er sah kaum noch etwas, und selbst die Waffe, für die er sich vor dem Aufbruch entschieden hatte – der Stab, der ganz Vegas, wenn auch indirekt, zerstört hatte –, erschien ihm nutzlos. Er hielt sie in einer Faust. Sie war beinahe gewichtslos, ein Mysterium.

Im Gegensatz zu den Vögeln.

Die kannte er nämlich. Weil er dabei gewesen war, als sie in einer dunklen Stunde *geboren* wurden.

Mehr oder weniger jedenfalls.

Wenn ich die Artefakt-Waffe zum Einsatz bringe, fuhr es ihm durch den Kopf, *bringe ich meine eigenen Leute in Gefahr.*

In diesem Moment dröhnte in nächster Nähe das *Trrrrrrr* einer Schnellfeuerwaffe los. Die Waffenkunst war in Rondos Amtszeit zu einer zuvor nie gekannten Blüte aufgestiegen. Die anderen Siedlungen ahnten davon nichts. Es war allein Rondos Ding, und die Männer und Frauen, die ihn auf diesem Einsatz begleiteten, waren handverlesen. Auf sie konnte er sich verlassen. Sie teilten seine Ziele ohne Wenn und Aber.

Rondo brüllte ihnen heisere Befehle zu, obwohl die Sicht immer schlechter wurde. Wie konnten sich die Vögel derart schnell vermehren? Hatte Lyvia nicht gesagt ...

Wieder durchtrennte Schmerz einen Gedankengang. Überall an Gonzales hingen die Vögel mit dem silbrigen Gefieder inzwischen. Nur dort, wo der Overall den Körper abdeckte, schienen die Angreifer an ihre Grenzen zu geraten. Rondo spürte immer wieder dumpfes Klopfen, von allen Seiten, wo die Schnäbel hilflos auf ein Gewebe trafen, das ihnen mehr Widerstand bot als das menschliche Fleisch.

Er umfasste die Stabwaffe jetzt wie eine Keule mit beiden Händen und wischte damit durch die Luft. Er traf Dutzende von Leibern, aber der Nutzen war gleich null. Wo für einen Moment eine Lücke entstand, rückten sofort andere Vögel nach.

Rondo hörte die verzweifelten Rufe der anderen. Stimmen, die ihn anflehten, etwas zu tun. Er erkannte seine Leute nicht wieder in ihrer Hilflosigkeit.

Er erkannte sich selbst nicht wieder.

Die Waffe!, wurde die Forderung in ihm lauter. *Du musst die Waffe einsetzen!*

Ein Brennen.

Erst zwischen den Schulterblättern, dann plötzlich von überall her. An seinen Beinen. Auf seiner Brust. Den Armen ...

Er blickte an sich herab, durch das Geflirre von Flügeln hindurch.

Und sah, was die unglaublichen Biester dort, wo sie hilflos gegen seinen Overallstoff zu klopfen schienen, *wirklich* taten. Die silbrige Kunsthaut war fast an allen Stellen feucht. Mit einer Art ... Schleim überzogen!

Die Schnäbel der Vögel spien ihn aus. Es war irgendein Sekret, das so aggressiv auf den Overallstoff einwirkte, dass dieser regelrecht weggeätzt wurde. Und sobald es auf die darunter liegende Haut traf, begann es augenblicklich zu brennen.

Das war der Moment, in dem Gonzales seiner inneren Stimme gehorchte und ihrer Forderung nachgab. Die Artefakt-Waffe schien ihn regelrecht zu *zwingen*, endlich eingesetzt zu werden. Und nur zu gern ließ er sich von ihr über die letzten moralischen Schranken hinweghelfen.

Er schaffte es immerhin, die Mündung der Waffe gen Himmel zu richten, ehe seine Finger den Auslöser betätigten.

Und im nächsten Moment änderte sich alles.

***

Als Darven diesmal die Lider hob, fühlte er sich von anderen Augen angestarrt – und damit meinte er *andere* Augen im Sinne von *fremden*, von fremd*artigen*.

Ein Schrei wich ihm von den Lippen, etwas wie ein Dorn aus Eis fuhr ihm ins Herz, und reflexartig richtete er sich auf und rutschte auf Händen, Füßen und Gesäß so weit zurück, bis es nicht mehr ging, weil ihn eine weiche, leicht nachgiebige Wand hinter seinem Rücken aufhielt.

Das Monstrum kauerte in der Eingangsöffnung des Raumes,

in dem er sich wiederfand – Türen schien es hier nicht zu geben –, und musterte ihn aus seinen erschreckenden schwarzen Augen.

Dann fiel ein Schatten über das Tier, und eine Stimme sagte: »Du brauchst keine Angst zu haben.«

Obgleich ihm die Stimme auf fast schon alarmierende Weise vertraut vorkam, schaffte er es nicht, den Blick von dem unterarmlangen Käferwesen abzuwenden – oder vielleicht lag es auch daran, dass er die Wahrheit, die sich ihm dann offenbaren würde, noch mehr fürchtete als dieses Tier.

Die Stimme sagte etwas; kein Wort, eher ein bloßer Laut, und er galt auch nicht ihm, sondern dem Käfer, der sich augenblicklich trollte.

Endlich bewegte sich Darvens Blick, wie gegen einen unsichtbaren Widerstand ankämpfend, zu der Gestalt hin, die den Schatten warf und die zu ihm gesprochen hatte.

»Du bist es«, sagte er leise, aber nicht so tonlos, wie er zu klingen befürchtet hatte. Und auch sein Herz schlug nicht so rasend schnell, wie er es erwartet hatte. Das mochte daran liegen, dass er ein paar Sekunden Zeit gehabt hatte, um der Überraschung die Spitze zu nehmen – oder daran, dass sehr viel Zeit vergangen war, seit sie sich zuletzt gesehen, seit ihre *Leben* sich getrennt hatten. Zwar hatte er den allergrößten Teil dieser Zeit verschlafen, und dennoch hatte sie viele Wunden geheilt.

Er hatte es überwunden, dass sie ihn verlassen hatte. In ihm waren, wie er nun feststellte, kein Schmerz und keine Trauer mehr, und es tat ihm auch nicht weh, sie jetzt so unverhofft wiederzusehen, ebenso wenig aber verspürte er übermäßige Wiedersehensfreude. Ja, sicher, er freute sich zu sehen, dass es ihr offenbar gut ging, dass sie immer noch die Frau war, die er einst so abgöttisch geliebt hatte, aber …

Oder log er sich nur selbst etwas vor? Gelang es ihm nur

meisterlich, all jene Emotionen, die er nicht zu fühlen glaubte, zu unterdrücken und zu leugnen?

»Darven«, sagte Shola. Und dieses eine Wort schien den Staub und die Patina, die sich über seine Gefühle gelegt hatten, ein bisschen fortzuwischen …

»Darven …«, wiederholte er und ließ den Namen über seine Zunge rollen, so wie man den ersten Bissen von etwas Unbekanntem kostete. Dann nickte er versonnen und erlaubte sich ein kleines Lächeln, das eher ihm selbst als ihr galt. »Ja, der bin ich.« Er setzte sich etwas bequemer hin, dann sah er sich um.

Er befand sich auf einer Liege, deren Rahmen aus Holz bestand, aber nicht aussah, als sei er von Hand gefertigt worden, sondern so … gewachsen, und dasselbe galt für das Pflanzengeflecht dazwischen, das die Liegefläche bildete. Die Wände ringsum waren von einem etwas schmutzig wirkenden Weiß und zugleich ein bisschen durchscheinend, sodass Licht von draußen hindurchdringen konnte und den seltsam formlosen Raum, der weder Ecken noch Kanten besaß, erhellte.

Darven schwang die Beine von der Liegestatt und stand auf – oder wollte es vielmehr tun, denn er fiel gleich wieder zurück. Nicht weil ihm die Kraft zum Aufstehen fehlte, sondern weil der Boden unter seinen Füßen leicht federnd nachgab, wie vorhin auch die Wand in seinem Rücken.

»Was …?«, setzte er an.

Shola trat zu ihm und streckte die Hand nach ihm aus. »Komm mit, ich führe dich herum. Das wird es leichter machen, zu verstehen.«

Er ergriff die Hand der Frau, die einmal *seine* Frau gewesen war, und ließ sich von ihr aufhelfen. Die wenigen Schritte bis zur Türöffnung genügten schon, um ihn halbwegs mit der ungewohnten Beschaffenheit des Fußbodens vertraut zu machen.

An der Schwelle nach draußen jedoch blieb er abrupt stehen

und suchte mit der freien Hand Halt – weil diese Schwelle nach draußen zugleich auch eine Schwelle ins *Nichts* war!

Sie befanden sich gut dreißig Meter über dem Boden!

Und sie waren hier oben nicht allein.

Es gab noch mindestens ein Dutzend weiterer solcher Behausungen in den natürlich gewachsenen Astgabeln – bizarre Gebilde wie überdachte Riesennester, aus weißlich grauem Material bestehend, in das Pflanzenreste eingebunden waren. Manche dieser Bauten erstreckten sich über mehrere Etagen, andere wieder bestanden offenbar nur aus einem Raum.

Fragen drängten auf Darvens Lippen, aber zunächst war er vollauf damit beschäftigt, seine Umgebung in sich aufzunehmen. Wieder sah er Unmengen von Käfern umherkriechen, aber diesmal erkannte er auch, was sie tatsächlich taten – sie »eroberten« diese merkwürdige Siedlung nicht, sie …

»… sie *bauen* diese … eure Häuser?«, stieß Darven so fassungslos wie fasziniert hervor, ohne den Blick von den Käferwesen zu wenden, die über die Außenseiten der Bauten krabbelten, sie offenbar mit ihrem Sekret überzogen und auf diese Weise verstärkten.

»So könnte man es ausdrücken, ja«, sagte Shola neben ihm.

Die Erinnerung tat sich in ihm auf, wie ein Mund, der zu ihm sprach und ihm erzählte, was einst geschehen war. Er fasste sich an die Brust und entsann sich, wie er nach dem Untergang von Vegas das Schicksal herausgefordert und sich einen der damals nur kinderfaustgroßen Käfer auf die Haut gesetzt hatte. Denn er hatte begriffen, dass Sholas Veränderung etwas mit diesen Tieren zu tun hatte, mit dem »Gift«, das sie absonderten, und er hatte unbedingt auch so werden wollen wie sie – oder sterben.

Nun, heute wusste er, dass er nicht so geworden war wie Shola und die anderen, aber er war auch nicht gestorben …

»Damals waren sie noch anders«, sagte Shola, als hätte sie

seine Gedanken erraten. »*Wir* waren noch anders. Sie und wir waren uns noch *uneins.*«

»Und heute ...?«

»Sind wir eins. Sie helfen uns, wir helfen ihnen.«

»Ihr helft ihnen?«, hakte Darven nach, und seine Stimme klang selbst in seinen Ohren etwas schrill. »Wie ... wie helft ihr diesen ... diesen Viechern?«

»Wir beschützen sie«, antwortete Shola, und sie tat es in einem Ton, der Darven klarmachte, dass sie vorerst nicht willens war, ihm mehr darüber zu erzählen.

Aber für Darven gab es ohnehin wichtigere Fragen, und besonders brannte ihm eine ganz bestimmte auf der Zunge ...

»Warum«, begann er leise und etwas stockend, »bin ich nicht tot?« Endlich drehte er den Kopf und sah Shola an, und endlich spürte er nun doch etwas von dem Schmerz, den er damals gespürt hatte in seiner Verzweiflung.

»Ich weiß es nicht«, sagte Shola, ohne seinem Blick auszuweichen, wie er es erwartet hatte. »Ich kenne nur ... mögliche Antworten.« Und ehe er sie bitten konnte, ihm wenigstens diese möglichen Antworten zu nennen, tat sie es schon aus eigenem Antrieb. »Ich könnte mir vorstellen, dass das Band zwischen uns zu stark war, als dass es durch den Tod zu trennen war ...«

»Was redest du da?«, fiel Darven ihr ins Wort. »Das ist doch ...«

Sie hob die Hand und fuhr ungerührt fort: »Darven, mein Lieber, ich weiß um Dinge, die ich selbst vor Jahren noch als Humbug abgetan hätte. Bitte, hör mir einfach nur zu, mach dir ein Bild und urteile, wenn du alles vor dir siehst. Einverstanden?«

Er nickte nur, immer noch auf der Schwelle zwischen der relativen Sicherheit des Raumes hinter ihm und der Leere, der Tiefe vor ihm. Irgendwie kam ihm das symbolhaft vor ...

»Wie gesagt«, nahm Shola den Faden wieder auf, »es könnte

sein, dass uns etwas miteinander verband, das stärker war als der Tod. Und erst im Laufe der Jahre ließ diese Kraft vielleicht nach, verursacht durch unsere Trennung und die unterschiedlichen Wege und Entwicklungen, die wir nahmen. So gewann der Tod größere Macht über dich, und vielleicht wärst du gestorben, hätten wir ... hätte *sie* dich nicht geholt.«

»Das Mädchen!«, erkannte Darven. »Du sprichst von diesem Mädchen, oder? Wer ist sie? Es gibt sie doch wirklich, oder?«

»Nureeni, ja, es gibt sie wirklich.« Shola lächelte auf sonderbare Weise, froh und wehmütig in einem. »Sie ist ein solches Wunder – aber ich möchte den Dingen nicht vorgreifen. Ich sagte, das Band zwischen uns könnte ein Grund für dein Überleben sein, aber *wünschen* würde ich mir eine andere Möglichkeit.«

Darven sah sie mit gerunzelter Stirn an. »Und die wäre?«

»Dass dir noch etwas Wichtiges, etwas Großes bevorstand. Dass du nicht sterben konntest, weil du noch jemanden kennenlernen musst.«

»Wen meinst du?«

Shola senkte den Blick. »Darven, weißt du noch, wie sehr ich mir ein Kind wünschte? So sehr, als sei es meine *Bestimmung*, eines zu bekommen?«

»Ja, aber ...«

»Es *war* meine Bestimmung, Darven. Sie hat sich erfüllt ...«

Darven traf die Eröffnung wie ein Schlag, und während er noch um Worte rang, kam etwas zwischen sie, wie ein Geist, von einem Wind getragen.

Ein *guter* Geist allerdings ...

»Du?«, entfuhr es Darven, als er das Mädchen erkannte.

Nureeni lächelte ihn nur kurz an, Zeichen ihrer Freude, ihn zu sehen. Dann verfinsterte Sorge ihr so hübsches wie eigenartiges Gesicht, und sie rief: »Es ist so weit, sie kommen!«

* * *

Kurz darauf versank der Ort, der gerade noch bei aller Fremdheit so viel Ruhe und Frieden ausgestrahlt hatte, in vollkommenem Chaos. In unmenschlichen Schreien aus Kehlen, die keinen Menschen gehörten.

Darven vermochte sich immer noch nichts Greifbares, nichts Akzeptables unter den Geschöpfen vorzustellen, die in diesem Augenblick angegriffen wurden.

Es waren zweifelsfrei die Käfer hoch oben in den Bäumen, die attackiert wurden, die schrill und durchdringend schrien, und Darven wurde klar, dass er bis zu diesem Moment noch nicht einmal gewusst hatte, dass sie eine Stimme *hatten.*

Zwischen den Bäumen war etwas aufgetaucht, das Darven erst zu identifizieren vermochte, als es seine ersten Ziele schon erreicht hatte.

Vögel? Waren das ... Vögel ...?

Er kannte solche Geschöpfe nur aus alten Texten und Zeichnungen, und er war sich auch sicher, dass damals mit der BRADBURY kein Vogel in diese neue Welt gelangt war. Und trotzdem ...

Ihm blieb keine Zeit, weiterzuspekulieren. Hier und jetzt wurde er Zeuge eines Massakers.

Die unbekannten Vögel stürzten sich ohne Zögern auf die chitingepanzerten Wesen, mit denen Darven auch jetzt noch vor allem eines in Verbindung brachte: den Ruin seiner Farm. Auch wenn Shola und die anderen Waldbewohner inzwischen in einer Art Symbiose mit dem schwarzen Getier zu leben schienen.

»Wie ... kann das geschehen?«, hörte er Shola neben sich ausstoßen. Zum ersten Mal seit ihrem Wiedersehen wirkte sie fassungslos. Aber nur für einen winzigen Moment, dann rief sie Darven mit fester Stimme zu: »Bleib hier! Folge mir nicht – dir droht keine Gefahr. Ich muss etwas unternehmen. Wir müssen es sofort eindämmen ...!«

Und während Darven tatsächlich stehen blieb, wo er gerade stand, hin und her gerissen von ihrem Befehl, schloss sich Nureeni wortlos ihrer Mutter an. Von überall her strömten die Bewohner der absonderlichen Siedlung, glitten und kletterten hinab und bildeten bald darauf eine regelrechte Traube um Shola, die zum Ort des ärgsten Blutvergießens geeilt war.

Die Schreie der Käfer wurden immer verzweifelter, flehender. *Als riefen sie um Hilfe,* dachte Darven schaudernd. Er konnte den Blick kaum abwenden von dem, was er sah. Der Schwarm silbriger Vögel hatte sich über Dutzende der Riesenkäfer verteilt, war über sie gekommen und hüllte sie ein.

Unterdessen bildeten die Waldbewohner einen Kreis, von dem auch Shola Teil wurde. Sie fassten einander bei den Händen und legten die Köpfe in den Nacken, um – nichts zu tun? Darven hätte erwartet, dass sie zu irgendwelchen Waffen griffen, um dem barbarischen Treiben ein Ende zu bereiten. Aber sie standen nur da und starrten nach oben.

Einer der kleineren Vogelschwärme stob plötzlich von seinem Opfer hoch, als hätte ein Geräusch die Tiere aufgeschreckt. Tatsächlich aber war es einfach so, dass sie ihr Werk vollendet hatten.

Darven sah den Käfer – oder was von ihm geblieben war. Seine Chitinhülle, in der Löcher klafften, die aussahen wie hineingebrannt. Dahinter gähnte Dunkelheit, stellenweise aber sah man auch durch andere Löcher wieder hinaus ins Licht ...

Die Käfer waren *hohl.* So perfekt ausgeweidet, dass nur noch der Panzer übrig geblieben war.

Darven spürte, wie ihm der Mund trocken wurde.

Was ging hier vor?

Der leere Chitinpanzer verlor plötzlich den Halt, mit dem sich die Käferbeine im Geäst gehalten hatten. Schlaff wie ein kaum noch mit Luft gefüllter Ballon segelten die Überreste zu Boden.

Und schon stob der nächste Schwarm auseinander. Suchte sich ein neues Opfer. Und hinterließ einen weiteren leeren Käferleib …

* * *

Rondo Gonzales hatte das Gefühl, aus dem Blut einer eigentlich verlorenen Schlacht wieder emporzutauchen … genau wie die anderen, die nun auf ihn zuwankten, aus zahllosen Verletzungen blutend. Ihre Kleidung war nicht einfach nur lädiert, sie war völlig verwüstet. *Eigentlich müssten wir sie sofort ausziehen,* dachte Gonzales. Aber das hätte womöglich noch schwerere Wunden gerissen. Die Ränder des Stoffes schienen mit der Haut verschmolzen. Überall, wo die Säure der Vögel ihr unheilvolles Werk vollbracht hatte, sah das bloß liegende Fleisch wie geschwärzt aus.

Und es brannte höllisch.

»Bei den Monden, was war das?« Raban bahnte sich einen Weg zwischen den anderen hindurch. »Bürgermeister …«

Eine Frau aus ihrer Gruppe übertönte ihn. »Danke, Rondo, ohne dich und deine Waffe wären wir wohl … na ja, du weißt schon.«

Rondos Blick ging in die Richtung, wo die Artefakt-Waffe eine regelrechte Schneise in den Wald gerissen hatte – schräg ansteigend.

Ob vor Schreck, Respekt oder weil sie die Frequenzen des vernichtenden Strahls zu spüren bekamen, hatten die Vögel nur Augenblicke nach dem Schuss das Weite gesucht.

Als Raban näher kam, sah Gonzales, dass er etwas mit spitzen Fingern in der waffenfreien Hand hielt. Es war der Kadaver eines der Silbervögel.

»Ein Vogel«, krächzte er, als hätte er stundenlang nur geschrien. »Seit wann … gibt es bei uns Vögel?«

Gonzales hätte ihm wenigstens diese Frage beantworten können. Aber er stellte sich unwissend. Was hätte er auch sagen sollen? *»Sie sind Lyvias Kreation ... Na ja, jedenfalls habe ich ihr erlaubt, sie zu kreieren. Sie hat sie aus Jahrmilliarden alter DNA geklont, die wir aus dem Otmanu mitbrachten. Und als der Vogel fertig war, stellte sich heraus, dass er nicht ganz so harmlos war wie erhofft. Aber dafür umso anpassungsfähiger. Dass er entkam, hielten wir nicht für gefährlich. Wie hätten wir ahnen können, dass die Viecher offenbar zweigeschlechtlich sind ...?«*

All das hätte er sagen können. Aber er schwieg. Stattdessen schlug er Raban Tsuyoshi den toten Vogel aus der Hand.

Einen Moment lang sah es aus, als wollte Raban aufbrausen. Doch dann zuckte er nur die Achseln und nickte in die Richtung, wo der Slider geparkt stand. »Was jetzt?«, fragte er. »Umkehren? Aufgeben? Haben wir nicht genug gesehen?«

Gonzales unterbrach ihn brüsk: »Nein, wir ziehen uns nicht zurück, im Gegenteil! Wenn wir jetzt kneifen, wird es das nächste Mal noch schwerer, uns der Gefahr zu stellen!« Er nickte jedem Einzelnen grimmig zu. »Wir gehen zum Slider und versorgen unsere Wunden. Und danach ...«

Das »Danach« überließ er der Fantasie jedes Einzelnen.

Und ihre Gesichter verrieten, dass es funktionierte.

Sie würden ihm folgen.

Es herrschte Krieg, auch wenn manche das noch nicht für sich realisiert hatten ...

***

Sie legten sich auf den Boden. Alle – und gleichzeitig. Nicht, wie von Darven insgeheim erwartet, rücklings, sondern auf den Bauch. Und statt ihre Gesichter zur Seite zu drehen, pressten sie sie auf das Erdreich, so fest, dass er sich fragte, wie sie überhaupt noch genügend Luft zum Atmen bekamen.

Dann änderte sich etwas. Zuerst war es nur ein sachtes Kitzeln, das sich durch seine Fußsohlen fortpflanzte; kurz darauf glaubte er ein erst sanftes, dann beständig stärker werdendes Rumoren zu spüren. Es erinnerte an ein nahendes Erdbeben, und die kreisförmig am Boden liegenden Waldbewohner begannen regelrecht zu vibrieren.

Das ist alles nicht wahr, dachte Darven, und wie von selbst glitt sein Blick hinauf zu den Vögeln und Käfern in den Baumkronen. *Das kann alles nur ein böser Traum sein!* Aber wenn ihm seine Fantasie nur einen Streich spielte, tat sie es mit bewundernswerter Hartnäckigkeit.

Die Blätter über den Käfern und Vögeln schienen enger zusammenzurücken, sich ineinander zu verflechten. Äste schoben sich in sein Sichtfeld, reckten ihre Zweige.

All dies geschah langsam genug, um die Vögel nicht aufzuschrecken, sodass sie nach und nach vom Blattwerk wie in Käfigen eingeschlossen wurden.

Erst als auch der letzte Vogel zusammen mit seiner Beute hinter einem Geflecht verschwunden war, schienen die Tiere Verdacht zu schöpfen. Zu spät! Während die harten Schalen der Käfer dem Druck widerstanden, verklang nach und nach das Geräusch der schnell schlagenden Flügel.

Ungefähr zeitgleich endete auch das Zittern der Körper, die den Kreis am Boden bildeten. Hände lösten sich voneinander. Frauen und Männer drehten sich auf den Rücken, hoben die Arme und säuberten ihre Gesichter vom Schmutz. Dann erhoben sie sich schweigend.

Darven hatte unterdessen seine Furcht vor der Tiefe überwunden und war an den Luftwurzeln, die sich um die Bäume schmiegten wie Strickleitern, nach unten geklettert. Nun trat er Shola entgegen. Sie bemerkte ihn und lächelte scheu.

Er schluckte und nickte nach oben. »Wart … ihr das?«

Schwach war noch Bewegung hier und da hinter den engen Maschen zu erkennen.

»Wir mussten etwas tun, oder? Es sind unsere *Freunde.*«

»Die Käfer?«

»Die Vögel gewiss nicht. Sie sind der Käfer Feind – und damit auch unserer.«

»Woher kommen sie?« Darven schüttelte den Kopf. »Ich meine die Vögel. Es gab doch zu keiner Zeit genetisches Material, aus dem sie hätten entstehen können!«

»›Zu keiner Zeit‹ ist nicht ganz richtig«, sagte Shola. Sie blickte kurz zu den anderen Bewohnern und gab ihnen wortlos zu verstehen, dass sie sich nun wieder ihren Beschäftigungen widmen konnten. Danach wandte sie sich wieder Darven zu. Nureeni blieb in respektvoller Entfernung stehen, als wollte sie bei dem Gespräch nicht stören. »Diese Vögel sind auf dem Mars heimischer als wir. Ebenso heimisch wie die Tjork – wie wir unsere Käferfreunde nennen. Sie wurden nach einer halben Ewigkeit wiedererweckt, die einen von der Natur selbst, die anderen ...«

Er sah, wie sie mit sich kämpfte. Was sie ihm zu eröffnen versuchte, schien tiefsten Widerwillen in ihr hervorzurufen.

»Ja?«, drängte er sanft.

»Die anderen«, setzte sie erneut an, »vom Menschen. Du erinnerst dich, dass Vegas von Lavaströmen verschlungen wurde? Allan Braxton kam dabei ums Leben, und Rondo Gonzales wurde sein Nachfolger.«

Er nickte, konnte sich eines Schauderns nicht erwehren. Er hatte den Bürgermeister geschätzt, nein, er hatte ihn *gemocht.*

»Mit Rondo wurde alles schlechter. Letztlich war er damals der Grund, weshalb wir ...«, sie schloss die Bewohner der Waldsiedlung in einer Handbewegung mit ein, »... keine andere Möglichkeit sahen, als unseren eigenen Weg zu gehen. Rondos Philosophie des Lebens unterscheidet sich völlig von unserer. Er hat im Otmanu ein Erbe der Alten gefunden und zu neuem

Leben erweckt: die Vögel, die nun zu einer Plage geworden sind.«

»Das alles ist ungeheuer verwirrend. Ihr habt die neu gegründete Siedlung also verlassen, um hierher zu ziehen ...«

»So lange haben wir gar nicht gewartet. Wir gingen in den Wald, noch bevor mit dem Bau von Phoenix begonnen wurde. Aber es war eine schwere erste Zeit. Der Wald akzeptierte uns nicht auf Anhieb ... Du sollst gern mehr darüber erfahren – später. Jetzt geht es um die Gefahr, vor der uns Nureeni warnte. Ich habe diesen Tag lange kommen sehen.«

»Ich dachte, die Gefahr seien die Vögel gewesen.«

Shola schüttelte den Kopf. »Ich wünschte, dem wäre so. Aber wir haben es mit einer Gefahr zu tun, die uns bedroht, seit wir in den Wald zogen. Die Vögel kamen erst vor kurzem dazu.«

Darvens Blick glitt wieder zu den traubenförmigen Käfigen empor. »Was hat es mit ihnen auf sich? Sind sie wirklich ... urmarsianisch, wie die Käfer?«

Sie nickte. »Die Tjork waren einmal ihre natürliche Nahrung. Daran haben sie sich nach ihrer Wiedergeburt erinnert. Die Vögel sind sowohl Fleisch- als auch Pflanzenfresser, je nach Nahrungsangebot. Sie würden auch uns angreifen, aber die Tjork schmecken ihnen nun mal besser. Normalerweise sind wir in der Lage, uns mit unserer bloßen Aura gegen sie zu schützen. Sie ... wie soll ich es dir erklären? Sie nehmen uns dann gar nicht wahr. Und diese Aura auf die Tjork auszuweiten ist unser Beitrag zu unserer Gemeinschaft. Sie bauen für uns, wir schützen sie ...«

»Was aber offenbar nicht immer funktioniert«, warf er ein.

»Richtig. Heute muss etwas passiert sein, das die Vögel so durcheinanderbrachte, dass unsere Aura nicht mehr ausreichte. Wir mussten zu handfesteren Mitteln greifen. Glücklicherweise frisst sich der Speichel der Vögel nur durch tierische und künstliche Materialien, nicht durch Pflanzliches.«

6.
RATSUCHE

Der Baum war riesig, vielleicht der größte im ganzen Wald. Nicht seiner Höhe, sondern seinem Umfang nach. Und vom Platz her, den sein Inneres bot.

Der wegen seiner unebenen, knorrigen Wandung nicht ganz kreisrunde Raum durchmaß gute zehn Meter. Dennoch, jetzt, da die natürlich gewachsenen Sitzgelegenheiten allesamt besetzt waren, wirkte er klein. Und doch auf sonderbare Weise nicht ungemütlich oder gar beklemmend. Die hier herrschende Enge schien vielmehr spürbarer Ausdruck ihrer Verbundenheit zueinander zu sein. Es fühlte sich *gut* an.

Im Licht, das durch schmale Luken hereinfiel, ließ Shola den Blick durch das turmhohe Rund der Ratskammer schweifen. Sie sah in die Gesichter von fast zwei Dutzend Menschen. Menschen, die sie ihr Leben lang gekannt hatte und die ihr im Laufe der vergangenen Jahre zur Familie geworden waren. Mit denen sie *eins* geworden war, wie es nicht einmal mit Liebenden geschah.

Sie wartete darauf, einen Stich in der Brust zu verspüren, als sie unweigerlich an Darven dachte. Aber der Schmerz blieb aus, und sein Bild in ihrem Kopf ließ sich quasi mit einem Blinzeln ihres geistigen Auges auslöschen. Das hieß nicht, dass Darven ihr nichts mehr bedeutete, im Gegenteil; aber für die Liebe zu nur einem Menschen war kein Platz mehr in ihrem Leben.

Doch jetzt war nicht die Zeit, Erinnerungen nachzuhängen.

Shola gab sich innerlich einen Ruck und sah noch einmal in die Runde.

Sie hatten den Versammelten die Situation dargelegt, ihnen erzählt, wer da auf sie zukam und in welcher Absicht – oder welche Absicht zumindest der Mann an der Spitze der Eindringlinge verfolgte.

Dieser Vorstoß ihrer früheren Brüder und Schwestern kam nicht überraschend. Sie hatten längst damit gerechnet, dass irgendwann der eine Tropfen fallen würde, der das Fass zum Überlaufen brachte. Und das Verschwinden zweier Teilnehmer an der jüngsten Expedition war wohl dieser Tropfen gewesen.

»Vielleicht lag es auch daran, dass eine von ihnen zurückkehrte«, warf Maury ein, der »weiße Weise«, wie sie den Albino nannten, der hier in der neuen Heimat vom schüchternen Menschlein zum personifizierten Selbstbewusstsein geworden war. Die Klugheit war seine herausragende Gabe, so wie die meisten von ihnen ein spezielles Talent entwickelt hatten, das allen anderen nützte und zur Verfügung stand.

»Und den anderen Bilder in den Kopf setzen konnte, die zwar die Wahrheit zeigen, aber nicht begreiflich machen«, fügte Ino hinzu, die während ihrer Zeit hier vom Mädchen zur Frau gereift war und trotz des Altersunterschieds mit Maury zusammen war. Hier im Wald hatte das Alter nichts damit zu tun, ob zwei Menschen zueinander gehörten und passten.

»Das mag sein«, meinte Shola nun, um die Spekulationen einzudämmen; sie taten im Moment nichts zur Sache. Jetzt ging es darum, wie sie Rondo Gonzales und seinen Leuten gegenübertraten – oder ob sie das überhaupt tun sollten.

Shola, das Waldherz, hatte eine Ahnung, worauf es hinauslaufen würde. Aber es war nicht an ihr, das auszusprechen. Der Vorschlag musste von anderer Seite kommen, die Entscheidung in der Runde fallen. Mochte sie dem Rat auch vorsitzen, war ihre Rolle doch nicht die einer Wort- und Anführerin in dem Sinne, wie er sonst auf dem Mars gebräuchlich war.

Die Strukturen hier waren anders. Verflochtener, miteinander verwachsen, für Außenstehende unübersichtlich und doch etwas einer geheimen Ordnung folgend – so eben, wie auch die Natur alles regelte und ordnete, was sie anging.

All jene, die es hergezogen hatte, waren Teil dieser Natur und folgten deren Regeln und Ordnung – weil sie nicht anders konnten und weil es ihnen gefiel. Auch wenn sie noch weit davon entfernt waren, alles auch wirklich zu verstehen. Und vielleicht würden sie es nie verstehen, zumindest ihre Generation nicht. Ihre Kinder hingegen würden sicherlich klarer sehen, mehr begreifen – wenn die Wenona beispielhaft dafür war, dann hegte Shola nicht den leisesten Zweifel daran, dass die zweite Generation sich grundlegend von ihnen, den Altvorderen, unterscheiden würde.

Immerhin waren sie, Shola und alle, die seinerzeit mit ihr gekommen waren, nur der Urboden dieses neuen Volkes. Es grämte sie nicht, dass es Dinge gab, die sie nicht verstand. Aber das hieß nicht, dass sie nicht gelegentlich über das eine oder andere nachsann.

Über die Zusammensetzung des Rates zum Beispiel.

Darüber bestimmten nicht sie selbst, sie wählten und entschieden nicht, wer ihm angehörte. Diese Wahl und Entscheidung traf der *Baum.* Er entschied, wen er einließ und wem er einen Platz bot. So simpel war das. Und nach wie vor war unbegreiflich, nach welchen Kriterien der Baum seine Auswahl traf. Es gab Angehörige des Rates, die hier in der Runde noch nie ein Wort gesprochen und sich noch nie an einer Entscheidungsfindung beteiligt hatten.

Ihre Zeit wird kommen, sagte eine Stimme in Shola – und sie klang nicht wie ihre eigene, aber auch nicht fremd, sondern vertraut. Dennoch hatte es eine Zeit gegeben, da hatte diese Stimme Shola erschreckt – und es hatte gedauert, bis sie sich daran gewöhnte, sie *wieder* hören zu können.

Shola erwiderte nichts darauf. Allerdings erlaubte sie sich

noch, sich in Gedanken wieder einmal darüber zu wundern, dass die Wenona nicht zum Rat gehörte. Über den Grund dafür schwieg die andere Stimme in ihr auch diesmal …

In der Runde kam man zu einer Entscheidung, und zwar zu der, die Shola bereits erahnt hatte.

Maury war es, der sie in Worte fasste: »Mir scheint, es gibt nur einen Weg – nur eine, die wirklich weiß, was zu tun ist und die uns vielleicht helfen kann. Wenn sie will und es für richtig hält.«

Shola nickte. Sie verstand und wusste, was sie zu tun hatte.

***

Sie traten aus dem Baum, Shola als Erste. Ein sonderbarer Anblick …

Sie schoben sich aus einer Öffnung im Holz, die entfernt an einen hochkant stehenden, dicklippigen Mund erinnerte – und die eigentlich zu klein schien, um einen Menschen passieren zu lassen. Und doch kamen alle, die vor einer Weile in dem Stamm des Riesenbaums verschwunden waren, jetzt auf diesem Wege wieder zum Vorschein.

Darven verkniff sich die Verwunderung darüber und fügte die Beobachtung nur im Stillen der langen Liste von Dingen hinzu, die er erklärt wissen wollte.

Entgegen seiner Erwartung kam Shola nicht zu ihnen, sondern entfernte sich, verließ den runden Platz im Wald, über dem ein großer Teil der Behausungen der hier lebenden Leute in den Bäumen hing, und war alsbald in dem Flirren aus Licht und Schatten, zu dem der Laubhimmel den Sonnenschein filterte, verschwunden.

»Wo geht sie hin?«, wollte Darven wissen.

»Zur Baummutter, nehme ich an«, antwortete Nureeni.

»Zur Baummutter?«, wiederholte Darven und wandte seinen

Blick dem Mädchen an seiner Seite zu – dem »guten Geist«, der ihn so lange begleitet hatte und jetzt leibhaftig neben ihm stand.

Sie nickte nur und sagte, um jeder weiteren Frage vorzubeugen: »Später.«

Dieses Wort hatte Darven in der kurzen Zeit ihres Zusammenseins schon viel zu oft aus ihrem Mund gehört; jede seiner Fragen hatte sie damit »beantwortet«.

So war er also vorerst weiter darauf angewiesen, sich nur umzusehen und zu versuchen, seine eigenen Schlüsse daraus zu ziehen. Was fast unmöglich war …

Deshalb stellte er doch eine weitere Frage: »Und wann ist ›später‹?«

Sie lächelte ihm zu, frech, koboldhaft, was gut zu ihrem fremd wirkenden Gesicht passte, in dem sich doch die Züge ihrer Mutter versteckten.

Shola war Nureenis Mutter.

Doch wer war ihr Vater?

Darven wollte es sich ersparen, ihr diese Frage zu stellen. Aber fast hatte er den Eindruck, sie würde sie ihm vom Gesicht ablesen, und als sei dies der Auslöser, sagte sie: »*Jetzt* ist ›später‹.« Sie nahm ihn bei der Hand. »Komm.« Und führte ihn mit sich.

Sie überquerten die Lichtung, verließen sie aber in eine andere Richtung als jene, die Shola genommen hatte. Im Gehen konnte Darven sehen, wie alle anderen sich nach oben zurückzogen. Viele der Gesichter, die er dabei sah, kamen ihm bekannt vor.

Vor allem aber fielen ihm die Kinder auf.

Er wusste nicht, wie viele es hier gab; gesehen hatte er nicht mehr als ein Dutzend, schätzte er. Aber allen, die er gesehen hatte, war etwas gemeinsam: Keines von ihnen sah seinen Eltern ähnlich. Sie sahen nicht aus wie die Siedler, die einst aus den Ruinen von Vegas hierhergekommen waren.

Nein, all die Kinder hier sahen aus wie Nureeni.

Und sie waren alle jünger als sie.

Darven wusste nicht, was das zu bedeuten hatte. Aber er hatte so eine Ahnung, *dass* es etwas zu bedeuten hatte und dass diese Bedeutung mit all seinen anderen Fragen in Zusammenhang stand.

»Wohin führst du mich?«, fragte er Nureeni, die ihm voranging, ohne seine Hand loszulassen.

»Zum Friedhof«, sagte sie.

»Zum Friedhof?«

»Der Friedhof der Frühen«, wurde sie konkreter, gerade so, als müsste Darven sich jetzt etwas darunter vorstellen können.

Nun, unter einem Friedhof konnte er sich in der Tat etwas vorstellen. Aber nichts davon kam dem, was er dann tatsächlich zu Gesicht bekam, auch nur nahe ...

Keuchend erreichte er hinter Nureeni den Rand einer anderen Lichtung. Sie war nicht im Geringsten außer Atem. Sie schien viel müheloser vorangekommen zu sein als er. Es war nicht so, dass er Mühe gehabt hätte, mit ihr Schritt zu halten, aber die pure Beschwerlichkeit des Weges schien für Nureeni nicht existiert zu haben.

Doch angesichts dessen, was vor ihm lag, vergaß Darven die Beobachtung gleich wieder. Zu überwältigend, zu *fremd* war der Anblick.

»*Das* soll ein Friedhof sein?«, hauchte er und blieb stehen.

»Das *ist* ein Friedhof«, bestätigte Nureeni. »Der Friedhof der Frühen.«

»Aber ...«

»Du wirst alles verstehen«, sagte Nureeni. »Komm.« Sie setzte sich wieder in Bewegung, und Darven, den sie immer noch an der Hand hinter sich herführte, folgte ihr, offenen Mundes und fassungslosen Blickes.

An einer Stelle, die nicht von Moos und Flechten bedeckt war, sondern nur aus rotem Sand bestand, ließ Nureeni sich im Schneidersitz nieder und bedeutete Darven, sich ihr gegenüber genauso hinzusetzen.

»Und jetzt willst du mir alles erzählen?«, fragte er, als er endlich halbwegs bequem saß; seine Beine fühlten sich immer noch etwas hölzern an. Schließlich hatte er jahrelang geschlafen, und es war ein kleines Wunder, dass sie ihm überhaupt gehorchten.

Aber *kleine* Wunder nahm Darven schon kaum mehr zur Kenntnis ...

»Alles«, sagte Nureeni. »Darüber, wie unsere Geschichte ihren Anfang nahm, nachdem alles zu Ende schien ...«

Darven räusperte sich. »Ich ... ich weiß nicht. Ich dachte, euch droht Gefahr. Das scheint mir nicht die rechte Zeit für lange Geschichten.«

Nureeni lächelte wieder ihr typisches Lächeln, das so kess und warm in einem war. »Ich kann lange Geschichten ganz kurz machen«, sagte sie. Und dann streckte sie eine Hand nach dem Sand aus, berührte ihn, und die einzelnen Körner begannen zu zittern, zu hüpfen wie unter dem Stampfen einer Baumaschine.

Ihre Finger begannen sich über und durch den Sand zu bewegen, vollführten kompliziert aussehende Bewegungen, als malten und schrieben sie, Symbole und Schriftzeichen einer fremden Sprache vielleicht ...

... doch Darven spürte, dass es so simpel nicht war. Er wollte den Mund öffnen, etwas fragen, aber Nureeni schien es zu wissen und kam seiner unausgesprochenen Frage mit ihrer Antwort zuvor: »Es dauert nur einen Augenblick, nicht länger.«

Sie fasste mit der freien Hand nach der seinen, ließ auch seine Finger den Sand berühren ...

... und sie hatte Recht.

Wirklich nur einen Augenblick später hatte Darven alles erfahren, was sich im Laufe von Jahren zugetragen hatte. Gerade so, als sei er selbst dabei gewesen und bräuchte sich nur daran zu erinnern …

***

Der Moment war zeitlos. Darven sah und hörte, was geschah, und er begriff und verstand es, ohne mühsam einzelnen Bildern folgen und Worte und Sätze hören zu müssen.

Die Ruinen von Vegas lagen weit hinter ihnen. Der Widerschein der Feuer und Glut, die ihr altes Zuhause vernichtet und verzehrt hatten, leuchtete noch am Horizont, wie das letzte Licht eines vergangenen Tages.

Vor ihnen gähnte Schwärze, scheinbar himmelhoch und fest und undurchdringlich wie eine Mauer. Und doch wussten sie, dass sie am Ziel waren. Was sie suchten, lag in der Luft, und hier war es am stärksten.

Shola ging den anderen voran, so wie sie ihnen seit Kords Tod, seit dem Inferno und seit ihrem Ausbruch aus der Siedlung vorangegangen war. Niemand stellte ihre Führung in Frage, niemand machte sie ihr streitig. Dies war Sholas Aufgabe, ihre Gabe, so wie sie alle eine Gabe und Aufgabe hatten oder haben würden in dem Verbund, zu dem sie geworden waren.

Sie fürchteten diesen finsteren Ort, den Wald, dessen Bäume aufragten wie die Palisaden einer Titanenfestung. Aber sie betraten ihn und blieben.

Was auch geschah, sie ließen sich nicht vertreiben. Der Wunsch, hierzubleiben, war mächtiger als alle Angst …

… mächtiger auch als die *Angst, der Nächste sein zu können, der verschwand – vom Wald geholt und* gefressen.

Darven spürte diese Angst, als sei er einer von ihnen. Unsichtbar wie ein allgegenwärtiger, ein alles berührender Geist schwebte er unter ihnen. Wie ein heimlicher Zeuge all dessen, was geschah …

Die Zeit vollführte einen Sprung, wie von einem Schlag erschüttert und vorangetrieben. In Darvens Ohren klang dieser Schlag wie der eines Herzens.

Fünf der Frauen, die zu dieser neuen Gemeinde fernab aller Marssiedlungen gehörten, waren schwanger. Unter ihnen auch Shola.

Darven wollte auffahren, wollte Fragen stellen, irgendetwas sagen oder tun. Aber er konnte nicht. Er konnte nur schauen – denn mehr war nicht möglich in einem bloßen Augenblick.

Ein weiterer Schlag, ein weiterer Sprung durch die Zeit dem Heute entgegen …

Die Zeit der ersten Niederkunft stand unmittelbar bevor. Das erste Kind des neuen Volkes würde das Zwielicht dieser Welt im Wald erblicken.

Aber das erste Kind wurde tot geboren. Wie auch die drei nächsten, noch im Laufe des Tages und der darauf folgenden Nacht. Es war, als seien sie noch nicht reif für dieses Leben.

Man hob kleine Gräber aus, bettete die toten Kinder in korbartig geflochtene Särge und überantwortete sie dem Boden dieser neuen Welt.

Das Leid und die Trauer der Mütter und Väter lagen wie etwas Dunkles über dem Wald, wie etwas, das zu schwer schien für die Luft.

Und nun änderte sich Darvens Perspektive, oder vielmehr fügte sich seiner bisherigen noch eine weitere hinzu: Mit einem Mal war er nicht mehr nur zwischen den im Wald heimisch gewordenen Menschen, sondern rings um sie her, über und unter ihnen, und was sie nur vermuten konnten, wurde für ihn zur Gewissheit, weil er es aus allererster Hand erfuhr, aus dem Boden selbst und dem, was ihm innewohnte.

Die toten kleinen Körper verbanden sich mit dem Boden – und berührten etwas, das darin war. Weckten Verständnis und das Bedürfnis, ein Zeichen zu setzen für die Menschen.

Der Friedhof der toten Kinder wurde zu diesem Zeichen.

Den Gräbern entspross ein ganz eigener Wald, wie er hier nicht fremdartiger hätte wirken können. Denn er bestand aus Korallen – wie aus Glas und Spiegeln gemacht! Und darin waren Bilder, die den Menschen zu verstehen halfen, die ihnen zeigten, wie ihr Leben hier zu handhaben und zu meistern war. Welchen Nutzen ihnen die als Plage *betrachteten Käfer erweisen konnten. So entstand die Nestsiedlung in den Bäumen.*

Und auf dem Friedhof der Frühen, wie sie diesen Platz jetzt nannten, an diesem Ort des Todes entsprang auch, endlich, das erste neue Leben dieser Welt.

Shola, die letzte der Schwangeren, gebar zwischen den korallenüberwucherten Gräbern ihre Tochter Nureeni. Oder, wie man sie einst nennen sollte, die Wenona ...

Der schiere Augenblick, in dem sich alles ballte und konzentrierte, verging. Darven hatte Jahre geschaut, die Geschichte einer eigenen Welt und ihres Volkes gelesen. Und er bezweifelte, dass er je wieder in die andere Welt und zu seinem eigenen Volk zurückkehren konnte ...

... oder dies auch nur wollte ...

***

Darven wich zurück, strauchelte und fiel – als hätte ihn etwas festgehalten und jetzt unvermittelt losgelassen. Halb lag, halb saß er im roten Sand der Lichtung und wusste kaum, wie ihm geschehen war.

Nur eines wusste er mit Bestimmtheit: Es war kaum Zeit vergangen, während ihm all diese Informationen eingepflanzt worden waren.

Oder war die Zeit einfach stehen geblieben?

»Was ... was war das?«, fragte er endlich, als er sich wieder gefasst hatte, einigermaßen jedenfalls.

»Ich nenne es *aus dem Sand lesen*«, sagte Nureeni, die ihm

unverändert gegenübersaß, die Beine untergeschlagen und mit den Fingern einer Hand durch den Staub fahrend, als gelte es dort etwas zu verwischen. »Ich bin die Einzige, die es kann.«

Darven räusperte sich in Annäherung an eine Frage, die ihn mehr bewegte als jede andere, und die er doch auch fürchtete.

»Und Shola, deine Mutter ... sie war ...«

Er sah Nureeni an, als warte er darauf, dass sie ihm beisprang, seine Frage erahnte und beantwortete, ohne dass er sie stellen musste. Aber sie erwiderte seinen Blick nur fragend und ihrerseits abwartend.

»Nun, also ... Shola war schwanger, als sie hierherkam? Damals?«, brachte er endlich hervor.

Nureeni nickte. »Das Waldherz trug mich schon in sich, als sie hier eintraf. Aber es dauerte noch, bis ich reif war für das Leben hier.«

»Dann ... dann sind wir ...«, Darven deutete auf sich, dann auf Nureeni, »ich bin also ...«

Und endlich sprach sie es aus, wenn auch anders, als Darven es getan hätte: »Ich bin aus deinem Samen, ja.«

»... ich bin dein Vater.«

Ihm war, als fiele ihm ein Stein vom Herzen. Und seine eigenen Worte verursachten ihm ein angenehmes Kribbeln und leichtes Schwindelgefühl, das verging, indem er kurz die Augen schloss. Hinter geschlossenen Lidern sah er, wie es hätte sein können, wenn alles anders, *normal* verlaufen wäre. Dann hätten sie eine Familie sein können, so wie sie es sich immer gewünscht hatten.

Müßig, darüber nachzudenken ...

Darven stand auf. Ließ den Blick schweifen.

Die filigranen, bizarren Geflechte, die aussahen, als bestünden sie aus Korallen, ragten aus kleinen Erdhügeln auf, verzweigten sich nach oben hin erst dutzend- und dann hundertfach, bis ihre Arme ineinandergriffen und miteinander verwuchsen.

Darven trat etwas näher und blickte nach oben. Die merkwürdigen Gebilde erreichten Höhen von gut vier oder fünf Mannslängen, und in ihrem Material spiegelte Darven sich zigfach wider.

Dann sah er, dass die Substanz nicht nur sein Abbild zeigte, sondern auch Dinge, die hier im Umkreis nicht zu sehen waren. Und er sah Shola. Wo sie jetzt gerade war. Was sie jetzt gerade tat. »Ist das …?«

Nureeni war hinter ihn getreten. »Das ist die Baummutter, ja. Das Waldherz spricht mit ihr«, sagte das Mädchen mit dem elfenhaften Gesicht und Körper.

Darvens Blick hing wie gebannt an der Szene, die ihm ein naher Spiegelast zeigte. So wurde er Zeuge dessen, was die junge Gemeinschaft der friedliebenden Waldbewohner in ihrer Existenz bedrohte. Und schuld daran war …

»Rondo!«, keuchte Darven und trat instinktiv näher an den Ast heran. »Bei den Monden, was tut dieser Wahnsinnige da? Shola! Er wird sie …« Seine Stimme versagte. Er war wie gelähmt.

Auch Nureeni stand wie zur Salzsäule erstarrt. Schaute in den absonderlichen Ast … und hauchte, als die Szene darin eskalierte: »Mutter! Er hat … Mutter umgebracht?!«

7.
DIE ADERN DER WELT

N*ur Minuten zuvor …*

Der Baum wirkte fast unscheinbar im Heer der Riesen, die ihn umstanden und mit ihrem Blätterdach beschirmten. Ragten die mächtigsten Exemplare bis in gut hundert Meter Höhe empor und wirkten ihre Stämme wie Säulen, die einen grünbraunen Baldachin stützten, so reichte dieser hier nur so hoch, dass der höchste Punkt seiner Krone die Unterseite der anderen zaghaft berührte. Seine wahre Größe offenbarte sich weniger dem Auge als vielmehr der Seele des Betrachters.

Shola hatte den Schritt schon viele Male vollzogen.

Dieser Baum war der Schlüssel zu *allem.* Ohne ihn, erinnerte sich Shola, hätte dieser Wald ihrem Volk niemals Heimat werden können.

Der Wald war ihnen anfänglich sogar offen feindselig entgegengetreten, hatte keinen Zweifel daran gelassen, dass er die Menschen, die sich für ein Leben mit und in der Natur entschieden hatten, nicht akzeptieren wollte. Es hatte entbehrungsreiche Monate voller Gefahr gekostet, bis dann am Ende …

Die Erinnerungen zerstoben, als Shola die unsichtbare Grenze überschritt, nach der sie in die Aura des Baumes eintrat. Und der Baum reagierte. Von weit oben senkten sich Lianen herab. Zwei berührten ihre Schultern rechts und links des Kopfes. Behutsam, aber mit Nachdruck. Eine dritte Liane pendelte so dicht über Sholas Haar, dass sie den Lufthauch spürte.

Das erste Mal war furchtbar gewesen, weil es völlig unvorbereitet gekommen und auch von einem Schmerz begleitet war, den sie kaum glaubte ertragen zu können.

Jetzt, beim vielleicht hundertsten Mal, war alles anders. Der Schmerz war willkommen, weil er den Kontakt einleitete. Jene Verschmelzung mit der Baummutter, die nicht intensiver hätte sein können. Und die Sholas geistigen Horizont in einer Weise erweiterte, als mutierte sie in einem Sekundenbruchteil zu einem Geschöpf, das *mindestens* so groß war wie die Baumriesen, die auf sie herabblickten.

Und wundersamerweise war ihr Verstand sogar in der Lage, all diese Eindrücke zu verarbeiten.

Da wurde die Harmonie brutal durchbrochen!

»Verdammt!«, schrie eine Stimme, so fern und doch so nah, als würde sie aus zwei Mündern gleichzeitig kommen. »Der Baum will sie töten …!«

Mehr hörte sie nicht – vermutlich, weil auch nicht mehr geschrien wurde. Stattdessen erklang ein Ton, wie sie ihn noch nie zuvor im Leben gehört hatte. Ein erschreckender Klang, der fast imstande war, ihre Eingeweide nach außen zu kehren.

Und dann …

… schnellten die Lianen zurück, wurden weggestoßen, pulverisiert.

Und nicht nur sie. Etwas Ungeheures traf auch den Stamm der Baummutter selbst und riss ein gewaltiges Loch hinein.

Dann krümmte sich Shola am Boden, weil die bislang so klare und reine, alles mit Güte überstrahlende Aura der Baummutter jäh pervertierte.

Und das Verhängnis nahm seinen Lauf – noch unbemerkt von demjenigen, der es ausgelöst und verschuldet hatte …

***

Er sah sich sterben. Er sah sich alt werden. Er sah eine Million Höllen, in die er stürzte. Im gleichen Moment, da sich die Schockwelle aus seiner Artefakt-Waffe in den Stamm des Baumes grub. Jenes Baumes, der gerade versucht hatte, seine lianenartigen Ableger in Sholas Körper zu bohren!

Shola Angelis, die so verändert aussah im Vergleich zu damals, als sie noch auf der großen Farm nahe Vegas gelebt hatte. Damals, als sie sich mit einer Hand voll Gleichgesinnter geweigert hatte, jemals wieder einen Fuß in eine Häuseransammlung zu setzen, die sie als *Krebsgeschwür im Leib des Mars* bezeichnet hatte.

Damals hatte Rondo ihre geistige Verwirrung auf die Ereignisse zurückgeführt, von denen Shola heimgesucht worden war. Auf das seltsame Koma, in das ihr Mann Darven gefallen war, den sie einfach zurückgelassen hatte. Doch jetzt war er davon überzeugt, dass hier, in diesem Wald, Dinge vorgingen, die eine Gefahr für alle Siedler darstellten.

Er ächzte innerlich, gefangen in jenem Moment, in dem er die Waffe auslöste und zusah, wie sie wütete.

Bin alt.

Werde sterben.

Bin eigentlich schon tot ...

Mit dem Slider waren sie aufgestiegen, nachdem sie ihre Wunden aus der Vogelattacke versorgt hatten, und dicht über dem Blätterdach zu einer anderen Lichtung geflogen. Dort waren sie gelandet und in Zweierteams ausgeschwärmt.

Die Begegnung mit Shola war aus heiterem Himmel erfolgt. Raban, der Rondo begleitete, hatte sie entdeckt, und zunächst hatten sie sich ihr nicht zu erkennen gegeben, weil sie herausfinden wollten, was die ehemalige Farmerin hier trieb.

Bis der Baum sich in einer Weise gegen sie gewandt hatte, die Rondo nur als heimtückischen Anschlag betrachten konnte. Auf den es nur eine einzige Antwort gab, um das Schlimmste zu verhindern ...

Aber hast du das nicht schon einmal geglaubt?

Das Schlimmste zu verhindern?

Feuer mit Feuer zu bekämpfen.

Die Bilder aus dem Otmanu stiegen wieder in Rondo auf. Seine Konfrontation mit Varga, der schon halb in dieser abscheulichen Masse versunken war, diesem amorphen *Etwas,* das versucht hatte, ihn zu verschlingen, und das Rondo mit der Artefakt-Waffe zerfetzt hatte.

So war Vegas untergegangen. Der Schuss verwandelte die Station der Alten in eine gigantische Bombe, die die Landschaft wie mit einer unsichtbaren Axt gespalten hatte. Die Planetenrinde war aufgerissen und hatte Magma aus dem Innersten nach oben strömen lassen. Straßen und Plätze hatten sich in Lavaflüsse verwandelt, Menschen waren einen schrecklichen Tod gestorben …

Und ich bin schuld.

Und jetzt habe ich es wieder *getan …!*

Endlich nahm er die Hand vom Auslöser. Die Stoßfront, die zwei, drei Meter über Shola gegen den Baum pulste, erlosch.

Raban stöhnte erstickt neben Rondo auf.

Shola drehte sich zu ihnen um, die Augen weit aufgerissen, die Fäuste gegen die Schläfen gepresst und den Mund zu einem Schrei geöffnet, der aber nie ihre Kehle verließ.

***

Der Schrei drang nicht nach außen; er zermalmte und zerfetzte ihr Innerstes.

Shola sah nicht nur, sie *fühlte* die Baummutter sterben, als sei sie selbst von der Schockwelle getroffen und durchlöchert worden.

Nicht sie schrie und brüllte und tobte durch das Geflecht ihrer Seele – der Baum tat es. Es waren sein Schrei, sein Schmerz und seine Qual, die über unsichtbare Bande auf Shola übersprangen. Der Schrei einer Mutter an ihr Kind.

Aber obwohl sie diese innige und große Verbindung zum ersten und letzten Mal auf diese zerstörerische Weise empfand, traf die Offenbarung des Baumes Shola wie ein eisiger Blitz. Als er sich spaltete und sein Geheimnis preisgab, von dem in dieser Konsequenz auch Shola nichts geahnt hatte.

Und dieses Geheimnis, dieses gespenstische Leben wandte sich dem Verderber zu. Dem Mann, der eine ganze Stadt auf dem Gewissen hatte und durch den auch diese Welt zugrunde gehen würde, wenn ihm nicht Einhalt geboten wurde.

* * *

Raban sah aus unmittelbarer Nähe, was Rondo tat. Wie er die Stabwaffe auslöste, sie auf einen Baum abfeuerte, der Shola Angelis ganz offensichtlich mit lebenden Lianen angriff. Rondos Schuss durchtrennte die Strünke und fraß ein gut mannshohes Loch in den dreimal so dicken Baum. Es war ein glatter Durchschuss – Raban konnte durch den Stamm hindurchschauen.

Im nächsten Moment erzitterte der Baum. Seine Äste schüttelten sich. Unkontrolliert fielen weitere Lianen herab, die wie Peitschenschnüre oder lange dünne *Zungen* hin und her tänzelten. Als sei der Baum plötzlich erblindet, und als müssten seine Ableger nach der Beute *tasten.*

»Verdammt!«, keuchte Rondo, wie schon einmal, kurz vor dem Schuss. Er wandte das Gesicht kurz in Rabans Richtung, als erhoffte er sich von ihm die nachträgliche Legitimation seines Handelns – dann widmete er sich wieder Shola und dem Baum. Hob erneut die Waffe, um der immer noch in Aufruhr befindlichen Pflanze, deren Rascheln und Knarren sich wie das Ächzen eines tödlich Verletzten anhörten, den Rest zu geben.

Rondo legte an, wollte diesmal genau zielen, das Feuer nicht einfach aufs Geratewohl eröffnen.

Und wartete eine Spur *zu* lange.

***

Darven sah all dies in den gläsernen Zweigen.

Längst hatte er begriffen, dass Nureenis Ausruf sich nicht auf Shola bezogen hatte, sondern auf die Baummutter. Jenes mythische Gewächs also, das die Waldbewohner offenbar wie einen Fürsorger verehrten. Er wusste zu wenig und weilte zu kurz unter ihnen, um das genau beurteilen zu können.

Es gab so viele Rätsel und Wunder in diesem Wald, aber das größte und unheimlichste offenbarte sich ihm in diesem Augenblick. Als sich der schwer verwundete Baum öffnete …

… und etwas gebar.

Etwas gleichermaßen Absurdes wie zutiefst Grauen erregendes und Faszinierendes …

***

Shola sank langsam zu Boden. Ihr war, als zöge etwas alle Kraft aus ihrem Körper hinab ins Erdreich.

In einiger Entfernung stand Rondo Gonzales, der eine klaffende, vielleicht tödliche Wunde in die Baummutter gerissen hatte. Mit einer Waffe, deren *Ausstrahlung* Shola innerlich aufwühlte wie selten etwas zuvor. Fast kam es ihr vor, als sei sie mehr als nur ein Ding, als besäße sie eigenes Leben, eine eigene Seele und einen eigenen, auf Rache getrimmten Verstand.

Was ist das? Und warum hat er das getan?

Hatte die Baummutter gewusst, was geschehen würde? Aber weshalb hatte sie ihre Warnungen dann nicht deutlicher formuliert?

Immer nur Andeutungen, düstere Prognosen, die sich auf die Menschen im Allgemeinen und die Bewohner von Phoenix im Besonderen bezogen. *Vielleicht hätten wir es verhindern können, wenn wir davon gewusst hätten.*

Aber die Überlegung war müßig. Es war zu spät.

Rondo hob die Waffe zum neuerlichen Schuss. Was er der Baummutter bereits angetan hatte, reichte ihm nicht. Er wollte sie sicher und umfassend töten.

Doch endlich – endlich! – setzte sie sich zur Wehr.

Der Boden unter Rondos Füßen brach auf. Statt Lianen griffen Wurzeln nach ihm. Schnellten nach oben, rollten sich um Fußgelenke und Arme und entwanden ihm die furchtbare Waffe.

Shola erkannte, dass der Geist des Baumes in ihn eindrang. Weil sich die Pupillen des Mannes in typischer Weise weiteten. Die Wurzeln, die die Baummutter jetzt in Rondos Fleisch stieß, waren die Verbindung zur Fürsorgerin.

Doch dann geschah etwas anderes, absolut Untypisches. Etwas, das selbst Shola in dieser Form noch nie erlebt hatte – und das ihr ganz nebenbei Antwort auf die Frage gab, die sie quälte, seit sie ein kleines Kind gewesen war und in die ratlosen, todtraurigen Augen ihres Vaters Barton geblickt hatte …

Der Stamm des Baumes spaltete sich unterhalb der verheerenden Wunde und spie etwas aus.

Etwas Kaltes, Fremdes und doch unsagbar Vertrautes.

Es hatte ein Gesicht, auch wenn es von Baumsäften troff, auch wenn die Haut an uraltes, silbrig grau verwittertes Holz erinnerte und kein Haar das Haupt zierte.

Es hatte Sholas Gesicht!

Auch wenn der Körper, das Wesen, die *Frau*, die ihr da entgegenwankte, zu Lebzeiten auf einen anderen Namen gehört hatte …

»O nein ...«, rann es tonlos über die Lippen von Shola Angelis, die sie das *Waldherz* nannten.

Eine Pause entstand, in der sie meinte, überhaupt kein Wort mehr herauszubekommen, nie wieder. Dann gelang es ihr doch, und mehr zu sich selbst als an das Geschöpf gerichtet, das ihr entgegenstakste und von dem sie nicht glaubte, dass es sie hören konnte, flüsterte sie:

»*Eiila ...?*«

***

Die Wurzeln drangen in Rondos Körper, und ihm wurde schwarz vor Augen. Als hätte sich um ihn herum ein absolut dichtes Behältnis geschlossen. Oder eine riesige Faust – ja, vom Gefühl her traf es das noch am ehesten ...

Es wurde unendlich finster, und er war überzeugt, sterben zu müssen. Oder bereits tot zu sein.

Raban und Shola und die Welt ... alles war ihm entrückt. Er schwebte in kalter Dunkelheit wie in einem Nichts. Ob er noch atmete, wusste er nicht. Auch nicht, ob sein Herz noch schlug. Ob er nur blind und taub geworden oder etwas anderes, Schrecklicheres mit ihm geschehen war ...

Er wusste nur, dass dies der Moment war, vor dem er sich in seinen Träumen immer so gefürchtet hatte.

Alt. Sterben. Tod. Nacht. Ewigkeit.

Begriffe, die selbst jetzt noch an ihm fraßen, zehrten und zerrten. Ihn nach einem flüchtigen Moment der Ruhe und Gefasstheit in heillose Panik stürzten. Er hatte das Gefühl zu ersticken. Oder erdrückt zu werden. Oder sich in seine Atome aufzulösen – nicht schnell und gnädig, sondern unendlich langsam und qualvoll.

Und dann änderte sich auch dies, wich die Schwärze, machte Bildern Platz – Bilder, die zu ihm sprachen wie eine Stimme.

Die ihm zeigten, wie die Welt – wie der Mars – *wirklich* war. Und welcher Gefahr alles Leben darauf entgegensteuerte.

»Du bist krank«, sangen die Bilder. »Du bist vergiftet.«

»Wer bist du?«, fragte er bebend. Mit Worten oder Gedanken – es war einerlei. Er wurde gehört. Nur das zählte.

»Wir kennen uns«, seufzten die Bilder. »Ich besuche dich jede Nacht. Ich sehe dich in Vergangenheit, Gegenwart und Zukunft. In *vielen* Zukünften.«

»Vielen Zukünften?«, echote er verständnislos.

»Ich zeige es dir. Denn du sollst erfahren, warum du nicht weiterleben darfst.«

* * *

»Ja, mein Kind, meine Tochter. Ich bin es.«

Die Oberfläche von Eiilas Körper hatte Ähnlichkeit mit den Korallenbäumen über den Gräbern der Frühen. Aber die Züge waren denen Sholas immer noch so ähnlich, als würde sie in einen grotesken Spiegel blicken.

»Du hast es nie geahnt?« Die Stimme knarrte wie ein morscher Ast im Wind. Lianen liefen wie dicke Fäden aus Schulter und Kopf der Gestalt heraus, die der schwer verletzte Baum preisgegeben hatte. Zum ersten Mal sah Shola, wie befremdlich es aussah, wenn sich die Ranken in einen Körper aus Fleisch und Blut bohrten, um den Kontakt zur Baummutter herzustellen. Der Baummutter, die ihre wahrhaftige und leibhaftige, vor vielen Jahren verschollene Mutter war!

Als Halbwaise war Shola aufgewachsen, und auch ihr Vater, der den Verlust seiner Frau nie verkraftet hatte, war früh gestorben. Eine andere Familie hatte sie aufgenommen, bis sie die ausreichende Reife erlangte, selbst für sich zu sorgen. Bald schon hatte sie Darven kennen- und lieben gelernt, und das hatte ihrem Leben die entscheidende Wende gegeben.

Die Jahre mit Darven zählten zu den glücklichsten überhaupt.

Aber dann waren die Käfer gekommen, deren Sekret etwas Unbekanntes in ihr geweckt hatte. Bei ihr stärker als bei allen anderen, die ebenfalls in Kontakt damit gerieten. Und wie selbstverständlich hatte sie die Rolle ihrer Sprecherin übernommen, hatte sie all jene um sich geschart, die wie sie eine zwingende Veränderung in sich fühlten, eine regelrechte zweite Bewusstwerdung.

»Geahnt?«, echote sie, unfähig, eine der tausend Fragen, die ihr in diesem Moment durch den Kopf schossen, auch nur zu formulieren.

»Wer die Baummutter ist – die euch liebt, als wärst nicht du allein mein leibliches Kind, sondern alle, die mit dir kamen. Alle, die nach euch kamen und hier geboren wurden.«

Die Worte lösten eine tiefe Traurigkeit in Shola aus, ohne dass sie den Grund dafür zunächst benennen konnte. Doch dann brach es aus ihr hervor: »Aber die ersten Kinder, die hier zur Welt kamen, starben. Erst Nureeni hat überlebt!«

Es war ein Vorwurf. Einer, der sich über Jahre im Namen der betroffenen Frauen in ihr aufgestaut hatte, für den es aber nie eine Adresse gegeben hatte, an die man ihn hätte richten können.

»Nureeni ist etwas Besonderes«, knarrte die Gestalt, die begonnen hatte, in sich zusammenzusinken. Immerhin hatte der Baum hinter ihr sich wieder beruhigt, bebte nicht länger, als stünde er unter Strom.

Sholas Blick wechselte kurz zu Rondo Gonzales, der erstarrt dastand, dessen Waffe verschwunden war und in dessen Körper sich Wurzeln gebohrt hatten. Der andere Mann, Raban, war verschwunden. Er schien Hals über Kopf geflohen zu sein.

»So wie du etwas Besonderes bist«, fuhr Eiila indes fort. »Du bist mein Kind. Und sie ist deines. Ihr beide tragt dieselbe Gabe in euch, die mich damals hierher brachte, in diesen Wald, wo ich sterben wollte.«

Sholas Blick flog zu Eiila zurück. »Was ...?«

»Ich habe damals Schreckliches vorausgesehen«, fuhr sie fort, »einen Sturm, der viele Menschenleben kostete. Die meisten hätten gerettet werden können, wenn ich die Visionen ernst genommen und davor gewarnt hätte. Aber ich traute meiner Intuition nicht. Später fraßen mich die Schuldgefühle langsam auf.«

»Und du kamst her ...«, Shola räusperte sich, »... um zu sterben?«

»Ja.«

»Du hast uns einfach im Stich gelassen? Vater, mich?«

»Das ist die Schuld, an der ich noch heute trage – wie an jener, als *Seherin* versagt zu haben.«

»Du bist eine Seherin? Du kannst ... Dinge voraussagen?«

»Das kann ich. Wie du andere Dinge kannst. Oder Nureeni, die so vieles vermag. Sie ist die bislang Stärkste aus unserer Linie. Und ihr Kind, das sie eines Tages gebären wird, wird noch stärker sein, noch besser mit den Kräften der Natur umgehen können ...«

»Was ist damals geschehen?«

Shola erschrak, als sie sah, wie Eiila ruckartig so tief in sich zusammensank, dass es zunächst schien, als seien weit oben die Ranken plötzlich gekappt worden. Aber dann hielten sie doch, und Eiila stand nur tief gebeugt wie eine uralte Frau vor ihrer Tochter und sprach mit hörbarer Anstrengung, nur noch schwer verständlich weiter.

»Ich ging in den Wald. Fand diesen Baum. Lehnte mich dagegen. Ich hatte ein Messer mitgebracht. Damit ... öffnete ich meine Pulsadern. Die Schwäche kam schnell. Ich rutschte am Stamm hinab, und mein Blut ... tränkte den Boden. Meine letzten Gedanken waren bei euch. Bei dir und Barton. Es muss wohl so gewesen sein ... dass ich es am Ende bereute, so feige geflohen zu sein. Am Ende wollte ich nicht mehr sterben. Aber es war zu spät. Nichts und niemand konnte mich mehr retten ... glaubte ich. Ich wurde ohnmächtig und war überzeugt, nie mehr die Augen aufzutun. Nun, in gewisser Weise stimmt das auch. Meine Augen *sind* seither geschlossen. Die Säfte des Baumes ... nun, sie haben mir nicht nur das Leben gerettet, sie haben es auch verändert. Ich sehe jetzt mit anderen Sinnen. Als ich zu mir kam, war ich noch blind. Eingeschlossen in etwas, von dem ich erst viel später erkannte, dass es der Baum war, der mich in sich aufgenommen hatte. Es brauchte lange, bis ich begriff, was für eine Verantwortung damit einhergeht ...«

Shola zitterte, und das Zittern wurde mit jedem Satz, den die absonderliche Gestalt hervorpresste, stärker.

»Wie ... kann das sein?«

Eiila schien sich noch einmal zu fangen, leicht aufzurichten. »Die Gabe, mein Kind. Es ist die Gabe in uns, die uns anders macht. Es ist eine *Macht*, die in uns schlummert. Aber keine Macht, die man missbrauchen darf. Sie hilft dir nur, wenn du sie zum Nutzen aller einsetzt – zumindest all derer, die bereits gelernt haben zu *sehen*. Die bereit sind, diese Welt so anzunehmen, wie *sie* sein will. Der Mars ist mehr als Stein und Luft, Wasser und Licht. Und ich habe einen Weg gefunden ...«

Die Stimme erstarb. Der Oberkörper sank schwer nach unten, klappte regelrecht zusammen, stürzte aber nicht.

Shola trat einen Schritt vor und wollte nach Eiila greifen. Da aber knarrte die Stimme: »Nein. Lass mich. Es ist gut. Nichts ist auf Dauer. Und ich bin müde. – Wo war ich? Ah ja, ich wollte dir sagen, was ich entdeckte.«

»Mutter, ich ...« Shola spürte, wie ihr Tränen über die Wangen rollten. Erst jetzt realisierte sie in voller Tragweite, wer da vor ihr stand.

Aber Eiila ließ sich nicht beirren. »Ich habe einen Weg

gefunden, mich mit dem Planeten zu verbinden«, knarrte sie. »Ich entdeckte ... die Adern, die niemand zu sehen vermag, niemand, der nicht ist wie wir.«

»Die Adern?«, fragte Shola verständnislos.

»Die Adern der Welt.«

***

Es war ... wundervoll.

Zumindest anfänglich.

Rondo trieb in einem Ozean aus Bildern und Klängen. Er sah den Mars in seiner Gesamtheit und, wie er in diesem Moment glaubte, wie ihn noch kein Mensch vor ihm geschaut hatte. Er sah nicht nur das Offenkundige, das Oberflächliche, sondern *alles*. Er durchdrang den Planeten mit seinem Geist, als folge dieser in einem einzigen Moment unzähligen Bahnen, die diese Welt wie ein komplexes Netzwerk durchwoben. Er war überall zugleich und erkannte nicht nur einen Aspekt nach dem anderen, sondern eine Flut von Wahrheiten auf einmal.

Ein zeitloser Moment.

Ein Moment, so stark komprimiert wie das Universum vor dem befreienden Urknall.

Und Rondo erfuhr, warum die Stimme, die zu ihm sprach, meinte, er dürfe nicht weiterleben.

Er sah die Welt, wie sie einmal gewesen war. Vor Äonen. *Er sah ihre Bewohner, unter denen sich auch die Geschöpfe tummelten, die Lyvia wiederbelebt, aus marsianischer DNA neu erschaffen hatte. Es waren nur Bruchteile des Gesamten. Nur Randerscheinungen.*

Nicht so die Käfer. Die Käfer, der Stoff, aus dem sie bestanden, spielten eine bedeutende Rolle. Zumindest in der Endzeit jener längst vergangenen Epoche. Kurz vor dem großen Exodus ...

Er sah die Welt, wie sie über Jahrmilliarden gewesen war. Bevor der Mensch kam. *Rostrotes Land. Gewaltige Stürme. Wasser, das nur noch in gebundener Form im Boden existierte. Zerklüftete Canyons. Ein gigantischer Vulkan, höher als jeder andere im Sonnensystem. Und ein weiter Krater, aus dessen Zentrum ein Strahl* ... der *Strahl hervorschoss.*

Rondo erschauderte, als er die Wahrheit sah. Das Geheimnis um das Verschwinden der Alten. Ihr Schicksal.

Doch wieder, ehe er das Gesehene reflektieren konnte, wechselten die Eindrücke.

Er sah die Welt, wie sie jetzt und heute war. Was der Mensch daraus gemacht hatte. *Grüne Flächen, die sich wie ... Geschwüre im Rostrot des Sandes und der Felsen ausnahmen. Geschöpfe – Menschen –, die überall, wo sie gingen und sich niederließen, Wunden und Narben im Körper des Planeten hinterließen. Die nie dafür gemacht worden waren, hier zu* sein.

»Und du«, sangen die Bilder, »bist einer dieser Fremdkörper. Der Schlimmste.«

»Der Schlimmste? Ich? Aber warum ...?« Es war wie ein Reflex, der aus ihm herausdrängte.

»Es gibt Menschen, die empfänglich für all dies sind. Und die Dinge wahrnehmen, die anderen verborgen bleiben. Dich haben sie vergiftet. Du trägst Hass in dir und den unerbittlichen Willen, diese Welt zu der deinen zu machen ... wenn ich dich ließe. Du würdest die *andere* Kraft, die hier im Einklang mit der Natur entsteht, niemals dulden. Du würdest alles gegen sie setzen – auch Gewalt, die tötet. Die Kinder des Waldes sind dir suspekt, eine Bedrohung – dabei sind sie in Wahrheit eure Hoffnung. Das einzige Gegengewicht, das verhindern kann, dass die Natur euch zermalmt unter ihren Gewalten, ihren Stürmen und Erdbeben und Dürren. Der Mensch ist schwach. Er kann nur überdauern, wenn er bereit ist, sich zu ändern.«

»Und die hier leben, erfüllen diese Voraussetzung?«

»Es sind noch nicht viele, und sie müssen sich noch entwickeln, aber mit jedem neuen Kind kommen sie den Forderungen der Natur näher.«

»Du hast von ›vielen Zukünften‹ gesprochen. Was bedeutet das?«

»Ich sehe alle Zeiten. Vergangenes, Gegenwärtiges und Künftiges. Ich sehe mögliche Zukünfte, die beeinflussbar sind von unser aller Tun. Und ich sehe dich, der verdorben wurde von der Waffe, die er mit in den Berg nahm, den ihr *Otmanu* nennt. Die Alten ließen sie zurück bei ihrem Exodus. Sie sagten sich los von der Gewalt, wollten einen Neuanfang. Du aber führst die *schlechte Linie* fort! Ich hätte dich gern früher zu mir geholt, aber ich konnte dich nicht zwingen. Nun kamst du selbst, und nun kann ich es verhindern.«

»Was verhindern?«

»Die Welt, die du zu verantworten hättest. Wenn ich dich ließe ...«

Die Flut von Bildern in Rondos Geist gerann zu ein paar wenigen. Er sah sich noch einmal im Otmanu stehen. Vor Varga. Vor dem ... Ding, der Monstrosität, die dort hauste. Er sah sich mit der Waffe in der Hand auf das abscheuliche Gebilde zielen.

»Was war das für ein ... Monster?«, fragte er.

»Ein Überbleibsel jener, die in dem Labor einst wirkten.«

»Ein Labor? Wonach wurde dort geforscht?«

»Sie schufen einen Stoff, wie die Natur ihn nie vorgesehen hatte. Der die Zeiten überdauern konnte, halb organisch, halb künstlich. Das erzürnte den Mars. Aber er war geduldig. Denn seine Bewohner waren vergänglich, und sie würden ihre Schöpfung mitnehmen in die neue Heimat. Aber sie hinterließen jene Experimente, die misslungen waren, die ein eigenes, unkontrolliertes Leben entwickelten. Saaten aus jener Substanz, die die Alten aus den Käfern gewannen. Die nach einer halben Ewigkeit immer noch da waren und nur Wasser brauchten, um wieder zu erwachen. So wie auch die Käfer selbst, die sie genetisch verändert hatten, um den Baustoff zu gewinnen.«

»Ein ... Baustoff?«

»Und mehr als das. Materie, in der das Leben eingeschlossen war, künstlich erhalten und nicht fähig zu sterben, wie es der Lauf der Dinge sein sollte. Kein Wunder, dass so viele Versuche in einer Perversion endeten. Deine Waffe ist aus einem solchen Stoff gemacht. Sie ist ... du würdest sagen ... lebendig. Organisch, im weitesten Sinne.«

Rondo spannte sich an. Zum ersten Mal, seit er in diesem Zustand war, glaubte er wieder seinen Körper zu spüren.

»Sie hat eine Seele wie alle lebenden Dinge. Die deine eigene Seele vergiftete und dich dazu zwang, abzudrücken.«

Die Bilder um Rondo herum gewannen plötzlich an Geschwindigkeit. Bis hin zu dem Punkt, da er damals im Otmanu die Waffe und damit eine Katastrophe ausgelöst hatte.

»Wie?«, fragte er halb betäubt. »Ich wurde zu dem Schuss ... gezwungen?«

»Das entartete Wesen dort lockte euch, dich und den anderen, in sein Äonen altes Gefängnis. Es wollte sterben, endlich erlöst werden. Dein Schuss riss eine Verbindung zu dem Kraftwerk auf, durch das die Labors versorgt wurden – die Kraft aus dem flüssigen Inneren des Planeten. Du hast ein Ventil zerstört, und die frei werdenden Gewalten spalteten die Planetenrinde ... Was weiter geschah, weißt du.«

Ja, dachte Rondo, *das weiß ich.* Trotzdem kam Hoffnung in ihm auf, sein Schicksal vielleicht noch zu wenden. »Also war ich es gar nicht, der abgedrückt hat! Es war dieses Wesen!«

»Doch, du warst es. Das, was aus dir wurde dort in der Tiefe. Das, was aus dem Artefakt auf dich übersprang und nun Teil von dir ist. Nichts und niemand vermag dich davon zu heilen. Du bist eine Gefahr für diese Welt, und deshalb musst du ...«

»Sterben?«, ächzte Rondo. »Du willst mich dafür töten, dass ich … nicht mehr ich selbst bin?«

»Nein«, sangen die Bilder. »Du wirst es selbst tun. Und ein Teil von mir wird mit dir gehen und darauf achten, dass eine der Zukünfte, die ich sehe – in der Menschen Krieg gegen Menschen führen –, niemals wirklich werden kann.«

8.
BESTIMMUNGEN

Der Wirbel, der sie hergebracht hatte, erstarb. Nureeni und Darven traten daraus hervor, und Letzterer kämpfte um sein Gleichgewicht, stolperte ein paar Schritte, ehe er zum Stehen kam.

Vor ihnen erhob sich der Baum, den sie kurz zuvor noch durch die Spiegeläste auf dem Friedhof der Frühen gesehen hatten. Davor lag eine Gestalt, schaurig fremd, obwohl wie ein Mensch geformt.

Und noch etwas weiter stand ein Mann, von Wurzeln umschlungen, die Augen geschlossen, den Kopf weit in den Nacken gelegt.

»Rondo«, keuchte Darven. »Aber wo ist Shola?«

Nureeni kniete neben der Gestalt nieder, die wie aus silbrig grauem Holz geschnitzt reglos dalag. Die Ranken, die sie einmal durchbohrt hatten, waren von ihr abgefallen.

»Sie ist tot«, hauchte sie. »Ich kannte sie nicht. Wie war ihr Name?«

Ihr Gesicht kam Darven seltsam vertraut vor, aber er konnte es nicht zuordnen. »Shola wird es uns sagen können.« Darven blickte sich suchend um. »Sie muss hier doch irgendwo sein. Vorhin, als wir sie durch den Spiegelbaum sahen, war sie noch da.« Er stockte. Sein Blick fand wieder zu Rondo. »Wenn er ihr etwas angetan hat …«

Im Laufschritt überbrückte er die Entfernung zum Bürgermeister – von dem im selben Augenblick alle Fesseln abfielen. Rondo wankte. Riss die Augen auf, schien aber Darven nicht wahrzunehmen.

Der packte ihn an den Schultern und schüttelte ihn. »Wo ist Shola? Wo ist meine Frau? Was hast du mit ihr gemacht?!«

Von hinten rief Nureeni: »Lass ihn! Er hat nichts damit zu tun!«

Irritiert drehte Darven sich um. Ungläubig betrachtete er seine Tochter, die immer noch neben den sterblichen Überresten der Frau aus Holz stand, und doch hatte sich etwas verändert. Von weit oben aus der Krone des Baumes baumelte eine Liane herab, die hin und her pendelte und dabei immer wieder über Nureenis Haupt fuhr, als würde sie sie ... streicheln.

»Ich weiß jetzt, wo das Waldherz ist, Vater. Komm, komm her zu uns ...«

Darven folgte ihrem Ruf – und bemerkte nicht, wie sich Rondo Gonzales hinter ihm plötzlich straffte, herumfuhr und mit ungelenken Schritten davonging. Aus seinem Nacken ragte die Spitze einer dünnen Wurzel ...

***

Raban stolperte durch den Wald. Er wusste, dass er sterben würde, wenn von einem der Bäume oder aus dem Boden Lianen oder Wurzeln hervorschnellten. Er hatte gesehen, was sie mit Rondo gemacht hatten ...

Raban rannte und rannte, bis er kaum noch Atem holen konnte. Völlig ausgelaugt brach er zusammen. In seiner Panik hatte er nicht mehr zu der Stelle gefunden, wo der Slider geparkt war.

Als er Schritte hörte, war er zunächst voller Hoffnung. Doch die aus dem Dickicht tretenden Gestalten trugen keine silbrigen Overalls. Sie waren fast nackt. Nur die Gesichter waren Raban vertraut. Schrecklich vertraut.

Bei den Winden!

Er hob die Arme, um die Gespenster abzuwehren. Aber die sprachen beruhigend auf ihn ein.

»Hör auf!«, sagte das Mädchen. »Hör auf, dich zu fürchten. Es ist alles anders, als du denkst. Vielleicht hätten wir zu euch nach Phoenix kommen sollen, um mit euch zu reden. Aber das können wir ja immer noch tun.«

»Bist du es wirklich?« Zögernd ließ Raban die Arme wieder sinken. »Er hat dich ... hat euch nicht ... gefressen?«

»Er?«

»Der Wald!«

Nive lachte, und Ley stimmte darin ein. Gemeinsam halfen sie Raban aufzustehen und führten ihn ins Dorf.

EPILOG

Der Slider flog dem Krater wie ein silbriger Pfeil entgegen.

Rondo hatte Raban einmal gefragt, wie hoch das Fahrzeug zu steigen vermochte. Heute hatte er die Antwort selbst herausgefunden. Der Slider schaffte es mühelos, den Kraterrand nördlich der Siedlung Utopia zu überfliegen, über zweitausend Kilometer von dem Wald entfernt, wo er Stunden zuvor aufgebrochen war. Alle Funksprüche, die ihn auf seinem Flug erreichten, hatte er ignoriert.

Er wusste, dass hier der geheimnisvolle Strahl, der das Verschwinden der Alten erst ermöglicht hatte, hinauf in den rötlichen Himmel stach – und darüber hinaus in die Tiefe des Alls. *Sehen* konnte er das wie fließendes Wasser anmutete Phänomen erst, als er nur noch wenige hundert Meter davon entfernt war.

Ich will es nicht, dachte er, die Hände um das Steuer gekrampft.

Es muss sein, wisperte die Wurzel, die in ihm geblieben war. Die darauf achtete und darüber wachte, dass er seinem Schicksal nicht entkam, das ihm in so vielen Träumen prophezeit worden war.

Ich will nicht!, dachte Rondo ein letztes Mal – bevor der Slider seine Geschwindigkeit jäh drosselte und in den Strahl eindrang, der sich in den lachsfarbenen Himmel bohrte.

Das Letzte, was Rondo Gonzales sah, war eine sterbende Sonne …

4

AUFBRUCH

PROLOG
SEHNSUCHT NACH DER ERDE

Marssommer 235, Erdjahr 2484

Maya, es wird Zeit fürs Bett!«

Die mahnende Stimme der Mutter drang wohl in Maya Joy Tsuyoshis Ohren, prallte jedoch umgehend an der Mauer des Widerstands ab, noch bevor sie das Trommelfell in Schwingungen versetzen konnte. Diese Mauer war trotzig und fugendicht aus den Bausteinen von zwei Wörtern zusammengesetzt: *noch nicht* – und damit schier unüberwindlich, selbst wenn die Mutter die Trompeten von Jericho eingesetzt hätte.

»*Maya!*« Die zornige Stimme *übertraf* allerdings die Trompeten von Jericho, vor allem, wenn sie *diese* Stimmlage erreichte; die Lautstärke war dabei nicht das Entscheidende. Doch mehr als ein leichtes Bröckeln der Bausteine konnte selbst sie nicht bewirken.

»*Ja,* Mama!«, gab Maya zurück und überlegte, ob Mutter eventuell von einer vorübergehenden Hörschwäche zu überzeugen war, bevor sie zur Standpauke ansetzte. »*Gleich.*« Ihre schmalen Ohren zuckten, als sie hörte, wie Vera Akinora Tsuyoshi den Raum betrat.

Maya spürte augenblicklich die starke Präsenz der Mutter, deren Autorität inzwischen auch im Rat unangefochten war. Und erst recht bei Lorres Gonzales, dem frechen Rüpel, der Maya in der Schule einmal auf die Nase gehauen hatte, weil sie ihm nicht rechtzeitig Platz gemacht hatte.

Maya hatte sich dafür gerächt, indem sie ihm ziemlich unsanft an eine sehr empfindliche Stelle getreten und ihn anschließend in die Hand gebissen hatte. Lorres bekam für sein Benehmen einen Verweis, aber auch Maya erhielt eine Ermahnung, sich künftig nicht mehr ganz so brutal zu verteidigen.

Lorres hatte anschließend rachsüchtig Maya aufgelauert, als sie auf dem Weg zum Magtaxi war – doch er hatte die Rechnung ohne Mayas Mutter gemacht, die bereits informiert worden war und deswegen ihre Tochter persönlich abholen wollte. Lorres war Erwachsenen gegenüber sehr frech, und normalerweise ließen sich die Erwachsenen viel gefallen. Aber Mayas Mutter war da ganz anders; sie stauchte Lorres auf eine kühle, autoritäre Weise zusammen, bis er fast zu heulen anfing und versprach, in Zukunft brav zu sein.

»Wohl eher sofort!«, erklang jetzt ebendiese berüchtigte strenge Stimme hinter Mayas Rücken. »Was tust du denn da überhaupt?«

»Rausgucken«, antwortete Maya, ohne sich umzudrehen.

Sie hörte ihre Mutter einatmen, bevor sie betont ruhig sagte: »Das sehe ich. Aber warum?«

Maya antwortete nicht gleich. Sie kniete auf dem Schemelchen vor dem Fenster, wie sie es in letzter Zeit immer öfter tat, die Arme auf dem Brett, den Kopf auf die Arme gestützt, und schaute hinaus. »Weil ...«, fing sie schließlich an, vergaß jedoch, was sie noch sagen wollte, weil ihr Blick schon wieder gefangen war.

Sie regte sich kaum, als ihre Mutter neben ihr in die Hocke ging und Mayas Blick zu folgen versuchte.

Es war dunkel dort draußen. Der Wohnsitz des Tsuyoshi-Oberhauptes befand sich im obersten Stockwerk des Spindelturms, dem höchsten Gebäude der Ratsstadt Elysium. Dem Himmel schon ganz nahe, so schien es, weil man tagsüber von hier oben, am besten von der Terrasse aus, einen atemberaubenden Blick über die Stadt, den breiten Grüngürtel im Umkreis und in der Ferne auf den viele Kilometer hohen Elysium Mons hatte. Abends und nachts lohnte ein Blick über die Balustrade von der weitläufigen, halbmondförmigen Plattform hinunter auf die unterhalb liegenden, weit verstreuten Lichter der Stadt, die an den Geländern, Hauskanten, Brücken und Treppen wie kleine Sterne funkelten. Ganz unten floss der Verkehr auf den breiten, hell erleuchteten Straßenbändern dahin.

Maya wusste all dies, sie hatte sich oft genug nachts im schützenden Thermoanzug hinausgeschlichen und war auf die Balustrade geklettert, was die Eltern ihr mindestens zehnmal aufs Schärfste verboten hatten. Aber die Kleine wusste längst, dass ein energetisches Sperrgitter die Balustrade umgab; es hatte nämlich einmal gewaltig geschnalzt, als sie in einem Wutanfall ihren Goldie – eine Plüschversion des marsianischen Vielaugenmolochs – über die Balustrade schleudern wollte. Leider war Goldie dabei zerschmolzen, aber Maya wusste nun, dass sie niemals in die Tiefe stürzen würde. Sie musste allerdings darauf achten, sich nicht zu weit hinauszulehnen ... Den Sinn dieses Sperrgitters begriff Maya nicht, aber sie konnte die Eltern schlecht um Auskunft bitten. Vielleicht, damit kein Luftschiff versehentlich ins Haus krachte oder so.

Jedenfalls war Maya damals noch ein kleines dummes Kind gewesen, das sich naiv an den lächerlichen künstlichen Lichtern von Elysium freute.

Heute gab es andere Lichter, die sie interessierten und die viel weiter entfernt lagen. Sie waren immer da, aber sichtbar wurden sie nur in der Nacht, wenn die Sonne auf der anderen Seite des Mars den aus der Atmosphäre ragenden, sagenhafte sechsundzwanzig Kilometer hohen Gipfel des Olympus Mons zum Glühen brachte.

»Dort draußen …«, flüsterte Maya und deutete zum Himmel. »Siehst du es, Mama?«

Sie spürte, wie ihre Mutter eine Hand auf ihren Arm legte. Weit entfernt am pechschwarzen Himmel, nahe dem Horizont, stand ein Punkt, hell leuchtend, weißblau funkelnd. Fast gegenüber fanden sich viele kleine, schwache Punkte und wieder zwei größere und darüber ein riesiges, milchig-weißes, glitzerndes Band. Ausläufer der Galaxis, in deren Seitenarm sie sich befanden – die Milchstraße.

»Die Erde«, murmelte ihre Mutter.

Manchmal wurde es Maya unheimlich, wie viel ihre Mutter wusste. Sie hatte doch gar nicht dorthin gezeigt, sondern nur irgendwohin auf das Sternenmeer.

»Ja. Sie ist ganz weit weg, nicht wahr?«

»Nicht immer, Schätzchen. Manchmal ist sie nicht einmal sechzig Millionen Kilometer von uns entfernt. Das ist fast ein Paddlersprung.« Ein Paddler war eine froschähnliche Amphibie, die bei einer Größe von etwa acht Zentimetern über zwei Meter weit springen konnte.

»Warum gehen wir dann nie dahin?«, fuhr Maya fort.

»Was sollten wir dort?«, erwiderte die Mutter.

Maya wandte sich ihrer Mutter zu und sah sie ernst aus großen, dunklen, leicht rötlich schimmernden Augen an. »Die Gründer kamen von dort«, sagte sie fast streng. Wie konnte ihre Mutter dem keine Bedeutung beimessen? Wo doch Mayas Vater den Namen des legendären John Carter trug, der sich geopfert und der einen großen Schatz hinterlassen hatte?

»Ich weiß«, versicherte Vera Akinora. »Aber die meisten wollen mit der Alten Heimat nichts mehr zu tun haben. Für sie ist der Besuch von Bradbury ja schon fast wie eine Strafe.«

Bradbury war die erste Siedlung des Mars gewesen. Heute war der ursprüngliche Kern von der übrigen Stadt isoliert und zu einem Museum umgestaltet, in dem auch die Statuen der

Gründer standen. Jede Schulklasse besuchte das Museum wenigstens einmal, die Aufnahmen der Gründer zu betrachten, sich die alten Texte anzuschauen und zu erfahren, welchen großen Namen sie womöglich trugen. Für die meisten, Lehrer wie Schüler, eine Pflichtveranstaltung. Aber eben nicht für alle.

Maya Joy Tsuyoshi träumte von der Erde. Sie wollte mehr wissen als nur trockene Historie auswendig lernen. Sie wollte wissen, wie die Menschen dort heute lebten, wie sie sich im Aussehen von den Marsianern unterschieden, ob sie auch Museen hatten, in denen sie Artefakte aus der Zeit der Altvorderen betrachteten.

»Das kann ich einfach nicht verstehen«, murmelte sie. »Allein schon der Flug dorthin ... mitten durch den Leerraum, umgeben nur noch von fernen Glanzpunkten, in dieser Stille ...«

»Wir haben kaum auf dem Mars Fuß gefasst, und du träumst schon wieder von den Sternen?« Ihre Mutter lachte. »Maya, du lebst in einer ganz eigenen Welt. Wir wissen noch nicht einmal genug über die Neue Heimat.«

»Aber wir dürfen doch nicht vergessen, wo wir herkamen, oder?« Maya wandte den Blick wieder nach draußen, auf den winzigen Stecknadelkopf dort draußen. Natürlich hatte sie die Erde schon ausgiebig durch Teleskope betrachtet, aber da gab es nicht mehr zu sehen als eine geschlossene Wolkendecke, von der viele Wissenschaftler behaupteten, sie bestünde aus Umweltgiften aus Fabriken und sogenannten Automobilen. Wie es auf der Oberfläche der Erde aussah, wusste keiner.

Eine Sonde hätte es vielleicht in Erfahrung bringen können, aber die Raumfahrt steckte noch in den Kinderschuhen, weil man sich um das All da draußen bisher nicht besonders gekümmert hatte. Es war zwar schon der erfolgreiche Abschuss von zwei Sonden zu Phobos und Deimos gelungen, den beiden Marsmonden, aber was gab es auf diesen winzigen Steinklumpen schon zu holen? Phobos hatte gerade mal siebenundzwanzig Kilometer Durchmesser; er zog seine Bahn in weniger als sechstausend Kilometern Entfernung über den Marshimmel. Meistens stand er zweimal am Tag viereinhalb Stunden am Himmel, wobei er mehr als die Hälfte seiner Phasen durchlief. Deimos war noch kleiner; er maß gerade mal fünfzehn Kilometer im Durchmesser und kreiste in über dreiundzwanzigtausend Kilometern Entfernung um den Mars, wobei er zweieinhalb Stunden lang zu sehen war – *wenn* man ihn denn sehen konnte, da er tagsüber kaum mehr als einen winzigen Schmutzfleck am rötlich-violetten Himmel bildete.

Beide Satelliten waren zerklüftet und unregelmäßig geformt, wie Splitter von Asteroiden, die vor langer Zeit vom Mars eingefangen worden waren. Sie boten keine Erze, keine Informationen, einfach nichts. Außer grandiosen Bildern vom Mars, die die Sonden übermittelten. Damit war das Interesse an der Raumfahrt auch schon wieder erloschen – zumindest bei den meisten Marsianern.

Bizarrerweise hatte ausgerechnet Lorres Gonzales Maya auf den Geschmack gebracht, als er in der Schule furchtbar mit einem »Geheimprojekt« seines Vaters angab, nämlich der Konstruktion eines Raumschiffantriebs. Natürlich hatten die anderen ihn für verrückt erklärt und ihm kein Wort davon abgenommen.

Bis auf Maya, die diese Geschichte einfach glauben *wollte.* Aber sie erzählte niemandem davon, weil sie vermutete, sich damit lächerlich zu machen. Sie fing allerdings an, den Himmel genauer zu beobachten ... und zu träumen.

Vera Akinora legte einen Arm um die schmächtigen Schultern der Tochter. »Nein, natürlich dürfen wir das nicht vergessen. Deswegen gibt es ja auch die vergleichende Uhr im Bradbury-Museum, die die Erdzeit anzeigt. Ich denke nur, wir haben sehr viel Wichtigeres zu tun, als uns um eine Reise zur Erde zu bemühen.«

»Du meinst, *du* hast Wichtigeres zu tun, Mama.« Mayas Mutter war selten zu Hause. Sie wollte bei der nächsten Wahl in vier Jahren für das Amt der Präsidentin kandidieren, da Lerimée Ashiro Tsuyoshi, die derzeitige Präsidentin, aus Altersgründen nicht mehr antreten wollte.

Maya war auf den Ehrgeiz der Mutter allerdings stolz und glaubte, dass sie am besten für das Amt geeignet war. Sie war nämlich die Einzige, die es auf Anhieb schaffte, dass alle ihr zuhörten. Und sie war sehr klug und außerdem sehr schön, wie das Mädchen fand. Und wohl nicht nur sie, denn viele in der Schule himmelten sie an, wenn sie einmal auf einer Versammlung erschien. Vor allem Jarro Gonzales, Lorres' Vater, bekam immer ziemliche Stielaugen, wenn er Mayas Mutter begegnete.

»Und du nicht, Maya?«, versetzte Vera lächelnd. »Hast du denn deine Hausaufgaben gemacht?«

Maya zog einen Flunsch. In einem erhabenen Moment wie diesem, wenn es um eine Reise durchs All ging, fiel der Mutter nichts Besseres ein als die Schule. »Klar.«

»Ehrlich?«

»Mhmmm ... ja. Bis morgen früh hab ich's.«

»Ah!« Die Mutter erhob sich leise ächzend aus ihrer unbequemen Haltung. »Schließen wir ein Geschäft, Maya: Du machst in Zukunft deine Hausaufgaben pünktlich und korrekt, und ich sehe zu, dass wir dir ein schönes Teleskop besorgen. Das darfst du dann hier in deinem Zimmer aufstellen und die Sterne anschauen.«

Maya sprang auf, ihre Augen leuchteten. »Wirklich?«

»Wirklich-wirklich. Und jetzt ab ins Bett. Ich schreibe dir eine Entschuldigung für deine Hausaufgaben, aber das ist das letzte Mal, verstanden?«

Maya nickte, dann fiel sie ihrer Mutter um den Hals.

1.
DIE WELT IM 3. JAHRHUNDERT

Marsfrühjahr 247/Erdjahr 2508

Am frühen Morgen verließ Vera Akinora Tsuyoshi, gewählte Präsidentin der Marsregierung und des Volkes, ihren Wohnsitz. Der Tag war wie gewöhnlich schön, mit angenehmen Temperaturen um die fünfzehn Grad. Der Himmel zeigte ein freundliches helles Morgenrot, der Hof um die knapp über den Horizont gestiegene Sonne war tiefblau.

Wie jeder gewöhnliche Marsianer benutzte die Präsidentin den Säulenlift, anschließend ein Magnetband bis zur Taxistation, stieg dort in eine wartende Kabine ein und nannte das Ziel: Akinat-Haus, Sitz der Regierung, Bradbury-Chaussee.

Den etwa zehnminütigen Weg dorthin genoss die Präsidentin als lieb gewonnenes Ritual, sie schaute aus dem Fenster und resümierte meistens über das, was die Siedler seit der Bruchlandung vor fast fünfhundert Erdjahren erreicht hatten, vor allem nach der industriellen Revolution der letzten hundert Jahre.

Stolz erfüllte Vera jedes Mal, wenn sie die schönen, blumenartig-filigranen Häuser betrachtete, die sich auf ihren Säulen hoch in den Himmel erhoben.

Bei der Architektur der Gebäude hatte man sich im vergangenen Jahrhundert verstärkt auf die Spindelbauweise konzentriert, als krassen Gegensatz zu den schlichten, zweckmäßigen Bunkern der frühen Siedlerzeit. Ein Teil der Bunker existierte heute noch, ebenso manche der spiralenförmig aufgezogenen Türme, die ein idealistischer Architekt einmal entworfen hatte.

Die meisten Gebäude hatte man aber im Lauf der Zeit abgetragen und das Material recycelt.

Allerdings hatte man eine Vision der Türme übernommen: Es gab keine Ecken und Kanten in den Konstruktionen. Alle Linien waren rund, weich, geschwungen, auch um den Sandstürmen so wenig Angriffsfläche wie möglich zu bieten.

Das Zentrum eines Spindelhauses bildete eine schlanke, an der Basis auf drei bogenförmigen Stelzen ruhende Röhre aus Kompaktgranitium, in deren Inneres die Aufzüge, Büros ab Zweiter Ordnung, Ladeneinrichtungen und vor allem Technik gepackt wurden.

Und wie ein Garn um eine Webspindel wurden filigrane Verbindungswege, Wandelstege, Brücken, gewendelte Magnet- und Rollbänder darum herum angeordnet, die sich vielfach verzweigten zu den wie Blütenblätter um eine Pflanzenspindel angeordneten, himmelwärts strebenden Büros und Konferenzräumen Erster Ordnung, Freizeiteinrichtungen und vor allem den großzügigen Wohnanlagen mit ausladenden, begrünten Terrassenplattformen, an denen teilweise Luftschiffe andocken konnten.

Das Straßennetz war schachbrettartig aufgebaut und bot schnelle Verbindungswege nach überallhin. Man fuhr entweder selbst in kleinen Solarzellenflitzern oder in Taxi-Kabinen, die auf unterirdisch verlegten Magnetbahnen ans gewünschte Ziel fuhren. Darüber schwebten majestätisch die Luftschiffe; kleinere Transporter durften in zwanzig Metern Höhe zwischen den Häuserfluchten hindurchsteuern, die großen, mit Druckkabinen ausgestattet, zogen ihre Bahnen in zweihundert bis tausend Metern Höhe.

Für den Boden-Überlandverkehr benutzte man große, schwere Gefährte, die auf der Basis der Rover zu schnellen, geräumigen Panzern entwickelt worden waren; oder modernisierte, viersitzige Rover für kurze Ausflüge. Sämtliche Gefährte waren rein zweckmäßig konstruiert und unterschieden sich nicht in Aussehen und technischer Ausstattung; sie waren auch nicht Eigentum eines Einzelnen, sondern gehörten zur Familien- oder Firmenausstattung.

Zwischen Elysium und der am weitesten entfernten, im Norden gelegenen Stadt Utopia – so benannt nach der Hochebene Utopia Planitia –, die aus einem ehemaligen Forschungscamp entstanden war, nutzte man zum schnellen Transport auch heute noch die von den Alten angelegte unterirdische Bahnstrecke. Die Entfernung von gut zweitausend Kilometern wurde in kürzester Zeit bewältigt, wobei die Reisenden in der eiförmigen, auf einem Magnetfeld gehaltenen Kabine kaum das Gefühl hoher Geschwindigkeit empfanden. Gut ein Dutzend Leute hatte darin Platz, und die Kabine flitzte gut zehnmal am Tag zwischen den beiden Städten hin und her.

Die übrigen vier Städte waren nur wenige hundert Kilometer voneinander entfernt und mit Überlandfahrzeugen oder Luftschiffen rasch erreichbar.

Die vor allem in die Höhe strebenden Städte boten genügend Platz und Wachstumsmöglichkeiten für die kommenden Generationen der rund zwei Millionen Städter, deren Zahl stetig weiterwuchs. Durch die hohe technische Weiterentwicklung hatte man glücklicherweise rechtzeitig damit angefangen, die künstlichen Gebilde in die zusehends grüner werdende Landschaft einzupassen und optisch ansprechend zu arrangieren. Schließlich war der Mars nach allen Strapazen nun ihre Heimat, der sie sich mit jeder Generation besser anpassten, und sie wollten sie paradiesisch gestalten. Die Menschen wollten sich wohl fühlen und stets vor Augen haben, was sie geschaffen hatten.

So hatten die Städtegestalter ein strenges Auge darauf, dass genügend Raum blieb für die Begrünung, dass alles möglichst luftig, weiträumig und vor allem atmosphärisch wirkte. Die Botanik-Wissenschaftler, vornehmlich aus dem Haus Saintdemar, experimentierten mit immer neuen Züchtungen von Bäumen und vor allem Büschen, die wohlduftende, optisch ansprechende Blüten hervorbringen sollten, um den *Stadtmief* zu vermeiden. Ein Teil der Pflanzen war selbstbestäubend, aber es gab inzwischen auch Nektarvögel und Insekten, die eine Art Symbiose mit den Pollenspendern eingingen. In künstlich angelegten Teichen und Seen entwickelten sich verschiedene Arten von Fischen und Amphibien. Silbervögel gab es außerhalb der Wälder kaum noch, nachdem die gefährlichen Marskäfer beinahe ausgerottet waren; nur in den Grüngürteln hielt sich hartnäckig noch eine Population von kaum tausend Exemplaren.

Der heutige Faunenreichtum von insgesamt etwa zweihundert Kerbtier-, Vogel-, Fisch- und wenigen Reptilienarten war Lyvia Braxton zu verdanken, der es vor etwa einhundert Marsjahren gelungen war, ein Artefakt der Alten zu enträtseln und nutzbar zu machen. Ein unbezahlbarer Schatz an DNA-Dokumenten über die Fauna, die es einst auf dem Mars gegeben hatte. Ein Teil der Fragmente war zerstört, aber es blieb immer noch genug für die Forschung und Rekonstruktion übrig, um behutsam eine Ökologie aufzubauen, die eines Tages sich selbst erhalten konnte.

Das Bizarre daran war, dass es sich dabei um *Altleben* handelte; ein ebenfalls von Lyvia Braxton geprägter Begriff. Organisches, mehrzelliges, hoch entwickeltes Leben, das schon lange vor der heutigen Marsgeneration existiert hatte, in einer Welt, die einstmals grün gewesen sein musste. Und es jetzt wieder wurde.

***

Doch das waren nicht die einzigen Errungenschaften des vergangenen Jahrhunderts.

Nachdem die südlich von Elysium gelegene Stadt Vegas durch einen Erdriss zerstört wurde, hatte man inmitten eines

Kraters mit dem Aufbau einer *Schwesterstadt* mit dem bezeichnenden Namen Phoenix begonnen. Phoenix hatte sich heute zu einem blühenden Städtchen entwickelt, von dessen Kraterrand aus man gute Sicht auf die noch wenigen bestehenden Ruinen von Vegas hatte. Nicht weit davon entfernt begann der große Wald, dessen Ausläufer sich an Elysium vorbei bis fast nach Bradbury zogen. Gespeist wurden die Bäume, Büsche und das Niedergras aus den inzwischen mit Wasser gefüllten ober- und unterirdischen Kanälen aus dem östlich von Bradbury gelegenen Ozean Aqua Norte. Im Wald lebte derzeit, auf viele Sippen verstreut, etwa eine halbe Million *Baum-Menschen,* die sich nach dem Ende des Bruderkriegs dorthin zurückgezogen hatten. Die Städter hatten dem Wald bis heute, wohl aus Prinzip, keinen Namen gegeben. Sie sprachen entweder vom *Wald* oder vom *Großen Wald.*

Nordwestlich von Elysium lag die Ur-Siedlung Bradbury, und noch etwas weiter nördlich davon Hope, das an einem heute mit Wasser gefüllten Graben errichtet worden war.

Elysium selbst war dort entstanden, wo einst Ausgrabungen eine Station der Alten zu Tage gefördert hatten, und hatte sich zur Zentralstadt gemausert, nicht zuletzt wegen ihrer zentralen Lage und dem Startpunkt der unterirdischen Bahn nach Utopia.

Nach dem Ende des Bruderkriegs konzentrierte man sich wieder verstärkt auf die obersten Prioritäten. Erstens: Terraforming, zweitens: Modernisierung der Zivilisation, drittens: die Suche nach weiteren Artefakten der Alten.

Und sie waren weiterhin fündig geworden in der Umgebung des riesigen Kraters, aus dessen Zentrum der geheimnisvolle, noch immer nicht enträtselte *Strahl* in den Weltraum zielte. Der Strahl, der damals die BRADBURY zum Absturz gebracht und die Besiedelung des Mars erst unabdingbar gemacht hatte.

Die Bahnstrecke hatte bis zu einem unterirdischen See unter

dem Krater geführt, in dessen Mitte sich eine Plattform befunden hatte. Dort hatten die Expeditionsteilnehmer den Strahl entdeckt – matt flimmernd und optisch wie aus Wasser bestehend. Einen der Wissenschaftler hatte seine Neugierde das Leben gekostet, weil er sich zu nahe herangewagt hatte – er war rapide gealtert.

Doch damit begann erst die Kettenreaktion der Katastrophen. Durch eine versehentliche Schaltung war der Strahl verbreitert worden und hatte durch Dutzende Meter dicken Fels ein Loch in die Decke gestanzt. Als man ihn panisch wieder verkleinerte, war der Sand, der sich im Krater angesammelt hatte, nachgerutscht und hatte die Höhle zur Gänze verschüttet. Die meisten der Wissenschaftler hatten sich mit knapper Not und dank der Kabinenbahn retten können.

Natürlich hatte man später versucht, den Strahl an der Oberfläche zu erforschen – ohne greifbares Ergebnis. Wie sollte man auch ein Phänomen untersuchen, das alles in unmittelbarer Umgebung altern ließ oder schlicht verschluckte? Man hatte Tonnen von Material darin verschwinden lassen. Leider blieb es verschwunden.

Dabei funktionierte es nicht immer, was das Rätsel noch verwirrender machte. Hin und wieder passierten Dinge den Strahl und kamen auf der anderen Seite wieder zum Vorschein. Zufall oder nicht? Jedenfalls hing es nicht von bestimmten Materialien, Tageszeiten oder Eintrittsgeschwindigkeiten ab.

Nachdem alle Bemühungen fruchtlos blieben, hatte es noch Jahrzehnte gedauert, die Höhle wieder freizulegen, um wenigstens die Station der Alten in Augenschein nehmen zu können. Nahe des Strahls fand man tatsächlich die mumifizierten Überreste von Akiro Braxton, der dem Unglück damals nicht mehr hatte entkommen können.

Dank der überlieferten Kenntnisse über die Funktionsweise der Kabinenbahn bauten die Techniker eine neue Haltestelle, etwas weiter von dem unheimlichen Strahl entfernt, bei der schließlich Utopia entstand. Das gesamte Gebiet war unverändert bis heute Sperrzone, ebenso der Luftraum im Umkreis von zehn Quadratkilometern. Das war eine extreme Vorsichtsmaßnahme, aber sie hatte ihre Berechtigung.

Die Erkenntnisse den Strahl betreffend waren nach wie vor spärlich. Man hatte unter anderem festgestellt, dass der Alterungsprozess erst nach einigen Sekunden und an der Basis des Strahls erst ab Unterschreiten einer Distanz von dreißig Zentimetern eintrat. Weitere Versuche mit lebenden Organismen, die mit einem Solarsegler in den Luftraum transportiert wurden, zeigten jedoch, dass der Alterungsprozess in einer Höhe von zwanzig Kilometern bereits nach Unterschreiten einer Distanz von fünfzig Metern im Radius einsetzte. Die Vermutung lag nahe, dass dieses Phänomen nach Verlassen des Orbits noch weiter aufgefächert wurde – zusammen mit dem Strahl, dessen Durchmesser von zwei Metern an der Basis sich mit zunehmender Höhe allmählich verbreiterte.

Das einstweilige Ende des Forscherdrangs kam, als Vejk aus dem Haus der Gonzales ohne Vorankündigung einen Selbstversuch unternahm; offensichtlich hatte er genug vom Theoretisieren und wollte praktisch testen, was geschah, wenn man den Strahl betrat – zügig, um nicht dem Alterungsprozess anheimzufallen.

Kühn, voller Erwartung, siegesgewiss lächelnd, betrat Vejk Gonzales den Strahl, während seine Kollegen ihn schreckensbleich anschrien, nicht so etwas Verrücktes zu tun.

Das Erste, was von Vejk verschwand, war sein Lächeln. Und dann war der Rest von ihm fort. Für immer; er kehrte niemals wieder.

Daraufhin wurde die Forschung unter höchste Sicherheitsstufe gestellt, das bedeutete unter schärfste Kontrolle und Bewachung.

Doch es ging nicht um den Strahl allein.

Die monumentalen Maschinen wurden freigelegt; einige funktionierten noch, darunter das Aggregat zur Luftaufbereitung – ein kostbarer Schatz, der unter allen erdenklichen Vorsichtsmaßnahmen zur Untersuchung abtransportiert wurde.

Andere Gruppen durchsuchten den etwa einhundertachtzig Kilometer durchmessenden Krater, in dessen Mitte der Abstrahlpol lag. Wie erhofft, fanden sich nach langer, mühevoller Buddelei weitere Sektionen der Station, die tief in den Kraterhang hineingetrieben waren. Durch Radar und Geolot hatte man die Hohlräume entdeckt und sich von meterdicken Gesteinsschichten und zuletzt gepanzerten Schotten nicht abschrecken lassen.

Diese drei weiteren Sektionen besaßen beachtliche Ausmaße. Darin fanden sich halb verschüttete Lagerhallen und Aggregate, eine automatische Fabrik mit riesigen Schmelzöfen und jede Menge Rohstoffe unbekannter Herkunft. Vor allem die vorgefundenen Legierungen hatten es bald den Forschern angetan, denn es handelte sich um ein äußerst widerstandsfähiges, belastbares, dabei gut zu bearbeitendes Material, das wegen seiner hohen Dichte und der glitzernden Oberfläche den Namen Kompaktgranitium erhielt. Mit diesem Material wurde es möglich, die metallartige Legierung baugleich nachzuahmen, und damit wurde Kompaktgranitium der Baustoff der Zukunft.

Dazu wurden weitere wertvolle Stoffe und technische Geräte gefunden, beispielsweise Speichersysteme und Datenkristalle auf Siliziumbasis, die der Technisierung auf die Sprünge halfen. Die Steueranlagen wurden ebenso wie die Aggregate auseinandergenommen, um vor allem der Energieerzeugung auf die Spur zu kommen. Der Zufall half ein wenig nach, sodass sie schließlich kleine Erfolge vorzuweisen hatten, die bald weiter die Stufen zur Erkenntnis hinaufführten.

Die ersten Fahrzeuge auf Kohlenstoff-Wasserstoffbasis und Silizium-Wasserstoffbasis wurden getestet und leisteten gute Dienste, bis man Möglichkeiten gefunden hatte, die Solar- und vor allem Windenergie in winzigen Speicherelementen für Nacht und Winter zu erhalten. Das Aggregat, das den Strahl mit Energie versorgte, fanden sie allerdings nie. Man vermutete aufgrund der Tatsache, dass die Kraft nie versiegt war, dass die Alten den flüssigen Planetenkern angezapft und die Hitze des Magmas nutzbar gemacht hatten.

Nach dreißig aufreibenden Marsjahren und vielen Rückschlägen funktionierte die Verbindung altmarsianischer mit altirdischer Technik schließlich zufrieden stellend, und von da an ging es in gewaltigen Sprüngen voran. Einer technischen Revolution stand nichts mehr im Wege.

Die ersten Spindelhäuser entstanden und hielten auch dem stärksten Marssturm stand. Die Siedlerfamilien zogen in vollautomatische Wohnanlagen mit sprachgesteuerter Technik, die viel Bequemlichkeit ermöglichte. In den Städten wurden an markanten Punkten nachgebaute Luftaufbereitungsanlagen aufgestellt; vorhandene, noch funktionierende Energiespeicher konnten zur Wärmeerzeugung und Wiederaufbereitung verwendet werden.

Die Marsianer passten sich mit jeder Generation besser an den Mars an – und der Mars allmählich, wenn auch zögerlich und immer wieder dagegen ankämpfend, auch an sie. Durch strategisch genau geplante Pflanzungen widerstandsfähiger Büsche und Bäume und die Positionierung aufgetürmter Felsen verloren selbst die grausamen Marsstürme mit ihren Geschwindigkeiten von über vierhundert Stundenkilometern im Lauf der Zeit ihren Schrecken. Sie wurden an den Hindernissen gebremst und geschwächt, bevor sie überhaupt die Siedlungen erreichten. Und dort konnten für die Zeit der drohenden Gefahr energetische Schutzwälle errichtet werden, die auch dem letzten aufwirbelnden Staubteufel den Garaus machten.

Die zunehmende Bepflanzung sorgte zudem für besseren Gasaustausch und höhere Luftfeuchtigkeit. Manch ein Staubteufel, der sich zum Ende des Sommers in einer Wüstensenke aus einem kleinen Wirbel bilden wollte, wurde vorzeitig von einem kurzen Regenschauer einer vorüber ziehenden Wolke ertränkt.

Regen war noch nicht sehr häufig und intensiv, aber regelmäßig während des ganzen *Peri*, also der Sommerzeit. Im *Aph* – dem Winter – fiel Schnee in dicken weißen Flocken. Nachts wurde es nicht mehr ganz so mörderisch kalt; trotzdem war man ohne Thermoanzug verloren. Die Temperaturen sanken im Peri nach Sonnenuntergang auf bis zu minus dreißig Grad außerhalb der Städte im Freiland und auf höchstens minus fünfzehn Grad in den Städten und in den ausgedehnten, Wärme speichernden Wäldern. Im Aph allerdings waren minus siebzig Grad immer noch keine Seltenheit.

In den Frühlings- und Herbstphasen kamen die häufigsten Stürme vor, doch auch die Landwirtschaft hatte sich entsprechend darauf eingestellt, baute Barrieren und automatische energetische Zäune, errichtete Schutzhäuser, die sich automatisch öffneten und schlossen.

* * *

Ja, wir haben viel erreicht, dachte Vera, als ihr Taxi in die Biloba-Allee einbog und sie hoch über die übrigen Gebäude hinausragend das glitzernde Regierungsgebäude sah, ähnlich einer weißen Lilie geformt, nach einem Archivbild von der Erde.

Die Häuser waren teils in natürlichem weißgrauen Kompaktgranitium gehalten, teils aber auch in traditionellen Farben gestrichen, damit man von der Ferne aus schon erkennen konnte, zu welcher Familie sie gehörten.

Inzwischen gab es etwa zehntausend frei gewählte Familiennamen – die Zeit, in der auf Inzucht geachtet werden musste, war längst vorüber –, doch die wichtigste Rolle spielten nach wie vor die fünf Häuser der Gründerfamilien. In einer demokratisch angelegten Oligarchie bestimmten die Oberhäupter und deren Vertreter im Rat die Geschicke der marsianischen Gesellschaft.

Regierungsoberhaupt war traditionell die jeweils auf fünf Marsjahre vom Volk gewählte und vom Rat bestätigte Präsidentin aus dem Hause Tsuyoshi, so fortlaufend seit der ersten Präsidentin Ichíban Tsuyoshi, deren Mutter Akina bereits als *Sprecherin* fungiert hatte, wie sie es damals laut Aufzeichnungen definiert hatte. Die Präsidentin konnte so oft wiedergewählt werden, wie sie sich zur Verfügung stellte – meistens waren es fünfzehn bis zwanzig Jahre. Bisher war das Volk mit jeder Tsuyoshi-Präsidentin zufrieden gewesen und vor allem an diese Regierungsform gewöhnt, deswegen hielt sich die Tradition über die Jahrhunderte hinweg aufrecht.

Natürlich gab es inzwischen Rivalitäten unter den fünf Häusern, doch fand dies eher in den unteren Rängen statt; die Oberhäupter waren einander neutral bis freundlich zugetan. Ein größeres Problem stellten die *Mareti, Nortica* und *Planetid* dar, die drei größten Wirtschaftsunternehmen, die sich vor langer Zeit von den Häusern getrennt und ihren eigenen Entwicklungsweg beschritten hatten. Sie setzten Vera Akinora seit langem zu, den Status als *Haus* anerkannt zu bekommen und eine Stimme im Rat zu erhalten. Damit hätten sie endlich auch politisches Mitspracherecht.

Aber die Präsidentin war dagegen; sie wollte Politik und Wirtschaft nicht zu sehr miteinander verbandeln, das hatte schon auf der alten Erde nicht funktioniert. Und das Volk gab ihr bis jetzt bei den Abstimmungen Recht.

Bis heute wurde auch dagegen gestimmt, eine Geldwährung

einzuführen. Es gab ein Lebenszeitkonto, auf dem man seine geleisteten Arbeitszeiten sammelte und sich dafür über den Standard hinausgehende Dinge, wie bei einem Tauschhandel, leisten konnte. Wer fleißig war, konnte Karriere machen, wer nicht – nun, der wurde eben einfacher Ladenbesitzer, Barmixer oder ließ sich von seiner Familie, wenn sie groß genug war, durchbringen. Not leiden musste niemand, jeder hatte Anspruch auf eine Mindestversorgung.

Die Gesellschaft der Städte war ein geschlossenes soziales System, das keinen Kapitalismus duldete. Es gab keine Einzelpersonen, die Multimillionäre werden konnten. Die Häuser und die großen Wirtschaftsunternehmen hatten natürlich gewaltige Zeitkonten, doch diese wurden gemeinschaftlich verwaltet und oft genug Arbeitskraft ohne Gegenleistung investiert, beispielsweise in die Forschung oder auch im Rat.

Wer ein gut gefülltes Arbeitszeitkonto hatte, konnte sich in ein Firmenzeitkonto einkaufen und damit Teilhaber werden. Das ermöglichte die Anschaffung von ausgefallenen Luxusgütern, von denen es allerdings bis zum heutigen Zeitpunkt nicht sehr viele gab.

Wichtig war die Zufriedenheit der Leute, dass sie frei wählen konnten, was sie tun wollten, und etwas für ihren Einsatz bekamen, damit sie nicht vergaßen zu *leben*. Die modernen Marsianer verstanden es inzwischen sehr wohl, zu feiern; sie hatten Musik und Malerei wieder oder neu entdeckt, es gab Bildhauer, Modeschöpfer, Kunstschmiede, Schriftsteller und Dichter, allesamt hoch angesehen.

Ein Erbe besonderer Art war die Regelung der frühen Generationen, das Marsjahr dem der Erde anzugleichen. Während dies in den ersten Jahrzehnten noch auf der Verbundenheit mit dem Heimatplaneten basiert hatte, war es inzwischen längst zu einem Selbstläufer geworden. So wie man auch auf der Erde ungern auf Feiertage verzichtet hatte, die dem Volk Feste und

Freizeit brachten. Denn in den notwendigen *Anpassungsphasen*, um den Kalender auf die einfache Formel *Marsjahr geteilt durch zwei gleich Erdjahr* zu bringen, kamen die Künstler aller Richtungen zu höchsten Ehren. An diesen Tagen, die das Verhältnis Erde zu Mars aufholten*, gab es keine Arbeit, denn dies waren die *geschenkten Sols*, die *keine* eigene Zählung erhielten. Diese Tage zusammengefasst waren ein einziges rauschendes Fest, mit Konzerten, Theatern, Holoshows, sprich: tagelangen Vergnügungen, einschließlich der Feiertage zu Ehren der Gründer, mit Lesungen und öffentlicher Vorführung der alten Aufzeichnungen.

Für sich allein lebte niemand; Familie und Freunde wohnten größtenteils unter einem Dach. Die damals aus Notwendigkeit eng gebildete Gemeinschaft war auch heute noch der Grundstock der marsianischen Gesellschaft.

Es war auch beibehalten worden, die Kinder gemeinsam zu erziehen; schon im Krabbelalter wurden sie in die Krippe gebracht, wo sie die ersten sozialen Bindungen eingingen und mit wachsendem Alter Bildung und schließlich Ausbildung erhielten. Der technische Standard erlaubte zwar ein Online-Fernstudium von zu Hause aus, aber das hätte zur Isolation und übersteigertem Individualismus geführt.

Die frühen Marsianer hatten festgestellt, dass die Harmonie gefördert wurde, wenn man von Anfang an soziale Bindungen schuf, die teilweise ein Leben lang hielten. Die berufliche Ausbildung erfolgte als *Training-on-the-Job*, es wurde gleichzeitig gelernt und gearbeitet.

Vertraglich festgehaltene Arbeitszeitregelungen gab es keine. Mit Ausnahme der geschenkten Sols waren Arbeit und Freizeit fließend, die jeder selbst bestimmte; es gab keine Wochentage oder Monate, und die Uhrzeit nach Stunden zu be-

---

* also 1:1,88 auf 1:2

stimmen war nicht von besonderer Bedeutung. Irdische Wörter wie *Stress, Hektik, Stau, Überarbeitung* oder *Demotivation*, gab es im modernen marsianischen Idiom überhaupt nicht mehr; Vera hatte sie einmal auf einer Sprachexkursion entdeckt, als sie in historischen Schriften recherchierte, und sich mit leichtem Unverständnis darüber amüsiert.

Auch die Sprache hatte sich in den vergangenen Jahrhunderten verändert; das Grundidiom war nach wie vor Englisch, die damalige Missionssprache, doch gab es heute stark vereinfachte Grammatikregeln und auch eine neue Schreib- und Sprechweise – wobei es allerdings keine Probleme bereitete, sich schnell in die alte Sprache einzufinden.

Vera Akinora lächelte in sich hinein. Sie erinnerte sich daran, als die Gründerin Akina Tsuyoshi zum ersten Mal im Museum *zu ihr gesprochen* hatte. Es war Sitte, die Gründer zuerst mit ihrer Originalstimme sprechen zu lassen, und die junge Vera hatte hingerissen dem melodischen Singsang der Ahnin gelauscht.

Im Lauf der ersten Jahre hatten die Gründer, jeder für sich, so ein Vermächtnis angelegt, als Ansprache für die Nachkommen. Sie erzählten ein wenig über sich, über die ersten Schritte nach dem Absturz auf dem Mars, über die ersten Erfolge des Terraformings. Der *große John Carter*, wie er meistens bezeichnet wurde, hatte diese Aufzeichnungen gesammelt, und sie waren heute eine unersetzliche, lebendige Erinnerung an die ersten Menschen, die jemals auf dem Mars gelandet waren.

»Wir wollen, dass ihr nie vergesst, woher ihr gekommen seid«, lauteten John Carters Schlussworte. »Auch wenn wir selbst es nicht mehr erleben – die Tatsache, dass ihr diese Aufzeichnungen abhören könnt, ist Beweis genug, dass ihr es geschafft habt und dass wir allen Grund haben, stolz auf euch zu sein.«

Und stolz waren die Marsianer in der Tat. Der Großteil von

ihnen hatte überhaupt nicht den Wunsch, mehr über den ehemaligen Mutterplaneten zu erfahren, trotz aller Verehrung der Vorfahren dieser Zivilisation. Sie wollten keine Störungen in ihrem Gefüge, das erst so kurze Zeit bestand, sie wollten unter sich bleiben und sich weiterentwickeln, den Mars mehr und mehr zu einer Welt machen, die ihre wahre Heimat sein würde.

***

Gibt es Gewalt, Verbrechen, Angst?, sinnierte Vera, während das Taxi gemütlich neben den an ihm vorbeisausenden Solarflitzern dahinsummte. Eine Abzweigung noch über die Tharsis-Avenue, dann hinauf zur Hellespontus-Plaza, und dann über die schmale, nur für Taxis zugelassene Narrow direkt zum Eingang des Ratsgebäudes.

Als Politikerin, Historikerin und Philosophin hatte Vera sich gründlich mit den Berichten über die Menschheit der Erde beschäftigt. Von Anfang an waren die Siedler darum bemüht gewesen, die Fehler von »dort unten« nicht zu wiederholen und eine harmonisierende Gemeinschaft auf der Basis von Vertrauen und Gleichheit aufzubauen. Der Bruderkrieg mit den Baum-Separatisten war bis heute der schlimmste Rückschlag gewesen und saß ihnen auch nach einem Jahrhundert noch wie ein Albtraum tief in den Knochen. So etwas durfte nie mehr passieren!

Natürlich gab es immer noch Aggressionen und Streit, und es kam gelegentlich zu dramatischen Vorfällen mit Waffen, die zu Veras Bedauern auch nach dem Bruderkrieg nicht zerstört, sondern sogar weiterentwickelt worden waren. Die damaligen Präsidentinnen hatten mehrmals versucht, die Herstellung und den Vertrieb von Waffen zu verbieten, waren jedoch gescheitert. Obwohl niemand exakt begründen konnte, weshalb Waffen notwendig waren, denn die *Separatisten* ließen sich in den Städten nicht mehr blicken; außerdem bevorzugten sie eine friedvolle Lebensweise.

Aber man könne nicht wissen, fand irgendjemand ein vages Argument, wenn tatsächlich eines Tages ein Schiff von der Erde käme und Machtansprüche stellte, was dann? Oder wenn sogar Nachfahren der Alten plötzlich von Wer-weiß-wo wieder auftauchten? Die Aufzeichnungen der beiden Siedler Michael Tsuyoshi und Sharice Angelis aus dem Jahr 41 hatten, auch wenn sie nur der Projektion einer Kreatur der Alten entstammten, großen Eindruck vor allem auf die Kinder gemacht, bei denen die Geschichte um die *Invasion* als Gruselmär unter Geschwistern und in Camps noch heute gern erzählt wurde.

Viele Marsianer sahen in dieser Episode der Mars-Chronik trotz allem eine Warnung, nicht allzu leichtfertig mit der Freiheit umzugehen. Man musste einfach vorbereitet und gewappnet sein, davon war die Mehrzahl der Wahlberechtigten überzeugt. Und da alle marsianischen Bürger gleich waren, konnte man den Besitz von Waffen auch nicht verbieten. Natürlich war es nicht geplant, diese Waffen gegeneinander einzusetzen!

So und ähnlich war argumentiert worden. Keineswegs logisch, keineswegs einleuchtend. Einige Tsuyoshi-Philosophen hoben warnend den Zeigefinger: Dies sei eben typisch menschlich; auch wenn die Erde räumlich zweihundertfünfzigtausend Kilometer entfernt sei, sei sie doch immer noch in den Herzen der Marsianer.

Allerdings musste niemand um sein Leben fürchten, sobald er die Straße betrat, und wichtige Personen wie die Ratsmitglieder, allen voran die Präsidentin, brauchten keinen Geleitschutz. Es war in vielen Punkten sehr viel friedlicher als »dort unten«, wie man aus deren Historie wusste, die geprägt war vom Krieg, von Machtkämpfen, Neid und Hass.

Vielleicht war dies aber auch der Grund dafür, dass der Fortschritt der Mars-Zivilisation in diesen fast fünfhundert Erdjahren eher beschaulich verlaufen war. Niemand war von der Geltungssucht beseelt, überall der Erste zu sein, seinen Nachbarn zu übertrumpfen, Gebiete zu erobern und sich gegen jene zu wappnen, die genau diese Ziele ebenfalls verfolgen könnten. So war auch der Sprung ins All lange Zeit in den Kinderschuhen stecken geblieben – wohin sollte man sich auch wenden? Seine Flagge auf die Oberflächen der beiden Monde zu rammen, brachte keinen Vorteil für das Leben auf dem Mars. Und die Erde erreichen? Warum dehydrierte Marskäfer wecken?

Die Präsidentin arbeitete vor allem intensiv daran, den Menschen auf dem Mars ein friedvolles Leben fernab der irdischen Vergangenheit zu ermöglichen, auch wenn so mancher Weise weiterhin mahnend den Finger erhob: Die mitgeführten Gene stammten von der Erde, und auch wenn inzwischen eine Anpassung und Veränderung stattgefunden habe, so blieben doch sehr viele Übereinstimmungen, die sich von Generation zu Generation übertrugen. Bis ein endgültiger Wandel vollzogen sei, müssten Jahrtausende vergehen, und in dieser Zeit würde es immer wieder zu Rückschlägen kommen.

Ja, und deswegen achten wir von den fünf Häusern ja auch so sehr auf die Tradition, führte Vera ihren inneren Monolog fort. Sie wurde abgelenkt, als jemand ihren Namen rief und winkte – Benita Saintdemar grinste aus ihrem Flitzer zu ihr herüber, und Vera hatte gerade noch Zeit, den Arm zu heben, als Benita schon wieder beschleunigte und davonsauste. *Wo war ich stehen geblieben?*, grübelte Vera. *Ach ja, die Tradition ...*

Das genetische Programm der fünf Häuser war zugleich ihre größte Stärke und ihr höchstes Gut. Die Menschen zu verbessern, biologisch und mental, war das Ziel. Dabei hatten sich die fünf Häuser gewissermaßen spezialisiert.

Das Haus Tsuyoshi brachte vor allem Politiker und Gelehrte hervor. Sie erteilten die Heiratserlaubnis nur, wenn die Gene absolut kompatibel waren und gute Nachkommenschaft zu erwarten war. Die Familie war so groß, dass sie selten einmal einem Außenstehenden gestatteten, einzuheiraten und den großen Namen tragen zu dürfen. John Carter Tsuyoshi, Vera Akinoras Ehemann, entstammte einem fernen Seitenzweig. Bei diesen entfernten Verwandten war es sehr beliebt, einen Namen der Gründer zu tragen.

Vera Akinora hingegen konnte auf eine nahezu reinblütige Abstammung zurückblicken. Ihre dunklen Augen besaßen eine leichte Mandelform, und die Wangenknochen in ihrem typisch marsianischen Gesicht waren etwas höher als gewöhnlich. Die Fortpflanzung erfolgte heute fast nur noch durch natürliche Zeugung; die In-Vitros der kritischen Jahre kamen zunehmend aus der Mode.

Seit alters her erfuhren weder Ehemann noch Kinder jemals, ob sie tatsächlich genetisch miteinander verwandt waren oder nicht, obwohl die Häuser über jede Geburt peinlich genau Buch führten. Verschiedenartiges Aussehen hatte bei der von Anbeginn stattgefundenen Rassendurchmischung nichts zu besagen; manchmal, wie bei Vera Akinora, schlug noch nach Hunderten Generationen das *japanische Gen* durch. Das strenge Stillschweigen der Mütter und Labors gehörte zum höchsten Ehrenkodex der Mars-Gesellschaft und wurde so gut wie nie gebrochen.

Wer in die Tsuyoshi-Familie geboren wurde, galt als reinblütig. Wer allerdings nach außen heiraten wollte, verlor den Namen und musste den der neuen Familie annehmen.

Die verschrobenen, temperamentvollen Gonzales brachten die besten Wissenschaftler und Techniker hervor. Sie hielten sich nicht selten für Genies und wollten mit allen Mitteln und gegen jeden Widerstand durchsetzen, was sie für das Beste hielten. Die Familie war nicht besonders groß, sie umfasste nur zweitausend Mitglieder.

Die Saintdemars wurden gern Ärzte oder Forscher. Sie waren

sehr neugierig und im Dienste der Forschung zu allen Risiken bereit. Sie vermischten sich bevorzugt mit den Angelis und den Tsuyoshis.

Das Haus Angelis war das kleinste. Sie legten Wert auf eine sehr strenge Auswahl mit besonders geeigneten Genen und hatten dementsprechend wenig Nachkommen. Sie waren Ökologen, Ökonomen, Gärtner, Botaniker, Biologen und sogar einige sich in der Minderzahl befindliche Astronomen und Astrophysiker.

Die Braxtons bildeten die zahlenmäßig größte Familie. Sie adoptierten jeden, der ihnen gefiel, waren sehr vielseitig, aufgeschlossen, bodenständig – genau die richtigen Leute für riskante Forschungseinsätze, aber ebenso auch im Freizeitbereich. Sie bildeten die eigentliche *Stimme des Volkes* im Rat.

Und schaffen es immer wieder, Unruhe hineinzubringen, dachte die Präsidentin.

Das Taxi summte durch die schmale, von Bogenhecken gesäumte Passage und hielt dann vor dem Ratsgebäude an.

2.
EIN GROSSES VORHABEN

Der Protokollchef wartete bereits auf die Präsidentin und begrüßte sie mit der gewohnten Floskel, aber dazu einem aufrichtig freundlichen Lächeln: »Dame Vera Akinora, willkommen an diesem schönen Morgen.«

Die Marsianer pflegten untereinander einen höflichen Umgang. Bedingt durch die enge Gemeinschaft hatten sie zur Wahrung der persönlichen Freiheit ein distanzierendes Personalpronomen eingeführt, das in der englischen Sprache nicht existierte und am ehesten mit dem deutschen *Sie* und *Du* vergleichbar war. Im Familien- und Freundesumgang herrschte natürlich das *Du* vor. Die Anrede einer hochgestellten weiblichen Persönlichkeit lautete *Dame*, ansonsten *Frau*.

»Danke, Tatsuo. Ich wünsche Ihnen einen guten Tag.« Nur hochrangige und alte Männer wurden mit *Herr* angesprochen, ansonsten nur mit dem Vornamen, ohne weitere Anrede. In einer Gesellschaft, in dem über neunzig Prozent lediglich fünf verschiedene Nachnamen trugen, war diese Regelung nicht von der Hand zu weisen …

Vera Tsuyoshi nickte dem Mann zu und schwebte mit dem Lift nach oben ins Präsidium, einer großen hellen Zimmerflucht mit Verwaltung, Vorzimmer, Präsidentinnenbüro, Konferenzräumen und weiteren Büros für die Räte. Von jedem Zimmer aus gab es einen Zugang zu der riesigen, oval geformten Terrasse, die wie ein kleiner Park angelegt war, mit schmalen Wandelgängen, Zierbrunnen, Sitzgruppen und Aussichtsplattformen. Von hier aus hatte man einen Rundblick über die gesamte Stadt. Ein etwas nach unten versetzter Ausläufer bot eine Andockmöglichkeit für ein Luftschiff.

Die Wände zur Terrasse waren durchgehend verglast, meist standen die Türen offen. Viele Besprechungen fanden im Freien statt; bei dem trockenen, gemäßigten Klima hielten sich die Marsianer tagsüber am liebsten draußen auf, befreit von ihren Thermoanzügen, die sie ab Einbruch der Dunkelheit benötigten.

»Guten Morgen, Vera!« Ihr Ehemann, John Carter Tsuyoshi, steckte den Kopf zur Tür herein. Er sah dem legendären Gründer tatsächlich ähnlich. Vera hatte nie gefragt, wie das möglich war, denn er war nicht einmal annähernd mit Carter verwandt. Möglich, dass da ein geschickter Gesichtskünstler nachgeholfen hatte ... Der Präsidentin fehlte der Sinn für solche Modetorheiten, aber sie wusste, dass gerade die Seitenlinien sehr viel Wert auf die optische und namentliche Zugehörigkeit zu ihrer Familie legten. Das respektierte sie und machte sich nicht darüber lustig.

»Guten Morgen, John. So früh schon hier?«

»Selbstverständlich. Heute findet die Ratssitzung statt, und ich musste die Tagesordnung vorbereiten.«

Vera lächelte. »Danke. Das ist wirklich sehr freundlich von dir.«

Die Ehe der beiden war aus politischen Gründen geschlossen worden; vor allem, da ihre Gene perfekt harmonisierten. Maya Joy war tatsächlich John Carters Kind. Sie sollte in ein paar Jahren eine Verbindung mit Leto Jolar Angelis eingehen; beste Voraussetzungen für gesunde, hochintelligente Nachkommen – und zugleich ein tieferer Bund mit dem kleinen stolzen Haus. Mehr Kinder hatte Vera bisher nicht geboren; aber sie hatte ja noch genug Zeit.

Durch die veränderten Umweltbedingungen hatte sich im Lauf der Zeit auch der biologische Rhythmus der Frauen verändert. Sie bekamen ausschließlich im Winterhalbjahr einen Eisprung, mit nur geringer Abweichung alle zwanzig Sols. Die Fruchtbarkeit dauerte exakt fünf Sols. Eine Verhütung war kaum notwendig, da die Frauen ihren Kalender kannten; übertragbare Krankheiten gab es nicht. Im Sommerhalbjahr, nach etwa dreihundert Tagen Schwangerschaft, wurden die Kinder geboren. Sie kündigten sich anständigerweise rechtzeitig einen Sol vorher durch die erste krampfartige Wehe an und ließen genug Zeit zur Vorbereitung. Die Geburten selbst verliefen meistens problemlos, jedoch stets unter strenger ärztlicher Überwachung.

Bedingt durch die verlängerte Lebenszeit – der heutige Marsianer konnte siebzig Marsjahre alt werden –, hatte sich auch die Fruchtbarkeitsphase der Frauen verlängert.

John Carter Tsuyoshi hatte keinen Hehl daraus gemacht, dass er gern noch ein zweites Kind hätte, doch er stellte seine Wünsche hintenan. Er wusste, wie ernst Vera Akinora ihre Arbeit nahm, und sie machte ihre Sache sehr gut. Nicht zuletzt deshalb arbeitete er auch als ihr engster Berater, Ratgeber und Vertrauter. Die arrangierte Ehe funktionierte gut, sie harmonisierten miteinander ohne viele Worte. Die große Liebe war es natürlich nicht, aber sie empfanden gegenseitige Sympathie und Achtung.

»Es wird heute einiges los sein«, fuhr John fort. »Jarro Gonzales will unbedingt eine Eingabe machen, sagte aber nichts über den Inhalt.«

Vera seufzte innerlich. Jarro Fachhid Gonzales war das mit Abstand unangenehmste Ratsmitglied, und sein Sohn Lorres Rauld kam genau nach ihm. Aufbrausend, jähzornig, herrisch, man konnte es nicht anders sagen. Man musste den beiden gegenüber seine Worte mit viel Bedacht wählen.

Maya und Lorres lagen seit den Kindertagen im ewigen Streit und konnten sich bis heute – sehr zum Leidwesen der

Eltern – auf den Tod nicht ausstehen. Wenn sie sich wenigstens bei der Berufsausbildung endlich aus dem Weg gegangen wären; aber nein, Maya zog ihren Entschluss durch, Astronomie und Astrophysik zu studieren – sie hatte ihre Träume von einer Reise zur Erde nie aufgegeben –, und Lorres hatte ebenfalls Astrophysik und dazu Energietechnik studiert, sodass sich die beiden auch weiterhin über die Jahre in die Quere kamen.

Bedauerlicherweise interessierte sich Maya auch nicht die Bohne für Leto Jolar Angelis, der sich schon seit längerer Zeit um sie bemühte – und wohl nicht nur im Hinblick auf die von den Oberhäuptern gewünschte Verbindung. »Ich mag Männer schon«, hatte Maya ihrer Mutter erklärt, »aber ich kann sie jetzt nicht brauchen. Es gibt viel Wichtigeres dort draußen zu tun, damit verglichen ist ein bisschen schneller Sex nichts – und eure in der Krippe geschlossenen Pflicht-Arrangements könnt ihr euch ohnehin sonst wohin stecken!«

»Bereust du den Schritt deiner Tochter?«, fragte John, als habe er ihre Gedanken gelesen.

Vera machte eine unschlüssige Geste. »Ich hätte es lieber gesehen, wenn sie mir nachgeeifert hätte. Aber mir ist seit langem klar geworden, schon seit ihrem ersten Teleskop, dass sie eine andere Richtung einschlagen würde. Sie war von Anfang an die Einzige, die mir Paroli bieten konnte. Sie wird ihren eigenen Weg gehen, ob es mir gefällt oder nicht. Ich glaube, es ist ihr sogar gleichgültig, ob sie den Namen unseres Hauses trägt.«

»Die Familie ist groß genug«, meinte John tröstend. »Und ich denke speziell an eine deiner Nichten, die kleine Cansu Alison. Sie ist bereits jetzt fest entschlossen, eines Tages in deine Fußstapfen zu treten, und ich glaube, das ist nicht nur eine Kindheitsflause. Sie ist sehr intelligent, mischt sich ungefragt in alle Diskussionen ein, hat verrückte Ideen über die Zukunft und kann sie so plastisch darstellen, dass es wie eine Vision klingt. Sie schafft es, dass man ihr zuhört, obwohl sie erst ein

Knirps von fünf Doppeljahren ist.« John Tsuyoshi machte eine kurze Pause, dann fuhr er fort: »Aber vielleicht passiert nach deiner gewiss langen Amtszeit sowieso etwas ganz Unerhörtes und ein *Mann* aus einem anderen Haus wird gewählt!«

Veras Kopf ruckte hoch, und sie starrte in Johns lachendes Gesicht. »Noch ist meine Amtszeit nicht beendet, also warten wir es ab!«, erwiderte sie.

John grinste breit. »Du hältst meine Prophezeiung für unmöglich? Mag sein. Warten wir noch zweihundert Jahre ab, dann werden wir sehen. Die Menschen sind wankelmütig.«

»John Carter, und du versuchst ein müder Abklatsch des von dir verehrten Gründers zu sein, indem du seine Sprüche nachplapperst. In zweihundert Jahren sind wir beide schon längst Marsstaub, und keiner erinnert sich mehr an uns. Genug mit dünnen Scherzen! Konzentrieren wir uns lieber auf die Konferenz ...«

* * *

An der Sitzung nahmen nicht nur die Ratsmitglieder, sondern auch die Berater teil. Dementsprechend hatte Vera es nicht nur mit Jarro, sondern auch mit Lorres Gonzales zu tun, die beide ihr gegenüber am großen Tischrund lümmelten. Im Gegensatz zu den meisten hochgewachsenen, feingliedrigen Marsianern waren sie eher von gedrungener Gestalt und nur knapp zwei Meter groß, dafür breiter in den Schultern. Ihre Gesichter waren hochwangig, die beweglichen Nasenflügel besonders stark ausgeprägt. Sie trugen ihre weißblonden Haare unisono kurz und ungeordnet, und in ihren hellbraunen Augen glühte ein rotes Feuer. Auf den ersten Blick hätte man die beiden für Brüder halten können.

Vera fragte sich, womit sich der junge Lorres ausgezeichnet hatte, ausgerechnet eine Beraterfunktion einnehmen zu können. Großmäulig genug war er, intelligent auch, aber politische Erfahrung besaß er noch nicht ausreichend und das Wort *Diplomatie* war in seinem Wortschatz nicht enthalten. Er scherte sich einen Dreck um Konventionen und dachte vor allem an sich selbst; eine Charaktereigenschaft, die der Präsidentin überhaupt nicht zusagte, schon gar nicht in einer so wichtigen Position. Allerdings war das bei den Gonzales nicht ungewöhnlich; deshalb bestand der Rat ja auch aus Mitgliedern aller Häuser und deren Berater.

Die Braxtons stellten ebenfalls ein männliches Ratsmitglied; ein recht vernünftiger, sympathischer Politiker namens Sondo Kang Braxton. Seine neue Beraterin war die vor kurzem adoptierte, junge und ehrgeizige Beta Khalem Braxton.

Die rothaarige Julia Mory Saintdemar und ihre zierliche Ehefrau und Beraterin Merú Viveca Saintdemar nickten Vera freundlich zu. Wie immer waren sie sehr modisch gekleidet, die Haare aufwändig gestylt und geschmückt; ein schönes Paar, das oft als Vorbild für Modetipps in E-Magazinen abgebildet wurde. Die Präsidentin schätzte das Frauenpaar außerordentlich. Sie waren sehr intelligent, gebildet und vor allem perfekte Diplomatinnen. Bei allen Auseinandersetzungen traten sie stets als Schlichter auf und bemühten sich um einen Kompromiss, der allen Teilen gleichermaßen gerecht wurde.

Reana Lete Angelis war Mitte fünfzig und die Älteste im Rat; eine unscheinbare, zugleich undurchschaubare Frau mit einem eisernen Willen. Sie war Mentorin des heute zum ersten Mal anwesenden, begabten Städteplaners Fedor Lux, ein ätherisch wirkender Albino.

Die Anpassung an die neue Umwelt hatte die Marsianer äußerlich verändert. Maya, Veras Tochter, hatte einige Zeit die Porträts der Gründer und daneben sich selbst, ihre Eltern und ein paar Kinderfreunde an die Wand in ihrem Schlafzimmer projiziert, nur um Vergleiche zu ziehen und dann festzustellen, *wie hässlich* die Erdmenschen doch gewesen seien. Als Vera sie behutsam darauf hinwies, dass ihr Vater John Carter wie aus dem Gesicht geschnitten war, schüttelte die Kleine den Kopf: »Papa ist doch verbessert worden, er ist nicht so plump und klein.«

Das stimmte; durchschnittlich waren die heutigen Marsianer über zwei Meter zehn groß, sehr schmal und feingliedrig, mit einem vorgewölbten Brustkorb für die vergrößerten Lungen. Die verbreiterten Flügel der sonst schmalen Nasen hatten auch mimische Funktion und drückten Gemütszustände aus. Die Haut war hell und zart, bei manchen albinotisch durchscheinend und bei sämtlichen Marsianern von dunkleren Maserungen durchzogen, die wie bei einem Fingerabdruck einzigartige individuelle Muster bildeten. Wissenschaftler erklärten diese Pigmentierung mit einem Gendefekt durch die härtere Weltraumstrahlung, der die ersten Generationen ausgesetzt waren, bevor es eine ausreichend dichte Atmosphäre gab. Die Augen hatten oft einen rötlichen Schimmer. Bartwuchs gab es kaum; die Kopfhaare waren im Allgemeinen sehr fein, aber dicht, und wurden modisch getragen, von hüftlang bis streichholzkurz und nicht selten bunt gefärbt.

Die Flecken auf Fedor Lux' Haut waren sehr hell und nur bei genauem Hinschauen zu erkennen. Der Albino sah aus wie eine fein modellierte Plastik des beliebten Gestalters Royok Luiz.

Vera ertappte sich dabei, dass sie den jüngeren Mann fasziniert anstarrte, und war für einen Moment peinlich berührt, doch sie war lange genug Profi, um einfach darüber hinwegzugehen und ihren Ehemann, der als Protokollchef fungierte, zu bitten, die Sitzung zu eröffnen.

* * *

Auf dem Weg zu ihrem Fortbildungstutor schlenderte Maya Tsuyoshi gemütlich durch das Zentrum Elysiums. Das lilienförmige Ratsgebäude überragte die Stadt wie ein Wahrzeichen. Ein kleines Luftschiff mit dem Mars-Logo der Planetid-Gesellschaft schwebte langsam daran vorbei. Maya konnte sich denken, was die Firma damit in Szene setzen wollte – sicherlich kam auch heute wieder der Antrag zur Sprache, dass Planetid, Nortica und Mareti als unabhängige Häuser anerkannt wurden. Immerhin hatten sie in den vergangenen Jahrzehnten entscheidend beim Auf- und Ausbau der Städte mitgeholfen, die Eisenbahnstrecke modernisiert und viele Fabriken gebaut zur Rohstoffverwertung, zur Herstellung von Nahrungsmitteln, landwirtschaftlichem Gerät, Dünger und vielem mehr.

Momentan war jede Stadt autark durch die ausgedehnten landwirtschaftlichen Flächen rund um die Ballungszentren. Die Farmer belieferten die zentrale Verteilungs- und Verwertungsstelle und erhielten dafür moderne Maschinen, Staub- und Sturmschutzwälle, komfortable Haustechnik und alles, was sie sonst benötigten.

»Man darf es nicht zulassen!«

Maya blinzelte und senkte den Kopf. »Bitte?«

Ein Mann in einer langen Kutte mit Kapuze stand vor ihr, auf einen knorrigen Stab gestützt. Er deutete aufgeregt auf das Luftschiff. »Sie dürfen nicht in den Rat! Dann wird alles noch schlimmer.«

»Ah.« Maya musterte den Mann genauer. Er war sehr schmal und wirkte zerbrechlich, die Hautmuster seiner Hand waren stark ausgeprägt. Eine ganz besondere Ausstrahlung ging von ihm aus. Sie war Maya angenehm, friedlich, freundlich. Aber es war auch etwas Fremdes dabei, das sie beunruhigte, denn sie hatte das Gefühl, von den unter der Kapuze verborgenen Augen durchleuchtet zu werden. »Sie sind ein Baumsprecher, nicht wahr?«

Der Mann nickte. »Ich habe die Ehre, Vertreter des Ordens zu sein und unser mahnendes Wort hier zu verkünden. Mein Name ist Windtänzer. Und Sie sind Dame Maya Joy Tsuyoshi, Tochter der ehrenwerten Präsidentin.«

Maya hob eine Hand. »Bitte, lassen sie das *Dame* weg! Ich lege keinen Wert auf diese Formalitäten. Sagen Sie einfach Maya.« Sie wunderte sich nicht, dass der Mann ihren Namen wusste. Ihr Konterfei war mit dem ihrer Eltern häufig auf den öffentlichen Panoramaschirmen zu sehen, meistens im Rahmen der Tagesmeldungen.

Windtänzer neigte leicht den Kopf. »Es ist mir eine Ehre und ein Vergnügen, Ihnen einmal persönlich zu begegnen.«

Maya lächelte. »Sie haben Glück. Nicht jeder der fünf Häuser würde eine Unterhaltung mit Ihnen führen.«

Er lachte. Ein leicht raues, aber dennoch seltsam anrührendes Lachen. »Propheten und Mahnern hört man nie gern zu.« Windtänzer schlug seine Kapuze zurück, und Maya blickte in zwei große, leicht schräge, tiefgrüne Augen, in denen fast kein Weiß mehr zu sehen war. Sein Kopf war lang und schmal, die Haut fast weiß, übersät von den samtbraunen Pigmentmustern, die sehr viel größer und zahlreicher waren als bei den Städtern. Seine Nase und die Ohren waren noch schmaler und länger als üblich.

Man kann kaum glauben, dass wir dieselben Vorfahren haben, dachte Maya. *Und es ist noch nicht einmal so lange her* … »Sie sprechen unsere Sprache gut«, sagte sie.

»Wir sind durchaus nicht so primitiv, wie viele Städter glauben«, erwiderte Windtänzer und zog seine schön geschwungenen Lippen in die Breite. »*Wurzelfresser*, so nennt man uns doch?«

»Unter anderem.« Maya errötete. »Es gibt noch weitere, ebenfalls kaum schmeichelhafte Bezeichnungen. Wir wissen nicht mehr sehr viel über Ihr Volk.«

»Ja, wir leben in freiwilliger Isolation, wobei wir Gäste stets willkommen heißen. Umgekehrt ist es eher nicht so. Wissen Sie, dass ich eine Lizenz dafür brauche, mich hier auf den Straßen aufhalten zu dürfen?«

»Nein. Tut mir leid. Erzählen Sie mir das, damit ich Einfluss auf meine Mutter nehme?«

Windtänzer näherte sich ihr, und Maya wollte zurückweichen, aber seine Ausstrahlung hüllte sie ein und bannte sie. »Ich möchte, dass Sie ihr begreiflich machen, wie wichtig eine sanfte Anpassung an den Mars ist«, sagte er leise. »Wir sind als Notleidende gekommen, nicht als Eroberer. Der Mars hat uns aufgenommen. Er hat es nicht verdient, auf diese Weise misshandelt zu werden.«

Maya schluckte trocken. Sie sah das Luftschiff langsam in eine andere Straßenflucht abbiegen. »Ich sehe bisher keine Misshandlung, nur Fortschritt«, sagte sie dann ruhig. »Wir haben den Mars aus seinem langen Schlummer erweckt. Sie wissen, dass er schon einmal grün gewesen ist und dass wir nicht die ersten intelligenten Bewohner des Planeten sind. Der Mars gehört zu dem Sonnensystem unserer Ursprungswelt, er ist der Bruder der Erde. Wie können Sie behaupten, dass wir Fremde sind?«

»*Wir* müssen uns anpassen, nicht umgekehrt«, erwiderte Windtänzer. »Und glauben Sie mir, es wird nicht mehr lange dauern, bis mit dem Raubbau begonnen wird. Was denken Sie, weshalb diese Unternehmen unbedingt in den Rat wollen?« Er deutete auf den letzten Ausleger des Luftschiffes, kurz bevor es außer Sicht war. »Damit wollen sie Einfluss auf die Gesetzgebung nehmen, um mit der Ausbeutung zu beginnen!«

Maya fühlte sich versucht, eine langwierige Diskussion mit diesem interessanten Mann zu beginnen. Er hatte es geschafft, sie zu beeindrucken, fast einzuschüchtern. Er mochte etwa neunzehn Doppeljahre, also rund achtunddreißig Erdjahre zählen. Damit war er nur wenig älter als sie. Doch sie widerstand der Versuchung. »Ich bin keine Politikerin«, versetzte sie. »Sie sollten besser mit meiner Mutter sprechen.«

Er hob eine weißblonde Braue. »Und wenn ich Sie zu einer Versammlung einlade, in der ich unsere Lebensweise vorstelle? Hätten Sie den Mut, sie sich einmal anzusehen, unsere *geheime* Welt?«

Maya winkte lächelnd ab. »Ich strebe nach anderen Dingen, tut mir leid. Ich bin der Natur nicht so verbunden wie Sie, ich betrachte vieles mehr vom wissenschaftlichen Standpunkt aus. Und ich werde ganz gewiss niemals der Technik entsagen. Ich halte sie für einen bedeutenden Evolutionsfaktor.«

»Wie kommen Sie darauf?«, fragte Windtänzer erstaunt.

»Da wären wir bei der Frage nach dem Sinn des Lebens.« Mayas helle Augen funkelten fröhlich. »Verzeihen Sie mir, wenn ich dieses interessante Gespräch nun beende, denn ich habe eine Verabredung mit meinem Dozenten und den Mitstudenten, die ich nicht versäumen möchte. Ich wünsche Ihnen weiterhin viel Erfolg beim Missionieren.« Sie hob die Hand zum Gruß und ging weiter.

»Sie wissen wenigstens, was Sie wollen!«, rief Windtänzer ihr nach. »Alles Gute für Ihren weiten, steinigen Weg, Maya! Aber geben Sie nie auf!«

Maya drehte sich nicht um, sie widerstand auch dieser Versuchung. *Ich werde es bereuen*, dachte sie, während sie zwischen den zumeist gemütlich dahinschlendernden Passanten hindurcheilte. *Ganz bestimmt werde ich es bereuen. Der erste interessante Mann meines Lebens, und ich laufe vor ihm davon.*

* * *

Vera Akinora Tsuyoshi hielt sich aus der hitzigen Debatte seit einiger Zeit heraus. Die Gonzales waren für den Antrag zur Prüfung auf den Ratsbeitritt der Firmen Mareti, Nortica und Planetid, ebenso die Angelis. Die Braxtons wollten sich heraushalten, die Saintdemars waren ebenso wie die Tsuyoshis strikt dagegen, so stand es zwei zu zwei mit einem Unentschieden. Keine besonders glückliche Situation.

»Wir werden es wieder vertagen müssen«, sagte Vera schließlich mitten in die Diskussion hinein, als sich die Argumente nur noch im Kreis drehten und die Atmosphäre sich immer mehr aufheizte. »Es wird auch heute keine Entscheidung gefällt, ob der Überprüfungsantrag angenommen wird. Die Unternehmen müssen sich notgedrungen weiterhin in Geduld üben.«

»Diese Verzögerung ist eine Zumutung!«, beschwerte sich Jarro Gonzales.

»Mir sind keine Umstände bekannt, die eine schnelle Entscheidung erforderlich machen«, erwiderte die Präsidentin. »Oder noch deutlicher: Ich sehe derzeit keinen Handlungsbedarf. Die drei Firmen haben weiterhin Probezeit. Wer weiß, vielleicht dauert es noch Jahre, bis es zu einem politischen Wandel kommen wird, aber diese Zeit haben wir schließlich auch, und es gibt weitaus bedeutendere Dinge.«

»Richtig!«, stimmte Jarro überraschend zu und wechselte abrupt das Thema. »Ich beuge mich der Aufschiebung, wenn ich dafür zum Tagesordnungspunkt Verschiedenes überleiten darf, um mein Anliegen vorzubringen.«

Vera blickte zu ihrem Berater John Carter Tsuyoshi.

Der Nachmittag schritt voran. Sie hatten zwischendurch einen kleinen Snack eingenommen, doch der war reichlich unbefriedigend gewesen – angeblich war die Kühlung ausgefallen und man musste auf Recyclingersatz zurückgreifen.

Die Marsianer legten heutzutage sehr viel Wert auf ein natürliches, gutes Essen, gerade weil sie so lange so viel entbehren mussten. Die landwirtschaftlichen Erzeugnisse mussten zwar auch heute noch wegen der langen Winterphase rationiert werden, aber so langsam näherte man sich der Überschussproduktion. Eines Tages würde man auch im Winter nicht mehr auf recycelten Gesundheitsbrei zurückgreifen müssen.

Doch heute knurrte allen Konferenzteilnehmern der Magen, und es war deutlich zu merken, dass die Diskussionsbereitschaft abnahm. Sitzungen bis spät in die Nacht kamen so gut wie nie vor, wenn nichts Besonderes vorlag. Die nächste Konferenz war ohnehin in zwei Tagen angesetzt, bei der es um fachspezifische Themen gehen sollte – Neuanträge für technische oder wissenschaftliche Entwicklungen, Forschungsergebnisse und vieles mehr.

Veras Ehemann prüfte die Tagesordnung und nickte. Es sprach also nichts dagegen, und Vera machte sich auf einiges gefasst.

* * *

Jarro Gonzales erhob sich. »Ich stelle den Antrag«, begann er, »auf den Bau eines Raumschiffes.« Er betrachtete grinsend die verblüfften Gesichter der anderen und schwieg provozierend nach dieser Eröffnung.

Erst als die Stille peinlich wurde, fragte Reana Angelis: »Zu welchem Zweck?«

»Eine gute Frage!«, antwortete Jarro prompt. »Natürlich um zur Erde zu fliegen.« Er setzte sich wieder hin und wartete auf den Sturm.

Doch zunächst herrschte wieder ringsum betretenes Schweigen.

Vera dachte bei sich, dass in den letzten Jahren die lautstark geäußerten Fantasien des Mannes also doch kein heißer Wüstenwind gewesen waren. Er hatte tatsächlich die ganze Zeit an einem Prototyp gearbeitet, und er musste erfolgssicher sein, sonst hätte er sich jetzt nicht zu Wort gemeldet.

»Das können Sie doch gar nicht«, brummte Sondo Braxton. »Wir verfügen nicht über die Möglichkeiten des Antriebs ...«

»O doch!«, unterbrach Gonzales triumphierend. »Ich behaupte, dass es funktionieren wird! Ich teste seit Jahren eine Art kombinierten Metallwasserstoff- und Ionenantrieb. Sehen Sie!« Er drückte auf ein Sensorfeld des vor jedem Platz eingelassenen Terminals und projizierte ein Holoschaubild in die Mitte des Tisches. Darin war das Modell eines raketenartigen, mit vielen Aufbauten versehenen Raumschiffes zu sehen, das in einer aufwändigen, lebensecht wirkenden Simulation vom Mars aus startete und nach einer Kurskorrektur aus den angeflanschten Wabenmodulen riesige energetische Segel ausklappte, insgesamt vier Flügel.

Jarro deutete auf das Schiff, das nun auf geheimnisvolle Weise ins All beschleunigt wurde.

»Jeder Flügel hat vierhundert Meter Spannweite und einhundert Meter Breite«, machte der Erfinder die monumentale Größe deutlich. »Dagegen wirkt unser Schiff mit einhundert Metern Gesamtlänge und einer Breite von etwa dreißig Metern fast klein. Aber der Vorteil ist, dass wir bei diesem Antrieb sehr viel Platz einsparen können, der andererseits der Mannschaft zugutekommt. Antriebe, Tanks, Module beanspruchen etwa fünfundsechzig Prozent Platz. Das klingt nach viel, und es ist in der Tat für eine Mannschaft sehr eng, aber tragbar. Wir haben sogar einen Fitnessraum einkalkuliert, eine gemeinsame Messe, eine durch eine Schleuse gesicherte kleine Quarantäne-Station und vieles mehr.«

»Beeindruckend«, murmelte jemand, während alle wie gebannt auf die Demonstration starrten und Jarro Gonzales zuhörten.

Der fuhr fort: »Die Flügel sind aus hauchfeinem Metalldraht gewebt, die Abstände im Gitternetz betragen etwa fünfundzwanzig Zentimeter. Das Material wurde aus einer Hinterlassenschaft der Alten entwickelt, wie Sie sich denken können. Es ist äußerst flexibel, belastbar und beständig. Ich will Sie nicht zu sehr mit Details langweilen; die Segel sind oben positiv, unten negativ geladen und nutzen das von den Sonnenwinden ausgeschleuderte Plasma als Antrieb, nach dem Prinzip eines Segelschiffs. Das Ergebnis ist ein riesiges Ionentriebwerk, das uns in kurzer Zeit problemlos durchs gesamte Sonnensystem bringen kann.«

Fedor Lux schien fasziniert, er zeigte ein fast verklärtes Lächeln. »Es ist einstufig«, stellte er fest.

»Ja, der Metallwasserstoffantrieb, der uns starten und landen lässt, arbeitet ähnlich wie eine Feststoffrakete, ist aber sehr viel effektiver und vor allem mehrmals einsetzbar«, erklärte Jarro, sich zusehends in Begeisterung steigernd. »Damit können wir – bei entsprechend freier Fläche natürlich – *überall* landen und wieder starten und brauchen kein gesondertes Beiboot.«

So hatte Vera ihn noch nie erlebt, und zum ersten Mal war er ihr fast sympathisch. Dennoch war und blieb er ein Spinner, ein Fantast mit hochtrabenden Plänen. Dabei hatten sie noch nicht einmal alle Probleme auf dem Mars gelöst!

Wenn sie ihn so reden hörte, klang er fast wie einer der *Erdverbundenen*, eine fast sektierende Gruppe, deren Mitglieder sich in allen Städten fanden. Der Ruf nach der Erde war über die Jahrhunderte nicht verstummt, und inzwischen hatte sich eine Organisation mit einigen tausend Mitgliedern gebildet, die davon träumten, eines Tages die *Urmutter* zu besuchen und all das zu sehen, was sie nur aus der Hinterlassenschaft der BRADBURY kannten.

Allerdings – Gonzales war trotz seines aufbrausenden Genies kein Dummkopf, der sich den wirren Lehren anderer anschloss und zu bestimmten Festtagen nach irdischer Tradition verkleidet singend und deklamierend durch die Straßen zog.

Er glaubte nur an zwei Dinge, nämlich an sich und seinen Verstand.

»Erläutern Sie nun den Grund«, forderte Vera Akinora den Erfinder schließlich ungeduldig auf; die genauen Einzelheiten des Antriebs interessierten sie zu diesem Zeitpunkt nicht im Mindesten.

»Zwei Dinge«, antwortete Lorres Gonzales anstelle seines Vaters. »Erstens: Wir wollen herausfinden, warum es seit der Landung nie mehr zu einem Kontakt mit der Erde kam, weshalb niemals eine zweite Expedition geschickt wurde. Diesem Geheimnis müssen wir in eigenem Interesse auf die Spur kommen.«

Einige Gesichter zeigten Skepsis, andere nickten zustimmend.

»Das zweite große Geheimnis ist der Strahl.«

Nun horchten die Ratsmitglieder deutlich auf. »Was haben Sie herausgefunden?«, fragte Julia Saintdemar.

»Die Auswertung der jahrzehntelangen Beobachtungen und Messungen liegt jetzt vor«, gab Lorres Gonzales mit überlegenem Lächeln bekannt, löschte das erste Holo und projizierte ein Diagramm mit einer Menge Zahlen und Linien. »Es wurde festgestellt, dass nicht immer Dinge verschwinden, die in den Strahl geraten. Ob organisch oder nicht, spielt dabei keine Rolle. Um festzustellen, ob diese Phasen einem bestimmten Intervall folgen, haben wir über Jahrzehnte hinweg alle Sternen- und Planetenkonstellationen festgehalten, mit den sogenannten Aktivdaten des Strahls verglichen und zudem zu errechnen versucht, was der Strahl auf seiner Bahn kreuzt.«

Spätestens jetzt konnte er sich ungeteilter Aufmerksamkeit erfreuen. Die Spannung war förmlich als Knistern zu hören.

Vater und Sohn Gonzales genossen diesen Moment, das sah Vera ihnen an. Und sie musste zugeben, dass die Spannung auch sie nicht unberührt ließ.

Ein zweites Holo wurde aktiviert, eine simulierte Umsetzung des Diagramms. Zu sehen war der Strahl, wie er von dem Krater aus zum Himmel zeigte. Dann wurde seine Weiterführung durch gestrichelte Linien angezeigt, effektvoll mit Wasserschlieren gefüllt. Das Bild wechselte auf die Perspektive des Strahls, und Ratsmitglieder und Präsidentin reisten zusammen mit ihm durch das All – auf einen von hellen Schlieren bedeckten Planeten zu, der rasch wuchs, während er näher kam, bis er das ganze Bild ausfüllte und sie in die dichte Wolkendecke eintauchten.

Als die Projektion erlosch, blinzelten alle, als kämen sie aus einem Traum zu sich.

»Die Erde?«, flüsterte Merú Saintdemar schließlich. »Sind Sie wirklich ganz sicher?«

Die beiden Gonzales nickten unisono. Jarro antwortete: »Wir haben viele Simulationen und Berechnungen durchgeführt, und das ist die wahrscheinlichste. Denn jedes Mal, wenn wir in Opposition zur Erde kommen, verschwinden Dinge im Strahl.«

»Ich kann Ihnen gern die genauen Zahlen …«, begann Lorres, doch Vera und noch einige andere winkten ab.

Diesmal herrschte andächtiges, nachdenkliches Schweigen. »Der Zusammenhang liegt nahe«, sagte Vera schließlich, als sie merkte, dass alle auf eine Reaktion von ihr warteten. »Aber Sie haben keine gesicherten Beweise, oder?«

»Ich würde sagen, der Verdacht genügt, um einmal dort nachzusehen«, erwiderte Jarro Gonzales.

»Und welchen Vorteil sollten wir daraus ziehen?«, wollte die Präsidentin wissen.

Jarro hob seine Hände. »Wir alle stammen doch von Forschern ab, wenn ich mich recht erinnere! Sollte es nicht unser Ziel sein, alles über die Alten herauszufinden? Wir haben kaum an der Oberfläche dessen gekratzt, was sie uns hinterlassen haben, und trotzdem gewaltigen Fortschritt erfahren. Da *dürfen* wir einfach nicht verharren!«

»Stagnation ist Rückschritt«, fügte Lorres hinzu.

»Das kommt darauf an«, erwiderte Vera und setzte sich auf. »Welchen Zeitraum veranschlagen Sie denn für diese Reise?«

»Wir sind auch in dieser Hinsicht schon einen Schritt weiter als unsere Vorfahren«, antwortete Jarro breit grinsend. »Dank der Ionensegel können wir es in etwa sechsundneunzig Sols schaffen – nur unwesentlich länger bei *Konjunktion* mit der Erde. Das bedeutet: Wir sind nicht mehr von den rund zwei Erdjahren Abstand zu den Startfenstern abhängig! Die sechsundneunzig Tage teilen sich auf in etwa fünfzig Tage reine Flugzeit, Beschleunigungs- und Bremsvorgang.«

»Das ist sehr kurz«, sagte John Carter Tsuyoshi nachdenklich. Vera warf ihm einen kritischen Blick zu. Sah denn keiner die große Gefahr, die mit einem solchen, geradezu größenwahnsinnigen Vorhaben drohte?

»Wie weit sind Sie mit den Plänen?«, wollte Sondo Kang Braxton wissen.

»Wir können jederzeit mit dem Bau beginnen«, antwortete Jarro prompt, »und es in wenigen Jahren schaffen.«

»Und wenn es nicht funktioniert?«, warf Reana Lete Angelis ein. »Das wird uns erhebliche Arbeitszeit kosten, die wir besser zur Bewirtschaftung neuen Bodens oder der Entwicklung neuer Landwirtschaftsmaschinen nutzen sollten!«

»Ich würde auch nicht einsehen, weshalb wir Opfer für so etwas Hanebüchenes bringen sollten«, fügte Fedor Lux unverblümt hinzu, der zuvor noch so angetan schien. Vielleicht, dachte sich Vera, hatte er im Geiste überschlagen, was das an Arbeitszeit kosten würde – und ihn womöglich einige Aufträge.

»Es wird funktionieren«, erklang es von den Gonzales im Chor.

»Sagen *Sie*«, meinte John.

»Unsere leistungsfähigen Rechner können anhand der eingegebenen Daten die Simulationen lebensnah darstellen«, erwiderte Lorres gelassen. »Natürlich müssen wir auch Tests an den Materialien durchführen, aber durch die Simulationen haben wir erheblich weniger Aufwand.«

»Wenn wir stets Angst vor einer Pleite hätten, wo wäre dann unser Fortschritt heute?«, fügte Jarro hinzu. »Unsere Vorfahren haben sich davon trotz ihres primitiven Status nicht beeindrucken lassen.«

Veras Gedanken überschlugen sich. Sie steuerte auf eine der wichtigsten Entscheidungen des Marsvolkes zu, und insgeheim wünschte sie sich, dafür nicht letztendlich die Verantwortung als Präsidentin tragen zu müssen. Natürlich würde es eine Abstimmung geben, aber ihre Entscheidung gab immer den Ausschlag.

Nun, möglicherweise scheiterten die Gonzales bereits in der Testphase so gründlich, dass sie aufgeben mussten. Aber was, wenn nicht?

Die Augen aller Anwesenden richteten sich auf sie. Vera fasste sich ein Herz. »Diese Entscheidung kann so kurzfristig nicht getroffen werden«, sagte sie ruhig. »Es gibt eine Menge zu bedenken und abzuwägen. Ich möchte Sie daher bitten, uns alle relevanten Unterlagen zukommen zu lassen, damit jeder von uns sich in Ruhe damit beschäftigen kann. In zehn Sols wollen wir uns wieder zusammensetzen und über den Antrag entscheiden. Ist das für Sie tragbar, Herr Jarro Gonzales?«

»Aber natürlich«, erwiderte Jarro unerwartet sanft und freundlich. »Ich bin sicher, dass wir zu einer zufrieden stellenden Entscheidung kommen. Sie erhalten noch heute Abend die Informationen und vor allem die Kalkulation über benötigtes Material, Personal sowie die veranschlagte Bauzeit.«

3.
FÜR UND WIDER

Einige Stunden später steckte Jarro Gonzales den Kopf zur Tür herein. »Darf ich dich stören?«

Vera hob eine Braue. »Seit wann so zurückhaltend, Herr Gonzales?« Sie bewahrte die höfliche Form. »Sonst stürmen Sie immer herein und legen ohne Atempause los.«

Der gedrungene Mann grinste, betrat das große Präsidentinnenzimmer und schloss die Tür hinter sich. Die Häuser besaßen zwar auch automatische Türen, doch hauptsächlich bei den Haupteingängen. Zimmertüren öffnete man gern von Hand, auch das gehörte zu den Umgangsformen.

»Du hast mich überrascht«, begann er ohne Umschweife. »Ich hatte gedacht, du wirfst Lorres und mich raus.«

Vera stand auf, trat an ein Fenster und blickte hinaus. Sie hatte sich seinerzeit für das Büro am Rand entschieden, wo ein Teil der Fenster und zwei Zugänge zur Terrasse führten, die übrigen Fenster im runden Erker aber einen grandiosen Ausblick auf Elysium boten. Hier verweilte sie oft, wenn sie nachdenken musste. »Ich hätte es am liebsten auch getan«, murmelte sie.

»Aber es ist richtig, was wir tun!«, verteidigte sich Jarro Gonzales. »Ich kann einfach nicht verstehen, wie man auf dieser Isolation beharren kann!«

Sie verschränkte die Arme und warf ihm einen Seitenblick zu. »Wir sind noch nicht so weit!«, gab sie zurück. »Historisch betrachtet sind wir gerade erst auf diesem Planeten gelandet! Es ist noch viel zu früh dafür, mit der Erde Kontakt aufzunehmen, und ich fürchte die Konsequenzen, wenn ich meine Zustimmung gebe.«

»Aber du wirst sie mir geben, ja?« Jarro näherte sich ihr.

Vera verharrte, obwohl er die höfliche Distanz erheblich unterschritt. »Ich kann mich jetzt nicht dazu äußern, Herr Gonzales. Zuerst muss ich die Fakten kennen und abwägen, bevor ich eine Entscheidung fällen kann.«

»Aber du *weißt*, dass es letztendlich keinen anderen Weg gibt!« Seine kraftvolle Stimme sank zu einem rauen Flüstern herab. »Wir sind technisch so weit, und wir dürfen unsere Möglichkeiten nicht einfach vor sich hin schlummern lassen. Ich bin überzeugt, dass auch ein Großteil der Bevölkerung so denkt.«

Sie drehte den Kopf zu ihm und blickte auf ihn herab. »Das soll heißen?«

»Ich werde einen Volksentscheid verlangen, wenn der Rat ablehnt«, antwortete Jarro.

Für einen Moment starrten sie sich schweigend in die Augen, wie zwei Drachenechsen im Drohkampf um eine Beute.

»Das wagst du nicht«, flüsterte Vera und vergaß ihre Umgangsformen. »Das wäre das erste Mal ...«

»Keine Sorge, es wird nicht zu einem Misstrauensvotum ausarten«, unterbrach er sie. »Aber ich habe das gesetzlich verankerte Recht dazu, das wirst du nicht leugnen können.«

»Das ist ... unerhört«, stieß Vera wütend hervor, dicht davor, aus der Rolle zu fallen. Dabei war sie bekannt für ihre Höflichkeit, ihre perfekten Umgangsformen, ihre Selbstbeherrschung.

Jarro lachte erheitert. »So hast du mir immer am besten gefallen, Norinina.«

»Nenn mich nicht so!«, zischte sie.

In diesem Moment kam John durch die Verbindungstür von seinem Büro herein, begann »Vera, hast du ...« und stockte, als er Jarro sah. Augenblicklich wandelte sich seine freundliche Miene zu harter Abneigung, und seine Augen blitzten auf. »Was tun Sie hier?«, fragte er scharf und ging angriffslustig auf ihn zu. »Ich wüsste nicht, dass Sie sich angemeldet hätten, Gonzales!«

»Ich bin immer noch Ratsmitglied, mein Freund«, erwiderte Jarro süffisant. »Außerdem sollten sich die Häuser Tsuyoshi und Gonzales nicht zu weit voneinander entfernen.« Jarro hob mahnend einen Finger. »Eines Tages wird der Rat aus mehr als fünf Häusern bestehen, auch diesem Fortschritt können Sie sich nicht auf Dauer widersetzen. Dann ist es gut, dass die traditionsreichen hohen Häuser untereinander gefestigt sind, damit die Gesellschaft nicht schon in den nächsten Jahren auseinanderbricht.«

»Das wird sie nicht«, ließ Vera sich vernehmen. Sie hatte sich den beiden Männern zugewandt und strahlte Entschlossenheit aus. »Davon sind wir weit entfernt. Die Erinnerungen an den Bruderkrieg sind noch viel zu frisch.«

»Denken Sie gut nach, Dame Präsidentin«, sagte Jarro Gonzales ernst. »Und entscheiden Sie klug.« Er neigte leicht den Kopf. »Ich darf mich empfehlen und bitte um Entschuldigung für die Störung.« Er zeigte John die Zähne und verließ das Büro.

»Was für ein arroganter, unausstehlicher Plattlurch!«, platzte John heraus, mit geballten Fäusten. »Ich glaube fast, er will deinen Stuhl, Vera!«

Sie schüttelte den Kopf. »Er gefällt sich viel mehr in der Rolle des notorischen Nörglers, er will provozieren und andere bis aufs Blut reizen. Politik interessiert ihn nicht im Mindesten, dazu ist er viel zu sehr Erfinder. Und wenn es stimmt, was sie uns heute vorgeführt haben, haben er und sein Sohn in den vergangenen Jahren Glanzleistungen vollbracht.«

»Dann wirst du dem Antrag stattgeben?«

»Das werde ich müssen, John. Ich habe kein Recht, ihm die Ausübung seiner Wissenschaft zu verbieten. Vor allem, wenn der Antrieb so funktioniert, wie er behauptet.«

John ging auf sie zu und musterte sie eindringlich. »Was ist deine größte Sorge?«, fragte er.

Vera seufzte und fuhr sich in einer müden Geste übers

Gesicht. »Unser Kind wird mit Begeisterung dabei sein, John, darauf verwette ich mein Amt.«

* * *

Es kam noch schlimmer, als die Präsidentin befürchtet hatte. Sobald öffentlich bekannt wurde, dass ein Raumschiff gebaut werden sollte mit dem Ziel, die Erde anzusteuern, brach ein Sturm in den Städten los und beschäftigte die Bevölkerung von früh bis spät. Und spaltete sie alle in Dutzende verschiedene Lager.

Es gab allgemeine Befürworter, die den Gonzales Recht gaben: Der Sinn des Strahls, gerade weil er regelmäßig die Erde streifte, musste ergründet werden. Und man musste herausfinden, was dort in der Alten Heimat geschehen war, weshalb es nie zu weiteren Marsflügen gekommen war, nicht einmal zu Funkrufen. War die Expedition damals tatsächlich im Stich gelassen worden, oder hatten die Menschen keine Möglichkeit mehr zu neuen Expeditionen gehabt? Wartete die Erde womöglich schon lange auf Hilfe? Oder hatten sich die Menschen in einem globalen Krieg vernichtet?

Dann gab es die fanatischen Befürworter, wie die *Erdverbundenen*, die den Entschluss auf spiritueller Ebene feierten, die Gründer in den Stand von Heiligen erhoben und verlangten, dass eine Delegation von ihnen mit an Bord genommen werde.

Gegenstimmen gab es natürlich auch mehr als genug. Manche hatten Angst, die Unabhängigkeit zu verlieren, wenn man die Erde erst darauf aufmerksam machte, dass die Mission damals nicht verloren ging, sondern eine blühende Kultur hervorgebracht hatte.

»Das müssten sie doch längst wissen!«, argumentierten die Erdverbundenen. »Mit einem guten Teleskop kann man die Veränderung des Mars auch von der Erde aus erkennen! Nein, die Urväter haben uns eine Prüfung auferlegt, dass wir es aus eigener Kraft schaffen müssen, und sie werden uns mit offenen Armen empfangen, da wir den Test mit Bravour bestanden haben!«

Das schürte bei anderen jedoch erst recht die Angst vor dem Ende der Freiheit. Die – noch – überwiegende Mehrheit wollte zu Gonzales' Überraschung tatsächlich lieber in freiwilliger Isolation bleiben und niemanden auf sich aufmerksam machen. Das Leben sollte so weitergehen, wie es war, ruhig und angenehm, ohne größere Probleme. »Wir sind aus eigener Kraft aus der Asche auferstanden, und so werden wir auch weiterhin keine Einflüsse von außen akzeptieren und frei sein«, fassten Volkssprecher ihre Ablehnung zusammen.

Auch der Orden der Baumsprecher war so aktiv wie noch nie. An bedeutenden Plätzen und Straßenkreuzungen predigten sie vom Wahnsinn, den die Technik mit sich brachte, von der Gefahr für die Natur des Mars, deren fragiles Gleichgewicht bald ebenso zerstört würde wie einst die Ökologie der Erde, und damit der Lebensraum der gerade erwachenden Floren und Faunen – und des Waldvolkes. Kontakt nach draußen würde nur Zerstörung mit sich bringen, denn durch fremde Einflüsse könne nichts so bleiben, wie es war. Nach den Aufzeichnungen der Gründer sei kein Fall bekannt, wo so etwas positiv ausgegangen sei.

Die Leiter bedeutender Wirtschaftsunternehmen hingegen spekulierten bereits freudig über künftige Handelsbeziehungen, gerieten jedoch in Streit darüber, wer geeignet war, als gemeinschaftlicher Vertreter die Verhandlungen aufzunehmen.

Die *Marsianer Neuen Glaubens,* deren Gruppierung gerade geboren wurde, stimmten den Baumsprechern zu, dass eine Gefahr der Zerstörung bestünde. Und genau deswegen befürworteten sie den Flug, denn sie wollten die Menschen der Erde missionieren und ihnen den Frieden bringen. »Wir zahlen die

Schuld zurück, indem wir *zwei* blühende Planeten gestalten«, so lautete ihr Credo.

Da blieb es natürlich nicht aus, dass sich umgehend eine Gegengruppierung bildete, die *Der Mars den Marsianern!* propagierte, die *Missionare* für verrückt erklärte und den Rücktritt der Regierung verlangte, sollte das größenwahnsinnige Vorhaben tatsächlich realisiert werden.

Und so wogte die Stimmung hin und her. Die Argumente wurden immer hitziger, die Fronten begannen sich zu verhärten, niemand hörte mehr dem anderen zu, sondern versuchte seine Meinung durchzusetzen.

Kein Tag verging ohne öffentliche Versammlungen und Demonstrationen, und zum ersten Mal seit dem Bruderkrieg mussten Ordnungshüter eingesetzt werden. Die Präsidentin bestand darauf, dass diese Polizeiorgane unbewaffnet vorgingen und keinesfalls Gewalt anwenden durften.

Doch es wurde immer schwieriger, die sich täglich mehr aufheizende Situation unter Kontrolle zu halten. Und die Präsidentin musste sich eingestehen, dass die Philosophen ihrer Familie Recht gehabt hatten: Mental waren die Marsianer noch keinen Schritt weiter entwickelt als ihre Vorfahren von der Erde.

Ein Funke, und die Bombe würde hochgehen. Unweigerlich.

***

Die meisten Ratsmitglieder schlugen der Präsidentin als Kompromiss vor, zuerst eine Sonde zu schicken, um sich über die Lage *dort unten* zu informieren. Gleich eine ganze Expedition auszurüsten sei strategisch unklug, wenn nicht töricht zu nennen.

Dem stimmte die Präsidentin zu, doch sie hatte Jarro Gonzales' Drohung des Volksentscheids nicht vergessen und wusste, dass es keine leeren Worte gewesen waren. Das aber würde vermutlich alles nur noch schlimmer machen, weil jeder eindeutig Stellung beziehen musste. Bis jetzt diskutierte man nur und verließ sich darauf, dass Rat und Präsidentin eine kluge Entscheidung fällen würden.

»Aber was können wir tun?«, fragte John. »Wir können doch nicht sehenden Auges in unser Unglück rennen!«

»Du weißt ebenso wie ich, dass wir den Bau dieses Raumschiffs und seinen Flug nicht verhindern können«, antwortete Vera. »Selbst Maya ist Feuer und Flamme und hat bereits ein Astronautentraining absolviert, obwohl noch nicht einmal das erste Antriebsaggregat fertig ist.«

»Das nicht – aber diese verdammte Fähre, die er im Geheimen gebaut hat, steht kurz vor der Vollendung«, knurrte John. »Ich wette, sie spekuliert darauf, dort einen Platz zu ergattern.«

Jarro Gonzales hatte nach dem Einwand des Rates, für eine so gefährliche Unternehmung wie eine Erdexpedition fehlten jegliche Erfahrungswerte, kürzlich die nächste Bombe platzen lassen: Seine Konstrukteure und Techniker hatten längst an einer kleinen Raumfähre gearbeitet, die – in reduzierter Form – nach denselben Prinzipien fliegen sollte wie das spätere große Raumschiff. Es war geplant, noch vor Ende des Peri Flüge in den Orbit und nach Phobos und Deimos zu unternehmen, um vor allem Start und Landung in der Realität zu üben, nicht nur im Simulator.

Noch bevor das Volk sich also einig war, was überhaupt geschehen sollte, wurde in den Werften der Gonzales bereits emsig gearbeitet, und das Tag und Nacht. Manche waren mit solcher Begeisterung dabei, dass sie ihr Lager dort aufschlugen und viele Sols nicht nach Hause kamen.

Die künftigen Astronauten mussten ein hartes körperliches und mentales Training durchlaufen und sich an den Simulatoren bewähren, vor allem in Katastrophensituationen. Aber nicht nur die Anwärter wurden über alle Maßen belastete, sondern auch die Entwickler, denn bereits hier zeigten sich Schwächen in der Technik, die zu tagelangen Rückschlägen führten.

Eines stand fest: Die *ungezählten Feiertage* würden diesmal von allen an diesem Projekt Beteiligten mit Arbeit verbracht werden.

Währenddessen beobachtete die Präsidentin besorgt die wachsende Unruhe im Volk. Zwar legte sich der erste Sturm nach einer Weile, wie man sich eben nach einiger Zeit an Neues gewöhnt und es zum Alltäglichen wird. Aber verschiedene Gruppierungen lösten sich nicht auf, sondern fanden weiteren Zuwachs und hörten mit ihren Für- oder Gegenreden nicht auf. Ihre verbalen Attacken wurden dabei immer aggressiver, und plötzlich zeigte sich auch Unzufriedenheit über andere politische Entscheidungen.

Vor allem die drei großen Konzerne nutzten den Moment, um darauf aufmerksam zu machen, wie wichtig es wäre, gerade jetzt, da das Aufgabengebiet der Präsidentin wuchs, den Rat zu erweitern.

Vera Akinora Tsuyoshi sah schweren Zeiten entgegen.

Auch Maya Joy Tsuyoshi musste einige Anfeindungen über sich ergehen lassen. Nicht alle Freunde und Bekannte stimmten ihrem Entschluss zu, ins All zu fliegen. Aber Maya hatte sich noch nie von etwas abbringen lassen, wenn sie erst einmal eine Entscheidung getroffen hatte. Sie verfolgte ihren Weg eisern und konsequent. Ausnahmsweise bekam sie dabei Unterstützung von Lorres Gonzales.

»Du bist verwöhnt, arrogant und eingebildet«, sagte er zu ihr in einer Trainingspause. »Aber du bist eine fähige Astrophysikerin, und du kannst mit Leuten umgehen. Wenn du damit leben kannst, dass ich dabei bin, kann ich es auch.«

Maya grinste. »Auch dann noch, wenn du erfährst, dass ich deine Chefin werde?«

Er starrte sie an, wollte zuerst zu einem Lachen über ihren vermeintlichen Scherz ansetzen. Doch dann erkannte er, dass sie es ernst meinte. Lorres stürmte davon, um seinen Vater zur Rede zu stellen.

Maya lachte ihm hinterher – und dankte im Stillen ihrer Mutter, die sich nach einem langen Streit mit Jarro Gonzales durchgesetzt hatte. Vera hatte von Anfang an den Weg der Anwärter verfolgt und Jarro die Ergebnisse unter die Nase gehalten. »Ganz objektiv ist Maya die erste Wahl für die Leitung dieser Expedition«, sagte sie zu Jarro. »Sie besteht alle Tests mit Bravour, und vor allem will sie nicht ständig mit dem Kopf durch die Wand wie dein Sohn. Maya denkt zuerst, bevor sie handelt, und wägt sorgfältig ab. Außerdem kann sie Mitarbeiter führen, was man weder von dir noch von Lorres behaupten kann.«

Jarro hatte geschäumt, aber letztendlich nachgegeben, denn es ging um die Mission, nicht um den persönlichen Ehrgeiz der Gonzales, überall ganz vorne zu sein. Zumindest machte ihm das sein eigener Familienrat nach einer ziemlich heftigen Debatte klar. Nicht alle Gonzales waren Hitzköpfe. Einige äußerten sich über die Entwicklungen durchaus besorgt und fragten sich, ob Jarro nicht tatsächlich zu früh mit seinen Plänen an die Öffentlichkeit getreten war. Als Oberhaupt hatte er sich das Recht genommen, diese Entscheidung allein zu fällen, doch das Haus Gonzales war nicht einstimmig damit einverstanden gewesen.

Lorres musste sich fügen, aber er bestand darauf, zumindest in den Rang des Stellvertreters erhoben zu werden. Dagegen sprach sich niemand aus. Auch Maya hatte nichts einzuwenden; sie wollte sich Lorres schließlich nicht zum Feind machen.

Den zweiten bitteren Wermutstropfen für die Gonzales gab es, als Leto Jolar Angelis zum Piloten ernannt wurde. Von allen Bewerbern hatte er die besten Talente dafür gezeigt. Bei einhundert Testlandungen hatte er nur fünf Mal Fehler gemacht, alle anderen lagen weit darüber. Und er wurde von Mal zu Mal besser. Es schien fast so, als könne er das Schiff *fühlen*. Sobald er sich an die Kontrollhebel setzte, geschah irgendetwas mit ihm, er war hochkonzentriert und ahnte manche Ereignisse scheinbar voraus, noch bevor sie eintraten.

Alle am Projekt Beteiligten lebten inzwischen in ihrer eigenen Welt. Sie bekamen kaum mehr etwas von dem mit, was um sie herum vorging. Wahrscheinlich wären sie erstaunt gewesen zu erfahren, wie viel Widerstand es im Volk gegen ihr Unternehmen gab.

4.
FALSCHES SPIEL

Kurz vor dem Herbst hob die Fähre zu ihrem Jungfernflug ab. Die letzten Tests waren von Erfolg gekrönt gewesen; wie es aussah, hatte das Haus Gonzales einen perfekten Weg zur Vereinigung irdischer und altmarsianischer Technik gefunden.

Die Fähre startete von einer achtzig Kilometer nordöstlich von Elysium gelegenen Werft, die zusammen mit den beiden Startrampen in einer flachen Ebene angelegt worden war. Auf der zweiten, weit größeren Rampe war parallel mit dem Bau des Raumschiffs begonnen worden, das, wenn alles glattging, schon im nächsten Jahr zu seinem Flug durch die Leere des Alls zwischen Mars und Erde aufbrechen sollte.

Das Gebiet war eine trockene Steppe mit geringem Baumbestand, sodass nur geringe Eingriffe in die hier noch junge Natur notwendig gewesen waren. Trotzdem hagelte es Proteste, und der Rat hatte während des ganzen Peri fast nur mit Eingaben bezüglich des Raumschiff-Projekts zu tun, und zwar von allen Seiten. Dabei ging es nicht nur um Belange des Naturschutzes. Die Lieferanten, Produzenten und Dienstleister beispielsweise verlangten besondere Privilegien als Ausgleich für die *Räumung der Firmenzeitkonten.*

Die Regierung fand sich schlagartig vor Probleme gestellt, mit denen niemand so schnell gerechnet hätte. Vor allem bröckelte es auch im Rat selbst. Ausgerechnet John Carter Tsuyoshi, Berater und Ehemann der Präsidentin, zeigte sich zusehends als Gegner des Raumflugs. Er warnte immer wieder vor den Konsequenzen und wollte durchsetzen, dass das Projekt abgebrochen wurde, bis alle Probleme gelöst wären.

Ihm gefiel vor allem die immer lautere Stimme der Wirtschaft nicht. Der Tag, an dem neue Häuser gegründet würden, die rechtlichen Anspruch auf einen Sitz im Rat hätten, schien nicht mehr fern. Dann würden dies unweigerlich auch die *Baumhocker* verlangen, und die verschiedenen sektierenden Gruppierungen; eigentlich so ziemlich jeder.

»Unser Gefüge bricht auseinander«, sagte John in der Ansprache einer großen Konferenz mit Rat, Unternehmen und Gruppenvertretern. »Ich hätte es niemals für möglich gehalten, dass eine Idee unser ganzes System in Gefahr bringt. Ich weiß, dass ich als Berater der Präsidentin solche Aussagen nicht treffen sollte. Aber ich bin dafür verantwortlich, zu warnen, wenn noch die Zeit dafür ist.«

Zum Bruch kam es, als der Termin für den Start der Fähre angesetzt wurde und John erfuhr, dass seine Tochter beim Jungfernflug dabei sein würde.

»Natürlich fliegt sie mit«, versuchte Vera ihm klarzumachen. »Lorres und Leto sind auch dabei! Wie sonst sollen sie ihre fachliche Kompetenz, die sie inzwischen erworben haben, in die Tat umsetzen?«

»Versteh doch – das geht mir alles viel zu schnell«, erwiderte er. »Daran ist vor allem Jarro schuld, über dessen wahre Motive ich mir nach wie vor nicht im Klaren bin. Ich glaube, dass er mit diesem Projekt ganz eigene Ziele verfolgt. Ich weiß nicht, warum du ihm vertraust.«

»Wir müssen das Projekt jetzt durchziehen«, widersprach Vera. »Je länger wir es hinauszögern, desto mehr Ressourcen kostet es uns.«

»Wir sollten uns vordringlich um unsere eigene Heimat kümmern. Du siehst ja, wie zerbrechlich unsere Struktur immer noch ist.«

»Ich darf und kann technologische Entwicklungen nicht verbieten, John. Auch wenn du dagegen bist – wir werden es tun.«

Daraufhin herrschte zwischen den Eheleuten lange Zeit Stillschweigen.

***

Jarro Gonzales hörte solche Worte von John Tsuyoshi nicht gerne, und die Fronten zwischen den beiden Männern, insofern dies überhaupt noch möglich war, erhärteten sich weiter. Nahezu bei jeder Ratssitzung kam es zum Streit zwischen den beiden; Jarro beschimpfte John als fortschrittsfeindlich und rückständig, John seinerseits Jarro als größenwahnsinnig und machtgierig.

Keine schöne Situation, die sich auch aufs Private übertrug, bis man auch im eigenen Haus kaum mehr miteinander redete.

Maya meinte nach einer erfolgreichen Testzündung, die den Start näher rücken ließ, zu ihren beiden Mitfliegern: »Ich bin froh, dass wir für eine Weile all dem hier entfliehen können. Ich habe die ständigen Anfeindungen und Streitigkeiten satt.«

Leto stimmte dem zu, und auch Lorres räumte widerwillig ein: »Die Leute nehmen sich alle zu wichtig. Ich kenne meinen Vater kaum mehr wieder, ganz ehrlich.«

Zehn Sols später war es dann so weit.

Obwohl dies einer der aufregendsten Momente in der marsianischen Geschichte war – der erste bemannte Flug ins All! –, wurde der Starttermin nicht öffentlich bekannt gegeben. Der einzige Applaus war der dröhnende Lärm der zündenden Triebwerke.

Drei Elternpaare beobachteten voller Sorge den Start, lauschten auf jedes Geräusch, achteten auf jedes per Funk übermittelte Wort. In der Zentrale herrschte geschäftiges Treiben; die Leute waren viel zu konzentriert, um Zeit für Sorge oder Befürchtungen zu haben.

Und es ging alles glatt. Ob wider Erwarten oder nicht – die riesigen Libellenflügel entfalteten sich wie geplant, fingen die Sonnenwinde ein und lieferten Schub. Die drei Astronauten lenkten die Fähre in den Orbit des Mars, nahmen nach mehreren Umkreisungen – bei denen sie sorgsam darauf achteten, dem ins All weisenden Strahl nicht einmal nahe zu kommen – Kurs auf Deimos und kehrten auf einer Schleife zum Mars zurück. Inklusive Brems- und Eintauchmanöver nahm die Exkursion insgesamt zwei Sols in Anspruch, genau wie geplant. Der Funkverkehr blieb die ganze Zeit bestehen, und es gab außer kleineren technischen Unstimmigkeiten keine Probleme. Die drei so unterschiedlichen jungen Leute arbeiteten hervorragend als Team zusammen und ergänzten sich perfekt.

Sie landeten wohlbehalten am vereinbarten Zielpunkt nur zwanzig Kilometer von der Startrampe entfernt und wurden dort bereits von Transportern mit jubelnden Mitarbeitern und Familienangehörigen erwartet.

Die Fähre wurde zur Werft geschleppt und umgehend für den nächsten Flug vorbereitet, während Analysten fieberhaft die Daten auswerteten, vor allem den Treibstoffverbrauch.

Maya, Leto und Lorres kamen völlig verändert zurück; unerwartet schweigsam und in sich gekehrt. Lediglich zu ihren Eltern sagte Maya: »Es ist noch viel größer, als wir es uns vorstellen können.«

Keiner der drei konnte es erwarten, wieder ins All zu reisen. Es schien fast, als wäre ein Teil von ihnen *dort draußen* geblieben.

John Tsuyoshi musste einsehen, dass er die Entwicklung nicht mehr aufhalten konnte. Er bat seine Frau um ein Gespräch unter vier Augen: »Ich gebe zu, dass ich Unrecht habe. Offensichtlich sind wir zu diesem Schritt bereit. Ich habe Maya noch nie so ausgeglichen und zufrieden erlebt. Vielleicht halten wir wirklich zu sehr an unserer Bequemlichkeit fest. Ich gebe meinen Widerstand also auf und werde dich unterstützen.« Was er jedoch nicht sagte, war, dass er Jarro, dessen Motive er nach wie vor in Zweifel zog, nicht weiterhin unter Beobachtung halten würde.

»Damit kommen wir zur nächsten Phase«, eröffnete die Präsidentin die nächste Konferenz mit allen Interessenvertretern, nachdem die Ergebnisse vorlagen. »Dem Flug des Raumschiffes steht nichts mehr im Wege. Wir können den Vorstoß zur Erde wagen.«

»Nach wie vor ist die Frage völlig offen, was uns dort auf der Oberfläche erwartet«, warf Rätin Julia Mory Saintdemar ein. »Wollen wir wirklich ein so hohes Risiko eingehen?«

Vera lächelte, zum ersten Mal seit langer Zeit. Damit überraschte sie die Anwesenden und hatte nun sicherlich deren ungeteilte Aufmerksamkeit. »Natürlich nicht«, antwortete sie. »Und deshalb fliegen wir zum Erdmond.«

Überraschtes Gemurmel wurde laut, doch ehe erste Fragen laut werden konnten, fuhr die Präsidentin fort: »Aus den Aufzeichnungen der BRADBURY wissen wir, dass dort auf dem Mond eine Station existiert. Ich bin sicher, sie ist immer noch da. Falls das Raumfahrtprogramm der Erde nicht eingestellt wurde, hat man sie vermutlich inzwischen weiter ausgebaut. Falls doch, wird man die Station aber kaum abgerissen haben. Einen Versuch, dort zuerst zu landen, sie gegebenenfalls instand zu setzen und die Beobachtungen der Erde von dieser Warte aus vorzunehmen, ist es auf alle Fälle wert.«

Für ein paar Sekunden herrschte verblüfftes Schweigen. Dann folgte die allgemeine Zustimmung – das war tatsächlich der beste Kompromiss, der die wenigsten Risiken barg.

Und zum ersten Mal seit vielen Sols machte sich Erleichterung breit, wenigstens *ein* Problem gelöst zu haben.

»Ich werde morgen eine öffentliche Erklärung abgeben«, sagte Vera. »Ich habe eine Rede vorbereitet, die Stellung nimmt zu all den Kontroversen der letzten Zeit, und die das Volk über den Stand der Dinge informiert. Ich werde deutlich machen, warum wir den Flug unternehmen werden: Wir müssen die Vergangenheit kennen, wenn wir die Zukunft beschreiten wollen. Es gibt zu viele ungelöste Fragen, und es liegt in unserer Verantwortung, sie zu klären. Es ist unsere Pflicht, das Schicksal der Vorfahren zu klären und die Geheimnisse der Alten zu lösen, nun da wir die technischen Mittel dazu haben. Nur so können wir auf eine gesicherte Zukunft bauen, ohne die ständige Unsicherheit und womöglich Sorge um die Freiheit vor Augen.«

Die Präsidentin erntete für diese Worte Beifall, und die Versammlung schloss die Sitzung friedlich und in Eintracht.

Vielleicht gibt es doch noch Hoffnung, dass wir besser geworden sind, dachte Vera Akinora zuversichtlich.

Aber nicht alle, wie sie bald feststellen musste.

* * *

John Carter Tsuyoshi verließ frühzeitig sein Spindelhaus, um die Vorbereitungen für die öffentliche Ansprache der Präsidentin zu treffen. Das Büro musste für die Live-Aufnahme perfekt hergerichtet sein, das Aufnahmeteam eingewiesen werden, Ausleuchtung und Kameraeinstellung optimiert – schließlich ging es um eine der bedeutendsten Reden der marsianischen Geschichte.

John hatte die Rede während der Nacht mehrmals durchgelesen, aber nichts zu bemäkeln gefunden. Vera hatte diese Rede aus dem Herzen geschrieben und genau die richtigen Worte gefunden. Damit, dessen war sich John sicher, würde sie das Volk mitten ins Herz treffen und wieder Einigung herbeiführen. Auch nach dem dritten Lesen fühlte er sich ergriffen und gerührt, und er war stolz darauf, ein Marsianer zu sein –

und das Privileg zu haben, an Veras Seite zu leben und sie beraten zu dürfen.

Die Differenzen der letzten Wochen waren für ihn wie ausgelöscht. Er konnte gar nicht mehr verstehen, warum sie sich überhaupt so uneins hatten sein können. Er hoffte, dass es der Bevölkerung ähnlich ging und der Mission keine weiteren Hindernisse mehr in den Weg gelegt wurden.

Ob Vera diese Nacht wohl geschlafen hat?, dachte John, während er im Lift nach unten fuhr. Er hatte jedenfalls kein Auge zugetan.

Von Anfang an hatte jeder für sich einen eigenen Bereich gehabt; Vera hatte es so gewünscht, nachdem sie der arrangierten Ehe aus verschiedenen Gründen zugestimmt hatte. Ob sie wohl ahnte, wie viel sie John bedeutete? Eines Tages, so hoffte er, würde sich die Gelegenheit bieten, es ihr zu sagen. Vielleicht, wenn sie ihr politisches Amt nicht mehr ausübte und ein wenig zur Ruhe kam.

Seltsam, dass es ihr nie zu Bewusstsein gekommen war, wie sehr Maya ihr ähnelte – mit ihrer Rastlosigkeit, ihrer Zielstrebigkeit, ihrem starken Willen. Maya war der einzige Mensch, der es mit Vera aufnehmen konnte, schon als kleines Mädchen.

Vielleicht wuchs ja eines Tages auch ein Sohn in der großen Wohnanlage heran, der ganz neue Wege beschritt. John wollte das gern erleben.

Mit einem leisen Summen glitten die Türen des Lifts beiseite, und John trat hinaus auf den großzügig mit duftenden Purpuriten angelegten Eingangsbereich, der direkt auf die Straße führte.

So früh am Morgen musste er noch einen Thermoanzug tragen, und er beobachtete vergnügt die feinen Wölkchen, die er mit seinem Atem in die kalte Luft ausstieß. Am Ende der Allee ging gerade die Sonne in einer purpur-violett-blauen Farborgie auf und umhüllte die Spindelhäuser mit hell glitzerndem Glanz.

So früh am Morgen waren die Straßen noch ausgestorben, und eine heimelige Stille umgab John; er spürte regelrecht das teils noch schlafende, teils langsam erwachende Leben um sich herum. Hoch über sich sah er das erste weißblau gefärbte Pendel-Luftschiff Richtung Hope fahren, gestartet in Phoenix.

Ein herrlicher Tag, dachte John und schlug den Weg zum Magnet-Taxi ein.

Es war sein letzter Gedanke, bevor ein stechender Schmerz durch seinen Nacken zuckte und ihn in völliges Dunkel stürzte ...

* * *

Als John Carter Tsuyoshi wieder zu sich kam, war er gefesselt und trug eine Augenbinde. Man hatte ihn wie ein Paket verschnürt in einen Rover gelegt und transportierte ihn irgendwohin über Land. Das Gelände war sehr unwegsam, und der Motor des Rovers heulte mehrmals auf, als der Wagen über Felsen rumpelte und hüpfte.

»Unser Gast ist erwacht«, hörte er eine ihm völlig unbekannte männliche Stimme durch die Fahrgeräusche.

»Wer sind Sie?«, stieß John rau hervor. Sein Kopf schmerzte fürchterlich, und das Sprechen fiel ihm schwer, weil seine Zunge angeschwollen war. Er spürte einen schlechten Geschmack im Mund, wie von verschimmeltem Brot. Vermutlich hatte man ihm ein Narkotikum mit einer Hochdruckpumpe in eine Vene gejagt; das würde auch sein abruptes Wegtreten von einer Sekunde zur nächsten erklären.

»Völlig unwichtig, Mann«, erhielt er zur Antwort. »Wir sind nur Erfüllungsgehilfen und haben mit dir nichts weiter zu tun.

Wir geben dich lediglich am vereinbarten Treffpunkt ab, und das war's dann.«

»Aber warum tut ihr das?«, fragte John verständnislos.

»Tu uns den Gefallen und halt den Mund, Kumpel, sonst müssen wir dich wieder auf Eis legen.«

Er schwieg. Er versuchte sich den Weg mit seinen verbliebenen Sinnen einzuprägen, um ihn vielleicht später wiederzuerkennen. Aber es war schwer, vor allem, weil John keine Anhaltspunkte hatte – wie lange sie schon unterwegs waren, in welche Richtung sie fuhren ... Außengeräusche drangen nicht herein, und abseits der normalen Straßen, außerhalb der Städte, führten staubige Pisten nach überallhin – zu abgelegenen Farmen, zu heimlichen Ausflugsplätzen der Jugend, Teststrecken oder was auch immer.

Schließlich gab John auf und zerbrach sich seinen gequälten Kopf, was man mit dem *Kidnapping* bezwecken wollte. Er kannte das Wort aus den alten Schriften, es war englisch. John war gelernter Historiker und Linguist, daher kannte er den Ursprung des Wortes. Im neuen Marsianisch gab es jedoch keine wörtliche Entsprechung dafür, nicht einmal eine Umschreibung, denn so etwas war noch nie vorgekommen. Wozu auch? Man konnte nichts damit erreichen; es gab kein Geld zu erpressen, höchstens vielleicht Privilegien – aber John bezweifelte, dass eines der Häuser auf so etwas eingehen würde, selbst wenn es sich um eines der Oberhäupter handelte.

Also – wozu dieser Aufwand und weshalb gerade jetzt?

Noch während er grübelte, erlitt John einen Schwächeanfall. Die Nachwirkungen des Mittels und die körperliche Belastung setzten ihn außer Gefecht, und er verlor erneut das Bewusstsein.

***

Mit einem heftigen Schlag wurde er diesmal in die Wirklichkeit zurückgeholt. Dankbar registrierte John, dass die Fahrt zu Ende war und momentan Stillstand herrschte. Auch seine Lage war etwas bequemer; er konnte seine Beine jetzt ausstrecken und lag auf dem Rücken. Man hatte ihm wohl ein Kreislaufmittel gegeben, denn der lähmende Druck in seinem Kopf war fast verschwunden und er fühlte sich sehr viel besser. Doch er war nach wie vor gefesselt, die Augen verbunden.

Der Boden unter ihm war einigermaßen weich, keinesfalls Straße oder Felsweg. Eher wie … Moos? Und roch er da nicht auch frische, würzige Luft, hörte leises Blätterrascheln? *Sie haben mich in den Wald gebracht!*

»Können Sie mich verstehen?«, vernahm er eine männliche Stimme, die sich deutlich von der ersten während der Fahrt unterschied. John erkannte sofort den Akzent und spürte, wie ihm alles Blut aus dem Gesicht wich. Er wollte es nicht glauben!

»Ja«, antwortete er einsilbig. Er ahnte, dass er mit einem Ansturm von Fragen nicht viel ausrichten würde. Diese Leute wussten ganz genau, was sie wollten, und es war besser, sie in ihrer derzeit überlegenen Position zu bestätigen. Dann wurden sie vielleicht gesprächiger.

»Sie wissen, wer wir sind?«, fuhr der Mann fort und beantwortete seine Frage gleich selbst: »*Natürlich* wissen Sie es. Sie sind Linguist.«

»Sie sind gut informiert«, versetzte John. »Ja, ich erkenne Ihren Akzent. Sie sind ein *Baum-Separatist.*« Das rutschte ihm so heraus; eigentlich durfte ihm das nicht passieren, als Politiker und Diplomat. Aber er befand sich auch in einer extremen Lage. Nun, immerhin hatte er nicht *Wurzelfresser* gesagt.

»Sie sind ein kluger Mann«, meinte der Mann, und John stellte ihn sich dazu selbstgefällig lächelnd vor. »Und genau deswegen wenden wir uns an Sie, denn wir hoffen, dass Sie Ihre Klugheit einzusetzen wissen.«

»Was wollen Sie?«

»Wirken Sie auf Ihre Frau ein, das Raumfahrtprojekt abzubrechen.«

Nun war es an John, zu lachen. »Das kann ich nicht, und das werde ich auch niemals tun. Seien Sie nicht dumm, auf diese Weise können Sie gar nichts erreichen. Außerdem ist das Projekt nicht mehr zu stoppen.«

»Oh, fühlen Sie sich nicht zu selbstsicher«, erhielt er als Antwort. »Selbstverständlich werden wir noch andere Mittel anwenden, um unsere Forderungen zu unterstreichen, die in diesem Moment wohl gerade überreicht werden. Wir werden uns auch ohne Sie durchsetzen – nur würde es uns entscheidend helfen, wenn Sie uns unterstützten.«

»Sie sind verrückt«, flüsterte John. »Wollen Sie einen zweiten Bruderkrieg riskieren? Mit solchen radikalen Methoden bringen Sie nur den Großteil der Bevölkerung gegen sich auf und riskieren, dass man Ihre Heimat dem Erdboden gleichmacht.«

»Die Sache ist wichtiger«, erwiderte eine weibliche Stimme, und John zuckte zusammen. Ihm war nicht aufgefallen, dass noch jemand anwesend war. »Wir werden Opfer bringen müssen, das ist uns klar. Aber wir hoffen auf die Vernunft Ihrer Leute, einen zweiten Krieg zu verhindern. Ihnen und den anderen Städtern sollte bewusst sein, dass wir nicht einfach kampflos aufgeben.«

»Ihr seid religiöse Fanatiker«, murmelte John. »Ihr könnt eure überzogene Lebensweise einem anderen nicht aufzwingen. Wo wärt ihr denn ohne eure Vorfahren? Ihr versteht euch in großartigen Predigten und haltet euch selbst nicht daran. Um nicht ganz wortbrüchig und unglaubwürdig zu werden, verdingt ihr andere, die kein Problem im Umgang mit der Technik sehen. Zum Beispiel mein Transport hierher – mit euren Naturmethoden wäre der kaum in dieser Geschwindigkeit möglich gewesen. Der Zweck heiligt die Mittel, wie? Also seid ihr nur auf euren Vorteil aus, sonst nichts. Mit solchen Leuten verhandle ich nicht.«

»Sie *verhandeln* nicht, John«, sagte die weibliche Stimme sarkastisch. »Sie werden sich für oder gegen Ihr Leben entscheiden müssen. Uns ist es ganz gleich, denn wir können notfalls auch auf Sie verzichten. Es wird dadurch etwas schwieriger für uns, aber nicht unmöglich. Also seien Sie nicht dumm und mit Vorurteilen belastet, sondern denken Sie ausführlich nach. Sie haben bis Sonnenuntergang Bedenkzeit.«

»Vergessen Sie's«, knurrte John. »Ich übernehme nicht die Verantwortung für einen zweiten Krieg. Tun Sie mit mir, was Sie glauben tun zu müssen, aber ich werde Sie nicht unterstützen und die Präsidentin wegen familiärer Interessen in eine Situation bringen, die sie nicht mit freiem Gewissen entscheiden kann. Vera glaubt an das Raumfahrtprogramm, und so hat sie auch entschieden.«

Der Mann sprach wieder: »Es ist sehr bedauerlich, dass Sie so völlig unzugänglich sind, John. Wir geben Ihnen trotzdem die Bedenkzeit, denn vielleicht stellen Sie fest, dass sie doch mehr am Leben hängen, als sie gerade glauben.«

John stieß ein verächtliches Geräusch aus. »Natürlich hänge ich am Leben, und ich habe eine Scheißangst davor, was Sie mit mir anstellen werden! Aber ich gebe trotzdem nicht nach. Ich hätte meine Berufung als Berater der Präsidentin völlig verfehlt, wenn ich mich jetzt um meine kostbare Haut winselnd gefügig zeige. Also bringen Sie es besser gleich hinter sich.«

Er hörte an den Schritten, wie zwei Menschen sich entfernten, und dann entfernt sehr erregte Stimmen von mindestens vier Personen.

Anscheinend hatte er diese Leute aus dem Konzept gebracht. John spürte den zitternden Schlag seines Herzens als Widerhall in seinem Kopf, und in seinen Ohren rauschte es. In seinen schlimmsten Albträumen hätte er sich nicht vorstellen können, jemals in eine solche Lage zu geraten und vor Todesfurcht wie gelähmt zu sein. Trotzdem war er fest entschlossen, nicht nachzugeben.

»Sie sind wirklich ein kluger Mann«, hörte er nach einer Weile wieder die Stimme des Sprechers und sich nähernde, selbstbewusst aufstampfende Schritte. »Wir haben Sie unterschätzt. Dennoch werden Sie uns noch eine Weile erhalten bleiben, denn schließlich können wir Sie weiterhin als Druckmittel einsetzen, vergessen Sie das nicht.«

»Etwa bei meiner Frau?« John lachte spöttisch. »Vera ist unbestechlich, das ist einer ihrer stärksten Charakterzüge. Ich kann mir nichts auf der Welt vorstellen, weswegen sie sich erpressen ließe. Weshalb, glauben Sie, ist sie eine so gute Präsidentin? Aber davon haben Sie natürlich keine Ahnung, in Ihrer Erhabenheit hoch auf den Baumwipfeln. Ihr habt nicht die geringste Ahnung vom wahren Leben, und dass ihr letztendlich vom Wohlwollen der Regierung abhängig seid.«

»Warum bringen wir diesen arroganten Schwätzer nicht gleich um?«, fauchte die Frau, und John stöhnte auf und rollte auf die Seite, als er einen Tritt in den Bauch bekam. »Ich habe genug von dem, wir brauchen ihn nicht mehr!«

Weitere Tritte folgten, und John versuchte sich einzuigeln, sich abzuschotten, einfach nicht wahrzunehmen, was da mit ihm geschah. *Nur ein Albtraum, nichts weiter.*

John kramte in seinem Gedächtnis nach dem richtigen Wort. Es stand irgendwie in Zusammenhang mit bösen Wörtern wie *Kidnapping*, aber in größerem Maßstab ... was hatte es da noch gegeben ...? Er wusste es, genau diese negativen Seiten der Menschheit hatten ihn ganz besonders interessiert ...

Dann fiel es ihm ein.

»Ihr seid ... *Terroristen*«, stieß er krächzend hervor. »Jämmerliche, erbärmliche Terroristen, genau wie auf der Erde ... feige Schlappschwänze ...«

Sie zerrten ihn hoch, und er spürte einen heftigen Windzug, bevor der Schlag ihn mit voller Wucht ins Gesicht traf. Die Unterlippe platzte auf, und er schmeckte und spuckte Blut, aber er kicherte einfach weiter, fassungslos über diese dunkle Seite seiner Artgenossen, die sie als neue Menschheit auf dem Mars eigentlich überwunden geglaubt hatten.

5.
ULTIMATUM

Mit unbewegter Miene löschte Vera Akinora Tsuyoshi das Holo des Speicherkristalls, der die Forderungen der Waldleute enthielt. *»Wir versichern, dass John Carter Tsuyoshi nichts geschehen wird, solange man unseren Wünschen nachkommt«*, lautete das Ende der Botschaft. Auf dem Bild war lediglich der gefesselte John zu sehen gewesen; die Stimme aus dem Off war so stark verzerrt, dass man nicht einmal sagen konnte, ob sie männlich oder weiblich war. Aber der Hintergrund zeigte einen Ausschnitt des Großen Waldes, und das V-förmige Korallensymbol mit dem stilisierten Baum in der Mitte des Baumsprecher-Ordens war am unteren Bildrand eingeblendet.

Im Rat herrschte entsetztes Schweigen. Die Botschaft war genau in dem Moment überbracht worden, als die Präsidentin ihre Rede halten wollte. Schon den ganzen Vormittag hatte man voller Aufregung nach dem verschwundenen Ehemann der Präsidentin gesucht, der nachweislich sein Haus verlassen hatte, aber nie hier im Ratsgebäude angekommen war.

Als ein Kind am Eingang des Ratsgebäudes auftauchte, das dem Aufsichtsmann wortlos den Kristall in die Hand drückte und dann davonrannte, hatte Vera sofort gesagt: »Gleich werden wir etwas über John erfahren.« Sie hatte die Medienleute fortgeschickt und das Konferenzzimmer geschlossen; nur die Ratsmitglieder und deren Berater waren anwesend, als die Botschaft abgespielt wurde.

Vera wandte sich an die Anwesenden. Ihre Stimme war unverändert ruhig und gefasst. »Dies darf keinesfalls publik werden, sonst gerät die Situation außer Kontrolle.«

»Das ist sie bereits!«, brauste Jarro Gonzales auf. »Das können wir uns nicht bieten lassen! Wir müssen sofort etwas unternehmen, ehe ...«

»Halten Sie den Mund, Gonzales!«, fuhr Julia Saintdemar unerwartet scharf dazwischen. »Es geht hier um mehr als Ihren blöden Ehrgeiz! Zeigen Sie wenigstens einmal ein wenig Zurückhaltung und Respekt!«

Jarro setzte sich schweigend, sein Blick sprach jedoch Bände. Die übrigen Ratsmitglieder waren sehr bleich und suchten nach Ratschlägen, die sie Vera geben konnten. Doch was tat man in einer solchen Situation? Keiner von ihnen wusste, wie damit umzugehen war, so etwas hatte es noch nie gegeben.

Vera hob die Hände. »Wir werden uns keinesfalls darauf einlassen«, erklärte sie.

Viele Augen starrten sie ungläubig an. »Sie wollen ...«, begann Sondo Braxton, vollendete den Satz jedoch nicht.

Die Präsidentin war blass, unter ihren Augen standen dunkle Schatten. »Ich *kann* nicht«, sagte sie leise. »Wenn wir einmal nachgeben, bricht unser gesamtes Gefüge zusammen. Wir dürfen solchen Leuten nicht Tür und Tor öffnen.«

»Aber was wollen Sie dann unternehmen?«, fragte Reana Angelis.

»Ich werde versuchen, sie zu kontaktieren und Verhandlungen aufzunehmen«, antwortete die Präsidentin. »Sie können keine Forderungen stellen, die völlig absurd sind. Vor allem: Weshalb jetzt? Ausgerechnet in dem Moment, als ich die Erklärung abgeben will?«

»Wer weiß schon, was in diesen Wurzelfressern vorgeht«, stieß Gonzales verächtlich hervor. »Sie haben schon einmal einen Krieg angezettelt. Wahrscheinlich sehen sie dies hier als Chance, endlich ihre Forderungen durchzusetzen! Ihre Missionare in den Städten haben es schließlich nicht besonders weit gebracht.«

»Eben deshalb will ich wissen, wieso sie auf einmal Gewalt anwenden«, erwiderte Vera ruhig. »Bisher haben sie sich stets ruhig und friedlich verhalten. Wenn sie gegen ihren Glauben handeln, muss es einen wichtigen Grund haben, der in Zusammenhang mit meiner Rede steht.«

»Sie glauben, ihr Inhalt ist an die Öffentlichkeit gelangt?«, fragte Beta Braxton.

Die Präsidentin nickte. »Der zeitliche Zusammenhang besteht, an Zufall glaube ich nicht. Irgendjemand aus der Konferenz, einer von uns oder einer der Interessenvertreter, hat geplaudert. Und jemand hat darin eine Chance gesehen, mich zu zwingen, uns dem Willen der Waldbewohner zu beugen.«

»Aber was wollen wir jetzt unternehmen?«, warf Merú Saintdemar ein. »Man erwartet Ihre Ansprache, wir müssen uns etwas einfallen lassen!«

»Wir verschieben die Ansprache ohne weitere Begründung«, entschied Vera. »Wir werden sagen, dass die Gründe dafür später genannt werden. Bisher weiß die Bevölkerung ja nicht, worum es darin geht.«

Doch die Waldleute hatten wohl damit gerechnet, dass die Präsidentin das Volk nicht über die wahren Hintergründe aufklären würde. Und machten ihr einen Strich durch die Rechnung.

Noch bevor Vera die Medienleute zu sich rufen und eine kurze Erklärung abgeben konnte, schalteten sich die Baum-Separatisten auf einer öffentlichen Frequenz zu und waren plötzlich überall in der Stadt zu sehen, auf allen öffentlichen und privaten Schirmen.

Das verzerrte Abbild eines Menschen in einer Kutte, mit übergeschlagener Kapuze, sodass das Gesicht im Dunkel lag. Ob Mann oder Frau, war nicht erkennbar.

»Bürger!«, sprach eine künstlich verstellte Stimme. »Wir werden nicht dulden, dass die Präsidentin ihren Ehrgeiz auf Kosten des Mars durchsetzt. In diesem Moment haben wir John Carter Tsuyoshi in unserer Gewalt, um deutlich zu machen, dass es uns ernst ist. Machen Sie sich klar, wie viel ein Menschenleben wert ist – etwa ein größenwahnsinniges Raumfahrtprojekt, das alle unsere Ideale zerstört?

Die Bevölkerung wurde die ganze Zeit über im Dunkeln gelassen, was die wahren Ziele dieses Projektes betrifft, und es ist unsere Aufgabe, Aufklärung zu ...«

Erst an dieser Stelle gelang es den Technikern, die Verbindung zu unterbrechen.

Nun geriet die Situation tatsächlich außer Kontrolle, genau wie befürchtet. Obwohl man den Schrecken des Krieges überwunden geglaubt hatte, und dass man klüger daraus hervorgegangen war, brach die alte Feindschaft schlagartig wieder auf.

Die *Wurzelfresser,* von den Städtern ohnehin nie akzeptiert, höchstens geduldet, sahen sich von einer Sekunde zur nächsten Feinden gegenüber. John Tsuyoshi war bei der Bevölkerung sehr beliebt durch seine besonnene, diplomatische Art an der Seite der Präsidentin. Dass er sich nun in der Gewalt der *grünen Spinner* befand, brachte das Stadtvolk schier zur Raserei.

Der so lange schwelende Funke kam schlagartig zur Explosion und machte sich Luft.

Die Baumsprecher mussten fliehen, um ihre Haut zu retten. Obwohl Vera sofort Ordnungshüter einsetzte, kam es zu gewalttätigen Übergriffen, auch gegen sogenannte *Sympathisanten,* die beispielsweise Tauschhandel mit den Separatisten betrieben hatten.

Und nicht alle Ordnungshüter führten ihr Amt so gewissenhaft aus, wie sie sollten. Einige von ihnen teilten die immer lauter werdende Ansicht, dass man keinesfalls zulassen dürfe,

John Tsuyoshi länger als notwendig in der Gewalt der Feinde zu lassen.

Vor dem Präsidentenpalast bildete sich eine rasch größer werdende Menge, die nach Vergeltung rief. Viele hatten bereits Waffen dabei.

Mit unbewegter Miene beobachtete Vera von ihrem Büro aus die Vorgänge unten in der Stadt. Übertragungen zeigten ganz ähnliche Vorfälle in den anderen Städten, aber in Elysium herrschte der größte Aufruhr.

»So schnell kann das gehen«, sagte sie leise, als Julia Saintdemar an ihre Seite kam. »Vernunftbegabte, gebildete Menschen wachsen innerhalb weniger Stunden zu einem aggressiven Mob zusammen, der der Vernunft nicht mehr zugänglich ist.«

Julia nickte. »Es geht ihnen weniger um John, sondern einfach um irgendjemanden, dem sie die Schuld an allem geben können. Wenn sich nicht von Anfang an die verschiedenen Sekten und Gruppen gebildet hätten, wäre dies vielleicht noch zu verhindern gewesen; aber diese Leute verstehen es sehr gut, die Stimmung aufzuheizen.«

»Ich hätte es sehen müssen«, flüsterte die Präsidentin. »Aber ich wollte es nicht wahrhaben. Ich habe idealisiert, statt realistisch zu sein. Es hat sich nichts geändert, die Lager zwischen uns und den Waldleuten sind nach wie vor gespalten. Keiner vertraut ihnen, sie werden zu Menschen zweiter Klasse abgestempelt und stets als Gefahr gesehen. Und nun, da sie John in ihre Gewalt gebracht haben, sehen dies einige Radikale als günstige Gelegenheit, den Wald dem Erdboden gleichzumachen. Wie es schon seit Jahren immer wieder verlangt wird.«

»Das Schlimmste ist, dass nicht einmal alle Ordnungskräfte auf unserer Seite sind«, fügte Julia hinzu. »Was denken Sie, besteht für uns Gefahr?«

Die Präsidentin wandte sich ihr zu. »Noch nicht«, sagte sie. »Bereiten Sie alles für eine öffentliche Ansprache vor. Ich muss versuchen, die Situation zu retten, bevor der Erste getötet wird.«

* * *

Maya Tsuyoshi rannte zum Platz der Arkaden, etwa einen halben Kilometer vom Ratsgebäude entfernt. Hier war ein großer Botanischer Garten angelegt worden, in dem alle bisher auf dem Mars vorzufindenden Pflanzen, auch Getreide und Gemüse, mit Erklärungstafeln zu finden waren. Ein Demonstrationsmodell für das Terraforming, das beständig weiterwuchs.

Die junge Frau wusste längst, dass sich die Baumsprecher zur Erholung gern hierher zurückzogen, denn sie hielten es nie lange ohne ihre vertraute Waldumgebung aus. Sie hatte schon erlebt, wie blass diese seltsamen Leute wurden, als würden sie allmählich durchsichtig und dann irgendwann verschwinden – wie eine Pflanze, die mangels Licht kein Chlorophyll mehr produzieren konnte.

Bevor es richtig mit dem Raumfahrtprogramm losgegangen war, hatte Maya sich für das Naturvolk interessiert, nicht zuletzt wegen Windtänzer. Sie hatte festgestellt, dass die starken Vorurteile den Naturverbundenen gegenüber nur von Unkenntnis herrührten. Die Waldleute waren den Städtern unheimlich, weil sie angeblich über geheimnisvolle Kräfte verfügten: mit den Pflanzen zu *sprechen*, sich in Luft aufzulösen ... Vor allem aber kannten sie die Geheimnisse gefährlicher Kräuter, die beispielsweise willenlos machten, Fieber erzeugten und vieles mehr.

Da sich Maya grundsätzlich nicht der allgemeinen Meinung anpasste, hatte sie selbst herausfinden wollen, was an den Gerüchten dran war – und eine Überraschung erlebt.

Doch jetzt zweifelte sie und war zornig.

Maya war körperlich hervorragend trainiert; es machte ihr

nichts aus, gut zehn Kilometer quer durch die Stadt zu laufen, um den Botanischen Garten zu erreichen. Den Rover hatte sie am Stadtrand zurückgelassen, denn sie ahnte schon, dass in Elysium das Chaos herrschen würde.

Und so war es auch. Demonstrierende Mengen zogen durch die Straßen, unterschiedliche Parolen schreiend; der Verkehr war fast vollständig zum Erliegen gekommen. Vereinzelt sah Maya Ordnungshüter eingreifen, wenn eine Gruppe, mit Prügeln bewaffnet, »Verdächtige« verfolgte.

Sie achtete nicht darauf, nutzte alle Schleichwege, die sie als Kind schon erkundet hatte. Sie wusste, dass sie in diesem Durcheinander nicht weiter auffallen würde. Nur einmal zuckte sie zusammen, als sie die Stimme ihrer Mutter weithin schallen hörte und ihr Konterfei auf einem großen Bildschirm sah. Selbst in dieser Situation schien die Präsidentin die Lage im Griff zu haben; ihre Stimme war unverändert stark, und tatsächlich hörten ihr viele zu.

Maya lief weiter, über die Prachtpromenade zu den schmalen Amazonia-Kanälen, die den Botanischen Garten der Arkaden speisten. Von hier aus konnte sie die großen Bogensäulen, die das Gebiet säumten, bereits erkennen.

Die Städter hatten natürlich keine Ahnung, dass die Baumsprecher genau hierher fliehen würden; sie waren viel zu sehr auf ihre eigenen Vorstellungen konzentriert, um sich in die Lage anderer zu versetzen.

Als Maya den Park erreichte, steuerte sie geradewegs auf den riesigen Korallenbaum im Zentrum zu, jene geheimnisvolle Pflanze, die zum ersten Mal aus den Gräbern verstorbener Kinder gewachsen war und seither in unerklärlicher Symbiose mit dem Naturvolk lebte.

Maya verharrte vor dem Baum, ängstlich darauf bedacht, ihn nicht zu berühren. Obwohl sie sich nicht für abergläubisch hielt, scheute sie sich, dieser Pflanze zu nahe zu kommen.

Die Wege hier waren schmal; dichte dunkle Büsche wucherten über den Boden, zwischen denen schlingpflanzenumrankte, schlanke Bäume aufragten.

Maya wischte sich den Schweiß von der Stirn. Ihr beschleunigter Atem beruhigte sich bereits wieder. »Ich weiß, dass ihr hier seid!«, rief sie. »Kommt heraus und redet mit mir! *Na los!*«

Sobald sie in ihrer natürlichen Umgebung waren, konnten sich die Baumsprecher sprichwörtlich in Luft auflösen und wurden nicht gesehen, wenn sie es nicht wünschten. Maya machte sich deshalb nicht die Mühe, in den Büschen herumzustochern und sich lächerlich zu machen.

Als sie keine Antwort erhielt, wurde sie zornig. »Verdammt, lasst mich hier nicht so stehen!«, schrie sie mit Tränen in den Augen. »Er ist mein Vater! Was habt ihr ihm angetan, ihr Bastarde?«

Sie wich zurück, als sich von dem Korallenbaum ein Schatten löste und Windtänzer auf sie zutrat. »Maya ...«, begann er.

Sie ließ ihn nicht zu Ende reden, sondern stürmte mit geballten Fäusten auf ihn zu. »Was habt ihr uns allen angetan?«, schrie sie. »Warum tut ihr das? Ich sollte dich ...«

Windtänzer wich ihrem Ansturm mit einem schnellen Schritt zur Seite aus, packte mit sicherem Griff zu, und plötzlich fand sich Maya auf dem Boden wieder, mit auf den Rücken verdrehtem Arm.

»Maya, höre mir zu«, sagte Windtänzer ruhig. »Wir haben mit dieser Sache nichts zu tun, das musst du mir glauben. Wir sind ein friedliches Volk und würden niemals Gewalt anwenden. Und ausgerechnet deinen Vater ... das würde ich persönlich verhindern.«

»Du lügst«, stieß Maya zitternd hervor. »Ich habe eure Drohungen gesehen! Und mein Vater hat euch nie getraut! Wenn, dann wäre er euer erstes Opfer ...«

»Maya, fang endlich an zu denken!« Windtänzer ließ sie los,

ging neben ihr in die Hocke und ergriff ihre Schultern. »Ich weiß, du bist außer dir vor Schmerz und Angst um deinen Vater. Aber du bist oft genug mit uns zusammen gewesen, also sei ehrlich: Sieht uns das ähnlich? Glaubst du, das ist es, was wir wollen – einen zweiten Krieg? Sieh dir den Mob dort draußen an! Wenn sie erst auf die Idee kommen, hier nach uns zu suchen, sind wir verloren!«

Maya schluchzte. »Aber mein Vater ...«

»Ich werde deinen Vater suchen und befreien, ich verspreche es dir, Maya. Aber wir brauchen deine Hilfe, um hier herauszukommen.«

»Ihr könnt euch doch unsichtbar machen ...«

»Unsinn! Wir wissen lediglich die Natur zu nutzen. Aber das funktioniert nicht bei Häusern und Straßen. Und hier sind etwa dreißig Baumsprecher, die in Sicherheit gebracht werden müssen. Bitte, versprich mir das, Maya, und ich bringe dir deinen Vater zurück.«

Sie starrte ihn an. »Und du?«

»Mach dir um mich keine Gedanken, ich kenne die Stadt sehr gut. Als Einzelner komme ich hier schon raus.«

Maya zögerte. Sie wischte sich die Tränen von den Wangen. Dann nickte sie. »Also gut. Selbst wenn ihr schuldig seid, kann ich nicht zulassen, dass sie euch einfach erschlagen. Meine Mutter wird entscheiden, was mit euch geschieht ...«

»Kluges Mädchen.« Windtänzer lächelte, und dann drückte er zu Mayas Überraschung einen Kuss auf ihre Stirn. »Pass auf dich auf, wir sehen uns bald wieder.«

Sie blinzelte und wollte noch etwas sagen, doch er war bereits fort.

* * *

Mit einigen Freunden organisierte Maya die heimliche Flucht der Baumseparatisten aus der Stadt, ohne ihrer Mutter etwas davon zu sagen.

Die Präsidentin hatte bisher einen Vergeltungsschlag gegen die Baumleute verhindern können. Luftschiffe mit Einsatztruppen kreuzten fortwährend am Waldrand entlang und verhinderten jeden Zugang.

Gleichzeitig versuchte sie Verhandlungen mit den Aufständischen zu führen und sie zur Vernunft zu bringen. Doch ohne Erfolg – es wurde sogar immer schlimmer. Um zu zeigen, wie ernst es ihnen war, versetzten die Radikalen Elysium mit Anschlägen in Angst und Schrecken. An größeren Plätzen gingen plötzlich Brandsätze hoch, die glücklicherweise kaum Personen-, dafür umso mehr Sachschaden anrichteten. Gerüchte über Drohungen, das Trinkwasser zu verseuchen, gingen um.

Die Städter forderten immer deutlicher Vergeltung und die gewaltsame Befreiung John Tsuyoshis; ob lebend oder tot, spielte inzwischen keine Rolle mehr.

Aber die Präsidentin zögerte immer noch, trotz weiterer Anschläge. Seit Beginn des Ausnahmezustands hatte sie wie der gesamte Rat das Präsidium nicht mehr verlassen. Das war inzwischen sechs Sols her. Sie wusste nicht, ob ihr Mann noch lebte, und wie sie diese verfahrene Lage klären konnte. Immerhin war ihre Tochter an ihrer Seite und half ihr, diese schrecklichen Tage durchzustehen.

Die Wende kam, als sich plötzlich Lorres Gonzales vom Raumhafen meldete. Er übertrug Bilder einer Explosion an dem sich im Bau befindlichen Raumschiff. In der Nähe einer Antriebsdüse war eine Bombe gezündet worden. Die Flammen schlugen meterhoch, und schwarzer Qualm breitete sich aus. Menschen rannten kopflos durcheinander, teils verletzt; ein Rettungspanzer holperte bereits heran.

»Wir haben ein Luftschiff zur Evakuierung der Verletzten

angefordert«, rief Lorres durch den chaotischen Lärm. »Ich kann noch nicht sagen, wie viel Schaden die Bombe angerichtet hat, doch ich glaube, er hält sich in Grenzen. Wir haben zwei weitere Zeitzünder gefunden, die jedoch rechtzeitig entschärft werden konnten!«

»Ist dir etwas passiert, Junge?«, rief Jarro außer sich.

»Nein, ich bin unverletzt… aber Leto hat es erwischt. Ich weiß nicht, ob er durchkommt. Er wird zusammen mit dem Schiff nach Elysium geflogen. Hier wollte jemand unser Lebenswerk zerstören, und es ist ihm beinahe gelungen.«

Jarro Gonzales sah die Präsidentin aus kalt glühenden Augen an. »Wie lange wollen Sie noch zögern, Dame Präsidentin?«, fragte er mit verhaltenem Zorn. »Bis unsere Kinder auch noch draufgehen, bis nichts mehr da ist, um das es sich noch zu kämpfen lohnt?«

Vera betrachtete der Reihe nach die Gesichter der anderen Räte und Berater. Sie sah überall Zustimmung zu Jarros Worten.

Warum erkannten sie nicht, dass dies alles nicht logisch war? Was wollten die radikalen Naturleute letztendlich damit erreichen außer einem neuen Krieg, der Zerstörung ihres Lebensraumes?

»Gewalt ist keine Lösung«, sagte sie leise. »Wenn wir jetzt mit Gewalt antworten, sind wir nicht besser als die.«

»Wir dürfen uns nicht beugen«, wandte Reana Angelis ein. »Wenn wir nachgeben, müssen wir diese Regierung auflösen. Dann wird Anarchie ausbrechen. Sie haben keine Wahl, Dame Präsidentin.«

»Ich bin für den Frieden«, erwiderte Vera. »Wenn ich jetzt den Angriffsbefehl gebe, handle ich gegen meine Überzeugung, gegen alles, dem ich mein Leben gewidmet habe. Dies ist dann nicht mehr mein Kampf. Ich werde mich dem Willen des Rates beugen, wenn er es wünscht, doch das wird Konsequenzen haben.«

Der Reihe nach sah sie die Räte auffordernd an. Alle erklärten ihre Zustimmung zum Angriff, einstimmig. Auch die Berater.

Die Präsidentin nickte. Ihre Schultern sanken nach unten, als lastete plötzlich eine tonnenschwere Last auf ihnen. Doch ihre Haltung blieb straff und aufrecht, als sie zu Merú Saintdemar sagte: »Lassen Sie verkünden, dass ich in der nächsten Stunde eine Ansprache halten werde. Ich werde die Radikalen ein letztes Mal auffordern, John freizulassen. Dafür garantiere ich ihnen freien Abzug. Sie sollen sich in die Wälder zurückziehen und dort bleiben. Die Baumsprecher dürfen unsere Städte nie mehr betreten, und alle Verbindungen zwischen unseren Völkern werden abgebrochen.

Sollten sie nicht darauf eingehen, werde ich morgen früh den Angriffsbefehl erteilen und den Wald abbrennen lassen, auch wenn ich dafür John opfern muss.«

Maya, die an der Seite ihrer Mutter stand, riss den Mund in einem stummen Aufschrei auf, und ihre Augen füllten sich mit Tränen. Aber sie sagte nichts.

6.
ZURÜCK

Wie lange?«, fragte John Tsuyoshi, als er erwachte. Er hatte kein Zeitgefühl mehr. Sein ganzer Körper schmerzte, und er war froh, sich nicht selbst betrachten zu müssen. Man versorgte ihn notdürftig mit Nahrung und Wasser, ließ ihm auch gelegentlich Zeit zur Hygiene, aber stets mit verbundenen Augen.

Man redete kaum mit ihm. John hatte es sich angewöhnt, manchmal vor sich hin zu sprechen, nur um wenigstens eine Stimme zu hören und zu wissen, dass er noch nicht tot war.

Meistens aber lag er da und lauschte auf die Geräusche um sich herum. Er hatte gelernt, das Atmen seiner Peiniger zu unterscheiden, ihre Schritte, ihre Bewegungen, die ein bestimmtes Knistern und Rascheln der Kleidung auslösten.

Er wusste inzwischen, dass sie zu fünft waren, drei Männer und zwei Frauen. Sie waren selten alle gleichzeitig anwesend und wechselten sich mit der Wache ab. John konnte spüren, dass sie mit jedem verstreichenden Sol unruhiger und nervöser wurden. Offensichtlich war man nicht bereit, auf ihre Forderungen einzugehen. John wusste, dass der Zeitpunkt seines Todes näher rückte. Ihm war es allmählich egal, was mit ihm geschah; er stumpfte zusehends ab und fing an, sich selbst aufzugeben. Er konnte schließlich nichts tun.

»Ein paar Sols«, erhielt er zu seiner Überraschung einmal eine Antwort vom Anführer der Meute. »Es sieht nicht gut aus in den Städten, Herr Tsuyoshi. Und Ihrer Frau scheint nicht sehr viel an Ihnen zu liegen, denn sie weigert sich, unseren Forderungen nachzukommen. Wir werden wohl etwas deutlicher werden müssen.«

»Tun Sie das nicht«, bat John. »Sie zerstören den Traum der neuen Gesellschaft, alles was wir in den vergangenen Jahrhunderten aufgebaut haben. Sie werden dadurch nichts gewinnen.«

»Das braucht nicht mehr Ihre Sorge zu sein«, erwiderte der Mann.

Keiner seiner Bewacher hatte bisher seinen Namen genannt, sie redeten sich auch untereinander nicht mit Namen an.

John hörte, wie der Mann sich entfernte, und erkannte den sich rasch nähernden, leichtfüßigen Schritt der Frau, die ihn als Erste misshandelt hatte. Er konzentrierte sich und versuchte die Unterhaltung zwischen den beiden zu verstehen. Sein Gehör war tatsächlich viel besser geworden, seit er seine Augen nicht mehr benutzen konnte.

»Wie lange wollen wir noch warten?«, zischte die Frau. »Immer noch keine Nachricht!«

»Nur die Ruhe. Es ist schon ein neuer Schlag vorbereitet. Der Rat *muss* den Angriffsbefehl geben, früher oder später! Wir haben Zeit, sie arbeitet für uns.«

»Aber der Kerl da ist lästig! Ich habe es satt, ständig hier festzusitzen und ...«

»Du tust, was dir aufgetragen ist! Und jetzt Schluss. Kümmere dich um ihn, es wird bald dunkel.«

Nachts steckten sie ihn in einen Thermoanzug und legten ihn in die Nähe eines Feuers, an einen moosbewachsenen, ausgehöhlten Baum geschmiegt. Seine Bewacher konnten sich in das Innere des Baums zurückziehen, wo es geschützter und wärmer war, und ihn von dort aus bewachen.

Der Herbst war nicht mehr fern, und John fragte sich, wie das Grüne Volk im langen dunklen Winter hier draußen überlebte.

Er wunderte sich, dass sie so gar nicht mitteilsam waren. Sie versuchten nicht einmal annähernd die Motive ihres Handelns zu erklären oder ihm nahezubringen, wer sie eigentlich waren. Irgendetwas stimmte hier ganz und gar nicht.

***

John achtete darauf, mit dem Gesicht zum Feuer zu liegen, das erleichterte ihm das Atmen. Manchmal schlief er sogar die ganze Nacht, bis er geweckt wurde. Die Erschöpfung, vermutete er. Und Flucht nach innen.

Doch heute kreisten seine Gedanken unaufhörlich. Die mitgehörte Unterhaltung wollte ihm nicht mehr aus dem Kopf. Der Eindruck, dass diese Leute hier nach Anweisung von jemand ganz anderem handelten, wurde immer stärker. Hinter seinem Kidnapping stand viel mehr, als er zuerst angenommen hatte.

Dafür sprach auch, dass seine Bewacher zusehends mürbe wurden. Sie begannen zu trinken, sobald der Anführer abends gegangen war. Er hatte noch nie eine Nacht bei ihnen verbracht. Sie waren immer nur zu dritt, eine austauschbare Staffage, die nur einer langweiligen Pflicht nachzukommen hatte.

Bald würden sie zu schnarchen anfangen, lediglich einer blieb noch wach – wenigstens einigermaßen.

John fing an, sich Hoffnung auf eine Flucht zu machen.

Da hörte er jemanden atmen.

Kein Geräusch eines Schrittes auf dem weichen Waldboden, kein zufälliges Knacken eines trockenen Astes. Und doch war da jemand, näherte sich. Sein Atem war kaum hörbar, aber Johns Sinne waren inzwischen geschult genug, dass er das Fremde nicht nur *spürte*, sondern auch *hörte*. Zweifelsohne ein Mensch, kein Tier.

Von Tieren hatte er bisher kaum Geräusche gehört. Gelegentlich ein Pfeifen oder Trillern, aber das war auch schon alles. Es gab noch nicht viele Tiere in den Wäldern, und vor allem waren sie klein und zumeist ungefährlich.

John stellte sich schlafend, als er plötzlich Wärme bei sich spürte, eine ganz besondere Ausstrahlung, die nicht vom Feuer kommen konnte.

Jemand nahm ihm die Augenbinde ab. John blinzelte. Zum Glück war es schon dunkel, sodass seine Augen nicht von plötzlich einfallendem Licht geblendet wurden. Er konnte im matten Feuerschein nur verschwommen sehen: Da war ein Schemen über ihm, und zwei weitere huschten an ihm vorbei, mit etwas in den Händen, das sie in die Baumhöhle warfen.

John hörte ein leises Platzen, dann ein Keuchen, Räuspern, Husten. Das Scharren von Füßen, Hände, die nach einem Halt suchten, das scharfe Einatmen von jemandem, der gleich losbrüllen würde.

Dann ein dumpfes Aufschlagen, ein Seufzen.

Gleichzeitig wurden seine Fesseln durchschnitten. Sie hoben ihn hoch, nahmen ihn in die Mitte und schleppten ihn eilig durch die Dunkelheit davon.

John wollte etwas sagen, aber da erwachte der Schmerz in ihm, als das Blut anfing, durch seine bisher abgeschnürten Hand- und Fußgelenke zu kreisen, als das Leben in seine befreiten Gliedmaßen zurückkehrte. Er ächzte auf, und jemand hielt ihm sofort etwas unter die Nase, gerade als er einatmete.

Ein süßlicher, staubiger Geruch stieg ihm in die Nase, explodierte in seinem Gehirn in tausend feurigen Funken, und dann sackte er in tiefe Dunkelheit.

* * *

Als John zu sich kam, war es heller Tag. Er konnte durch die geschlossenen, nicht mehr verbundenen Lider sehen, dass die

Sonne schien. Er lag auf einem weichen Moosbett und fühlte die Wärme auf seinem Körper.

John schlug die Augen auf, und schon nach kurzer Zeit stellte sich seine Sicht scharf.

»Ich helfe Ihnen.« Eine raue, zugleich weiche tiefe Stimme. Jemand schob einen Arm unter seine Schultern und half ihm, sich aufzusetzen. »Sie wurden übel zugerichtet, Freund.«

Ihm wurde ein rundes, aus Holz geschnitztes Gefäß unter die Nase gehalten, in dem eine dampfende Flüssigkeit schwappte, deren Geruch augenblicklich Johns Sinne belebte.

»Trinken Sie. Ihre Schmerzen werden gelindert.«

John gehorchte, und er fühlte sich tatsächlich augenblicklich besser. Er sah sich um. »Jetzt bin ich wirklich im Wald«, stellte er mit belegter Stimme fest.

Er lag auf einer kleinen Lichtung, die von riesigen Korallenbäumen gesäumt war. Spiralenförmig um die Stämme waren Treppen gebaut, die zu Baumhäusern in den ausladenden Wipfeln in Schwindel erregender Höhe führten. Zwischen den einzelnen Bäumen gab es Verbindungsstege in verschiedenen Ebenen.

John blickte in das lange schmale Gesicht eines Mannes mit tiefgrünen Augen, in denen fast kein Weiß mehr zu sehen war. Seine Kutte zeigte an, dass er zu den Baumsprechern gehörte. Seltsamerweise fühlte John sofort, dass er diesem Fremden vertrauen konnte, dass er nun in Sicherheit war, und er lächelte zaghaft.

Der Mann grinste breit zurück. »Ich bin Windtänzer«, sagte er und streckte John die erhobene, flache Hand hin. Nach kurzem Zögern legte John seine Hand an die Windtänzers. Dies war wohl der Gruß dieser Leute.

»Ich bin froh, dass wir Sie endlich gefunden haben, Herr Tsuyoshi«, fuhr Windtänzer fort. »Und gerade noch im richtigen Moment, möchte ich betonen.«

John hörte den Akzent, und jetzt merkte er auch den Unterschied. Der Akzent seiner Bewacher hatte zwar ganz ähnlich geklungen ... aber nicht *echt.* Das konnte ihm erst jetzt auffallen. »Bitte nennen Sie mich John«, sagte er. »Ich glaube, hier sind Formalitäten nicht angebracht ...«

Windtänzer lachte. »Ihre Tochter Maya legt auch keinen Wert darauf.«

John riss die Augen auf. »Sie kennen Maya?«

Der Baumsprecher nickte. »Ich habe ihr versprochen, Sie zurückzubringen. Und das werden wir bald tun müssen, John, denn die Lage ist äußerst brenzlig. Es wäre zwar besser, wenn Sie sich zuerst erholen könnten, aber dazu werden wir leider keine Zeit haben. Sie müssen in die Stadt zurück, denn heute früh wurde ein Anschlag auf die Raumschiffwerft verübt, und die Präsidentin hat für morgen früh den Angriffsbefehl auf unseren Wald erteilt.«

John fühlte, wie das Blut aus seinem Gesicht wich. »Aber es waren nicht Ihre Leute, nicht wahr?«

Windtänzer schüttelte den Kopf. »Wir sind ein friedliebendes Volk, John, wir wenden niemals Gewalt an. Wir besitzen keine Waffen, keine Technik. Was mit Ihnen geschehen ist, war der ausgeklügelte Plan eines Städters, ich nehme an, einer hochrangigen Persönlichkeit, die mit diesem Streich die offizielle Erlaubnis erzwingen will, uns aus den Wäldern zu verjagen.«

»Sie benutzen aber auch eine gewisse Art von Technik, nicht wahr? Nämlich die der Alten«, warf John ein.

»Das ist richtig. Sozusagen organische Technik.« Windtänzer deutete auf ein riesiges käferartiges Wesen, das einen Baumstamm herabkrabbelte. John zog erschrocken die Beine an.

»Keine Angst«, schmunzelte Windtänzer. »Sie gehorchen uns. Sie bauen unsere Häuser und verschaffen uns allerhand Annehmlichkeiten, die uns beispielsweise das Überleben im

Winter garantieren. Wir haben gelernt, die Natur für unsere Zwecke zu nutzen – aber ohne sie zu misshandeln. Wir verdammen auch die Technik nicht, wie Sie vielleicht annehmen werden, sondern nur die Menschen, die damit Raubbau betreiben.« Windtänzers Gesicht wurde ernst. »Und wenn nun jemand mit diesen Mitteln erreichen will, mit den Käfern Biotechnik zu entwickeln, geht das zu weit.«

John hatte sofort einen Namen im Gedächtnis. »Jarro«, murmelte er. »Jarro Gonzales.«

Windtänzer machte eine unbestimmte Geste. »Wir wissen nicht, um wen es sich handelt – *noch* nicht. Aber wir werden es herausfinden, denn das Überleben unseres Volkes hängt davon ab. Ohne die Käfer sind unsere Tage gezählt ...«

»Er hat diese Anschläge inszeniert ... nur um das zu erreichen«, stieß John fassungslos hervor.

»Wenn Sie Recht haben, hat er mit dem Anschlag auf das Raumschiff sogar das Leben seines Sohnes riskiert«, meinte Windtänzer.

»Der Mann ist größenwahnsinnig, das habe ich immer wieder versucht der Präsidentin klarzumachen«, erwiderte John. »Ich bin mir nicht einmal sicher, ob seine Pläne nur die Biotechnik umfassen oder nicht sogar weiter gehen. Alle umwälzenden Entwicklungen der letzten Jahre waren von ihm geplant ... Und gleichzeitig wird er auch mich auf elegante Weise los.«

»Ist da etwas zwischen Ihnen?«

»Eine alte Geschichte ... Windtänzer, ich muss mich bei Ihnen entschuldigen. Ich habe Ihrem Volk all dies zugetraut und muss feststellen, dass ich nicht die geringste Ahnung habe, wer Sie eigentlich sind. Weil ich nie bereit war, Ihnen zuzuhören. Ich habe Vera sogar Vorhaltungen gemacht, die Baumsprecher einfach so durch die Städte ziehen zu lassen ... verzeihen Sie mir.«

»Kommen Sie.« Windtänzer reichte ihm die Hände. »Versuchen Sie aufzustehen, John. Kennenlernen können wir uns später. Jetzt müssen Sie zuerst in den Rat, damit der Angriffsbefehl zurückgezogen wird.«

***

John hatte noch Mühe, sich auf den Beinen zu halten, aber es ging mit jedem Schritt besser. Die Waldmenschen stützten ihn, und er bewunderte ihre Leichtfüßigkeit, mit der sie sich auch durch unwegsames Gelände bewegten. Sie waren vollkommen an den Wald angepasste Geschöpfe, geradezu ein Teil davon. Sie redeten nicht viel, sondern schienen auf anderen Wegen zu kommunizieren, die John verschlossen blieben.

Je länger sie unterwegs waren, desto mehr stießen zu ihnen, tauchten plötzlich von überall her auf.

Späher meldeten, dass bereits eine Gruppe Verfolger unterwegs war, aber Windtänzer sah darin kein Problem.

»Wir sind hier in unserem Element, da haben sie keine Chance«, versicherte er John. »Auch ihre Waffen nützen ihnen hier nichts.«

Sie durchquerten ein Feld hüfthoher rot leuchtender Blumen, deren Köpfe geschlossen waren. Ihre fleischigen grünen Blätter wiegten sich leise im Wind, als würden sie tanzen.

Als sie das Ende des Feldes erreichten, ordnete Windtänzer eine Rast an. John war dankbar dafür; er fühlte sich kurz vor dem Zusammenbruch. Sie gaben ihm eine Art Brot zu essen und Wasser zu trinken. Plötzlich legte Windtänzer den Finger an den Mund, und John hielt den Atem an.

Er hörte sie schon von weitem. Unbeholfen stolperten und stampften sie durch den Wald. Wäre ihm das früher auch schon aufgefallen? So vieles hatte sich verändert, seit er gefesselt mit verbundenen Augen dagelegen und nur noch dem Atmen des

Mars hatte lauschen können. Jetzt waren diese Städter für ihn ebenso plump und ohne Anmut, wie sie auf das Baumvolk wirken mussten. Die technisierten Städte waren ihr Element, aber nicht der Wald.

Zwischen ihnen lagen Welten. Und doch fing John an zu begreifen. Es gab Verbindungen ...

Sie waren zu viert, trugen schwere Gewehre und trampelten rücksichtslos dahin. Vor dem Feld der tanzenden Blumen verharrten sie einen Moment, sondierten die Lage. Dann, nach allen Seiten sichernd, drangen sie auf die Lichtung vor.

Ungefähr in der Mitte passierte es.

Hunderte Blüten öffneten sich gleichzeitig, in einer Blütenstaubexplosion, die sich wie ein gelber Nebel über dem ganzen Feld ausbreitete und die Sicht nahezu verdeckte.

John hörte ein Summen, zuerst leise, dann immer lauter werdend, und er sah Tausende winziger blau schillernder Insekten aus den geöffneten Blütenköpfen aufsteigen. Die Verfolger begannen zu schreien und um sich zu schlagen. Bald darauf rannten sie in wilder Flucht zurück in den Wald, woher sie gekommen waren.

John erblickte rings um sich grinsende Gesichter. »Uns haben sie nichts getan?«, flüsterte er, und seine Knie wurden im Nachhinein weich.

Windtänzer schüttelte den Kopf. »Natürlich nicht; wir haben ihnen signalisiert, dass ihrer Brut keine Gefahr droht. Aber Unwissende stolpern natürlich ahnungslos in die Falle. Die Männer werden einige Tage lang unter erheblichem Juckreiz leiden.«

»Wir müssen weiter«, mahnte eine junge Frau. »Der Nachmittag ist nicht mehr fern, und wir wissen nicht, wie der neueste Stand ist. Vielleicht wollen sie doch schon in der Nacht angreifen.«

»Wer hält Sie eigentlich so auf dem Laufenden?«, fragte John, als sie weitergingen.

»Wir haben Freunde, und eine Sippe am Waldrand besitzt einen Medienempfänger. Wir sind friedlich, aber nicht wehrlos, und schon gar nicht dumm, John«, antwortete der Baumsprecher, stützte ihn und zog ihn weiter.

»Eine Frage noch: Wie wollt ihr mich rechtzeitig in die Stadt bekommen?«

»Mit einem der Luftschiffe Ihrer Frau, die dort draußen kreuzen. Es ist alles geplant, John, keine Sorge. Wir werden es schaffen.«

7.
LETZTER VERRAT

Maya stürmte in Veras Büro. »Mutter!«, rief sie. »Soeben kam ein Funkspruch von der ELIANDE herein! Sie haben Vater an Bord – *lebend!*«

Vera griff sich an die Brust und sank auf ihren Stuhl. Sie aktivierte den Empfänger an ihrem Tisch, und tatsächlich: Ein kleiner Bildschirm zeigte Johns erschöpftes, zerschlagenes, aber zuversichtlich grinsendes Gesicht.

»Du kannst den Angriff abblasen, Dame Präsidentin«, sagte er. »Es ist alles in Ordnung. Das Waldvolk ist unschuldig. Dies alles wurde von einem von uns inszeniert. Alles Weitere später. Wir docken in einer knappen Stunde bei dir an.«

Maya, die neben Vera stand, winkte ihrem Vater zu – und dem Waldbewohner, der neben ihm stand. »Ich danke dir, dass du dein Versprechen gehalten hast, Windtänzer«, sagte sie.

»Du ... kennst diese Leute?«, fragte Vera erstaunt.

»Ja, aber das erkläre ich dir später. Jetzt gibt es Wichtigeres.« Maya aktivierte die Sprechverbindung zu Veras Assistentin. »Die Präsidentin möchte eine öffentliche Ansprache abhalten. Und rufen Sie den Rat zusammen.«

Die Ereignisse überschlugen sich jetzt. Während die ELIANDE am Horizont bereits sichtbar wurde, verkündete eine erleichterte Präsidentin, dass der schreckliche Albtraum ein glückliches Ende gefunden habe. Sie erklärte in kurzen Worten, was geschehen war, betonte vor allem die Unschuld des Waldvolkes und dass dies der Beginn einer neuen Beziehung zwischen den beiden Völkern sei. Gleichzeitig begann im Geheimen die Jagd auf die tatsächlichen Täter.

Die Stimmung schlug augenblicklich um. Im Volk brandete Jubel auf. Spontane Feiern wurden abgehalten, und man erwartete voller Ungeduld die Ankunft der ELIANDE, die gleichzeitig live in alle fünf Städte übertragen wurde.

Der gesamte Rat war anwesend, als das Luftschiff andockte, und Hochrufe wurden laut, als ein sichtlich angeschlagener, aber strahlender John Carter Tsuyoshi ins Freie trat und winkte. Hinter ihm gingen drei Baumsprecher in würdevoller Zurückhaltung.

Die Präsidentin ging freudestrahlend auf ihren Mann zu.

Kaum jemand bemerkte den Schatten, der sich aus einem der Büsche am Rand der Andockplattform löste. Das Blitzen, das plötzlich herüberzuckte.

Die Menge stob erst auseinander, als sie den Knall hörte.

Auf den Knall folgte eine geisterhafte, gelähmte Stille, und Dutzende Augenpaare waren nur auf einen einzigen Mann gerichtet.

John stockte im Schritt, taumelte leicht, griff sich an die Brust, auf der sich in rasender Geschwindigkeit ein roter Fleck ausbreitete. Ein erstaunter Ausdruck trat auf sein Gesicht.

Dann sank er zu Boden.

In diesem Moment hielten alle Menschen auf der Plattform oder in den fünf Städten, die alles via Bildübertragung mit ansahen, den Atem an. Und erlebten, wie ihre Präsidentin zum ersten Mal öffentlich die Fassung verlor. Sahen, wie sie auf ihren Mann zustürzte, sich neben ihn kniete, seinen Kopf in ihre Arme nahm, das Gesicht so bleich wie seines, verzerrt vor Schmerz, und den Mund öffnete zu einem gellenden Aufschrei des Schmerzes.

***

Drei Sols später

»Ich wurde um eine persönliche Unterredung gebeten.« Jarro Gonzales betrat das Büro der Präsidentin.

Vera war nur noch ein Schatten ihrer selbst, bleich und abgemagert. Doch ihre Augen strahlten unverändert Kraft und Entschlossenheit aus.

»Ja, und du kannst dir sicher denken, weshalb«, antwortete sie, auf alle Formalitäten verzichtend. »Setz dich, Jarro.«

Er zögerte, aber der Klang ihrer Stimme duldete keinen Widerspruch. Er nahm Platz.

Sie hob die Hand, als er zum Reden ansetzen wollte. »Spare dir dein geheucheltes Mitleid, Jarro. Alles, was ich von dir wissen will, ist die Wahrheit. Hast du etwas mit Johns Entführung und Tod zu tun?«

Der Mann wurde bleich. Seine Nasenflügel flatterten leicht. »Du weißt, dass ich dir niemals wehtun würde«, antwortete er.

»Das ist keine Antwort«, sagte sie. »Und du hast John *gehasst.*«

»So weit würde ich niemals gehen, Vera. Mord ... das ist nicht meine Sache. Wie kannst du das nur annehmen?« Er schien ehrlich betroffen.

»Wie kann ich dir nur glauben?«, erwiderte sie. »Ich habe mit Windtänzer gesprochen, der John aus der Gewalt seiner Entführer gerettet hatte. Er war der Letzte, der mit ihm zusammen war, und sie haben einige interessante Dinge erörtert.« Vera erhob sich. »Bedauerlicherweise ist Windtänzer der Einzige seines Volkes, der noch mit uns zu tun haben will. Nach dem Attentat haben sich die Baumsprecher aus allen Städten zurückgezogen. Sie sehen keine Möglichkeit mehr, jemals die Kluft zwischen uns zu überwinden. Das ist das eine Problem.« Sie ging langsam um den Tisch herum, auf Jarro zu. »Johns Mörder hat Selbstmord begangen, indem er sich von der Plattform stürzte. Von ihm blieb nicht genug zur Identifizierung übrig. Es gibt also keine Spuren, die zu dir führen. Keine Beweise, dass du der Initiator warst.«

»Vera, glaub mir …«

»Nein, Jarro, keine Lügen mehr! Ich wollte nur sicherstellen, dass du von meinem Standpunkt und Verdacht erfährst. Beweisen kann ich dir nichts, also wird sich an deinem Status und deiner Arbeit nichts ändern. Auch soll nicht das ganze Haus Gonzales wegen dir in Verruf geraten.« Sie starrte ihn an, voller Trauer und Müdigkeit. »Geh mir aus den Augen, und wage es nicht, noch einmal hier aufzutauchen. Ich will diese Sache beenden, das Volk muss zur Ruhe kommen.« Sie fixierte Jarro. »Im Rat werde ich dich unter Kontrolle halten, sei dir dessen bewusst. Das ist der einzige Grund, der mich noch im Amt hält: zu verhindern, dass solche wie du die Macht ergreifen könnten.«

Er unternahm noch einen Versuch. »Vera …«

»Schweig!«, zischte sie. »Du hast mir genommen, was mir alles bedeutet hat. Nichts könnte das wiedergutmachen.«

Jarro Fachhid Gonzales erhob sich schweigend und verließ das Büro. Draußen wurde er von zwei Ordnungshütern erwartet, die ihn zu seinem Haus eskortieren würden.

EPILOG
DER AUFBRUCH

»Es ist so weit.« *Marssommer 249/Erdjahr 2512*

Maya lag festgeschnallt, zum Start bereit, mit geschlossenem Helm in ihrem Sessel. Ihr Herzschlag raste. »Seid ihr aufgeregt?«

»Nö«, antwortete Leto, der vorn im Pilotensessel mit den Kontrollhebeln hantierte.

»Pfft«, machte Lorres verächtlich.

Maya grinste. »Die CARTER ist ein tolles Schiff.«

»Ein wunderschönes Schiff«, bestätigte Leto.

»Das Beste, das wir je gebaut haben«, bekräftigte Lorres.

»Es ist das *Erste,* das wir je gebaut haben.«

»Genau.«

Sie lachten.

Der Countdown begann.

Vera Akinora Tsuyoshi beobachtete den Start der CARTER von einer Aussichtsplattform des Raumhafenzentrums.

Niemand sonst war hier oben. Man hatte der Präsidentin diesen Logenplatz ganz allein überlassen; bei der überwältigenden Einsamkeit, die sie ausstrahlte, wagte sich seit langem niemand mehr in ihre Nähe.

Mayas Mutter sah zu, wie die Triebwerke zündeten. Der Lärm raubte ihr fast das Gehör, auch auf diese Entfernung und trotz der Ohrenschützer. Flammen speiend startete das Raumschiff, flog donnernd dem Himmel entgegen, hinaus in die Schwärze des Alls, einem kleinen weißblauen Planeten entgegen.

5

DIE BASIS

1.
START

Marsjahr 249 (Erdjahr 2512)

»Uuuhhhuff«, machte Maya Joy Tsuyoshi, als die Startbeschleunigung sie in den Sitz presste. *Das ist doch nicht das erste Mal,* dachte sie. *Was stellst du dich so an?*

Doch, es war das erste Mal. In *diesem* Schiff. Und vor allem: Diesmal würde es so tief in den Raum hinausgehen wie noch nie zuvor.

Es ist das Lampenfieber, versuchte Maya sich zu beruhigen. *Lass es vor allem nicht die anderen merken. Vergiss nicht, du als Expeditionsleiterin musst mit gutem Beispiel vorangehen.*

Ein großer Leitsatz ihrer Mutter, der Präsidentin des Mars, betraf die Tugend der Disziplin: »Du kannst keine Verantwortung als Führungspersönlichkeit übernehmen, wenn du nicht diszipliniert bist, Maya. Ich weiß, dass du in deinem Herzen eher eine Rebellin bist, aber du hast diesen Weg gewählt, und damit musst du dich auch an die Regeln halten.«

Regeln, dachte Maya in einer wütenden Aufwallung. *Hat sich der Mörder meines Vaters an die Regeln gehalten?*

Die CARTER hatte den Orbit fast erreicht und beschleunigte schüttelnd und rüttelnd weiter. Maya versuchte sich zu erinnern, ob es mit den Shuttleflügen auch so schlimm gewesen war.

Es gab natürlich bis zum Schluss Pessimisten, die behauptet hatten, dass *dieser schwere Klotz* niemals fliegen würde. Das Hauptgewicht verursachten tatsächlich die randvoll gefüllten Treibstofftanks und ein ganzes Deck voller Ersatzteile, Aggregate und

Redundanzsysteme, die im Fall einer Katastrophe zum Einsatz kommen sollten. Was natürlich niemand hoffte.

Die Flüge mit dem Shuttle hatte Maya anders empfunden. Beim allerersten Start hatte sie überhaupt keine Zeit zum Nachdenken gehabt, sondern jedes Schütteln, jedes Blinken einer Anzeige intensiv beobachtet, ob es etwas Ernstes bedeuten und den Absturz herbeiführen würde. Danach war es schon fast Routine gewesen – und sie blieb irgendwie der Heimat verbunden, sah den Mars stets aus einem der Fenster, auch wenn das natürlich reiner Selbstbetrug war. Denn wenn etwas schiefginge, käme es entweder zu einer Bruchlandung oder einem langen Kreisen im All, bis nacheinander die Systeme versagten und die Besatzung darüber Wetten abschließen konnte, ob sie zuerst erfroren oder erstickten. Da spielte es dann keine Rolle, wie nahe Maya der Heimat war, sie war entweder zu weit entfernt – oder zu schnell zu nahe.

Doch nun gingen sie auf den Jungfernflug zum fernen Schwesterplaneten, den sie bisher nur durch Teleskope studiert hatten.

Obwohl die Vorfahren vor fünfhundert Erdjahren von dort gekommen waren, war die Erde seit damals ein schweigender Planet, Gegenstand vieler Spekulationen und auch so mancher Verdammnis. Nicht alle waren dafür gewesen, den Rätseln der Vergangenheit auf die Spur zu gehen.

Das Raumfahrtprojekt hatte beinahe die enge Gemeinschaft des Marsvolkes zerschlagen. Eine einzige, nicht einmal als Prüfung zu sehende Herausforderung, und schon zeigte sich, dass die neue Menschheit des Mars keineswegs so hoch entwickelt und geistig reif war, wie sie von sich angenommen hatte.

Und John Carter Tsuyoshi, Mayas Vater, hatte es das Leben gekostet. Bis heute waren die Motive für den Mord und die Identität des Attentäters unbekannt. Hinter vorgehaltener Hand munkelte man, dass Jarro Gonzales, Oberhaupt des Hauses, etwas damit zu tun hatte. Doch es gab keine Beweise dafür. Augenfällig und ewig Gerüchte schürend war jedenfalls, dass sich Jarro seit vielen Jahren nicht mehr in der Öffentlichkeit zeigte.

Maya erinnerte sich an eine Begebenheit, als sie den ebenfalls durch einen Anschlag verletzten Leto Angelis besucht hatte – und plötzlich Lorres Gonzales, Jarros ältester Sohn, aufgetaucht war. Die Szene in der Klinik hatte sie über all die Jahre hinweg begleitet, sie hatte die Beziehung der drei künftigen Astronauten einerseits überschattet, andererseits aber auch gefestigt.

Der Tod von Mayas Vater hatte zum ersten Mal eine Veränderung herbeigeführt; der heutige Abschied vom Mars war die zweite.

Wer wusste, wie alles gekommen wäre, hätte sie damals in der Klinik anders reagiert. Zuerst war die junge Frau versucht gewesen, ihren Jugendfeind Lorres nach draußen zu prügeln. Doch der Ausdruck in seinem Gesicht hatte sie daran gehindert.

Windtänzer hatte sie in jenem traumatischen Moment nach dem Todesschuss in den Arm genommen, während ihre Mutter neben der Leiche des Vaters kniete. »Denke nicht an Rache«, hatte er ihr ins Ohr geflüstert. »Begrabe deinen Vater in Frieden, Maya, und setze das fort, wofür er gekämpft hat und gestorben ist. Gib niemandem die Schuld, auch dir nicht. Es ist passiert, und nichts, was du von jetzt an tust, kann das verhindern oder ändern.«

Natürlich hatte sie zu dem Zeitpunkt nicht auf den Baumsprecher gehört und den Verschwörern, die ihren Vater auf dem Gewissen hatten, blutige Rache geschworen. Doch in jenem Moment im Krankenhaus, als Lorres es trotz der Gerüchte um seinen Vater tatsächlich wagte, zu Leto zu kommen und Maya ins Gesicht zu blicken, fanden Windtänzers Worte endlich Gehör und Bedeutung.

Bevor Leto, dessen Gesicht finster und abweisend war, etwas sagen konnte, sprudelte es aus Lorres hervor: »Es tut mir leid. Bitte glaubt mir das. Ich kann nicht fassen, was da geschehen ist, und ich schwöre euch, ich habe nichts davon gewusst. Leto, du musst mir glauben! Wir sind keine Freunde, aber ich habe keinen Grund, mir deinen Tod zu wünschen – nicht jetzt, wo wir bereits so weit gekommen sind! Du bist ein hervorragender Pilot, und ich vertraue deinen Fähigkeiten. Und dich, Maya, schätze ich sehr als Mitglied unserer Gruppe, und ich glaube, dass du eine sehr gute Leiterin sein wirst, auch wenn du oft scharfzüngig und abweisend bist. Deswegen bin ich gekommen: um euch zu bitten, nun nicht alles zu beenden. Wir dürfen uns nicht der Gewalt beugen! Wir haben schon so viel erreicht, und jeder von uns träumt doch immer noch davon, weit hinauszufliegen, nicht diese Hüpfer vom Mars zum Deimos und zurück. Bitte, macht weiter! Lasst mich nicht im Stich.«

Nach dieser langen, atemlosen Rede herrschte Stille im Raum. Maya und Leto sahen sich an. Maya erkannte in diesem Moment, dass Lorres kaum besser dran war als sie beide – er hatte seinen Vater auf gewisse Weise auch verloren. Vielleicht kannte Lorres die Wahrheit, vielleicht auch nicht; in diesem Moment klang er aufrichtig verzweifelt und unglücklich und suchte nach einem Ziel, um noch einen Sinn in seiner Arbeit zu finden.

Leto klopfte mit der Hand an den rechten Oberschenkel. Vom Knie abwärts war das Bein künstlich; die Verbindung von Metall und Fleisch hatte gut geklappt, das Bein war beweglich. Aber er würde sich nie mehr so unbeschwert bewegen können wie einst. Und der Schrecken der Explosion würde noch sehr lange in seinen Ohren dröhnen und die Bilder vor seinen Augen zum Flimmern bringen.

»Vielleicht hast du Recht«, sagte er schließlich. »Mir gefällt nur der Gedanke nicht, dass dein Vater uns immer noch reinreden wird.«

»Das wird er nicht«, erwiderte Lorres und schluckte. Sein Vater und er hatten sich sehr nahegestanden, sie waren sich – zumindest hatte das jeder bisher angenommen – ähnlich gewesen und oft in ihrem Verhältnis mehr wie Brüder denn wie Vater und Sohn. »Ich habe das Haus Gonzales verlassen und wohne nun am Raumhafen. Ich bringe das Projekt ohne ihn zu Ende, wir brauchen ihn nicht mehr. Wir haben alle Pläne, und ich bin seit Jahren genauso informiert wie Jarro. Wir ... können es schaffen, wenn ihr mitmacht.«

Maya empfand in diesem Moment Mitleid, obwohl sie Lorres hassen wollte, einfach dafür, dass er ein Gonzales und der Sohn seines Vaters war. Aber sie konnte es nicht. Gewiss, seit der Kindheit hatten sie einander nicht ausstehen können, und ihre Auseinandersetzungen waren mit der Zeit von kindlicher Handgreiflichkeit zum verbalen, unvermindert heftigen Schlagabtausch übergegangen. Aber sie hatten trotzdem professionell zusammenarbeiten können, und Lorres hatte sein ganzes Herzblut in das Projekt gesteckt.

Sie würde nicht so weit gehen, Lorres nun zu umarmen und eine großartige Versöhnung anzustimmen. Dafür stand viel zu viel zwischen ihnen. Aber sie glaubte ihm, dass er nicht an der Entführung und Ermordung John Carter Tsuyoshis beteiligt gewesen war.

Maya streckte Lorres Gonzales die hochgehaltene Hand entgegen. »Ich bin dabei«, sagte sie.

Voller Erleichterung drückte Lorres seine Hand gegen ihre, sein verzerrtes Gesicht entspannte sich deutlich.

»Ich auch«, erklärte Leto. »Ihr könnt schließlich nicht ohne mich da raus. Und ehrlich gesagt, ich will es jetzt erst recht.«

Vielleicht war es so etwas wie eine Flucht der drei vor der Realität. In gewissem Sinne verhielten sie sich ähnlich wie die Waldleute. Seit dem Attentat waren alle Baumsprecher aus den Städten verschwunden, und das Waldvolk hatte erklärt, vorerst keinen Kontakt mehr zu den Städtern zu wünschen.

»Das Volk ist geschockt über das, was geschehen ist«, hatte Windtänzer vor einer Ratsversammlung erklärt. »Es widerspricht grundsätzlich unserer Lebensweise, und wie es scheint, sind die Unterschiede zwischen uns noch größer als bisher angenommen. Deshalb werden wir uns für eine Weile zurückziehen. Ich werde allerdings weiterhin als Mittler auftreten. Auch wenn ich eure Handlungsweise verurteile, kann es nicht die richtige Entscheidung sein, euch in euren dunkelsten Stunden allein zu lassen. Ich werde euch Trost und Hilfe spenden, so weit ich kann und ihr es wünscht.«

Maya dachte seither oft an Windtänzer. Sie war bisher den burschikosen Umgang mit Männern gewohnt gewesen und hatte nie über eine Beziehung nachgedacht, aber der Mann aus dem Wald erweckte ganz neue Gefühle in ihr, die sie aufwühlten. Er war so ganz anders, und Maya fragte sich, ob auch die Erdenmenschen einmal so gewesen waren oder ob dies allein seiner besonderen Lebensweise zu verdanken war. Das Waldvolk war dem Mars näher als die Städter. Es war eine Art Symbiose mit dem Planeten eingegangen und verstand es, die Natur für seine Zwecke zu nutzen – aber ohne sie zu zerstören. Sie waren inzwischen wahrhaftig ein *Teil* des Mars und untrennbar mit ihm verbunden.

Einerseits beneidete Maya Windtänzer. Andererseits würde er an ihrer Stelle niemals ins All hinausfliegen, auf der Suche nach der Vergangenheit.

So fügte sich ein Teil zum anderen. Präsidentin Vera Akinora Tsuyoshi selbst überwachte den reibungslosen Ablauf des Raumfahrtprojektes. Es kam zu keinen weiteren Zwischenfällen mehr; auch das Stadtvolk musste sich erst von dem Schock erholen, dass beinahe ein weiterer Krieg ausgebrochen wäre.

Die Worte »nie wieder« hatten von nun an ganz besondere

Bedeutung. Man hatte sie schon einmal ausgesprochen, am Ende des Bruderkriegs, und doch hatte es kaum mehr als einhundert Marsjahre gedauert, sie Lügen zu strafen.

»Wir tragen Verantwortung«, sagte die Präsidentin in einer öffentlichen Ansprache. »Auch unseren Vorfahren gegenüber. Wir haben die Pflicht, die Geschichte lückenlos aufzuzeichnen und die dunklen Löcher des Unwissens zu erhellen.«

Ja, dachte Maya Joy Tsuyoshi, *und nun liege ich hier in meinem Flugsitz, lasse mich freiwillig von dem Tonnengewicht mehrerer G zusammenquetschen und habe keine Ahnung, ob wir jemals unser Ziel erreichen werden.*

Ist das nicht herrlich?

***

»Wir erreichen den Orbit«, erklang Letos leicht gepresste Stimme. »Alles in Ordnung da hinten? Noch ein paar Minuten, dann gehen wir in eine bequemere Lage und alles wird leichter. Und dann, Herrschaften, erwartet euch ein atemberaubender Anblick.«

Maya konnte es kaum mehr erwarten. Aber sie war nicht in der Lage zu sprechen. Die unterschiedlichsten Gedanken rasten durch ihren Kopf, wühlten sie auf wie noch nie in ihrem Leben.

Wir gehen weiter als jemals zuvor, dachte sie. *Und doch haben unsere Vorfahren genau das getan und uns hierher gebracht.* Eine lange Zeit war dazwischen vergangen, und wie viel hatte es gekostet! War es das Richtige?

Plötzlich wich der Druck von ihrer Brust, und Maya vergaß augenblicklich alles andere. Sie zerrte an den Sicherheitsgurten und versuchte sich aufzusetzen.

»Maya, du wirst es nie lernen, oder?«, rief Leto von vorn, der diese Zappelei schon kannte. »Noch ein wenig Geduld, du siehst ohnehin noch nichts! Ich gebe dir rechtzeitig Bescheid, wie immer.«

»Reiß dich doch endlich mal zusammen, bei den Monden, wirst du denn nie vernünftig?!«, stieß Lorres ungehalten hervor, der neben ihr lag.

»Was geht's dich an, Holzkopf!«, schnaubte sie zurück. »Kann schließlich nicht jeder ein Gletscher aus Trockeneis sein wie du!«

»Bedauerlicherweise«, seufzte er. »Manchmal zweifle ich doch an der Entscheidung, dich zur Expeditionsleiterin zu machen.«

»Größenwahnsinnige Erfinder sind dafür noch weniger geeignet.«

»Und du ...«

»Könnt ihr beide *endlich* mal aufhören!«, brüllte Leto von vorne. »Ich muss verrückt gewesen sein, überhaupt an Bord zu gehen! Als ob die Shuttleflüge nicht schlimm genug gewesen wären, aber nein, ich tue mir das gleich über neunzig Tage an, und dann noch wer weiß wie viele Jahre auf einem toten Felsbrocken!«

»Wenigstens ist die Bordkommunikation ausgeschaltet«, brummte Lorres nach einer kurzen Anzugkontrolle. »Wir würden ja einen schönen Eindruck auf unsere Mitflieger machen.«

Der Rest der Besatzung befand sich in der sich an das Zentralschott anschließenden Kabine.

Maya lachte. »Die haben vermutlich gerade genug damit zu tun, sich nicht in den Anzug zu pinkeln, und werden sich schwere Vorwürfe machen, sich auf dieses Abenteuer eingelassen zu haben!«

»Und ich werde in den nächsten Wochen bereuen, euch nicht bei der erstbesten Gelegenheit auf Deimos ausgesetzt und den Flug ohne euch durchgeführt zu haben«, warf Leto ein.

»Phobos wäre mir lieber«, meinte Lorres leichthin.

»Klar, weil du hoffst, dann auf den Mars runterspringen zu können«, sagte Maya spöttisch. »Du gäbst bestimmt ein hübsches Glühwürmchen ab, wenn du in die Atmosphäre eintrittst.«

Theoretisch war es sogar möglich, von Phobos auf den Mars zu *springen*. Der Satellit war so nahe an dem Planeten, dass man gute Chancen hatte, von der Anziehungskraft des Mars eingefangen und Richtung Oberfläche transportiert zu werden.

»Ruhe jetzt«, sagte Leto. »Wir sind gleich da.«

In diesem Moment ging die Nase der CARTER leicht in die Waagerechte, und sie wurden für einige Minuten schwerelos. Die künstliche Schwerkraft sollte erst nach erfolgreicher Kurskorrektur und Entfaltung der Segel zugeschaltet werden.

***

Maya war nicht mehr zu halten. Sie aktivierte die Haftung der Magnetschuhe, kämpfte sich aus ihrem Sitz und stiefelte nach vorne zu Leto; sie wollte so nahe wie möglich dran sein.

Die über der Bugnase gelegene Steuerkanzel hatte riesige Aussichtsfenster, die nahezu 360-Grad-Sicht erlaubten. Das gläsern durchsichtige Material war ein Erbe der Alten. Es ähnelte dem grünen Marsglas, das schon die Gründer produziert hatten, war jedoch rückstandsfrei klar, widerstandsfähiger, hitze- und kältebeständiger, kratzfest und schier unzerbrechlich, mit je nach Härtegrad flexiblen Eigenschaften von Plexiglas bis zu Unverformbarkeit. Es konnte in allen Stärken, von hauchdünner Folie bis zu meterdicken Wänden und in allen möglichen Farbbeschichtungen hergestellt werden. Der ursprünglich scherzhafte Name *Stahlglas* hatte sich inzwischen im allgemeinen Gebrauch durchgesetzt.

»Endlich liegt die Unendlichkeit wieder vor uns«, sagte Maya begeistert.

Sie tauchten ein in ein pechschwarzes, sternglitzerndes All, tiefer als jeder Ozean, weiter als die Vorstellungskraft reichte. Es schien Maya an sich zu ziehen, mit aller Macht einzusaugen, um sie nie wieder freizugeben.

Doch bevor die junge Frau sich verlor, leitete Leto bereits die nächste Flugphase ein und korrigierte die Richtung mit wechselnden Schubzündungen.

»Durchsage an alle«, sprach der Kommandant in den Bordfunk. »Wir befinden uns noch kurzzeitig in der Schwebephase, bis wir die Anziehung des Mars für ein Beschleunigungsmanöver nutzen können. Das wird uns, vereinfacht ausgedrückt, ein gutes Stück voranschubsen, ohne dass wir viel Treibstoff benötigen. Danach befinden wir uns bereits in richtiger Position zur Sonne und schalten um auf Ionenantrieb. Sobald dieses Manöver geglückt ist, schalte ich die künstliche Schwerkraft ein, dann können alle aus den schweren Anzügen steigen und sich frei bewegen.« Er wandte den behelmten Kopf zu Maya. »Du solltest dich auch wieder hinsetzen.«

»Du machst das schon, Leto«, erwiderte sie leichthin. Plötzlich streckte sie die Hand aus und deutete zu einem der Fenster. »Da ... da kommt er!«

Maya, die sich immer nach den Sternen gesehnt und auf dem Marsboden den Blick stets zum Himmel gerichtet hatte, reckte sich jetzt, um nichts von der Aussicht dort draußen zu verpassen.

Den Mars von hier oben aus zu sehen, dieses teils grünstichige, teils leuchtend rote Gebilde, das im Glanz der fernen Sonne badete, war ein ganz besonderer Moment. Die südliche Hemisphäre kam in Sicht, mit dem riesigen, sofort ins Auge stechenden Tharsis-Gebirge: »Ascraeus Mons, Arsia Mons, Pavonis Mons ...«, zählte Maya murmelnd auf. »Und da – der erhabene Olympus Mons!« Mit einer Caldera von fünfundachtzig Kilometern Durchmesser ragte er sogar aus der Atmosphäre hervor, weiß leuchtend wie Schnee.

Mayas Begeisterung steckte Lorres an, der sich inzwischen aufgerichtet hatte und ebenfalls mit dem ausgestreckten Finger herumfuchtelte. »Im Norden davon Alba Patera, nicht besonders hoch, aber mit einem Durchmesser von über zweitausendvierhundert Kilometern, und dort, nicht weit vom Äquator, Vallis Marineris ...«

»Und der *Kronleuchter*, Noctis Labyrinthis«, setzte Maya fort. »Seht doch mal, dieses Labyrinth an Schluchten, diese erstaunlichen Felsformationen, die so künstlich wirken, wie die Ausläufer einer Stadt! Wir haben es schon oft gesehen und fotografiert, und es ist keine optische Täuschung, da bin ich sicher! Wir müssen uns das wirklich einmal genauer ansehen!«

»Ich bin sicher, dass irgendwann eine Expedition dorthin ausgerüstet wird«, warf Leto nüchtern ein. »Maya, ich *befehle* dir jetzt, dich wieder hinzusetzen und still zu verhalten. Wir gehen gleich in die zweite Schubphase.«

»Auf der Stelle, Kommandant«, lächelte Maya und stapfte zu ihrem Sitz zurück, kämpfte sich hinein, schnallte sich fest und deaktivierte die Magnethaftung.

Der Bordfunk knackte. »Was passiert jetzt?«, erklang eine dünne Stimme. Maya erkannte Albo Saklid, einen der Wissenschaftler. Ein ehrgeiziger junger Mann mit dem Bestreben, von einem der Häuser adoptiert zu werden. Er hatte noch viel vor und wollte nicht namenlos bleiben.

»Jetzt gibt's den angesagten kleinen Schubs«, antwortete Leto. »Verabschiedet euch vom Mars. Es werden viele Tage vergehen, bis wir ihn wiedersehen.«

»Er zeigt sich wie immer von seiner besten Seite«, meinte Maya, erhaschte noch einen letzten Blick auf die im unteren Fensterausschnitt vorbeiziehende Utopia Planitia der Elysium-

Hochebene und hob die Hand zu einem letzten Gruß. Eines der Sandkörnchen da unten war Elysium, Mayas Geburtsstadt.

Die CARTER beschleunigte für die Besatzung kaum merklich, jedoch war der Mars rasch aus dem Blickfeld verschwunden, und das finstere All rückte näher.

* * *

Lorres übernahm die Funktion als Kopilot, als Leto die letzte Phase einleitete und den Ionenantrieb zuschaltete.

»Jetzt werden wir ja feststellen, ob alle bisherigen Tests ausreichten, um dieses Ding hier flugfähig zu machen«, bemerkte der Konstrukteur aus dem Haus Gonzales mit einem Anflug von Nervosität in der Stimme. »Dies ist die erste echte Bewährungsprobe, und es wird sich zeigen, ob wir in Schande umkehren müssen oder gute Chancen haben, das Ziel zu erreichen.«

»Es ist alles bis ins Kleinste geplant und mehrmals geprobt worden«, versuchte ihn Maya zu beruhigen. »Du wirst sehen, dass es klappt!«

»Sangria hat derzeit jedenfalls nichts auszusetzen, sie meldet alle Systeme einsatzbereit«, gab Leto Auskunft. Einer der Techniker hatte den Schiffscomputer auf den Namen *Sangria* getauft, ohne zu erklären, weshalb (abgesehen von einem geheimnisvollen Grinsen). Und wie bei Scherzbezeichnungen so häufig, blieb es auch hier dabei und wurde offizieller Sprachgebrauch. »Lorres, gib mir das Signal, sobald du bereit bist.«

»Kleinen Moment noch.« Lorres' Gesicht zeigte starke Anspannung. Maya konnte seinen Handbewegungen an den Kontrollen kaum folgen. Sangria wurde teils sprach-, teils über Eingaben gesteuert. Nachdem Lorres seinen Check beendet hatte, forderte er die Maschine auf: »Sangria, Statusbericht mit Schirm.«

Der Computer projizierte vor das Fenster des Piloten ein großformatiges Holo, in dem die CARTER in dünnen grafischen Linien dargestellt wurde; die Antriebsteile waren rot hinterlegt. *»Alle Triebwerke fertig für Umschaltung, Quincontainer bereit zum Entriegeln, Energiespeicher für Segel bereit zur Aktivierung«*, rasselte die seelenlose weibliche Stimme herunter; es folgte eine weitere lange Liste, der Maya nur noch mit halbem Ohr zuhörte.

Für Lorres und Leto mochte das gewiss spannend sein; sie wussten ja auch, was zu tun war. Maya konnte nur auf den entscheidenden Moment warten.

Kommandant und Kopilot nahmen noch einige Schaltungen vor, testeten ein zweites Mal besondere Funktionen, und schließlich nickte Lorres. »Ich glaube, es ist alles bereit. Leto, Entriegelungssequenz beginnen und Antriebsautomatik starten.« Er trommelte mit den Fingern der rechten Hand nervös auf die Armlehne. »Dann zeig mal, was du kannst, Kleines«, murmelte er.

Sangria bestätigte den Befehl. Leto übernahm die Kontrolle der eingeleiteten Sequenzen, die parallel zum tatsächlichen Vorgang an dem holografischen Schaubild gezeigt wurden, mit eingeblendeten Messdaten und Parametern.

Die im Heckbereich angeflanschten wabenähnlichen Container zeigten ein grünes Signal auf dem Holo, als der Öffnungsimpuls vom Schiffscomputer übermittelt wurde.

Mit exakter Zeitabstimmung öffneten sich die Container, die Seitenwände zogen sich zurück und schoben sich ineinander, bis sie vollends übereinandergestapelt waren und Richtung Außenhülle zurückgefahren wurden.

Der Blick auf die vielfach zusammengefalteten Sonnensegel aus hauchfeinem Metallgewebe war frei.

Maya sah, wie Lorres den Atem anhielt. Auf seiner Stirn standen feine Schweißperlen. Nun würde sich zeigen, ob er ganz der Abkömmling einer genialen Erfinderfamilie war oder ein sich selbst überschätzender Größenwahnsinniger.

Gewiss, bei dem Shuttle hatte es schon mehrfach funktioniert, aber die CARTER hatte andere Dimensionen, der Aufwand war um ein Zigfaches größer, die Fehlerwahrscheinlichkeit mehrfach potenziert.

»Mach schon«, brummte der Gonzales-Sohn.

Leto schwieg, er war voll und ganz auf seine Arbeit konzentriert. Doch Maya vermutete, dass er nicht weniger Herzklopfen hatte als sie selbst. Immerhin trugen sie diesmal auch die Verantwortung für die zusätzliche siebenköpfige Besatzung, die in der anschließenden Kabine dicht an dicht aufgereiht und eingesperrt in die Druckanzüge an die Sessel gefesselt in Untätigkeit verharren musste.

»Jetzt!« Maya zuckte zusammen, als Lorres einen begeisterten Schrei ausstieß.

Die Entfaltung der riesigen Segel begann, aber nicht rauschend oder von einem musikalischen Tusch begleitet, sondern in der absoluten Lautlosigkeit der schier grenzenlosen Finsternis – was den Moment nicht weniger erhaben machte. Es geschah ganz langsam, nahezu majestätisch, jede Bewegung genau von den Antrieben gesteuert und von Menschenaugen kontrolliert.

Sie schienen zu pulsieren, sich aufzublähen wie die Schwingen einer soeben aus dem Kokon geschlüpften Drachenfliege. Ein feines, dichtmaschiges Netz aus Metalladern durchzog die gigantischen Flügel bis in die Spitzen. Die Spannweite jedes einzelnen Segels betrug vierhundert Meter bei einem Durchmesser von einhundert Metern. Der lange schmale Körper des Schiffes dazwischen wirkte dagegen klein und zierlich.

»Genau wie eine Libelle«, flüsterte Maya. Ein Symbol der Erde, wie eine Hommage. Maya würde gern einmal das lebende Vorbild sehen. Vielleicht schon bald …

Draußen im All war nur ein hauchfeines Glitzern zu sehen, wo Sternen- und Sonnenlicht von den dünnen Drähten eingefangen und reflektiert wurde. Wie Morgentau auf einem Spinnennetz.

Auf dem Holo jedoch bildete sich ein leuchtendes rotes Netz, als die Energieversorgung volle Leistung anzeigte.

»*Spannungsverteilung hundert Prozent, Polarisierung erfolgreich*«, meldete Sangria. Der Maschenabstand betrug fünfundzwanzig Zentimeter, die obere Gitterschicht war positiv, die untere negativ geladen.

Maya bildete sich ein, sehen zu können, wie sich die Segel im Sonnenwind blähten, was natürlich unmöglich war. Aber ihr gefiel die romantische Vorstellung, durch das Sternenmeer zu segeln, angetrieben vom Plasma der Sonnenwinde.

So wie die frühen Vorfahren auf der Erde einst die riesigen Ozeane vor gutem Wind auf zerbrechlichen Nussschalen erkundet hatten.

Aber die CARTER beschleunigte tatsächlich, wenngleich auch nur anhand der holografisch aufgezeigten Messdaten erkennbar. Es würden noch gut zwanzig Tage vergehen, bis sie ihre höchstmögliche Reisegeschwindigkeit erreicht hatte. Dann vergingen etwa zweiundfünfzig Tage, bis wieder das ebenfalls zwanzigtägige Bremsmanöver eingeleitet wurde. Dieser gekoppelte Antrieb ermöglichte eine Reise zum Schwesterplaneten in etwas mehr als neunzig Tagen, ohne den gesamten mitgeführten Treibstoff aufzubrauchen. Die Gründer hatten dafür noch fast ein Jahr benötigt! Sie hatten trotz der heutzutage antiquierten Technik den Grundstein gelegt für den neuen Antrieb, und die wiederentdeckten Hinterlassenschaften der ersten Marsianer hatten die Weiterentwicklung ermöglicht.

»Es ist so weit.« Leto Angelis aktivierte das künstliche Schwerkraftsystem im Bugmodul, wo Steuerkanzel und Aufenthaltsbereiche untergebracht waren.

Dies hatte die Entdeckung der Bahnlinie der Alten ermöglicht. Nachdem die neuen Marsianer gelernt hatten, das System zu bedienen, war es ihnen im Lauf der Zeit gelungen, Aggregate zur Erzeugung rotationsunabhängiger, künstlicher Magnet- und Schwerkraftfelder nachzubauen.

Da die Marsianer im Vergleich zur Erde nur ein Drittel Schwerkraft benötigten, war vergleichsweise wenig Energieaufwand notwendig. Die Mannschaft war sogar darauf trainiert worden, sich bei lediglich fünfundzwanzig Prozent der irdischen Schwerkraft zu bewegen, was eine gute Vorbereitung auf die noch geringere Schwerkraft des Erdmondes war.

Leto Angelis öffnete den Bordfunkkanal. »Kommandant an Besatzung: Der Start ist zur besten Zufriedenheit abgelaufen, und wir dürfen uns auf eine ruhige Reise bei angenehmen Bedingungen freuen.«

Maya lächelte, als sie den Jubel der anderen durch den Funk hörte.

»Wir können jetzt unsere Plätze verlassen und bequeme Bordkleidung anziehen«, fuhr Leto fort. »Die Sachen finden Sie in den Ihnen zugewiesenen Kabinen. Nach Bordzeit ist es bald Mittag, und ich nehme an, dass wir alle Hunger haben. Also sollten wir uns zur ersten Besprechung in einer Stunde in der Messe einfinden.«

2.
DIE REISE

Maya war froh, endlich in etwas Bequemes schlüpfen zu können. Die modernen Raumanzüge waren zwar nach dem Muster der Druckanzüge weiterentwickelt worden, mit denen die Gründer sich auf dem Mars bewegt hatten, und waren dementsprechend gut tragbar. Auch vom Gewicht her gab es kaum Probleme, und mit geschlossenem Helm konnte man getrost einen mehrstündigen Raumspaziergang unternehmen. Dennoch fühlte die junge Frau sich damit eingeengt.

Auf dem Mars trugen die Städter im Sommer tagsüber nur leichte Bekleidung, da die Temperaturen stets angenehm und das Wetter fast immer schön war. Die Stoffe waren seidig glänzend und leicht, oder fester und lederähnlich, ganz wie es dem Geschmack beliebte. Hosenanzüge waren stets passformgenau und eng, Röcke zumeist kurz. Das Waldvolk, bedeutend kälteresistenter, trug teilweise noch dünnere Fähnchen am Leib.

Obwohl die Marsianer in einer engen Gemeinschaft lebten, schätzten sie die Freiheit und Weite, die sie durch die großen unbesiedelten Landstriche des Mars gewohnt waren.

Ein Teil des Astronautentrainings hatte darin bestanden, mehrere Tage auf engstem Raum leben und arbeiten zu müssen, unter teilweise extremen Bedingungen wie Sauerstoffarmut, Hitze oder Kälte, ausgefallener oder stark erhöhter Schwerkraft. Das war fast die härteste Belastungsprobe für alle Teilnehmer. Die jetzige Mannschaft hatte alle Prüfungen bestanden, aber Maya war nicht sicher, ob die neunzig Tage Flug so problemlos und *angenehm* verlaufen würden, wie Leto weismachen wollte.

Nun ja, das würde sich zeigen. Dies war schließlich eine Expedition, die unter anderem auch die Auswirkungen auf Psyche und Körper unter den Belastungen des Raumflugs dokumentieren sollte.

Und es blieb festzustellen, ob die Schutzmaßnahmen zur Abschirmung der ungefiltert von allen Seiten auf das Schiff eintrommelnden Strahlung ausreichend waren oder ob sie Genschäden hervorriefen.

Die Marsianer waren so gut an den Planeten angepasst, dass die im Vergleich zur Erde um ein Vielfaches höhere Strahlenbelastung dort nur noch selten Auswirkungen zeigte; die Pigmentierung der Haut, die jeder von ihnen aufwies, war ein Teil davon. Aber es war etwas anderes, durchs All zu gondeln.

»Ich mache mir viel zu viele Gedanken«, rief Maya sich selbst zur Räson und warf einen kurzen Blick in den Spiegel. Alles in Ordnung, kein Fleck auf dem Anzug, die inzwischen kurz geschnittenen schwarzen Haare sträubten sich ausnahmsweise einmal nicht. Nach kurzem Zögern strich sie eine Haarsträhne hinter ein Ohr zurück. Früher hatte sie ihre Ohren immer verdeckt, weil sie fast so lang und schmal wie die eines Wurzelfressers waren und in der Schule für Spott gesorgt hatten. Doch nun sollte sie selbstbewusst genug sein, um diesen kleinen, niemals korrigierten Schönheitsmangel zu zeigen.

Zeit für die erste Besprechung.

* * *

Es waren schon alle anwesend, als Maya eintraf.

Es war den Konstrukteuren gelungen, auf kleinstem Raum einigermaßen Annehmlichkeiten zu bieten. So hatte jedes Besatzungsmitglied eine zwar winzige, aber eigene Kabine mit richtigem Bett, einem Spind für Raumanzug, Exoskelett, wissenschaftliche Ausrüstung und so weiter, und einen Spind für die wenigen privaten Dinge, die mitgenommen werden durften, sowie einen Stuhl und einen klappbaren Arbeitstisch mit Terminal.

Daneben lag die persönliche Nasszelle, kaum größer als ein Spind, in der man nicht umfallen konnte, selbst wenn die Schwerkraft ausfiel. Aber alles hatte Platz und Funktion, sodass ein wenig Raum für Individualität und Zurückgezogenheit garantiert war.

Die Kabinen waren alle um den Zentralzugang zur Messe angeordnet; hier konnte man essen, es sich ein wenig gemütlich machen auf weichen Sitzmöbeln, sich unterhalten und lesen, unter anderem Bücher aus dem Archiv des Gründers John Carter.

Neben der Messe befand sich hinter einer Dekontaminationsschleuse der Fitnessraum mit dem hydroponischen Garten. Die mitgeführten Bäume und Büsche waren groß gewachsen, spezielle Züchtungen vor allem zur Reinigung der Luft und Sauerstofferzeugung.

Durch den Zentralgang Richtung Bug erreichte man zuerst die Flugkabine für die übrige Besatzung, neben der sich durch ein Schott getrennt eine kleine gläserne Aussichtskanzel befand, und anschließend, ebenfalls durch ein Schott getrennt, die Steuerzentrale mit den Sitzen für die Schiffsführung.

Durch eine Schleuse Richtung Heck gelangte man in ein kombiniertes medizinisch-wissenschaftliches Labor mit Quarantäne-Station, Notfallversorgung, Forschungsausrüstung und Waffenkammer. Von dort aus führte eine schmale niedrige Schleuse mit einer Reinigungsdusche direkt in den hydroponischen Garten.

Eine weitere Schleuse trennte die Bugsektion von allen übrigen Sektionen des Schiffes, in denen keine Schwerkraft herrschte und die Atmosphäre auf ein Minimum reduziert war. Frachträume, Ersatzteillager, Computerzentrale und alle Versorgungs- und Antriebsmaschinen nahmen zwei Drittel des Platzes im Raumschiff in Anspruch.

»Willkommen in unserer neuen kleinen Heimat für die nächsten neunzig Tage«, begrüßte Maya die gesamte Besatzung mit einem freundlichen Lächeln. Sie hatte sich in ihrer Funktion als Expeditionsleiterin in den vergangenen ruhelosen Nächten wieder und wieder auf diesen Moment vorbereitet. Natürlich kannte man sich, es hatte schon viele Besprechungen gegeben. Doch dies war der Augenblick, auf den alle hingearbeitet hatten.

Sie ging zur automatischen Essensausgabe, holte sich ein versiegeltes Schälchen und zog an einer Schleife. Innerhalb weniger Sekunden erhitzte sich der Inhalt des Päckchens und war bereits verzehrbereit, bis Maya sich ein Besteck genommen und an den Tisch gesetzt hatte. Leto nahm ihren Becher und schenkte ihr mit Vitaminen und Mineralstoffen angereichertes Wasser ein.

Maya öffnete die Verpackung, betrachtete stirnrunzelnd den dampfenden Inhalt und sagte traurig: »Lorres, uns wurden alle Annehmlichkeiten versprochen, die man sich bei diesen Einschränkungen wünschen kann – aber die Sache mit dem Essen wird wohl nie klappen, oder?«

Alle lachten, ausnahmsweise auch der aufbrausende Gonzales-Abkömmling. Angeblich gab es vier verschiedene Geschmacksrichtungen, doch irgendwie sah alles gleich aus, und so schmeckte es auch. Hochkonzentrierte Fertignahrung, genau abgestimmt auf die speziellen Bedürfnisse für einen Flug ins All. Vollwertig und sehr gesund, lange lagerungsfähig bei großer Platzersparnis; mit der Menge an Vorräten an Bord konnten sie mindestens drei Marsjahre ohne Nachschub auf dem Schiff oder der Mondstation verbringen. Aber kein Genuss für die Geschmacksnerven; eine harte Prüfung für die normalerweise gaumenfreudigen Marsianer.

Maya stocherte in ihrem Essen herum. Sie wusste, dass sie alles verzehren *musste*, um bei Kräften zu bleiben und Mängel auszuschließen. Aber wie sie das den ganzen Flug und anschließend auf der Mondstation aushalten sollte, war ihr noch nicht ganz klar. Vielleicht gewöhnte sie sich eines Tages daran, weil ihre Geschmacksknospen verkümmerten. Oder vielmehr: *hoffentlich*.

»Wir alle müssen Opfer bringen, *Dame* Tsuyoshi«, meinte Lorres spöttisch grinsend. Er spielte mit der Betonung der Höflichkeitsform auf den ewigen Konflikt zwischen ihnen beiden an, weil Maya die Leitung übertragen bekommen hatte und nicht er. Er hatte zwar behauptet, sie akzeptieren zu können, und sich mit der Stellvertreterrolle zu begnügen, aber dennoch ließ er kaum eine Gelegenheit zu einer bissigen Bemerkung in dieser Hinsicht aus.

»Ah, das bringt mich gleich auf ein Thema, das zwischen zwei Bissen passt!« Maya fing den Ball auf und gab ihn sofort wieder zurück. »Wir werden über lange Zeit hinweg zusammenarbeiten und -leben. Ich halte es für überflüssig, diese distanzierten Höflichkeitsformen aufrechtzuerhalten. Ich möchte darum bitten, dass wir uns alle beim Vornamen anreden, denn es geht hier nicht um das Deutlichmachen von Hierarchien. Jeder von uns hat seine Aufgabe zugewiesen bekommen und wird sie erfüllen.«

Zustimmendes Gemurmel.

Maya hob ihren Becher. »Dann auf uns.«

Alle stimmten ein. Als Maya den nächsten Bissen in den Mund schob, sagte Lorres: »Übrigens, das Einzige, was wir an Bord wirklich rationieren müssen, ist das Wasser. Wir haben keine Probleme mit der Sauerstoffzuführung durch das modifizierte Wandelaggregat der Alten und den hydroponischen Garten. Das mitgeführte Wasser und die wieder rückgeführte Aufbereitung in unserem geschlossenen Lebenserhaltungskreislauf sollte für drei Marsjahre reichen, dennoch ist von ausgedehnten Duschorgien abzusehen.«

Maya überlegte sich, warum Lorres das thematisierte. Die Marsianer waren es seit der Gründungszeit gewohnt, sparsam mit Wasser umzugehen, weil es auch auf dem Mars lange Zeit nicht genug davon gegeben hatte. Dann erinnerte sie sich an einen kleinen Smalltalk in einer Arbeitspause, als sie zugegeben hatte, dass sie nichts mehr liebte als ein aromatisches Vollbad.

Schweigend aß sie weiter; es war ohnehin nicht mehr viel in der Schale. Voller Selbstverachtung würgte sie alles bis auf den letzten Rest hinunter, ohne Lorres eines Blickes zu würdigen.

Leto kam ihr zu Hilfe, indem er einige allgemeine organisatorische Dinge zu Sprache brachte.

* * *

Nach dem Essen begrüßte Maya nochmals jedes einzelne Besatzungsmitglied persönlich.

Insgesamt setzte sich die Mannschaft der CARTER aus sechs Frauen und vier Männern zusammen. Sie waren alle in den vergangenen Jahren in einem strengen Auswahlverfahren ausgesucht und intensiv mit Tiefentrance in mehreren wissenschaftlichen und technischen Disziplinen weiter- und ausgebildet worden. Alle hatten ein irdisches Alter um die vierzig – zwanzig Marsjahre also – und waren körperlich und geistig voll auf der Höhe. Die marsianische Lebenszeit betrug immerhin um die siebzig Jahre.

Zuerst der hoch aufgeschossene, nervöse Albo Saklid, ehrgeiziger Geologe und Exobiologe. Er strebte nach einer Aufnahme in das Haus Angelis, was man auch an seinem etwas zu freundlichen Verhalten Leto gegenüber bemerkte. Immerhin hatte er es als Außenseiter bis auf die Besatzungsliste geschafft, eine beachtliche Leistung.

Neben ihm saß Rayna, geborene Braxton, eine vielseitige Technikerin, die ihre Maschinen mehr liebte als die Menschen und schon dabei beobachtet wurde, wie sie liebevoll mit toter Materie redete.

Fachliche Unterstützung gab ihr Anjani, adoptierte Gonzales, deren Spezialgebiet Funk- und Computertechnik war.

Clarice und Roy, ebenfalls geborene Braxtons und Zwillinge; unkompliziert und gut gelaunt, »zwei fürs Grobe«, wie sie sich selbst bezeichneten. Körperlich durchtrainiert, im Umgang mit Waffen vertraut, als Landekommando gedacht. Roy hatte eine allgemeinmedizinische Ausbildung, Clarice konnte sehr gut Dinge reparieren und hatte ein fast emphatisches Gespür für die Bedienung fremder Technik.

Saramy Saintdemar war Medizinerin mit biochemischem Fachgebiet und Psychologin; eine kühle, zurückhaltende Beobachterin, die die Welt am liebsten durchs Mikroskop betrachtete.

Und zuletzt, neben Maya, saß Jawie, geborene Tsuyoshi, Historikerin und Linguistin mit einem sehr guten Sprachgefühl und schneller Auffassungsgabe. Die Marsianer besaßen zwar aufgrund der Archive der Gründer gute Englischkenntnisse, aber sie gingen davon aus, dass sich die Sprachen auf der Erde in den vergangenen fünfhundert Jahren durch gesellschaftliche Entwicklung verändert hatten. Selbst wenn sie wie geplant in ursprünglich englischsprachigem Raum landeten, war es nicht gesagt, dass eine Verständigung mit dem Abstand von Jahrhunderten möglich war.

Jawie war die Jüngste, eine fröhliche junge Frau mit kurzen braunen Haaren und einer Pigmentzeichnung um die Augen, die ihr einen katzenartigen Ausdruck verlieh. Sie hatte eine Vorliebe für ausgefallene Overalls, die jede Menge Haut zeigten. Da sie einem weit entfernten Seitenzweig der Familie entstammte, besaß sie genauso wie die meisten der Besatzungsmitglieder keinen zweiten Vornamen.

»Wir müssten bei der Vielseitigkeit der irdischen Rassen und Verhältnisse auf alles vorbereitet sein«, schloss Maya ihre Begrüßung.

»Auch auf Außerirdische?«, warf Jawie ein und grinste.

»Die sind in dem Fall wir, glaube ich«, bemerkte Roy, der Jawie schon seit geraumer Zeit anstrahlte.

»Wahrscheinlich jagen wir den Erdmenschen einen Riesenschrecken ein, wenn wir so unvermutet auftauchen«, stimmte Clarice ihrem Bruder zu. »Wir haben uns äußerlich ziemlich verändert, vielleicht glauben sie uns nicht mal, dass wir Menschen sind.«

»Nun, die genetische Verwandtschaft ließe sich ja nachweisen«, stellte Saramy Saintdemar fest.

Roy hob den Finger. »*Wenn* sie mit sich reden lassen!«

»Diese Spekulationen können wir noch lange Zeit diskutieren«, warf Maya schmunzelnd ein. »Wichtig ist, dass wir uns den technischen Herausforderungen stellen. Sollte die Mondstation nicht mehr in Betrieb sein – was anzunehmen ist –, müssen wir sie erst einmal zum Laufen bringen und für annehmbare Lebensbedingungen sorgen.«

Albo Saklid verschränkte die Arme vor der vorgewölbten Brust. »Und wenn die Station nicht mehr da ist? Zerstört, abgebaut, was auch immer?«

»Dann müssen wir eine Notlösung finden, bis der Nachschub eintrifft«, antwortete Lorres Gonzales. »Die Arbeiten am zweiten Raumschiff sind bereits aufgenommen worden; natürlich will man es gleich verbessern, deswegen ist es wichtig, dass wir regelmäßig technische Berichte liefern. Das Schiff wird spätestens 251 bei uns eintreffen und alles mitbringen, was wir benötigen.«

»Inklusive der Ablösung«, fügte Leto hinzu. »Wegen der Notwendigkeit unserer Berichte wird es wohl später fertig als ursprünglich geplant. Deshalb müsst ihr ein wenig länger auf die Rückkehr warten.«

Rayna zuckte die Achseln. »Das ist kein Problem für mich, solange ich meine Maschinen um mich habe und damit arbeiten kann.«

»Geht mir auch so«, stimmte Saramy zu. »Ich habe genug mit meinen Forschungen zu tun. Was unsere Pflanzen betrifft, werden Albo und ich zusammenarbeiten.«

»Werden sie auch mal Früchte tragen?«, stellte Roy eine Zwischenfrage. »Dann hätten wir Abwechslung zu dem eintönigen ...«

»Gerade darum geht es ja: dass wir auch eigene Nahrungsmittel produzieren wollen, um möglichst autark über Jahre hinweg überleben zu können. Man weiß ja nie, was passiert«, unterbrach Albo ungeduldig. Er sprach hastig, kurzatmig. »Ich habe speziell dafür jede Menge Lernprogramme mitgenommen, weil ich kein Spezialist für Botanik bin, aber dieses Gebiet ist natürlich sehr interessant.« Er konnte nicht anders, er musste dabei zu Leto hinüberschielen.

Die Angelis waren bekannt für ihre fähigen Ökologen und Botaniker. Allerdings war das kleinste der Häuser auch bekannt dafür, dass es so gut wie niemanden *von außen* aufnahm. Maya fragte sich, warum sich Albo Saklid ausgerechnet diese größte Herausforderung ausgesucht hatte.

Lorres fuhr fort: »Außerdem versuchen wir zusätzlich ein Shuttle anzudocken, das für den Flug zwischen Erde und Mond eingesetzt werden kann.«

»Vorausgesetzt, man redet mit uns.« Anjani Gonzales war skeptisch.

»Deswegen hat der Kontakt zunächst auch keine Priorität«, erwiderte Maya. »Zuallererst werden wir die Mondstation in

Betrieb setzen, Proben sammeln, die Erde unter Beobachtung nehmen und die Auswertungen an die Heimat funken. Das ist Arbeit genug für die ersten Wochen. Und wir werden mit aller gebotenen Vorsicht vorgehen.«

* * *

Persönliches Logbuch von Maya Tsuyoshi, 45. Tag der Reise

Fast Halbzeit – bald beginnt das Bremsmanöver. Wir haben uns gut eingelebt, so weit es eben geht. Keiner von uns will vor dem anderen zugeben, dass er es sich nicht so grauenvoll eng vorgestellt hat. Jeder von uns hat gedacht, es würde sich trotz allem ein anheimelndes Gefühl einstellen; doch die Sehnsucht nach einer Prise frischer Luft und einem ausgedehnten Spaziergang draußen in der Wüste ist fast übermächtig.

Aber der Mars ist weit entfernt. Immerhin ist es ein Trost, dass die Funkverbindung nach anfänglichen Schwierigkeiten klappt. Clarice und Anjani haben gemeinsam daran gearbeitet, und nun ist die Verbindung einwandfrei. Wir setzen wie geplant Relaisstationen im All aus, die uns helfen werden, die Entfernung leichter zu überbrücken. Mal sehen, wie lange ihr kleines Triebwerk arbeitet, um sie stabil zu halten.

Es ist nicht weiter dramatisch, wenn das nicht klappt, die Übermittlungsrate ist bisher auf direktem Wege sehr gut. Aber da ist noch eine große Entfernung zu überwinden. Wir haben uns das vor allem wegen der Datenübermittlung so gedacht, wenn der Mars aus der Opposition geht und beispielsweise in direkter Konjunktion mit der Sonne und der Erde ist. Wir gehen davon aus, dass kein Funkverkehr möglich ist, bis der Mars hinter der Sonne wieder hervortritt. Mit den Relaisstationen als Umleitung könnte es aber trotzdem klappen.

Ich habe auf der Privatfrequenz von einer Verwandten erfahren, dass meine Mutter die Präsidentschaft quasi abgelegt hat.

Die Ermordung meines Vaters hat sie völlig verändert, irgendwie hat sie sich nie von dem Schock erholt. Jetzt, nachdem wir endlich unterwegs sind, lässt sie wohl alles schleifen. Cousine Cansu Alison Tsuyoshi als ihre Beraterin soll jetzt hauptsächlich das Sagen haben. Ich bin sicher, sie wird die nächste Präsidentin, ehrgeizig genug ist sie ja, obwohl sie fast noch ein Kind ist. Allerdings ist sie eher eine Gegnerin des Raumfahrtprojektes, vor allem ist sie gegen die Kontaktaufnahme mit der Erde. Sie glaubt, dass nichts Gutes mehr von dort kommen kann.

Zum Glück kann sie gegen das Programm an sich nichts mehr unternehmen, das Volk selbst ist inzwischen mehrheitlich dafür. Und sie kann uns ja schlecht auf dem Mond verrotten lassen, oder? Obwohl, ich würde ihr so eine Skrupellosigkeit glatt zutrauen. Sie passt gut zu Lorres. Immer schon wollte sie ihren Willen durchsetzen, die Meinung anderer war ihr meistens egal.

Lorres, tja, der ist ein Problem. Nachdem technisch alles gut zu klappen scheint und er kaum gefordert ist (weil er die Wartungs- und Kontrollarbeiten auf Rayna, Anjani und Clarice abschiebt), gibt er keine Ruhe. Er kritisiert ständig meinen Führungsstil, meine Entscheidungen und versucht meine Autorität zu untergraben. Einen schwelenden Streit unter den Besatzungsmitgliedern heizt er so lange auf, dass er wirklich zum Ausbruch kommt. An manchen Tagen macht er mir das Leben so zur Hölle, dass ich ihn am liebsten im All aussetzen würde. Es ärgert mich vor allem, dass es ihm immer schneller gelingt, mich aus der Reserve zu locken. Meine Reizschwelle wird täglich niedriger, und dementsprechend werden auch meine Argumente immer schwächer. Ich verliere meine Schlagfertigkeit und komme nicht mehr gegen ihn an.

Als Leiterin sollte ich mir solche Gefühle nicht leisten dürfen und distanzierter sein. Aber ich hasse den Kerl wirklich, schon seit meiner Kindheit, daran wird sich nie etwas ändern.

Ich weiß nicht, was uns gebissen hat, gemeinsam auf diese Reise zu gehen. Sicher, auf dem Boden hat alles gut geklappt, da konnten wir uns noch aus dem Weg gehen. Aber jetzt?

Einmal im Krankenhaus, als er kurz nach dem Anschlag auf meinen Vater Leto besuchte, wirkte er so aufrichtig, richtig menschlich. Ich habe damals geglaubt, es steckt etwas Gutes in ihm. Aber das war wohl nur reine Taktik, um sein Raumfahrtprojekt fortsetzen zu können. Lorres kommt ganz nach seinem alten Herrn. Manchmal bin ich mir nicht so sicher, ob er nicht doch von der Entführung meines Vaters gewusst hat.

Jedenfalls muss ich vorsichtig sein und mir irgendeine Meditationstechnik einfallen lassen, die ich im Bedarfsfall sofort anwenden kann, um mich nicht dazu verleiten zu lassen, Lorres anzugreifen. Ich meine, körperlich. Alles in mir sehnt sich danach, in seine überheblich grinsende Fratze zu schlagen. Aber wenn ich das tue, bin ich bei der Besatzung unten durch, und er hat gewonnen. Und dass er die Leitung übernimmt – das werde ich niemals zulassen.

Ohne Leto wäre ich schon schreiend gegen Wände gerannt. Leto war immer schon mein bester Freund. Ich liebe ihn wie einen älteren Bruder, obwohl wir gleichaltrig sind. Ich weiß nicht, wie er es schafft, immer so ausgeglichen und ruhig zu sein. Lorres' Provokationen prallen an ihm ab; nur ein einziges Mal hat er mit leiser, aber sehr scharfer Stimme deutlich gemacht, dass er der Kommandant des Schiffes ist und durchaus berechtigt, Arreststrafen auszusprechen. Er hat dabei so viel Autorität ausgestrahlt, dass Lorres tatsächlich klein beigegeben hat.

Auf dem Mars ist die Höchststrafe die Verbannung. Aus der Gemeinschaft gestoßen zu werden ist das Schlimmste, was einem Marsianer geschehen kann. Allein bei dem Gedanken daran schaudert es mich. Hier auf der CARTER würde die Strafe so umgesetzt, dass man seine Kabine nicht mehr verlassen dürfte.

Lorres ist wohl fantasiebegabt genug, um sich das vorstellen zu können. Und er kennt Leto ebenso gut wie ich; er weiß, dass ein Angelis keine leeren Worte macht. Jedenfalls hielt Lorres in diesem Augenblick den Mund, aber seine Augen glühten wie Purpuriten. Ich glaube, das wird er Leto nie verzeihen, denn alle anderen haben es mitbekommen. Natürlich ist Lorres selbst schuld, aber so wird er das nicht sehen.

Die anderen tun das, was sie am besten können. Saramy verkriecht sich in ihr Labor und beobachtet ihre Mikroben-Experimente. Der Hydro-Garten bietet ihr da schon einiges, auch ein paar Speikrabbler, diese winzigen sechsbeinigen Viecher, die ekelhaft zwicken können und bei Bedrohung Säure spucken. Ich bin einerseits sehr froh, dass ich beim Training die feuchtwarme Luft aus dem Garten atmen kann, aber wenn dann diese Krabbelviecher doch einmal durch die hauchfeinen Gitter entkommen, verleidet es mir die Sache schnell wieder. Immerhin schleppen wir sie nicht durchs ganze Schiff, da die Reinigungsdüsen der Schleuse alles abwaschen. Albo und Saramy haben sich bisher auch streng an die Vorschriften gehalten, wenn sie Forschungsmaterial durch die Spezialschleuse direkt ins Labor bringen. Die beiden können sich übrigens nicht besonders gut leiden – Albo ist ein ziemlicher Griesgram –, aber sie arbeiten sehr gut zusammen. Die neu angesetzten Pflänzchen wachsen und gedeihen jedenfalls prächtig, und neulich habe ich während des Lauftrainings eine kleine Flaschenmelone an einem Ast hängen sehen.

Rayna und Anjani sind am liebsten in ihren Anzügen irgendwo im Schiff unterwegs, kontrollieren, warten und reparieren die Systeme. Da sie beide recht wortkarg sind, passen auch sie gut zusammen.

Clarice, Roy und Jawie verstehen sich prächtig. Roy hat versucht, ein Verhältnis mit Jawie anzufangen, aber die Sache war schnell geklärt, als sie ihm ein Veilchen verpasste. Er nahm es ihr nicht krumm, hört aber dennoch nicht auf, sie gelegentlich anzuschmachten.

Jeder von uns muss täglich über das individuelle Fitnesstraining Buch führen. Schummeln klappt nicht, denn alle drei Tage wird unser Biorhythmus von Saramy aufgezeichnet. Ich muss aber sagen, dass alle das Training genießen, weil man sich körperlich austoben kann. Die Zeiten habe ich so eingeteilt, dass jeder beim Training für sich ist; ich halte das für sehr wichtig. Und die Stimmung beim Abendessen ist tatsächlich oft erheblich gelöster als zum Mittagessen.

Auch das habe ich neu eingeführt: feste Essenszeiten. Arbeit und Freizeit kann sich jeder einteilen, wie er will, daran brauche ich nichts zu ändern. Man muss sowieso versuchen, sich zu beschäftigen. Aber so wichtig, wie ich die Zurückgezogenheit beim Training nehme, so bedeutsam ist das gemeinsame Essen, wenn wir alle an einem Tisch sitzen und die Gemeinschaft spüren.

Auf dem Mars schien man ein wenig schockiert über meine neuen Ideen, das konnte ich aus den Funknachrichten herauslesen. Ich glaube aber fest, dass diese Ordnung verhindert, uns einfach gehen zu lassen und in einen Raumkoller zu fallen. Ich weiß, dass es nicht nur mir so geht.

Ich habe es seit meiner Kindheit nicht erwarten können, hinauszukommen ins All, in einem vergleichsweise winzigen Behälter durch das schwarze Nichts zu reisen, umgeben von einem Sternenmeer.

Inzwischen habe ich viel von meiner romantischen Vorstellung verloren. Gewiss, es ist grandios. Aber Tag für Tag mit dem Bewusstsein leben, verloren zu sein in dieser grenzenlosen Weite, stets in der Angst, dass etwas schiefgehen könnte, dass der Antrieb versagt, die Lebenserhaltung, was auch immer – da hört nach einer gewissen Zeit der Spaß einfach auf, und die Träume weichen der Realität.

Und vor allem, es ist ja wirklich *nichts* da draußen. Nicht mal Sterne. Die sind alle weit weg, genauso weit, wie sie es vom Mars aus betrachtet auch waren. Wir durchfliegen eine der ödesten und langweiligsten Stellen des Universums, denn zwischen Erde und Mars ist einfach nur gähnende Leere. Vom Mars aus schien die Erde ganz nah, aber jetzt, da wir unterwegs sind, sind wir umgeben vom Nichts, das kalt und schwarz dort draußen lauert, um uns zu verschlingen.

Man gewöhnt sich nicht an das Essen. Man gewöhnt sich nicht an den Geruch der anderen, an die abgestandene Luft, die genauso schlecht ist wie die dreißig Mal wiederholten Witze, die schon beim ersten Mal nicht gut waren. Unzufriedene Besatzungsmitglieder, die jeden Tag etwas Neues zum Nörgeln finden – an den anderen, am faden Essen, an der Routine. Platzt einem anderen dann mal der Kragen, weil er es nicht mehr ertragen kann, bricht lautstarker Streit aus, und ich muss einschreiten.

Meistens schicke ich die Beteiligten zu einem Sondertraining. Oder ich verordne eine Unterrichtseinheit in Judo, damit die Kontrahenten sich miteinander austoben können, ohne sich ernsthaft zu verletzen. Nun ja, es ist natürlich kein richtiges Judo, was wir da trainieren, sondern eine eigene Technik, die auf den lexikalischen Grundlagen basiert. Clarice und Roy, die sich schon seit langem damit beschäftigen, haben diesen Kampfsport begeistert weiterentwickelt.

Und gerade deswegen bestehe ich auf den gemeinsamen Mahlzeiten. Wir *müssen* miteinander reden, dürfen einander nicht ausweichen oder anfangen, uns zu belauern. Wir müssen uns auseinandersetzen, nur so können wir wirklich zusammenwachsen und die lange Zeit auf dem Mond durchhalten, bis das zweite Schiff kommt.

An dieser Stelle, bevor ich mich noch in meine kosmische Depression hineinsteigere, beende ich besser meinen persönlichen Eintrag und mache mich an den offiziellen Bericht.

Abschließende Worte? Es geht uns gut. Wir sind auf der aufregendsten Reise unseres Lebens und können es kaum erwarten, unser Ziel zu erreichen. Wir kommen gut miteinander aus. Alles bestens, solange Phobos uns nicht auf den Kopf fällt.

***

Phase der Nachtruhe, 76. Tag

Das Bremsmanöver war erfolgreich eingeleitet worden. Maya Tsuyoshi hatte die Nachtwache. Während der Rest des Schiffes in tiefem Schlummer lag, hatte die junge Frau sich wie so oft in die kleine Aussichtskanzel zurückgezogen, die wie eine kleine Blase am Leib der CARTER aussah. Gläsern und zerbrechlich wie ein Fischei mit einem kleinen, sich bewegenden *Embryo* darin.

Anfangs war es sehr bizarr gewesen, sich hier aufzuhalten. Als ob man sich draußen im All befände. Anfangs war Maya schwindlig geworden. Sie hatte das Gefühl gehabt, als würde es ihr den Boden unter den Füßen wegziehen. Aber mittlerweile war es für sie einer der schönsten Plätze, die man sich vorstellen konnte.

Hier war Maya eins mit sich und dem Universum. Sie schwebte ganz allein mittendrin, nahm kaum den metallenen Leib der CARTER an der Schleusenseite wahr. Die riesigen, energetischen Libellenflügel waren seit gestern zusammengefaltet und wieder sicher in den Wabencontainern verstaut worden. Rayna hatte allerdings noch einmal hinausgemusst, weil sich einer der Container nicht richtig geschlossen hatte.

Tagsüber hatte Maya kaum Gelegenheit, hierherzukommen. Aber wenn sie mit der Nachtwache an der Reihe war, konnte sie einmal ganz für sich sein, ohne das bedrückende Gefühl der Enge, den manchmal klaustrophobischen Zuständen, dem ständigen Lauschen auf jedes unbekannte Geräusch, das drohende Gefahr ankündigte.

Es war seltsam, dass man ständig auf das Schlimmste gefasst war. Bisher hatte es keine größeren Komplikationen gegeben. Auch der Antrieb arbeitete fehlerfrei. Trotzdem hatte sich Maya alle möglichen schrecklichen Szenarien ausgedacht, was alles passieren könnte.

Auch gestern bei Raynas Weltraumspaziergang: Die Sicherheitsleine könnte reißen, der Helm oder Anzug beschädigt werden.

Das war natürlich nicht geschehen. Die Technikerin kehrte wohlbehalten an Bord zurück, zufrieden grinsend und mit den Worten: »Ihr glaubt gar nicht, wie ich mich freue, eure langweiligen Gesichter wiederzusehen.«

»Von mir aus hättest du gern noch eine Weile dort draußen bleiben können, damit ich dein dauerndes Gemecker nicht hören muss«, erwiderte Anjani, die ihr aus dem Anzug half, und sie strahlte dabei.

Maya kam nicht zum ersten Mal der Verdacht, dass zwischen den beiden Frauen etwas lief, aber sie ließ sich nichts anmerken.

Maya selbst hatte sich auch schon dabei ertappt, wie sie hin und wieder Letos straffe Kehrseite länger als gebührlich betrachtete, und sich verärgert zur Ordnung gerufen. Zum einen wusste sie, dass Leto immer noch in sie verliebt war und die Hoffnung auf eine Verbindung nicht aufgegeben hatte. Zum anderen war Maya mit ihrer Arbeit verheiratet, das war schon auf dem Mars so gewesen.

Nicht einmal die anziehend-charismatische Erscheinung des Baumsprechers Windtänzer hatte daran etwas ändern können, obwohl sie bei ihm durchaus schwach geworden wäre. Aber da er nie von sich aus eine Annäherung unternahm, hatte auch sie es nicht gewagt.

Maya schüttelte den Kopf und lächelte. Dies waren also die

philosophischen Überlegungen, wenn sie nachts *hier draußen* war und zeitweise gegen den Schlaf ankämpfen musste.

Träumend blickte sie um sich, spürte das vertraute leise Vibrieren und Summen des Schiffes. Alles schien in Ordnung zu sein, Sangria hielt die CARTER auf Kurs. Dort draußen funkelten die Sterne, auch die Erde konnte man aus diesem Blickwinkel jetzt schon recht gut erkennen.

Das brachte Maya natürlich auf die wiederkehrende Frage, was sie dort erwarten würde. Ob das Ziel und die Bedeutung des Strahls der Alten vielleicht dort geklärt werden konnte. Die Fragen gewannen zunehmend an Bedeutung, je näher sie den Zielkoordinaten kamen.

Eine positive Entwicklung auf das Leben an Bord brachte das mittlerweile sichtbare Ziel allerdings mit sich. Seit der Einleitung des Bremsmanövers waren die Zwistigkeiten schlagartig versiegt, die Langeweile verflogen, die Verzweiflung über die Enge vergessen. Nun waren sie alle miteinander *ein* Team, das gebannt auf *den* Augenblick wartete.

Eine Stimme flüsterte in Mayas Ohrempfänger: *»Eine halbe Stunde noch.«* Sangria. Das Bordsystem war darauf programmiert, Maya daran zu erinnern, wann sie wieder in die Zentrale zurückkehren musste, um die Anzeigen zu kontrollieren, das übliche Positiv-Signal an den Mars zu senden und den Flug zu beobachten. Denn hier in der Kanzel konnte man schon mal die Zeit vergessen.

Außer, man wurde unvermutet gestört.

Mayas Herz machte einen erschrockenen Satz, als sie ein ungewohntes, unerwartetes Geräusch vernahm. Die Schleuse glitt mit einem leisen Summen beiseite, und eine gedrungene Gestalt füllte den Rahmen aus.

»Was willst du denn hier?«, zischte Maya unfreundlich.

* * *

Lorres Gonzales schlüpfte herein. Hinter ihm glitt das Schott wieder zu.

»Habe ich denn nie Ruhe vor dir?«, fuhr Maya abweisend fort. »Wieso schläfst du nicht wie alle anderen?«

»Ich wollte wissen, was du hier treibst«, erwiderte Lorres, kauerte sich neben sie und sah sich interessiert um. »Ich muss gestehen, hier drin war ich noch nie. In all den Tagen nicht, dabei war diese Kanzel meine Idee. Seltsam, nicht wahr?«

»Alles an dir ist seltsam«, versetzte Maya.

»Ich weiß nicht, was mich davon abhielt. Dabei ist es wirklich ... ergreifend.« Er sah Maya an. »Hättest du es dir so vorgestellt?«

Maya war unschlüssig, ob sie nicht einfach aufstehen und gehen sollte. Lorres hatte alles verdorben. Ihre stille, ruhige Stunde in friedlicher Zwiesprache mit dem All. *Ihrem* Universum, das sie in dieser Stunde ganz für sich allein beanspruchte. Er hatte nicht das Recht, sie zu belästigen.

»Nein«, stieß sie schließlich hervor, als die Stille anfing, peinlich zu werden.

»Störe ich dich etwa?«

»Um ehrlich zu sein, ja!«

Lorres grinste. »Gut.« Er lehnte sich zurück. Unter seinem Rücken kroch langsam ein Stern hervor und verlieh ihm eine silbrig glänzende zweite Haut.

Maya kochte jetzt vor Wut. »Warum tust du das? Musst du alles zerstören, was mir Freude macht? Kannst du dich nicht *ein einziges* Mal zurückhalten?«

»Natürlich nicht«, erwiderte Lorres und gähnte. »Ich will dich zermürben.« Er stützte sich auf die Ellbogen. »Wir sind hier ganz unter uns, also lass uns offen sein. Du taugst nicht für die Expeditionsleitung. Mit Ausnahme von Leto, der dich immer vergöttern wird, egal wie dumm du dich anstellst, hast du keine Unterstützung in der Besatzung. Wie lange willst du noch so weitermachen?«

»So lange, bis ich Order vom Mars bekomme, die Leitung an dich zu übergeben«, antwortete Maya. Ihre dunklen Augen glühten wie Kohlenfeuer. »Denkst du, ich lasse mich von dir einschüchtern? Wir nähern uns bereits dem Ende der Reise, also sieh es endlich ein: *Ich* habe hier das Sagen, nicht du. Daran wird sich auch auf dem Mond nichts ändern, und wenn du noch so sehr versuchst, die anderen gegen mich aufzuhetzen. Sie werden dich keinesfalls darin unterstützen, mir die Führung zu entziehen! Sie wissen genau, welches Spielchen du treibst, und werden sich heraushalten.«

»Einige sind der Ansicht, dass du diese Position nur deswegen innehast, weil du die Tochter der Präsidentin bist«, meinte Lorres. »Was privilegiert euch Tsuyoshis eigentlich, stets an der Spitze der Regierung zu stehen? Angeblich haben doch alle Häuser gleiches Stimmrecht, aber die wirklich wichtigen Entscheidungen fällen immer nur die Tsuyoshis! Ich finde, es wird Zeit, dass einmal ein anderes Haus die Regierung übernimmt – und ein Mann!«

Maya lachte trocken. »Genau das hat mein Vater bereits prophezeit, Lorres. Habt ihr ihn deswegen umgebracht, weil er euch durchschaute?«

Lorres fuhr hoch, die Miene wutverzerrt, und er hob eine Hand, als wollte er Maya schlagen. »Ich sagte es dir bereits, und ich wiederhole es nur noch *einmal:* Ich habe damit nichts zu tun!«

Maya wich keinen Millimeter zurück. »Nur zu«, fauchte sie. »Halte dich nur nicht zurück, schlag zu! Wie du gesagt hast, wir sind hier ganz unter uns. Niemand bekommt mit, was geschieht. Und glaub nur nicht, dass ich Angst vor dir habe! Mit dir nehme ich es allemal auf.«

»Du überhebliche, arrogante Tsuyoshi!« Lorres kauerte jetzt

in angriffsbereiter Haltung. »Ihr haltet euch für Menschenfreunde, dabei unterdrückt ihr jeden anderen, der euren *edlen* Gefilden zu nahe kommt!«

»Und ihr Gonzales geht über Leichen, um euer Ziel zu erreichen! Für euch zählt nur euer eigenes Genie, die Bedürfnisse anderer sind euch völlig egal! Ihr nennt uns machtgierig, aber nur, weil ihr selbst ganz genau wisst, was dieses Wort bedeutet!« Maya stellte sich aufrecht hin und winkte auffordernd zu sich. »Ich sage dir was, Lorres, das Maß ist voll. Ich habe genug von dir. Ich bin es leid, mich ständig zurückhalten zu müssen. Jetzt tragen wir es aus!«

Sie sprang ihn an wie eine Katze, so schnell, dass Lorres nicht mehr ausweichen konnte. Möglicherweise hatte er auch nicht erwartet, dass sie ihn tatsächlich angreifen würde.

Mayas ersten Schlag konnte Lorres aufhalten, den zweiten aber nicht mehr. Ihr Fausthieb traf ihn mit voller Wucht an der Brust, knapp über dem Solarplexus. Er stieß ein Ächzen aus, hielt den linken Arm abwehrend hoch und wollte ihr mit der Faust ins Gesicht schlagen, doch sie tauchte einfach unter ihm durch, rannte dabei allerdings in sein hochgezogenes Knie. Mayas Atem entwich pfeifend, und sie taumelte zurück.

Die Kanzel war viel zu klein, um außer Reichweite gehen und sich neu positionieren zu können. Für einen Zweikampf völlig ungeeignet, doch das kümmerte beide wenig, sie hatten jede Zurückhaltung aufgegeben und ließen ihren aufgestauten Gefühlen freien Lauf.

Als Lorres zum Angriff übergehen wollte, war Maya erneut schneller, sprang ihn ein zweites Mal an. Er schaffte es jedoch, seine Arme um sie zu legen und sie mit eisenharten Muskeln zu umklammern, bis ihre Bewegungen erlahmten, weil sie kaum noch Luft bekam.

Aber Maya war weit davon entfernt, aufzugeben. Sie rammte ihren Kopf gegen sein Kinn, was seinen Griff augenblicklich lockerte. Allerdings sah Maya für einen Moment ebenfalls Sternchen vor den Augen und schaffte nur noch einen leichten Tritt gegen sein Schienbein.

Sie verloren beide das Gleichgewicht und stürzten auf den gläsernen Boden, rollten keuchend und ineinander verklammert bis zur äußeren Wölbung.

Für Maya eine ungünstige Wendung, denn Lorres nutzte den Widerstand der Wand und klemmte sie unter sich ein.

»Hast du jetzt endlich genug, du verrückt gewordener Sandteufel?«, stieß er heftig atmend hervor. Schweiß perlte auf seiner Stirn. An seinem Kinn bildete sich ein dunkler Schatten, wo Mayas Kopf ihn getroffen hatte. Dafür begann das Unterlid ihres rechten Auges sich zu verfärben.

»Niemals, Holzkopf«, würgte sie gequetscht hervor. Sein Gewicht drückte sie schwer nieder, sie konnte sich keinen Millimeter mehr bewegen. »Das war schon lange fällig, und so langsam fängt die Sache an, mir Spaß zu machen.«

Da grinste Lorres plötzlich. »Mir auch«, bemerkte er. »Ich sage dir was, du vertrocknete alte Jungfer: Alles, was du brauchst, ist ein Mann. Ihr hochgezüchteten Tsuyoshi-Weiber habt völlig vergessen, was es bedeutet, Leidenschaft und Lust zu empfinden und sich beidem einfach nur hinzugeben, ohne lange darüber nachzudenken, ob die Gene passen oder nicht.«

»Ich bin nicht …«, fing Maya empört an, schnappte nach Luft und setzte neu an: »Lass mich …«

»Nein«, unterbrach er, »wir bringen das jetzt zu Ende, aber diesmal mit *meinen* Spielregeln!«

Mayas wütender Aufschrei versiegte in Lorres' Mund. Sie versuchte den Kopf wegzudrehen, aber er presste seine Lippen fest auf die ihren. Gleichzeitig fing er an, die wenigen Verschlüsse ihres Overalls zu öffnen; geschickt und schnell, als hätte er dies schon hundert Mal getan, und seine Hand schlüpfte in eine Öffnung und berührte die nackte Haut darunter.

Mayas Augen wurden groß, ein erstaunter Glanz trat in die erweiterten Pupillen, und ein seltsamer Laut drang aus ihrer Kehle, als Lorres ihren Mund endlich freigab und sein Gewicht von ihr nahm, um sie atmen zu lassen.

Für einen Moment verharrten sie regungslos, im All schwebend wie in einem Traum. Seine Hand lag still auf ihrer Brust unter dem geöffneten Anzug; beide sagten kein Wort, sahen sich erschrocken und verwirrt zugleich an.

»Ich habe nie ...«, wisperte Maya schließlich.

»Ich weiß«, flüsterte Lorres.

Der Moment der Ruhe verging.

Sie hob den Arm, zog seinen Kopf fast grob zu sich herab, und ihre Lippen saugten sich an ihm fest, fordernd, drängend. Er gab ihrem Drängen nach, und so schnell, wie sie sich zuvor in den Kampf gesteigert hatten, steigerten sie sich jetzt in den Rausch der Sinne. Sie zerrten sich gegenseitig die Kleider vom Leib, klammerten sich aneinander, rollten wieder über den Boden und vergaßen alles um sich herum, auch die Pracht des Alls dort draußen ...

***

Später, viel später, als Sangria in Mayas Ohr schon mindestens dreimal darauf hingewiesen hatte, dass eine weitere halbe Stunde verstrichen sei, lagen sie eng aneinandergeschmiegt in der Kanzel und streichelten sich träge, während der Schweiß langsam auf ihrer Haut trocknete.

Maya wusste nicht, ob sie sich jemals besser gefühlt hatte. Es schien, als hätte sie alle Empfindungen und Energien ihres Lebens für diesen einen Moment aufgespart, für diese einzigartige Explosion an diesem exzentrischen Ort.

Von allen Möglichkeiten, die sie sich vorgestellt hatte, wenn sie in seltenen Momenten an Sex dachte, wäre dies die letzte gewesen. Nicht zuletzt deshalb, weil sie Lorres niemals eine solche Leidenschaft und zugleich Zärtlichkeit zugetraut hätte. Woher er diesen Erfahrungsschatz hatte, wollte sie lieber nicht wissen.

»Was tun wir jetzt?«, stellte Maya eine unausweichliche Frage in den Raum. Sie war peinlich berührt, als ihr bewusst wurde, welche Vorstellung sie beide soeben gegeben hatten. Ein Glück, dass sonst niemand im Schiff herumgeisterte und einen Blick durch die Aussichtskanzel nach draußen werfen wollte. Maya fühlte, wie ihr Gesicht warm wurde, und sie hoffte, dass man nicht sehen konnte, wie sie errötete.

»Was möchtest du denn tun?«, stellte Lorres eine Gegenfrage.

»Ich weiß nicht ...«, sagte sie hilflos. »Offen gestanden bin ich mit dieser Situation momentan überfordert ...«

»Bereust du es denn?«

Sie schüttelte den Kopf. »Denkst du ... das war eine einmalige Sache?«

Lorres atmete tief ein. »Keine Ahnung«, sagte er ehrlich. »Ich meine, in diesem Moment ... jetzt ... würde ich dich am liebsten nie mehr loslassen und bis ans Ende aller Tage hier drinbleiben. Aber wie wird es morgen aussehen, wenn wir Abstand zu dieser Nacht gewonnen und neue Kräfte gesammelt haben?« Lorres zog sie fester an sich und begann ihr Gesicht mit kleinen Küssen zu bedecken. »Lassen wir es auf uns zukommen, Maya. Wenn wir jetzt weiterreden, zerstören wir diesen wundervollen Moment.«

»Ich muss aber wirklich zum Dienst«, flüsterte Maya, doch ihr Atem beschleunigte sich bereits, und sie spürte, dass Lorres wieder munter wurde.

»Ja, gleich«, murmelte er.

3.
ANFLUG

Das Verhältnis zwischen Maya und Lorres war nie einfach gewesen, schon seit den frühen Kindertagen nicht. Doch nun wurde es geradezu bizarr.

Tagsüber gingen sie unverändert ihren Gewohnheiten und Aufgaben nach, als wäre nichts geschehen. Die Spuren des Kampfes waren einige Tage deutlich zu sehen, und das eine oder andere Besatzungsmitglied grinste darüber verstohlen. Wer aber darauf hoffte, dass nun endlich die Kompetenzstreitigkeiten beigelegt wären, sah sich getäuscht. Es ging vielleicht ein wenig zivilisierter zu, aber der Konflikt zwischen den beiden wurde weiter ausgetragen.

Nachts jedoch ... nachts konnten sie es kaum erwarten, zueinanderzukommen. Die Leidenschaft versiegte keineswegs, ganz im Gegenteil. Je länger es dauerte, umso weniger konnten sie voneinander lassen. Sie trieben es jede Nacht und überall, mit einer Hingabe, die sie alles andere um sich herum vergessen ließ. Es war ihnen inzwischen auch egal, ob sie dabei ertappt wurden oder nicht; das verschaffte höchstens einen zusätzlichen Reiz des scheinbar Verbotenen.

In den Nächten waren Maya und Lorres zwei ganz andere Menschen, einander zugetan, versunken in ihrer Zweisamkeit. Erstaunlicherweise stand dies nicht in Konflikt mit ihrem Umgang bei Tage; sie wechselten ihr Verhalten problemlos nach der Uhrzeit, sobald das Licht auf Nachtruhe geschaltet wurde.

Ein unmöglich scheinender Kontrast. Lorres und Maya dachten nicht weiter darüber nach, sie taten es einfach. Und wenn die Realität sie eines Nachts wieder einholen mochte und sich beide Welten miteinander vermischten, dann sollte es eben so sein.

Diese seltsame Hassliebe, die die einstigen Kinderfeinde miteinander verband, wurde immer intensiver und stärker. Wohin das eines Tages führen mochte, wollte keiner von ihnen wissen. Offensichtlich hatten beide zuerst eine Menge nachzuholen, bevor man über die Zukunft nachdachte.

Wenn Leto, der ihnen noch am nächsten stand, etwas davon bemerkte, so schwieg er dazu. Er ließ sich jedenfalls nichts anmerken; sein Verhalten blieb stets gleich neutral und distanziert.

Ein einziges Mal nur, als sie sich zu zweit in der Zentrale aufhielten, machte er eine Bemerkung Maya gegenüber: »Du lässt in letzter Zeit gar nicht mehr deinen Frust über Lorres bei mir aus.«

»Ich bin viel zu beschäftigt mit dem Anflug«, erwiderte sie. »Außerdem habe ich meinen Frust zur Abwechslung mal *an ihm* ausgelassen.« Sie wies auf den kaum mehr sichtbaren Bluterguss unter dem Auge. »Das hatte er verdient, aber ich wohl auch.« Sie lachte. »Wie auch immer, es gibt jetzt Wichtigeres.«

»Das ist richtig«, sagte Leto und wandte sich wieder den Kontrollen zu.

Maya betrachtete seinen Rücken, die perfekten Proportionen der Schultern im Verhältnis zu den schmalen Hüften, seine langen Beine. Leto trug meist seinen Bordanzug, den er im Notfall umgehend zum Raumanzug umrüsten konnte.

Im Vergleich zu Lorres war er zweifelsohne der bessere Mann. Maya dachte bei sich, dass Leto für marsianische Verhältnisse auffallend schön war, mit einem hervorragenden Charakter und einem Verantwortungsbewusstsein wie sonst kaum einer. Maya hätte ihn sich sogar als Präsidenten vorstellen können – allerdings nur in ihrer Fantasie. In der Wirklichkeit würde das Volk keinen Mann an der Spitze der Regierung akzeptieren.

Warum schaffte sie es dann nicht, sich in ihn zu verlieben? Warum verströmte sie jede Nacht an irgendwelchen heimlichen Orten bis zur Erschöpfung ihren Schweiß im raubtierhaften Liebeskampf mit Lorres? Wenn sie nur an die Berührung seiner Hände dachte, lief ihr ein erregter Schauer den Rücken hinunter, zauberte Lichtmale auf ihre Pigmentflecken, und sie spürte eine prickelnde, elektrisierende Welle über sich hinweggleiten.

Bei Leto empfand sie nichts dergleichen.

»Ist alles in Ordnung?«, erklang Letos Stimme. Er hatte sich über ein Steuerterminal gebeugt und nahm einige Schaltungen vor. »Du atmest auf einmal sehr schnell.«

Maya spürte, wie ihr das Blut ins Gesicht schoss. So wenig hatte sie sich inzwischen in der Gewalt? Dieser Gonzales machte sie noch verrückt! Sie musste sich zusammenreißen.

»Ich ... die Erde ist gerade aufgegangen ...«, stieß sie mit belegter Stimme hervor. Es stimmte: Über dem Fenster der Bugkanzel kam der Schwesterplanet soeben in Sicht. Fast schon zum Greifen nah. Eine weißblaue Kugel hing dort im schwarzen Nichts, mit einem kleinen zerklüfteten Begleiter an der Seite.

Leto hob den Kopf und sah zum Fenster hinaus. »Ja, da ist sie. Wunderschön, nicht wahr? Ich sitze oft hier und sehe sie nur an. Irgendwie kann ich es immer noch nicht glauben, dass ich nun tatsächlich hier bin.«

Maya fühlte sich auf einmal elend. Und schuldig. Sie schämte sich für ihr Glück mit einem arroganten Größenwahnsinnigen, der es eigentlich nicht verdient hatte. »Es ... es tut mir leid, dass du ...«

Bei dem seltsamen Klang ihrer Stimme drehte Leto sich um und sah sie neugierig an. »Dass ich *was,* Maya?«

Ihre Augen füllten sich mit Tränen. »... dass du so einsam bist«, flüsterte sie kraftlos. Ihr schlechtes Gewissen stand ihr wahrscheinlich ins Gesicht geschrieben. Sie kam sich unsagbar dämlich vor, und natürlich war Lorres daran schuld.

Leto hob verwundert eine Braue. Dann lachte er. »Ich bin wohl zu perfekt, wie? Nur jemand in der Ferne, niemals nah.« Er ging zu Maya und nahm sie in die Arme. Das rechte Bein zog Leto beim Gehen nur ein klein wenig nach; wenn man es nicht wusste, hätte man niemals vermutet, dass er vom Knie abwärts eine Prothese trug. »Mach dir keine Gedanken, damit habe ich mich schon lange abgefunden. Und ich kann ganz gut damit leben, auch wenn ich dich manchmal um deine stürmische, überschäumende Lebensart beneide. Aber so bin ich eben nicht und werde es niemals sein.«

»Du bist für mich wie ein älterer Bruder«, murmelte sie.

»Ich weiß. Und du kannst immer auf mich zählen.«

Maya löste sich aus seinen Armen und rieb sich verlegen die Augen. »Es wird Zeit, dass wir unser Ziel erreichen«, meinte sie schwach lächelnd. »Dieser elend lange Bremsvorgang macht mich langsam wahnsinnig.«

»Das geht uns allen so«, erwiderte Leto.

Maya nickte und verließ die Zentrale. Sie begegnete im angrenzenden Besatzungsraum Albo, der auf dem weiteren Weg zum Bug schien und verstört zusammenzuckte, als er Maya sah.

»Ich wollte nur ... ich dachte ...«, stotterte er.

»Sieh es dir an«, sagte Maya und lächelte aufmunternd. »Sie ist gerade gut zu sehen, schimmernd wie eine Quarzsandperle.« Sie ging weiter Richtung Messe und kam gerade dort an, als Letos Stimme über den Bordfunk erklang: »Hier spricht der Kommandant. Nach dem Mittagessen bitte ich um eine allgemeine Besprechung. Es gibt einige wichtige Dinge zur Information. Anjani, bitte zu mir in die Zentrale.«

* * *

»So«, eröffnete Leto Angelis die Konferenz. »Inzwischen liegen die ersten Messergebnisse vor. Wir wissen jetzt, worauf wir uns einlassen. Und es ist schlimmer, als wir dachten.«

Spätestens jetzt hörten alle aufmerksam zu. Leto projizierte über der Tischmitte ein Holo, das den Erdball zeigte.

»Wir senden bereits seit dreißig Tagen ununterbrochen Funksignale, die unbeantwortet bleiben«, fuhr der Kommandant fort. »Wir wissen nun auch, weshalb. Die Erde ist – praktisch tot.«

Die meisten Gesichter zeigten erschrockenen Unglauben. »Aber ... sie sieht doch so grün aus ...« Jawie deutete auf das Holo.

»Das ist richtig«, bestätigte Leto. »Was die Flora betrifft, hat sich ein vergleichsweise intaktes System etabliert, das annehmbare Lebensbedingungen zulässt. Aber nichts entspricht mehr dem, was wir aus den Daten der Gründer kennen.«

Mit einem rot leuchtenden Holopfeil zeigte er auf die Pole. »Wie ihr unschwer erkennen könnt, hat sich die Erdachse verschoben. Der neue Nordpol liegt in Kanada, das bis weit in die ehemaligen Staaten hinunter vereist ist. Durch die Polverschiebung wurde die Landmasse der Antarktis freigelegt.

Die Kontinentalplatten haben sich zum Teil verschoben, Arabien ist mit Afrika und Osteuropa kollidiert. Neue Gebirge wurden dadurch aufgeworfen, besonders bedeutsam hier zwischen Russland und Osteuropa.

Der neue Äquator verläuft jetzt durch Salvador in Südamerika, Monrovia in Westafrika, Kairo in Ägypten, weiter durch Turkistan, Taiwan, die Samoa-Inseln im Pazifik, und wieder nach Antofagasta in Südamerika. Entlang des Äquators finden wir Dschungel, nördlich und südlich davon ausgedehnte Wüsten, danach folgen die Waldzone, die gemäßigten Zonen und schließlich die Kältezonen.

Es gibt keine großen Städte mehr und keine Anzeichen von

Technik. Wo die Menschen sind, können wir aus dieser Entfernung noch nicht feststellen. Eins aber steht fest: Die Erde der Gründer gibt es nicht mehr.«

Nach dieser schrecklichen Eröffnung herrschte zunächst betroffenes Schweigen. Alle starrten ungläubig und ratlos auf das neue Antlitz der Urheimat.

»Wie ist das geschehen?«, fragte Jawie schließlich zaghaft.

Der Holopfeil zeigte auf ein riesiges Wasserloch, das Teile von China und Russland bedeckte. »Das ist ein Krater von rund eintausendfünfhundert Kilometern Durchmesser«, erklärte Leto. »Im Zentrum lag einst der Baikalsee.«

Nun ergriff Albo Saklid das Wort. »Es ist anzunehmen, dass ein riesiger Komet in diesem Gebiet eingeschlagen ist. Diese Verwüstungen, Verwerfungen, die Verschiebung der Erdachse ... alles deutet darauf hin. Heute noch kann man erhöhte Vulkanaktivität feststellen, Plattenbewegungen, die große Erdbeben erzeugen. Die Erde erholt sich erst langsam von dieser ungeheuerlichen Katastrophe. Dabei hat sie wahrscheinlich noch Glück gehabt, es hätte sie auch zerreißen können.«

Albo berührte die Sensorfelder auf dem Tisch. »Ich kann euch das mal zeigen; mit Hilfe von Sangria habe ich eine Simulation erstellt.«

Vor den Augen der schockierten Zuschauer lief ein Film ab. Ein gewaltiger Brocken aus dem All bewegte sich auf die Erde zu, trat in die Atmosphäre ein und schlug als Flammen speiende Kugel mit einer unvorstellbaren Gewalt ein.

Im Zeitraffer wurde der Untergang einer Zivilisation von über sechs Milliarden Individuen gezeigt. Brennende Städte, gewaltige Überflutungen, die Inseln wie Japan komplett unter sich begruben und bis weit in die Kontinente schwappten. Druckwellen, die Metropolen dem Erdboden gleichmachten, gefolgt von alles zerstörenden Flammenmeeren.

Auf der ganzen Welt nur noch Verwüstungen, Erdbeben,

ausbrechende Vulkane, schmelzende Polkappen, neu aufsteigende Gebirge. Die Simulation endete, als sich die Staubdecke in der Atmosphäre schloss. Das Bild blendete auf die heutige Erde um.

»Und wann ist das geschehen?«, stellte Maya die Frage, die alle am meisten beschäftigte. Sie fuhr sich mit der Zunge über die trockenen Lippen.

»Vor Jahrhunderten«, antwortete Albo. »Auf diesen gewaltigen Einschlag müssen mehrere hundert Jahre der Dunkelheit gefolgt sein. Die aufgewirbelten Staubmassen haben sich in der Atmosphäre festgesetzt und kaum noch Sonnenlicht durchgelassen. Die Erde wurde kalt und dunkel in einer langen Periode der Eiszeit. Nur die widerstandsfähigsten Organismen konnten das überleben. Der Rückgang des Eises kann erst wenige Jahrzehnte zurückliegen. Darauf folgte eine Phase der schnellen Erwärmung. Mit Ausnahme der Eiszonen haben wir jetzt ein warmes Klima mit Durchschnittstemperaturen von fünfundzwanzig Grad – also wie bei uns im Hochsommer.«

»Und nachts?«, warf Clarice ein.

»Nachts gibt es durch die ausgedehnte Vegetation, die hohe Schwerkraft und die dichte Atmosphäre kaum Abkühlung.«

»Dann brauchen wir keinen Thermoanzug?«

»Eher einen Kühlanzug«, bemerkte Saramy. »Hat sich etwas an der Luftzusammensetzung geändert?«

»Inzwischen kaum mehr, soweit ich das bis jetzt beurteilen kann«, gab Albo Auskunft. »Die Gravitation ist ebenso unverändert.«

»Wie hoch ist die Wahrscheinlichkeit, dass dieser Einschlag kurz nach der Ankunft der Gründer auf dem Mars erfolgte?«, wollte Maya wissen.

Albo seufzte. »Sangria und ich sind uns da ziemlich einig. Etwa neunzig Prozent.«

Lorres verschränkte die Arme vor der Brust. »Das erklärt

alles. Und zerstört viel. Von allen Szenarien, die wir schon erdacht hatten, wollten wir genau diese nicht vorgeführt bekommen.«

Jawie nickte. »Wir werden wohl nie erfahren, wie unsere Vorfahren lebten, wer sie waren. Uns bleiben nur noch die Archive.«

Rayna hob die Hände. »Was wollen wir dann hier? Schicken wir einen Funkspruch nach Hause und kehren um!«

Auf einigen Gesichtern war Zustimmung zu sehen.

»Auf keinen Fall«, lehnte Maya rundweg ab. »Wir haben diese Reise nicht auf uns genommen, um sofort wieder zu verschwinden. Wir werden das Programm wie geplant fortsetzen.«

»Sollten wir nicht darüber abstimmen?«, fragte Lorres.

Sie wandte sich ihm zu. »Nein.«

»Aber ... so geht das doch nicht!«, empörte sich Albo. »Du kannst nicht einfach bestimmen, was ...«

»Ich *kann*, und ich *werde*«, unterbrach Maya brüsk. »Als verantwortliche Expeditionsleiterin habe ich das Recht dazu. Albo, reizt es dich denn überhaupt nicht, herauszufinden, was da unten alles geschehen ist? Wozu bist du Geologe und angehender Botaniker? Saramy, du als Biochemikerin müsstest an der Luftzusammensetzung und jeder Menge anderer Dinge interessiert sein, wie den Ablauf der Photosynthese! Rayna, du wirst auf der Mondstation noch genug zu tun bekommen, und das gilt auch für euch, Lorres und Anjani! Clarice und Roy, ihr werdet viele Proben zu sammeln haben und Erkundungen vornehmen!«

»*Wenn* die Station da ist«, stichelte Lorres.

»Sie ist da«, beharrte Maya. »Wenn der Einschlag vor gut fünfhundert Erdjahren passierte, dann wird die Station noch da sein und auf uns warten.« Sie hob die Arme. »Bei den Monden, was ist los mit euch? Nur weil wir nicht das vorfinden, was wir erhofft hatten, wollt ihr gleich aufgeben? Oder habt ihr etwa Angst?« Sie starrte Lorres herausfordernd an.

»Hab nie behauptet, ein Held zu sein«, meinte er süffisant.

Maya setzte ihre Ansprache an die Runde fort: »Wir haben hier viele Jahre der Forschung vor uns, und wer weiß, vielleicht finden wir irgendwo noch Menschen oder wenigstens Ruinen, eventuell sogar irgendwelche Archive. Genau wie die der Alten auf dem Mars, nur dass wir hier nach den Spuren unserer eigenen Vergangenheit suchen! Und vergesst nicht den Strahl, der auf die Erde gerichtet ist! Auch nach ihm müssen wir suchen!«

»Willst du etwa sofort da runtergehen?«, rief Jawie entsetzt.

»Natürlich nicht! Der Mond ist unsere Basis. Von dort aus nehmen wir die ersten Forschungen vor, und dann sehen wir weiter.«

»Wir hätten ein paar Wurzelfresser mitnehmen sollen«, murmelte Lorres. »Die hätten sich da unten bestimmt käferwohl gefühlt.«

»Keine Angst, Lorres, du kannst dich so ausführlich mit deinem heiß geliebten Raumschiff beschäftigen, dass du niemals da runtermusst!«, fuhr Maya ihn an. »Ich bin sicher, es gibt haufenweise Reparaturen, Wartungen und Kontrollen vorzunehmen nach dieser langen Reise. Schraube für Schraube muss auf Abnutzung überprüft werden! Außerdem müssen alle Teile raus, die wir auf der Station brauchen.« Sie warf einen funkelnden Blick in die Runde. »Noch jemand für die Umkehr?«

Betretenes Schweigen, bis es ungemütlich wurde.

Dann erst richtete Maya den Blick auf Leto, der die ganze Zeit gelassen dagesessen und mehr oder minder amüsiert zugehört hatte. Auch Anjani, die neben ihm saß, hatte sich aus der Diskussion herausgehalten. Und sogleich erfuhren die anderen, weshalb.

Der Kommandant zog eine Datenfolie hervor und hielt sie in

die Runde. »Nach den ersten Messungen und Vermutungen vor zwölf Tagen, die wir jetzt bestätigt sehen, habe ich bereits eine Anfrage zum Mars gefunkt, wie in diesem Fall weiter verfahren werden soll. Vorhin ist die Antwort eingetroffen.« Er grinste Maya an. »Deine Entscheidung war richtig.«

Sie lehnte sich erleichtert zurück, ohne irgendjemanden eines Blickes zu würdigen.

Ernst fuhr Leto fort: »Wir haben den Auftrag, so lange unseren Forschungen nachzugehen, bis das zweite Raumschiff mit der Ablösung eintrifft. Ich habe bereits den Landeanflug auf den Mond eingeleitet. Die Station haben wir zwar bisher nicht orten können, aber das ist gut möglich, da sie sich laut den Aufzeichnungen in der Nähe des nördlichen Mondpols befindet, nahe der Teneriffa-Berge und des Plato-Kraters. Sie ist vergleichsweise winzig in dieser Umgebung von Wällen und Kratern.« Er blickte jeden der Reihe nach an. »Ich würde euch empfehlen, in den wenigen Tagen Frist, die wir noch haben, euren Körper auf Vordermann zu bringen, gut auszuschlafen und eure Freizeit entspannend zu gestalten, denn bald wartet Arbeit rund um die Uhr auf uns.« Er nickte der Runde zu und erhob sich zum Zeichen, dass die Besprechung beendet war.

Maya grinste ihm zu. »Darf ich mir zu diesem Anlass eine Dusche genehmigen?«

Leto schmunzelte. »Wir waren sehr sparsam. Du darfst für fünf Minuten das Wasser aufdrehen.«

Die anderen zeigten sich auch plötzlich erleichtert. Eine bedeutende Aufgabe lag vor ihnen, und sie wollten die freie Zeit davor genießen. Das vorherige Zögern, der kurze Wunsch zur Umkehr war vergessen. Das wäre vielleicht der leichtere Weg gewesen – aber deswegen waren sie nicht hier.

Clarice, Roy und Jawie machten sich auf dem Weg zum Fitnessraum, Saramy und Albo blieben in der Messe und begannen eine leise Unterhaltung, Rayna und Anjani verschwanden gähnend auf dem Gang Richtung Kabinen.

***

Maya stellte die Temperatur ein und die Uhr auf fünf Minuten, dann drückte sie auf den Startknopf und seufzte begeistert, als das Wasser auf sie herabprasselte. Die Dusche wusch alles ab: Ärger, Frust, lästige Gedanken, sogar die Neugier und bange Erwartung. Einfach nur entspannen.

Als Lorres die Tür zur Nasszelle öffnete, stieß sie keinen Schrei aus. Die Unterkünfte hatten zwar Codeschlösser, aber niemand benutzte sie. Maya wusste nicht einmal mehr den Code. Sie war also selbst schuld, wenn sie Lorres die Möglichkeit bot, ungebeten hereinzukommen. Vielleicht hatte sie insgeheim sogar darauf gehofft.

Er war bereits so nackt wie sie, und Maya war einerseits belustigt, andererseits noch viel zu wütend auf ihn. »Du hast Nerven, hier aufzukreuzen nach allem, was du vorhin wieder geboten hast!«, fauchte sie ihn an.

»Ich habe lediglich dafür gesorgt, dass nach all den schockierenden Neuigkeiten Dampf abgelassen wurde. Und du hast deine Sache gut ausgekämpft, was beschwerst du dich?«, erwiderte er grinsend und quetschte sich zu ihr herein. »Du warst hinreißend, ich konnte richtig die Funken in deinen Augen sprühen sehen. Das hat mich diesmal ganz besonders erregt.«

»Das sehe ich! Aber jetzt raus mit dir, hier ist keinesfalls Platz ...«, begann sie, doch er presste sich an sie und drückte sie gegen die Wand, während das Wasser weiterhin gleichmäßig herabrauschte.

»Wir brauchen doch so gut wie keinen Platz«, flüsterte er rau, griff nach dem Aromaöl und fing an, sie einzureiben.

Maya wurde ganz schwindlig, und sie fühlte Schwäche in

den Beinen, wie immer, wenn sie ihm so nahe war. Lorres wusste ganz genau, wo ihre empfindlichen Stellen waren, auf welche Weise er sie berühren musste, um sie willenlos zu machen. Die Erregung war ihr deutlich anzusehen, nicht weniger als ihm. »Aber jetzt bekommen es alle mit ...«

»Nimm dich nicht so wichtig, Maya Tsuyoshi, niemand interessiert sich momentan für deine amourösen Abenteuer! Die sind alle mit sich selbst beschäftigt, allen voran Leto, der sich wahrscheinlich gerade in seinem Kommandantensessel selbst beglückt.«

»Du bist und bleibst ein Arschloch«, rügte sie ihn wenig überzeugend.

»Und du bist heiß, du kannst es gar nicht mehr erwarten. Gleich wirst du mich anbetteln, unaussprechliche Dinge mit dir anzustellen.« Seine Hände hatten ihre Schenkel erreicht und glitten an der Innenseite nach oben, zu dunkel gelockten Versprechungen.

Maya seufzte auf und erzitterte. »Ich hasse dich, Lorres Gonzales ...« Ihr Kopf sank zurück, als seine Lippen ihren Hals hinunter strichen, knabberten und saugten.

Mit einer Hand tastete er nach der Uhrautomatik und verlängerte die Zeit auf zehn Minuten.

»Hasse mich noch ein bisschen mehr, Maya«, schnurrte er, »jetzt gleich ... so hab ich dich am liebsten, zornig und impulsiv, das macht mich völlig verrückt nach dir.« Er umfasste sie und hob sie hoch. Automatisch schlang sie ihre Beine um ihn. Er stöhnte auf, als er sie auf sich herabsenkte.

Das Wasser rauschte auf sie herab, prickelnd und dampfend. Eine ganz neue, unglaubliche Erfahrung.

»Wie im Regen«, flüsterte Maya, bevor ihre Lippen mit seinen verschmolzen.

4.
ANKUNFT

Störe ich dich?« Jawie steckte ihren Kopf durch die Schleuse zur Zentrale.

»Nein«, antwortete Leto. Er trug bereits seinen Anzug und den Helm unter dem Arm. Unter ihnen breitete sich die kahle, tote Kraterlandschaft des irdischen Trabanten aus, in der Ferne leuchtete das weißblaue Halbrund der Erde.

Der Kommandant betrachtete Jawies grauen rückenfreien Bordanzug, der ihre zierliche Figur und die hübschen Maserungen vorteilhaft zur Geltung brachte. »Ich denke allerdings, es wäre Zeit, die Kleidung zu wechseln. In wenigen Stunden setzen wir zur Landung an. Die erste Durchsage habe ich bereits gemacht.«

»Ich weiß.« Jawie zog die Nase kraus, als sie verschmitzt lächelte. »Aber ich wollte so gern noch einmal einen Blick darauf werfen, von da hinten sieht man ja kaum was.«

Er grinste. »Wir machen sowieso noch eine Umkreisung, also komm schon.«

Sie kam der Aufforderung umgehend nach und stellte sich neben Leto.

»Pass auf, gleich kommt sie«, murmelte er.

Und da tauchte sie auch schon am Horizont auf. In leuchtendem Weiß, mit einer großen Radioteleskopschüssel in unmittelbarer Nähe, kauerte die Mondstation wie eine Gingkowanze auf der zerschundenen grauen Oberfläche des Trabanten.

»Schau, hier vorne, etwa fünf Kilometer von der Station entfernt, kann man noch die beiden Landefelder sehen.« Leto deutete auf zwei kreisrunde Flecken, die sich auf den ersten Blick kaum von den umliegenden Kratern unterschieden. Erst auf den zweiten Blick sah Jawie, dass es glatte Oberflächen waren.

»Schau, daneben ist so etwas wie eine halbierte liegende Tonne«, sagte Leto. »Dort drin müsste sich ein Rover befinden.«

»Werden wir dort landen?«

»Der Platz ist ideal. Die fünf Kilometer Entfernung dürften ausreichend zum Manövrieren sein. Da es keine Atmosphäre gibt, werden wir nur wenig Staub aufwirbeln.«

Letos Augen glänzten, während er Jawie alles erklärte. »Wir überfliegen gerade das Regenmeer, Mare Imbrium. Dort links, umsäumt vom Jura-Gebirge, kannst du die ausgeprägten Formen der Regenbogenbucht, Sinus Iridum, erkennen. Geradeaus, hinter der Station, befinden sich das Teneriffa-Gebirge und der Plato-Krater.«

»Was für malerische Namen für einen toten Felsbrocken«, stellte Jawie fest.

»Von der Erde aus muss der Mond ein tolles Schauspiel am Himmel bieten mit seinen langsam wechselnden Phasen und seinem hell reflektierten Licht«, stimmte Leto zu. »Nicht umsonst spielte er eine wichtige Rolle in der irdischen Mythologie.«

»Wie es sich bei vielen Dingen aus der Ferne verhält, die in der Nähe nur Trugschatten ihrer selbst sind.« Jawies Hand schlich sich in die Letos, ihre zierlichen Finger drückten sanft zu. »Von hier aus sieht die Station gut aus«, stellte sie fest, als die CARTER langsam darüber hinwegflog.

Die Mondstation bestand aus sechs Modulen, einem Ringsystem und einer acht Meter hohen, vierzig Meter durchmessenden Domkuppel in der Mitte. Die Module hatten Zylinderform, waren zehn Meter lang und besaßen an der breitesten

Stelle einen Durchmesser von sechs Metern. Sie waren an ein sechseckiges Ringsystem angeflanscht, in dessen Zentrum die Kuppel aufragte.

Um die Station herum fanden sich viele Spuren. Leto schaltete einen Bildschirm zu, der vergrößerte Ausschnitte zeigte. Fußspuren, Materialteile, Fahrspuren der Rover, die in alle Richtungen führten. Es sah so aus, als wäre hier gestern noch viel los gewesen. Kein Wunder: Auf dem Mond gab es keinen Wind, der die Spuren verwischen konnte.

»Erhalten für die Ewigkeit«, bemerkte Jawie in scherzendem Ton. »Wissen wir etwas über die Aufteilung im Inneren?«

»In zwei der sechs Ringsystem-Teile befinden sich die Unterkünfte«, berichtete Leto. »Die übrigen teilen sich auf in zwei Sektionen für Lebenserhaltung und Systemsteuerung und drei für wissenschaftliche Labors.«

»Und die Zylindermodule?«

»Schleuse eins und zwei mit Dekontaminationsdurchgang«, Leto deutete auf zwei gegenüberliegende Module, »die jeweils beiden daneben für Versorgung, Materiallager und so weiter. Die letzten beiden sind die Energiereaktoren.«

»Was für Energie?«

Leto sah in seinen Daten nach. »Trilithium-Kristalle, wie wir sie aus der BRADBURY kennen. Sie müssten über die Jahrhunderte hinweg weiter Energie geliefert haben, auch als die Besatzung längst gestorben war ...«

Jawies Finger umklammerten aufgeregt seine Hand. »Also könnte dieses Ding wirklich noch funktionieren, Leto! Und was ist mit dem Dom in der Mitte?«

»Darin befindet sich das Habitat für Freizeit und Essen und der hydroponische Garten mit Labor. Die Erbauer hatten vor, ihn bald zu erweitern.«

»Sie wollten eine Mondstadt bauen?«

»Ja, in der Tat. Parallel zum Terraforming des Mars. Es war

wohl geplant, den Mond zu einem Startbahnhof für die Reise zum Mars zu machen.«

Jawie hob die Schultern. »Ob es wohl gut oder schlecht war, dass es dazu niemals gekommen ist?«

»Darüber zu spekulieren ist müßig, Jawie.« Letos Stimme hatte plötzlich einen warmen Unterton. Er hob seine Hand, in der immer noch ihre lag, und streichelte kurz ihren Handrücken. »Jetzt geh dich umziehen, ich mache meine zweite Durchsage. Und dann werden wir landen.«

***

Dies war der aufregendste Moment der Reise, mehr noch als der Start. Alle Besatzungsmitglieder hatten sich in die Anzüge gezwängt, die Helme geschlossen und ihre Plätze eingenommen. Die Nervosität war fast greifbar.

»Bist du sicher, dass du mein Baby landen kannst?«, fragte Lorres in sarkastischem Tonfall, meinte es aber vermutlich todernst. Maya sah ihm an, dass er tausend Ängste ausstand. Seine behandschuhten Hände verkrampften sich um die Lehnen.

»Aber sicher«, antwortete Leto mit der gewohnten Ruhe. »Du wirst es gleich sehen.«

»Ich würde lieber vorher aussteigen und von draußen zuschauen«, murmelte Lorres. »Brauchst du meine Hilfe?«

»Sangria und ich schaffen das ganz wunderbar. Du hast mit deinen Leuten großartige Arbeit geleistet, Lorres, das Schiff funktioniert prächtig.«

»Bis auf deine vierzig Meter lange Mängelliste ...«

»Das sind Kleinigkeiten. Wir sind genau im Zeitplan hier eingetroffen, und wenn wir die Landung glücklich geschafft haben, steht auch einem neuen Start und einer Rückkehr nach Hause nichts im Wege.«

»Anders als bei den Gründern, die keine Wahl mehr hatten«,

fügte Maya an. Ihr Puls raste wie nie zuvor. Auch sie hatte sich in ihrem ganzen Leben nicht so gefürchtet wie jetzt. Ständig horchte sie, ob ein *falsches* Geräusch zu hören war.

Ihr Herz machte einen Satz, als die CARTER plötzlich hecklastig wurde. Die Nase ging nach oben und zeigte statt der Landefläche das All mit der gerade aufgehenden Erde.

»Aber wir wollten doch landen …«, wagte sie einen leisen Einwurf.

»Bin dabei«, versicherte Leto munter.

Maya war wütend auf ihn. Hatte er denn nie Angst? Konnte er nie etwas anderes als gute Laune verbreiten? War er in Wirklichkeit eine Maschine, kein Mensch?

Der Kommandant fuhr fort: »Wir sind bereits auf Sinkflug und benutzen die Heckdüsen als Bremse, bis auf etwa zweitausend Meter Höhe. Dann gehen wir in die Horizontale.«

»Und dann?«, entfuhr es Maya.

»Dann drück ich einfach noch mal ein bisschen auf die Bremse, und wir sind unten. Was sonst?«

»Na eben, was sollte die dumme Frage«, presste Lorres zähneknirschend hervor.

»Entspannt euch«, empfahl Leto fröhlich. Ihm schien diese Situation tatsächlich einen Heidenspaß zu bereiten! »Das ist ganz leicht, wirklich. Ich habe es schon tausend Mal im Simulator durchgespielt. Wir haben hier keine Atmosphäre, keinerlei Unwägbarkeiten wie Stürme, Erdbeben, Kometeneinschläge … alles ist bestens, die Sicht klar und die See ruhig.«

»Wie witzig«, knurrte Maya. »Mach so weiter, und ich bringe dich gleich nach der Landung um, falls wir sie überleben sollten.«

»Ruhe jetzt!«, erwiderte Leto abwesend. »Ich muss mich konzentrieren.«

»Der will sich nur wichtigmachen«, flüsterte Lorres Maya zu. Sie drehte ihm den Kopf zu und begegnete seinem Blick. Seine klaren hellbraunen Augen zeigten nicht wie üblich den rötlichen Schimmer, sondern einen seltsam warmen Glanz. Er lächelte ihr zu und bewegte seinen Arm, als wolle er nach ihrer Hand greifen.

Maya war versucht, ihre Hand auszustrecken, als er sagte: »Du solltest ihn eben doch heiraten, ihr passt prächtig zusammen.«

»Idiot.«

»Sag's noch mal«, wisperte er, fuhr sich mit der Zunge über die Lippen und lachte leise.

* * *

Die CARTER ruckelte und röhrte. An allen Ecken knirschte und ächzte es, und Maya hatte ein mieses Gefühl in der Magengrube, während sie immer noch in der Senkrechten und mit dem Hinterteil voran im Sinkflug waren.

Das Schütteln wurde noch heftiger, als die Nase wieder nach unten ging. Maya erschrak, wie *nahe* sie dem Boden schon waren – ringsum war nur noch die zerklüftete Mondlandschaft zu sehen, keinerlei Himmel mehr.

»Korrekturdüsen volle Leistung«, meldete Sangria mit künstlicher Stimme. *»Lagekontrolle stabil. Sinkgeschwindigkeit noch zweihundert Meter pro Sekunde, fallend. Abstand zum Boden: eintausendachthundert Meter.«*

»Gut, geh bis auf achtzig Sinkgeschwindigkeit runter, dann Gegenschub durch Zündung der oberen Korrekturdüsen. Lage stabil halten.« Letos Stimme klang fast ebenso monoton. Vielleicht war ihm nicht einmal bewusst, dass er laut redete.

»Eintausend Meter.«

»Gut, gut. Mach weiter so, aber bremse etwas stärker, wir sind zu schnell.«

Lorres reckte den Kopf. »Kannst du die Landeflächen sehen?«

Seine Stimme vibrierte ebenso wie das Schiff und hatte Mühe, das lärmende Getöse zu übertönen.

Maya presste sich mit geschlossenen Augen in die Sitze. »Nein«, keuchte sie. »Mir ist speiübel. Sag mir, wenn's vorbei ist...«

»Fünfhundert Meter.«

»Automatik aus«, sagte Leto plötzlich. »Ich übernehme!«

»Bestätigt. Manuelle Kontrolle.«

»Bist du verrückt?!« Lorres' Stimme überschlug sich fast.

Maya klammerte sich an die Lehnen, die Zähne fest aufeinandergepresst, unentschlossen, ob sie laut schreien oder sich übergeben sollte. Innerlich stieß sie alle Flüche aus, die sie kannte, und erfand noch ein paar neue dazu.

»Zweihundert Meter.«

»Leto!«, kreischte Lorres. »Drück auf die Bremse!«

»Ruhe! Ich hab alles im Griff!«

»Einen Scheiß hast du!«

»Achtung, einhundert Meter! Kritische Distanz!«

Maya kniff die Augen zusammen. Düsen und Antrieb donnerten jetzt so laut, dass keinerlei Verständigung mehr möglich war. Dann hörte sie eine kraftvolle Stimme durch das Getöse hindurch: »Jetzt vollen Schub!«

Es gab einen heftigen Stoß, der sie tief in den Sitz drückte.

Und ... nichts mehr.

Keine Bewegung, kein Lärm, alles ganz ruhig.

»Versorgungssysteme stabil. Künstliche Schwerkraft aktiv. Antrieb auf Stand-by«, meldete das Bordsystem lapidar.

Dann, überschwänglich und in voller Lautstärke, Letos Stimme über Bordfunk: »Leute, wir haben es geschafft! Wir sind unten!«

Für ein paar Sekunden herrschte verblüfftes Schweigen.

Dann brüllten alle gleichzeitig los, befreiten sich von den Gurten, sprangen aus den Sitzen. Die Zentralschleuse öffnete sich und gab den Weg für die anderen frei, und dann fielen sie sich abwechselnd um den Hals, klopften sich gegenseitig auf die Schultern.

Sie mussten sich vor allem von der Anspannung und Angst der letzten Stunden befreien, sich bewusst machen, dass sie heil gelandet und am Leben waren. Nach sechsundneunzig Tagen hatten sie wieder Boden unter den Füßen. Gewiss, nur einen toten kleinen Trabanten, aber immerhin festen Boden.

Lorres öffnete den Helm und kämpfte sich zu Leto durch, der mit sich und dem Universum zufrieden schien. »Das«, sagte er, »vergesse ich dir nie. Was sollte der Wahnsinn, auf manuelle Steuerung zu gehen, hä?«

»Der Sinkflug war zu schnell. Du musst das Programm von Sangria verbessern«, gab Leto launig zurück. »Damit sie es das nächste Mal allein schafft.«

Lorres hob den Finger, aber er war immer noch viel zu aufgeregt, um eine seiner Spitzen abschießen zu können. Stattdessen winkte er ab und ging zu Maya, die still an einem Fenster stand und hinaussah.

»All die Strapazen der vergangenen Jahre haben sich gelohnt«, sagte sie. Wir haben es geschafft. Ich kann nicht beschreiben, wie ich mich jetzt fühle.«

»Ja, in mir herrscht auch ein ziemliches Chaos«, stimmte er zu. »Auf jeden Fall ist es ein erhebendes Gefühl.«

Maya wandte sich um und räusperte sich. Die erste Euphorie war abgeklungen, sodass es nicht ungehört verklang.

»Es gibt jetzt viel für uns zu tun«, begann sie. »Leto wird einen Funkspruch an die Heimat absetzen. Wir anderen gehen als Erstes daran, die beiden Rover in Betrieb zu nehmen. Dann werden wir zur Station aufbrechen und sehen, in welchem Zustand sie sich befindet. Danach erst entscheiden wir die weitere Vorgehensweise. Fragen?«

Keine.

Maya nickte. »Lasst uns den Mond erobern.«

5.
DIE BASIS

Es war ein seltsames Gefühl, auf dem Boden einer fremden Welt zu stehen, auch wenn es sich nur um einen Mond handelte. Vor allem an die sehr viel geringere Schwerkraft mussten sich auch die Marsianer erst gewöhnen.

Maya unternahm ebenso wie die anderen zuerst einen Mondspaziergang, bevor es ans Ausladen der Rover ging. Endlich waren sie außerhalb der drangvollen Enge und konnten sich frei bewegen.

Auch wenn hier alles tot und leer war, eine absolut leblose Wüste, die niemals Leben beherbergt hatte, noch dazu schutzlos der Strahlung und den Meteoren aus Weltraumtiefen ausgesetzt – es war eine Welt der Wunder. Eine fremde Kruste, bedeckt mit Staub und Gestein, die nicht im Entferntesten an die Heimat erinnerte. Grau und öde, dennoch faszinierend, weil von vielen Narben und Einschlägen gezeichnet, seit der Entstehung des Mondes vor über drei Milliarden Jahren.

Jede markante Fläche, nahezu jeder Krater hatte einen eigenen, oft romantischen und fantasievollen Namen. Das gab dem Mond eine Art von Leben.

Erst recht, weil sich hier Spuren der vergangenen Jahrhunderte fanden, von ihren Vorfahren.

»Pass auf!« Jawie hielt Maya auf und deutete auf den Boden. »Du wärst beinahe in einen Fußabdruck getreten, siehst du?«

Maya zog den Fuß zurück und betrachtete die mit Rillen versehene Spur. »Wäre eh zu groß für mich gewesen.« Sie stellte ihren Fuß daneben.

»Die haben damals ziemlich klobige Sachen getragen, oder

sie hatten Plattfüße.« Jawie lachte. »Aber es ist schon irgendwie seltsam: Wir betreten die Vergangenheit, und diesmal ist es unsere eigene. Ganz anders als bei den Hinterlassenschaften der Alten, nicht wahr? Ich finde es fast ein wenig ... gruselig.«

»Gruselig? Sei nicht albern, Jawie. Hier gibt es keine Sandteufel, keine Stürme, die Stimmen mit sich bringen. Hier gibt es einfach gar nichts, außer Spuren und toten Dingen.«

»Das stimmt.« Jawies Gesicht hellte sich auf.

Maya klopfte ihr auf die Schulter. »Wenn wir erst in der Station sind, ist das natürlich anders. Dort haben wir mit viel Glück bald eine Atmosphäre, die den Atem der Vergangenheit in sich trägt. Vielleicht haben sich dort sogar die Geister der früheren Besatzung gehalten ...« Sie schlug grinsend den Weg Richtung Raumschiff ein.

»Danke!«, quäkte Jawies Stimme im Empfänger. »Vielen Dank, das war ein toller psychologischer Beitrag zur Überwindung von Neurosen!«

***

Die Rover waren in wenige Module zerlegt transportiert worden, die schnell und einfach zusammengesetzt werden konnten. Sie waren eine sehr viel leichtere Variante als die ursprünglichen Marsrover, vor allem ohne komplette Abschottung, sondern mit offenen Gittern.

Der Port für den Erdrover war leer. Möglicherweise stand das Gefährt bei der Station.

»Wir sind fertig«, meldete Lorres und zeigte auf die beiden Fahrzeuge, die bereits mit technischer Ausrüstung bepackt waren. Maya erkannte auch zwei Kombinationsgewehre.

»Ist das notwendig?«, fragte sie kritisch.

»Wir müssen auf alles gefasst sein«, antwortete Clarice.

Maya runzelte die Stirn. »Wir haben weder eine Antwort auf unsere Funksignale bekommen noch hat uns ein Empfangskomitee erwartet. Hier ist niemand, die Waffen sind also völlig überflüssig.«

»Aber …«

»Du weißt, dass das Haus Tsuyoshi strikt gegen den Einsatz von Waffen ist«, unterbrach Maya. »Weil wir das Verbot nicht durchsetzen konnten, musste mein Vater sterben. Denkst du, ich lasse es zu, dass ihr eine Hinterlassenschaft unserer Vorväter bewaffnet betretet?«

Clarice schwieg.

»Wir können sie ja auf dem Rover lassen«, schlug Roy in versöhnlichem Tonfall vor. »Vielleicht können wir sie für irgendetwas brauchen, um etwas zu öffnen, zum Beispiel. Und bis dahin verstauen wir sie ganz unten, einverstanden?«

Maya gab nach.

»Sollen wir eine Wache beim Schiff zurücklassen?«, fragte Leto.

Sie schüttelte den Kopf. »Nicht nötig.«

Sie verteilten sich auf die beiden Fahrzeuge und fuhren los.

* * *

Die Strecke war extrem holprig, die beiden Gefährte hüpften wie ein marsianischer Springschnalzer von Buckel zu Buckel, und die Passagiere mussten sich gut festhalten.

Nach drei Kilometern schob sich die Station ins Blickfeld; auch von hier aus ähnelte sie einer Wanze. Links neben der Basis wurde ein kleiner Port sichtbar, das Pendant zu jenem beim Landefeld. Etwa hundert Meter davon entfernt kauerte das riesige Metallskelett des Radioteleskops.

»Es hat über sechzig Meter Durchmesser«, erklärte Leto, der neben Lorres saß. Der Gonzales-Sohn hatte es sich nicht nehmen lassen, den Rover zu pilotieren. Am Steuer des zweiten Fahrzeugs saß Roy.

»Etwas tiefer in der Senke«, fuhr Leto fort, »und von hier aus nicht zu sehen, gibt es noch weitere Teleskope zum Lauschen ins All. Vielleicht können wir sie nutzen.«

Bald darauf hatten sie die Station erreicht und umrundeten sie für eine erste Erkundung.

Auch der zweite Rover-Port war leer. Wie schon aus dem Orbit gesehen, lag überall Material herum, vor allem kleine Roboter für Bodenproben, Aufnahmen und Transporte. Einige schienen noch intakt zu sein, die meisten waren allerdings mutwillig zerstört worden. Ihre Einzelteile lagen überall verstreut.

Die Marsianer hielten an und stiegen aus, um sich die Spuren genauer anzusehen.

»Sieht fast nach einem Kampf aus«, äußerte Clarice und deutete auf verschiedene Spuren, die teilweise ineinander übergingen.

»Es ist schon bizarr«, sagte Rayna, die an den Robotern herumfummelte. »Keine Korrosion, keine Abnutzung durch die Jahre. Es ist alles so erhalten, wie es zurückgelassen wurde. Auch diese Spuren überall ... als ob die Zeit stehen geblieben wäre.«

»Irgendwie ist es auch so«, stimmte Saramy zu. »Stumme Zeugen einer verlorenen Welt. Das ist schon fast Leichenfledderei.«

»Apropos«, meldete sich Roy knisternd im Empfänger. Er stand neben Schleuse eins der Station und winkte. »Kommt mal besser hier rüber.«

Von Neugier gepackt liefen und hüpften sie, anstatt zu gehen.

Der Fund war beklemmend. Sie umringten eine menschliche Gestalt, die in einem unförmigen weißen Anzug steckte. Sie lag in entspannter Haltung direkt neben dem Eingang der

Schleuse, eine Hand ausgestreckt. Darin befand sich eine kleine Tasche.

»Ist er tot?«, fragte Albo Saklid.

»Was soll die Frage? *Natürlich* ist er tot, schließlich liegt er schon ein paar hundert Jahre hier herum!«, polterte Lorres.

»Wie kommt ihr darauf, dass es ein *Er* ist?«, wollte Anjani wissen, die nach angestrengtem Blick durch die verdunkelte Sichtscheibe des Helms lediglich einen mumifizierten, halb skelettierten Kopf entdecken konnte.

Statt einer Antwort deutete Jawie auf die Brust des Menschen.

»Oh …« Anjani grinste verlegen. Unterhalb der linken Schulter stand ein Name: *Paul Gardiner.*

Saramy Saintdemar nahm vorsichtig den Beutel aus der Hand des Toten und öffnete ihn. »Sieht aus wie Speicherchips, ähnlich denen, die im BRADBURY-Museum ausgestellt sind.«

»Ob er sich wohl mit Absicht hier draußen positioniert hat«, sagte Jawie langsam, »damit man ihn und die Chips findet?«

»Er konnte doch nicht wissen, ob jemals einer kommen würde«, wandte Anjani ein.

Maya wies um sich. »Das macht keinen Unterschied, denke ich. Dieser Platz war genauso gut zum Sterben wie jeder andere. Jawie könnte Recht haben.«

»Wenn dahinter ein Plan steckt«, bemerkte Roy, »müsste einer der Chips die Schleuse öffnen können.«

»Das wäre das Beste, was uns passieren könnte«, sagte Leto. »Saramy, sind diese Chips irgendwie beschriftet?«

Die Medizinerin holte einen aus der Tasche. Er steckte in einer gläsernen Hülle. »Ja, da steht etwas drauf. Aber ich kann dieses Gekrakel nicht entziffern.« Sie streckte Maya die Hand entgegen.

Maya nahm den Chip und hielt ihn Jawie hin. »Jetzt schlägt deine Stunde.«

»Mal sehen.« Jawie Tsuyoshi betrachtete das Teil aus der Vergangenheit aus verschiedenen Blickwinkeln, aber auch sie musste achselzuckend aufgeben. Sie konnte diese Handschrift nicht entziffern.

»Welcher Idiot beschriftet das per Hand?«, fragte Lorres kopfschüttelnd.

»Einer, der vielleicht nichts mehr zum Ausdrucken hat«, antwortete Maya. »Du weißt nicht, wann und unter welchen Umständen er dieses Archiv angelegt hat.«

Jawie wühlte sich durch die Chips, bis sich ihr Gesicht aufhellte. Triumphierend hielt sie eine kleine Karte hoch. »Da steht sein Name drauf und ein Haufen Zahlen. Sehen wir mal, ob die Karte irgendwo bei der Schleuse reinpasst!«

Tatsächlich entdeckten sie ein Codetastenfeld mit einem Eingabeschlitz. Als sie die Karte hineinsteckten, erwachte die Schleuse zum Leben: Der Rahmen leuchtete auf, und die schwere Tür glitt zuerst rumpelnd, dann nur noch knirschend zur Seite. Auf der Hälfte des Wegs gab sie ächzend auf. Der Durchgang war allerdings breit genug.

»Die Trilithium-Kristalle funktionieren noch«, stellte Leto trocken fest.

Alle sahen Maya an. Sie hatte den Vortritt. Die Expeditionsleiterin fasste sich ein Herz und betrat die Schleuse.

»Hier liegen überall Staub und Sand«, berichtete sie über Funk.

»Das ist wahrscheinlich durch den Druckausgleich passiert, der den Dreck hineingezogen hat«, mutmaßte Lorres. »Tut sich sonst irgendwas?«

»Nein. Ich glaube, wir können die zweite Schleusentür durch das Notentriegelungsrad öffnen. Dann können wir nach innen.«

»Und was machen wir mit ihm?« Rayna deutete auf den Leichnam Gardiners.

»Er hat so lange gewartet, da kommt es auf ein paar Stunden auch nicht mehr an«, meinte Leto und betrat als Nächster die Schleuse.

***

Die Notentriegelung hatte Sand im Getriebe, aber mit vereinten Kräften brachten sie das Rad in Drehung.

Dann betraten die Marsianer staunend eine tote Welt, beleuchtet von wenigen noch funktionierenden Deckenlampen.

»Überall Chaos«, stellte Jawie fest. Ihre Stimme senkte sich automatisch zu einem Flüstern.

Maya nickte. »Hier muss Schreckliches passiert sein. Leto, gibt es einen Plan von der Station?«

»Befindet sich in deinem Speicher, du brauchst ihn nur abzurufen, Maya.«

Auf Tastendruck aktivierte sich ein kleines Holo über dem linken Handgelenk, das die Station samt Legende zeigte.

»Ich schlage vor, wir machen zuerst einen Rundgang.«

Damit waren alle einverstanden.

Das Chaos erstreckte sich auf alle Bereiche. Gerümpel, zerbrochene Gegenstände, Maschinenteile. In den Unterkünften sah es noch am manierlichsten aus; bis auf zwei waren alle unbewohnt gewesen. In den beiden belegten Kabinen fanden sich jede Menge erstaunliche Dinge – persönliche Habseligkeiten der beiden hier stationierten Wissenschaftler. An einem Spind, der den Namen *Lars Engström* trug, hingen haufenweise Abbilder nackter Frauen, die bei allen Marsianern erheitertes Gelächter hervorriefen.

»So viele Partnerinnen auf einmal kann der doch niemals gehabt haben!«, meinte Roy. »Diese Erdmenschen waren wohl reichlich skurril.«

»Kommt weiter«, mahnte Maya. »Ich glaube nicht, dass die Anzahl seiner Frauen relevant ist.«

In den Labors herrschte wie erwartet heilloses Durcheinander. Ein dramatisches Bild bot sich in der Domkuppel, im ehemaligen hydroponischen Garten und dem angeschlossenen Labor. Mangels Luft, ausreichend Licht und Wasser waren die Pflanzen natürlich längst eingegangen. Es gab noch ein paar verstaubte, verdorrte Reste, ein kümmerlicher Anblick.

Im Labor wurde es ungleich dramatischer. Dutzende von kleinen Drahtkäfigen und Glasbehältern, in denen Skelette, mumifizierte Körper unterschiedlicher Größe und undefinierbare, inzwischen vertrocknete Massen mit und ohne Fell herumlagen.

»Tiere?«, fragte Anjani.

Leto nickte. »Versuchstiere. Diese Barbaren haben sie zur Forschung benutzt.«

Maya schüttelte es. »Die armen Kreaturen, so elend eingehen zu müssen ...«

»He, der arme Kerl dort draußen hat sich dieses Schicksal bestimmt auch nicht freiwillig ausgesucht«, erwiderte Lorres. »Jedenfalls müssen wir das ganze vergammelte Zeug rausschaffen, bevor wir wieder eine Atmosphäre etablieren, sonst verseuchen wir die Luft.«

»Und wie gehen wir es an?«, fragte Albo.

Maya brauchte nicht lange zu überlegen. »Rayna, Anjani und Clarice, ihr werdet nach den Trilithium-Reaktoren sehen, wie viel Energie sie noch liefern. Dann bringt ihr den Zentralcomputer in Gang. Versucht die Chips von unserem Freund dort draußen einzulesen. Wenn es gelingt, machst du dich bitte an die Auswertung, Jawie. Saramy und Albo, ihr kümmert euch um die Räumung dieses Labors und des Gartens und überlegt euch ein effektives System der Säuberung. Und wir anderen werden uns mit den restlichen Aufräumarbeiten beschäftigen.«

Plötzlich wirkten alle energiegeladen, doch Maya hatte noch eine Warnung: »Denkt daran, dass der Sauerstoffvorrat in euren Anzügen begrenzt ist! Wartet nicht bis zum letzten Moment, wir haben genug Ersatz dabei.«

Der Wiederaufbau begann.

6.
DAS ERBE

Einige Wochen später sah die Station schon fast manierlich aus. Sie war gründlich aufgeräumt und dekontaminiert worden.

Tatsächlich hatte das Computersystem all die Jahrhunderte auf *Stand-by-Modus* gestanden, versorgt von den Energiereaktoren. Laut Anzeigen hatten sie noch genug Leistung, trotzdem schafften die Marsianer von der CARTER zusätzlich Aggregate, vor allem zur Sauerstofferzeugung, herbei.

Lorres hatte einen Transportroboter zusammengesetzt, der zwar zwei Stunden für die Strecke von fünf Kilometern benötigte, aber dafür mit sechs Tonnen Last bepackt werden konnte.

Clarice legte Hand an die Hauptsteuerung des Computersystems, und tatsächlich meldete sich nach einer Weile des Herumprobierens eine männliche Stimme, die etwas blechern klang.

»Mein Name ist VAN – Virtual Analytic Network. Ich bin das Hauptsystem der Lunarstation und programmiert, auf Besucher von der Erde zu warten, wie lange es auch dauern mag. Laut meiner internen Uhr sind exakt vierhundertvierundneunzig Jahre, vier Monate und dreizehn Tage seit Beginn des *Stand-by* vergangen. Ich bin nun wieder online und werde alle Fragen beantworten.«

Alle lauschten gebannt. Die Aussprache und Modulation war ungewohnt, ein oder zwei Wörter klangen irgendwie fremd, aber es war eindeutig Englisch. Einer Verständigung stand nichts im Wege!

»Fantastisch!« Maya war begeistert. »VAN, was ist zur Autorisation notwendig, damit wir dich ungehindert nutzen können?«

»Nichts«, antwortete VAN. »Paul Gardiner hat mich so programmiert, dass ich ohne Passwort Befehle entgegennehmen kann.«

»Bestens.«

»Können Sie sich bitte identifizieren?«

»Ich bin Maya, das ist Clarice und dies hier Jawie. Unsere Nachnamen spielen keine Rolle.« Maya sah sich suchend um, aber sie konnte keine optischen Linsen entdecken. »Wie kannst du uns sehen?«

»In alle Wandverkleidungen sind optische und akustische Sensoren eingelassen. Ich kann von überall gesteuert werden.«

»Gut. VAN, als Erstes gibst du einen ausführlichen Statusbericht und unterstützt bei den Reparaturarbeiten. Wir müssen hier so schnell wie möglich lebensfreundliche Verhältnisse schaffen, damit wir aus den Raumanzügen rauskommen. Außerdem haben wir von Paul Gardiner einige Speicherchips erhalten, die wir auswerten wollen.«

Maya blickte Jawie und Clarice an. »Noch Fragen?«

Beide verneinten.

»Dann an die Arbeit!«

***

Paul Gardiner war einige Meter von der Schleuse entfernt beerdigt worden, mit einer kleinen Steinplatte und seinem Namen auf dem Grab.

Roy und Leto suchten derweil mit dem Rover die nähere Umgebung ab und fanden in fünfzig Kilometern Entfernung, Richtung Straight Range, einen alten Mondrover. Einige Meter davon entfernt lag eine menschliche Leiche, aller Wahrscheinlichkeit nach Lars Engström. Noch waren sie nicht sicher, ob die beiden Wissenschaftler die ganze Zeit allein auf dem Mond verbracht hatten, doch bisher hatte es keine Hinweise auf weitere Personen gegeben.

Lars Engström fand seine letzte Ruhestätte neben Paul Gardiner.

Lorres hatte sich unterdessen in seinem Labor auf der CARTER vergraben, um die Trilithium-Kristalle – die Basis verfügte über drei davon – mit Hilfe des Ionenantriebs wieder aufzuladen. Die Methode dazu war bereits auf dem Mars entwickelt worden, aber die Kristalle besaßen ein anderes Format als die der BRADBURY.

Der Aufbau ging voran. Rayna und Anjani waren unermüdlich im Reparatureinsatz, unterstützt von Clarice und Roy. Jawie arbeitete an der Auswertung der Hinterlassenschaft Paul Gardiners. Viele Daten waren zerstört, einige nur noch fragmentarisch vorhanden, die erst rekonstruiert werden mussten. Mit Hilfe des Computers machte Jawie sich an die Zusammenstellung und Übersetzung.

Saramy und Albo schleppten Pflanzen herbei und arbeiteten an dem neuen hydroponischen Garten. Die Medizinerin war nahezu pausenlos mit der Analyse des vorhandenen Bodens beschäftigt. Sie fand jede Menge Mikroorganismen, die derzeit inaktiv waren, aber vermutlich unter neu geschaffenen Lebensbedingungen wieder zum Leben erwachten. Die komplette Erde musste entsorgt werden; das Biolabor wurde mit Geräten aus der CARTER aufgerüstet.

Leto und Maya waren mit Aufräumarbeiten beschäftigt und suchten die Station akribisch nach Beschädigungen ab.

Vom Mars traf ein euphorischer Funkspruch ein; man wartete gierig auf weitere Informationen. Maya bat in der Antwort um Geduld, vor allem was den technischen Zustandsbericht der CARTER betraf. Derzeit hatte die Wiederinstandsetzung der Station oberste Priorität.

Essen und Schlafen wurde nebenbei erledigt; die Arbeiten sollten trotzdem mehrere Wochen in Anspruch nehmen. Der meiste Aufwand wurde mit der Dekontamination betrieben. Saramy stellte eine Checkliste auf, die jedes Besatzungsmitglied täglich ausfüllen musste, wenn sie sich erst einmal ohne Anzug bewegen konnten.

VANs Leistungen wurden täglich besser, je weiter die Reparaturen voranschritten. Nach und nach kamen seine eigenen Reparaturprogramme zum Einsatz, und es ging noch schneller voran.

Schließlich kam der große Moment: VAN meldete alle Systeme einsatzbereit. Seine Sensoren konnten keine Lecks oder lebensbedrohlichen Defekte mehr entdecken.

Lorres hatte die Trilithium-Kristalle aufgeladen. An Energie würde es ihnen also nicht mangeln. Das größte Problem stellte nach wie vor die Wasserversorgung dar, denn bei aller Sparsamkeit und Wiederaufbereitung nahmen die Vorräte ab, ohne aufgefüllt werden zu können. Bis zum Eintreffen des zweiten Schiffes würden sie aber reichen, auch was die Nahrung betraf.

Zur feierlichen Einweihung der Basis versammelte sich die gesamte marsianische Mannschaft in der Steuerzentrale, wo sich auch VANs Hardwarekomponenten befanden.

»Sind die Außenschleusen geschlossen?«, fragte Leto den Computer.

»Alle Schotten sind dicht«, antwortete VAN.

»Gut. Dann leite die Flutung ein!«

Sie konnten das Zischen alle hören und an den Messgeräten ihrer Anzüge ablesen, wie nach und nach die gesamte Station mit der gewohnten marsianischen Atmosphäre gefüllt wurde.

VAN meldete drei undichte Stellen, die von Rayna jedoch in kurzer Zeit geschlossen werden konnten.

»Mal abgesehen von dem Durcheinander haben die beiden Menschen die Station in hervorragendem Zustand hinterlassen«, bemerkte Leto. »Eines muss man unseren Vorfahren lassen: Sie hatten hohe Qualitätsansprüche.«

»Wie sieht es mit der Lebenserhaltung aus, VAN?«, fragte Maya.

»Alle Energieanzeigen bei neunzig Prozent«, antwortete VAN. »Die Sauerstoffanzeige zeigt fünfundachtzig Prozent Kapazität, der Luftdruck kann problemlos aufrechterhalten werden. Ich weise jedoch darauf hin, dass der Sauerstoffanteil für den menschlichen Organismus auf Dauer zu niedrig liegt.«

Sie hatten VAN ihre Herkunft bisher verschwiegen, aus Sorge, dass in seinem Programm ein Passus verankert sein könnte, der die Zusammenarbeit mit nicht Befugten untersagte. »Der Sauerstoffbedarf der Menschen hat sich in all der Zeit verändert, VAN«, sagte Maya.

»Ich verstehe«, entgegnete der Computer. »Liegt die Temperatur aus demselben Grund bei nur achtzehn Grad Celsius?«

»So ist es.«

»Ich benötige jetzt eine Analyse der Luftzusammensetzung und Hinweise auf fremde Organismen, Bakterien und so weiter«, befahl Saramy. »Bitte in mein Biolabor übertragen, dort habe ich alle Gerätschaften.« Sie sah ihre Gefährten an. »Tut mir leid, ihr müsst noch ein wenig warten, bis ich wenigstens einigermaßen sicher sein kann, dass wir nicht schon in den nächsten Stunden sterben.«

* * *

Die Entwarnung kam früher als gedacht. Saramy zeigte sich zufrieden; vor allem im hydroponischen Garten hatte der Austausch von irdischer gegen marsianische Erde nahezu keine Rückstände mehr gelassen. Was sich jetzt noch in den Ritzen versteckte, musste vom marsianischen Immunsystem kompensiert werden; auch das gehörte zur wissenschaftlichen Forschung.

Aber Saramy hatte ohnehin ein umfangreiches Impfpaket dabei.

Das Team ging in das Kuppel-Habitat, um dort gemeinsam die Anzüge abzulegen und den ersten freien Atemzug zu tun. Danach nahmen sie das erste in der Basis *Mondessen* gemeinsam ein.

Es war eine richtige kleine Feier. Alle waren gelöst, regelrecht aufgekratzt. Die lange Reise, all die Strapazen bis hierher hatten sich gelohnt. Scherze machten die Runde, lockere Unterhaltungen, vor allem Anekdoten über den Verlauf der Reise. Peinliche Begebenheiten, erhabene Momente, über alles wurde gelacht, manchmal auch ein wenig sinniert.

»Wir sind hier zwar ebenfalls in unserer Freiheit beschränkt«, sagte Leto zwischendurch. »Aber wenigstens haben wir mehr Möglichkeiten als auf der CARTER. Wir können sogar draußen Spaziergänge machen. Das Einzige, was jetzt noch in Betrieb genommen werden muss, ist die Funkstation der Basis.«

»Ich arbeite an einem Leistungsverstärker«, erklärte Anjani. »Ich glaube, dazu kann ich eine der Antennen draußen gut verwenden.«

»Die Unterkünfte müssen wir auch noch aufteilen«, fügte Albo hinzu. »Es gibt hier im Habitat zwei davon, und jeweils vier in zwei Ringverbindungen, also genau die richtige Menge für uns. Wenn niemand etwas dagegen hat ...«

»Moment«, fiel ihm Lorres ins Wort. Er setzte sein berüchtigtes Grinsen auf. Im Grunde, so musste Maya eingestehen, wäre er ein hervorragender Psychologe geworden, weil er die Schwächen eines Menschen sofort erkannte. Es war schon etwas dran am vielseitigen Genie der Gonzales.

Sie überlegte sich, ob sie präventiv einschreiten sollte, entschied sich dann aber dagegen. Sie konnte nicht jeden Kampf für ihre Leute ausfechten, sie waren alle erwachsen. Und ja, sie hatte auch nichts dagegen, wenn dem ewig miesepetrigen Albo ein Denkzettel verpasst wurde.

»Es ist ja wohl ganz klar, dass die Führung die Unterkünfte im Habitat erhält«, sagte Lorres zu ihm. »Leider sind es nur zwei, also muss einer zurückstecken, und das werde in dem Fall ich sein.«

Ja, dachte Maya, *weil du sowieso darauf spekulierst, jede Nacht in meiner Kabine und mit mir zu schlafen.*

Lorres fuhr fort: »Leto und Maya haben das Vorrecht, sich hier einzurichten. Ich selbst habe mir meine Unterkunft bereits ausgesucht. Sie liegt gleich neben dem Zugang zum Habitat, ist etwas größer als die restlichen und hat eine eigene Nasszelle.«

Albos Nasenspitze wurde weiß, und sein Gesicht nahm einen verkniffenen Ausdruck an. Es war klar, dass er genau diese Unterkunft hatte haben wollen.

»Willst du Protest einlegen?«, fragte Lorres süffisant.

»Nein«, stieß Albo hervor, »natürlich nicht.«

»Gut. Das wäre also geklärt.« Lorres klatschte in die Hände. »Möchte jemand zur Feier des Tages einen Schluck leicht vergorenen Melonensaft?«

Die angespannte Stimmung wandelte sich sofort zu Erstaunen.

»Wo hast du den denn her?«, fragte Saramy.

Der Konstrukteur grinste. »Zuerst habe ich die Melonen geklaut und dann in meinem ganz persönlichen Destillier-Labor angesetzt. Ein himmlisches Gesöff, sage ich euch! Wer möchte?«

»Ich!«, riefen Jawie, Clarice und Roy im Chor.

»Das ist doch …«, setzte Saramy empört an, aber die Begeisterung der anderen ließ nicht zu, dass sie sich weiter beschwerte. Natürlich hatte Lorres etwas Unrechtes getan, aber da sie alle davon profitierten, konnte man darüber hinwegsehen.

Die Flasche, die Lorres aus einem Versteck hervorzauberte, war nicht groß. Der Inhalt reichte gerade für zwei, drei Schlucke für jeden. Aber nach all dem faden Essen und Trinken der vergangenen Zeit war es ein köstlicher Genuss, den sich jeder wie einen kostbaren Schatz auf der Zunge zergehen ließ. Eine Explosion der Geschmackssinne.

Selbst Albo vergaß seinen Ärger. Die Gespräche gewannen an Fröhlichkeit.

»Bist du böse auf mich?«, flüsterte Lorres Maya zu, als sie ein wenig abseits standen.

»Nein«, antwortete sie.

»Wie schade«, bedauerte er. »Nach all den Entbehrungen und der grausamen Enthaltsamkeit der letzten Wochen hätte ich mich gern ein wenig ausgetobt. Kann ich dich nicht doch zu einem Kampf herausfordern?«

»Ich muss dich enttäuschen«, erwiderte sie. »Ich fühle mich völlig entspannt und ausgeglichen. Du solltest deinen Saft *Glückmacher* nennen.«

»Ich glaube schon, dass ich dir heute noch ein paar kleine Schreie entlocken werde und einige schweißtreibende Bewegungen«, wisperte er mit warmer, leicht rauer Stimme in ihr Ohr, zwinkerte ihr zu und ging zu Jawie und den Zwillingen, um die letzten Tropfen mit ihnen zu teilen.

***

Vier Tage später, als der Betrieb der Station langsam zur Routine wurde, bat Jawie zu einer Konferenz, weil sie die Auswertung von Paul Gardiners Daten abgeschlossen hatte und sie allen vorführen wollte.

»Manches konnte ich nicht mehr rekonstruieren«, erläuterte sie. »Die wissenschaftlichen Berichte und unwichtigen Eintragungen habe ich ausgekoppelt und euch nur das momentan für uns Relevante zusammengestellt. Paul spricht leider einen sehr schwierigen Dialekt, deshalb musste ich übersetzen. VAN hat annähernd in Pauls Stimmlage synchronisiert, sodass es trotzdem authentisch wirkt.«

»Wir sind alle sehr gespannt«, sagte Maya nervös.

»Ja«, sagte Jawie mit einem plötzlich traurigen Ausdruck. »Ja, man erfährt so einiges.«

Sie startete die Aufzeichnung. Auf einem Display erschien das Brustbild eines Mannes von der Erde. Er hatte eine für marsianische Verhältnisse kleine, gedrungene Gestalt, dichte dunkle Haare und trug einen Vollbart. Seine Augen waren blau, groß und klar.

Im Lauf der Aufzeichnungen wechselte dieses Bild zu verwahrloster Verzweiflung, bis am Ende nur noch ein zerrüttetes, von wild wuchernden Haaren bedecktes, kaum mehr als menschlich erkennbares Wrack mit trüben, unstet blickenden Augen zu sehen war.

* * *

Persönliches Logbuch von Paul Gardiner

8. Januar 2012

Dies sind die persönlichen Eintragungen von Paul Gardiner. Wir schreiben heute den achten Januar 2012, und der Tag X ist nicht mehr fern.

Es steht definitiv fest, dass wir auf dem Mond nichts gegen *Christopher-Floyd* unternehmen können. Ah ... falls den Betrachtern meiner Hinterlassenschaft nicht alle Daten vorliegen: *Christopher-Floyd* ist ein Komet. So ziemlich der größte, der jemals in unser Sonnensystem eingetreten ist ... na ja, laut den Gelehrten war der Brocken, der damals die Dinosaurier gekillt hat, noch etwas größer. Er hält direkten Kurs auf die Erde. Von hier aus können wir ihn schon sehr gut sehen.

Wir haben die besten Logenplätze, um alles live mitzuerleben. Ein Katastrophenfilm mit ungewissem Ausgang, Popcorn inklusive.

Lars und ich – Lars Engström ist neben mir der zweite hier stationierte Wissenschaftler – haben lange überlegt, was wir tun sollen. Das versprochene Shuttle, das uns abholen sollte, wird nicht mehr eintreffen; die da unten haben andere Sorgen. Man will Nuklearraketen zur ISS schaffen und sie von dort aus auf den Kometen abfeuern. Ha! Wissen die überhaupt, was das für ein Kaliber ist? Acht Kilometer im Durchmesser! Das klappt doch nie! Aber sei's drum – wir sitzen jedenfalls fest, mit zur Neige gehenden Vorräten.

Andererseits ist es hier oben auch nicht schlechter als auf der Erde. Wenn der Komet durchkommt, wird es auch dort bald nichts mehr geben.

Ich weiß nicht, was besser wäre: Der schnelle Tod beim Einschlag oder das langsame Verhungern hier oben. Sterben müssen wir so oder so ...

Unsere Moral sinkt von Tag zu Tag. Anfänglich haben wir versucht, positiv zu denken und weiter unserer Arbeit nachzugehen. Doch wozu? Von unseren Forschungsergebnissen hat niemand mehr etwas.

Also haben wir uns zwei Tage lang gehen lassen, in der Nase gebohrt und furzend herumgelegen. Lars faselte dauernd was von *geilen Weibern in nassen Shirts.* Ich weiß schon gar nicht mehr, wie eine Frau aussieht.

Nach zwei Tagen haben wir eingesehen, dass uns das Nichtstun schneller in den Wahnsinn treiben wird, als wir verhungern werden. Also tun wir halbherzig, wozu wir gerade Lust haben. Pflegen die Pflanzen, treiben Sport, senden Notrufe, die kein Schwein interessiert.

Lars überlegt, wie wir unser Leben verlängern können, rechnet ununterbrochen die Vorräte durch, plant essbare Pflanzenzüchtungen für den hydroponischen Garten und tätschelt liebevoll die Ratten im Labor.

Ich weiß nicht, wie das weitergehen soll. Ich kann nachts kaum mehr schlafen, obwohl ich jetzt ausreichend Zeit dafür habe. Aber bald habe ich mehr Schlaf, als es mir lieb ist, und irgendwie will ich bis dahin nichts versäumen. Ein guter Witz, oder? Was gibt es hier oben schon zu versäumen?

Ich könnte mich wie Buddha unter einen Baum im Garten setzen und so lange meditieren, bis mich die Erleuchtung überkommt. Vielleicht finde ich ja das Nirwana und beginne alles zu vergessen, inklusive mich selbst.

Das wäre allerdings noch eine letzte Herausforderung, die überlegenswert ist. Kann man es schaffen, sich selbst zu vergessen?

15. Januar

Gestern habe ich Lars wieder einmal dabei gesehen, wie er weinend einen Abschiedsbrief an seine Familie schrieb. Er hielt dabei ein Foto in seinen Händen, das schon ganz fleckig und abgegriffen ist. Lars weint viel in diesen Tagen und schreibt Hunderte Abschiedsbriefe, die er nie abschicken kann. Meistens zerreißt er sie, wenn er sich von seinem Depressionsanfall wieder erholt. Dann wird er wütend und zerschlägt irgendwas.

20. Januar

Die Station verwahrlost langsam. Keiner von uns hat mehr Lust, Ordnung zu halten, wir lassen alles fallen, wo wir gerade sind. Es wird definitiv niemand mehr kommen, um uns zu retten. Tja, wie auch? Es gibt für niemanden mehr Rettung.

Ein paar Typen von der ISS sehen das anders. Sie wollen tatsächlich mit Vorräten und allem zu uns rauf, um hier ihr bescheuertes Leben zu verlängern. Anscheinend hoffen sie dann auf ein Wunder, ein göttliches Fingerschnipsen oder so, das den Mond ins Paradies verwandelt. Idioten.

Sie sagen, wir hätten keine Ahnung, wie es bei ihnen zugeht. Ich sage ihnen dasselbe. Glauben sie, wir sind privilegiert? Einen Scheiß sind wir. Lars steht kurz vor einem Nervenzusammenbruch. Ich versuche etwas zu tun. Repariere irgendwas Überflüssiges, gieße die Pflanzen, füttere die Tiere. Warte.

28. Januar

Kein Funkkontakt mehr zur Erde. Dort unten herrscht nur noch Chaos. Es sterben bereits jetzt in der Massenpanik Tausende.

Der Komet steht riesengroß vor unserem Fenster. Gott, er ist entsetzlich. Nacht für Nacht träume ich bereits vom Einschlag. Ich sehe überall Blut, Menschen, die von zusammenbrechenden Häusern erschlagen werden, ich höre das Krachen und Splittern der Knochen und ihre Schreie ... als ob ich selbst dort wäre.

Fast wünschte ich es. Ich weiß nicht, wie ich das ertragen soll.

Lars hat heute früh mit einer Spritze herumgespielt. Ich bin mir sicher, dass eine Überdosis Morphium darin war. Ich habe gestern eine ähnliche Spritze in der Hand gehabt. Aber ich bin immer noch zu feige.

5. Februar

Noch drei Tage. Es gibt nur noch den Kometen, nichts anderes mehr.

Einer der Idioten von der ISS hat sich wieder gemeldet, ist das zu fassen? Er will zu uns kommen, mitsamt Familie, wenn ich das recht verstanden habe. Plant eine Mondkolonie! Der Kerl war eindeutig zu lange der Weltraumstrahlung ausgesetzt.

Nennt sich Louis Taurentbeque. Er faselte was von einem *Geosiphon*, einem auf der ISS gentechnisch veränderten Pilz, der angeblich Sauerstoff produzieren kann. Behauptete, das würde unser Leben retten und seines dazu. Lars hat im Hintergrund gekichert und ihm verstohlen den Stinkefinger gezeigt. Sonst noch was?

8. Februar

Der Tag X.

Ich spiele ein paar Aufnahmen ein, die wir parallel machen. Es ist ... ich ... ihr seht es ja selbst. Lars und ich halten uns in den Armen und brüten dumpf vor uns hin. Wir ... müssen zusehen, wie alles in die Brüche geht, aber es ist so ...

10. Februar

Lars und ich sitzen seit dem Einschlag nur noch herum und versuchen nicht mehr über die bald endenden Vorräte nachzudenken. Wir starren ununterbrochen auf die Aufnahmen von der Erde.

Dort unten blieb kein Stein mehr auf dem anderen. Wegen des aufgewirbelten Staubs und des Qualms kann man kaum etwas erkennen. Die gewaltigen Brände lodern fast bis zu uns herauf, so kommt es mir vor.

Lars ist noch schlimmer dran als ich. Seine Familie ... Frau und zwei Kinder ... tot. Ich habe *nur* einen Bruder und zwei Freunde verloren, war nie ein besonders geselliger oder emotionaler Mensch. Trotzdem. All dieses Leid ... ich kann nicht mehr.

12. Februar

Soeben rief dieser verrückte Wissenschaftler an, dieser Louis Taurentbeque, und kündigte seine Landung auf dem Mond an! Mit allen Vorräten, die er noch auftreiben kann. »Wir werden überleben!«, versicherte er mir. »Ich brauche noch etwas Zeit, bis Ende Februar. Glaubt mir, wir werden es schaffen!« Er behauptet sogar, schon in ein paar Jahren zur Erde zurückkehren zu können.

Wohin – in die Eiszeit? Ist er blind? Es ist ganz deutlich zu sehen, wie sich der Staub in der Atmosphäre ausbreitet. Bald wird die Erde unter einem dichten Schleier verborgen sein, wie die Venus. Aber darunter wird eine grausame Kälte herrschen, die alle umbringt, die den Einschlag überlebt haben.

Aber Lars hört ihm zu. Zum ersten Mal scheint er Hoffnung zu schöpfen, er glaubt dem Kerl. Mir gefällt der Ausdruck in Taurentbeques Augen nicht. Ich glaube, er ist nicht mehr ganz dicht. Kommt mir gefährlich vor. Ich bin nicht sicher, ob er mit *Überleben* auch wirklich uns alle meint.

Egal. Hauptsache, er hat Vorräte dabei. Mit ihm werden wir schon fertig.

Lars ist meiner Meinung. Uns ist alles recht, und wir werden alles tun, Hauptsache, es geht noch ein bisschen weiter.

28. Februar

Keine Nachricht von Taurentbeque. Die Erde ist beinahe vollständig verhüllt. In zwei Wochen haben wir keine Vorräte mehr.

3. März

Lars, dieses Arschloch, hat in den Vorräten geplündert und sich den Bauch vollgeschlagen. Ich bringe ihn um! Er ist nach draußen geflüchtet, und jetzt demoliert er in einem Wutanfall die Roboter.

Zwei Stunden später. Ich war ebenfalls draußen. Ich wollte Lars zurückholen und aus dem Anzug schlagen. Schließlich lagen wir uns heulend in den Armen.

28. März

Hunger.

Taurentbeque hat sich endlich gemeldet. Mit stoischer Miene verkündete er, dass *sein Projekt gescheitert sei* und er nicht kommen könne.

Ich will hier nicht wiederholen, was wir ihm gesagt haben. Aber es war eine ganze Menge, denn schließlich hatte sich durch die vergebliche Warterei allerhand aufgestaut. Vor allem Lars verfügt über einen ausgedehnten Wortschatz an Obszönitäten.

Taurentbeque hörte sich alles mit gelassener Miene an, anscheinend brauchte er das. Er drückte sein Bedauern aus, denn er habe wirklich großartige Pläne gehabt.

»Fahr zur Hölle«, sagte Lars und kappte die Verbindung.

Jetzt sind wir wirklich allein.

Und ohne Hoffnung.

15. April

Lars hat eine Laborratte geschlachtet und roh gegessen. Anschließend gekotzt, was kein Wunder ist. Ich hatte ihm doch gesagt, dass wir die Viecher zuerst braten müssen.

Danach blitzte auf einmal so etwas wie Stolz in seinen Augen auf. »Was habe ich getan?«, knurrte er und sah dabei selbst aus wie ein wildes Tier. »Ich will lieber verhungern, als Ratten zu fressen! Ich muss den Verstand verloren haben!«

Vermutlich kam er damit der Wahrheit recht nahe.

»Die Viecher verhungern genauso wie wir!«, erwiderte ich. »Sie können unsere Lebenszeit verlängern.«

»Niemals!«, schrie er mich an und zog ein Messer. »Wenn du sie anrührst, bring ich dich um!«

Offen gestanden, mir gefällt der Gedanke auch nicht, die armen Kreaturen eigenhändig schlachten zu müssen. Wer weiß, welche Krankheiten die in sich tragen. Außerdem sind sie bereits ziemlich abgemagert.

18. April

Lars rennt nackt mit seinem Messer durch die Gegend. Er stinkt erbärmlich.

Ich füttere die Tiere mit den Pflanzen. Es spielt keine Rolle mehr. Das Wasser geht zur Neige.

Allmählich gewöhne ich mich an den Gedanken von knusprig geröstetem Rattenfleisch, gefüllt mit Wurzeln und Blättern.

25. April

Lars ist völlig irre geworden. Er ist abgehauen, hat einen Rover zu Schrott gefahren und anschließend auf dem Mond verteilt. Jetzt läuft er lauernd wie ein Raubtier durch die Gänge. Ich glaube, er will mich umbringen und essen. Ich werde mich bewaffnen.

27. April

Ich kann das Habitat nicht mehr betreten. Die toten Ratten stinken grausam, dazu die vermodernden Pflanzen. Lars und ich verstecken uns voreinander. Ich schlafe mit einem offenen Auge und der Waffe in der Hand. Ich werde bald verdurstet sein, aber mein Blut kriegt der Bastard nicht, und fressen wird er mich auch nicht.

29. April

Lars tauchte heute Morgen auf, ohne Messer. Er ist zusammengebrochen und hat geweint. Ich habe auch geweint. Wir haben uns gegenseitig um Verzeihung gebeten.

Was ist nur aus uns geworden!

»Es ist zu Ende«, sagte Lars. »Paul, wir haben vielleicht noch einen oder zwei Tage. Bitte versuche mich nicht an dem zu hindern, was ich tun will.«

»Was hast du vor?«, fragte ich.

»Ich werde jetzt den Anzug anlegen, den zweiten Rover nehmen und zur Regenbogenbucht fahren. Und dort auf den Tod warten.«

Mir schossen wieder die Tränen in die Augen. »Das ist dann der Abschied, ja?«

Er nickte. »Paul, mit dem letzten bisschen Würde, das uns noch bleibt, wollen wir sterben. Und zwar jeder für sich. Ich halte es für das Beste. Ich will nicht zusehen, wie du verreckst, womöglich noch vor mir. Ich gehe jetzt da raus.«

»In Ordnung.«

Stinkend, abgerissen und verwahrlost wie wir waren, umarmten wir uns ein letztes Mal.

Ich half Lars in den Anzug, begleitete ihn bis zur Schleuse und winkte ihm nach, bis er nicht mehr zu sehen war. Wir haben nicht mehr gesprochen.

In mir ist alles stumpf und leer. Bald ist es vorbei.

Aber ein Letztes werde ich noch tun.

30. April

Dies ist mein letzter Eintrag. Wie ihr sehen könnt, geht es mit mir zu Ende. Die Spritze ist bereits gesetzt, sie wird bald wirken.

Ich habe alles vorbereitet. In diesem kleinen Beutel finden sich alle wichtigen Daten, die für den Betrieb der Station notwendig sind. Und unsere gesamte Forschungsarbeit, dieses Logbuch hier und die Aufzeichnung über das Ende unserer Welt.

Ich weiß nicht, warum ich das tue; es spielt eigentlich keine Rolle. Vielleicht will ich mir einfach einen kleinen Rest Hoffnung bewahren, dass eines Tages jemand kommt, und dann soll er keine Rätsel vorfinden, sondern erfahren, was geschehen ist.

Sobald ich die Schleuse verlassen habe, wird VAN automatisch in den Stand-by-Modus gehen. Die Station wird in Kälteschlaf fallen, vielleicht für immer, wer weiß das schon?

Ich danke dir, wer auch immer du bist, für deine Geduld und dein Zuhören. Behalte uns nicht in schlechter Erinnerung, wir waren verzweifelt. Es gibt auch gute Seiten in den Menschen, und wir haben viele wunderbare Dinge geschaffen. Schau dich noch ein wenig in meinen Daten um, dann wirst du mehr über uns erfahren. In ein paar Jahrhunderten wird die Erde wieder eine blaue Perle sein, da bin ich sicher, ob mit oder ohne uns. Ein Planet voller Leben. Denn das Leben gibt niemals auf.

== *Ende der Aufzeichnung* ==

***

Der Bildschirm war erloschen, der letzte Nachhall von Paul Gardiners Stimme verklungen.

Niemand sprach ein Wort.

Maya kämpfte mit den Tränen. Verstohlen wischte sie sich die Augenwinkel.

Jawie stand auf und holte sich etwas zu trinken. Sie wirkte als Einzige einigermaßen gefasst, da sie die Aufzeichnung bereits mehrmals gesehen und zusammengestellt hatte. Die anderen blickten auf den Tisch oder in die Ferne.

Schließlich räusperte Leto sich. »Diese Männer haben mit unglaublicher Willensstärke sehr lange durchgehalten. Und sie haben uns ihr Vermächtnis hinterlassen, damit ihre Forschung hier oben nicht ganz umsonst war.«

»Ich habe jedenfalls gelernt, dass Menschen sich bis zum Schluss an ihre Hoffnung klammern und unbedingt über den Tod hinaus in Erinnerung bleiben wollen«, bemerkte Saramy. »Die Gründer waren da keine Ausnahme.«

Maya erhob sich. »Zumindest haben wir nun Gewissheit, weshalb es keine zweite Marsmission mehr gab und warum es in den späteren Jahren nie mehr zu einem Funkkontakt oder der Entsendung einer Sonde kam. Mehr denn je halte ich es für unsere Aufgabe, das Werk dieser Wissenschaftler fortzuführen.«

Sehr zu ihrer Überraschung nickte Lorres und stimmte ihr zu: »Wir sollten nach den Überresten der Menschheit suchen. Ich bin sicher, wir werden dort unten noch etwas finden. Die Gründer haben es geschafft, eine neue Zivilisation auf dem Mars zu erschaffen. Es wird auch auf der Erde noch Überlebende geben, irgendwo.«

»Du hast Recht«, sagte Clarice. »Gehen wir an die Arbeit, Freunde!«

6

RÜCKKEHR

PROLOG

Albo Saklid rannte. Die Ruine lag greifbar nahe vor ihm. Er *musste* sie vor den anderen erreichen!

Er schwitzte. Trotz des ständigen körperlichen Trainings fühlte er sich schwach und hilflos. Er war froh um das Exoskelett, das ihn stützte, sonst wäre er längst unter der Last der hohen Anziehungskraft zusammengebrochen. Die Systeme des Anzugs versorgten ihn mit erhöhter Sauerstoffzufuhr und herabgeregelter Innentemperatur von vierzehn Grad. Dennoch lief Albo Saklid der Schweiß in Strömen herunter, und er rang nach Atem. Er hatte sich immer für körperlich fit und ausdauernd gehalten. Er hatte sich getäuscht.

Der Marsianer verharrte kurz, um sich umzublicken. Er konnte sie nicht sehen, trotz der optischen Verstärkung. Aber er *hörte* sie. *Es ist nur ein Film,* dachte er verzweifelt. *Ein Animationsprogramm, das irgendwie nicht mehr zu stoppen ist. Wenn ich nicht daran glaube, kann mir nichts geschehen.*

Da hörte er nahe bei sich ein tiefes Knurren und glaubte *doch* daran.

1.
EIN DENKWÜRDIGER TAG

Oktober 2510, Marsjahr 250

Ich grüße dich, Tochter. Wie immer möchte ich noch ein wenig mit dir plaudern.«

Maya sah sich die private Botschaft ihrer Mutter in einer stillen Minute allein in ihrer Unterkunft an. Das Bild war von Störungen überlagert, das Lächeln von Vera Akinora jedoch strahlte deutlich hervor, während sie die Nachricht an ihre Tochter sprach.

»Ich bin sehr stolz darauf, was ihr erreicht habt, und ganz besonders stolz natürlich auf dich. Dass sich die Ankunft der DEIMOS verzögert, bedaure ich wirklich sehr, denn ich vermisse dich und kann es kaum mehr erwarten, dich endlich wiederzusehen. Aber immer gab es neue Hindernisse: Materialschäden, technische Defekte ... man sollte meinen, dass wir es inzwischen besser wüssten. Andererseits steckt unsere Raumfahrt immer noch in den Kinderschuhen. Uns fehlt vor allem Lorres mit seinem Einfallsreichtum. Ich hoffe, dass ihr beide euch inzwischen nicht gegenseitig umgebracht habt, Liebes.«

Maya grinste verstohlen. Wenn ihre Mutter wüsste, welchen Weg Lorres und sie mittlerweile gefunden hatten, um die Spannungen zwischen ihnen beiden abzubauen! Bisher hatte sie es Vera noch nicht berichtet. Immerhin standen die Beziehungen zwischen ihr und Lorres' Vater Jarro Gonzales nicht zum Besten. Die Präsidentin hatte das Oberhaupt des Hauses Gonzales nie öffentlich angeklagt, aber sie war sicher, dass Jarro an der

Entführung und möglicherweise auch Ermordung von John Carter Tsuyoshi beteiligt gewesen war.

Windtänzer, der Baumsprecher des marsianischen Waldvolkes, hatte einiges zu berichten gewusst; er war der Letzte gewesen, der mit John nach dessen Befreiung gesprochen hatte. Offensichtlich verfolgte jemand auf dem Mars eine ganz bestimmte biotechnologische Entwicklung und hatte versucht, das Waldvolk in Misskredit zu bringen, um an die Ressourcen der Korallenbäume und Marskäfer heranzukommen.

Jedenfalls würde Vera Akinora sicher nicht besonders begeistert sein, zu erfahren, dass ihre Tochter ein Verhältnis mit dem Sohn ihres Feindes begonnen hatte. Maya hatte sich entschieden, mit der Wahrheit erst nach der Rückkehr auf den Mars herauszurücken. Vielleicht gingen Lorres und sie dort sogar wieder getrennte Wege. Das Leben auf dem Mars war anders als hier in der Abgeschiedenheit auf dem Erdtrabanten oder unterwegs im All. Also erst einmal abwarten! Maya wollte ihrer Mutter, die sich vom Tod ihres Mannes nie mehr richtig erholt hatte, nicht unnötig wehtun.

Natürlich wussten alle Expeditionsmitglieder in der Mondstation Bescheid; ein intimes Verhältnis ließ sich auf Dauer nicht verbergen, doch zumindest wurde nicht offen darüber geredet.

»Du musst also leider noch ein wenig ausharren, Maya. Offiziell hast du es ja schon gehört: Wir beraten derzeit wegen des Einsatzes auf der Erde. Auch privat vertrete ich die Meinung, dass eure bisherigen Berichte niederschmetternd sind und die Entscheidung nicht gerade leicht machen. Nicht nur ich, auch die anderen im Rat zögern, ob ihr das Risiko einer Landung eingehen solltet, solange noch keine Verstärkung da ist. Andererseits verstehen wir natürlich, dass ihr nicht mehr allzu lange warten wollt. Ich kenne dich, Maya, du bist ungeduldig und willst den Dingen so schnell wie möglich auf den Grund gehen.

Nachdem ihr bedauerlicherweise den Strahl noch nicht anmessen konntet, wollt ihr euch verständlicherweise auf etwas anderes konzentrieren – Artefakte der Vergangenheit zu finden.«

»Aha«, murmelte Maya, »es folgt die mütterliche Belehrung …«

Sie sollte sich nicht irren: »Bitte denke daran, wenn ihr die Erlaubnis zur Erkundung bekommt, dass ihr sehr behutsam vorgehen müsst. Vielleicht solltet ihr in weitgehend unbelebtem Gebiet landen. Wir sind den Gefahren der Erde noch nicht gewachsen. Die erste Landung sollte deshalb nur der Orientierung dienen, bevor ihr anfangt, euch mit der Umwelt auseinanderzusetzen. Vor allem: Niemand darf etwas davon mitbekommen! Wer weiß, wie die degenerierten Erdbewohner auf euch reagieren würden.«

Ihre Mutter redete noch weiter, aber Maya hörte nur mit halbem Ohr zu. Sie hatte diese und weitere Argumente in den letzten Wochen bereits mehrfach im Stillen und in der Versammlung durchgekaut.

Noch heute Abend wollten sie es erneut durchsprechen. Maya hoffte, dass sie endlich zu einer Einigung kamen und die richtige Entscheidung trafen. Auf konkrete Anweisungen vom Mars zu warten strapazierte allmählich ihre Geduld. Der Rat konnte sich offensichtlich nicht einig werden, was unternommen werden sollte.

»… jetzt besser auf«, drang Veras Stimme wieder in Mayas Ohren. »Wahrscheinlich bist du in Gedanken längst woanders, weil du dir mein Gerede nicht anhören willst.« Die Präsidentin lächelte wieder, während sie das sagte. »Leugne es nicht, ich kenne dich viel zu gut. Deshalb bin ich ebenso sicher, dass ihr bald auch ohne unsere Erlaubnis aufbrechen werdet. Ich kann es nicht verhindern, aber überlege gut, Maya, ob ihr das Richtige tut.« Sie hob die Hand. »Genug davon! Ich vertraue dir. Ich hoffe, dass wir uns bald wiedersehen. Alles Gute für dich. Auch wenn du so fern bist, bist du mir immer ganz nah. Meine besten Wünsche begleiten dich.«

Das Bild verharrte. Maya streckte eine Hand aus, als wolle sie das Abbild ihrer Mutter berühren. »Ich vermisse dich auch«, sagte sie. Dann schaltete sie die Aufzeichnung ab und machte sich auf den Weg in die Messe zur Besprechung.

***

»Mir ist das alles zu diffus«, meldete sich Roy Braxton zu Wort. Sie debattierten bereits seit einer guten Stunde und drehten sich im Kreis. »Wird der Rat nun zu einer Einigung kommen oder nicht?«

»Ich meine, eines unserer Ziele war es doch, direkt vor Ort Erkundungen durchzuführen und sich nicht nur auf die Rolle des Beobachters zu beschränken!«, stimmte Clarice ihrem Zwillingsbruder zu.

Maya konnte verstehen, dass die beiden darauf brannten, endlich in den Einsatz gehen zu können. Sie waren schließlich als Landekommando gedacht und wollten sich der Herausforderung stellen.

»Wir könnten doch einen Kompromiss schließen«, schlug Rayna Braxton vor. »Untersuchen wir die Weltraumstation im Orbit der Erde!«

Maya lächelte. Verständlich, dass Rayna darauf brannte, die Technik dort zu untersuchen. Aber dazu stand ihre Meinung fest. »Das ist viel zu gefährlich für ein großes Schiff wie die CARTER. Wir können dort nicht andocken, und auf Weltraumspaziergänge lasse ich mich nicht ein. Nicht bei unbekanntem Terrain. Später, wenn wir über ein kleines Shuttle verfügen, können wir es wagen. Jetzt noch nicht.«

»Die Erde ist außerdem viel interessanter!«, stimmte Roy eifrig zu.

»Ich plädiere für die Erkundung der Raumstation«, widersprach Saramy Saintdemar und hob eine Hand. »Gut, ich sehe ein, dass es momentan zu riskant ist – aber ich bin davon überzeugt, dort auf weitere Daten über den *Geosiphon* zu stoßen, vielleicht sogar auf Proben des Pilzes selbst. Das würde meine Forschungen rasant beschleunigen.«

Vor fünfhundert Jahren, kurz vor dem Einschlag des Kometen, hatte ein Wissenschaftler namens Louis Taurentbeque den letzten Kommunikationsaustausch mit den zur Isolation verdammten beiden Wissenschaftlern der Mondstation geführt. Er hatte geplant, von der Orbitalstation aus mit einem Shuttle zum Mond zu fliegen, und den beiden Todgeweihten Hoffnung gemacht, einen Pilz entwickelt zu haben, der Sauerstoff und Stickstoff produzieren könne. Dieser *Geosiphon* sollte das jahrelange Überleben auf dem Mond garantieren. Damit die beiden Männer ihm Glauben schenkten, hatte Taurentbeque einige biochemische Formeln gefunkt, die die Jahrhunderte zusammen mit dem restlichen Vermächtnis der Mondwissenschaftler überdauert hatten.

Taurentbeque hatte die Mondstation niemals erreicht. Aber seine übermittelten Formeln waren immerhin ein Ansatz, mit dem die Medizinerin und Biochemikerin seither experimentierte; bisher allerdings ohne Erfolg.

»Der hydroponische Garten verlangt darüber hinaus ständige Pflege und Aufmerksamkeit«, fuhr Saramy fort. »Nur so können wir unsere Versorgung mit genügend Nahrung garantieren. Das halte ich für besonders wichtig, da wir nicht wissen, wann die DEIMOS kommt.«

Maya nickte. »Ich hatte ohnehin nicht vor, dass wir alle zur Erde fliegen. Die Station hier muss auf alle Fälle besetzt bleiben.«

»Dann melde ich mich ebenfalls zum Bleiben«, ließ sich Anjani Gonzales vernehmen. »Ich stecke gerade in einer schwierigen Phase beim Wiederaufladen der Trilithium-Kristalle. Es sieht so aus, als könnte unser Ionenantrieb dabei einiges bewirken. Darum sollte außerdem ein Techniker hierbleiben.«

»Dem stimme ich zu«, bestätigte Leto. »Übrigens ist die Teilnahme von vornherein freiwillig. Jeder von euch entscheidet selbst, ob er mitkommen will oder nicht.«

»Das klingt ganz so, als wäre es schon beschlossene Sache!«, warf Lorres ein.

»Noch nicht«, erwiderte Maya. »Aber wir sollten allmählich in unseren Überlegungen konkret werden und nicht nur Funksprüche hin und her schicken.«

Leto warf Lorres einen zwinkernden Blick zu. »Du kannst ja solange das Kommando hier übernehmen, während wir fort sind.«

Der gedrungene Gonzales lachte. »Denkst du, ich will das verpassen? Ich möchte gern in eure langen Gesichter sehen, wenn ihr nach der Landung eure Reise bereut. Auf der Erde gibt es außer ein paar primitiven Barbaren nichts mehr von Interesse. Ich bin gespannt, wie ihr mit denen kommunizieren wollt!«

»Gar nicht«, versetzte Maya. »Ich stimme der Präsidentin zu, dass wir jede Kontaktaufnahme vermeiden müssen. Damit würden wir nur Konflikte heraufbeschwören. Oder wie siehst du das, Jawie?«

Das Mitglied des Tsuyoshi-Hauses nickte. Jawie war die Jüngste des Teams, Historikerin und Linguistin. »Wer weiß, welchem Götterglauben diese degenerierten Menschen anhängen. Ein Kontakt kann sogar Kriege heraufbeschwören. Wir müssen ganz behutsam vorgehen, bis wir mehr in Erfahrung gebracht haben.«

»Da bin ich ausnahmsweise deiner Meinung«, sagte Lorres. »Ich habe keine Lust auf eine Begegnung mit diesen wandelnden Bakterien- und Virenherden. Das könnte lebensgefährlich für uns werden.«

»Nun gut.« Maya aktivierte ein holografisches Schaubild der Erde. »Damit wären wir beim nächsten Thema. *Wo* wollen wir landen?«

»Auf alle Fälle in einem Gebiet, in dem die englische Sprache gebräuchlich war«, antwortete Jawie sofort. »Sollte es doch zu einem Kontakt kommen, stehen die Chancen einer Verständigung besser.«

»Dann bleibt uns eigentlich keine große Auswahl«, stellte Maya fest. »Australien, die Britischen Inseln oder die ehemaligen Vereinigten Staaten.«

»Ich plädiere für die Britischen Inseln«, sagte Jawie. »Genauer gesagt: England!« Sie vergrößerte die große Insel im Nordwesten Europas und richtete einen elektronischen Zeiger auf London. »Die Hauptstadt London war damals mit über acht Millionen Einwohnern ein Schmelztiegel der verschiedenartigsten Völker und Kulturen. Dort befand sich auch das *British Museum,* das ausführliche Sammlungen aus allen Epochen der menschlichen Geschichte besaß, den Großteil davon unterirdisch gelagert. Wir könnten unter all dem Schutt noch etwas finden!«

Für einen Augenblick herrschte Stille.

Dann meldete sich Albo Saklid zum ersten Mal zu Wort: »Der Vorschlag ist nicht schlecht. Wir haben dort eine gemäßigte Zone, das heißt, keinen Dschungel, aber auch keine zu große Kälte. Es könnte einiges erhalten geblieben sein.«

Maya stimmte zu. »England ist eine Insel; dort können wir auf kleinerem Raum agieren und haben zudem größere Chancen, Relikte der Vergangenheit zu finden. Eine Alternative wären vielleicht noch die Ruinen von New York an der Ostküste des amerikanischen Kontinents; ebenfalls ein früherer Schmelztiegel der Nationen.«

»Wie uns die Fernaufnahmen zeigen, ist die halbe Stadt von einem Gletscher eingeschlossen«, räumte Albo ein. »Dort dürfte es also angenehm kühl sein; gleichzeitig aber wird es in dem hart gefrorenen Boden mühsamer sein, Ausgrabungen vorzunehmen.«

»Also ist Großbritannien für uns strategisch günstiger«, stimmte Maya zu. »In London werden wir die größeren Chancen haben, Überreste zu finden. Ich bin dafür, dort zu landen.«

Wie es sich zeigte, waren alle einverstanden. »Ist mir völlig gleich, wo wir landen. Hauptsache, wir finden etwas und stehen nicht in einer trostlosen Wüste herum«, meinte Lorres lakonisch.

»Damit ist diese Entscheidung gefallen«, schloss Maya die Diskussion. »Seid ihr einverstanden, wenn wir jetzt den Termin für den Flug festlegen?«

»Ich ahnte es! Und die Genehmigung des Rates?«, rief Leto.

»Die kriegen wir, wenn ich einen entsprechenden Spruch absetze«, antwortete Maya. »Ich weiß, dass meine Mutter mich unterstützen wird, und das Wort der Präsidentin gilt immerhin etwas.«

»Außer, Cansu macht ihren Einfluss geltend ...«, wandte Jawie ein.

»Noch hat meine werte Cousine nicht alle Fäden in der Hand«, erwiderte Maya. »Und ich denke auch, dass sie einer Landung nicht widersprechen wird. Denn sollte etwas schiefgehen, hätte sie jede Menge Argumente, die weitere Entwicklung des Raumfahrtprogramms zu stoppen.«

Rayna Braxton beugte sich leicht vor; sie hatte sich bisher weitgehend aus der Diskussion herausgehalten. »Ich denke, der Rat *muss* die Genehmigung erteilen, schließlich ist die Erkundung vor Ort von Anfang an Teil unseres Projektes gewesen! Wir können, auch wenn wir keine historischen Überreste mehr finden sollten, in jedem Fall Gesteins- und Pflanzenproben sammeln. Unser Labor hätte damit auf Jahre hinaus zu tun, und sicherlich könnten wir auch Pflanzen finden, die für den Mars von Nutzen sind!«

»Dem stimme ich zu«, gab Albo der Technikerin Recht. »Dadurch könnte das Terraforming weiter beschleunigt werden, jetzt da der Mars auch anderen Organismen eine Lebensgrundlage bietet.«

»Und vergesst eines nicht«, sagte Lorres mit einem eindringlichen Unterton in der Stimme. »Dies ist ein denkwürdiger Augenblick und der Zeitpunkt genau der richtige: Wir schreiben das Erdjahr 2510, das Marsjahr 250. Vor genau fünfhundert Erdjahren sind die Gründer auf dem Mars gelandet. Da gewinnt unsere Landung auf der Erde eine besondere Bedeutung, finde ich.«

Maya nickte. »Es ist wie eine Rückkehr. Zu unseren Wurzeln, die irgendwo dort unten tief verborgen unter den Ruinen der verwüsteten Welt liegen.«

2.
DER SCHWERE WEG

Maya Tsuyoshi brauchte einige Stunden, bis sie die Botschaft an die marsianische Regierung aufgesetzt hatte. Dann las sie sie Leto vor, der sie noch einmal überarbeitete.

»Die Bürokratie ist etwas, das wir von unseren Vorfahren übernommen haben«, bemerkte der Kommandant grinsend. »Aber ich denke, mit diesen Formulierungen haben wir gute Chancen auf eine positiven Entscheidung.«

Maya wirkte erleichtert. »Dann schicke ich jetzt den Antrag ab. Gleichzeitig machen wir uns an die Vorbereitungen zur Expedition.«

»Was tun wir, wenn er trotzdem abgelehnt wird?«, fragte Lorres, der gerade hinzukam. Er steuerte auf die Sitzgruppe zu und lümmelte sich in einen Sessel. Es war spätabends; nur noch Leto und Maya hielten sich in der Messe auf. Der große Bildschirm zeigte das Kamerabild auf den vertrauten Sternenhimmel mit dem schmalen Band der Milchstraße. Bald würde die Erde aufgehen; jedes Mal wieder ein fantastischer Anblick.

»Im *Notfall* haben wir die Nachricht eben nur verstümmelt erhalten und falsch interpretiert«, antwortete Maya. »Wir werden das jetzt durchziehen, ob mit oder ohne den Segen von oben.«

Lorres grinste. »Genau dieser starke Willen und die Autorität hat die Tsuyoshis bisher an der Macht gehalten. Obwohl ich mit eurer Politik nicht konform gehe, gefällt mir das an dir. Konsequent bis zum Äußersten.«

Leto wiegte den Kopf. »Ich glaube, dass dem Mars große Umwälzungen bevorstehen. Abgesehen von wenigen Rückfällen haben wir unsere Zivilisation auf Frieden aufgebaut und Konflikte möglichst vermieden. Trotzdem tragen wir noch das alte Erbe in uns, und Macht und Gier finden immer einen Weg. Mit unserem Kontakt zur Erde beschleunigen wir diese Entwicklung möglicherweise noch. Wenn ich bedenke, was allein das Raumfahrtprogramm an Konflikten in Gang gesetzt hat ... Ich denke, das ist mit ein Grund, weswegen der Rat so lange zögert. Schau dir nur unsere Gruppe an.« Leto wies auf Lorres Rauld Gonzales. »Lorres möchte einen Mann aus einem anderen Haus an der Spitze der Regierung. Albo Saklid, der keinem der großen Häuser angehört, fühlt sich ständig zurückgesetzt und als Mensch zweiter Klasse. Du selbst hältst natürlich an der alten Regierung fest. Die Welt ist bereits im Wandel, Maya.«

»Ich glaube nicht, dass unsere Mission dafür verantwortlich ist«, erwiderte Maya. »Früher oder später wäre es ohnehin so gekommen. Wir beschleunigen die Entwicklung höchstens ein wenig.«

Lorres gähnte herzhaft. »Es liegt nun mal in der Natur des Menschen, immer unzufrieden zu sein und nach dem zu streben, was er nicht hat«, verkündete er. »Kein politisches System auf der Erde ist jemals von Dauer gewesen, immer gab es eine Opposition. Denk nur an das Waldvolk auf dem Mars mit seinen seltsamen Kräften, das teils mystifiziert, teils als Bedrohung aufgefasst wird. Wer weiß, ob diese Leute immer so friedlich bleiben, wie sie sich jetzt geben. Wir sind bereits zwei Völker, und die Kluft zwischen uns wird immer größer.«

Er erhob sich, gähnte ein zweites Mal provokativ, als fühlte er sich über alles erhaben. »Und damit gehe ich zu Bett, Freunde, und lasse euch mit euren philosophischen Betrachtungen alleine. Morgen beginne ich mit dem Check der CARTER. Rayna und Clarice werden mir dabei helfen. Sobald ich fertig bin, können wir aufbrechen …«

* * *

»Mondstation an CARTER. Alles klar bei euch?«

»Alles klar, Mondstation. Geben gerade den letzten Check durch. Danach werden wir starten.«

»In Ordnung. Datenabgleich Check-1 beginnt … jetzt.«

Maya verfolgte das Scrolling der Daten auf dem Bildschirm, aber mehr um sich abzulenken, als aus echtem Interesse. Leto, Lorres und Anjani wussten, was sie taten, sie kannten die CARTER in- und auswendig.

Wieder einmal also war Maya festgeschnallt und fieberte dem Start entgegen. Diesmal würde es ein vergleichsweise kurzer Flug werden; Leto hatte etwa drei Flugtage veranschlagt. Sie mussten die ganze Zeit über quasi *gebremst* fliegen, da der Abstand vom Mond zur Erde viel zu gering war, um in die Beschleunigungsphase oder gar auf Ionenantrieb zu gehen. Das bedeutete ebenso, dass sie fast die ganze Zeit über Schwerelosigkeit haben würden und den Großteil der Zeit in dieser eingepferchten Lage verbringen mussten. Das Ablegen des Anzuges war erst recht ausgeschlossen.

Die CARTER war in Startposition gebracht, der Neigungswinkel von Lorres entsprechend errechnet worden. Die speziell dafür konstruierten Stützen funktionierten bisher einwandfrei. Selbstverständlich war Ersatz vorhanden, falls sie nicht planungsgemäß einfuhren, sodass ein Start von der Erde aus trotzdem möglich wäre.

»Check beendet, alle Systeme startbereit«, meldete der Schiffscomputer mit dem launigen Namen *Sangria.*

Maya spürte das vertraute Vibrieren, als die Startsysteme hochfuhren. Es kribbelte am ganzen Körper, das Herz schlug ihr bis zum Hals. Jedes Mal dasselbe, das würde sich vermutlich nie ändern!

»Auf mein Kommando«, sagte Leto.

»Kontrolle bestätigt«, kam es von Lorres. »Bring mein Baby gut in die Höhe.«

Es wurde laut. Alles vibrierte, wackelte und schaukelte.

Anjani in der Station und Sangria wechselten sich ab mit ihren Check-out-Meldungen.

»Bugdüsen aktiviert. Erforderlicher Startwinkel zu neunzig Prozent erreicht ... fünfundneunzig ...«

Maya merkte, wie die Nase der CARTER leicht in die Höhe ging. Schon die auf Volllast arbeitenden Bugdüsen verursachten einen Höllenlärm. Wenn erst der Hauptantrieb zugeschaltet wurde, war es schier unerträglich ...

»Neunundneunzig Prozent«, meldete Sangria. »Stützen eingefahren, Außenhaut geschlossen. Keine Fehlermeldung. Neigungswinkel zu hundert Prozent erreicht.«

»Achtung, Startposition erreicht«, kam es von der Mondstation. »Countdown bei minus zehn-neun-acht ...«

Und dann kam das entscheidende Wort, auf das alle an Bord sehnsüchtig warteten, knackend und krächzend in Mayas Helmfunkempfänger: »Start!«

Unwillkürlich klammerte sie ihre Finger um die Armlehnen, obwohl das überflüssig war; sie wurde von den Gurten fest verschnürt gehalten.

»Alles Gute«, flüsterte sie.

Für einen Moment schien es so, als würde es nicht klappen. Auch das war jedes Mal gleich. Alles zitterte und bebte, das Schiff schien wie ein Jungvogel auf und ab zu hüpfen, unschlüssig, ob er nun die Flügel ausbreiten und fliegen oder lieber noch etwas warten sollte. Das Dröhnen der Antriebe strapazierte die Gehörgänge, lähmte geradezu den Körper.

Immer noch geschah nichts. Als ob das Schiff zu schwer sei,

als ob es niemals in der Lage wäre, abzuheben, den riesigen silbernen Leib vom Boden zu lösen und in die dunkle Schwärze hinter dem Horizont zu fliegen.

Maya konnte sich noch so oft einreden, dass es schon fast Routine war; es krampfte ihr trotzdem das Herz zusammen, und sie befürchtete das Schlimmste. Gerade als sie anfing, sich ein Schreckensszenario mit Ausfall der Bugdüsen vorzustellen, auf den Absacken, Aufprall und Zerplatzen der CARTER folgte, *geschah* es endlich.

Ein heftiger Ruck ging durch das Schiff, presste Maya zurück in den Sitz, und dann sah sie den schmalen Streifen Mondboden am unteren Fensterrand wegsacken.

Sie hielt den Atem an, zählte in Gedanken mit, wie lange der Abflug dauerte, während ihre Eingeweide durchgeschüttelt wurden und eine tonnenschwere Last ihren Körper in den Sitz quetschte. Der Lärm war ohrenbetäubend und brachte ihre Ohren zum Summen.

Die Nase der CARTER zeigte aufs All, auf die Milliarden Sterne dort draußen. Maya bewunderte nicht zum ersten Mal Leto, wie er es schaffte, in einer solchen Situation noch auf die Systeme achten zu können. Natürlich ging der Start vollautomatisch, und er hatte *nur* Kontrollfunktion – dennoch, er musste sofort reagieren, wenn irgendetwas nicht stimmte. Das hier war etwas anderes als ein Solarzellenflitzer oder ein Luftschiff, hier gab es weder beim Start noch bei der Landung eine Abbruchmöglichkeit.

Doch dann sah Maya aus dem Seitenfenster den Mond unter sich, immer kleiner werdend. Kurz darauf wurde das Schiff ganz ruhig, das Dröhnen erstarb, zurück blieb nur das vertraute Summen. Für einen Moment stand alles still.

Dann schwenkte die CARTER auf die gespeicherte Flugbahn, und Maya sah die Erde geradeaus vor sich, schon so nah.

»Start erfolgreich geglückt«, meldete Leto über Bordfunk.

Eine Tatsache, die jeder mitbekommen hatte; aber es war üblich, eine Statusmeldung durchzugeben. »In einer halben Stunde, nach der letzten Kurskorrektur, werden wir alle die Sitze verlassen können. Die Helme können dann abgenommen werden, aber ich bitte die Anzüge anzubehalten. Bitte darauf achten, dass wir keine künstliche Schwerkraft eingeschaltet haben! Also entweder vorsichtig schweben oder das Magnetfeld in den Schuhen aktivieren.«

Aus den geöffneten Kanälen drangen erleichterte Jubelrufe. Dies sollte nicht darüber hinwegtäuschen, dass ihnen das Schwerste noch bevorstand. Die geglückte Landung nämlich.

***

»Achtung an alle! Plätze einnehmen, wir setzen zur Landung an!«

Dieser Aufforderung kam Maya gern nach. Die vergangenen knappen drei Tage waren tödlich langweilig gewesen, und der Anblick der Erde hing ihr allmählich zum Hals heraus. Das Gefühl der Erhabenheit war längst verschwunden angesichts der permanenten Zwangsjacke, der unangenehmen Prozedur, um den täglichen Verrichtungen nachzugehen, und der flüssigen Nahrung, die man nur durch spezielle Röhrchen aufnehmen konnte.

Lorres hatte aus Spaß einige Wassertropfen *verschüttet*, und sie hatten eine alberne Jagd darauf veranstaltet, wer die durch die Luft schwebenden Kügelchen als Erster mit dem Mund auffing. Ein Spiel aus Verzweiflung, weil die Langeweile erdrückend war, weil es nichts zu tun gab außer zu warten.

Sangrias automatische Kontrolle funktionierte ohne Probleme, Leto hatte lediglich Überwachungsfunktion – aber immerhin etwas zu tun. Lorres und Rayna führten regelmäßige technische Checks durch, und Mayas Ansicht nach wirkten sie fast ein wenig enttäuscht, weil alles funktionierte.

Jawie beschäftigte sich mit den in ihren Anzugcomputer gespeicherten Daten über das ehemalige Großbritannien und frischte ihre Englischkenntnisse auf.

Maya und die übrigen versuchten so viel wie möglich zu schlafen. In den *Säcken* hängend war es gar nicht einmal so unbequem, aber das Problem war der Gleichgewichtssinn. Sobald Maya die Augen schloss, wurde ihr schwindlig. Anfänglich hatte sie sich wie die meisten anderen häufig übergeben müssen – keine leichte Sache bei Schwerelosigkeit, denn es musste rechtzeitig der dafür vorgesehene Behälter angelegt werden, damit nichts danebenging.

Natürlich hatten sie alle auf dem Mars einen Vorbereitungskurs gehabt und vor dem Start auf dem Mond noch einmal zwei Wochen lang intensiv trainiert. Aber zwischen Training und Realität lagen Welten, hier oben war einfach alles anders.

Um sich abzulenken, veranstaltete die Mannschaft Konzentrationsspiele und übte sich im *Ballwerfen*, um die Muskeln in Bewegung zu halten.

Aber jeder war froh, als das Ziel, die Erde, schließlich die Aussichtsfenster vollständig ausfüllte und die erste Umkreisung im Orbit begann. Und das sogar mit Zustimmung des Rates – kurz vor dem Start war die Genehmigung eingetroffen.

Von hier oben sah alles recht übersichtlich und friedlich aus. Aber wie von den Sonden und Teleskopen bisher auch übermittelt, sahen sie keine Großstädte, keinerlei Anzeichen auf eine hochzivilisierte Gesellschaft. Es schien, als habe der Komet wirklich ganze Arbeit geleistet und alles zerstört, was die Menschheit davor in Jahrtausenden aufgebaut hatte.

Trotzdem brannten alle darauf, endlich zu landen und die Schwerelosigkeit hinter sich zu lassen.

»Ich kann etwa hundert Kilometer vor London runtergehen«, verkündete Leto. »Ich habe in südöstlicher Richtung, nahe dem Kanal, eine große, weite Fläche ausgemacht, die unbesiedelt scheint. Wenn wir Glück haben, bleibt die Landung unbemerkt.«

»Und wenn nicht?«, fragte jemand über den offenen Helmfunkkanal.

»Darauf müssen wir es ankommen lassen«, antwortete der Kommandant. »Entweder landen wir weit draußen auf dem Meer oder irgendwo in einer Wüste – aber dann werden wir nichts anderes entdecken können als Wasser oder Sand. Die Rover sind nicht schnell genug, um große Entfernungen zu überwinden.«

»An Bord wird eh niemand gelangen«, fügte Lorres hinzu. »Wenn die Luken der CARTER verschlossen sind, wird es keinem der Barbaren gelingen, sie zu knacken. Die Schutzhülle ist sogar gegen konventionellen Beschuss resistent. Und schließlich haben ja auch einige Waffen.«

»Die wir hoffentlich nicht brauchen«, murmelte jemand.

»Schluss jetzt mit der Diskussion«, mischte Maya sich ein. »Wir sind alle etwas nervös, aber wir haben gemeinsam entschieden, den Flug zu wagen, und nun sind wir hier. Behaltet jetzt also die Nerven!«

»Das ist mein Stichwort«, ließ sich Leto vernehmen. »Wir tauchen in wenigen Augenblicken in die Atmosphäre ein! Bitte schnallt euch an, es wird kritisch.«

***

Das erste Problem wurde bald ersichtlich – die Anziehungskraft der Erde und ihre dichtere Atmosphäre. Obwohl Leto und Lorres ohnehin einen flachen Anflugwinkel programmiert hatten, schüttelte es das Schiff kräftig durch, und Sangria überschlug sich mit den Meldungen der ansteigenden Hüllentemperatur, als sie bei etwa tausend Kilometern über Grund in die Thermosphäre eintraten. Farbschlieren waberten um sie herum, von den Sternen war nichts mehr zu sehen.

An den Steuerkontrollen leuchteten fast alle Warnleuchten; ein Alarm folgte dem anderen.

»Geschwindigkeit reduzieren, und zieh die Nase ein wenig höher, um den Anflugwinkel weiter zu verringern!«, befahl Leto dem Bordcomputer und fing an, hektisch Schalter umzulegen.

»Aber nicht zu stark, sonst prallen wir an der Atmosphäre wieder ab!«, warnte Lorres. »Ich weiß nicht, ob die Außenhülle dieser Belastung standhält!«

In diesem Moment wünschte sich Maya, sie wäre so unwissend wie die anderen im Passagierraum und bekäme nicht jedes Detail mit. Sie hatte Angst, dass ihre Nerven diese Belastung nicht mehr lange mitmachen würden. Trotz aller Vorbereitungen auf extreme Situationen war es etwas gänzlich anderes, sie *tatsächlich* zu durchleben.

Natürlich würde dies kein Spaziergang werden, damit hatte niemand gerechnet – aber alle Auswirkungen des Atmosphärenflugs hatten auch im Simulator nicht berücksichtigt werden können.

Maya spürte, wie es weiter nach unten ging, und beobachtete die Anzeigen. In etwa vierhundert Kilometern Höhe begann die Ionosphäre, wo sich durch die ionisierende Wirkung der Sonne eine unglaubliche Elektronendichte entwickelte. Was Sangria zu den nächsten Warnungen veranlasste, natürlich mit immer gleich ruhiger, seelenloser Stimme, obwohl der Inhalt ihrer Worte höchste Gefahr beinhaltete.

Kurz vor dem Aufschlag, dachte Maya, *wird sie wahrscheinlich unbeteiligt wie immer sagen:* »Achtung, alle werden sterben«, *und das war's dann.*

»Verdammt!«, rief Leto auf der Kommandofrequenz, sodass die übrige Mannschaft mit Ausnahme von Lorres und Maya nicht mithören konnte. »Wir sind immer noch zu schnell, und der Eintauchwinkel stimmt nicht!«

Lorres begann: »Aber wie ...«

»Es ist alles anders als in den Aufzeichnungen, verstehst du?«, gab Leto zurück, und Maya spürte jetzt echte Angst aufsteigen, als sie die Hektik in seiner Stimme hörte. Der Kommandant fiel normalerweise nie aus der Rolle und neigte sehr selten zu Gefühlsausbrüchen. Meistens war er genauso distanziert und gelassen wie Sangria.

»Die Magnetpole haben sich verschoben«, fuhr Leto fort, »die Zusammensetzung der Atmosphäreschichten ist verändert, einfach nichts stimmt mehr mit dem Archiv überein! Dies sind Voraussetzungen, die wir nie kalkuliert haben! Ich muss auf manuelle Steuerung gehen!«

»Oh«, machte Lorres nur.

Maya merkte, wie alles Blut aus ihrem Gesicht wich. »Aber können wir denn nicht wieder ...«

»Steigen? Umkehren? Vergiss es, Tsuyoshi«, unterbrach Lorres. »Das ist kein Solarzellenflitzer. Entweder kriegt Leto das Schiff runter, ohne es in seine Bestandteile zu zerlegen, oder nicht. Wir können nicht mehr zurück, egal was uns da unten erwartet.«

»Dann hoffen wir, dass uns die Monde nicht auf den Kopf fallen«, flüsterte Maya. Sie spürte einen dicken Kloß im Hals. Plötzlich bereute sie es, ihre Mutter nicht noch einmal gesehen zu haben, bevor sie hierher flog; sie bereute auf einmal so viele Dinge. Irgendetwas in ihr schaltete ab, glaubte nicht mehr an eine Rettung, wollte schreiend aus ihr fliehen.

Aber sie riss sich zusammen und zwang sich, Ruhe zu bewahren. Im Empfänger des Bordfunks empfing sie ein paar aufgeregte Stimmen. Die Freunde im hinteren Raum hatten wohl mitbekommen, dass die Dinge anders liefen als geplant. *Wissen* konnten sie es nicht, dort gab es keine Fenster, keine Anzeigen, und die Bildschirme waren deaktiviert.

»Dies ist eine Extremsituation«, gab Maya durch. »Bitte bewahrt die Ruhe. Der Anflug dauert länger als auf dem Mond oder Mars, und bedingt durch die dichtere Atmosphäre wird es auch holpriger. Aber das hat nichts zu besagen. Bleibt ruhig, damit helft ihr uns am besten. Ich deaktiviere jetzt den Funk, bis wir erfolgreich gelandet sind.« Sie schaltete auf die Kommandofrequenz um.

»Hoffentlich hast du Recht mit deinen Versprechungen …«, murmelte Lorres. Sie drehte den Kopf zu ihm und begegnete seinem Blick. Sie merkte, dass er ansetzte, etwas zu sagen, doch er schwieg und wandte sich wieder seinen Kontrollen zu.

Maya blickte auf die Anzeigen. Sie durchflogen die Mesosphäre bei achtzig Kilometern Höhe. Leuchtende Nebel flackerten draußen vor den Fenstern.

Dann näherten sie sich der Ozonschicht, die bis in etwa dreißig Kilometer Höhe reichte. »Jetzt?«, flüsterte sie auf dem internen Kanal.

»Jetzt«, antwortete Leto. »Es wird ein bisschen ungemütlich, möglicherweise haben wir bald Verständigungsprobleme.«

»Alles klar.« Maya lehnte sich zurück und versuchte sich zu entspannen. Eine Meditationsübung würde vielleicht helfen. Sie hatte noch nie so viel Angst gehabt.

Nicht einmal an dem Tag, als in Elysium City das Chaos ausgebrochen und der zur Gewalt bereite Mob auf den Straßen unterwegs gewesen war. Als die Baumsprecher aus der Stadt fliehen mussten und sich die Städter darauf vorbereiteten, ihre Brüder und Schwestern in den Wäldern auszulöschen. Maya war damals mitten durch die Stadt gelaufen. Es war nicht einmal mutig gewesen; sie hatte nur an ihren Vater gedacht und dass er gerettet werden musste.

Damals war Mayas Welt in die Brüche gegangen, und es hatte sie mehr denn je hinausgetrieben ins All, weg vom Mars und seinen schwelenden Problemen und Konflikten unter der Fassade des schönen Scheins.

Aber das hier war etwas anderes. Ihr Leben war bedroht, und sie konnte nichts unternehmen, sie musste sich darauf verlassen, dass die Technik nicht versagte und dass Leto als Kommandant und Pilot wusste, was er tat. Das war vielleicht das Schwerste von allem: so abhängig von anderen zu sein, die nicht perfekt waren, sondern voller Schwächen und Fehler.

Die kritische Marke war erreicht, die CARTER trat in die Ozonschicht ein. Die Luft um das Schiff begann zu brennen.

Und sie rasten weiter abwärts …

* * *

Die Klimaregelung im Anzug sprang an, und Maya war froh um den geschlossenen Helm. Die Temperaturen innerhalb des Schiffes stiegen rapide an, die Dämmung konnte die gewaltige Erhitzung der Außenhülle nicht mehr vollständig zurückhalten oder ableiten. Die CARTER wurde so sehr durchgeschüttelt, dass Maya anfing, doppelt zu sehen. Ihre Sicherheitsgurte wurden bis an die Grenze belastet. Bei all dem Kreischen, Dröhnen und Donnern konnte sie nur noch gelegentlich die Stimme des Schiffscomputers ausmachen oder die Letos, der eine Anweisung brüllte, während seine Finger auf Kontrollen einschlugen oder Hebel umklammerten, die er in verschiedene Richtungen bewegte.

Ursprünglich war die Landung mit automatischer Steuerung geplant gewesen, aber das ging aufgrund der veränderten Umweltbedingungen nicht mehr. Leto musste das Raumschiff von Hand landen. Beziehungsweise erst einmal sicher durch die Atmosphäre bringen. Vorzugsweise in einem Stück.

Die CARTER tauchte als Feuer speiender Komet in die Wolken der Stratosphäre ein und brachte sie zum Glühen.

Wer uns jetzt sieht, dachte Maya, *glaubt bestimmt an ein Himmelsschauspiel. Vielleicht fürchten die Barbaren auch, dass ihnen ein Komet auf den Kopf fällt.*

Was würden die hypothetischen Beobachter wohl tun? Sich verstecken? Irgendwelche Götter um Gnade bitten?

Auf dem Mars gab es keine Götter; die Nachkommen der Gründer waren von Anfang an Menschen der Wissenschaft gewesen und hatten allein an Fakten geglaubt. Auch diese boten noch Wunder genug, die es zu ergründen galt. So wie die Hinterlassenschaften der Alten, ohne deren Technologie – so weit man sie enträtseln konnte – die Marsianer in den vergangenen hundert Jahren nicht so schnell vorangekommen wären. Jetzt würde sich zeigen, ob sie nicht zu vermessen gewesen waren, ihre Technik für hoch entwickelt zu halten ...

Die CARTER schrie metallisch, schien jeden Moment auseinanderzufallen. Maya hatte Mühe, das Bewusstsein nicht zu verlieren; sie besaß keine Orientierung mehr, und die Versorgungssysteme des Anzugs mussten Schwerstarbeit leisten. Hartnäckig konzentrierte sie sich auf die Anzeigen, schaute immer wieder aus dem Fenster. Jetzt war der Moment gekommen, wo sie nichts mehr versäumen wollte, trotz ihrer Angst und der Gewissheit, sterben zu müssen. Offenen Auges sollte es geschehen.

Und da öffnete sich plötzlich der Ozean unter der CARTER. Die Wolken blieben über ihnen zurück, während sie, einen Feuerschweif hinter sich herziehend, auf das Wasser zusteuerten, das sich von Horizont zu Horizont erstreckte.

Maya hatte noch nie in ihrem Leben so viel leuchtend blaues Wasser auf einmal gesehen; es war schier grenzenlos.

Der Kurs stimmte augenscheinlich noch, und hier war die Wahrscheinlichkeit von Beobachtern tatsächlich äußerst gering.

Aber konnten sie auch landen?

Die Nase des Schiffes hob sich wieder leicht, und Maya merkte, dass die Geschwindigkeit gedrosselt wurde. Die Antriebsgeräusche wurden etwas leiser; Maya hörte gebrüllte Satzfetzen von Leto und Lorres, konnte aber nicht unterscheiden, was von wem stammte.

»... fünfhundert Kilometer ...«

»... immer noch zu schnell!«

»... gebe ... manuell ...«

»... Bremse?«

»Klar!«, drang es auf einmal laut und verständlich in Mayas Ohren, und sie blinzelte verwirrt.

Für einen Moment wurde es fast ruhig, und es schien, als schwebten sie dahin wie ein Sonnensegler auf dem Mars.

Anscheinend waren sie gerade in einer Luftschicht angekommen, die optimale Strömungsverhältnisse bot und einen kurzen Augenblick Zeit zum Luftholen ließ.

»Beginne mit dem Landeanflug«, sagte Leto. »Achtung, Maya, es wird gleich noch mal holprig.«

»Dann haben wir es fast hinter uns?«, fragte sie zaghaft.

»*Vor* uns, Träumerle«, antwortete Lorres grimmig. »Das Bisherige war nur das Vorspiel. Aber die Hülle kocht immer noch, und je weiter wir runterkommen, desto mehr werden alle Teile und Verbindungen beansprucht. Die Erdanziehung ist so stark, dass Leto die CARTER kaum noch halten kann.« Er deutete voraus, auf einen riesigen schwarzen Wolkenberg. »Und wir fliegen direkt in eine Wetterfront hinein!«

»Oh«, hauchte Maya.

»Ich weiß nicht, wo wir landen werden«, fügte Leto hinzu. »Ich hoffe, dass wir rechtzeitig Land erreichen. Sobald es möglich ist, gehe ich runter, egal wo. London können wir bei diesen Wetterverhältnissen nicht mehr ansteuern.«

»Verstehe«, sagte Maya und versuchte, tapfer und gelassen zu klingen. »Wir schaffen das.«

Eine halbe Minute Pause, mehr nicht. Dann begann der Tanz von neuem.

***

Maya sah verschwommen Land vor sich, ein winziger Fleck in all der Weite des stürmisch aufgewühlten Ozeans. Wie wollte Leto da jemals einen Landeplatz finden? Das ganze Schiff war ja größer als dieser Käferdreck!

Die CARTER raste durch ein tobendes Inferno. Blitze zuckten um sie her, Wassermassen strömten von oben herab und verdampften in der Gluthitze des flammenden Schiffes. Auf dem Meer türmten sich riesige gischtgekrönte Wellen auf. Luftwirbel warfen die CARTER hin und her, und Leto musste pausenlos den Kurs korrigieren.

Wenn sie jetzt das Land verfehlten, mussten sie auf dem Ozean runter, und das bedeutete dann den sicheren Tod. Die CARTER würde wie ein Stein auf den tiefen Grund absinken. Niemand würde sie dort mehr finden, und die Hinterbliebenen auf dem Mars würden nie erfahren, was geschehen war.

Das darf nicht sein, dachte Maya und biss die Zähne aufeinander. *So darf es nicht enden!*

Das Land kam rasend schnell näher, während das Schiff weiter sank. Wie Leto die Rolle kurz vor dem Aufsetzen gelingen sollte, war Maya ein Rätsel. Sie hoffte auf eine Bauchlandung, die das Schiff nicht vollends auseinanderbrechen ließ. Wahrscheinlich könnten sie dann nicht mehr starten, aber wenn es ihnen gelang, ein Funksignal abzusetzen, konnte die DEIMOS sie finden und abholen.

Zu viele Gedanken. Aber was konnte Maya sonst schon tun?

Im Funk war seit einer Minute kein Wort mehr gefallen. Leto und Lorres kämpften jetzt schweigend um ihrer aller Überleben.

Sie sausten über die ersten Ausläufer der Landmasse hinweg. Nun wirkte sie gar nicht mehr so winzig.

Der Sturm hielt unvermindert an. Als hätte die Erde selbst etwas dagegen, dass sie auf ihr landeten. Aber es gab kein Zurück mehr.

Sie sackten immer weiter ab. Maya wurde in ihrem Sitz trotz der straffen Gurte hin und her geworfen, und in diesem Moment fing sie tatsächlich an zu beten. Zumindest konnte man es so interpretieren, denn sie wiederholte in Gedanken immer wieder dieselben Sätze, den verzweifelten Wunsch zu überleben, dass letztlich alles gut ginge.

Ab jetzt ging alles rasend schnell. Zur Untätigkeit verdammt bekam Maya gar nicht mehr genau mit, was vor sich ging; es kam ihr so vor, als wäre sie auf einmal in weicher Watte verpackt, als hätte sich ihre eigene Zeit extrem verlangsamt, während die Umgebung um sie herum immer schneller dahinraste.

Dann war der Ozean plötzlich verschwunden, und es war nur noch Land um sie. Durch die Regenschleier waren kaum Einzelheiten erkennbar. Einige Erhebungen gab es, wahrscheinlich Berge. Konnte Leto hier denn überhaupt einen geeigneten Landeplatz finden? Und wie würde die Bodenbeschaffenheit sein?

In Mayas Kopf ging alles durcheinander, während die CARTER *die Rolle* vollführte. Es war schlimmer als alles, was Maya je erlebt hatte. Sie war sich sicher, dass das Schiff jeden Moment kippen, sich überschlagen, auseinanderbrechen würde, was auch immer.

Sie schloss die Augen und wartete auf den Knall.

***

Es gab tatsächlich einen furchtbaren Schlag, das Schiff knirschte, stöhnte und wimmerte. Metall kreischte; einige Wandverkleidungen platzten regelrecht ab.

Dann kam der Gegenschub, abwechselnd von den Heck- und Bugdüsen, und quetschte Maya in den Sitz. Bis die Fahrt abrupt stoppte. Maya ächzte trotz des Druckausgleichs im Anzug auf.

Der Antrieb brüllte immer noch, aber wenigstens kam das Schiff endlich zur Ruhe. Dann hörte Maya durch das Dröhnen ein Flüstern in ihrem Helmempfänger, und sie strengte sich an, es zu verstehen.

»Stützen bereit zum Ausfahren ... Klappen geöffnet, automatisches Absenken möglich ...«

Noch eine weitere Minute verging. Dann sank das Brüllen auf ein erträgliches Maß herab und erstarb schließlich ganz.

Stille.

In Mayas Ohren klang allerdings immer noch ein Summen und Pfeifen nach. Das würde vermutlich noch eine ganze Weile so bleiben. Für einen Moment war sie sich unsicher, ob sie nicht sogar einen Hörsturz erlitten hatte.

Eine leise, sehr ferne Stimme in ihr drängte Maya dazu, die Gurte zu öffnen, aufzustehen, sich umzusehen. Ihre Neugier und ihre Ungeduld waren immer noch da. Aber sie hatte keine Kraft, trotz des aufregenden Moments. Sie war noch nicht einmal sicher, ob sie tatsächlich überlebt hatte oder dies lediglich postmortale Empfindungen waren. Sie konnte jetzt einfach nur halb ohnmächtig und schlaff im Sitz hängen; ihr Geist schwebte irgendwo zwischen allen Ebenen und konnte sich nicht entscheiden, wohin.

Wie von ferne merkte sie, wie die Gurte geöffnet wurden, dann packte sie jemand unter den Achseln und zerrte sie unsanft hoch.

»Auf, Chefin! Wir sind da! Keine Zeit zum Ausruhen in diesem großartigen Moment!«

Lorres. Sie hätte es sich denken können, nie ließ er sie in Ruhe, nutzte jeden Moment der Schwäche.

»Es ist so schwer ...«, murmelte sie und sackte zusammen.

»Freilich ist es schwer! Aber dafür trägst du ja das Exoskelett, stimmt's? Das stützt dich schon. Los, mach endlich die Augen auf!«

Maya seufzte. Sie wollte nicht die Augen öffnen, sie wollte sich einfach nur fallen lassen und schlafen ...

»Verdammt, Maya! Was ist los mit dir?« Lorres schüttelte sie so heftig, dass es ihr fast den Kopf vom Hals riss. Sie wollte sich fest mit den Füßen auf den Boden stellen, aber der rutschte immer wieder unter ihr weg.

Endlich brachte sie heraus: »Schon gut! Ich ... lass mich.« Langsam öffnete sie die Augen. Verschwommen erkannte sie Lorres' Gesicht unter dem Helm. Er sah *besorgt* aus. »Ich bin wohlauf«, fügte sie hinzu. »Nur ein wenig ... schwindlig.«

»Verdammt, Tsuyoshi, reiß dich zusammen!«, schimpfte er. »Kannst du allein stehen?«

Maya nickte, was beinahe wieder einen Schwindelanfall auslöste. Sie klammerte sich an Lorres' Schultern, stellte sich auf die Füße und ließ dann los. »Ich denke, es geht«, behauptete sie.

»Dann probier mal einen Schritt«, verlangte Lorres.

Maya gehorchte.

Es riss sie nach unten, in einen tiefen Abgrund.

Lorres fing sie auf und verfrachtete sie zurück auf ihren Sitz.

»Es tut mir leid«, stieß Maya hervor. »Ich weiß auch nicht, was ...«

»Es wird gleich besser!«, erklang Letos Stimme. »Ich bin gerade dabei, die Schwerkraft auf unsere Bedürfnisse anzugleichen.« Sie hörte ein mehrmaliges Klicken und Summen. Leto sprach weiter: »Die Helme könnt ihr abnehmen, die Atemluft in der Kabine ist in Ordnung.«

Maya hob die Hände, aber Lorres schob sie beiseite, öffnete die Verschlüsse und nahm ihr den Helm ab. Sie seufzte, erleichtert, endlich von dieser Enge befreit zu sein. Sie sah Letos verschwitzten Kopf auftauchen, die dunkelbraunen Haare klebten an ihm. Er war bleich, und unter seinen Augen lagen tiefe Schatten.

Auch Lorres nahm jetzt seinen Helm ab. In sein eher derbes Gesicht hatten sich tiefe Furchen eingegraben.

»Das war ziemlich knapp, was?«, flüsterte Maya und versuchte ein schwaches Lächeln.

»An den Umständen gemessen war es eine Bilderbuchlandung«, erwiderte Leto und rieb sich mit dem Handrücken die Stirn. »Lorres, wir müssen nach den anderen sehen und ...« Er schwankte, und Lorres stützte ihn gerade noch rechtzeitig.

»Setz dich, Leto, ich mache das schon. Von uns allen hast du Erholung am nötigsten. Ich besorge Aufbaupräparate aus dem Medipack. Unsere Freunde im Raum nebenan werden sie wahrscheinlich auch dringend brauchen.« Er schleppte Leto zum Kommandantensessel und setzte ihn dort ab.

»Wie schaffst du es, so munter zu sein?«, ächzte Leto.

»Zu irgendwas muss dieser außergewöhnliche Körper schließlich gut sein«, erwiderte Lorres grinsend.

Aber Maya sah, dass er sich nur mit äußerster Willenskraft aufrecht hielt. Das war einer seiner Wesenszüge, die sie über alles schätzte. Lorres gab niemals auf, ebenso wenig wie sie. Es war tröstlich, sich trotzdem in diesem Moment einfach auf ihn verlassen zu können.

Eine Viertelstunde später war Lorres zurück und erstattete Bericht. »Die anderen sind ziemlich blass um die Nase und flatterig, aber so weit in Ordnung. Das Mittel wirkt schnell, ich hab mir auch schon eine Injektion verpasst. Und jetzt seid ihr endlich dran.«

Maya war ein wenig eingenickt und zuckte leicht zusammen, als er die Hochdruckspritze an ihren Hals setzte und abdrückte. Gleich darauf durchlief es sie heiß und kalt – und dann wurde sie munter. Das Mittel wirkte wirklich schnell.

Auch Leto setzte sich deutlich lebhafter auf und aktivierte den Bordfunk. »In einer Stunde treffen wir uns alle in der Messe, um etwas zu essen und die Lage zu besprechen. Die Zeit sollte ausreichen, um den Anzug loszuwerden, zu duschen, was auch immer. Albo und ich werden bis dahin auch die ersten Auswertungen vorlegen können.«

Maya kämpfte sich aus dem Sitz. Trotz der künstlich verringerten Schwerkraft fühlte sie sich immer noch schwach und zittrig. Doch sie vergaß dieses Gefühl schnell, als sie nach draußen sah.

Der Sturm war weitergezogen, der Regen hatte aufgehört. Am Horizont riss die Wolkendecke auf, wie ein Fenster, und gab den Blick auf eine riesige rote Abendsonne frei. Nur ein paar Minuten, dann schloss sich das Wolkenfenster wieder. Aber Maya fühlte sich auf einmal großartig, wie ein Welteneroberer, und alles schien ihr wieder möglich.

3.
ERSTE SCHRITTE

Dasch Erschte, wasch mich intereschiert«, nuschelte Maya Tsuyoshi mit halbvollem Mund und fuchtelte mit der Gabel, »wo befinden wir unsch?«

Nachdem sie in ihrer Kabine den Anzug abgelegt hatte und unter die Dusche geeilt war, um die vergangenen drei Tage fortzuspülen, fühlte sie sich wieder energiegeladen und hellwach. Wie die meisten Mannschaftsmitglieder stürzte sie sich gierig auf das Essen – endlich wieder etwas Festeres anstelle des ewigen dünnen Breis, auch wenn es nur Astronautennahrung war. Der Geschmack spielte aber ausnahmsweise keine Rolle, der Körper verlangte dringend nach Proteinen und Kohlenhydraten.

Der Kommandant aktivierte ein Hologramm und zeigte auf eine größere Insel, die sich dicht beim britischen Festland befand. »Noch eine Stunde länger, und wir hätten London erreicht – aber ich bin froh, dass wir es bis hierher geschafft haben. Früher nannte man dies die Northwestern Highlands, ein Bereich von Schottland. Die heutige Insel war damals noch mit dem übrigen Land verbunden, allerdings bestand schon sehr lange ein großer Einschnitt mit wenigen Landbrücken durch die heute nicht mehr existierenden Seen *Loch Ness, Loch Lochy* und *Loch Linnhe.*«

Maya studierte die 3-D-Karte, konnte sich aber noch kein Bild machen.

»Bedauerlicherweise befinden wir uns auf unsicherem Boden«, fuhr Albo Saklid fort. »In etwa dreißig Kilometern Entfernung befindet sich ein aktiver Vulkan, der vermutlich auch für das schlechte Wetter verantwortlich ist. Er stößt im Acht-Stunden-Takt Lava und Aschewolken aus. Dadurch ist das Gebiet bebengefährdet.«

Leto nickte. »Immerhin haben wir leidlich harten Boden erwischt. Hier muss über einen längeren Zeitraum große Trockenheit geherrscht haben, denn laut den Archivdaten war dies ursprünglich Sumpfgebiet.«

»Dann haben wir nicht zu viel Zerstörung angerichtet?«, fragte Jawie.

Leto schüttelte den Kopf. »Wir haben nichts verbrannt, was nicht durch einen der letzten Vulkanausbrüche schon verbrannt gewesen wäre. Und wir sind auch niemandem auf den Kopf gefallen. Bisher ist alles ruhig da draußen, was kein Wunder ist bei dem Sturm. Möglicherweise hat man uns gar nicht bemerkt ...«

»Wenn hier niemand in der Nähe lebt, wird sich das auch nicht ändern«, bemerkte Clarice. »Die Frage ist, was machen wir jetzt?«

Das war Mayas Stichwort. »Wir werden auf alle Fälle auf Erkundung gehen, Proben sammeln, nach Resten der Vergangenheit suchen. Haben wir ein Zeitfenster?«, richtete sie die nächste Frage an Albo.

»Dafür habe ich noch zu wenige Messungen«, antwortete er. »Es können zwei oder zwanzig Tage sein. Tut mir leid, vielleicht kann ich morgen Genaueres sagen.«

»In welchem Zustand ist das Schiff?«, wollte Roy wissen.

Diese Antwort konnte Lorres übernehmen. »Erstaunlich gut, gemessen an dem, was es durchgemacht hat. Die Materialien haben gehalten. Es ist zwar einiges zerschmolzen, aber nichts, was einen Start von hier verhindern würde. Zumindest der Rückflug zum Mond ist möglich. Was den Flug zum Mars betrifft – nun, ich gehe davon aus, dass ich auf dem Mond eine längere Reparatur an den Containern vornehmen muss, in denen die Ionensegel eingelagert sind. Zumindest bei einem Container sind die Wandungen regelrecht zusammengebacken. Doch dieses Problem hat keine Priorität, vor allem, da wir die DEIMOS erwarten.«

Clarice rieb sich die großen, leicht zitternden Nasenflügel. »Kommen wir von hier überhaupt wieder weg? Bei der starken Anziehungskraft?«

»Wenn erst der Hauptantrieb gezündet ist, sehe ich kein Problem. Es muss uns nur gelingen, vom Erdboden hochzukommen«, gab Leto Auskunft. »Wenn nicht, müssten wir auf die DEIMOS warten. Unseren ersten Bericht habe ich schon an die Basis gefunkt und eine Eingangsbestätigung erhalten.«

Jawie trank einen Schluck und starrte sinnierend auf den Becher. »Es ist ein Wunder, dass wir heil heruntergekommen sind.«

Roy stemmte die Hände auf den Tisch und erhob sich halb. »Warten wir es ab, ob wir auch wieder wegkommen. Bis dahin sollten wir uns umsehen. Wann werden wir das Schiff verlassen?«

Maya lächelte. »Schon so tatendurstig, Roy? Dabei siehst du noch ziemlich blass aus.«

»Staub von gestern«, winkte der junge Braxton ab. »Beim Abflug hatte ich es noch bereut, mich freiwillig gemeldet zu haben, aber das ist vorbei. Ich lebe und bin gesund, also lass uns loslegen!«

Maya nickte. »Kommen wir zum Plan. Dort draußen herrscht gerade stockdunkle Nacht, was vom Timing her sehr gut passt. Wir alle brauchen Schlaf, bevor wir unsere ersten Schritte auf der Erde tun. Wir werden bei Sonnenaufgang aufbrechen. Exoskelett, geschlossene Helme, Werkzeug, Notfallset, Waffen sind Pflicht.«

Roy sah sie eindringlich an. *»Waffen?«*

Jeder kannte Mayas Aversion gegen Waffen aller Art. Sie

nickte jedoch. »Auf dieser Welt gibt es gefährliche Kreaturen. Wir haben keine Ahnung, wie man mit größeren Tieren umgeht, welche bedrohlich sind und welche harmlos. Deshalb dürfen wir kein Risiko eingehen.«

»Zwei werden an Bord bleiben«, sagte der Kommandant. »Einer davon bin – leider – ich. Als Pilot muss ich notfalls einen Alarmstart durchführen. Außerdem«, er klopfte gegen die Prothese unterhalb des rechten Knies, »bin ich bei dieser Schwerkraft in meiner Beweglichkeit behindert und womöglich ein Sicherheitsrisiko für euch.«

»Die zweite Person bin ich«, erklärte Rayna. »Ich kenne die CARTER inzwischen fast so gut wie Lorres und kann die notwendigen Reparaturen vornehmen, während ihr da draußen spazieren geht. Über Funk kann ich notfalls Rücksprache mit Lorres halten. Einverstanden?«

Lorres Rauld Gonzales nickte. »Mir sehr recht. Auch Sangria wird dich bei den Reparaturen unterstützen, ich habe ihre Systeme gecheckt. Einige Selbstreparaturen hat sie bereits von sich aus begonnen. Meine Anwesenheit ist also nicht zwingend erforderlich, um alles für den Flug zurück zum Mond vorzubereiten.«

»In Ordnung. Dann also bis morgen früh. Macht euch auf einen harten Tag gefasst, Freunde.« Maya erhob sich. »Vielleicht haben wir Glück und erleben unseren ersten Sonnenaufgang ohne Wolken.«

***

So ruhig und gelassen, wie sie sich gab, war Maya keineswegs, als sie in ihre Kabine zurückkehrte. Nachdem sie die Strapazen der Landung überstanden hatte, nicht zuletzt dank des Aufputschmittels, wäre sie jetzt am liebsten laut schreiend herumgerannt, um sich abzureagieren. Doch sie musste die aufgestaute Aufregung weiterhin hinunterschlucken und sich am Riemen reißen.

Morgen würde der bedeutendste Tag seit der Gründung der ersten Marskolonie anbrechen. Genau fünfhundert Jahre nach der Landung auf dem Schwesterplaneten kehrten die Marsianer als *neue Menschheit* auf ihren Ursprungsplaneten zurück. Ganz heimlich, denn es gab niemanden mehr, der sie willkommen heißen konnte. Keine Feierlichkeiten, keine Rührseligkeiten.

Ihr ganzes Leben lang hatte Maya von diesem Augenblick geträumt, hart dafür gearbeitet, alles darangesetzt, das hoch angesetzte Ziel zu erreichen.

Und nun war es so weit. Kein Wunder, dass es in ihr drunter und drüber ging, dass sie im Wechselbad der Gefühle war und sie nicht wusste, ob sie lachen oder weinen sollte. Sie war überreizt und übermüdet, dennoch aufgeputscht von den Adrenalinschüben, sodass sie zwischen Hysterie und Apathie hin und her schwankte.

Und jetzt lag auch noch die Nachtruhe vor ihr. Vielleicht würde sie kein Auge zutun können, aber sie brauchte diese Stunden, um sich wenigstens einigermaßen zu beruhigen, damit sie morgen die Gruppe kompetent anführen konnte. Immerhin war sie die Leiterin der Expedition, da durfte sie sich keine Unsicherheit erlauben.

Es klopfte an Mayas Tür. »Komm rein!«, rief sie, schon ahnend, wer es war – obwohl er noch nie derart höflich gewesen war.

»Wie fühlst du dich?«, fragte Lorres, nachdem er eingetreten war.

»Wie wohl? Ich bin aufgeregt bis in die Haarspitzen«, antwortete sie. »Schließlich erfüllt sich gerade mein Lebenstraum.«

»Dann pass nur auf, dass er nicht zu einem Albtraum wird«,

erwiderte er spöttisch. »Wenn ich an die Gefahren da draußen denke, frage ich mich, ob es das alles wert war.«

»Willst du behaupten, es berührt dich nicht, dass wir jetzt *wirklich* hier unten sind? Nicht nur virtuell wie in einer deiner Simulationen auf der Basis?«

Lorres hatte ein wenig mit VAN gespielt, dem Hauptcomputer der Mondstation, und ein neues Animationsprogramm ausprobiert, gedacht zur Ablenkung und Erholung der Besatzung in eintönigen Stunden. Jeder konnte sich sein individuelles Programm aus einem Ambientepool zusammenstellen – aber der besondere Reiz lag darin, dass VAN bis zu einem gewissen Rahmen in der Lage war, kreativ einzugreifen und Unerwartetes hinzuzufügen, sodass die Simulation tatsächlich zum spannenden Abenteuer geriet.

Es funktionierte so gut, dass bald genaue Zeiten eingeführt werden mussten, wann wer das Spielzimmer benutzen durfte. Der Geologe Albo Saklid zeigte sich bald als regelrecht süchtig danach, denn endlich konnte er, der sich sonst von allen unterdrückt fühlte, einmal der Held sein.

Pannen gab es selten; Lorres hatte einige Sicherheitsschaltungen eingebaut, die spätestens nach fünfzehn Minuten einen automatischen Abbruch zur Folge hatten, wenn nicht aktiv vom Spieler eine bestimmte Tastenkombination gedrückt wurde. Zusätzlich wurden Puls und Atemfrequenz gemessen, die einen sekundenschnellen Abbruch bei zu starker Erregung auslösten.

»Ich weiß noch nicht«, antwortete Lorres scheinbar ernsthaft auf Mayas Frage. »Ich warte erst einmal ab. Wahrscheinlich gefallen mir meine Simulationen besser. Mehr nackte Weiber und so.« Er grinste.

Maya schüttelte den Kopf. »Du wirst dich nie ändern.«

»Möchtest du das denn?«

»Ich will mich nicht streiten, Lorres. Heute nicht. Kannst du nicht ein einziges Mal einfach nur ... normal sein?«

Er lachte. »Schick mich zum Deimos, wenn das jemals geschehen sollte, denn dann habe ich den Verstand verloren.«

Maya runzelte die Stirn. »Geh jetzt bitte. Ich möchte allein sein.«

»Wie du willst«, sagte er leichthin. »Aber denke daran: Allein sein ist kein Luxus. Das ist Normalität.« Er zwinkerte ihr zu. »Solltest du etwa kokett hoffen, ich würde dich darum bitten, bleiben zu dürfen, hast du dich getäuscht, Tsuyoshi. Ich bin jedoch sicher, Leto wäre glücklich, es tun zu dürfen.«

»Ein Gonzales ist zu primitiv, um feine Nuancen zu erkennen«, erwiderte sie gereizt. »Ich weiß nicht, warum du immer ...«

»Ah«, unterbrach er vergnügt, »und schon habe ich das Temperament geweckt, obwohl du doch so sehr in ehrfürchtiger, schwärmerischer, ja – soll ich sagen: *frömmlerischer* Stimmung warst. In einem erhabenen Moment wie diesem, der einzigartig ist.« Lachend verließ er die Unterkunft, und Maya schäumte einmal mehr vor Wut. Lorres würde es nie lassen können, diese ganz besonderen Momente mit Genuss zu zerstören und sich an ihrem Zorn zu weiden.

»Arschloch«, stieß sie hervor. »Das nächste Mal, wenn du mir romantisch kommst, werde ich dir ...«

Grimmig gab sie sich ihren Rachegelüsten hin, während sie sich hinlegte.

Zwei Minuten später schlummerte sie schon tief und fest.

* * *

Endlich wieder eine Nacht in horizontaler Lage bei normalen Verhältnissen, das war sehr angenehm. Maya erwachte frisch und erholt um vier Uhr morgens, kurz bevor Sangria sie wecken sollte, und machte sich in aller Ruhe fertig, kontrollierte mehrmals alle Systeme und die Ausrüstung, bevor sie zur Messe zum Frühstücken ging.

Albo Saklid war bereits anwesend und studierte geologische Karten.

»Ich nehme an, du hast alle verfügbaren Daten in deinem Anzugsystem gespeichert«, bemerkte Maya lächelnd, während sie das Tablett abstellte und sich setzte.

»Natürlich, natürlich«, antwortete er auf seine typisch nervöse, hektische Art und schob die Karten zusammen, als wolle er sie verstecken. Er stand ständig unter Strom, entspannte sich niemals. Dadurch war er bei der Besatzung nicht besonders beliebt, die meisten machten sich insgeheim über ihn lustig.

Obwohl er alle Tests hervorragend bestanden hatte, entwickelte sich sein Selbstbewusstsein nur unwesentlich. Er fühlte sich ständig zurückgesetzt, nicht genug beachtet, nicht ernst genommen. Man merkte ihm an, dass er auf den richtigen Moment wartete, um zu beweisen, dass sehr viel mehr in ihm steckte, als es den Anschein hatte. Dass er sich den Platz in dieser Mannschaft mehr als verdient hatte.

Maya hatte einmal versucht, ein behutsames Gespräch mit Albo zu führen. Allein die Tatsache, dass er kein Angehöriger eines der fünf Häuser war, hob ihn schon hervor. Er war als Wissenschaftler auf den Gebieten der Geologie und Exobiologie ausgezeichnet, und inzwischen hatte er sich hervorragende botanische Kenntnisse angeeignet. Sein Intellekt stand weit über vielen anderen, wo lag also sein Problem?

Darauf konnte oder wollte Albo keine Antwort geben, und Maya hatte es schließlich aufgegeben.

Seit Beginn der Reise hatte Albo sich vor allem um die Gunst Letos bemüht; zuerst, um in das Haus Angelis aufgenommen zu werden, dann aus Herzensgründen, was ihn zusätzlich in Verzweiflung trieb.

Albo Saklid war ein durch und durch unglücklicher Mensch, den Maya manchmal bedauerte, aber ebenso oft wegen seiner Launen auf einen der marsianischen Monde wünschte. Nur wenn er aus der *Kammer der Träume* kam, war er für wenige Stunden ein ausgeglichener, fast gut gelaunter Mann mit zuvorkommender Art.

Maya fragte sich, aus welchem Grund Albo an dieser Expedition teilnahm. Sie wusste, dass er eher ängstlicher Natur war, kein Draufgänger, sondern Theoretiker. Er hätte wenigstens auf der CARTER bleiben und seine Messungen dort vornehmen können. Vor allem, weil Leto ebenfalls an Bord blieb. Hoffte er etwa auf eine Gelegenheit, sich als Held beweisen zu können, so wie in seinen Animationsprogrammen?

Für einen Moment überlegte sie, ihm die Teilnahme an der Exkursion zu verweigern. Aber sie hatte keine guten Gründe dafür. *Seelische Unausgeglichenheit* war ein sehr schwammiger Begriff und würde Albo wahrscheinlich den Rest seines Selbstbewusstseins rauben und ihn zu einem Sicherheitsrisiko machen. Lorres hatte mehr als einmal davor gewarnt, Albo nicht zu unterschätzen; er sei ein stiller Vulkan, der eines Tages ausbrechen und zu einer echten Gefahr werden könnte.

Maya glaubte das nicht so recht, immerhin hatte er schwere Tests bestanden, die bis an den Rand der psychischen Kräfte gingen.

Eher traute sie dem unberechenbaren, temperamentvollen Lorres eine verrückte Aktion zu ... was sie diesem auch ins Gesicht gesagt hatte, der sich darüber äußerst geschmeichelt gezeigt hatte, anstatt wütend zu werden. Das bekräftigte Maya nur in ihrer Haltung: Lorres war undurchschaubar, nie wusste man, woran man bei ihm war. Und was er wirklich plante.

* * *

Nach und nach trafen die anderen Expeditionsteilnehmer ein. Clarice und Roy konnten es kaum mehr erwarten, denn nun schlug endlich ihre Stunde! Für ein solches Kommando waren sie ausgebildet worden, und sie brannten darauf, sich ins Abenteuer zu stürzen.

Die anderen wirkten eher verhalten; sie gaben sich Mühe, ihre Nervosität zu verbergen. Immerhin wurden sie nicht in einem Staatsakt erwartet, sondern sie waren im Nirgendwo notgelandet und mussten jetzt das Beste daraus machen.

Leto und Rayna tauchten ebenfalls auf, um ihre Gefährten zu verabschieden und letzte Informationen auszutauschen.

»Ihr habt ein erstes Zeitfenster von zwei Tagen«, sagte der Kommandant. »Nach wiederholten Systemchecks wird Rayna so lange brauchen, bis die CARTER wieder startbereit ist. Ich hoffe, dass uns bis dahin kein Erdbeben das Leben schwer macht. Der Vulkan ist nach wie vor aktiv. Auf alle Fälle bleiben wir in Funkkontakt. Ihr könnt mit einem Rover die Umgegend erforschen. Aber zuerst solltet ihr euch an die neuen Bedingungen gewöhnen, das wird nämlich nicht so einfach, wie ihr glaubt.«

»Alles klar«, sagte Maya. »Wie ist die Wetterlage?«

»Oh, ich vergaß!« Albo fuhr aufgeregt hoch. »Über Nacht ist ein Hoch aufgezogen, und jeden Moment kann die Sonne aufgehen. Das sollten wir nicht versäumen!«

Das war das Stichwort für alle. Sie packten Ausrüstung und Helme und drängten zur Ausgangsschleuse zwischen dem Bug- und dem Hecksegment.

»Die Leiter ist bereits ausgefahren!«, rief Leto ihnen nach. »Komm, Rayna, wir sehen uns das in der Steuerkanzel an.«

Lorres hatte es geschafft, sich in die vorderste Reihe zu drängeln. Die anderen quetschten sich hinter ihm in die enge Schleuse, die sich gerade schloss, und warteten ungeduldig.

Maya seufzte erleichtert auf, als das Schott endlich langsam hochfuhr, und versuchte an Lorres vorbei einen Blick nach draußen zu erhaschen.

Lorres tat den ersten Schritt, dann den zweiten – und fiel um.

»Dummkopf!«, rief Maya lachend. »Du hast die Schwerkraft vergessen!«

Sie wagte ebenfalls den ersten Schritt und wich dann zur Seite, um den anderen Platz zu machen.

Vor ihnen breitete sich eine weitläufige, von Hügeln und Bergen beherrschte Landschaft aus, die einst grün und voller Leben gewesen sein musste.

Heute wurde sie von einem Vulkan beherrscht, der Richtung Westen düster zum Himmel emporragte. Sein Krater war von dichten schwarzen Wolken verhüllt, die an der Unterseite rot leuchteten; an den Rändern flossen dünne Rinnsale glühender Lava herab. Der Erdboden ringsum war von einer weißlich-grauen Ascheschicht bedeckt, so weit das Auge reichte.

Der Himmel über dem Vulkan war grau und verhangen, doch direkt über der CARTER wich das Sternenschwarz gerade einem frühen Morgenblau; eine Farbe, für die es auf dem Mars keine Entsprechung gab.

Und im Osten stieg gerade ein riesiger Feuerball über den Horizont und erhellte die Welt mit blendendem Licht.

Fast unisono glitten ihre Hände zu den Sichtscheiben der Helme und aktivierten die automatische Helligkeitsregelung. Dieses unglaublich grelle Licht konnten ihre empfindlichen Augen ohne Anpassung nicht ertragen.

»Sie ist so nah ...«, flüsterte Jawie, die neben Maya stand, hingerissen. »So riesig ... und so ... tiefrot ...«

Keiner von ihnen hatte je so intensive Farben gesehen, und sie betrachteten still das Spektrum am Himmel, während die Sonne langsam höher stieg und zusehends an Leuchtkraft gewann, während sie zuerst eine gelbe, dann eine weißliche Farbe annahm. Der Himmel hingegen wechselte von zartblau zu rosa und schließlich zu tiefem Blau, durchsetzt von weißen Wolken, die scheinbar aus dem Nichts auftauchten.

»Allein das war es wert«, stellte Clarice mit andächtiger

Stimme fest. »Ein Glück, dass wir das alles aufzeichnen können, denn ich könnte es nicht beschreiben, was ich gesehen habe.«

Lorres hatte sich inzwischen wieder aufgerappelt und winkte auffordernd. »Wie lange wollt ihr hier noch faul herumstehen?« Er stampfte provokant mit einem Fuß auf und schwang sich dann auf die ausgefahrene Leiter, die er vorsichtig nach unten stieg.

Maya folgte ihm zögernd. Das Exoskelett stützte sie, dennoch fiel ihr jeder Schritt sehr schwer. Natürlich hatten sie die Bewegungen unter erhöhter Schwerkraft geübt, doch es würde trotzdem eine ganze Weile Anpassung erforderlich sein. Die Bedingungen hier über viele Tage aushalten zu müssen war für Maya nur schwer vorstellbar. Sie war froh, dass sie zunächst nur zwei Tage veranschlagt hatten, bevor sie weiter planen würden.

Die anderen kamen ihr hinterher. Clarice und Roy schienen so gut wie keine Anpassungsschwierigkeiten zu haben.

»Auch nicht anders, als auf den Elysium Mons zu klettern«, meinte Clarice fröhlich und stapfte an Maya vorbei.

»Wenn es nicht gerade die Nordwand ist«, sagte ihr Bruder Roy, der ebenfalls aufholte und mühelos an seiner Zwillingsschwester vorbeizog. »Offen gestanden, lieber hier ein Dauerlauf als noch einmal die Nordwand!«

Albo und Jawie hielten sich gegenseitig stützend an den Händen. »Das wird eine Menge zusätzliche Kalzium- und Kalorienzufuhr erforderlich machen«, bemerkte Jawie. »Ohne das Exoskelett würden wir uns wahrscheinlich jeden Knochen im Leib brechen. Ich bin jetzt schon außer Atem!«

»Das wird bald besser werden«, behauptete Lorres grinsend. »Nur ein wenig Gewöhnung, kein Problem. Große Sprünge werden wir allerdings nicht machen können.« Er streckte die Arme aus, als wolle er Maya auffangen, doch sie hob eine Hand.

»Ich komme gut zurecht, danke.«

»Glaubst du? Dann schließ mal die Augen.«

Sie tat es. Und fand sich im nächsten Moment völlig verdutzt zu Lorres' Füßen wieder.

Er lachte schallend, griff ihr unter die Achseln und zog sie hoch. »So leicht kommt Hochmut zu Fall«, bemerkte er. »Saramy warnte mich davor, dass wir für die Anpassung auf Erdgravitation länger brauchen werden. Unser Gleichgewichtssinn ist momentan praktisch nicht vorhanden, sobald wir mit den Augen keinen Punkt fixieren können.« Er wandte sich an die Gefährten, die sie umringten. »Das gilt für uns alle, Freunde! Sollten wir gezwungen sein, die Nacht hier draußen schlafend zu verbringen, achtet darauf, euch zuerst gut zu betten, bevor ihr die Augen schließt! Es ist, als ob ihr einen Vollrausch habt – ihr werdet das Gefühl haben zu kreisen und in ein tiefes, ebenfalls kreisendes Loch zu fallen.«

Mayas Funkempfänger knackte. »Alles in Ordnung bei euch da draußen?«, erklang Letos gedämpfte Stimme.

»Ja«, antwortete sie. »Momentan torkeln wir wie die Betrunkenen herum und versuchen mit dem gewaltigen Gewicht, das wir plötzlich haben, fertig zu werden.«

»Aber es war ein tolles Schauspiel, oder?«

»Willst du mich trösten? Na schön, ja, das war es wert. Wir holen jetzt den Rover und machen uns auf den Weg.«

»Heute Abend müssen wir auf alle Fälle wieder zurück sein!«, rief Jawie. »Ich will in meinem eigenen Bett schlafen, unter normalen Bedingungen. Lorres hat Horrorgeschichten erzählt ...«

»Nur die Wahrheit!«, unterbrach er.

»Das glaube ich dir aufs Wort«, meinte Maya und grinste.

* * *

Der Rover polterte aus dem Frachtraum, und das Team quetschte sich hinein.

»Seht mal«, sagte Jawie und deutete vor sich. »Unsere Spuren verwehen schon. Wir werden hier nichts hinterlassen.«

»Wer weiß«, erwiderte Lorres unbestimmt. »Wohin, Maya?«

Maya Tsuyoshi studierte gerade mit Albo zusammen eine Karte der Umgebung. »Richtung Meer, in östlicher Richtung, das scheint mir momentan der beste Weg zu sein«, antwortete sie und deutete auf einen fernen Punkt. »Da werden wir mit dem Rover durchkommen, wie es aussieht.«

»Richtung Westen zum Vulkan zu fahren wäre auch nicht allzu ratsam, denke ich.« Lorres nickte Roy zu, der am Steuer saß. »Dann mal los.«

Die Geschwindigkeit erschien quälend langsam, aber sie bot wenigstens genug Zeit, sich umzusehen.

Der grandiose Sonnenaufgang auf dieser Welt war nur der Auftakt zu weiteren Wundern gewesen. Hier schien alles sehr viel intensiver als auf dem Mars, selbst die mit Asche bedeckte Landschaft. Hier und da gab es Zeichen der früheren Vegetation, wie etwa einen schwarz verkohlten, inzwischen versteinerten Baum oder ein paar mickrige Büsche, die sich hartnäckig ans Leben klammerten und ein, zwei blassgrüne Blätter trieben.

Maya sah zurück. Die CARTER wurde immer kleiner hinter ihnen. Sie lag eingebettet in eine Senke, umgeben von hohen Bergen mit dem Feuer speienden Vulkan in der Mitte. Leto war wirklich zu bewundern, dass er die Landung so hinbekommen hatte.

Der Rover erklomm jetzt einen Hügel von etwa dreihundertfünfzig Metern Höhe. Maya war froh, hier nicht selbst hinaufsteigen zu müssen, obwohl sie auf dem Mars schon ganz andere Berge bezwungen hatte. Doch jetzt kam sie sich so schwach und hilflos vor. Zwei Wochen Vorbereitungstraining waren eben nicht ausreichend für einen dauerhaften Muskelaufbau.

Auf dem Mars hätten sie jetzt wahrscheinlich alle als Kraftprotze gegolten. Hier auf der Erde waren sie mickrige Hänflinge.

Oben auf dem Hügel hielt Roy an. Unter ihnen breitete sich eine völlig andere Landschaft aus. Die Hänge direkt unter ihnen waren noch von Asche bedeckt, die übrigen Hügel und Täler allerdings weitgehend frei, vermutlich wegen der vom Meer hereinströmenden Fallwinde, die die Vulkanwolken zurückdrängten.

Das Meer mochte nur noch etwa dreißig Kilometer Fluglinie entfernt sein. Graublau breitete es sich gen Osten bis zum Dunst des Horizonts hin aus; in südlicher Richtung war verschwommen eine ferne Küstenlinie sichtbar.

Dazwischen lag eine zerklüftete, teils bewaldete, teils felsige, weitgehend grüne Landschaft. Von hier aus sah es einigermaßen übersichtlich aus, aber das würde sich ändern, sobald der Rover den Weg nach unten fortsetzte.

»Könnt ihr die Bilder empfangen?«, fragte Maya über Funk bei Leto an.

»Gestochen scharf«, kam die Antwort zurück. »Es sieht fantastisch aus! Trotz der Archivbilder hätte ich es mir nicht so vorgestellt.«

»Was ist dort?« Clarice, die die schärfsten Augen hatte, deutete auf einen Punkt irgendwo an der Küste.

Maya griff nach dem Fernglas und versuchte Clarices Fingerzeig zu folgen. Sie musste die Feineinstellung mehrmals ändern, bis sie endlich etwas erkannte, das sich dunkel vor dem Meer abhob.

»Könnte eine Ruine sein«, sagte sie. Sie schwenkte das Fernglas die Küstenlinie entlang. Dann nickte sie. »Ich denke, das sollten wir als erstes Ziel wählen. Wir könnten den Weg hin und zurück zum Schiff heute noch schaffen.«

»Ansonsten müssten wir eben biwakieren, was soll's?«, meinte Lorres. »Das werden wir schon irgendwie überstehen. Sicher erinnern sich unsere Urgene irgendwann daran, dass sie von hier stammen.«

Maya musterte prüfend die Gesichter ihrer Gefährten. Albo wirkte ein wenig blass, aber entschlossen – selbstverständlich. Er hoffte auf seine Bewährungsprobe.

Clarice und Roy waren sowieso Feuer und Flamme, Jawie wollte auf historischen Pfaden wandeln.

Maya selbst wollte endlich ihren Traum ausleben. Einzig Lorres' Motivation lag im Dunkeln. Neugier vielleicht? Der Reiz des Fremden? Er war hochintelligent und ein ausgezeichneter Beobachter, obwohl das scheinbar nicht zu seinem manchmal verschrobenen Erfindergeist passte.

»Leto, wir geben dir unsere Zielkoordinaten durch«, meldete sie schließlich per Funk. »Möglicherweise müssen wir über Nacht draußen bleiben; das Gelände ist recht unwegsam, da kommen wir nicht allzu schnell voran.«

»Verstanden«, antwortete Leto. »Passt auf euch auf!«

»Keine Sorge.« Maya unterbrach den Kontakt.

Roy fuhr weiter.

4.
BEGEGNUNG

Zwei Stunden später war es Mittag, und sie holperten durch steiniges, felsiges Gelände. Sie hatten noch nicht einmal die Hälfte der Strecke zurückgelegt. Maya ordnete eine Pause an. Sie waren alle erschöpft und mussten sich die Beine vertreten.

Inzwischen bewegten sie sich nicht mehr ganz so unbeholfen in der hohen Schwerkraft; jede Bewegung war zwar anstrengend, aber dank des Exoskeletts zu bewältigen. Die Anzugsysteme arbeiteten zufrieden stellend, auch der Funkkontakt zur CARTER funktionierte noch, wenngleich er schwächer geworden war; eigentlich erstaunlich bei einer Entfernung von nur vier Kilometern.

»Was gäbe ich darum, den Helm abnehmen zu können«, seufzte Jawie und ließ sich einfach in den Staub plumpsen. »Au! Verdammt, ist das hart!«

»Du *kannst* den Helm abnehmen«, sagte Maya. »Allerdings kann niemand für die Folgen garantieren. Der hohe Sauerstoffgehalt würde dich wahrscheinlich sehr schnell trunken machen, aber von den Verunreinigungen und Krankheitserregern abgesehen ist diese Luft für uns durchaus verträglich. Ich denke, wir könnten uns nach einiger Zeit daran gewöhnen.«

»Danke, ich verzichte und jammere lieber noch ein wenig weiter«, erwiderte die junge Historikerin. »Zumindest solange die Reserven halten.«

»Das dürften noch mindestens fünfzig Stunden sein«, erwiderte Maya.

Albo hatte Clarice und Roy um Unterstützung gebeten; sie

waren im Gelände unterwegs und sammelten Boden- und Pflanzenproben.

Maya setzte sich neben ihre Verwandte aus dem Haus Tsuyoshi und versuchte wieder einmal, die Augen zu schließen. Sofort stellte sich unangenehmes Schwindelgefühl ein, als ob sie von einem schwarzen Loch eingesaugt würde, und sie riss sie wieder auf. »Na, das wird eine heitere Nacht«, meinte sie trocken. »Wahrscheinlich werden wir darum streiten, wer Wache halten *darf.*«

»Mit ein bisschen Übung geht es.« Lorres hatte sich auf einen Felsen gestellt und beobachtete die Umgebung. Immer wieder sah er auf die Anzeigen des Messgerätes. Dann pfiff er leise.

»Was hast du entdeckt?« Maya blinzelte zu ihm hoch. Die Sonne stand im Zenit und blendete trotz der verdunkelten Helmscheibe. Ihre Strahlen waren bedeutend stärker und wärmer als auf dem Mars; die gemessene Außentemperatur betrug zwar für marsianische Verhältnisse angenehme fünfzehn Grad, aber im Schatten.

In dieser Hinsicht war Maya froh um den Anzug, denn ihre zarte helle Haut wäre wahrscheinlich längst feuerrot verbrannt.

Lorres dämpfte unwillkürlich die Stimme. »Um uns herum ist *Leben.*«

Maya und Jawie fuhren alarmiert hoch. »Droht Gefahr? Von wo? Müssen wir ...«, sprudelte Jawie hervor.

Maya unterbrach lakonisch: »Ich sehe aber nichts.«

»Weil wir noch nicht die richtige Beobachtungsmethode gefunden haben«, versetzte Lorres. »Trotzdem ist es da – und zwar massenhaft. Am und im Boden, in der Luft ... die Bio-Anzeigen überschlagen sich geradezu.«

»Aber was für Leben ist es?«, fragte Jawie entgeistert.

Lorres hob die Schultern. »Nichts davon ist uns bekannt. Hauptsächlich Insekten. Sie krabbeln und fliegen überall herum. Und dann empfangen die Wärmerezeptoren Bilder von ... wie heißen die ... *Mammalia*, ähm – Säugetiere? Und Reptilien, mit und ohne Beine.«

Maya hatte genug gehört. Sie stand auf und klopfte sich gründlich ab. »Aber warum sehen wir nichts davon?«

»Sie verstecken sich.« Lorres fuhrwerkte mit seinem Messgerät in der Luft herum und speicherte begeistert Daten. »Sie beobachten uns, ganz gewiss. Und warten auf den richtigen Moment, um uns anzugreifen.«

»Unsinn!« Jawie ließ sich zwar offensichtlich von der Schauergeschichte beeindrucken, wollte es jedoch nicht zugeben. Langsam erhob sie sich und sah sich nervös um. »Sind hier auch ... große Tiere?«

Statt einer Antwort winkte Lorres ihr. Sie kroch zu ihm auf den Felsen, und nach einigem Zögern kam Maya nach. Lorres bedeutete ihnen, still zu sein, und deutete auf eine Felsspalte.

Dort kroch tatsächlich ein Tier herum; mit Schwanz mochte es etwa einen Meter messen. Sein Körper war mit einem braunen Fell bedeckt, die Hinterläufe größer und kräftiger als die Vorderbeine. Mit blassrosa Pfoten tatschte es über das Gestein, in Ritzen und Spalten. Plötzlich schien es etwas erwischt zu haben, denn es bewegte sich hektisch, sein dünn geringelter Schwanz peitschte aufgeregt hin und her. Dann zog es ein geflügeltes Insekt mit einem fleischigen Körper aus einer Spalte und steckte es sich in die spitze, mit Zähnen bewehrte Schnauze. Gierig und hastig schmatzte es und schluckte die Beute hinunter.

»Igitt«, wisperte Jawie. »Ich glaube, mir wird schlecht ...«

Maya hingegen schaute hingerissen zu.

»Die Vermutung liegt nahe, dass es Tiere gibt, die etwas Ähnliches mit uns veranstalten können«, stellte Lorres fest. Er hob einen Stein auf und warf ihn nach dem Tier. Der Stein verfehlte es knapp – beabsichtigt oder nicht –, doch es war im Bruchteil einer Sekunde verschwunden.

»Sehr gut«, lobte Maya ironisch. »Gegen solche Tiere können wir uns also mit ganz einfachen Mitteln zur Wehr setzen. War es das, was du herausfinden wolltest?«

»Die anderen kommen zurück«, sagte Lorres, ohne auf die Frage einzugehen. »Wir sollten weiterfahren.«

* * *

Bis zum späten Nachmittag hatten sie die Wegstrecke beinahe geschafft; es fehlte noch etwa ein Kilometer. Aber den konnten sie nicht mehr mit dem Rover zurücklegen, denn zwischen den Felsen führten nur noch schmale Pfade hindurch.

Maya war froh, dass sie es immerhin so weit geschafft hatten.

Von hier aus konnten sie bereits erkennen, dass es sich tatsächlich um die Ruinen eines uralten, großen Gebäudekomplexes handelte. Direkt an einem See erbaut, der jetzt im Meer aufgegangen war.

Maya gab die Informationen an Leto weiter, und dass sie jetzt ihr Lager aufschlagen würden, bevor es zu dunkel wurde. Die Funkverbindung war jetzt so schlecht, dass sie die Durchsage mehrmals wiederholen musste, bis sie verstanden worden war. An den Geräten selbst konnte es nicht liegen, denn untereinander gab es keine Verständigungsprobleme.

Clarice und Roy stellten die beiden sich selbst aufblasenden Notzelte auf; Lorres übernahm wieder die Beobachtung der Umgebung. Albo sortierte seine Proben und funkte die ersten Daten an die CARTER; bisher nichts Aufregendes, aber das hatte auch niemand erwartet. Sie durften für diesen ersten Ausflug keine zu hohen Ansprüche stellen.

Die Nahrungszufuhr musste über die Schläuche des Anzugs erfolgen, da sie noch nicht riskieren wollten, die Helme zu öffnen. Das schmälerte aber nicht die gute Stimmung; im Gegenteil, es gehörte sogar irgendwie dazu.

Vielleicht lag es an der hohen Schwerkraft oder der stärkeren Sonnenstrahlung, die eine Überproduktion an Endorphinen auslöste; jedenfalls waren alle bestens gelaunt, bis zur Grenze der Euphorie.

Das fiel allerdings zunächst keinem auf; nicht einmal Albo, der seine ewige Miesepetrigkeit zum ersten Mal im Leben ablegte. Er ging sogar so weit zu sagen, dass er jetzt gern ein Gläschen von Lorres' selbst gebrautem Melonenschnaps genießen würde, zur Feier des Tages. Darauf folgte Zustimmung und albernes Kichern.

Den farbenprächtigen Sonnenuntergang genossen alle auf einem kleinen Felsplateau, von dem aus sich ein beeindruckendes Panorama bot: ein rot glühender Feuerball, und nicht weit davon entfernt ein Flammen speiender Vulkan.

»Der Funkkontakt ist endgültig abgerissen«, meldete Jawie mit leicht überdrehter Stimme. »Ich wollte meine Aufnahmen zur CARTER senden, aber es geht nicht.«

Maya überprüfte ihre Verbindung, aber auch sie konnte keinen Kontakt zu Leto herstellen. Sie versuchte es auf allen Frequenzen. Nur Rauschen antwortete ihr.

Lorres starrte auf seine Anzeigen. »Das Störmuster ist irgendwie seltsam«, konstatierte er. »Ich muss es genauer analysieren, aber nicht jetzt, mein Kopf ist irgendwie nicht ganz klar.«

»Meiner auch nicht«, stieß Clarice hervor und kicherte verhalten. »Ich kann überhaupt nicht mehr aufhören zu lachen. Was ist mit uns passiert? Ist das normal?«

»Ich habe keine Ahnung«, antwortete Maya, die sich um eine ernsthafte Stimmung bemühte. »Lorres, ist das so, wenn man betrunken ist? Du kennst dich doch bestens damit aus, zumindest hast du das heute früh behauptet.«

»Ich gab einen Vergleich, mehr nicht«, erwiderte er mit belegter Stimme. »Kann es sein, dass die Versorgungssysteme unserer Anzüge dejustiert sind und wir zu viel Sauerstoff atmen?«

Wieder fingen alle an zu kontrollieren. Aber alles war in bester Ordnung. Die Biowerte waren ebenfalls ausgezeichnet.

»Ich glaube, es liegt an der Sonne.« Maya deutete zum Himmel. »Die hat unseren Hormonhaushalt durcheinandergebracht. Wenn ich Recht habe, müsste es über Nacht wieder besser werden.«

Inzwischen war es richtig dunkel geworden, und die Sterne funkelten am Himmel.

Und bald darauf ging der Mond auf. Leuchtend hell, eine große runde Scheibe, deutlich sichtbar die großen Krater. Gegen Norden zu, in der Nähe eines der großen Krater gelegen, befand sich die Station; ein winziges Sandkorn, das von hier aus selbst durch ein sehr gutes Teleskop nicht sichtbar werden würde.

Das kalte weiße Mondlicht zauberte geheimnisvolle Schatten in die Umgebung. Alles wirkte irgendwie verschoben, bizarr und fremd.

Die Marsianer starrten voller Bewunderung. Der Himmel des Mars war noch um eine Nuance schwärzer als hier und zeigte vielleicht etwas mehr Sterne, aber niemals Mondlicht. Phobos und Deimos waren viel zu klein, um das einfallende Licht der fernen Sonne ausreichend zu reflektieren.

»Das ist . . . mystisch«, stieß Jawie hervor. »Ich hätte es mir nie so vorgestellt . . .«

Diesen Satz hatte Maya heute schon sehr oft gehört, auch von sich selbst.

Es war wirklich wie ein Wunder, alles ganz anders als bisher angenommen, berechnet oder erträumt. Eine fremde Welt, und doch der Ursprung ihres Daseins.

»Ich möchte die erste Wache übernehmen«, sagte sie, denn ihr war klar, dass sie ohnehin viel zu aufgeregt war, um sich jetzt schlafen legen zu können.

»Ich ebenfalls!«, meldete sich Albo.

»Dann sind wir, Roy und ich, mit der zweiten dran«, sagte Clarice. »Lorres, Jawie, ihr beide übernehmt die dritte Wache. Wir wechseln uns im Drei-Stunden-Takt ab. Beim ersten Dämmerlicht brechen wir zu den Ruinen auf.«

Maya nickte. »So machen wir es. Legt euch schlafen. Wir brauchen jede Erholung, die wir kriegen können.«

Sie kauerte sich hin und legte sich das Gewehr griffbereit auf den Schoß. Albo kletterte auf einen Felsen; bei dem hellen Mondlicht konnte er die Umgebung recht gut im Überblick behalten.

Die anderen krochen in die Zelte und löschten die Lichter. Es wurde dunkel und still.

* * *

Maya genoss es, allein zu sein. Genau so hatte sie auch immer die Nachtwachen auf der CARTER während des Flugs zum Mond genossen, davon immer eine Stunde in der Aussichtskanzel. Lorres hatte sie mit dem Alleinsein aufziehen wollen; doch sie empfand es nach wie vor als Privileg. In diesen Stunden gehörte das All und jetzt die Erde ganz ihr. Sie konnte den fremden Tönen lauschen, ihren Gedanken freien Lauf und den Tag an sich vorüberziehen lassen.

Es war ihre Art der Verarbeitung, um dann mit neuer Energie an die nächste Aufgabe zu gehen.

Ein Glück, dass Albo so viel Anstand besaß, sich auf die Wache zu konzentrieren, und nicht das Gespräch mit ihr suchte. Das war das Letzte, was Maya jetzt wollte – dem Gefasel eines selbstmitleidigen Schwätzers zu lauschen.

Sie schämte sich dafür, dass sie überhaupt keine Sympathie für den Geologen aufbrachte; nicht einmal heute Abend, als er tatsächlich einmal aus sich herauszugehen schien und so etwas wie Lebensfreude zeigte.

Er gab sich wirklich Mühe, und er arbeitete gut. Er war auch teamfähig, solange es nur um die Arbeit ging. Trotzdem passte er immer noch nicht in die Gruppe. Bedauerlich.

Damit wollte Maya diesen Gedankengang abschließen; es gab eine Menge andere Dinge, über die sie sinnieren wollte. Und außerdem wollte sie den Mond bewundern, so wie sie die Erde oft von der Mondstation aus bewundert hatte. Was Saramy und Anjani wohl gerade machten? Ob sie einen Blick hinaus warfen und an ihre Gefährten dort unten auf der Erde dachten?

Ja, nun sind wir hier, dachte Maya. *Und* ...

Da hörte sie das Geräusch.

***

Es war nur ein leises, zartes Knacken gewesen, aber Maya war sofort alarmiert. Lorres hatte sie mit seinem Gerede über die gefährlichen Tiere ganz konfus gemacht. Was, wenn sich jetzt ein hungriger Fleischfresser näherte? Sollte sie gleich schießen oder erst abwarten, ob er angriff?

Maya brachte ihr Gewehr mit zitternder Hand in Anschlag. Ihre Abneigung gegen Waffen hatte sich nicht geändert, aber in solchen Augenblicken war es müßig, über die Moral einer Gewalthandlung nachzudenken. Wenn es um das eigene Leben und das der Gefährten ging, gab es keine Rücksichtnahme, kein Zaudern. Das hatte man ihnen beim Training wieder und wieder eingetrichtert: Die Mission durfte nicht gefährdet werden. Oberste Priorität war es, Leben zu schützen. Zuerst das eigene, wenn es unmittelbar bedroht war, dann das der anderen.

Maya drehte den Kopf und lauschte. Sie versuchte Albo auf dem Felsen auszumachen, aber sie konnte ihn nicht von den Schattenformationen unterscheiden. Sie rief ihn leise über das Kehlkopfmikro, aber er hatte offensichtlich seinen Funk abgeschaltet, denn er antwortete nicht. Was trieb er nur?

Da war es wieder!

Knacks.

Maya stand langsam auf und überlegte, ob sie die anderen wecken sollte. Vielleicht war es nur blinder Alarm, aber wie konnte sie das unterscheiden auf einer unbekannten Welt?

Das Herz schlug ihr bis zum Hals, und sie verharrte immer noch unschlüssig. Dieses Knacken konnte vieles bedeuten.

Leider hatte sie nicht ausmachen können, woher es kam. Umso wachsamer musste sie sein. Sie schaltete auf Infrarot um, doch das brachte nicht viel – selbst die Felsen um sie herum strahlten immer noch die vom Tag gespeicherte Sonnenwärme ab. Dazwischen und in den Büschen bewegten sich gelegentlich rote und orangefarbene Punkte und Flecken. Aber wenn sich jemand hinter den Felsen heranschlich, nutzte auch die Infrarotsicht nichts.

Ein räuberisches Tier würde zudem blitzschnell sein, wohingegen sie selbst in der hohen Schwerkraft eine verzögerte Reaktionszeit hatte. Sie würde den Tod also kommen sehen, ihm aber nicht ausweichen können.

Verdammter Lorres! Du und deine Geschichten …

Sie stellte wieder auf Normalsicht um; Infrarot war auf Dauer anstrengend und ermüdend für die Augen. Außerdem brachte die ungewohnte Sichtweise ihren Gleichgewichtssinn durcheinander.

Maya ging vor den Zelten auf und ab und spähte angestrengt in die Dunkelheit. Der Mond stand jetzt ein ganzes Stück höher und war kleiner geworden, dafür die Schatten größer und tiefer.

Maya verharrte, als sie eine Bewegung zwischen den Felsen bemerkte, wie ein Huschen. Sie hielt den Atem an und lauschte, den Verstärker auf Maximum gestellt. Eine kurze Infrarotumblendung zeigte nichts.

Wahrscheinlich war es Einbildung gewesen, oder eine drohende Gefahr war vorübergezogen, weil sie ein anderes Ziel hatte.

Nach einer Weile kehrten die Nachtgeräusche um sie herum zurück. Leise und keineswegs bedrohlich.

Lorres hatte Recht gehabt, um sie herum wimmelte es von Leben. Auf dem Mars war das ganz anders. Nachts rührte sich nichts, denn das Thermometer fiel selbst im Sommer unter null. In den Dunkelstunden kehrte regelmäßig die Stille des Planeten zurück, wie sie vor dem Terraforming geherrscht hatte. Doch tagsüber brauchte man nur ein wenig Geduld, wenn man sich in der Nähe eines Teichs oder von Blumen postierte. Bald kam ein Nektarfresser geflogen oder im Wasser ein Fisch an die Oberfläche. Die marsianischen Tiere waren bis auf wenige Ausnahmen nicht besonders scheu, vor allem in den Städten.

Aber hier auf der Erde existierte immer noch – oder vielmehr *inzwischen wieder* – das Gesetz der Jagd. Wer zu unvorsichtig war, wurde gefressen.

Immerhin konnte man die Tiere hören, wenn sie sich näherten.

Das Knacken wiederholte sich nicht mehr. Aber was bei den Monden trieb Albo, dass er nicht zu sehen war und auch nicht auf Funksignale reagierte?

Maya spähte erneut mit Infrarotsicht. Ein rötlicher Fleck zeigte ihr, dass dort auf dem Felsen zumindest bis vor kurzem jemand gesessen hatte, aber sie konnte keine Konturen eines Körpers oder eine Bewegung ausmachen. Sie schaltete wieder um.

Nach einem kurzen Blick um sich steuerte Maya mit der Waffe im Anschlag auf den Felsen zu. Mit leiser Stimme rief sie: »Albo! Melde dich! Wo steckst du?«

Keine Reaktion. Das genügte Maya, zu einer Entscheidung zu kommen – sie musste sofort die anderen wecken und die Suche nach dem Geologen starten. *Hoffentlich ist ihm nichts passiert*, dachte sie besorgt und ein wenig ratlos. *Das ist alles sehr mysteriös.*

Als sie sich umdrehte, um zu den Zelten zurückzukehren, stand ein gedrungener, über einen Kopf kleinerer Mann vor ihr. Er war in primitiven Fellen gekleidet und richtete einen Speer direkt auf ihr Herz. »*Neetu mowee*«, sagte er mit rauer Stimme.

Maya begriff auch ohne Übersetzung, was er meinte. Sie war so erschrocken, dass sie in diesem Moment ohnehin zu keiner Regung fähig war und sogar froh, nicht aus dem Gleichgewicht geraten und umgekippt zu sein. Ihre Versorgungssysteme arbeiteten auf Hochtouren, um ihre besorgniserregenden Pulswerte wieder zu stabilisieren. Als der Mann nach ihrem Gewehr griff, leistete sie keinen Widerstand; sie war immer noch wie gelähmt.

Aus den Schatten lösten sich weitere bewaffnete Gestalten. Sie hatten sich tatsächlich vorsichtig und nahezu lautlos in der Deckung der Felsen herangeschlichen; da nützte die ganze Technik nichts.

Fünf von ihnen bewegten sich auf die Zelte zu. Als Maya den Mund öffnete, zielte der Mann mit dem Speer sofort auf ihren Kopf. »*Neet fa duul.*«

Maya hatte nicht vorgehabt zu rufen, sie wollte ihn lediglich ablenken. Mit einer flüchtigen Handbewegung – sie schien sich nur mit der einen Hand über die andere zu streichen – aktivierte sie ein Warnsignal.

Sofort kam Bewegung in die Zelte, aber zu spät.

Die Bewaffneten rissen die Eingänge auf und bedeuteten Mayas Gefährten mit krächzendem Gebelle, herauszukommen.

Ihr Bewacher bewegte auffordernd den Speer Richtung Zelte; sie sollte zu den anderen aufschließen.

Niemand sprach ein Wort. Maya wagte nicht, Lorres in die Augen zu sehen. Sie wurden vor den Zelten zusammengetrieben und mussten sich hinsetzen. Rund um sie her wurden Fackeln aufgestellt. Einige Angreifer zerstörten die Zelte, durchsuchten die Ausrüstung und verstreuten sie. Zwei andere kletterten auf dem Rover herum; ihrem aufgeregten Gegrunze nach zu urteilen schien sie das Gefährt ziemlich zu erfreuen.

Die Bewacher blieben außerhalb des Lichtkreises der Fackeln. Die Gefangenen verhielten sich ruhig, beobachteten aber jede Bewegung.

Nach einer Weile wagte es Lorres, der neben Maya saß, leise zu fragen: »Albo?«

Sie schüttelte den Kopf. »Ich glaube, ihn haben sie als Ersten geschnappt und weggebracht.«

»Verdammt.«

»Es tut mir leid ...«, flüsterte sie.

»Red keinen Unsinn«, knurrte er halblaut. »Nur weil Albo nicht da ist, brauchst du nicht an seiner Stelle in Selbstmitleid zu zerfließen.«

»Ich habe Angst«, flüsterte Jawie hinter ihnen. Maya drehte sich leicht und sah, wie Clarice Jawies Arm streichelte. »Was haben die mit uns vor?«

»Ich habe nicht die geringste Vorstellung«, antwortete Maya.

»Hoffentlich nehmen sie uns die Anzüge nicht weg ...«, murmelte Clarice.

»Wir können nur abwarten«, sagte Lorres. »Verhalten wir uns ruhig und machen keine Dummheiten, keiner von euch, verstanden? Bis wir wissen, was vor sich geht, werden wir nichts unternehmen.«

»Verstanden«, murmelte Roy. »Aber du brauchst nur ein Zeichen zu geben, dann ...«

»Nur die Ruhe, Hitzkopf. Sicherheit geht vor.«

Dies ausgerechnet von Lorres zu hören amüsierte Maya beinahe. Es half ihr, ein wenig Angst abzubauen und das Chaos in ihrem Verstand zu klären. Lorres hatte Recht; momentan befanden sie sich nicht in akuter Lebensgefahr. Sie mussten abwarten, was die Wilden mit ihnen vorhatten.

Vielleicht erfuhren sie dann auch, was mit Albo passiert war.

Maya seufzte leise. So hatte sie sich den ersten Kontakt ganz und gar nicht vorgestellt.

***

Albo Saklid bereute schon nach der ersten Minute, dass er sich auf dem Felsen postiert hatte. Hier saß er geradezu auf dem Präsentierteller.

Seine Finger umklammerten das Gewehr, sein Kopf drehte sich hektisch hin und her. Bisher war alles gut gegangen, aber er hatte das sichere Gefühl, dass es nicht so bleiben würde.

Es war eine völlig verrückte Idee gewesen, über Nacht hier draußen zu bleiben. Aber Maya wollte unbedingt die Ruinen untersuchen, und in einem Tag konnten sie die Entfernung nicht schaffen. Wenn sie wenigstens einen Solarzellenflitzer hätten benutzen können! Bei der starken Sonnenstrahlung hier hätten sie wahrscheinlich Beschleunigungswerte ungeahnten Ausmaßes erreicht und wären im Nu an der Küste gewesen.

Aber das verhinderten die hiesigen Gegebenheiten. Für die Erde müsste man ein spezielles Luftfahrzeug konstruieren, denn die Thermik war völlig anders, ganz abgesehen von der Schwerkraft. Keine Chance mit den leichten marsianischen Geräten.

Also mussten sie im Freien übernachten – und bei Albo wichen die Euphorie und der Abenteuergeist zunehmend der Frustration. Er bereute schon, sich überhaupt für die Expedition freiwillig gemeldet zu haben. Aber der Wissenschaftler in ihm verlangte nach Informationen, und der einsame Mann ohne Freunde suchte nach einer Bewährungsprobe, um von den anderen endlich anerkannt zu werden. Eine Zwickmühle für jemanden, der keinen besonderen Mut hatte und Auseinandersetzungen lieber auswich. Aber andererseits war er auch hartnäckig und ehrgeizig genug, über seinen Schatten zu springen. Er hatte seine Ziele nicht nur hoch gesteckt, er wollte sie auch erreichen. Dafür musste er über sich selbst hinauswachsen. Er hatte keine andere Wahl.

Gewiss, die anderen waren Albo gegenüber freundlich. Sie bezogen ihn in Unterhaltungen mit ein, wenn sie gemeinsame Treffen in der Messe hatten. Aber er wusste genau, dass sie hinter seinem Rücken über ihn lachten, dass sie ihn nie ernst nahmen. Und ihn schnell vergaßen, wenn er nicht anwesend war.

Dabei hatte Albo Saklid alles so gut geplant. Mit großem Ehrgeiz hatte er sich der Herausforderung gestellt, gegen die Besten der fünf Häuser anzutreten, um ins All fliegen zu dürfen. Und es geschafft! Er hatte geglaubt, seine Familie würde stolz auf ihn sein, doch das Gegenteil war der Fall: Sie hielten ihn alle für einen Spinner. Vor allem seinen Wunsch, vom Haus Angelis adoptiert zu werden, lehnten Eltern und Geschwister ab.

Gerade sein Vater übte harsche Kritik: »Wir haben unseren eigenen Namen mit Ehre erworben, und du willst deine Identität wieder aufgeben und in der Anonymität eines der Häuser verschwinden? Bist du nicht stolz darauf, einen eigenen Namen zu führen? Wozu haben wir uns dieses Recht denn erkämpft?«

»Es ist für die Wissenschaft ein sehr bedeutendes Haus«, hatte Albo versucht sich zu verteidigen. »Ich würde ganz andere Forschungsaufträge bekommen und könnte so nach ganz oben kommen!«

»Wozu denn?«, hatte der Vater erwidert. »Klopfst du dort die Steine mit Edeltitan?«

»Aber ich klopfe doch keine Steine, ich ...«

»Ich *weiß* schon, was du tust, Sohn. Und es gefällt mir nicht, dass du so unzufrieden bist und dich offensichtlich unseres Namens schämst. Wenn du ins All hinauswillst, meinetwegen. Anscheinend gibt es noch mehr Geisteskranke wie dich, also gehörst du zu denen und bist dort am besten aufgehoben. Aber du solltest mitfliegen, um den Namen der Saklid groß zu machen und zu ehren, nicht um dich bei einem der hochnäsigen Häuser anzubiedern! Sie werden dich nie als vollwertig anerkennen, du wirst noch mehr in Bedeutungslosigkeit versinken, als du es jetzt bereits bist!«

Das war auch die Meinung der restlichen Familie. Albo fühlte sich missverstanden, aber es gelang ihm nicht, seinen Angehörigen klarzumachen, worum es ihm ging.

Weil er nun aber schon den ersten Schritt getan hatte, konnte er nicht mehr klein beigeben, dieser Demütigung wollte er sich nicht aussetzen. Im Gegenteil musste er jetzt erst recht beweisen, dass er auf dem richtigen Weg war.

Doch trotz all seines Elans und des Triumphes, ins Team aufgenommen zu werden, war er nicht glücklich. Immer wieder fragte er sich, ob dies nicht in erster Linie ein politischer Schachzug gewesen war, um dem Volk zu zeigen, dass die Häuser sich keineswegs als die Elite betrachteten, allein herrschend und allein bestimmend sein und alle anderen möglichst klein halten wollten.

Er war und blieb der Außenseiter der Gruppe. Die anderen, selbst die adoptierte Anjani Gonzales, waren ganz anders als er, im Benehmen, in ihrer Wortwahl. Sie verfügten über natürlichen Adel, selbst der so grobschlächtig aussehende, polternde Lorres. Albo würde nie mit ihnen auf einer Stufe stehen.

Es sei denn, er bewährte sich durch irgendeine ungewöhnliche Tat und zeigte, dass auch er ein Mann von Format war, außerhalb seiner Wissenschaft.

Auf die Idee hatte ihn das Animationsprogramm von Lorres Gonzales gebracht. Für die anderen lediglich ein harmloses Vergnügen, war es für Albo ein Teil seiner *Ausbildung*. Er wollte sich in Gefahrensituationen bewähren, ein Held werden. Vielleicht würde ihn Leto dann endlich einmal wahrnehmen.

Das war das Schlimmste. Albo hatte es selber nicht rechtzeitig bemerkt, was sich da anbahnte, sonst hätte er sich vielleicht sofort … tja, was? Gab es überhaupt ein Mittel gegen die Liebe? Außer, sich von dem oder der Angebeteten fernzuhalten? Das ging auf dem Schiff schlecht. Tag für Tag begegnete Albo dem Kommandanten, und seine Gefühle vertieften sich eher noch, auch wenn er wusste, wie aussichtslos es war.

Aber Leto stellte all das dar, was Albo gern sein wollte. Er sah perfekt aus, er bewegte sich geschmeidig, er war stets souverän, wusste immer einen Ausweg und schien über alles erhaben. Er repräsentierte wirklich eine Elite, das reale Bild des perfekten Marsianers. Alle bewunderten Leto und zweifelten seine Autorität niemals an.

Und Albo liebte ihn. Ein bisher für nicht vorhanden gehaltenes Gefühl, denn in seiner Familie war der Umgang eher neutral, ohne besondere Emotionen. Er selbst hatte nie an etwas so Irrationales wie die Liebe geglaubt, sie für Schwärmerei und Schwäche gehalten. Umso schlimmer und vor allem unerfüllbarer hatte es ihn jetzt erwischt.

Albo hielt sich natürlich in Letos Gegenwart immer zurück; er würde es nie wagen, seine Gefühle zu offenbaren. Er wusste, dass der Kommandant unerreichbar für ihn war. Aber umso hartnäckiger wollte er es nun durchsetzen, in das Haus Angelis aufgenommen zu werden, damit wenigstens dieser Traum erfüllt werden konnte.

Leto hatte sich nie zu Albos Ambitionen geäußert, weder positiv noch negativ. Das bedeutete, dass immer eine kleine Chance auf Anerkennung bestand.

Und seinen großen Augenblick sah Albo Saklid gekommen, als die Expedition zur Erde geplant wurde. Er spielte in der *Kammer der Träume* eine Menge gefährlicher Szenarien durch, die er anhand der vorliegenden Informationen als realistisch erachtete. Er erhöhte den Schwierigkeitsgrad Stufe um Stufe und bewährte sich immer besser. Bald würde er auf viele Situationen vorbereitet sein. Wenn er nur intensiv genug übte, sich Reaktionszeit und richtiges Verhalten einhämmerte, konnte er gar nicht versagen. Er würde dann automatisch das Richtige tun.

Dann wäre Albo Saklid zum ersten Mal den anderen überlegen, weil er sich besser vorbereitet, härter trainiert hatte als sie alle und gefasst war auf alles, was da kommen mochte.

Die anderen hatten es vielleicht nicht gemerkt, weil Albo von Natur aus hoch aufgeschossen und hager war, doch er hatte in den letzten Wochen enorm an Muskelmasse zugelegt, seine Lungen waren hervorragend trainiert, und er hatte sich auch den Anforderungen dreifach erhöhter Schwerkraft gestellt.

Er sollte eigentlich sehr viel gelassener sein, denn er war kein Schwächling mehr. Er brauchte sich nicht einmal mehr vor der brutalen Kraft von Lorres Gonzales zu fürchten; er konnte ihn im Kampf vielleicht nicht besiegen, aber zumindest aufhalten.

Albo war über sich selbst hinausgewachsen, besser als es seine Familie ihm je zugetraut hatte. Nicht mehr nur Theoretiker und Träumer, vom Ehrgeiz zerfressen. Und das würde er beweisen.

Da hörte er das Knacken.

***

Es ist so weit, dachte Albo Saklid, und er spürte einen eiskalten Schauer den Rücken hinunterlaufen. Obwohl er noch keinen Beweis erhalten hatte, *wusste* er, dass dies kein harmloses Geräusch eines vorüberhuschenden Tieres war. Obwohl er sich als Wissenschaftler eigentlich immer nur an Fakten hielt.

Albo schaltete auf Infrarot um und spähte um sich. Ja ... dort zwischen den Felsen *bewegte* sich etwas. Nur schwer auszumachen, da es immer wieder mit den Restwärme ausstrahlenden

Steinen verschmolz. Es konnte alles Mögliche sein. Aber eines war sicher: Es war groß, und es bewegte sich nahezu lautlos, geschickt jede Deckung nutzend, mit langsamen, kraftvollen Bewegungen.

Und da waren noch mehr, sie schlichen sich von überall her an.

Tatsächlich bewährte sich jetzt das Training. Albo kroch von dem Felsen herunter. Er musste auf Normalsicht umstellen, als ihm dabei schwindlig wurde und er Gleichgewichtsstörungen durch die fremde Sichtweise bekam.

Bevor er Maya warnte, wollte er zuerst herausfinden, was hier vor sich ging, sich einen Überblick über die Situation verschaffen. Die anderen sollten ihm nicht gleich wieder das Heft aus der Hand nehmen. Denn zweifelsohne würde Maya sofort Lorres wecken, und der würde das Kommando übernehmen. Vermutlich würden sie ihm, Albo, nicht einmal für seine Aufmerksamkeit danken, weil sie dies als Selbstverständlichkeit ansahen.

Also musste er jetzt Ruhe bewahren, seine Schritte genau planen und im richtigen Moment reagieren. Er schlich geduckt zwischen den Felsen hindurch, schaltete zwischendurch kurz auf Infrarot, um zu sehen, dass er auf dem richtigen Weg war. Er wollte hinter die vorrückenden Schatten gelangen und ihnen in den Rücken fallen. Am besten gab er sofort einen tödlichen Schuss ab, um die Kameraden zu warnen und den Angreifern deutlich zu machen, dass sie einen ernst zu nehmenden Gegner vor sich hatten. Vielleicht würde sie dann der Mut verlassen, und Albo konnte sie zum Lager treiben und als Gefangene präsentieren.

Und wenn es keine Angreifer sind?

Unsinn, was sollte es denn sonst bedeuten, dieses heimliche Anschleichen in der Nacht?

Und wenn es nur Tiere sind?

Dann jagten sie im Rudel und konnten ebenfalls eine nicht

zu unterschätzende Gefahr darstellen. Sie wussten nicht genug über die Fauna der Erde. Bestimmt gab es giftige Wesen, gewaltige Räuber, Kreaturen mit gefährlichen natürlichen Waffen wie Stacheln oder Stoßzähnen.

Albo schlich weiter. Die Feinde ahnten nichts, waren ganz auf ihren Überfall konzentriert. Eine schöne Überraschung würden sie erleben!

Eines hatte Albo ihnen voraus: Er hatte jeden seiner Schritte genau geplant und genau diese Szenerie schon ein Dutzend Mal durchgespielt. Er wusste, was zu tun war; es hatte immer geklappt, trotz steigendem Schwierigkeitsgrad.

Ja, alles hatte Albo Saklid bedacht.

Nur eines nicht: Dies war die Realität, kein Programm.

***

Albo rutschte das Herz fast bis in die Knie, als er plötzlich ein leises Knacken in wenigen Metern Entfernung hörte. Vor lauter Schreck vergaß er, auf Infrarot umzuschalten. Doch er sah es auch so – zwischen einigen Büschen hindurch bewegten sich zwei Schatten parallel zu ihm. Sie schienen ihn bisher nicht entdeckt zu haben.

Und dann verließen sie kurzzeitig die Deckung und traten ins volle Mondlicht hinaus, und Albo Saklid konnte nur mit Mühe einen Aufschrei unterdrücken.

Der eine Schemen war eindeutig ein Mensch. Viel kleiner als ein Marsianer, aber mindestens doppelt so schwer. Die Lenden waren notdürftig von Fellen bedeckt, Albo hatte also freien Blick auf die schwellenden Brust-, Bein- und Armmuskeln. Ein quadratisches Kraftpaket, die Haut teils mit Schlamm bedeckt, teils mit seltsamen Mustern bemalt. Die Haare hingen lang und zottig herab, dick und schwer. Das Gesicht war breit und derb, an Kinn und Wangen wucherte ein mächtiger Bart.

Das allein genügte schon, um Albos Traum vom Heldentum zu zerstören. Dieser Mann war eine reine Tötungsmaschine, die nichts anderes kannte als den Kampf. In seinem Gürtel steckten Dolch und Axt, in der rechten Hand hielt er einen langen Speer.

Ein Naturbursche, zweifelsohne, aber kein Vergleich mit den ätherischen, sanften Waldleuten auf dem Mars. Er war in seiner Entwicklung um einige Stufen zurückgeworfen worden, auf den Status eines Menschen der Steinzeit.

Doch sein Anblick war noch nicht der erschreckendste. Sondern der der Kreatur, die den Wilden begleitete, geführt von einer Kette in seiner linken Hand.

Sie war groß, aufgerichtet vermutlich fast so hoch wie ihr Herr. Ihr langer, muskulöser, vierbeiniger Körper war von Fell bedeckt, der lange Schwanz jedoch völlig haarlos. Der flache Kopf war spitz zulaufend, die ständig zuckende Nase mit langen Tasthaaren besetzt. Die großen, haarlosen Ohren bewegten sich unentwegt in alle Richtungen.

Plötzlich stoppte die Kreatur und drehte den Kopf *genau in Albos Richtung*, und im Mondlicht glühten zwei orangerote Augen auf, die ihn bis in die Tiefe seiner Seele zu durchbohren schienen.

Die Kreatur stieß ein hässliches, fiependes Geräusch aus, das ihren Herrn sofort alarmierte, und er fuhr herum.

Albo Saklid hatte in den letzten Wochen alles getan, um sich so einer Situation zu stellen. Doch eines konnte er nicht trainieren: seinen Mut.

Oder vielmehr: Es war unmöglich, einen Mut in sich zu wecken, den man nie besessen hatte. Und nie besitzen würde.

Roy hatte beim Verteilen der Waffen gesagt: »Jeder von euch muss sich gut überlegen, ob er die Waffe auch wirklich einsetzen wird, wenn es erforderlich ist. Denn die Waffe in den Händen eines Verzagten« – er hatte das Wort *Feigling* vermieden –

»richtet sich stets gegen ihn selbst. Damit kann eine Situation sehr schnell außer Kontrolle geraten und die eigenen Leute mehr in Gefahr bringen als jede Bedrohung von außen.«

Albo hatte die Waffe mit einem guten Gefühl entgegengenommen. Er war sicher, dass er bei Gefahr problemlos abdrücken konnte – lieber der andere als er, und lieber einmal zu viel geschossen als zu wenig.

Aber Albo hatte sich belogen. Oder überschätzt. Er hätte die Situation noch retten können, wenn er jetzt sofort abgedrückt hätte. Wenn er getroffen hätte, wäre er selbst der Gefahr entronnen, aber mit dem Lärm hätte er zumindest die anderen endlich gewarnt.

Seine Arme hingen jedoch wie gelähmt herab, als der Mann seine Kreatur von der Kette ließ und sie mit weit geöffnetem Rachen, in dem spitze weiße Reißzähne im Mondlicht blitzten, auf ihn zujagte. Albo war nicht fähig zu schießen, er brachte nicht einmal die Waffe in Anschlag und den Finger an den Abzug. Er war starr vor Angst, suchte verzweifelt nach einem Ausweg, doch genau diese Situation hatte er nie mit dem Programm durchgespielt.

Er hatte jedes Mal geschossen, bevor er angegriffen wurde. Aber da hatte es sich auch nicht um ein Lebewesen gehandelt.

Bevor das riesige Tier heran war, gewann Albo immerhin die Körperbeherrschung zurück und tat das, was jeder in so einer Lage tat, der kein Held war: Er rannte davon.

* * *

Die Angst beflügelte Albo Saklid, sodass er die Schwerkraft tatsächlich überwand und eine ganze Weile durchhielt. Die Kreatur hätte ihn zwar längst eingeholt, doch anscheinend wollte ihr Herr nicht auf den Spaß verzichten, diese leichte Beute selbst zu jagen und zu erlegen.

Denn auf den Fersen war man ihm, das spürte Albo, und manchmal hörte er es auch, wenn sie durchs Gebüsch brachen.

Inzwischen waren es mehrere, und sie versuchten ihn einzukreisen. Sie jagten schweigend, um Albos Gefährten nicht zu alarmieren. Und Albo war so sehr in Panik und mit seiner Flucht beschäftigt, dass er nicht einmal jetzt daran dachte, das Warnsignal abzusetzen. Ein fast unsichtbarer Knopf an dem Eingabefeld seines Handschuhs, einmal kräftig gedrückt. Genau für solche Notfälle gedacht.

Albo dachte an gar nichts mehr, er rannte um sein Leben. Noch hatte er einen gewissen Vorsprung; wahrscheinlich lag das in der Absicht der anderen, damit sie Kräfte sparten und er vorzeitig ermüdete.

Alles war dahin, alle schönen Pläne und der Traum vom Heldentum. Jetzt ging es nur noch um ihn und den Willen zu überleben.

Nach einer Weile wurde das Gelände ebener und leichter zu durchqueren, aber dafür bot er auch ein zunehmend leichteres Ziel.

Er sah das Meer im Mondlicht glitzern, und davor eine düster aufragende, bizarre Silhouette. Die Ruine!

In einem plötzlich irrwitzigen Hoffnungsschimmer glaubte Albo, dass er dort in Sicherheit wäre. Dies war das Ziel der Expedition gewesen; bestimmt gab es dort genügend Verstecke, vielleicht sogar eine verborgene Kammer, einen geheimen Gang, durch den Albo entkommen konnte.

Um sich selbst Mut zu machen und anzutreiben, redete er sich ein, dass er sich in Wirklichkeit in der *Kammer der Träume* befand, dass dies nur ein weiteres Animationsprogramm war, mit den höchsten aller Anforderungen.

Auch wenn er versagte, konnte ihm nicht wirklich etwas geschehen. Er durfte nur niemals daran zweifeln, dass es echt war.

Doch Albo hörte, wie sie allmählich hinter ihm aufholten,

während er immer langsamer wurde, und auch das geifernde Knurren der Bestie näherte sich.

Er keuchte, sein Herz raste, er bekam kaum noch Luft. Jeder Schritt wurde zur Qual, die Erde schien ihn anzuziehen, einsaugen zu wollen. Er stolperte in eine Senke hinab, hinter der die Ruinen lockten. Sie waren nicht mehr fern, nur noch hier hindurch, über den Hügelkamm, dann musste er dort sein.

Vor Albo breitete sich ein moosbewachsenes Feld aus, und er überlegte kurz, ob er es umgehen sollte, doch das würde seinen Vorsprung nur noch mehr verringern.

Das schaffe ich.

Er taumelte auf das Feld und merkte nach einigen Schritten, wie der Boden unter ihm nachgab. Es war, als bewegte er sich auf einem Teppich über Wasser.

Und Albo begriff, worauf er sich befand.

Er blieb stehen und drehte sich um.

Seine Verfolger waren ebenfalls stehen geblieben und riefen ihm etwas zu, das er nicht verstand. Es klang wie ein heiseres Krächzen und Bellen. Kein Englisch jedenfalls.

»Ich komme zurück!«, rief er. »Ich ergebe mich!« Er hob die Hände und wollte einen Schritt vorwärtsgehen.

Sie schrien alle durcheinander, fuchtelten mit ihren Speeren herum, und er verharrte erschrocken. Was wollten sie denn von ihm? Sie konnten ihn töten, er bot ein leichtes Ziel. Das konnte nicht ihre Absicht sein. Aber vielleicht wollten sie ihn hindern, zurückzukommen, sondern ihn weitertreiben, wohin auch immer.

»Aber hört ihr denn nicht, ich ergebe mich! Selbst in eurer Denkweise muss es so etwas wie Gnade geben!«, schrie er verzweifelt.

Doch als er wieder einen Schritt versuchte, brach bei ihnen erneut Aufruhr aus.

Albo Saklid drehte sich um und betrachtete die schwarze Silhouette der Ruine, die er nun nie mehr erreichen würde. So nahe und doch unerreichbar. Wie Leto. Wie alles in seinem Leben. Alle Mühen umsonst. Er war am Ende angelangt. Nun gab es kein Vorwärts, aber auch kein Zurück mehr.

Tränen liefen über seine Wangen, als er langsam weiterging. »Lebt wohl«, flüsterte er.

Das Bild seines Vaters erschien vor seinem inneren Auge. Hatte er also doch Recht behalten. Aber wenigstens blickte er in diesem letzten Moment nicht hämisch oder herablassend auf seinen Sohn, sondern seltsam gütig, verzeihend. Und er nickte, als wollte er ihn ermuntern, wenigstens einmal das Richtige zu tun.

Dann kam der entscheidende Schritt. Der Marsianer verlor den Boden unter den Füßen. Noch während er fiel, öffnete er den Helm und schleuderte ihn weit von sich.

Dann verschluckte ihn der Moosteppich, und er verschwand spurlos.

So starb Albo Saklid kurz nach Mitternacht des 17. Oktober 2510, wie er gelebt hatte – einsam, unverstanden und als Narr.

5.
OPFER

Wie lange müssen wir noch warten?«, fragte Clarice.

Einer der Bewacher trat in den Lichtkreis. *»Neet parweloo«*, sagte er und legte den Zeigefinger an den Mund.

Außerhalb der Fackeln unterhielten sich die anderen in normaler Lautstärke.

Maya wartete, bis sie wieder allein waren, dann wisperte sie: »Kannst du sie verstehen, Jawie?«

»Ich lausche ununterbrochen«, antwortete die Historikerin und Linguistin. »Ich glaube, sie sprechen ein Kauderwelsch aus verschiedenen Sprachen. Manches klingt wie Englisch. Ich werde weiter zuhören, vielleicht finde ich mich hinein.«

Kurz darauf kam Unruhe in die Gruppe. Ein Mann sammelte die Fackeln ein, ein anderer bedeutete den Marsianern, aufzustehen.

Sie drängten sich unwillkürlich zusammen, als sie sich von einer ganzen Horde der Wilden umringt sahen. Maya wusste, dass sich die anderen genauso fragten wie sie, was jetzt geschehen mochte. In der Ferne sah sie das rötliche Glühen des Vulkans, bedrohlich und düster wie diese Situation. Wenn sie nur eine Verständigungsmöglichkeit hätten!

Einige der Wilden wichen zur Seite, als jemand durch ihre Reihen kam. Ein glatzköpfiger *Riese* – für irdische Verhältnisse –, nur aus Muskeln und Sehnen bestehend und mit einem harten Gesicht, das Autorität ausstrahlte. Er trug Lederkleidung, und sein breiter Gürtel war mit allerhand Waffen bestückt. An der Kette führte er eine abscheuliche Kreatur mit langem, haarlosen Schwanz und bösartig funkelnden Augen.

Lorres schob sich ein wenig nach vorne. »Wir kommen in Frieden«, sagte er.

Was soll er auch sonst sagen, dachte Maya. *Obwohl es sicherlich egal ist, die verstehen uns sowieso nicht.*

Der Glatzkopf musterte sie schweigend der Reihe nach. In seinen dunklen Augen lag ein kaltes Glitzern. Maya fürchtete diesen Mann, doch sie wich seinem Blick nicht aus. Er mochte das vielleicht als Provokation erachten, aber sie wollte nicht wie ein um Gnade bettelnder Feigling dastehen.

»Das gefällt mir nicht«, murmelte Lorres.

Der Glatzkopf blieb vor ihm stehen und grinste. Seine Bestie schnüffelte an Lorres' Beinen und fiepte schrill.

Dann wandte der Wilde sich zu seinen Leuten um und nickte. Daraufhin brach begeisterter Jubel aus, den sich keiner der Gefangenen erklären konnte. Ihnen wurden die Arme mit Stricken hinter dem Rücken gefesselt. Dann trieb man sie in Richtung Meer.

Es war genau die Strecke, die sie heute sowieso in Angriff genommen hätten. Allerdings nicht schon kurz nach Mitternacht und nicht unter diesen Umständen.

Der Weg war beschwerlich und die Bewacher ungeduldig. Sie schubsten die Gefangenen vorwärts und drohten mit den Lanzen, wenn einer zurückblieb.

Immerhin durften sie bislang ihre Anzüge und Helme anbehalten. Das Material war widerstandsfähig und konnte einige Stürze mitmachen, ohne zu reißen. Aber gegen einen scharf geschliffenen Speer oder eine ähnliche Waffe konnte es nicht viel ausrichten.

Maya war längst am Ende ihrer Kräfte, aber sie wusste, sie musste durchhalten. Die Ruinen rückten immer näher. Was würde mit ihnen geschehen, wenn sie sie erreicht hatten? Warum waren die Barbaren so erfreut über diesen Fang? Sie schienen sich nicht einmal besonders über die seltsame Aufmachung oder das fremde Aussehen ihrer Gefangenen zu wundern.

Maya bekam mit, wie Jawie immer wieder versuchte, ein Gespräch anzufangen, mit Handzeichen und einfachen Stichworten, die wenigstens einen ersten Wortaustausch ermöglichten. Aber die Wilden lachten nur und gaben Ausdrücke von sich, die vermutlich zotiger Natur waren, ihren Mienen und Gesten nach zu urteilen.

»Wenn ihr Jawie etwas antut, kriegt ihr's mit mir zu tun!«, rief Maya wütend und erntete dafür noch mehr Gelächter.

»Im Grunde genommen funktioniert die Kommunikation doch prächtig«, erklang Lorres' Stimme hinter ihr. »Jeder weiß genau, was der andere meint. Das bedeutet, wir sind alle Menschen, keine Außerirdischen. Beruhigend, nicht?«

»Was ist los mit dir, starker Mann?«, gab sie zurück. »Höre ich da etwa Müdigkeit in deiner Stimme?«

Er schnaubte. »Wenn du es darauf anlegst, trage ich dich den ganzen Weg wieder zurück, und zwar im Dauerlauf.«

Maya war besorgt; Lorres musste wirklich am Ende seiner Kräfte sein, wenn er sich zu so einer Bemerkung herablassen musste, um eine Stärke zu demonstrieren, die er nicht mehr besaß. Er wollte ihr eindeutig Mut machen, sie dazu anhalten, nicht aufzugeben.

Zum ersten Mal erschien ihr Lorres wie ein ganz normaler, verletzlicher Mensch; ausgerechnet jetzt.

»Aber erst nachdem ich das Meer einmal umrundet habe«, erwiderte sie und konzentrierte sich dann wieder aufs Laufen.

Wenigstens wurde die Strecke einfacher, je näher sie dem Ufer kamen. Die Wilden führten sie im Zickzack auf nur ihnen bekannten Wegen, die nicht zu hart und trittsicher waren. An den Flanken liefen einige der hässlichen Kreaturen, ewig schnüffelnd und witternd, Nase und Ohren immer in Bewegung.

Jawie war die Erste, die zusammenbrach. Sie war die Jüngste und Zierlichste der Gruppe und keineswegs eine begeisterte Sportlerin. Maya befürchtete das Schlimmste, aber einer der Barbaren legte sie sich kurzerhand quer über die Schultern und lief mit ihr zusammen weiter. Nun gut, für irdische Verhältnisse war Jawie mit ihren fünfunddreißig Kilo ein Fliegengewicht, und der Anzug mit Exoskelett wog auch nicht mehr als neun Kilo. Den Marsianern kam dies alles nur dreifach schwerer vor.

»Sie gehen recht sorgsam mit uns um«, bemerkte Roy, der zu Maya und Lorres aufschloss. Clarice, die immer noch gut bei Kräften schien, heftete sich dem Mann mit Jawie auf den Schultern an die Fersen.

»Umso schlimmer wird das sein, was sie mit uns vorhaben«, versetzte Lorres.

Maya befürchtete, dass er Recht hatte.

***

Als sie endlich die Ruinen erreichten, waren alle Marsianer am Ende ihrer Kräfte. Die Wilden gestatteten ihnen jedoch keine Pause, sondern stießen sie weiter. Sie mussten über einige Bruchstücke klettern, um ins Innere der Ruinen zu gelangen.

Es war einst eine große Anlage gewesen, trotz der sehr langen Zeit noch immer halbwegs erhalten. Im Inneren des Hofes befand sich ein steinernes, turmartiges Gebäude, dessen verwitterte Grundmauern verrieten, dass auch sie schon viele Jahrhunderte überstanden hatten. Der Rest war wieder aufgebaut worden.

Maya und die anderen wurden in das Gebäude geführt, dessen Eingangstor von zwei bulligen Menschen und zwei der Kreaturen bewacht wurde.

Die innere Halle wurde von Fackeln erhellt. Es sah feucht

und zugig aus; kein gemütliches Heim, sondern immer noch eine Ruine. In der Menschen lebten ...

Maya sah links und rechts an den Wänden entlang Abteile, die teils mit Vorhängen verschlossen waren. Eines war offen und leer, darin befand sich nichts als eine primitive Pritsche und ein Schemel. Aus anderen, geschlossenen Abteilen drang Grunzen und Schnarchen; Maya glaubte einmal ein leises Quieken zu hören und sah undeutlich rhythmische Bewegungen hinter dem Vorhang.

»Darüber habe ich schon gelesen ...«, seufzte Jawie, die inzwischen wieder allein gehen konnte. »In historischen Berichten aus dem sogenannten Mittelalter, vor über tausend Jahren ...«

»Es ist abscheulich«, stellte Maya fest und rümpfte die Nase.

»Bereust du es jetzt?«, fragte Lorres.

Sie gab keine Antwort.

Nein, sie bereute nichts. Aber sie empfand tiefe Trauer über das, was mit der Menschheit geschehen war.

Im letzten Drittel der großen Halle, in der Mitte, befand sich auf einer Erhöhung von zwei Stufen ein steinerner Stuhl, auf dem ein Mann kauerte.

Sein Gesicht zeigte deutlich markantere Züge als die seiner Artgenossen, und in seinen dunklen Augen lag Intelligenz, aber auch ein wildes Funkeln. Er hatte lange schwarze Haare, einen kurz gehaltenen Vollbart, trug aufwändig verarbeitete Lederkleidung und hielt ein riesiges, zwischen seinen Beinen aufgestelltes Schwert in Händen.

Die vorher so geschwätzigen Barbaren verstummten und nahmen eine demutsvolle Haltung ein. Es konnte kein Zweifel bestehen, wer hier das Sagen hatte.

Der Glatzkopf wies auf die Gefangenen und stieß einen Wortschwall aus. Dann verschränkte er die Arme vor der Brust und wartete in stolzer Haltung ab.

Der Mann mit dem Schwert hatte schweigend zugehört. Maya fühlte seinen durchdringenden Blick auf sich ruhen, bevor er weiterglitt. Nach einer Weile sagte er etwas, und das war das Signal. Zwei Barbaren packten Maya und zerrten sie nach vorne, bis direkt vor die steinernen Stufen. Einer von ihnen schnitt ihre Fesseln durch.

»Ruhe!«, hörte sie Lorres zischen, als die anderen aufgebracht protestierten und trotz ihrer Fesseln nach vorne stürmen wollten. »Ihr könnt es nicht ändern, bringt sie nicht in Gefahr!«

Mayas Herz schlug bis zum Hals. Der Mann musterte sie noch eindringlicher als zuvor. Dann gab er einen leisen Befehl. Seine Stimme war heiser und rau. Als die Barbaren nach ihr griffen, schlug Maya die Hände beiseite. »Halt!«

Sie hielten tatsächlich inne.

Sie erwiderte den Blick des Mannes und bewegte die Hand Richtung Helm. Er begriff und nickte.

»Maya, das ist nicht dein Ernst!«, rief Clarice verzweifelt.

Sie drehte sich um und machte eine beschwichtigende Geste. »Mir wird schon nichts passieren. Ich sagte doch, dass die irdische Atmosphäre für uns verträglich ist. Und ich tue es lieber selbst, als mir den Anzug vom Leib reißen zu lassen.«

Sie wandte sich wieder dem Mann zu, öffnete den Verschluss des Helmes, nahm ihn ab und legte ihn auf die Stufe. Sie tat ihren ersten Atemzug in irdischer Luft und spürte sofort einen leichten Schwindel durch den hohen Sauerstoffgehalt. Aber sie hoffte, wenn sie flach atmete, würde sie es gut aushalten können.

Um den Anzug abzustreifen, musste sie das Exoskelett lösen. Von jetzt an wurde jede Bewegung zur absoluten Qual. Aber Maya war an einem Punkt angekommen, wo ihr alles gleichgültig war. Hinzu kam ein leicht euphorischer Zustand durch den Sauerstoff. Mit mechanischen Bewegungen schaffte sie es, die

Verschlüsse des Anzugs zu öffnen und ihn abzulegen. Darunter trug sie nur einen speziellen Slip.

Ein Raunen ging durch die Barbarenreihen, als Maya ihren knapp über zwei Meter großen, schmalen Körper präsentierte, mit dem deutlich vorgewölbten Brustkorb, den kleinen Brüsten und langen Gliedmaßen.

Und vor allem der fast marmorweißen Haut mit den Pigmentzeichnungen.

Der Mann lehnte das Schwert an, stand auf und kam zu ihr herab. Er streckte eine Hand aus und berührte Mayas Haut am Arm. Seine Finger fuhren die Ränder der Pigmentierung nach. Er schien fasziniert zu sein.

Maya fühlte sich für einen Moment sogar wie befreit, der Enge des Anzugs entkommen zu sein und die kühle, vielleicht etwas zu feuchte Luft auf der Haut zu spüren. Sie hoffte allerdings, dass niemand von ihr verlangen würde, sich zu bewegen; sie hatte gerade noch genug Kraft, sich aufrecht zu halten.

Der Mann wandte sich seinen Artgenossen zu und rief ein Wort, das lauten Jubel hervorrief.

Jetzt konnte Maya nicht mehr. Ihr Verstand stürzte in ein tiefes Loch, und sie ließ sich fallen.

* * *

»Ich glaube, ich weiß, wo wir sind«, sagte Jawie. Sie waren in einen Raum mit einem schmalen Fensterdurchlass gesteckt worden. Die Tür war verriegelt, ein Posten hielt draußen Wache.

Die Anzüge hatte man ihnen gelassen, nur die Ausrüstungsgürtel abgenommen, bevor die Fesseln gelöst wurden.

Während Clarice und Roy überlegten, wie sie freikommen konnten, Lorres wie ein wildes Tier herumlief und jeden verfluchte, der Maya auch nur zu nahe kommen würde, beschäftigte Jawie sich mit ihrer Datenbank.

»Tatsächlich?«, fragte Lorres.

»Ja. Ich glaube, das ist Urquhart Castle, eine ehemals riesige Festung am Loch Ness. Hier soll vor über fünfzehnhundert Jahren mal ein Monster gesichtet worden sein, dessen Legende sich bis in die Neuzeit erhalten hat ...«

»Ich wollte es nicht wissen.«

»Lorres, du Ignorant! Vielleicht finde ich Informationen, die uns bei der Flucht helfen können!«

»Unsinn!« Er baute sich vor ihr auf. »Hier ist nichts mehr so, wie es war, mit Ausnahme der alten Mauerreste. Alles andere ist entweder eingestürzt oder baulich verändert worden. Deine historischen Kenntnisse nützen uns hier nichts, *gar* nichts, verstanden?«

Jawie ließ den Kopf sinken. »Doch«, flüsterte sie und schluckte schwer. »Das alles hier erinnert mich an ... ein Opferritual. Und ich glaube, Maya wird die Erste sein.«

»Das bedeutet, wir müssen schnell handeln«, sagte Roy grimmig.

***

Als Maya erwachte, fand sie sich auf einer harten Pritsche in einer kleinen, von einer Fackel beleuchteten Kammer wieder. Neben ihr saß der Anführer der Wilden.

»Nuuun?«, fragte er etwas schwerfällig und seltsam gedehnt, aber zu Mayas grenzenloser Überraschung in verständlichem Idiom. »Wolln wee uns underhalteen?«

»Wie ist das möglich?«, flüsterte sie.

»Laange Geschichte«, antwortete er und deutete auf sich. »Conner. Stamme uursprünglich aus Landan. Bin Bastaard. Abeer egaal. Komm, Maya.« Er hielt ihr eine Art Tunika hin, die sie überstreifen sollte, und bedeutete ihr zu folgen.

Er führte Maya durch eine lange Reihe von düsteren, engen

Gängen und öffnete eine Tür. Sie betraten einen Aussichtsbalkon, und Conner trat bis an die Brüstung. Er deutete auf das in der Dunkelheit kaum erkennbare Meer hinab. »Heut grooße See. Damals Locnee. Groß Ungeheuer, viel Aberglaube.« Er blickte Maya an. »Bin capuun hier. Aber nur, solang Monster zaahm.«

»Willst du damit sagen, da unten lebt ... ein gefährliches Tier?«

»Gigant.« Er holte weit aus. »Rreptil, mit langem Ssswanz und Maul, grroß wie Haus. Kommt raus, wenn Hunger. Jeds Jahr. Und jeds Jahr Opfer. Viele Mädchen. Meine ... Familie. Du verstehst?«

Maya nickte langsam. »Du hast deine Leute ausgeschickt, um nach besseren Opfern zu suchen ... und uns gefunden.«

»Klug *femana.* Morgen. Erst du. Später anderen.« Er hob die Hand hoch und kniff sie ins Ohrläppchen. »Nich bööse. Kann nicht ändern.«

»Verstehe.« Maya wandte sich ab und blickte aufs Meer hinab. Hätte sie Conner sagen sollen, woher sie kamen? Würde er ihr Glauben schenken? Vermutlich nicht. Und ebenso wenig würde es etwas ändern. Im Gegenteil. Dieses ganz besondere Opfer konnte Conners Ansehen sogar noch steigern.

Er war also ein mächtiger Mann und dennoch dem Willen seiner barbarischen Horden ausgeliefert, obwohl er nicht ganz so unzivilisiert war wie sie. Doch sie verlangten Opfer, und er musste sie ihnen geben, um ein schlimmeres Blutbad zu verhindern. Und um seine Familie zu schützen, die ihm natürlich wichtiger war als irgendwelche seltsamen Fremden.

»Seid ihr ... aus Meeraka?«, fragte Conner, hob jedoch sofort die Hand, bevor Maya zu einer Antwort ansetzen konnte. »Nein. Will nich wissen. Dich nich kennen.«

Natürlich nicht. Wenn er sein Opfer kannte, konnte er es womöglich nicht mehr umbringen. So einfach war das.

»Ich will mich von den anderen verabschieden«, verlangte Maya.

»Nein. Du musst in Kammer bleiben, bis morgen früh. Andere folgen dir baald.«

Maya konnte nichts tun, als zu gehorchen. Sie war kraftlos und müde, und sie spürte zum ersten Mal in ihrem Leben unbestimmte Schmerzen am ganzen Körper, die nicht allein von der Erschöpfung herrührten.

***

»Wir sind viel schwächer als sie«, gab Jawie zu bedenken.

»Aber die sind dämlich. Wir können sie überrumpeln.« Roy versuchte beruhigend zu klingen. »Ich habe gesehen, wie einer von denen unsere Waffen in eine Kammer hier in der Nähe gebracht hat. Wahrscheinlich wollen sie sie genauer untersuchen. Wenn ich es schaffe, dorthin zu kommen und wenigstens eine mitzunehmen, sind wir schon im Vorteil. Es ist immer noch dunkel da draußen, und wir sind mit der Infrarotsicht im Vorteil, auch wenn sie schneller sind. Wichtig ist es, dass wir die Felsen erreichen. Es sind nur zwei Kilometer bis zum Rover.«

»Und wir total ausgelaugt«, meinte Clarice. »Aber wir müssen es trotzdem schaffen. Am besten fackeln wir nicht lange, in weniger als drei Stunden wird es hell.«

»Wenn nur der verflixte Funk zur CARTER noch funktionieren würde!« Lorres knirschte mit den Zähnen. »Er muss den Start vorbereiten!«

»Aber er sagte doch, dass sie zwei Tage ...«, wandte Jawie ein.

»Das müssen wir eben riskieren! Wir bleiben hier keine Sekunde länger als notwendig!«

»Er hat Recht.« Clarice legte die Stirn in Falten. »Habt ihr gesehen, wie die Kerle Maya angestiert haben? Damit müsste sich doch etwas machen lassen, meint ihr nicht?«

6.
FLUCHT

Verdammt!« Leto schlug auf die Armlehne. Er schien nahe daran, die Fassung zu verlieren. »Wenn ich nur wüsste, wie wir Verbindung aufnehmen können!«

»Das Funksystem ist intakt, die Störung kommt von woanders«, erklärte Rayna. »Auch an der Reichweite kann es nicht liegen; die beträgt mehrere tausend Kilometer. Irgendetwas muss sich in der Richtung befunden haben, in die der Trupp fuhr. Die Verbindung wurde kontinuierlich schlechter.«

Leto horchte auf. »Richtung Meer also ...«

»Ich mache lieber mit den Reparaturen weiter«, sagte die Technikerin. »Ich habe das ungute Gefühl, als würden wir bald von hier verschwinden müssen.«

Der Kommandant nickte. »Ja, wahrscheinlich hast du Recht. Ich werde die Systeme auf Alarmbereitschaft halten. Denkst du, wir kriegen einen Alarmstart hin?«

»Das wird sich zeigen«, meinte Rayna leichthin.

»Du klingst fast wie Lorres.«

»Haben wir eine Wahl?«

»Nein. Nein, wahrscheinlich nicht.« Leto rieb sich die Stirn, fuhr sich durch die Haare und seufzte. »Wer weiß, was sie gerade durchmachen ...«

* * *

Clarice und Roy wollten gerade ihren Ausbruchsplan ausführen, als sie ein Geräusch vor der Tür hörten, einen dumpfen

Schlag und dann das kratzende Geräusch des Riegels, der zurückgezogen wurde. Roy riss die Tür auf – und fiel beinahe über Maya, die über dem Wachtposten zusammengebrochen war. Sie war blutüberströmt.

In der Kehle des Toten klaffte ein großes Loch, aus dem Blut hervorsprudelte und Maya benetzte.

»Was ist passiert?« Lorres stieß Roy beiseite, beugte sich über Maya und hob sie hoch.

»Später.« Roy winkte Clarice, und sie huschten den Gang hinunter.

Sie hörten aus den Gängen über ihnen Gepolter, Geschrei und metallisches Klirren. Treppauf, treppab liefen die Barbaren. Die Gefangenen schienen völlig vergessen.

Lorres behielt Maya auf den Armen und nickte Jawie zu, ihm zu folgen. Vorsichtig schlichen sie den Gang entlang und fuhren zurück, als Clarice und Roy auftauchten – mit zwei Gewehren.

»Mayas Anzug haben wir nicht gefunden, die restlichen Gewehre auch nicht, aber das sollte genügen«, sagte Roy. »Hier herrscht totales Chaos, das müssen wir ausnutzen! Vielleicht schaffen wir den nötigen Vorsprung, bis sie uns wieder auf den Fersen sind!«

Die Kämpfe weiteten sich inzwischen auf die gesamte Burg aus. Einige Male wären die Gefährten fast erwischt worden, aber sie konnten sich rechtzeitig in irgendwelchen Seitengängen oder leeren Kammern verstecken.

Plötzlich drang aus den oberen Gemächern lautes Geschrei. Roy sah einen roten Schein. »Ich glaube, es brennt!«, rief er. »Kommt, weiter!«

Es war eine überirdische Aufgabe, darüber waren sie sich im Klaren. Ihre Kraftreserven waren nahezu restlos erschöpft, dabei hatten sie einen gewaltigen Weg vor sich. Und Lorres musste zusätzlich Mayas Gewicht tragen. Er machte es wie der

Barbar zuvor mit Jawie, legte sie sich über die Schultern, wo das Exoskelett besondere Verstärkungen hatte, und schleppte sich mit ihr voran.

Das Feuer breitete sich rasch in den oberen Stockwerken aus, während unten gekämpft wurde. An die Gefangenen dachte offenbar niemand mehr. Unbehelligt erreichten sie den Innenhof und fingen an zu laufen.

Was war hier nur geschehen?

***

Sie kamen sehr viel langsamer voran als auf dem Herweg, und teilweise mussten sie Umwege in Kauf nehmen, weil sie die richtigen Pfade nicht mehr fanden. Roy und Clarice hatten auf Infrarotsicht geschaltet und sicherten die Gruppe vorne und hinten. Lorres und Jawie stolperten dahin, ohne auf den Weg zu achten, sondern ließen sich einfach führen.

Einmal stoppte Roy und schien nach dem Weg zu suchen. Jawie deutete geradeaus. »Sieh mal, wenn wir direkt durch diese Senke gehen, können wir abkürzen!«

»Nein«, lehnte Roy ab. »Ich weiß mit Sicherheit, dass wir auf dem Herweg nicht hindurchgegangen sind. Die Barbaren werden ihre Gründe dafür haben. Ich glaube dort unten Pflanzenbewuchs zu sehen, dem traue ich nicht.«

»Hier entlang!«, rief Clarice, die vorausgegangen war. »Jetzt ist es nicht mehr weit!«

»Merkwürdig, der Rückweg kommt mir kürzer vor«, stieß Lorres ächzend hervor.

»Das ist die Angst«, erwiderte Jawie. »Wir haben länger gebraucht als geplant. Im Osten erscheint gerade der erste Dämmerstreif, und ich bilde mir ein, weit hinten glühende Punkte zu sehen, die unserer Spur folgen.«

»Zu schnell!« Roy stieß einen Fluch aus. »Aber wir können es immer noch schaffen, wenn der Rover intakt ist.«

»Wenn nicht, sind wir tot«, erwiderte Lorres grimmig.

Sie taumelten weiter durch die sterbende Nacht, erreichten schließlich die Felsenregion und hatten nun endlich Deckung, aber das Vorankommen wurde deutlich erschwert. Roy wollte Lorres mit Maya helfen, aber er weigerte sich hartnäckig.

»Haben wir eigentlich einen Ersatzanzug im Rover?«, fragte Jawie.

»Ja, allerdings ohne Exoskelett. Und zwei Atemreserven«, antwortete Clarice. »Das ist die Standardausrüstung.«

»Ein Glück für Maya«, murmelte Lorres.

Der Rover sah mitgenommen und verbeult aus, aber der Antrieb funktionierte noch, und die Klappe mit dem Anzug und den Luftreserven unter dem hinteren Sitzbereich hatten die Wilden nicht gefunden. Lorres und Jawie zogen der ohnmächtigen Maya gemeinsam den Anzug an, schlossen den Helm und achteten ängstlich auf das Licht der Systeme, während Roy das Gefährt startete.

In diesem Moment stürmten vier Barbaren hinter den Felsen hervor und griffen an. Dass sie den Marsianern bereits aus der Burg bis hierher gefolgt waren, erschien unwahrscheinlich; wahrscheinlich waren sie die ganze Zeit aus irgendwelchen Gründen hier postiert gewesen.

Clarice fackelte nicht lange. Sie legte an, zielte und schoss. Der vorderste Angreifer wurde wie durch einen Faustschlag mitten im Lauf gestoppt, griff sich an die Brust und brach blutend zusammen. Die anderen waren so überrascht und erschrocken, dass sie ebenfalls stehen blieben und nach ihrem verwundeten Kameraden schauten.

In der Zwischenzeit startete Roy durch, und sie holperten zur CARTER. Die Richtung war nicht schwer zu finden. Sie mussten nur auf den rauchenden Vulkan zuhalten.

* * *

Maya öffnete blinzelnd die Augen und blickte Lorres ins Gesicht. Sie seufzte, als sie merkte, dass sie wieder einen Anzug trug und vertraute Luft atmete.

»Lieg ruhig, du bist verletzt«, sagte Lorres. »Eine Fleischwunde an der Seite, Prellungen, Schürfwunden ... wir haben dir sofort ein Antibiotikum verabreicht und ein Stärkungsmittel. Denkst du, du hältst durch?«

Sie nickte langsam. »Bei den Monden ...«, flüsterte sie. »Bin ich froh, dass es geklappt hat ...«

»Nicht sprechen. Ruh dich aus.«

Ein illusorischer Rat, da die Fahrt äußerst unruhig war und Maya so durchschüttelte, dass sie hin und wieder das Gesicht vor Schmerz verzog.

»Aber ich will ...«, stieß sie hervor. »Dieser Kerl ... Conner ... er fing gerade an, mich zu betatschen, da kommt seine Alte dazu ... schreit hysterisch und geht mit dem Messer auf ihn los ... Dann kommt ein anderer Typ, die beiden schreien sich an und beginnen zu kämpfen, und die Alte will mich abstechen ... erwischt meine Seite und ich das Messer, und sie fällt ...«

»Meine Güte«, murmelte Jawie.

Maya lachte krächzend. »Immer mehr Typen kommen hinzu und mischen sich in die Schlägerei ein, da bin ich rausgeschlüpft ... Überall fangen sie an zu kämpfen, da sehe ich den Posten vor einer Tür und denke mir, er bewacht euch ... Ich bin einfach zu ihm hin und hab ihm das Messer in die Kehle gerammt ... Dann weiß ich nichts mehr.«

Sie fuhren in einen bewölkten Tag hinein, und jeder betete darum, dass die CARTER schon startfertig gemacht worden war. Roy gab nun Vollgas, und niemanden interessierte es mehr, ob diese Fahrweise zu riskant und dem Gelände unangemessen war. Solange sie sich nicht überschlugen, war alles in Ordnung.

Der Rover rumpelte stundenlang über die Piste, kämpfte sich den letzten Abhang nach oben, und da lag die CARTER, inmitten der vulkanischen Einöde.

Kaum fuhr er den Hang hinab, knackste es auch schon im Funkempfänger, und Letos erleichterte Stimme schallte in ihren Helmen: »Den Sternen sei Dank, endlich sehe ich euch kommen! Wir waren schon in höchster Sorge!«

»Und zu Recht«, sagte Roy. »Wir haben eine Menge zu berichten, alter Freund!«

»Es ist noch nicht vorbei«, fiel Clarice ein und deutete hinter sich in die Luft.

Dort waren dunkle Punkte zu sehen, die rasch näher kamen. Clarice fand ein Fernglas im Ablagefach und stieß einen Schrei aus. »Sie kommen – auf riesigen fliegenden Insekten!«

»Das hat uns noch gefehlt«, brummte Roy. »Lorres, übernimm du das Steuer, ich unterstütze Clarice!«

Sie tauschten während der Fahrt die Plätze, und Lorres holte alles aus dem Rover heraus, was möglich war. Roy und Clarice postierten sich so, dass sie einigermaßen Halt hatten, um zielen zu können.

Während die Fluginsekten aufschlossen, preschte der Rover weiter auf die CARTER zu.

* * *

Es wurde ein Wettrennen um Leben und Tod. Rayna nahm an den Kontrollen Platz und bereitete den Alarmstart vor. Leto, der die Jagd durch sein Fenster beobachten konnte, setzte sich den Helm auf und lief zur Waffenkammer. Dort befand sich ein tragbares Geschütz mit Raketenladung; eigentlich dafür gedacht, durch Gestein zu brechen, um sich einen Weg zu bahnen.

Leto stützte sich auf ein Knie, legte das Geschütz auf die Schulter, justierte das Zielfernrohr und blickte hindurch. Auf den riesigen Insekten saßen Menschen, bewaffnet mit Speeren und Steinschleudern, und sie hatten den Rover fast erreicht.

Es waren nur noch fünfhundert Meter bis zur rettenden Schleuse. Leto hörte bis hierher die wütenden Angriffsschreie, und dann auch das entfernte Knattern von Gewehren. Die Roverbesatzung wehrte sich!

Das vorderste Fluginsekt stockte plötzlich im Flug und stürzte mitsamt Reiter ab, die anderen setzten den Angriff unvermindert fort.

Leto durfte jetzt keinen Fehler machen, musste ganz ruhig bleiben, alle Gedanken abschalten. Nur noch zweihundert Meter. Ein einziger, gut gezielter Schuss, das musste genügen.

Er konzentrierte sich, bereitete sich vor – und drückte ab.

Nicht einmal eine Sekunde später sah er eine gewaltige Explosion in der Luft. Dann folgte der nicht minder gewaltige Knall, gefolgt von der Druckwelle, die Stücke und Splitter in alle Richtungen verteilte.

Etwas davon traf Leto – ausgerechnet ins linke Bein. Er stieß einen Schrei aus, verlor den Halt und stürzte.

Der Rover rumpelte nur wenige Momente später in einer gewaltigen Staubwolke heran. Hinter ihm legte sich allmählich der Staub der Explosion und zeigte ein verwüstetes Feld. Mindestens fünf Rieseninsekten waren zerfetzt worden, die anderen von der Druckwelle fortgeschleudert oder abgestürzt.

»Leto!« Jawie kam auf ihn zugerannt und half ihm, auf die Beine zu kommen.

»Es geht schon …«, ächzte er. »Nur eine Fleischwunde, keine Arterie …«

»Was ist mit dem Rover?«, brüllte Roy.

»Vergiss den Rover, vergesst alles, was tot ist, und seht zu, dass wir ins Schiff kommen!«, befahl der Kommandant.

Lorres taumelte auf ihn zu, Maya auf den Armen. »Bist du komplett durchgedreht?«, schrie er. »Beinahe hättest du uns bis auf den Mond geblasen!«

»Das war auch meine ursprüngliche Absicht!«, gab Leto zurück. »Ich habe nur schlecht gezielt. Los jetzt, an Bord!«

Nacheinander kletterten sie die Leiter empor. Maya als Schlusslicht musste sich unten festklammern, als Leto die Konstruktion einfuhr und die Verletzte auf diese Weise so weit nach oben holte, bis sie sie greifen und auf die Plattform ziehen konnten. Kaum waren sie alle in der Schleuse, schloss sich der Zugang, und der Dekontaminationsvorgang wurde eingeleitet. Das war eine erste Vorsichtsmaßnahme; weitere Reinigungsprozeduren würden folgen.

Leto presste sich einen Klebeverband auf die Beinwunde, injizierte sich ein Schmerzmittel und humpelte in die Steuerkanzel, um den Countdown einzuleiten. Die anderen schafften es gerade noch in die Sitze und die Gurte zu befestigen, als die Bugdüsen bereits aufbrüllten. Rayna blieb bei Leto in der Steuerkanzel, die anderen hatten sich hastig hinten verteilt.

»Du machst das schon, mein Mädchen«, murmelte Leto.

Und das tat sie auch.

7.
ENTSCHEIDUNG

Sobald sie den Orbit verlassen hatten, aktivierte Leto entgegen der Sicherheitsvorschriften sofort die künstliche Schwerkraft, denn die Erstversorgung war jetzt wichtiger als mögliche Probleme. Sie hatten immerhin drei Tage Flug vor sich.

Abgesehen von völliger Erschöpfung hatten Roy, Clarice, Jawie und Lorres den Ausflug unbeschadet überstanden. Clarice und Jawie waren bereits mit einem Beruhigungsmittel in die Kojen geschickt worden. »Dann sind sie aus dem Weg«, bemerkte Roy mit sachtem Humor. »Ich muss hier in Ruhe arbeiten können.«

Leto Angelis wurde von Roy wundbehandelt und zog sich einen neuen Anzug an. Sein Gesicht war trotz des Schmerzmittels schweißnass und verzerrt. »Albo?«, fragte er nur.

Roy schüttelte den Kopf. »Er verschwand noch vor dem Angriff. Wahrscheinlich haben sie ihn gleich getötet.«

Leto nickte. »Wir werden später eine Gedenkminute für ihn einlegen. Jetzt geht es erst mal um die Lebenden.« Er stolperte zu Lorres, der vor der Glaswand kauerte, hinter der Maya von ihm getrennt lag.

Maya war von Roy als Erstes in die Quarantäne-Station gebracht, aus dem Anzug geschält und an die Lebenserhaltungs- und Versorgungsgeräte angeschlossen worden. Er hatte sie in Kälteschlaf versetzt und ihre Lebensfunktionen so weit wie möglich heruntergeschraubt. Damit war sie bis zur Landung auf dem Mond in Sicherheit. Ihre Verletzungen waren zwar äußerlich nicht schwerwiegend, aber sie hatte einige Zeit ohne Anzug verbracht, und niemand wusste, ob sie sich dabei möglicherweise mit irdischen Viren infiziert hatte. Sobald sich erste Anzeichen einer Krankheit zeigten, würde sie vollständig entgiftet werden müssen – eine langwierige und schmerzhafte Prozedur, vor allem in ihrem geschwächten Zustand.

»Komm schon, Kumpel, ich brauche deine Hilfe für den Rückflug«, ächzte der Kommandant. »Ich fürchte, ich verliere bald das Bewusstsein, dann musst du alleine fliegen.«

Lorres sah zu ihm auf. »Ich kann sie doch nicht allein lassen«, flüsterte er.

Leto stockte für einen Moment. »Maya ist sehr stark, sie wird es schaffen«, erwiderte er. »Ich dagegen kippe gleich aus den Stiefeln. Wir sollten also besser nicht zu lange warten.«

Lorres rappelte sich auf und bot Leto seine Schulter als Stütze an. »Wer hätte geahnt, in was für eine Scheiße wir da geraten«, murmelte er.

»Es war reichlich naiv von uns anzunehmen, dass alles glattgehen würde«, versetzte Leto. »Für diese Welt sind wir eindeutig nicht geschaffen.«

»Hier gibt es nichts mehr, was erhaltenswert wäre!«, zischte Lorres. »Was aus den Menschen wurde, ist verachtenswert. Und was sie Maya angetan haben ...«

Leto musterte ihn von der Seite. »Da läuft also doch mehr zwischen euch?«

»Diese Frau macht mich wahnsinnig«, antwortete Lorres. »Ich habe keine Ahnung, was sie für mich empfindet, ich meine tief in sich drin, aber ich bin ihr verfallen. Sie übt eine unwiderstehliche Anziehungskraft auf mich aus, von der ich wohl niemals loskommen werde.«

»Du hast aber eine seltsame Art, ihr das zu zeigen.«

»So wahnsinnig bin ich nicht, dass ich mich ganz in ihre Hände begebe! Sie verkörpert schließlich alles, was ich ablehne – dieses Machtkonzept der Tsuyoshis, die Bevorzugung der Frauen, unsere Unterdrückung.«

»Jetzt verstehe ich«, meinte Leto nachsichtig. »Eure Beziehung ist tatsächlich unheilbar krank. Aber ihr habt wohl keine andere Wahl, denn sie kommt genauso wenig von dir los.«

Lorres grinste. »Was ist denn mit uns beiden los – wir unterhalten uns ja auf einmal fast wie gute Freunde. Dabei dachte ich, du würdest mir irgendwann im Schlaf den Hals umdrehen, weil du Maya ebenso willst.«

»Ich vergöttere Maya, wenn du das meinst«, antwortete Leto. »Aber wie einen unerfüllbaren Traum. Meine Ambitionen, was sie betrifft, sind Geschichte. Ich orientiere mich längst anders.«

»Ach«, machte Lorres und war aufrichtig verblüfft. »Das ist mir tatsächlich entgangen.«

* * *

Die CARTER hielt brav bis zur Landung durch, aber danach, das war schon auf dem Flug ersichtlich geworden, brauchte sie eine längere Pause.

Der zweite Landeplatz des Raumhafens auf dem Mond war noch verwaist. Hier sollte bald die neu gebaute DEIMOS landen. Sie würde auch den Rückflug zum Mars unternehmen, während die CARTER überholt wurde.

Und tatsächlich freute sich nun die gesamte Mannschaft auf die Heimreise. Sie hatten es alle nötig.

Äußerlich waren die meisten Wunden bereits verheilt, aber innerlich hatten einige noch daran zu knabbern. Verändert waren sie alle; nie mehr würde es so sein wie früher.

Maya war ebenfalls wieder wohlauf. Wie es aussah, hatte ihr die irdische Atmosphäre keinen Schaden zugefügt – und auch von einer Vireninfektion war sie verschont worden. Allen war aber klar, dass sie damit mehr Glück als Verstand gehabt hatte.

Ein langer Bericht war an den Mars abgeschickt worden, und

nun warteten alle gespannt in der Messe auf die Antwort, die jeden Moment eintreffen sollte.

***

»Dies ist unsere Entscheidung.«

Maya betrachtete das Abbild ihrer Mutter auf der soeben eingetroffenen Funknachricht und erschrak. Vera Akinora wirkte alt und müde, seltsam fremd. Was war nur aus der energiegeladenen, willensstarken Frau geworden! *Cansu,* vermutete Maya. Sie förderte die Niedergeschlagenheit der Präsidentin, unter der sie seit dem gewaltsamen Tod ihres Mannes litt. Cansu konnte es nicht erwarten, Präsidentin zu werden, und wollte bereits jetzt alle Fäden in der Hand haben.

»Wir werden die Mondstation in Betrieb halten und sogar erweitern«, fuhr Vera Akinora fort. »Die Forschungen in den Labors bezüglich des Sauerstoff erzeugenden Pilzes könnten noch von großer Bedeutung werden. Sobald wir die Möglichkeit dazu haben, werden wir eine Probe davon aus der Raumstation im Erdorbit bergen. Außerdem wollen wir die Erde unter ständiger Beobachtung halten. Aufgrund der gemessenen Emissionen, der Verständigungsmöglichkeit mit diesem Conner und seinen Äußerungen zufolge muss es dort noch höher entwickeltes Leben geben als diese primitive Kultur, auf die ihr gestoßen seid. Möglicherweise sogar eine Zivilisation, die den Einschlag und die Jahrhunderte der Dunkelheit in Bunkern überlebt hat.«

Maya kaute auf ihrer Unterlippe. Nicht zum ersten Mal verfluchte sie die Zeitverzögerung. Anstatt sich mit ihrer Mutter direkt unterhalten zu können, musste sie sich die gesamte Rede anhören und konnte dann erst eine Antwort absetzen.

Lorres beispielsweise plädierte dafür, weitere Flüge zur Erde zu unternehmen. Nicht zuletzt deswegen, weil er inzwischen die Störfrequenzen analysiert hatte, die den Kontakt zur CARTER unterbrochen hatten. Sie schienen von einer Unzahl von Sendern auszugehen, die überall auf der Erde verteilt lagen und ein Netz woben, das Funkverbindungen nach einigen Kilometern zusammenbrechen ließ.

Irgendjemand musste diese Störsender ausgebracht haben – aber wer und aus welchen Grund? Die einzige Erklärung war, dass es noch immer technisierte Menschen dort unten gab.

Ein weiteres Rätsel begannen sie gerade erst zu ergründen. Es betraf den geheimnisvollen, wasserartigen Strahl der Alten, der nach Meinung der Forscher vom Mars aus auf die Erde gerichtet war.

Jetzt war es durch intensive Messungen gelungen, den Strahl tatsächlich für einige wenige Sekunden anzupeilen. Dabei war festgestellt worden, dass er keineswegs in einer geraden Linie verlief, sondern sich bog, um eine Verbindung zwischen Mars und Erde herzustellen, die länger dauerte als nur ein paar Sekunden. Aber wozu? Lorres war der Meinung, das könne man nur herausfinden, indem man seinen Zielpunkt auf der Erde bestimmte.

Die Mehrheit der Besatzung war gegen Lorres' Vorschlag, und Maya war unschlüssig. Sollten sie nicht zuerst mit den Mitteln der Mondstation den Strahl weiter erforschen und von hier aus sein Zielgebiet lokalisieren? Und welche Konsequenzen würde die Suche nach *intelligenten Menschen* bringen? Würden die Marsianer tatsächlich, selbst wenn sie eine höher entwickelte Zivilisation fanden, mit offenen Armen empfangen werden?

Andererseits: Sich zurückzuziehen, um nur noch zu beobachten – lehnten sie damit nicht die Verantwortung ab? Vielleicht war ja sogar der Strahl vom Mars schuld an der Rückentwicklung der Erdbevölkerung.

Genau darüber wollte Maya gern unmittelbar mit ihrer Mutter diskutieren.

Aber es drängt uns ja nichts, rief sie sich selbst zur Ordnung. *Dies sind Dinge, die nicht sofort geklärt werden müssen.*

Lorres stieß sie leicht in die Seite. »He, hör zu!«

Maya zuckte zusammen und knuffte ihn zurück.

»... werde ich noch Bescheid geben«, drang die Stimme ihrer Mutter wieder in Mayas Bewusstsein. »Die technischen Schwierigkeiten sind überwunden, und der Start wird vorbereitet. Das neue Team wird eure Arbeit auf der Station fortsetzen. Es tut uns wie gesagt leid, dass sich die Ablösung nach allem, was ihr durchgemacht habt, verzögert hat. Vor allem deswegen erwarten wir euch alle so bald wie möglich wieder hier auf dem Mars.«

Damit war die Ansprache beendet. Maya lauschte noch eine Weile dem verhallenden Klang der Stimme.

»Wenn ich es richtig verstanden habe«, fing Jawie an, »dann beziehen wir hier auf dem Mond für unbekannte Zeit lediglich einen Beobachtungsposten?«

»Auch dies ist Teil des Fortschritts: Zeit und Geduld, Warten auf den richtigen Moment«, sagte Lorres süffisant, obwohl er gerade eine Abfuhr vom marsianischen Rat erteilt bekommen hatte. »Wozu haben wir die Station instand gesetzt, wenn wir sie gleich wieder aufgeben?«

Jawie funkelte ihn wütend an.

»Ich weiß, Lorres, du möchtest am liebsten gleich wieder da hinunter«, sagte Leto.

»Ich?« Lorres wehrte lachend ab. »Ich bin nur Erfinder, kein Abenteurer. Trotzdem bin ich nach wie vor der Ansicht, dass wir nicht nur passiv beobachten, sondern tatsächlich aktiv nach den Überresten der alten Zivilisation suchen sollten. Unser erster Ausflug war lediglich ein Testlauf. Das nächste Mal können wir es besser machen.«

»Das kannst du dem Rat vortragen, wenn wir wieder zu Hause sind«, schlug Leto vor. Er wandte sich Maya zu. »Was meinst du eigentlich zu all dem?«

»Ich?« Maya strich sich nervös eine Haarsträhne aus der Stirn. »Ich will jetzt erst einmal nach Hause. Nicht zuletzt, um mich dort gründlich durchchecken zu lassen. Ich möchte ganz sichergehen, dass mit mir wirklich alles in Ordnung ist. Schließlich betrifft es nicht mehr mich allein.«

Sie brach ab, als sie merkte, dass sie schon zu viel gesagt hatte und sich alle Aufmerksamkeit auf sie konzentrierte.

»Augenblick mal«, hakte Lorres nach. »Was genau meinst du damit?«

Maya grinste Lorres verlegen an. »Eigentlich wollte ich später mit dir unter vier Augen darüber reden, aber wenn ich schon gefragt werde ...« Sie rieb nervös die Handflächen aneinander und sah nacheinander ihre Freunde und Kollegen an. Dann gab sie sich einen Ruck. »Ich bin schwanger«, verkündete sie. »Saramy weiß es natürlich schon, denn sie hat es während der Untersuchungen festgestellt. Wie es aussieht, sind wir beide genetisch kompatibel«, wandte sie sich wieder an Lorres. »Und wenn uns die DEIMOS nicht im Stich lässt, wird es kein Mond-, sondern ein Marskind.« Sie lächelte und hob die Schultern. »Nun – das war meine Überraschung.«

Wie erwartet, herrschte zunächst ungläubiges Schweigen. Dann kamen die Glückwünsche und Umarmungen. Erstaunlicherweise hielt Lorres sich zurück. Er reckte sich lediglich leicht und flüsterte ihr ins Ohr: »Ich hoffe, es ist ein Mädchen. Jungs machen nur Ärger.«

Maya war erleichtert, denn seine Reaktion zeigte ihr, dass auch Lorres sich freute. Das bedeutete ihr viel.

Sie verkniff sich ein befreites Lachen und hob die Hände. »Aber das war es eigentlich nicht, was Leto von mir hören wollte. Deswegen möchte ich seine Frage jetzt beantworten.«

Sie sah dabei zu Lorres. »Ich meine, dass wir die Mondstation unserer Vorfahren weiter ausbauen und in Betrieb halten sollten. Und ich möchte nach ein paar Jahren als Mutter hierher zurückkehren, um zu sehen, welche Früchte unsere Arbeit bis dahin getragen hat. Und ob wir dann bereit sind zu einer zweiten Landung auf der Erde.«

»Ich bin dabei!«, rief Jawie spontan, dann sah sie sich nach den anderen um. »Was ist?« Sie hob die Schultern, als sie kritische Blicke sah. »Glaubt ihr nicht, dass es uns nach einer Weile auf dem Mars langweilig wird? Kommt schon, euch geht es doch genauso! Wir alle wollen zurückkehren zu dem, was wir begonnen haben!«

»Es ist ein wenig verfrüht, das jetzt schon zu planen«, meinte Anjani zögernd.

»Was mich angeht, stimme ich meiner zukünftigen Frau zu«, erwiderte Lorres. Er legte Maya den Arm um die Schultern und drückte sie leicht an sich. »Wir dürfen die Erde nicht einfach aufgeben. Es besteht immer noch Hoffnung, und vielleicht können wir diese Hoffnung bringen.«